O Preço da Imortalidade

Uma era onde vampiros não existem só na imaginação

Felipe Santos

O Preço da Imortalidade

Uma era onde vampiros não existem só na imaginação

Coleção
NOVOS TALENTOS DA LITERATURA BRASILEIRA

São Paulo 2010

Copyright © 2010 by Felipe santos

PRODUÇÃO EDITORIAL Equipe Novo Século
PROJETO GRÁFICO E COMPOSIÇÃO S4 Editorial
CAPA Equipe Novo Século
PREPARAÇÃO Patrícia Murari
REVISÃO Alexandra Resende
Giacomo Leone

DADOS INTERNACIONAIS DE CATALOGAÇÃO NA PUBLICAÇÃO (CIP)
(Câmara Brasileira do Livro, SP, Brasil)

Santos, Felipe

O preço da imortalidade : uma era onde vampiros não existem só na imaginação/ Felipe Santos . – Osasco, SP : Novo Século Editora, 2010. – (Coleção Novos Talentos da Literatura Brasileira)

1. Ficção brasileira I. Título. II. Série

10-05530   CDD-869.93

Índices para catálogo sistemático:

1. Ficção : Literatura brasileira   869.93

2010
IMPRESSO NO BRASIL
PRINTED IN BRAZIL
DIREITOS CEDIDOS PARA ESTA EDIÇÃO À
NOVO SÉCULO EDITORA LTDA.
Rua Aurora Soares Barbosa, 405 – 2º andar
CEP 06023-010 – Osasco – SP
Tel. (11) 3699.7107 – Fax (11) 3699.7323
www.novoseculo.com.br
atendimento@novoseculo.com.br

Dedico este livro à minha família.

Agradecimentos

Acho que essa é, sem dúvida, a parte mais difícil em se escrever em um livro. Quero, então, agradecer em primeiro lugar ao leitor que ao comprar este livro apostou que um autor desconhecido pudesse lhe saciar a sede de aventura com este romance sobrenatural. Espero sinceramente corresponder sua expectativa e que cada página possa valer a pena o tempo, a paciência e o dinheiro investido. Muito obrigado pela sua confiança.

Queria agradecer ao amor da minha vida, Cláudia, por ter me proporcionado em um ano e meio a mais plena e completa felicidade de toda uma vida. Obrigado por me reensinar o caminho do amor e por me apoiar em momentos tão difíceis para nós como minha viagem ao exterior por quase um ano. Te amo muito, minha gata! Nunca vou me esquecer dos seus olhos brilhando de surpresa quando viu este livro pela primeira vez. E tenho que confessar que ainda sinto ciúme da sua paixão por um certo Arctos de Pontis.

Gostaria também de agradecer a alguns amigos, sem os quais este romance ainda não passaria de uma ideia distante. Neste quesito, faço agradecimentos especiais aos meus melhores amigos, Fernando e Márcio. Ao primeiro, por estar sempre disposto a pesquisar determinados assuntos do livro. Ao segundo, por sempre estar ao meu lado. Agradeço a ambos pelas opiniões sinceras e algumas sugestões sobre a vida de William, Richard, Arctos e Reinald Galf. Quero agradecer também aos amigos Diogo, Gabriel e Rafael.

Não menos importantes, quero agradecer aos meus amados pais, Dalmo e Cláudia, por todo o apoio que me deram, não só pelo livro, mas em tudo que fiz na vida. Quero agradecer também à minha irmã Dani que sempre nutriu uma grande paixão pela Lisa Timbrook e seu serviçal, Vince.

Numa batalha onde os inimigos se unem,
O inevitável se cumpre.
Lágrimas de sangue cairão,
Enquanto o bom e o mau um único ser se tornarão...

"Se a morte fosse um bem, os deuses não seriam imortais".
(Safo de Lesbos, 612 a.C. - 570 a.C., poetisa grega)

"Estamos infinitamente afastados de compreender os extremos da existência, uma vez que o fim das coisas e o seu começo estão desesperançosamente escondidos de nós, encapsulados num impenetrável segredo".
(Blaise Pascal, 1623-1662,
filósofo, físico e matemático francês)

PRÓLOGO

Estamos prestes a entrar em uma época sombria e igualmente rica na fantasia. Abandone a razão, pois ela foi completamente esquecida. Não confie nas leis, pois estas servem apenas aos nobres, apoiados pela "toda-poderosa" Igreja Católica. Corrupção, ganância, traição, guerras, desconfiança, subversão, opressão e mentiras não são exceção. Estamos em uma era muito distante da nossa moderna civilização, a então chamada Idade Média ou Idade das Trevas. Esqueça a ética e a justiça; elas simplesmente não existem. Deus é o centro do universo, e todos a Ele deviam seguir cegamente se quisessem a salvação eterna.

Um mundo fragmentado. Ruínas do outrora poderoso Império Romano, desmembrado em vários reinos e, estes em feudos. Feudos, verdadeiras fortalezas isoladas, construídas para a proteção contra os temidos povos bárbaros do começo da Idade Média. Cada um contava com seu próprio senhor, a quem seus vassalos deviam total obediência.

Um mundo pequeno e desconhecido, limitado pela opressora Europa, pelas selvagens terras africanas e pela misteriosa Ásia. Poucas pessoas podiam e queriam viajar, por isso, ouvir valia muito mais do que ver. Histórias mirabolantes sobre seres fantásticos eram contadas por desbravadores corajosos e cavaleiros errantes. Medos e superstições enchiam a cabeça das pessoas comuns. As doenças, epidemias e catástrofes eram associadas ao diabo e aos pecados. Hoje são consideradas apenas lendas. Em nenhum momento em nossas mentes racionais paramos para pensar se elas foram verdadeiras... Pois foram.

Um mundo povoado por seres das trevas, onde o demônio não tinha medo de se revelar. Algumas criaturas tão terríveis que seus nomes, de tão temidos, foram esquecidos. Nomes cuja simples menção arrepiava o mais bravo dos cavaleiros. Bruxas, necromantes, fadas, demônios, magos, fantasmas, espíritos da floresta, lobisomens e vampiros. Sim, seres das trevas andavam livremente pelo mundo, levando terror aos povoados por onde passavam.

Estamos no fim do ano de 1213, início do século XIII. O comércio prosperava novamente depois de tantos séculos. Os viajantes podiam viajar com um pouco mais de segurança, embora as estradas poeirentas ainda abrigassem muitos ladrões. Cidades – ou burgos, como eram mais conhecidas – começavam a crescer e prosperar. É nesse ambiente que se passa a nossa história, dentro do condado Hereford, num burgo mediano chamado Amyville. Há pouco tempo emancipado pelo conde Henry de Bohun em troca de uma quantia grandiosa de dinheiro, o burgo estava em pleno crescimento. Cercado por todos os lados pela floresta de Haye, no reino da Inglaterra, perto da divisa com o reino gaulês. O que poucos burgueses sabiam era que, como tantas outras cidades do reino, Amyville era infestada de vampiros. O líder dessas criaturas é um vampiro extremamente orgulhoso e sedento de poder. Ele fará de tudo para manter a ordem em seu domínio, e coitado daquele que se intrometer.

CAPÍTULO UM

A noite estava serena com uma leve e agradável brisa soprando de vez em quando, fazendo as folhas balançarem e a poeira das ruelas de terra levantar. A bela luz de uma lua bem redonda ajudava a achar o caminho de casa por aquelas vias tortuosas e escuras da zona pobre de Amyville. Um jovem adulto se aventurava pela noite. Preocupado, Nathan andava a passos largos. Não deveria ter ficado até tão tarde se divertindo no prostíbulo, pois sua esposa provavelmente reclamaria até cansar seus ouvidos. Quantas vezes ela já não lhe tinha dito para não ficar até tão tarde fora de casa? Mas o que ele poderia fazer? Cuidar de cinco filhos não era mole. Passava a semana toda cuidando dos negócios na sapataria herdada do pai, que havia herdado do avô e assim por diante. Bem que o sindicato poderia autorizar um aumento no preço dos sapatos. Os impostos estavam de tirar o couro. No fim das contas ele merecia se divertir um pouco, e a jovem Marilyn valia cada moeda.

O povoado de Amyville oferecia muitos perigos aos que ousavam sair de noite, ainda mais quando a madrugada aprofundava. Ladrões sempre estavam à espreita, desafiando os guardas que faziam a ronda pelo burgo. Mas, para o azar de Nathan, o perigo reservado para ele era muito pior.

Ele não notou um par de olhos verde-esmeralda que o espreitava a distância, na escuridão de um dos becos. Olhos que emitiam um sinistro brilho fantasmagórico. Não imaginava que estava sendo caçado por uma das mais mortais criaturas que existiam. Um demônio sugador de vidas. Uma sanguessuga parasita que precisava do sangue humano para manter vivo seu corpo inanimado.

Seu temido nome: Arctos de Pontis. Aparentava ser apenas um jovem adulto de vinte e cinco anos de idade. Mas não se deixe enganar pela aparência gentil e o rosto angelical, pois a criatura tinha mais de noventa anos de existência e estava faminta. Rápida e silenciosa, ela se movimentava pela escuridão como uma sombra. Um autêntico predador das trevas. Seus pés tocavam o chão com a leveza do andar de um gato. A criatura saltou quando, de repente, Nathan, incomodado, olhou para trás. O jovem estava tendo a nítida sensação de estar sendo seguido.

Um incrível salto acrobático, impossível para um homem comum, pousando com uma leveza mística no teto de uma das choupanas pobres, sem fazer um barulho sequer. Uma coruja pousada no telhado continuou dormindo. A criatura sorriu; a caçada sempre a excitava.

Nathan sentiu um calafrio percorrer sua espinha. Mesmo não tendo visto nada de anormal atrás dele, o jovem engoliu em seco e acelerou o passo. Virava a cabeça de um lado a outro a cada instante, sentindo que cada sombra se mexia naquela escuridão, escondendo um perigo oculto e mortal.

A criatura notou o medo da presa e, utilizando uma velocidade sobre-humana, correu pelos telhados. Não demorou muito a ultrapassar sua vítima.

Uma sensação de mal-estar consumia a mente do jovem. A adrenalina corria solta e o coração acelerado, quase saltando a boca. Começou a correr. E corria desenfreado quando, repentinamente, trombou com algo, desequilibrou-se e caiu sentado no chão. Pânico. Olhou para os lados e para a frente, esperando encontrar um ladrão ou um assassino. Mas não havia nenhuma vivalma na ruela. Perplexo, ele se levantou ainda sem entender no que tinha batido. Retirou o melhor que pôde a terra das roupas e do rosto. Uma sensação estranha. Olhou para trás e finalmente viu uma pessoa. Os longos e ondulados cabelos castanho-claros estavam soltos, balançando livres ao sabor do vento. Os olhos verdes, profundos e envolventes com seu brilho sobrenatural. As mãos livres, terminadas em unhas longas e afiadas como as garras de uma ave de rapina. Usava roupas de boa qualidade e caras demais para ser um mendigo. Calça e blusa de veludo de cor azul-escuro. Um manto preto esvoaçante, combinando com o refinado sapato de couro, escondia uma espada presa às costas. O capuz jogado para trás do pescoço, deixava à mostra o rosto angelical. *Seria um ricaço bêbado?* Fosse ele quem fosse, não podia ser uma pessoa comum. Não, aquele indivíduo era muito estranho. A pele tão branca... Pálido como um cadáver.

O medo já tomara conta de Nathan. O pobre homem suava nervoso, manchando a blusa encardida nas axilas, e a criatura percebia com satisfação. Arctos sorriu. Um sorriso de pura maldade.

– Quem é vosmecê? – perguntou a vítima apavorada, mas, ao mesmo tempo, tentando esboçar coragem.

A criatura gargalhou de satisfação, deixando dois longos e afiados caninos à mostra. Geralmente suas presas não faziam perguntas imbecis, e sim, corriam com o rabo entre as pernas ou paralisavam como este aí. O medo era um tempero saboroso, mas aquele jovem parecia querer lutar contra ele. Tal atitude surpreendeu um pouco o vampiro que resolveu se divertir um pouco mais. No final das contas ele já sabia que aquela história acabaria...

– Pobre de ti, tolo mortal. Hoje represento a morte. Vim para sugar-lhe a vida e condená-lo ao inferno – gargalhou ele, mostrando novamente os caninos pontiagudos.

Nathan tremeu na base. Estava à frente de um demônio. Tentou correr, mas suas pernas não lhe obedeciam. Pavor. Não queria morrer, era ainda muito jovem. Quem cuidaria de sua família? Quem?! Acabou se molhando todo quando a criatura começou a caminhar em sua direção.

– Meu Deus... Meu Deus... por piedade, salve... este pobre pecador! Salve este seu fiel... servo! – rezou Nathan, olhando para o alto.

O vampiro gargalhou novamente. Estava bem próximo.

– Achas mesmo que Ele se importa? – disse pausadamente, se deliciando com o pavor cada vez maior de sua vítima. – Pois saiba que não. Tu és somente mais uma das inúmeras vítimas que já tombaram ante mim. Faz bem tuas últimas preces, pois vais morrer hoje nas mãos de uma criatura do demônio.

– Piedade – implorou o jovem caindo de joelhos. – Minha família depende de mim para sobreviver.

– Oh, verdade? Qual teu nome? – perguntou o vampiro, fingindo interesse.

– Na...Nathan... Wilson.

– Pois bem, Sr. Wilson, prometo-lhe que hoje mesmo tua família vai te fazer companhia no além – gargalhou ele morbidamente. – Assim não terás com o que se preocupar.

Nathan sentia as lágrimas escorrerem pelo rosto sujo de terra – uma vergonha para os homens da época. O pobre não tinha nem mais forças para ficar em pé. Arctos envolveu seu pescoço com seus dedos finos e o levantou com apenas uma das mãos como se o corpo de Nathan nada pesasse. Sentindo a mão gélida daquele morto-vivo fechando-se sobre sua garganta, o homem chorava de desespero. Debatia-se, chutando e socando a criatura. De nada adiantou. Tentou enfim gritar por socorro, mas o vampiro apertava-lhe a garganta, cravando suas unhas pontiagudas na carne e impedindo a saída de ar. Arctos o socou no estômago, tão forte que Nathan golfou sangue. O jovem perdeu completamente as forças. A criatura se divertia.

– Deves estar desesperado mesmo – sussurrou o vampiro no ouvido de sua vítima, fingindo compaixão. Tal sentimento não existia para ele. – Sinto o cheiro do teu medo e ele me fortalece. Mais doce que mel.

O vampiro abriu a boca e aproximou seus caninos do pescoço da presa. Mais um pouco e o jovem estaria no ponto. Era difícil se controlar... A pele quente do rapaz, por onde veias carregadas de sangue morno circulavam, o chamavam ardentemente. Seus olhos brilharam com mais intensidade quando viu o filete de sangue escorrendo do machucado feito pelas suas unhas... Mas ele saberia esperar.

Quando a vítima atingia o máximo de desespero, seu sangue ficava com um sabor todo especial. Faltava pouco agora, muito pouco. O jovem continuava a chorar e se contorcer de dor mais e mais, à medida que Arctos esmagava-lhe a traqueia e o impedia de respirar. Rezava em pensamento a Deus para que o seu sofrimento acabasse logo e pedia proteção à sua família. Imaginava sua amada sendo torturada por aquele monstro e se enchia de ódio, mas nada podia fazer. Dor, repentina e aguda. O vampiro finalmente cravou seus caninos na artéria carótida da vítima e sorveu seu sangue vagarosamente, se deliciando com seu sofrimento.

Sangue, poderoso líquido da vida, o verdadeiro néctar dos deuses. Por um breve momento Arctos se sentiu vivo novamente. O frio eterno que consumia sua alma se dissipou inundado pela sensação da vida. Seu corpo pulsava delirante, à medida que o sangue quente escorria por sua garganta. O prazer era indescritível, um êxtase melhor do que mil orgasmos tomava conta do seu corpo morto. O sangue humano era viciante.

O melhor dos vícios; porque além do prazer, proporcionava a manutenção da sua não vida maldita para todo o sempre.

Arctos sugou até a última gota de sangue. Sentia-se melhor agora com o estômago abarrotado de sangue fresco. Quantidade suficiente para sustentá-lo por três ou quatro noites. Estalou o pescoço. Com sua audição apurada conseguia ouvir os burburinhos vindos de dentro das casas escuras. As pessoas acordaram com o barulho. Mas o vampiro sabia que elas seriam covardes demais para sair, e podia sentir o cheiro do medo. Covardes miseráveis. Ninguém iria se atrever a atrapalhá-lo. Arctos infelizmente não viu um par de olhos espectrais vigiando seus movimentos do alto de uma árvore ao longe.

O vampiro carregou o corpo morto do rapaz no ombro até a porta da igreja e lá o deixou. O gesto nada tinha a ver com piedade ou religiosidade. Era mais uma brincadeira mórbida, seu cartão de visitas. Rasgou as roupas dele e com as suas unhas afiadas fez um símbolo qualquer na carne do cadáver. Cortou a cabeça com um só golpe de sua espada. Pronto. Ele se afastou, levando a cabeça da vítima e imaginando o que o padre iria pensar. *Forças demoníacas estão tomando conta do nosso burgo* – diria o sacerdote. *Salvem seus filhos, paguem mais tributos à santa Igreja!* Arctos riu dele mesmo. Como eram tolos os mortais.

Arctos atravessou as ruas sujas e escuras da cidade, pegando seu cavalo negro no caminho. Seu mestre ficaria satisfeito. Aquele vilarejo era perfeito para ser a sua zona de caça. Era para a propriedade rural deste que ele se dirigia agora. Cavalgou por certo tempo, atravessando a praça central. Um homem doente e magro como um esqueleto fora enforcado de manhã na árvore centenária da praça em frente ao tribunal. Seu crime: roubar um pão para comer.

Avistou algumas tabernas no caminho, mas hoje não iria caçar mais. As tabernas eram lugares ideais para se conseguir novas vítimas, e os prostíbulos também. Foi num desses que ele selecionou Nathan como sua presa. Quem sabe da próxima vez ele não pegaria uma bela prostituta? As mulheres eram melhores para ser torturadas. Adorava ouvi-las gritar de medo.

O vampiro evitou a todo custo se confrontar com os guardas que andavam em grupos pelas ruas, zelando pela proteção do burgo. Não que eles representassem problemas, mas Arctos não estava a fim de arrumar confusão. Ainda não.

Pegou a estrada principal e com ela foi conduzido ao portão da cidade. Lá de longe avistou as luzes das tochas dos arqueiros que ficavam de guarda na muralha. Toda a cidade era rodeada por muros de pedra com sete metros de altura, exceto no lado oeste, que dava para um profundo precipício. Tinham sido construídos há dois séculos e, desde então, protegiam o burgo de possíveis saqueadores bárbaros. O fogo, mesmo daquela distância, incomodava um pouco sua visão tão adaptada à escuridão. Demorava um pouco para se acostumar. Passado um tempo, chegou até o portão. Não teve problemas para sair, bastando algumas moedas de prata para que os guardas abrissem os portões sem nada perguntar, embora fosse muito estranho alguém se aventurar fora da cidade à noite e, ainda por cima, sozinho. A pele branca chamava a atenção. Pensaram ser anemia – doença comum na região.

Saindo do burgo e descendo a colina, que o abrigava, Arctos se dirigiu à área rural, onde ficavam os feudos – grandes extensões de terras pertencentes aos nobres. Cavalgou por alguns quilômetros até chegar à entrada de seu feudo, ou melhor, feudo de seu mestre, o barão Sian Malthus. Sentiu o vento jogar seus longos cabelos e sua capa para trás. Poucos eram os que se aventuravam na calada da noite. Adorava essa sensação de liberdade.

As terras do barão estavam entre as mais extensas de todo o condado, abrigando três castelos, o que lhe gerava grande prestígio entre os nobres locais. Essa terra ainda era nova para Arctos. Chegara lá havia apenas alguns dias, tempo infinitesimal para alguém que tinha a vida eterna.

Os criados estavam às voltas com os preparativos para a festa que seu senhor daria à alta nobreza para celebrar sua nova posse, aproveitando a passagem do conde de Hereford, Henry de Bohun, e do arcebispo por aquelas bandas. As terras foram compradas diretamente do conde. Antes elas pertenciam a um velho barão, seu vassalo, que morrera sem deixar herdeiros. Uma fatalidade envolta em mistério. O velho saiu para caçar raposas com os amigos da família e não voltou mais.

A festa celebraria a jura de fidelidade do barão para o seu novo amo e superior na hierarquia: o conde Henry de Bohun. Um humano, mortal como outro qualquer de sua espécie, mas esse homem detinha muito poder e influência, sendo, inclusive, amigo pessoal do rei John Lackland. O vilarejo de Amyville e todas as extensões de terras em volta pertenciam ao condado de Henry. Além disso, se mostrar para a nobreza era sempre importante para integrar-se à esfera de poder local. Os baronetes, antes subordinados ao falecido barão, agora deveriam jurar fidelidade ao novo barão em troca de proteção militar.

Arctos subiu uma pequena colina e lá de cima avistou, ao longe, o castelo de Malthus. Uma verdadeira fortaleza de pedra de três andares, rodeada pelas águas cristalinas de um lago artificial. Nenhuma janela no primeiro andar. A casa era protegida por cerca de trinta guerreiros humanos, cercada de todos os lados por terras férteis. A colheita de trigo daquele ano fora bem farta; estocada agora no celeiro para o inverno, que não tardaria a chegar. Estavam no final do outono. Os camponeses já haviam começado a arar o solo para esperar a primavera, quando semeariam a nova safra.

Desceu a colina e se dirigiu para a fortaleza. Em pouco tempo, chegou ao portão principal de madeira maciça encravado numa grossa muralha de pedra de seis metros de altura. Os guardas não impediram a entrada do irmão de seu senhor e prontamente abriram os portões. No pátio, Arctos deixou seu cavalo aos cuidados de um criado e entrou no castelo. Atravessou o hall de entrada, dirigindo-se para o seu quarto. Cansaço. O amanhecer não tardaria a chegar, deixaria a conversa com o seu mestre para o dia seguinte. Arctos ficou só com as roupas de baixo e se deitou na cama confortável. Não tardou a adormecer.

Assim que acordou, na noite seguinte, Arctos se dirigiu para a biblioteca, onde muito provavelmente encontraria seu senhor, aquele que lhe concedeu o dom da vida eterna: Sian Malthus.

E lá estava ele, sentado de costas para a porta, lendo um livro de alquimia. O fogo da lareira iluminando parcamente o cômodo com uma luz amarelada. Malthus era um vampiro um pouco mais alto do que Arctos. Tinha longos cabelos loiros presos em um rabo de cavalo. O queixo sempre erguido, orgulhoso. O rosto não transmitia nenhuma emoção. A palidez mórbida, sobrenatural, fazia daquele ser uma estátua sem vida. Aparentava ser um homem na casa dos vinte anos, mas era bem mais antigo. Todo o seu antebraço direito estava enfaixado. Se você pensava que Arctos era um monstro, ele nem se comparava ao terror que seu mestre era capaz de proporcionar.

Arctos entrou furtivamente, seu peso sumiu durante o andar, na tentativa de surpreender seu mestre.

– O que queres, Arctos? – perguntou Malthus, sem se dar o trabalho de tirar os olhos do livro. A voz calma e assustadoramente fria.

Isso sempre perturbava Arctos. Por mais silencioso que andasse, por mais furtivo que fosse, seu senhor sempre o percebia.

– Eu dei uma volta pelo burgo. Espero que não te importes – disse o vampiro cauteloso, se aproximando da cadeira.

– E o que achaste? – indagou Malthus, fixando agora o olhar em Arctos e fechando o livro.

Olhos cinza fitavam o pupilo, e eram frios e duros como uma pedra de gelo. Esse olhar sempre deixava Arctos desconcertado.

– É um excelente local para caçar – respondeu ele, desviando o olhar para a lareira. – Bem afastado de tuas terras. Os caçadores vão ter trabalho, caso algum queira nos encontrar.

O silêncio recaiu pesado sobre o ambiente.

– Somente vim comunicar isto, meu senhor. Com tua permissão, irei dar mais uma volta por aí – finalizou Arctos, se virando para sair.

– Um instante, Arctos. Tu não deixaste nenhuma pista de nossa existência, não foi? – indagou Malthus, fitando novamente o pupilo.

Aquele olhar calculista que não transmitia nenhuma emoção o envolveu novamente. Um olhar que transmitia somente o vazio da alma e o pesar da idade de seu mestre. O vampiro sentiu-se intimidado.

– Foi somente uma brincadeira. Um aviso para o padre e os servos de Deus – disse ele sem conseguir sufocar um sorriso.

Por um instante a feição dura e sem vida de Malthus tomou forma. Seu olhar brilhou de ódio. Em um segundo, cujos olhos humanos não seriam capazes de acompanhar, Malthus se pôs de pé à frente de seu pupilo, encarando-o nos olhos. Até mesmo os olhos vampíricos de Arctos não puderam acompanhar direito o movimento. Assustado, recuou um passo.

– Idiota! – bradou Malthus. – Quantas vezes já lhe ensinei a não incitar os mortais?

– Mas... mas... meu senhor... O que eles podem fazer contra nós? São como formigas inofensivas.

– És um tolo, Arctos de Pontis! Jamais subestime teus inimigos! Saber o momento de recuar não é sinal de covardia, mas de extrema sabedoria. Aurion é a maior prova do que falo! Vide o que ele nos fez da última vez!

Arctos permaneceu em silêncio.

– Faça apenas o que eu te ordeno, entendeste? – indagou Sian frio. Arctos aquiesceu contrariado. – E aprende de uma vez. Todo ato tem uma consequência. Uma ação impensada sempre traz uma consequência desastrosa.

Arctos concordou, contrariado.

– Estamos muito vulneráveis ainda neste castelo podre e caindo aos pedaços. E eu ainda estou me restabelecendo da minha última viagem – ele levantou a mão enfaixada. Seus olhos brilharam perigosamente de novo. – Não quero atrair atenções indevidas, quero Aurion longe daqui por enquanto.

– Da última vez tu quase mandaste aquele intrometido do Aurion Clack para o inferno – comentou Arctos cauteloso. Não seria nada bom enfurecer ainda mais seu senhor. – Ele escapou por pouco. Não entendo por que o deixaste escapar. Ele é mais fraco e não pode contra ti.

– Eu o deixei viver, há uma diferença nisso. Ainda não é a hora de ele morrer, tolo. Ele está destroçado, derrotado e humilhado, mas não está morto. Eu permiti que a sua cria o salvasse para podermos continuar o nosso jogo. Quando eu decidir, ele morrerá.

– O senhor nunca me disse por que ele o odeia tanto...

– No momento apropriado contarei toda a história. Por enquanto basta te lembrares que ele e eu somos inimigos e lutamos violentamente um contra o outro há muito tempo. Mesmo sendo mais fraco, Aurion usa de outros métodos, mais furtivos, para tentar vencer. Isso é uma dádiva que eu aprecio em um oponente – afirmou Malthus com um quase imperceptível sorriso de triunfo no rosto. – Agora vá. Eu te dei uma missão ontem. É hora de cumpri-la.

Arctos saiu da biblioteca e do castelo. Caminhava para o estábulo, onde pegaria seu cavalo para dar uma volta. Vampiros eram criaturas territoriais e Arctos queria avaliar melhor a sua nova área de caça. Ele deu de ombros, indiferente, ainda ressentido com seu mestre. Orgulho ferido. Era seu mestre e não seu dono. O vampiro não gostava nem um pouco de ser repreendido.

Quem pensas que és, Sian Malthus? – pensou ele furioso, cavalgando rápido. Queria sair logo das terras de Malthus. *Pensas que podes me controlar? Que sou um fantoche nas tuas mãos? Não te iludas, mestre. Ficarei contigo enquanto for vantajoso para mim. Eu só preciso de ti até completar cem anos. Depois...*

Alcançou novamente a estrada e seguiu na direção oposta a Amyville. Como detestava ser repreendido! Queria descontar sua raiva em alguém, mas não atacaria os criados; seria muita burrice. Também não mexeria com os camponeses das terras do mestre e dos arredores, seria uma burrice maior ainda. Poderia chamar atenção indesejável. Não estava nem um pouco a fim de ser castigado por Malthus.

Ele sabia que perto dali, nos feudos vizinhos, ocorrera uma violenta revolta, três dias antes de sua chegada. Uma pena que não pôde participar. Ele só veio para esse condado depois do mestre, pois teve que ficar na antiga propriedade, no outro lado do reino, finalizando a negociação das terras devastadas. Foi uma guerra e tanto. Ganharam a batalha contra Aurion, mas a vitória também vem acompanhada de pequenas derrotas. Não podiam mais ficar ali. Malthus teve que ser dado como morto e coube a ele, Arctos, tomar conta da negociação das terras. Mas era hora de deixar esses pensamentos de lado. Queria chegar logo ao feudo destruído.

Massacre de inocentes. Mortes. Carnificina. Ele sorriu. Era o cenário perfeito para aliviar a raiva. Apressou o passo do cavalo, entrando fundo na noite sombria. O céu, cheio de nuvens que encobriam a bela luz do luar. Não se via nada à frente, mas a escuridão não era problema para Arctos, pois seus olhos vampíricos viam perfeitamente através das trevas noturnas.

Arctos chegou a um pequeno muro de pedra, que não passava dos vinte centímetros de altura. Servia para demarcar a fronteira da propriedade onde ocorreu a revolta. Uma viagem relativamente rápida. Mais ao sul, ainda era possível ver finas colunas de fumaça negra, saindo do castelo do antigo nobre, alcançar os céus. A maioria das casas dos camponeses estava arrasada, queimada, destruída. Elas ficavam ao redor da igreja local, que também não fora poupada. O campo estava repleto de corpos dilacerados. Somente os cavaleiros e o nobre foram enterrados. Os baronetes decidiram deixar os corpos dos pobres apodrecendo como um aviso de advertência aos demais camponeses que pensassem em seguir a trilha da revolta e desobediência aos seus senhores. Eles destacaram seus cavaleiros para impedir que as mulheres e outros parentes viessem recolher os corpos. Foi nesta manhã, por ordem do novo barão Malthus, que os nobres retiraram suas leais tropas, deixando o caminho livre para quem quisesse visitar os campos e enterrar seus mortos.

Os corvos e os ratos disputavam os pedaços de carne. Enxames de moscas barulhentas e incômodas depositavam seus ovos nos cadáveres. A batalha fora um massacre para ambos os lados. Até mesmo o senhor daquelas terras tombou em campo de batalha. Camponeses e cavaleiros, pobres e ricos; a morte não distinguia classe social. Arctos parou. Como era lindo o cenário de uma carnificina. Ficou ali admirando a paisagem mórbida. Algumas mulheres juntamente com seus filhos pequenos estavam ajoelhadas, chorando copiosamente pelos seus maridos e filhos mais velhos. Um monge andarilho rezava pelas almas dos caídos, enquanto algumas freiras procuravam em vão por possíveis sobreviventes. Arctos sorriu de desprezo. Esperança, um sentimento humano e igualmente tolo.

Era hora de usar seus sentidos aguçados para localizar uma vítima. Poderia matar alguma freira ou o monge, mas depois da chamada de Malthus, não queria que a Igreja viesse em seu encalço. Desceu do cavalo e o amarrou em uma árvore próxima. Ninguém havia visto o vampiro. Melhor assim. Ele farejou o ar, sentindo somente o cheiro de sangue morto derramado nos campos e carne podre. Afiou os ouvidos em busca de um som, mas ouviu o piar das corujas próximo dali, no bosque. Algumas caçavam ratos no campo. Escutou também um uivo preencher a noite na floresta distante, lugar onde dificilmente se aventuraria sozinho. Uma floresta apresentava muitos perigos para um vampiro solitário, pois lá habitavam seus piores inimigos. Outro uivo de resposta. Não eram lobos. Se seu coração ainda batesse normalmente, estaria acelerado agora. Ele se concentrou mais, e ouviu um choro muito baixo. Era um bebê. Adorava aperitivos.

Seguindo o som do choro, Arctos chegou a um isolado casebre de madeira abandonado, um dos poucos que ficara de pé. Era confortável demais para ser de um camponês. Talvez fosse a casa de um cavaleiro ou do administrador do feudo. A cerca de madeira estava arruinada. Um estábulo, do lado da casa, estava completamente queimado. Duas covas rasas do lado do poço com cruzes improvisadas de galhos e flores secas em cima da terra. Ninguém à vista. A única porta estava quebrada; arrombada impiedosamente a machadadas. Desceu do seu corcel negro e o amarrou no que restou da cerca. Entrou. A casa era dividida em uma cozinha e o quarto do casal. Na cozinha tudo estava fora do lugar. Cacos de pratos e copos rústicos sujavam o chão forrado com tábuas de madeira. O caldeirão e as outras panelas de ferro e barro foram levados. Uma cadeira quebrada toda suja de sangue foi o único móvel que deixaram no lugar. Moscas zuniam sobre os restos de comida podre, junto às suas larvas rastejantes e toda sorte de insetos. O cheiro de podridão era forte e asqueroso. Qualquer humano comum já teria vomitado ou se afastado, mas Arctos continuou a vasculhar a casa com os olhos, afinal, ele não precisava respirar. Voltou sua atenção para o cadáver de um homem encostado na parede. O crânio estava esmigalhado. Um rato passeava dentro das suas entranhas, expostas por um golpe de espada. As paredes e o chão ao redor do morto estavam completamente sujos de sangue coagulado. O rosto estava destruído, o nariz afundado no crânio. Nem a mãe do morto o reconheceria agora. Um belíssimo trabalho.

Arctos foi para o quarto. Os únicos móveis deixados foram duas arcas de madeira e uma cama grande demais para passar pela porta. Uma das arcas estava revirada, a outra aparentemente intacta. Em cima da cama estava uma mulher morta com as vestes em frangalhos e com as mãos sobre o estômago. O lençol da cama tinha uma grande mancha de sangue. O vampiro ignorou a mulher, depois de ter dado uma boa olhada nela. Não chegava a ser linda, mas isso não impediu de ser estuprada. Mas não foi isso que a matou, e, sim, um ferimento profundo na barriga, aberto por uma lâmina afiada, na altura do estômago e escondido sob as mãos. Parou de divagar para prestar atenção à sua presa. O bebê reabriu o berreiro assim que sentiu a presença da criatura das trevas. Um choro abafado que vinha da arca semiaberta. O vampiro sorria, enquanto levantava a tampa do baú. O bebê levou um susto e parou de chorar, observando agora a criatura das trevas com seus olhos curiosos.

Era um lindo bebê de pele branquinha como algodão envolto por uma manta encardida. Os grandes olhos azuis profundos observando-o assustados. Aqueles olhinhos inocentes. Atencioso, Arctos olhava para o braço do bebê, seguindo o caminho de sua artéria, desde o ombro até o pulso. Aquilo sim era lindo; o caminho do sangue. O vampiro ficou tentado a perfurar logo a criança para tomar do seu doce néctar. O sangue parecia estar chamando por ele, mas o vampiro se controlou com facilidade. Ele já se alimentara no dia anterior. Além disso, o bebê estava magro demais. Devia estar com muita fome. Humano com fome tinha um sangue horrível. Não importava. Se fosse o caso, mataria o bebê só pelo prazer.

Fazendo um esforço descomunal para controlar sua força, Arctos tocou o rosto inocente do bebê, que recomeçou a chorar e a berrar a plenos pulmões. Como era quente...

– É triste, não? Um inocente bebê nas mãos de um monstro como eu. Será que não existe justiça neste mundo? – perguntava ele em alto e bom som. – Onde está o teu anjinho da guarda para me deter? – e começou a gargalhar.

Pega de surpresa, a criança parou de chorar quando o vampiro a levantou nos braços. O vampiro continuou a conversa.

– Não me importo nem um pouco contigo e é por isso que tu vais morrer hoje. E eu? Eu continuarei a ceifar mais e mais vidas humanas para o sustento deste meu corpo morto e maldito. Vou fazer um ato de bondade, hoje, bebê. Sim, titio Arctos vai te mandar para o mesmo lugar onde está tua mamãe, teu papai e o resto de tua família. Não sou bondoso? – perguntou ele gargalhando.

O bebê voltou a chorar. Mesmo não tendo consciência do que acontecia à sua volta, o pequeno pressentia o perigo e sentia medo. As presas brotaram na boca do vampiro ao mesmo tempo em que seus olhos adquiriam seu sinistro brilho sobrenatural. O momento derradeiro se aproximava. Arctos estava muito excitado, ele sentia o medo da criança e adorava. Subitamente um pensamento lhe veio à cabeça.

– Pensando bem, isto realmente seria um ato de bondade, não é mesmo? A morte é um ato de libertação e não um castigo, principalmente para ti, que ainda nem sabes o que significa a morte. Farei melhor, criança. A partir de hoje serás minha. Por toda a tua vida serás minha escrava. Mas isso não importa agora – finalizou ele, pegando uma cesta no baú e enfiando o bebê de qualquer jeito lá dentro.

Mas não foi só esse pensamento que fez Arctos parar sua diversão. Com sua audição apurada, ele ouviu passos arrastados do lado de fora da casa, seguido de um baque surdo. Isso lhe chamou a atenção e, momentaneamente, o fez perder o interesse pelo bebê. Colocou a cesta dentro do baú. Virou-se para a criança, fazendo sinal de silêncio.

– Fica quietinho aí, enquanto o titio vai lá fora resolver um assunto bem rapidinho – disse ele sorrindo amável, fechando a tampa com cuidado para não fazer barulho.

Saiu da casa em silêncio. Procurou em volta, mas de imediato nada avistou ou ouviu. O vampiro ficou confuso, mas permaneceu em alerta. Foi então que, finalmente, avistou. A alguns metros de distância, na estrada de terra, encontrava-se um homem caído de barriga para o chão, provavelmente morto. Suas roupas estavam em frangalhos, mas daquela distância dava para ver que era um camponês. Sua pele estava queimada de sol e suas mãos estavam cheias de calos. Estava todo imundo, sujo de terra e sangue dos pés à cabeça. O peito estava imóvel e o vampiro não ouvia o coração bater. Olhando melhor, o homem não passava ainda de um frangote. Devia ter no máximo uns dezesseis anos. Lembrou-se de Nathan, sua diversão do dia anterior. Uma pena que este aí estava morto, Arctos queria muito torturar um humano. Devia ter sobrevivido à revolta, caminhou até ali, desabou e morreu.

Arctos já pensava em voltar para pegar seu novo servo, quando, de súbito, o morto se mexeu. Foi um movimento rápido, imperceptível para um mortal. Isso deixou Arctos momentaneamente perplexo, mas ele, enfim, se deu conta do que estava acontecendo. Estava na frente de outro vampiro.

O desconhecido se apoiou nas mãos e levantou. Ele tremia muito, sentindo falta do calor que seu corpo produzia quando vivo. Era bem alto para os padrões da época, e magro também. O desconhecido virou a cabeça na direção de Arctos. A face tinha alguns pequenos arranhões, além de uma barba cheia de falhas e malfeita. Parecia que ele não se tratava havia dias. Os dentes afiados já estavam à mostra. Seus olhos... Arctos nunca tinha visto nada antes parecido. Um brilho espectral amarelo com manchas vermelhas como sangue. Olhos âmbar sangue...

– Quem és tu, estranho? – perguntou Arctos curioso.

O brilho dos olhos do estranho se apagou, ficando castanho.

– E...eu... não sei. Mas, se eu fosse vosmecê, me manteria afastado... – avisou o desconhecido temeroso. – Eu... sou... perigoso...

Arctos gargalhou, deixando os dentes brotarem estalando os ossos dos dedos das mãos. Quem era aquele merda que achava ter poder para feri-lo? Parou de rir quando fitou o desconhecido nos olhos. A cor âmbar voltara. Grunhindo de raiva e com os dentes perigosamente à mostra, o jovem partiu para cima de Arctos, cortando a distância com uma velocidade surpreendente.

Arctos suspirou. Estava diante de um imbecil sem a menor noção de perigo. Mesmo naquela velocidade era possível para ele distinguir os movimentos do camponês. Ele sorriu. Adorava se exercitar. Sentiu seu coração morto bater uma vez com força, distribuindo sangue roubado dos vivos por suas veias vazias e banhando os músculos com o líquido da vida. Nesse momento os olhos adquiriram o brilho esmeralda e seus caninos brotaram. Quando isso acontecia, sua força, velocidade e resistência aumentavam.

Quando o desconhecido chegou perto o suficiente, Arctos saltou sobre ele, pousando por trás de costas ao camponês. Rapidamente desferiu duas cotoveladas, tão fortes, que fez o desconhecido recuar. Não perdeu tempo e, ainda de costas, chutou a barriga do camponês que voou sete metros, arrastando a cara no chão.

Pronto! – pensou Arctos satisfeito. – *Isso deve bastar para mostrar quem manda por aqui.*

Nem bem pensou e o jovem já estava de pé, partindo para cima dele. Um olhar de puro ódio e insanidade. Deu um berro de fúria tão aterrorizante, que fez Arctos recuar sem querer. Em um instante o vampiro estava à sua frente, desferindo-lhe diversos socos. Eram tão rápidos que Arctos não conseguia esboçar uma defesa eficaz. Caiu quase inconsciente.

O desconhecido gargalhava de triunfo, pronto para cravar suas presas no pescoço de sua vítima. Devia estar com muita fome para não perceber que Arctos também era um morto-vivo. A cria de Malthus aproveitou esse momento de distração para dar um gancho direto no queixo do seu adversário. Seus olhos brilhavam perigosamente de ódio. Como ele podia ter dado um mole desses?

O camponês voou alto e caiu de cabeça no chão, mas desta vez Arctos não daria outra chance. Antes que o estranho se levantasse de novo, ele já estava em cima, dando vários chutes e socos. Por fim, fazendo uso de sua força sobre-humana, levantou o desconhecido no alto com as duas mãos e o jogou com toda a sua força de frente para uma rocha. O jovem não voltou mais a se levantar. Pronto, estava acabado. Definitivamente a sorte sorria para ele esta noite.

Arctos voltou à sua forma normal. Ele ficou muito tentado a empalar o derrotado no coração com os restos da cerca e deixá-lo ali mesmo para morrer com os raios do sol. Vontade não faltava, mas existiam regras. Aquele traste, mesmo sendo mais fraco, conseguiu dar um pouco de trabalho. Com certeza não passava de um novato. Um pária também. Vampiros recém-criados nunca ficavam longe dos seus mestres. Este parecia ter sido abandonado à própria sorte e tinha um tremendo potencial. Arctos sorriu novamente, tinha arranjado dois servos numa noite só. Carregou o vampiro nos braços até o seu cavalo. Voltou para pegar a cesta e retornou para as terras de Malthus.

CAPÍTULO DOIS

O jovem camponês foi aos poucos recobrando a consciência. Abriu os olhos devagar. Tudo parecia fora de foco. Estava muito tonto ainda. Fechou os olhos de novo. Somente sabia que estava deitado em algo muito duro, incômodo e frio como uma rocha. A roupa rasgada estava molhada por causa da umidade do lugar. O cheiro era nauseante. Ouviu ao longe o barulho de gotas-d'água batendo no chão, competindo com os guinchos incessantes dos ratos. A fome que o acometera dias antes sumira, ele só não sabia explicar como. Antes, toda vez que tentava comer algo, o alimento queimava-lhe a garganta e, quando chegava ao estômago, era ainda pior. Sentia uma dor terrível, como se tivesse sendo corroído por dentro, e ele era obrigado a vomitar o que havia engolido junto com sangue. Tentou se lembrar do que aconteceu, mas nada lhe vinha à cabeça. Todo o resto parecia um imenso vazio. As lembranças dos últimos dias eram confusas como um livro com as páginas manchadas. Uma revolta era tudo o que lembrava. Flashes. Sabia de uma revolta, mas não se lembrava dos detalhes. Lembrava do som dos cavalos relinchando na luta e do som metálico de espadas se chocando. E pensar nisso lhe dava mais dor de cabeça.

Quando sentiu que a cabeça parara de zunir, ele sentou e abriu os olhos. Descobriu-se numa masmorra, acorrentado pelos pulsos com grossas correntes de ferro que o ligavam à parede rochosa de sua cela. O bracelete reforçado da corrente cobria todo o seu antebraço e era espessa. Dois centímetros de ferro puro. No pescoço, uma coleira de ferro. Estava imerso na mais completa escuridão, nenhuma tocha a iluminar o ambiente, mas estranhamente ele conseguia enxergar tudo perfeitamente bem como se o próprio sol iluminasse o ambiente. Ficou perplexo. Dois esqueletos humanos jaziam espalhados no chão de sua cela. Um rato preto saiu de dentro de um crânio. O jovem sentiu calafrios. Aquele com certeza não era um bom lugar de se estar. Ficou de pé e forçou as correntes com toda a sua força. Elas rangiam, se contorciam, mas não partiram. Onde será que estava? O que fez para estar preso? Terá sido preso por causa da revolta?

– EI, TEM ALGUÉM AÍ? – berrou desesperado.

Nenhuma resposta, a não ser o som do próprio eco. Sentou desolado. Ficou ali parado, pensando em algum motivo para estar naquela prisão. Lembrou-se de sua família. Seus pais, os seis irmãos, a irmãzinha querida. A caçulinha, a mais carinhosa. Será que estariam bem? Tinham que estar! Droga! Precisava de respostas! Se era um prisioneiro de guerra por que só tinha ele na masmorra?

Passou as mãos no cabelo castanho-escuro ensebado, descendo depois pelo rosto barbado. Surpresa. Como sua barba crescera! Chorou. Afinal, não tinha ninguém por perto para ver um homem chorar, mas seus olhos estavam secos. Olhou para os braços. Estavam muito pálidos. No lugar da pele bronzeada pelo sol, uma brancura mórbida. O que estaria acontecendo? Será que estava doente? Deus não poderia estar fazendo isso com ele. Logo ele que era um cristão tão fervoroso.

Estava preso nesses pensamentos quando ouviu o ranger de uma porta maciça de ferro se abrindo em algum lugar que não podia enxergar. Ouvia passos de pessoas descendo as escadas de pedra. Mesmo não vendo os estranhos, sabia pelo som que eram dois. Como sabia disso, ele não podia explicar. Seus sentidos estavam amplificados.

Não demorou muito para que os carcereiros chegassem à sua cela. Uma mulher gorda com trajes surrados de criada carregava um jarro de cobre. Ela vinha de olhos abaixados, em posição de completa submissão. Ao seu lado estava um homem mediano, mais baixo do que ele, vestido com um conjunto roxo com detalhes negros. Tinha longos cabelos ondulados soltos por sobre o ombro. Devia ser um nobre. A palidez da pele chamava a atenção. Os olhos verdes vivos recaíram sobre ele. O homem sorriu quando viu que o estranho despertara. O camponês continuou estático. Pensativo. Aquele homem definitivamente não era normal.

– Quem é vosmecê? – perguntou o prisioneiro.
– Meu nome é Arctos de Pontis.
– E eu conheço vosmecê? – perguntou o camponês desconfiado.

Arctos ficou surpreso. Será que ele não se lembrava?! Melhor assim.

– Sim, embora eu esteja vendo que não te lembras. Eu sou aquele que te salvou, camponês. Salvou e alimentou. Agora dize teu nome.
– Sou William Stout. Um simples camponês... – identificou-se o jovem.
– E qual tua idade?
– Não sei... Eu não sei o ano em que nasci... Mas por que está me perguntando essas coisas? Quero saber por que estou acorrentado! Acaso cometi algum crime?
– Acredite, foi melhor assim. Por medida de segurança.
– Por quanto tempo estive adormecido?
– Duas noites.

William ficou a fitar seu suposto salvador. Tinha certeza de que o conhecia, mas não sabia realmente de onde. Arctos tirou uma grande chave do bolso e destrancou a porta, entrando na cela. O camponês pôs-se de pé. Nunca confiou em um maldito nobre. Sempre sugando o árduo trabalho de seus servos. Fazendo de tudo para tornar suas vidas ainda mais miseráveis. Quantas vezes tiveram que trabalhar dobrado, triplicado para pagar as injustas taxas que eles impunham? Parasitas desgraçados! Mas tinha que disfarçar, infelizmente estava nas mãos de um deles.

– O que foi, camponês? Por que estás tão enraivecido? – perguntou Arctos, sorrindo simpático.

Isso pegou William de surpresa, fazendo Arctos gargalhar com prazer.

– Pelos teus olhos, pois eles brilham quando estamos com raiva. É o nosso demônio interior aflorando. Mas com o tempo tu aprendes a controlar teu ódio.

– Nossos olhos brilham?! Como assim *nossos* olhos brilham?!

O vampiro gargalhou novamente da cara de surpresa de William. Ele tinha certeza agora. Aquele camponês era mesmo um novato. Nem mesmo sabia que era um vampiro. Perfeito.

– Claro. Um brilho que parece sair do próprio inferno. Deixa qualquer mortal arrepiado de pavor. Nós, vampiros...

– O que vosmecê disse?! *Vampiros?!*

– Sim. Vampiro... O que tem de mais? – perguntou Arctos se divertindo com a situação.

– Cale-se! Eu não sei o que vosmecê quer de mim, mas fique longe! Eu não sou um monstro. Sai de perto de mim, demônio. SAI! EU NÃO SOU UM VAMPIRO! – berrava William descontrolado, tentando voar no pescoço daquele mentiroso. As correntes mais uma vez o impediram.

Os caninos de William brotaram, mas os olhos não assumiram a cor âmbar sangue, o que, por um instante, deixou Arctos perplexo. Era a primeira vez que via um vampiro transformado mantendo os olhos normais. Uma meia transformação. Nesse instante William sentiu um calor repentino se espalhar rápido pelo corpo e aquecer todos os músculos de uma só vez.

— SILÊNCIO, CAMPONÊS! — berrou a cria de Malthus, dando um murro em William que foi arremessado contra a parede. Os caninos afiados de Arctos perigosamente à mostra.

Quando o jovem se levantou, seu carcereiro mostrou-lhe um pequeno espelho, retirado do bolso. Foi então que o camponês viu no que se transformara. Um monstro. Recuou horrorizado tampando a boca. Virou o rosto, pois se recusava a continuar a ver seu próprio reflexo. Lembranças vinham à tona numa correnteza descontrolada. Lapsos mostravam um homem sombrio, mas William não conseguia vê-lo claramente. Parecia mais uma sombra do que um homem. Lembrou-se de um riso alto e estridente. Frio e demoníaco. Uma risada sem emoção. Um vazio e depois mais nada. Outro lapso e ele se viu vagando pela noite. Podia ver melhor na escuridão do que via durante o dia. Uma fome crescente. As mãos sujas de sangue e pelo de coelho. Seu estômago aceitava o sangue do animal, mas ainda não era o que ele procurava. Desespero. Mais um lapso. William se viu deitado no chão de terra. O estômago ardia de fome e dor. Um homem estava à frente. Uma gargalhada. A fome explodiu. Um par de olhos sem vida o fitava. Uma força crescendo dentro dele. Avançou para cima da sombra e depois... Não conseguia lembrar.

Arctos fechou a cara. Num segundo ficou a poucos centímetros de William, agarrou seu pescoço e o suspendeu no ar, pressionando o corpo do jovem contra a parede. O camponês se debatia, mas de nada adiantava. Arctos era forte demais e o seu corpo ainda doía por causa da porrada que levara.

— É hora de descobrir o que tu te tornaste — disse Arctos gargalhando.

Ele agarrou o braço de William e o forçou a pôr a mão sobre o próprio coração. O camponês não podia acreditar. Assustado, constatou que seu coração não batia. Não queria acreditar. Colocou a mão novamente sobre o peito. Nada. Nenhum batimento. A pele estava fria como o gelo.

– Por que a surpresa? – disse Arctos sorrindo. – Estás morto. Ou melhor, és um cadáver que vive.

De súbito, Arctos deu uma joelhada no estômago do prisioneiro, que arqueou de dor, perdendo todo o ar dos pulmões. Arctos apertou mais a sua traqueia, cravando suas unhas afiadas na carne, mas o ferimento não expelia nenhuma gota de sangue. William não conseguia respirar e, desesperado, continuou a se debater. Até que finalmente ele se deu conta de que não sentia a falta do ar. Não dependia mais dele para viver. Foi então que a ficha caiu. Uma angústia tomou conta dele. Realmente estava morto, mas lhe foi negada a passagem para o além. Era um vampiro, um monstro amaldiçoado. Arctos fingiu não notar a mudança de expressão no rosto do rapaz.

– Bem melhor, não? – perguntou Arctos, largando o camponês. – Cada vez que fazemos movimentos desnecessários, como respirar, mais cedo ficamos com fome. E acho que tu já sabes o que acontece quando ficamos com muita fome.

William aquiesceu, despertando do torpor mental.

– Vosmecê fala de fome... Como me deram comida, se eu vomito tudo?

Arctos sorriu malicioso como sempre.

– Estrupício de gente, vem até aqui! – ordenou ele se referindo à criada. – Dá para o nosso hóspede este jarro.

Ela obedeceu e entregou a jarra para William. Sempre de cabeça baixa. O camponês olhou para o interior do recipiente e se assustou. Um líquido vermelho viscoso. O cheiro adocicado de ferro não deixava dúvidas.

Era sangue.

O cheiro enchia as narinas de William de nojo e desejo. Por um instante pensou em beber, mas se controlou e procurou afastar esse hediondo pensamento. Jogou o jarro na direção de Arctos, mas este simplesmente inclinou a cabeça para o lado oposto. O jarro bateu nas grades da cela e esparramou o sangue pelo chão. Os ratos ficaram malucos de excitação.

Arctos riu como sempre. Isso já estava deixando William furioso; não suportava mais a risada daquele maldito. Se não estivesse acorrentado...

– Este é o teu alimento para toda a eternidade, camponês. Recusas agora, mas digo-te, quando a fome apertar, caçarás avidamente por este líquido tão precioso, que agora te causa tanta repulsa.

– Eu não sou uma sanguessuga para beber sangue!

– É claro que não! Tu és algo muito pior. És um monstro condenado pelo resto da eternidade a sugar a vida alheia para manter a tua própria vida. És forte agora, mas quando o frio que toma conta do nosso corpo for ficando pior, a fome que queima nossas entranhas aumentar... Quando sentires o calor pulsando num humano, sentir aquela vida correndo quente nas veias do infeliz... – e gargalhou novamente. – Tu dizes ter repulsa a sangue, mas não reclamaste quando te demos durante o sono.

– Vosmecê me deu sangue para beber?!

– É óbvio – respondeu Arctos num tom ofendido. – Sangue é o único alimento que nos sustenta, é ele que nos fornece a vida eterna. Nossa força sobre-humana, velocidade, agilidade, resistência. Ele cura nossos ferimentos, amplifica nossos sentidos, nossos dons...

– Dons?!

– Sim. Todo vampiro tem dons especiais. E quanto mais o tempo passa, mais poderosos ficamos. Em geral só desenvolvemos esses dons depois de um século de existência. Mas tudo isso tem um preço, meu caro: *sangue*. Sempre precisaremos de sangue humano, mais cedo ou mais tarde.

Arctos virou-se para a criada.

– Judith, estende teu pulso ao nosso hóspede!

E ela assim o fez automaticamente. William olhou para o pulso da criada. Viu o mapa de veias esverdeadas desenhado sob a pele, carregando o líquido vermelho quente. Sentia o calor daquele corpo e começou a desejá-lo. Arctos sorria.

– Difícil resistir, não? Nós te alimentamos com uma dose pequena há dois dias. Teu corpo já deve ter começado a clamar por mais sangue. Já o provaste uma vez. Mesmo inconsciente teu corpo não esquece. Não resista, William. Faça o que tua natureza manda. Um ou dois humanos por semana são suficientes para nos manter.

William bem que tentou repelir a mulher. Segurou o pulso dela com a intenção de empurrá-lo para longe. Mas assim que tocou nela, sentiu o calor da vida chamando por sua alma. Sua natureza clamava por aquele sangue. William não resistiu mais. Ao invés de empurrá-lo, trouxe o pulso para mais perto de sua boca. Os caninos em prontidão. Arctos gargalhava vitorioso. O camponês cravou os caninos na carne quente e sugou voraz o sangue daquela mulher. Aquele líquido não mais parecia repulsivo, ao contrário, era a mais maravilhosa das bebidas. O prazer era imenso e avassalador. Por um instante o jovem vampiro sentiu-se vivo novamente. Que sensação deliciosa! O calor aconchegante... Quando deu por si, Arctos tirava a mulher das suas mãos. Ela estava bem mais pálida agora.

– Já chega, novato – disse ele satisfeito. – Não é para matar a minha reserva de sangue.

Um filete de sangue escorria pelo canto da boca de William. Seu queixo estava todo sujo. O jovem camponês ficou horrorizado com o que acabara de fazer. Era mesmo um monstro. Pior, ele havia gostado do que fizera; sentira prazer. Um prazer intenso e absoluto. Olhou com pena para a criada, agora desfalecida nos braços de Arctos. Tinha duas pequenas chagas na altura do pulso, de onde ainda vertia muito sangue.

– Ela vai morrer? – perguntou ele num sussurro envergonhado, cheio de culpa.

– Não hoje. O ferimento dela vai sarar em poucos segundos. Quando mordemos, deixamos um pouco de saliva na ferida. Não sei explicar como, mas isso estanca o sangue da vítima em pouco tempo. Vai sarar e em poucos dias já poderá me servir de seu sangue.

– Ela é sua escrava?

– Não exatamente. Ela é minha reserva de sangue, eu já disse.

– E vosmecê vai me deixar aqui, acorrentado?

Arctos ficou pensativo por alguns instantes. Finalmente aquiesceu.

– Não, já vou te soltar. Mas antes me responde: quem te deu o dom da imortalidade?

William nada respondeu.

– Quem te tornou um vampiro? – tornou a perguntar Arctos com um tom de voz mais impaciente.

– Eu... não sei. Pensei que vosmecê pudesse me responder.

Arctos tornou a ficar pensativo.

– Não. Eu não posso responder a essa pergunta. Do que te lembras? Como fostes parar nas terras do baronete Truman? Estou curioso a teu respeito.

– Eu vivia lá. Minha família está naquelas terras desde que meu bisavô serviu ao primeiro nobre. Somos simples camponeses e sou o mais velho de uma família de sete irmãos. Eu...

– Esses detalhes mortais são chatos – cortou Arctos bocejando. – Diga-me o que te lembras da revolta.

– Eu não lembro de nada – respondeu William confuso. – A última coisa que lembro foi que os outros camponeses estavam furiosos porque o baronete fez algo de ruim. Mas não me lembro de nada mais. Minha última lembrança foi ter trabalhado nas terras do meu pai até tarde da noite e desabar na cama sem jantar. Quando acordei estava preso aqui.

Arctos fitou o camponês por um tempo.

– Só uma história chata. De qualquer forma teu mestre tinha a obrigação de te acolher, mas pelo visto ele te abandonou. Então tu serás meu pupilo. Ensinar-te-ei tudo o que sei – disse ele sério, tirando o molho de chaves do bolso. – Mas vou te avisando que não gosto de insubordinações. Posso perder a paciência com apenas um olhar atravessado; já matei por muito menos que isso. Então muito cuidado com o que dizes.

Abriu a tranca das pulseiras e do colar de ferro, libertando William.

– Tenho uma missão a cumprir e tu vais me ajudar – disse Arctos incisivo.

Arctos tirou, de dentro do bolso, um pergaminho enrolado e amarelado de tão antigo que era e o entregou para o seu aprendiz. William abriu o pergaminho. Um brasão. Um escudo verde rodeado por heras com uma listra branca. No meio, uma faixa com a palavra "*Dansh*" em letras bem trabalhadas. William não entendeu o que estava escrito, pois um camponês nunca aprendia a ler nem escrever.

– Já viste isso antes? – indagou Arctos.

O camponês já tinha visto o brasão antes, mas não lembrava de modo algum onde o vira. Não queria enfurecer Arctos, então achou melhor mentir.

– Não – respondeu o camponês por fim.

Ele ficou encarando Arctos, pensando se o vampiro podia detectar sua mentira.

– Vamos! – disse Arctos escondendo um largo sorriso de satisfação.

Arctos tirou o novato da masmorra subterrânea do castelo. Subiram uma escada e saíram no meio de um largo corredor. O camponês ficou admirado, nunca havia pisado na casa de um nobre antes. Tapeçarias caras cobriam a maior parte das paredes. O chão era forrado com muita palha para manter o lugar aquecido. O espaço vazio era preenchido por tochas acesas, iluminando o caminho. Não que eles precisassem. Muitas portas fechadas ao longo do caminho.

– Vosmecê é um nobre?

– Não exatamente.

– Então...

– Este castelo pertence ao meu mestre, e agora, teu mestre também. Barão Sian Malthus. Ele está dando uma festa de boas-vindas à alta nobreza. Nós chegamos aqui há poucos dias. A cerimônia de concessão do feudo foi ontem. Um porre – disse Arctos. – A mesma ladainha de sempre. Os baronetes juraram fidelidade a Malthus e nosso mestre jurou proteção militar. Hoje tem outra festa. O arcebispo está de passagem e Malthus está fazendo uma homenagem ao seu novo suserano, o conde Henry de Bohun, a quem ele deve fidelidade agora – explicou ele sorrindo com ironia. Como se um vampiro fosse fiel a um humano. – Mas antes vamos vesti-lo melhor, tirar esses trapos imundos. Não quero que meu pupilo seja visto como um mendigo. Vamos tirar também este pelo da tua cara. Quem sabe um corte decente neste cabelo ensebado?

William passou a mão no rosto. Estava bem espetado mesmo. Olhou para o corpo e finalmente se deu conta de que estava limpo e com uma roupa nova.

– Vosmecês me deram um banho? Ainda não tinha nem três meses quando tomei o último.

– É claro que os criados lhe deram um banho. Teu estado estava deplorável. Até os porcos fugiam de ti, acompanhados logo atrás pelas moscas e ratos.
– E as minhas roupas?
– Mandei um criado dar teus trapos para os mendigos.

Continuaram caminhando até que Arctos entrou em um dos quartos. Outra criada já estava à espera deles. Ela fez William se sentar num banco e cortou sua barba com uma lâmina bem afiada. O camponês se sentiu desconfortável com a situação. Não estava acostumado a ser servido. Arctos ficou sentado num canto da sala o tempo inteiro. E lá ficou calado, pensativo.

A criada se retirou do quarto, assim que terminou o serviço. Os cabelos estavam bem aparados como nunca estiveram antes. Uma roupa muito chique estendida em cima de um baú. Um conjunto de veludo azul-marinho com finas linhas brancas circundando, bem diferente do que William costumava usar. Suas roupas eram feitas pelas mãos hábeis de sua mãe com lã rústica e tinham que durar anos. Se não coubessem mais, dava para o irmão mais novo.

– Perfeito – elogiou Arctos. – Ninguém vai te confundir com a ralé.
– Eu *sou* da ralé – respondeu William afiado.
– Não mais. Teu passado morre agora, para sempre. Tu me disseste que teu nome é William Stout.

O jovem aquiesceu.

– Stout – repetiu Arctos pensativo. – Não, podem reconhecer-te pelo nome. Pois bem, a partir de hoje tu te chamarás William Brenauder. Brenauder, sim, é um sobrenome de classe.

Novamente o camponês concordou. O nome lhe soou bem aos ouvidos. Não queria ser reconhecido por nenhum amigo da família. Brenauder. Identificou-se rapidamente com este sobrenome. Stout agora parecia tão estranho e distante como um sonho esquecido. Artcos fez um sinal para saírem.

Saíram do quarto, passaram por mais seis corredores e subiram um lance de escadas até chegarem ao saguão de festas. Era imenso. Dava para abrigar com folga sete choupanas iguais àquela em que William vivera. Tapeçarias com o brasão verde-escuro da família Malthus recobriam as paredes. Um dragão de três cabeças representava a dinastia do dono do castelo. Cortinas verde-escuro recobriam completamente as imensas janelas da sala. Vários castiçais espalhados pelo lugar garantiam a boa iluminação. Além de uma grande lareira no canto do salão, aquecendo o lugar. Uma longa mesa retangular no centro com mais de trinta cadeiras, todas ocupadas por nobres. Eles estavam vestidos ricamente com seus melhores trajes de luxo, sempre concorrendo para ver quem era o mais elegante. As mulheres maquiadas até o último fio de cabelo exibiam seus decotes pecaminosos, embora excepcionalmente esta noite os seios estivessem mais escondidos por causa da visita do arcebispo. Difícil dizer quem portava a joia mais exuberante. William sentiu uma pontada de ódio ao ver a cena de longe. Os camponeses ralando, comendo o pão que o diabo amassou, enquanto os vagabundos dos nobres se divertiam.

Alguns casais dançavam ao ritmo da música lenta tocada por uma orquestra com direito a flauta, alaúdes, trompetes e realejos, que eram tocados ao se apertar teclas e virar uma manivela. Uma dança sincronizada. A mesa estava farta, recheada de comida da melhor qualidade. Assados de boi e frango com tempero forte para disfarçar um eventual sabor de carne estragada. Queijos variados, frutas dos mais diversos tipos, amêndoas e mel. Criados e pajens bem treinados serviam os senhores feudais e as suas famílias. A conversa rolava solta e animada na mesa, onde somente os homens se sentavam. As mulheres conversavam sentadas em poltronas acolchoadas em outro canto. Os cabelos longos, sempre presos em arranjos extravagantes.

— Tu ainda não estás preparado para se sentar à mesa conosco — disse Arctos. — Não deves saber nada de etiqueta e o seu linguajar de plebe faria os nossos convidados perderem o apetite. Aguarde-me aqui.

Arctos se aproximou do recinto. Sorriu para as jovens donzelas e sentou-se em seu lugar à mesa. O assunto da vez era a revolta dos camponeses ocorrida alguns dias antes.

— Vós vistes o que aconteceu nas terras do baronete Truman?

— É claro. Truman sempre foi um idiota! Não soube conduzir com pulso firme as suas terras. Deu no que deu. Revolta. Ultimamente é só isso que esses miseráveis sabem fazer: reclamar, protestar.

— Será que não sabem que é por vontade de Deus que eles são pobres e nós ricos? — gracejou outro baronete. — Eles deviam aceitar sua condição e nos deixar em paz, não é mesmo, arcebispo?

O arcebispo não era diferente dos nobres ali presentes. Era um senhor baixo e muito gordo, redondo como uma bola. Vestia-se luxuosamente e estava sempre coberto de joias feitas de ouro e prata. A mais preciosa era um anel de ouro maciço com o símbolo da cruz. Não perdia uma festa, e aproveitou a homenagem generosa do barão para filar uma boia de graça.

— Eu concordo — disse o representante do clero, mordendo um pedaço de coxa de galinha. — Esses miseráveis deveriam saber do seu lugar. Vivem protelando para pagar os dízimos. Não me surpreenderia se fossem todos condenados ao inferno.

William ouvia a conversa de longe perfeitamente bem e o rumo daquela prosa só enchia seu coração de ódio. Ele fechou os olhos. Na sua mente vieram novamente sons de relinchos assustados de cavalos. Som de espadas. Uma batalha. Gritos de pessoas. Mortes e... mais nada.

– Então, meu caro bispo, o que estás achando do meu condado? – perguntou o conde Henry de Bohun.
– Bem, estava indo tudo muito bem. É uma região muito bonita, devo reconhecer. As igrejas estão bem conservadas e não há muitos povos pagãos para influenciar o rebanho. Mas ontem recebi uma carta que o reverendo Ambrosius me escreveu, contando de um caso estranho. Parece que forças demoníacas estão rondando o burgo de Amyville – revelou o arcebispo em alto e bom som.
Todos os aristocratas pararam de falar e comer para ouvir o representante da Igreja. Mulheres fizeram o sinal da cruz. Os mais jovens se arrepiaram. Finalmente um assunto interessante de se ouvir. Arctos conteve um sorriso que começava a se formar no canto de sua boca.
– O pecado está rondando este lugar. Soube que os dízimos não estão sendo pagos em dia tanto pelos pobres quanto por vós – sibilou o arcebispo severo, tomando um generoso gole de vinho.
Alguns nobres desviaram o olhar. Teriam que aumentar novamente a taxa dos camponeses para cobrir o prejuízo com a Igreja. Tudo era válido para entrar no reino dos céus.
– Há quatro dias um corpo foi achado na frente da igreja. Estava nu e... decapitado.
– OHHH! – exclamaram os nobres em coro.
– Uma marca do demônio foi aberta em seu peito. A cabeça foi encontrada presa numa estaca bem na frente do mosteiro de Santo André, que fica a cinco quilômetros da cidade.
A elite medieval ficou horrorizada. As mulheres estavam tendo ataques de chilique e não paravam de se benzer. Malthus olhou diretamente para Arctos, que se encolheu na cadeira. Aquela feição sólida de uma estátua, aquele olhar frio que sempre o deixava desconcertado. Arctos pegou a taça de vinho e fingiu beber um gole para desviar o olhar de seu mestre.

— Mas não vos preocupeis. Um homem de confiança já está se dirigindo para cá – informou o arcebispo. – Lazarus é o seu nome, e quero que o trateis com muito respeito. Se ele tiver de investigar vossas propriedades, ele o fará.

Os olhos de Sian brilharam de ódio por um ínfimo instante. E Arctos sabia o porquê. Seu mestre detestava a interferência da Igreja. Havia boatos de que, no Vaticano, alguns cardeais pressionavam o papa para endurecer ainda mais a política de conversão dos povos pagãos. *O demônio está rondando, infiltrado no meio deles, para desviar os fiéis do bom caminho* – diziam. Alguns já falavam abertamente em erradicar todo o mal da Europa. E não era segredo que a Igreja financiava alguns caçadores de criaturas sobrenaturais. Uma caçada aos pagãos podia ser apenas o próximo passo.

— Talvez um toque de recolher ao anoitecer seja apropriado. O que achas, conde Henry? – sugeriu outro barão.

Um senhor alto e robusto, de expressão severa, olhou para o barão. Tinha uma barba muito bem cuidada. Os longos cabelos grisalhos caíam por cima dos ombros, escorrendo sobre o peito. Vestia belos trajes azul-celeste feitos de seda chinesa. De longe a roupa mais cara da festa. Aquele homem era um grande amigo do rei, que criou o título de Conde de Hereford especialmente para ele. O conde contava com trinta e sete anos.

— Amyville não está sob minha jurisdição desde que eu assinei a carta de sua autonomia há dez anos. Agora, este é um problema do prefeito local. Soube que ele contratou um reforço de bons guerreiros para melhorar a segurança do burgo. Não creio que outro ataque desse tipo venha a ocorrer – disse o conde sério. – Mas esse assunto já está me cansando. Chega desse papo incômodo! Quero saber quem é esse belo fidalgo que acaba de se sentar – disse ele sorrindo cordial. – Ainda não fomos apresentados.

Todos voltaram sua atenção para Arctos.

– Meu nome é Arctos Malthus de Pontis. Nasci em terra muito distante, no interior desta ilha tão vasta. Um belo lugar chamado Pontis. Sou o irmão mais novo do barão.

Henry gargalhou de alegria.

– Tu não contaste que tinha um irmão, Malthus. Tu és um belo exemplar, meu caro Arctos. Jovem e forte – elogiou ele, virando-se para o barão. – Vós pareceis ter a mesma idade.

Malthus se limitou a dar um sorriso enigmático.

– Mas onde estão as sras. Malthus que até agora eu não as vi? – perguntou o conde curioso.

– Eu ainda não arranjei minha alma gêmea. E minha cunhada faleceu... – disse Arctos, fingindo tristeza.

– Sinto muito – disse o conde compadecido. Resolveu mudar de assunto para evitar mais constrangimentos

– Nossa! – exclamou um nobre olhando admirado para Arctos. – Detesto ser indiscreto, mas agora que reparei como tu estás pálido! Estás doente? Tu também, barão Malthus.

– Deviam procurar um boticário. Talvez algumas sanguessugas resolvam o vosso problema. Orem a Deus por clemência – disse o arcebispo sem demonstrar muito interesse, tomando mais um gole de vinho e virando para ouvir as queixas de um baronete.

– E a tua mão direita, barão? – perguntou Henry curioso olhando para Malthus. – O que aconteceu?

– Uma complicação com o fogo da lareira de meu quarto. Mas já está melhor – disse Sian, mostrando a mão que já estava sem as ataduras. Só apareciam as marcas mínimas de queimadura.

William continuava sentado no chão, oculto nas sombras daquele canto, observando o salão. Olhava atentamente e com desprezo para cada um dos nobres, até que se deparou com o olhar cinzento de Malthus. O camponês ficou desconcertado.

Parecia que o barão o estava enxergando. Logo teve certeza, uma vez que o nobre continuava a fitá-lo. Sabia instintivamente que aquele ser era o mestre de Arctos. Ficaram se olhando por alguns segundos até que William abaixou os olhos, desconfortável com o fato de estar sendo analisado. Quando olhou para o barão novamente, ele já estava conversando com outro nobre. O jovem vampiro suspirou. Realmente aquele vampiro era de dar calafrios.

Arctos esperou o tempo passar mais um pouco. O jantar terminou e a mesa foi limpa rapidamente. Os criados trouxeram as sobremesas. Tortas de maçã. Uma agradável surpresa ocorreu quando os nobres partiram os doces. Passarinhos azuis saíram de dentro das tortas, revoando pelo salão. As mulheres soltaram gritinhos de felicidade. Todos batiam palmas.

– Muito bom, barão – elogiou o conde sorridente. – Vejo que és um homem de poucas palavras e muitas surpresas.

Era o momento perfeito. Arctos pegou um cacho de uvas, pediu licença educadamente e se retirou da mesa de jantar. Ele se juntou a William. Quando saíram do saguão, o vampiro contou o porquê da retirada repentina.

– Nosso mestre nos encarregou de uma missão, lembra-te? – disse ele, abocanhando uma uva.

– Qual é a missão? – indagou William, se perguntando se Arctos não sentia dores nas entranhas quando comia algo que não era sangue.

– Explicarei no caminho. Vamos para Amyville, que é por lá que começaremos. Sabes andar a cavalo?

– Bom... – disse William sem-graça. – Não sei. Não... lembro... Acho que nunca montei num cavalo desse porte. No máximo, andei de mula, jumento, talvez um pangaré.

Arctos passou em seu quarto e pegou um par de capa e capuz, ambos negros. Deu um par para seu pupilo vestir. Andaram em silêncio por algum tempo, até que William se lembrou de algo importante.

– Antes, podemos voltar para as terras do falecido Truman?

– Para quê? Quer rezar pelo corpo do falecido?

– Que ele arda no inferno! Quero ver se minha família está bem. Há quantos dias ocorreu esta batalha?

– Há uns doze dias – respondeu Arctos, abocanhando a última uva. Mastigava bem devagar, apreciando o sabor, adorava aquela fruta. Depois, sorriu para William. – Dependendo do andamento da missão, poderemos passar por lá.

Chegaram ao estábulo, onde o corcel negro de Arctos já estava pronto. Ele avaliou o animal por um tempo, depois deu as costas e foi saindo de lá.

– Lembra-me de te ensinar a cavalgar, camponês – disse ele. – Iremos correndo.

E assim saíram para desbravar a estrada fria envolta pelas trevas, em direção a Amyville.

CAPÍTULO TRÊS

Correndo pela estrada de terra, William não podia acreditar na velocidade que conseguia alcançar. Depois que se acostumou ao seu ritmo sobrenatural, o camponês afundou em seus pensamentos. Tentava se lembrar de mais alguma coisa, mas nada lhe vinha à cabeça. Somente os olhos frios de Malthus o observando lhe vinham à mente. Permaneceram calados durante um bom tempo, até que o camponês, incomodado com aquela situação, resolveu quebrar o gelo:

– Pensei que o arcebispo fosse descobrir a verdade...

– Não tinha como – disse Arctos desinteressado. – Muitos mortais também têm a pele pálida como a nossa, uma enfermidade chamada anemia. Identificar um vampiro é difícil para quem não é especialista.

– Especialista?!

– Caçadores de vampiros, camponês – respondeu Arctos com um sorriso que logo desapareceu. – São mortais que tentam nos caçar. A maioria morre tentando. Poucos são os caçadores que conseguem nos impor respeito. Lazarus é um nome conhecido no nosso meio, não queira cruzar com um deles. É morte certa.

Ficaram mais um tempo em silêncio.

– Como vosmecê conseguiu comer aquela uva sem vomitar? – perguntou William.

– Apesar de nossas entranhas estarem mortas, elas ainda podem funcionar muito bem. É claro que tu podes comer, embora isto vá te fazer gastar uma boa energia e ficar com sede de sangue mais cedo. Mas não é assunto para agora! – disse Arctos impaciente. – Fique quieto! Preciso pensar.

William permaneceu em silêncio pelo resto da viagem. Passou a prestar mais atenção à paisagem. Era muito boa a sensação de ter o vento batendo no rosto, uma sensação nova de liberdade. Passaram pelos campos dos grandes latifúndios. Eram tão grandes que não pareciam ter fim. Subiram uma pequena colina. Lá de cima dava para ver todo o percurso que ainda viajariam. A estrada de terra cortando a planície, atravessando rios e campos verdejantes até chegar a uma colina ainda maior que abrigava o burgo. Tudo à sua volta era rodeado por bosques. Árvores centenárias se estendendo por quilômetros, até onde a vista alcançava.

Com sua visão apurada, William pôde enxergar lá de longe os muros de pedra que cercavam a cidade de Amyville bem no meio da subida. Um ponto estratégico para se proteger de ataques bárbaros. Lá no alto estava o antigo castelo do conde e agora era a morada de um banqueiro, o mais rico burguês de Amyville. A Igreja não o via com bons olhos, pois cobrar juros na época era considerado pecado.

William sorriu. Lembrou-se de que, no fim de cada mês, ele ia com sua família a Amyville trocar lã, ovos, manteiga e queijo por coisas de que necessitavam, ou então iam para se divertir nos festivais religiosos. Andavam a pé por quilômetros em grandes grupos para se protegerem de ladrões que se escondiam à beira da estrada. Uma longa e cansativa viagem, mas sempre valia a pena. William desde criança ficava abismado com a cidade. Um aglomerado de pessoas vivendo juntas, apertadas. O rico comércio fluindo, trazendo e levando viajantes para os confins do mundo. Bravos aventureiros que exploravam terras misteriosas em busca de riquezas. Uma vida cheia de perigos e recompensas. Como William os invejava. Sonhava um dia também poder viajar livre pelo mundo. Mero sonho. Um camponês não foi feito para viajar, não foi feito para sonhar, mas para plantar, cuidar dos animais domésticos e colher. Foi feito para sobreviver, sempre preso à terra onde nasceu. Uma propriedade do seu senhor feudal. Seu pai sempre dizia isso.

– O que vamos fazer por lá? – perguntou William curioso.

– O brasão que te mostrei, lembras? Estamos buscando um representante desta dinastia. Vivo ou morto, não faz a menor diferença. Era uma família de nobres que desapareceu décadas atrás, e a resposta pode estar em Amyville.

– Em Amyville?! Mas se são nobres a resposta deve estar nos latifúndios, não é?

– Quieto, camponês! – ralhou Arctos impaciente. – Ainda não queremos chamar a atenção dos nobres. Essa família não é sequer mencionada por eles, mas antigamente a única igreja destas redondezas ficava perto do castelo do conde. Os registros de batismo e óbito dos nobres ficam guardados lá. *E adivinha onde fica este templo de adoração divina?*

Em pouco tempo se viram de frente à entrada da cidade. Os guardas ficaram visivelmente incomodados, pois alguns já estavam dormindo. Estavam ali para impedir a entrada de leprosos e criminosos conhecidos na cidade, e costumavam cobrar pedágio para a entrada de estranhos. Com as tochas, iluminaram os dois viajantes. As roupas não deixavam dúvidas, eram ricos, apesar de não conseguirem ver os seus rostos. Talvez fossem ladrões. Se eram ricos, onde estavam os cavalos ou lacaios para fazer a proteção? Por que viajavam de noite? Algumas moedas silenciaram a curiosidade dos homens. Entraram sem muitos problemas. Arctos iria invadir a igreja da cidade, a maior e mais importante da região. Talvez lá ele pudesse descobrir onde os membros da família Dansh eram enterrados. Mas, antes de tudo, a diversão.

Na primeira vez que fora à cidade Arctos se informara direitinho sobre onde ficavam todas as tabernas e prostíbulos de Amyville. Todas ficavam abertas até altas horas. Eles se dirigiram para o prostíbulo mais próximo, embora William não soubesse.

Seguiram pela estrada principal que cortava a cidade de ponta a ponta e ligava as duas saídas dela. Toda pavimentada com paralelepípedos. Saíram da rota e seguiram por alguns caminhos estreitos e escuros; não havia ruas cortando as cidades na Idade Média. Andaram mais um pouco até que avistaram a casa do prazer pecaminoso. A música rolava alta e animada, bem isolada do resto da cidade.

Arctos bateu de leve na roupa para retirar a poeira da estrada. Entrou no estabelecimento acompanhado do camponês. Arctos retirou a capa e a entregou para uma mulher que o pendurou perto da porta. William nunca tinha entrado naquele tipo de estabelecimento antes. Era sujo e mal iluminado. Uma casa do pecado. Ele torceu o nariz e fechou a cara numa expressão de nojo. Havia um balcão com um homem barbudo, gordo e fedorento atendendo os fregueses. Barris de cerveja empilhados atrás do balcão. Mulheres se insinuavam para os homens, enquanto serviam bebidas em jarros de cerâmica. Muitos mortais jogavam dados com prostitutas no colo, apostando nos números que iam cair. Algumas moças eram belíssimas. Loiras, ruivas ou morenas, altas ou baixas, gordinhas ou magrinhas; tinha para todos os gostos.

Os vampiros se sentaram em uma mesa próxima ao palco. Arctos pediu dois canecos do melhor vinho da casa. Foi atendido rapidamente. William mirou uma dançarina ruiva. Era bem jovem. Uns vinte anos no máximo. Pele branquinha como leite. O cabelo solto, esvoaçando sensualmente, enquanto dançava leve como uma pluma ao sabor alegre da música. O vestido tinha um decote generoso, deixando parte dos fartos seios à mostra. William ficou deslumbrado com a sensualidade daquela mulher. Olhava, completamente hipnotizado, para o subir e descer dos seios dela durante a dança. Meu Deus, como era linda! O jovem se esqueceu até mesmo do repúdio que tivera do prostíbulo. Arctos percebeu o olhar de peixe morto de seu novo pupilo e chamou a atenção da ruiva, sem que o camponês percebesse. Ela atendeu prontamente com um belo sorriso, afinal não era todo dia que um homem rico entrava naquele estabelecimento. Ainda mais um jovem bonito como aquele. Cabelos ondulados, longos e soltos, cobrindo parcialmente o rosto angelical de sorriso simpático.

– Gostaste daquela ruiva, não foi? – perguntou Arctos com um sorriso malicioso, apontando para a dançarina no palco.

– É claro que não. Elas são prostitutas! – mentiu William ríspido. – O que estamos fazendo aqui? Vosmecê não ia à igreja?

– Por que a pressa, camponês? És um imortal agora e isso significa que o tempo não é nada para nós, e tu estás livre de todas as amarras que tinhas quando vivo. Estás morto e como tal não precisa mais cultivar a terra para sobreviver ou perder tempo ouvindo as baboseiras dos padres. É hora de desfrutar dos prazeres da carne. Mandei chamar a ruivinha ali para uma boa conversa – disse Arctos sorrindo. Ele se divertia com a cara horrorizada de seu pupilo.

– Isso é errado – disse William. – É heresia.

– Já viu que tudo que é bom a Igreja condena? É claro que essas proibições não valem para os ricos, e nem mesmo para o alto clero. Viu o arcebispo hoje no jantar? Viu como ele repudia os pobres? Reparou bem nas joias que ele ostentava? Te garanto que se ele vendesse aquele ouro bancaria um jantar para todos os pobres deste burgo.

William calou-se. Ia rebater, mas a música terminara e a ruiva foi se sentar com eles. O vampiro com cara de anjo ofereceu-lhe um copo de vinho. Ela não recusou.

— Qual teu nome, formosa flor dos campos? — perguntou Arctos com um belo sorriso malicioso.

— Marilyn, meu belo senhor — respondeu ela, retribuindo o sorriso. Que lábios carnudos tinha aquela boca... — O que desejam de mim? — perguntou provocante, se inclinando para a frente e deixando o decote bem à vista.

— Marilyn, tu me concedes uma dança? — perguntou Arctos, se levantando da cadeira e estendendo a mão para a moça.

A ruiva atendeu. E lá foram os dois para o centro da casa dançar. William ficou mordido de raiva por não ter dito porcaria nenhuma. Odiava as heresias que a boca imunda de Arctos exalava. Sabia que Arctos fizera tudo isso para provocá-lo, e o pior é que tinha conseguido. Era ele quem devia estar dançando com a ruiva! Ficou sentado, olhando o casal dançar.

Arctos dançava colado na moça com o rosto bem próximo do ouvido dela. Era incrível como sabia os movimentos da dança popular, que era muito diferente de uma dança aristocrática.

— Sabes o meu amigo ali? — perguntou Arctos num sussurro ao ouvido da moça. Ela meneou a cabeça afirmativa. — É virgem ainda.

— É mesmo? — perguntou ela surpresa. Arctos sufocou o riso.

— Que tal fazer-lhe um pouco de companhia? — perguntou ele, passando um saquinho de moedas de prata discretamente para a prostituta.

— Agora mesmo — respondeu ela feliz.

— Chame aquela loira também — apontou ele. — Quanto mais belas mulheres na nossa festinha, melhor.

– É claro. Eu te encontro no quarto seis, é só subir a escada. E leve o seu amigo. Garanto que ele não vai se arrepender – piscou ela se afastando.

Arctos voltou para a mesa. William estava lá com a cara amarrada de desprezo pelo lugar.

– Vem, camponês! Vamos nos divertir um pouco.

Mesmo com raiva, William obedeceu, seguindo Arctos escada acima. Por que o camponês fazia isso? Nem mesmo ele sabia. Talvez a verdade proferida pela boca de Arctos abalasse as convicções mais profundas de William. Arctos parou um pouco para procurar o quarto seis. Não demorou a achá-lo, era o último do corredor. A porta estava entreaberta. Ouviram o som de duas risadas femininas. Entraram no quarto. Era o melhor da casa, reservado aos ricos que pudessem pagar pelo conforto. Uma cama macia com lençóis limpos e perfumados. O ambiente era muito bem iluminado por castiçais bem trabalhados em cobre. Cortinas azuis encobriam as janelas, dando a privacidade necessária. Nem pareciam que estavam numa espelunca. Tinha também uma porta lateral com acesso a outro quarto tão luxuoso quanto aquele. Duas mulheres seminuas estavam sentadas em cima da cama. A ruiva acompanhada de uma loira, exatamente como Arctos pedira.

Marylin se levantou e andou na direção de William. Os olhos castanhos fitando-o de alto a baixo. Ele ficou um tanto sem jeito. A ruiva se aproximou e pegou sua mão, beijando-a vertiginosamente. Aquele toque quente agradava ao jovem, e naquele instante todo o desprezo de William se dissipou. Ela o segurou pelos braços e tascou-lhe um beijo na boca. Que lábios!

– Como vosmecê está gelado... Mas não se preocupe com nada. Eu vou te *aquecer* a noite inteira – disse ela, sorrindo maliciosa e arrastando William para a cama.

Arctos pegou a loira no colo e a carregou para o outro quarto. A pele quente da mulher excitava, e muito, o vampiro.

Olhou para a veia pulsante do pescoço dela. Pensou no delicioso sangue que por ali circulava. Hoje, a diversão e a refeição estavam garantidas.

A ruiva beijava o peito já desnudo de William, excitando-o muito. Fazia muito tempo que o camponês não sentia tanto prazer. Ele a parou delicadamente e fitou-a nos olhos.

– O que foi? – perguntou ela.

– Nada. Quero apenas apreciar um pouco da sua beleza. Vosmecê é linda demais!

Ela sorriu com o elogio. Desvencilhou-se dos braços dele e se levantou da cama, ficando de frente para o garoto. Tirou devagar o que ainda restava de suas roupas, expondo o belo corpo. Os fartos seios de bicos róseos apontando para ele, pedindo para serem acariciados, beijados. A cintura fina dando lugar a volumosas coxas. William não resistiu e a puxou para o colo. Beijou-a na boca calorosamente, enquanto acariciava a coxa da ruiva. Subia a mão em direção ao ventre, devagar, sentindo a pele macia e quente daquela deusa do prazer.

Ela pegou sua mão e a levou para o meio das suas pernas. Quente. A bela moça gemia e se contorcia de leve, se abaixando para beijar o pescoço daquele jovem tão ardente. Os dedos de William percorriam cada canto de sua genitália, agora encharcada de tão excitada. Para um novato até que ele estava se saindo bem. Mas ainda tinha muito que aprender na arte de fazer amor.

William fitou o pescoço daquela formosa mulher, afastando os cabelos para o outro lado. Assim que tocou na pele, ela se arrepiou de frio. O vampiro sentia aquela pele tão macia e quente chamar por ele. Pôde sentir os batimentos do coração dela, pulsante de vida. Aproximou seu rosto para mais perto. Como ela era quente... Naquele momento William sentiu uma pulsada forte do seu coração morto e um calor agradável se espalhando pelo corpo. Por um instante ele se desligou do mundo.

Quando voltou a si, o camponês já estava sugando voraz o sangue da mulher. Foi tudo muito rápido. Sentiu-se vivo novamente. Como sentia falta do calor humano que seu corpo produzia. William olhou para o sangue em suas mãos e paralisou por longos segundos. De repente como se despertasse de um pesadelo ele pulou para longe da mulher, não podia ter feito isso. Não podia! Um monstro! Assassino! Culpa. De sua boca escorria um fio de sangue quente. A moça estava morbidamente pálida, mas ainda viva. Lágrimas escorriam pelo rosto dela, se misturando com o sangue que vertia de duas feridas no pescoço.

Ela sabia que morreria.

O olhar perdido, moribundo. William se agachou no chão horrorizado, cobrindo a cabeça de vergonha. Meu Deus, o que fizera? No que se transformara?!

Arctos entrou no quarto completamente despido. Ouvira o gemido de desespero da ruiva, no momento que teve seu pescoço perfurado. Sorrindo de satisfação, o vampiro resolveu esperar mais um pouco. Aproximou-se da prostituta, agora somente um cadáver.

– Eu sabia. O sangue de Judith era muito pouco para sustentar-te. Teu corpo estava sedento por mais sangue.

A loira, enrolada em um lençol, entrou no quarto. Ficou em choque ao ver sua amiga morta estendida na cama. Um pequeno círculo de sangue ao redor da cabeça. Os olhos abertos sem vida. Aquele rapaz alto e esguio com a boca e as mãos sujas de sangue. O outro rindo. Parecia um demônio. Levou as mãos à boca. A visão do cadáver a deixou muda. As lágrimas escorrendo pelo rosto. Suas pernas tremiam. Tentou gritar, mas sua boca não obedecia. Mas era preciso ou morreria também.

Respirou fundo e abriu a boca para gritar por socorro. Arctos apareceu na sua frente, como por encanto, e tapou-

-lhe a boca, apertando sua mandíbula com uma força sobre-humana.

– Não, querida. Assim não – sussurrou ele bem próximo do ouvido da apavorada loira. – Assim serei obrigado a matá-la antes da hora. E não queremos isso, não é? Quer dizer, somente tu não queres...

A loira entrou em pânico. Tentava se livrar do assassino de qualquer maneira. Arctos gargalhava de prazer. O barulho não importava, afinal, quem iria ouvir com toda aquela música no andar de baixo. Os caninos brotaram. Os olhos adquirindo aquele brilho esmeralda demoníaco. A moça se desesperou de vez. Então era verdade o boato que estava rolando por aí. Um demônio estava assassinando as pessoas para levar suas almas para o inferno. As lágrimas saíam com mais abundância. Iria morrer! Soluços. Rezou a Deus para que lhe perdoasse os pecados. Não queria morrer...

O vampiro ficou ali se divertindo com o sofrimento da prostituta arrependida. Nessas horas todos eram iguais. A humanidade era covarde por natureza. Um momento singular e belíssimo de ser apreciado.

William não sabia o que fazer. A palavra *assassino* ecoava incessante em sua mente sofrida. Remorso, culpa. O que se tornara? O que fizera de tão ruim? Qual pecado hediondo cometera para merecer tão terrível maldição? Ajoelhou, pedindo perdão a Deus.

Arctos finalmente se entediou do choro da meretriz e fincou os caninos em sua jugular, tomando todo o seu sangue bem devagar. Adorava ver o brilho dos olhos se apagando. Mais um cadáver. Satisfeito, limpou a boca nos lençóis. Pegou o corpo da loira no colo e se virou para o camponês. Fez uma careta quando encontrou-o naquela posição patética pedindo por clemência divina.

– Levanta-te, imbecil. Achas mesmo que Ele se importa conosco? – vociferou ele com os olhos brilhando de ódio. – Ele não está nem aí. Agora, levanta-te, tira esse sangue seco de ti e pega a ruiva!

William permaneceu estático.

– LEVANTA-TE, CAMPONÊS!

Como se fosse um zumbi, William obedeceu. Estava muito abalado para discordar. Ele se levantou. A cabeça cabisbaixa, o olhar perdido. Foi até a cama e pegou a ruiva no colo. Ele a levaria para a igreja para que sua alma fosse encomendada a Deus.

– Segue-me – disse Arctos, saindo do quarto com a loira e descendo as escadas.

O ambiente lá embaixo continuava agitado. Casais dançavam ao ritmo da música animada; homens jogando dados ou simplesmente conversando. Ninguém percebeu o perigo iminente.

Repentinamente os músicos pararam de tocar. A atenção de todos se voltou para o homem mediano, completamente nu, que descia a escada carregando uma loira inconsciente. Atrás um jovem alto e esguio com peito desnudo com a dançarina mais bela do prostíbulo no colo. Parecia arrasado. As pessoas abriam o caminho para os homens passarem, formando um círculo à sua volta. Por fim, Arctos depositou a morta em cima de uma mesa. Um filete de sangue ainda escorria da ferida do pescoço.

– Estão mortas – disse Arctos cabisbaixo, quebrando o silêncio.

Um homem barbudo, dono do bordel, se aproximou, preocupado.

– Como...? – perguntou horrorizado ao constatar que as suas melhores garotas perderam a vida.

Arctos virou-se para fitá-lo. E continuou virando o corpo, olhando para cada um dos mortais presentes. Dezesseis no total, sendo que nove eram mulheres. O vampiro ficou satisfeito. Seria muito fácil. Deliciosamente fácil.

– Um monstro fez isso a elas. Na verdade, dois – disse Arctos, gargalhando alto e mostrando a sua verdadeira face. O rosto de um demônio.

Eric Trowler observava a cena de longe, sentado sozinho na mesa do canto mais afastado e escuro. Tomou o restante da cerveja do caneco e limpou a espuma da barba. Era agora um cavaleiro errante, um dos poucos cavaleiros do baronete Truman que sobreviveram à fatídica revolta ocorrida dias antes. Malditos camponeses. Por causa deles perdera a casa, as terras e o senhor. Ainda procurava um nobre que estivesse interessado em seus préstimos em troca de um pedaço de terra, mas até agora nada. Quem sabe esse novo nobre que chegou, o barão Malthus, não pudesse se interessar? Iria procurá-lo pela manhã. Esta noite queria mesmo era descansar um pouco. Não estava nem um pouco interessado no burburinho que tomava conta da taberna, nem mesmo com as duas moças aparentemente mortas. Provavelmente as duas prostitutas tentaram roubar os nobres e pagaram com a vida pelo erro. Já se preparava para se levantar e pagar pela cerveja quando ouviu uma risada demoníaca. Uma risada que fez aquele homenzarrão se arrepiar de pavor.

Olhou para o lugar onde estavam as prostitutas mortas. Um homem nu gargalhava, deixando à mostra os caninos pontiagudos, enquanto levantava com facilidade dois outros homens pelo pescoço. O monstro puxou-lhes a traqueia para fora e os deixou agonizando sem ar. Sangue respingava para todo canto. Um vampiro. Já ouvira falar daquelas criaturas, mas nunca tivera a oportunidade de encontrar um. Até aquele momento.

As mulheres começaram a gritar de desespero. Vários homens se levantavam e partiam para cima do vampiro. Mas que chances teriam, se a maioria já estava bêbada?

– Morra, cria do inferno! – berrava um homem, correndo na direção do vampiro e empunhando uma cadeira com as duas mãos para tentar bater na criatura.

Mas não conseguiu. Na hora do golpe, Arctos segurou a cadeira com apenas uma das mãos e puxou o homem com violência em sua direção.

– Não hoje, inseto. Muito menos por tuas mãos – disse o vampiro desdenhoso.

Arctos atravessou o peito do mortal com a mão livre, arrancando seu coração, que ficou pulsando ainda por alguns instantes antes de o homem morrer. O sangue quente escorria pelo antebraço do vampiro, dando-lhe um aspecto ainda mais monstruoso. Em um piscar de olhos, como se aquele corpo fosse de palha, o vampiro o levantou e o arremessou violentamente contra os outros três homens que vinham para agarrá-lo. Ele continuava a gargalhar.

– É somente isso que vós podeis me oferecer? Hoje, a morte chegou para lhes levar para o inferno. Todos vós, sem exceção – dizia ele, olhando para as mulheres com um sorriso maldoso. Algumas já tinham desmaiado, outras corriam para a saída. Mas Arctos, usando de sua velocidade, se posicionou à porta, impedindo a passagem e quebrando o pescoço de quem tentava sair.

Mais dois homens, um de cada lado para cercar a criatura, tentaram socar o vampiro. Novamente em vão. Arctos se movimentava rápido demais, se esquivando fácil dos golpes. Derrubou os dois oponentes, com um só soco no estômago de cada um. Hemorragia interna. Os dois vomitavam uma mistura de suco gástrico e sangue, arriados no chão, agonizando. A morte não tardaria a vir.

Vendo que um dos homens corria em direção à porta dos fundos, a metros de distância, Arctos arremessou uma cadeira em sua cabeça. O mortal caiu desmaiado. Uma poça de sangue se formou ao redor de sua cabeça. O pavor começava a tomar conta do coração dos homens restantes. Finalmente eles notaram que não conseguiriam vencer aquele monstro.

O vampiro se excitava com o medo esboçado pelos mortais.

Arctos, utilizando sua velocidade vampírica, era apenas um borrão aos olhos humanos. Um a um, os mortais foram tombando, frente aos golpes precisos e mortais do vampiro. Nem mesmo as mulheres conseguiram escapar.

William observava inerte o massacre. Via tudo, consciente do que acontecia, mas estava muito abalado para esboçar uma reação. A ruiva morta ainda no colo. A visão dos olhos mortos, fitando-o surpresos, não saía da cabeça do jovem.

No fim, somente duas mulheres sobreviveram. Elas estavam encolhidas em um canto, chorando muito. Não havia mais esperanças. Só lhes restava orar por um milagre que não aconteceria. Arctos caminhava a passos lentos em direção às moças. A briga o deixara sedento. Uma delas tentou correr para a janela, mas o vampiro utilizando sua velocidade se pôs à sua frente, olhando sério para ela. A moça recuou assustada, fechando os olhos de medo. O vampiro socou-lhe a garganta, deslocando mortalmente a traqueia para fora. Mais sangue jorrou. A moça caiu, tentando respirar desesperadamente. O ar que não viria.

Arctos gargalhou de prazer. Mas não por muito tempo. Uma lâmina afiada cortara-lhe o antebraço sujo de sangue num ataque-surpresa por trás. O vampiro berrou de dor e surpresa. O braço ferido queimava insuportavelmente, mas dele não saiu uma gota sequer de sangue. O vampiro abraçou o que restou de seu braço, levando-o junto ao peito. Seu corpo curaria o ferimento, a dor passaria logo.

Eric aproximara-se devagar, esperando o momento certo para golpear o vampiro de surpresa. Conseguira. Agora aquele monstro dos infernos iria conhecer a fúria de sua lâmina.

– Mas, quem...? – indagava Arctos confuso, se virando rápido para encarar seu novo oponente.

Mal o vampiro se virou e teve suas entranhas perfuradas por uma espada longa e afiada. Nova queimação de dor. Um fio de sangue da sua preciosa reserva, guardado no intestino, vertia do corte profundo. Fazia muito tempo que Arctos não era ferido daquele jeito. Seu orgulho fora destroçado. Que humilhação! Ferido por um mortal de merda! Seus olhos brilharam ainda mais de ódio fitando o guerreiro. Como aquele inseto ousara?

Eric Trowler sorria triunfante. Pelo visto, os rumores sobre os demônios sanguessugas eram exagerados. Carcaças humanas possuídas por almas demoníacas. Monstros comedores de carne humana. Era isso que sua mãe contava quando ele era ainda uma criança. Essas histórias o enchiam de pavor, mas agora não mais. O tão poderoso arauto do diabo fora ferido mortalmente. Já se imaginava sendo proclamado um herói da cidade com uma gorda recompensa nos bolsos. Não podia estar mais enganado.

O sorriso sumiu quando tentou enfiar ainda mais a lâmina na barriga do vampiro e não conseguiu. Arctos havia segurado seu pulso, fitando-o fixo nos olhos. Sua mão parecia de ferro maciço. O cavaleiro tremeu ao olhar aqueles olhos demoníacos. Sem fazer muito esforço, o vampiro quebrou o pulso do guerreiro.

Eric berrou de dor, largando a espada e recuando com medo.

– Onde está tua valentia agora, mortal? – perguntou Arctos, arrancando devagar a espada cravada em sua barriga. Suprimiu um gemido de dor. – Achas que podes matar alguém que já está morto?

Como o ferimento ardia! Mas Arctos sabia que a dor sumiria em breve. O vampiro andava devagar em direção ao guerreiro, olhando-o fixamente e arrastando a espada no chão. Eric se apavorou. Sabia que a morte se aproximava. Uma mancha líquida quente tomava conta de sua calça. Arctos, tomado pelo ódio, derrubou o oponente com um chute e cortou-lhe a cabeça com sua própria espada. Já completamente enraivecido pela humilhação, de cara fechada, matou a única mulher que restava, esmagando seu coração com a mão.

Pegou seu punho cortado do chão e o encaixou no braço. Ficou ali, parado, forçando o antebraço como se quisesse colá-lo. Passado alguns minutos, soltou. Estava preso novamente como se nada tivesse acontecido, embora a mão e o pulso parecessem ter envelhecido anos. Tinham uma cor mais mórbida, sendo facilmente distintos do resto do braço. A marca do corte sumira completamente.

Arctos levantou a mão. Tentou mexer os dedos, mas os movimentos eram mínimos e muito dolorosos. Porcaria. Levaria dias para sua mão voltar ao normal.

– Pronto – disse ele seco. – E, você, William, para de choramingar feito um bebê! Que saco! Larga este cadáver!

– É isso que nós somos?! Assassinos?! – exclamou William confuso. O remorso corroendo sua consciência.

O jovem foi até a mesa e deixou o corpo de Marilyn.

– É a nossa natureza, camponês – respondeu Arctos sem paciência nenhuma. – Somos predadores, os mais perfeitos instrumentos da morte, e o sangue humano é o nosso alimento. Não vejo ninguém chorar porque comeu. Responde-me: quando tu eras um simplório mortal, tu choravas por ter matado um porco ou uma galinha?

William meneou a cabeça negativamente.

– É a mesma coisa. Não tem por que sofrer por causa disso.

– Olhe à sua volta, *senhor da verdade absoluta* – sibilou William. – Eles não são porcos nem galinhas. São homens, feitos à imagem e semelhança de Deus, e vosmecê não os matou para se alimentar.

– É claro que não. Eu os matei por *tua* causa.

– Minha causa?! Está me acusando?

Arctos aquiesceu.

– Sim. A morte da prostituta me forçou a eliminar uma eventual dor de cabeça. Quanto tempo achas que os guardas levariam para descobrir que vampiros estão infestando o vilarejo?

– Vosmecê mata por prazer – alfinetou William. – Não me culpe.

Arctos fechou ainda mais a cara. Olhava para William. Os olhos esmeralda, brilhantes, envolvendo-o feroz.

– A vida me tornou o monstro que sou – a voz carregada de amargura e ódio. – Se queres culpar alguém, culpe Aquele lá de cima. Ele é o responsável!

– Mas...

– CHEGA, CAMPONÊS! – berrou Arctos. Desta vez, a voz era puro ódio. – Isto aqui é um bordel. Condenado pela Bíblia desde o início dos tempos. Estava cheio de pecadores. Quando eu me aproximo, todas as minhas vítimas se arrependem dos seus pecados. O céu deve estar mais cheio por minha causa. Agora, vá pegar nossas vestes! Daqui a pouco a guarda bate por aqui. Mesmo este lugar sendo isolado, alguns guardas adoram vir para cá para se divertir.

William não ousou contestar. Vestiram-se em silêncio. Arctos pegou um candelabro cheio de velas acesas e botou fogo no estabelecimento. Esperou até o lugar virar um verdadeiro inferno. Seu pupilo ainda tentou entrar para buscar o corpo da prostituta, dizendo algumas besteiras sobre encomendar a alma a Deus. Arctos perdeu a paciência e deu um murro forte no estômago de Brenauder. Estava mais do que na hora de aprender quem mandava. O jovem, com as mãos sobre a barriga, entendeu o recado. Que ódio William sentiu de seu *mestre*.

As chamas vivas chamaram a atenção dos locais. Lá de longe eles puderam ouvir as pessoas gritando "fogo". Era hora de partir. Bem a tempo. Não tardaram a ouvir o galope dos cavalos dos guardas se aproximando.

Arctos andava devagar pelo burgo. Ele pôs a mão decepada por dentro da roupa. Por medida de segurança; não queria que alguém visse a mão necrosada.

William permanecia calado. Os olhos sem vida da prostituta não saíam de sua cabeça. Procurou esquecer, buscando na solidão da noite um conforto para sua alma atormentada. O céu nublado escondia a lua, embora alguns fachos de luz conseguissem furar o manto negro, iluminando de leve o vilarejo. O ar gélido e úmido molhando as roupas. O som das aves noturnas soava vez ou outra. Predadoras. Acompanhou uma coruja de plumagem toda branca, contrastando com as trevas, mergulhar e capturar um rato com as suas garras. Ouviu o grunhido incessante de pavor do roedor. Ficou vendo o predador levar sua presa até uma árvore. Um rápido baixar da cabeça e o silêncio voltou a reinar. Pensou no que Arctos dissera no bordel.

O sangue humano é o nosso alimento...

Estava imerso nesses pensamentos quando, de repente, Arctos parou. O vampiro caminhou silenciosamente em direção a um mendigo. O homem dormia sentado no chão sujo. Perto dali passava um córrego que carregava água imunda para fora da cidade. O mendigo não passava de um velho com longos cabelos e barba brancos. Muito magro de fome, somente pele e osso. A pele encardida recoberta por feridas e arranhões de tanto coçar.

Arctos se aproximou rápido. O rosto se transformando. Não queria se rebaixar e tomar o sangue de um mendigo moribundo, mas seu corpo gastou muito de sua reserva de sangue na luta e pedia por um pouco mais. William percebeu a intenção de seu *mestre*, mas não estava mais disposto a aceitar.

– Nem te atrevas, camponês! – advertiu Arctos com a voz alterada, sem se dar o trabalho de virar para encará-lo. – Desta vez estou com fome. Se não quiseres ser a minha próxima refeição, fica aí quietinho. E isso não é um pedido...

William estancou. Ficou em dúvida se devia ou não enfrentar um vampiro experiente. O murro de Arctos ainda ardia.

O velho acordou com o barulho. Levantou a cabeça, olhando espantado para os dois homens à sua frente. Um homem com cabelos longos e cara de anjo dando ordens para um jovem alto e esguio, que estava imóvel em uma posição que não mostrava se ele subiria ou desceria do cavalo. As roupas dos dois eram bonitas, chiques. Deviam ser ricos, mas o que eles estariam fazendo nesta área pobre da cidade? O que queriam com ele?

O homem de cabelos longos virou o rosto e olhou diretamente para o velho, começando a se aproximar a passos lentos. Os olhos esmeralda estavam brilhando, pareciam pegar fogo. Uma chama verde espectral. O mendigo se encolheu de medo. O tom pálido daquele homem não era natural. Desceu os olhos até a boca. Dois caninos finos e pontiagudos apareciam. Um demônio vindo buscá-lo. Em pânico, se levantou rápido, mas ao tentar correr, as pernas bambearam e ele se estatelou de cara no chão. Com a face encostada na terra, ouvia os passos lentos e decididos do vampiro se aproximando. Horror. Sentiu o sangue gelar quando o monstro riu. Uma risada de prazer sádico. Impotente, o velho sentiu seu corpo ser suspenso pela gola da camisa remendada. Ficou cara a cara com o vampiro. O mendigo não aguentou e fechou os olhos para não ver os olhos medonhos do demônio.

— Piedade, meu senhor. Tenha compaixão de um pobre miserável que nada mais tem na vida — suplicava o velho.

— Se nada mais tem, então só lhe resta a morte — disse Arctos implacável.

— F-faço... qualquer coisa em troca de minha vida. Qualquer coisa que vosmecê quiser...

Arctos ficou em silêncio, ponderando. Teve uma ideia. Largou o velhote, que caiu de joelhos no chão, e pegou o pergaminho, mostrando-lhe.

— Certo... Diga-me, velho. O que sabes sobre este brasão?

O velho pegou o pergaminho com cuidado. As mãos trêmulas. Forçou a vista já bastante deficiente devido à idade avançada. Um olho era inútil com a pupila toda branca de catarata. O outro já estava muito esbranquiçado, mas ele ainda podia enxergar com dificuldade. Olhou atentamente para o brasão. Viu as letras, mas não sabia ler.

— O que está escrito aqui?

— Dansh. E não tente me enganar, velho. Eu saberia na hora...

O velho aquiesceu temeroso. Nunca vira aquele brasão na vida, mas, muito tempo antes, já ouvira falar do nome Dansh. Rezava para se lembrar, pois a memória já não era mais a mesma de antes. O silêncio reinava. William se aproximou e ficou ali, parado, quieto. Não sabia se deveria interferir. Por via das dúvidas, resolveu esperar para ver até onde ia aquilo...

— Estou perdendo a paciência. Já, já, vais conhecer as trevas do limbo — avisou Arctos sádico.

— T-trevas?! É isso! Eu me lembrei... A família Dansh, ou melhor, um deles foi o responsável pela maldição da Floresta... da Floresta das T-trevas — disse o velho, reunindo toda a sua coragem.

William sentiu um calafrio. Quando criança, sua mãe uma vez contou uma história sobre pessoas que entravam nessa floresta amaldiçoada e nunca mais saíam. Ela disse que uma expedição de mais de cem homens entrou na floresta, a fim de queimá-la. Somente um saiu vivo. Estava louco, o corpo possuído por demônios. Ela dizia que os troncos das árvores, tão antigos quanto o tempo, eram negros como carvão. Nenhum animal entrava ou vivia naquela parte da mata. Nem a luz do sol conseguia adentrar a densa copa das árvores. Uma neblina sobrenatural ocultava os perigos do lugar. Diziam que era a barreira entre o mundo terreno e o mundo das trevas. Floresta das Trevas. Ninguém gostava de mencionar esse nome. Dizia a lenda que, cada vez que esse nome era pronunciado, um demônio despertava e vinha atormentar o homem que invocara o nome maldito.

– Floresta das Trevas?! – indagou Arctos interessado com um brilho nos olhos. – Isso mesmo, velho. Diga-me mais!

– Não diga esse nome, pelo amor de Deus... – disse o velho fazendo o sinal da cruz. – Pelo que vejo vosmecê não é daqui. Essa é uma história antiga, tão velha quanto este vilarejo. Existia um homem, seu nome era... Gymberlim Dansh... – o velho fez um esforço enorme para pronunciar esse nome. Fez um sinal da cruz novamente, suspirou e continuou. – Um amante das artes demoníacas. Todos tinham medo dele. Um dia, seus servos se revoltaram, assim como os outros nobres da redondeza. Houve uma terrível batalha. Ele perdeu, mas conseguiu fugir. Fugiu para onde hoje é a Floresta. Desde então, o lugar ficou amaldiçoado. Coisas terríveis aconteciam por lá, pessoas desapareciam misteriosamente. Dizem que as árvores tinham vida própria e atacavam quem se atrevia a entrar. As notícias chegaram até os ouvidos do rei, que mobilizou mais de trezentos homens de seu exército para entrar na floresta e dar cabo do anticristo. A batalha foi medonha, durou meses.

Ninguém sabe ao certo o que aconteceu por lá. Poucos sobreviveram para contar a história. O que se sabe é que Gymberlim morreu, mas a floresta nunca mais voltou ao normal. Dizem que ela ficou ainda pior com sua morte. Surgiu aquela neblina dos infernos, sempre chove por lá. Dizem também que a luz do sol não consegue iluminar o interior daquele inferno.

– E onde está o restante da família Dansh? – perguntou Arctos sem se impressionar com a história. – O que aconteceu com eles?

– Quando o povo tomou coragem para enfrentar o maldito, suas terras foram as primeiras a ser invadidas. Sua família morreu junto com todos os que se mantiveram leais a ela. Devem ter sido enterrados por lá. Alguns membros fugiram com Gymberlim para o interior da floresta, esses desgraçados devem estar na floresta.

Arctos voltou a caminhar na direção do mendigo. O velho tropeçou e caiu sentado no chão, dando um mau jeito na perna. A dor se espalhava pelo seu membro e ele se arrastava, tentando fugir.

– É tudo que sei, senhor... Eu juro... – balbuciava o velho desesperado.

William tinha pena dele, mas não queria enfrentar seu mentor, pois sabia que perderia. O coração apertado e cheio de culpa por nada poder fazer.

Arctos levantou o velho do chão e olhou fundo nos seus olhos, avaliando-o. A expressão dura como rocha.

– Toma, velhote – disse Arctos, entregando-lhe um saco recheado de moedas de prata. Uma riqueza tal como nunca antes o velho tinha visto na vida. O vampiro virou-se e continuou a andar pela estrada. – Faze dele o que bem entender...

William não acreditava no que vira. Arctos acabara de fazer um ato de bondade. Ele cumprira sua palavra, deixando o maltrapilho viver. Seu coração, antes arqueando com o peso da culpa, ficou mais leve com a esperança que surgia. William começou a caminhar atrás de Arctos.

Arctos se aproximou do muro e vendo que não tinha nenhum guarda escalou-o com facilidade. William tentou quatro vezes antes de conseguir. Ficou impressionado com o feito.

– E o que vamos fazer agora? – perguntou William receoso. – Pensei que iríamos para a igreja.

– Por enquanto não iremos a lugar algum. Vou ter que esperar minha mão voltar ao normal, e isso vai levar alguns dias. Aproveitarei este tempo para te ensinar algumas coisas.

– Mas e a missão? Achei que tinha pressa...

Arctos sorriu.

– Estás falando de tempo de novo? *Tempo*, camponês? Já não conversamos sobre o significado da palavra "imortalidade"? – perguntou ele divertido.

– E a minha família?

– Não te prometi que a veríamos? Eu sempre cumpro minha palavra. *Sempre*. Nós iremos visitar as terras do baronete, mas não hoje. Iremos quando minha mão melhorar. Agora para de me incomodar! Ouvir tua voz de vez em quando me irrita.

Ficaram em silêncio pelo resto da viagem, enquanto corriam de volta pela beira da estrada. Nenhum som, nenhum zumbido. Nada. O bosque compartilhava do mesmo silêncio. Até mesmo o vento parou de soprar. As nuvens libertaram uma lua minguante quase desaparecendo, seus feixes luminosos penetravam nas frestas das copas, tingindo a paisagem com sua serenidade e paz. A paz de que William tanto precisava.

⁓⌾⁓

Depois de muita conversa jogada fora, os nobres foram finalmente se cansando. Muitos já estavam querendo ir embora, não gostavam de chegar às suas fortalezas muito tarde da noite. Era arriscado por demais. Ladrões rondavam em bandos por aquelas áreas. Mas ninguém ousava sair antes do conde. O banquete já tinha sido retirado da mesa havia um bom tempo. As pessoas saboreavam um bom vinho. Muitos já estavam bêbados, inclusive o conde Henry e seu filho mais velho, Humphrey. A orquestra continuava com sua música lenta e sonolenta. O chão estava repleto de restos de comida. Ossos de galinhas e porcos disputados pelos ratos.

– Barão Malthus, tua festa estava excelente, mas as horas estão avançadas por demais e tenho de continuar a minha viagem pelo condado. Quero sair de manhã bem cedo – disse o conde sorridente, se levantando para cumprimentar o anfitrião.

Assim que ele se retirou, todos os nobres começaram a se despedir também. Malthus mandou o mestre de cerimônia acompanhá-los até a saída. Cada nobre trouxe sua própria comitiva de segurança. Os cavaleiros esperavam por seus senhores pacientemente a noite inteira.

O salão ficou completamente vazio. Até mesmo as velas já tinham se apagado, restando um montinho deformado de cera. Somente uma presença na escuridão. Os criados se retiraram. Silêncio. Malthus, sentado na cadeira da ponta, pensava em Arctos e no camponês.

O silêncio foi interrompido, quebrado tão fácil quanto um graveto seco. Um burburinho vindo de fora. Agitação dos guardas. O seu nome sendo clamado, pronunciado por uma voz desconhecida. Malthus se aproximou da janela e olhou para baixo. Oito dos seus arqueiros estavam na muralha, mirando suas flechas na direção dos intrusos. Estavam prontos para atirar; esperavam apenas o comando do responsável pela guarda do castelo. Quatro homens a cavalo, estancados na frente da ponte levadiça. Roupas escuras e longas. Capuzes mantendo o rosto nas sombras.

– BARÃO MALTHUS, APAREÇA! – berrou o homem à frente. O líder.

Um homem baixo e esguio. Os cabelos lisos, negros como carvão, tentando escapar do capuz. Ele levantou a cabeça, prendendo o olhar em Malthus no segundo andar. O luar finalmente conseguiu iluminar parcialmente aquele rosto. As feições joviais de um rapaz de menos de vinte anos. Os olhos, tão negros quanto os cabelos, impunham respeito, dureza e um tom de desafio.

– Quem és tu, estranho, que ousas perturbar a paz do meu lar? – perguntou Malthus.

O chefe da segurança ficou estático, esperando o desenrolar da história para atirar nos invasores. Ordem que sabia não tardaria a vir do seu senhor.

O líder sorriu. Um sorriso de orgulho. Levantou a cabeça majestosamente.

– Para começar, meu nome é Lam Sahur. E quero conhecer-te, Malthus, agora! – ordenou ele com uma voz de adolescente.

Malthus ia mandar seus arqueiros alvejarem aqueles intrometidos, mas no último momento observou que os olhos de Sahur brilharam. Foram apenas alguns milionésimos de segundo, mas que não passariam despercebidos pelos olhos de águia de Sian.

– Guardas, permitam a entrada desse homem – ordenou o barão finalmente. – Mas somente ele, os outros devem aguardá-lo do lado de fora.

E assim foi feito. A ponte levadiça foi baixada e somente Sahur entrou no castelo, enquanto seus companheiros o aguardavam do lado de fora. Em pouco tempo, o estranho foi conduzido pelo interior da fortaleza até chegar ao salão de festas, onde Malthus o receberia. Lá estava o barão, em pé, de costas para a porta. O criado se retirou, fechando a pesada porta de madeira com um estrondo.

— Sahur é o teu nome, não? — perguntou Malthus, virando-se para olhar o jovem invasor.

Ele aquiesceu lentamente com a cabeça, retirando o capuz. Era um adolescente mesmo. Um jovem de uns quinze anos, não mais do que isso. Um baixinho mirrado e folgado.

— O que queres aqui? — indagou novamente Malthus.

— Conhecer-te, já disse — respondeu Sahur. Havia certo sarcasmo em sua voz jovial que desagradava a Malthus.

Sian não se alterou. Ele apenas esperava.

— Bem, barão Malthus, eu não tive ainda a oportunidade de te conhecer. Já que fizeste questão de conhecer a nata da sociedade humana, vim fazer-te o favor de te apresentar a nata da sociedade vampírica — falou Sahur olhando-o com superioridade.

Malthus começava a se enfurecer. Quem era aquele pirralho que ousava tratá-lo como se fosse um serviçal?

— Não sabia que tinha outros vampiros por aqui — comentou Malthus ainda mantendo a calma.

Lam riu com desdém. Sian ficou ainda mais nervoso, embora sua expressão se mantivesse inalterada.

— Só no burgo temos em torno de vinte ao meu comando. Sou o mais antigo, é claro. Na verdade até hoje ainda não encontrei ninguém mais antigo do que eu por essas bandas, o que me leva a concluir que sou também o mais poderoso por aqui. E como tal, reivindiquei todo este território como sendo meu.

— Então és mais velho do que eu? E quantos séculos tu achas que eu tenho? — perguntou Malthus desconfiado, mas ainda mantendo a pose.

Sahur riu com a descrença do barão.

— Malthus, Malthus... para que o blefe? Eu sei que tu tens no máximo uns duzentos e trinta anos de existência — revelou ele sorridente, feliz com a expressão de surpresa estampada no rosto de Malthus. — E olhe lá.

— E o que queres aqui? – indagou Malthus, vencido. Aquele fedelho era insuportável, mas Sian sentia o poder emanando daquele vampiro mirrado. Talvez trezentos ou quatrocentos anos de idade.

— Vim dar-te alguns avisos. Na verdade, somente dois. Primeiro, não sei quem és, mas não gosto nem um pouco de ti. Tu não me inspiras nenhuma confiança, barão. Então, meu caro, fica na linha – disse Sahur sério. – E segundo, quero deixar bem claro: eu sou o dono de Amyville. *Ela é minha propriedade, estás escutando?* Qualquer um de nossa laia que queira morar lá ou mesmo caçar tem que se submeter a mim!

— Não entendo onde queres chegar...

— É muito simples. Alguém da nossa espécie cometeu um assassinato brutal no meu burgo. Assassinato que chamou a atenção de gente importante, como o arcebispo. A questão é: não gosto de atenções indevidas sobre o meu domínio. Isso é ruim para os negócios e péssimo para as caçadas noturnas, se é que tu me entendes...

— Não, não entendo – disse Malthus com a voz levemente alterada. – Pouco me importa *tua* cidade. Eu não tenho nada a ver com isso...

Sahur recomeçou a gargalhar de desdém.

— Não vou perder mais meu tempo, barão. Nós dois sabemos qual seria o resultado.

— Não sabemos, não.

Sahur desapareceu da vista de Malthus e reapareceu atrás dele. Sian recuou, perplexo com a rapidez do garoto.

— Na noite do crime, um jovem que não conheço foi visto no local – revelou o líder dos vampiros. – Vestia-se como um nobre. E como tu és o único vampiro que tem um título de nobreza...

— Estás me acusando? – perguntou Malthus num tom frio.

— Tu não serias tão imbecil. Isso tenho certeza. Mas um vampiro como tu, deve ter um ou mais pupilos... Aposto que um deles é o culpado. *Humph!* Vamos ao que interessa! Bem, o que eu quero é simples. Tu tens exatamente um mês para me entregar o assassino. *Um mês.* Nem um dia a mais.

– E se eu me recusar? Vais me matar? Tu não te atreverias a cometer um crime desse porte – desafiou Malthus com um sorriso discreto no rosto. – Por mais poderoso que sejas, não te atreverias a matar outro vampiro. Tu não me conheces, garoto. Não fazes a mínima ideia de quem eu seja.

Sahur fechou a cara, dando um murro no peito do barão, que foi ao chão, arremessado por vários metros até bater com força na parede. Sahur colocou o pé nas costas do barão e forçou-o contra o chão. Sem pressa nenhuma ele aproximou o rosto.

– Malthus, meu caro, lembra-te de que há coisas muito piores do que a morte. Mas nem mesmo *tu* te atreverás a me desafiar – disse Lam ironicamente, virando as costas e andando para a porta. – *Não vais querer que tua vida se transforme em um verdadeiro inferno...* Pensa bem e escolhe com cuidado o pupilo que será escorraçado! Não precisas mostrar a saída. Eu me viro sozinho. Até mais!

E saiu, deixando para trás um Malthus irado com tamanha humilhação. Mas o vampiro manteve a calma, saberia esperar pelo momento ideal. Só dependia agora do sucesso de seu pupilo e do bastardo. Sahur não perderia por esperar e Malthus sorriu com ódio.

⁂

Arctos e William não tardaram a chegar. Passaram pelos três cavaleiros parados em frente ao castelo. Os arqueiros ainda com eles na mira. Os portões abriram e eles entraram sem problemas. No caminho, eles se depararam com um rapazinho vindo em sua direção, o qual tinha passadas firmes ecoando pelo corredor. Arctos notou logo que era um vampiro.

A palidez não deixava dúvidas. Baixo e magro. Vestia roupas longas e cinza. Um capuz recobria o rosto quase por inteiro. O estranho passou por eles sem dizer uma palavra, mas seus olhos os fitaram por um instante, recaindo especialmente sobre a pessoa de Arctos.

– Quem és tu? – perguntou Arctos.

Lam Sahur não se deu a o trabalho de responder e continuou andando. Arctos ficou furioso. Quando ia pôr a mão no ombro do estranho, Sahur se virou e segurou sua mão, lançando-o contra a parede. Arctos nunca fora atingido com tamanha violência, e ficou imóvel no chão, enquanto o desconhecido ia embora. O olhar dele se encontrou com o de William, que nada fez.

CAPÍTULO QUATRO

Quinze dias haviam se passado. Uma tempestade de neve assolava a região e cobriu os campos com um manto branco. A mão amputada de Arctos voltara ao normal. Nenhuma cicatriz ou marca que denunciasse o corte. O vampiro aproveitou este tempo para se dedicar ao ensino do seu novo pupilo, enquanto pensava num novo passo para descobrir o paradeiro da família Dansh. Queria invadir a igreja, mas foi obrigado a mudar de planos, pois Malthus mandou os dois ficarem longe de Amyville.

William se esforçava ao máximo para aprender os ensinamentos de Arctos, que se provou um rígido professor. Em três noites de intenso treinamento já dominava o suficiente para manejar um cavalo de porte. O camponês desconfiava que já sabia montar, mas não conseguia se lembrar.

Mais quatro noites para assimilar algumas noções básicas de esgrima. Ele também começava a dominar suas novas habilidades vampíricas. Conseguia controlar melhor sua fome quando ela chegava. E ele finalmente se deu conta de que seu corpo estava realmente morto e, com isso, aprendeu que podia reavivar temporariamente qualquer órgão, embora fosse complicado no início. Podia comer como um mortal se assim quisesses, mas teria que vomitar o alimento mais tarde. Arctos deixou claro que reavivar os órgãos fazia a fome chegar mais cedo, pois gastava muito da reserva de sangue. O alho podia causar um mal danado se ingerido. O fogo era uma das poucas coisas que podia realmente machucar um vampiro. A lição mais importante foi aprender que a luz do sol era mortal. Arctos dizia que um vampiro virava cinzas em apenas alguns instantes de incidência de luz solar sobre seu corpo. E mesmo se sobrevivesse, as queimaduras seriam terríveis e talvez irreversíveis. O jovem ficou bastante abalado ao saber que nunca mais iria sentir o calor do divino astro sobre a sua pele nas frias manhãs de inverno. Nunca mais apreciaria o espetacular nascer do sol. Não que ele tivesse dado importância a isso quando era mortal, mas agora... agora era diferente. Às vezes só damos valor às pequenas coisas quando as perdemos.

Um crescente conflito de existência atormentava o espírito de William Brenauder. Ele já matara nada menos do que cinco pessoas. Ainda relutava muito para aceitar a sua nova vida, mas já começava a se conformar. Um caminho perigoso para a sua consciência tão debilitada. No início, o repúdio à sua própria pessoa era tanto que ele pensava até mesmo em suicídio. A ideia de matar o próximo e assim ferir um dos dez mandamentos de Deus estava destruindo sua alma. Mas ele afastou o pensamento de cometer suicídio. O Todo-Poderoso condenava com uma passagem só de ida para o inferno quem decidisse tirar a própria vida. Queria acreditar que havia um propósito maior no fato de ter se transformado em um vampiro. No fim das contas William sabia que estava se transformando em um assassino sem alma e nada podia fazer. Sua única esperança era encontrar algum jeito de se livrar dessa maldição.

Por mais que tentasse se controlar, a fome sempre o vencia. A cada três ou quatro noites, Arctos arrastava William para um acampamento de terríveis ladrões e assassinos. Mal o jovem sabia que seu mestre o queria o transformar num monstro cruel e sádico. Um assassino perfeito e sem alma como ele.

Os ladrões formavam um grupo que causava pavor aos viajantes e comerciantes que se aventuravam na parte sul da floresta. O vampiro dizia ao aprendiz que eram pecadores que mereciam a morte. E, de certa forma, tinha razão. Mas as lembranças dos assassinatos atormentavam a consciência do inocente camponês. William tinha sérios pesadelos com o episódio que o levou a matar um humano por livre e espontânea vontade. Lembranças que machucavam sua alma. Um assassinato seguido de outros. Crimes hediondos que estavam levando pouco a pouco a sua mente a entrar em colaspso. Por quê? Por que teve que matar aqueles homens? William se lembrava onde tudo começou...

∽∽∽

Sete noites após irem a Amyville, Arctos resolveu levar seu pupilo para uma volta na floresta para que pudesse aprender a caçar.

Noites antes, no prostíbulo, onde escolheu o jovem Nathan como sua refeição, Arctos ouvira uma conversa de alguns viajantes a respeito de estranhos desaparecimentos que estavam ocorrendo nas cercanias. Alguns achavam que eram espíritos malignos da floresta, outros que eram demônios vindo do inferno. Ninguém até então havia sobrevivido para contar como eles eram de verdade. O prefeito prometeu uma recompensa de cinquenta moedas de prata para quem solucionasse *definitivamente* o mistério, mas a recompensa não interessava a Arctos. Ele supôs que devia ser somente um bando de ladrões que matavam as vítimas para que elas não abrissem a boca. Não se interessou pela recompensa, mas os ladrões dariam uma ótima refeição...

William não conseguia entender por que ele e seu mentor estavam saindo do castelo em cima de uma carruagem cheia de baús vazios. Arctos desconversava quando seu pupilo perguntava, por isso o rapaz permaneceu em silêncio pelo resto do caminho, observando Arctos manejar os seis cavalos. Era habilidoso, ainda mais porque sua mão esquerda ainda não se movia como antes. O vampiro estava indo para o Sul, lado oposto a Amyville, onde a floresta guardava muitos perigos. Parecia um pouco apreensivo por estar se aprofundando na floresta, mas William achou que era só uma impressão, e ficou imaginando o que seria capaz de assustar um vampiro como Arctos.

– Fareja o ar, camponês! – ordenou Arctos sorridente. – Estás sentindo?

William cheirou o ar. A princípio sentiu um cheiro ruim, mas não sabia identificar o que era. Um cheiro azedo e podre.

– Estão se aproximando, camponês! O cheiro está ficando mais forte. Eles já nos escutaram. Acompanha-me – disse Arctos, freando a carruagem e subindo no teto.

Ele saltou para os galhos da árvore mais próxima. Um salto extraordinário. Arctos se agarrou em um galho resistente o bastante para aguentar seu peso e, balançando o corpo, conseguiu ficar de pé no alto da árvore. Olhou para baixo e gesticulou para que William fizesse o mesmo.

Bem, se Arctos conseguiu, então eu também consigo – pensou William, tomando coragem.

Ele tomou distância e saltou. Ainda desacostumado com suas novas habilidades, William acabou batendo com a cabeça num galho, perdeu o equilíbrio e se esborrachou de cara no chão. A blusa rasgou. O peito ardia de leve, todo arranhado. Os ferimentos se fecharam em um instante. Estava levantando devagar quando ouviu sons vindo de dentro da floresta. Era incrível como os seus sentidos tinham sido amplificados. Quando ficou de pé, não se surpreendeu por estar cercado. Eram dez homens, todos apontando um arco para ele com as flechas em prontidão. William levantou as mãos em sinal de rendição.

A aparência do bando era grotesca. Barbas longas e sujas, cabelos desgrenhados. Roupas cheias de remendos que não viam água há anos. Daquela distância William conseguiu enxergar as pulgas que passeavam livremente pelas roupas dos ladrões. Agora entendeu o cheiro de azedume.

– Olhe o que temos aqui – debochou um dos homens. – É somente um frangote. E pela roupa é um nobre. Que ótimo! A carruagem deve estar cheia de riquezas!

– E um nobre muito burro por sinal. Andar sozinho por estas bandas – riu outro.

– O que faremos com ele?

– Matem-no! – disse o líder sem piedade. – Ele não nos serve de nada.

Dez flechas penetraram na carne de William, que berrou de dor. Ele perdeu o equilíbrio e caiu atrás de uma moita. Os homens deram as costas para o que achavam ser um moribundo agora. Estavam mesmo com pressa, pois nem se deram ao trabalho de olhar o conteúdo dos baús. Também não notaram que o nobre não sangrava. Simplesmente montaram na carruagem e partiram para o interior da floresta, cantando alegremente. Arctos desceu da árvore, pousando suavemente no chão, a cara que fazia não era das melhores.

– Camponês idiota! Onde eu estava com a cabeça quando te acolhi?! ONDE?

Ele arrancou com violência as flechas do corpo do seu discípulo, ignorando os berros de dor de William.

– E eles? – perguntou Brenauder com raiva, depois de ter se livrado de todas as flechas.

– Não te preocupes. Posso segui-los só pelo cheiro, mas deixarei que *tu* faças isso.

William obedeceu. Fungou o ar, procurando o rastro dos bandidos. Era relativamente fácil se guiar pelo cheiro nada agradável do bando. A visão vampírica ajudava bastante a desbravar a escuridão. Arctos seguia logo atrás em silêncio. Não demorou muito para que os ruídos de conversa chegassem aos seus ouvidos. Conversa, não. Xingamentos. Parece que os ladrões haviam descoberto a *preciosa carga*. Arctos sorria satisfeito.

Silenciosos como gatos, eles se aproximaram. De longe puderam ver melhor o acampamento. Umas choupanas improvisadas com as toras de árvores derrubadas e com teto de palha. Uma clareira iluminada pela grande fogueira onde eram assadas algumas raposas preparadas pelas mulheres. As crianças brincavam de pique ao redor da carruagem recém-roubada. Ver tantas pessoas juntas fez William lembrar que estava com fome; não bebia sangue havia três dias, e a lembrança do prazer proporcionado pelo gole quente de sangue fresco começava a superar o pesar do assassinato da prostituta. No fim das contas era só uma pecadora. Mereceu a morte, pensava ele resignado. Assustado, procurou afastar esses pensamentos. Olhou para o lado e para trás. Onde estava Arctos? Não importava. Um dos homens se afastou para urinar. Na escuridão, o ladrão não viu que estava se aproximando de um monstro. As mãos do vampiro tremiam. Não podia se deixar levar pela tentação. Não podia.

O mortal, alheio ao perigo, procurava uma árvore. Estava de costas quando sentiu uma pancada na altura do pescoço, que se quebrou com um estalo seco. William se fartou de sangue. Quando se deu conta do que fez, largou o corpo imediatamente e se afastou dali.

– O que estás fazendo, camponês? – perguntou Arctos sorridente encostado numa árvore mais adiante, vendo William tremendo e com a boca suja de sangue.

– Nada – desconversou William num misto de culpa e ódio.

Arctos deixou por isso mesmo. Seria melhor assim. Suprimiu um sorriso, pois ninguém podia lutar contra a sua própria natureza. No fim todos eram monstros.

E assim passaram o restante das noites. Cada vez que tinham fome, eles se dirigiam ao acampamento e se alimentavam dos mortais que se atrevessem a se afastar do resto do grupo. Arctos nunca ficava perto do seu aprendiz nessas horas. O jovem se soltava mais quando estava sozinho.

William procurava se convencer de que aqueles homens eram pecadores, assassinos que deveriam morrer. Começava a não sentir tanto remorso pela morte daqueles infelizes. Mas não conseguia tirar da cabeça que ele também era um pecador assassino...

∽∽∽

Mestre e aprendiz estavam dando uma volta no belo jardim na parte de trás do castelo. Ali era uma das partes favoritas do barão, onde muitas vezes caminhava solitário. O jardim era uma parte isolada do castelo e poucos tinham acesso a ele. Quando ele podia imaginar que um camponês pudesse estar pisando no santuário verde de um nobre? Era um lugar muito belo. Bancos de tijolos com um tapete de grama por cima. Uma fonte esguichava no centro, onde os nobres tomavam banho vez ou outra e que agora alguns pássaros noturnos aproveitavam para tomar água. A vegetação era muito variada, incluindo muitas árvores frutíferas, como ameixeiras, macieiras e pessegueiros. Rosas e lírios brancos eram algumas das flores que ajudavam a compor a bela paisagem. Tinham um cheiro muito agradável, que parecia acalmar o espírito. O céu estava recheado de infinitas estrelas brilhantes. Milhares de pontinhos que lá do alto mostravam a insignificância do ser humano e os fascinavam com seus mistérios.

Arctos fizera William lutar espadachim com ele por horas a fio e agora ambos descansavam, andando a sós pelo jardim. A roupa de William estava toda cortada, assim como várias partes de seu corpo, mas os ferimentos saravam depressa. Arctos, ao contrário, não tinha nenhum fio de cabelo fora do lugar.

– Em que estás pensando, camponês? – indagou Arctos, notando que seu pupilo estava novamente com a cabeça no mundo da lua. – Não é a primeira vez que te vejo assim.

– Nada. Eu só queria entender...

– O que queres entender?! Já sei, ainda não consegues te conformar, não é mesmo?

William aquiesceu lentamente, sem nada dizer. Arctos mexeu os ombros e revirou os olhos. Já estava ficando cansado daquele papo filosófico barato.

– Não entendo, camponês. Tu és um imortal agora. *Imortal!* Entendes o significado desta palavra? O flagelo da velhice jamais vai te alcançar. Jamais! Também nunca mais vais adoecer. Tu és um ser superior agora, uma raça evoluída. Podes ver e ouvir muito melhor. Teus ferimentos se curam rapidamente. Tens habilidades que nunca sonhaste ter. E quanto mais velho ficares, mais poderoso serás – disse Arctos. – E o preço é tão simples: sangue. O delicioso e quente sangue humano. A chave da imortalidade – ele suspirou. – Mas tudo bem. Eu sei como te sentes. Acredita, eu sei...

William não acreditou nessas palavras e Arctos percebeu, apesar de não se importar.

– Tu me vês como um monstro, pois é exatamente isso que sou. Mas um dia, décadas atrás, eu já fui tão ingênuo e inocente quanto és agora, camponês – ele parou de andar e ficou fitando o céu em silêncio, então começou a rir. A velha risada maldosa. – E sabes o que ganhei com isso? Nada!

William sabia que seu mestre não gostava de tocar no seu passado. Mas uma coisa ele já havia concluído a respeito de

Arctos. Ele já fora uma pessoa boa e, embora tentasse a todo custo ser um monstro, ainda restava uma fagulha de bondade em seu coração; uma pequena chama que não havia se apagado. Era mínima, mas ainda existia alguma esperança. No entanto, por via das dúvidas, resolveu mudar de assunto.

– Estive pensando. E o sangue dos animais?

– Esquece, camponês. É um sangue ralo; fraco demais para nos sustentar por muito tempo.

– Mas é possível...?

– Sim, é possível – Arctos sorriu. – Mas é uma tremenda burrice.

– E por quê? – insistiu William.

– Sei exatamente o que estás pensando: *se eu tomar sangue de animais; se eu passar a eternidade me alimentando deles, não mais precisarei matar um mortal para saciar minha fome.*

William concordou. Os olhos brilhando. Arctos riu. Adorava apagar as pequenas chamas de esperança que ainda restavam no coração do rapaz.

– Os animais não transmitem a sensação de calor da vida, camponês. Se tomas o sangue de animais, com o passar do tempo vais sentir falta dessa sensação maravilhosa. Um mês, um ano, não importa. Esse vazio vai te corroer por dentro. E, mais cedo ou mais tarde, quando avistares um *humano*... desculpa, uma pessoa – disse Arctos com sarcasmo – tua mente vai enlouquecer e teu corpo vai desejar desesperadamente aquele calor para si. O resto tu já sabes! Então é melhor não te arriscares – disse ele, parando de sorrir. – Tu achas que ser um vampiro é uma punição de Deus. Uma maldição dos céus, mas um dia verás que ser vampiro é uma libertação, uma nova chance de viver...

Arctos enjoou daquele passeio e se dirigiu para o castelo. William o seguia. Ele olhou para a fortaleza, ela era muito bonita. Nunca em sua vida no campo pensou que um dia dormiria na casa de um nobre. Estavam quase saindo, passando rente a uma parte do jardim que era cercada por um muro alto recoberto de heras. Do outro lado, um jardim secreto, o novo xodó de Malthus. Só ele tinha a chave para a porta que guardava a entrada. Nem mesmo Arctos pôs os pés naquela parte do jardim. Estavam passando pela porta, quando se depararam com o barão, que destrancava a porta do seu refúgio secreto.

William sempre ficava com receio nas raras ocasiões que via Sian Malthus. Aquela expressão sempre fria e sem vida. O barão nunca falava na presença dele, se limitando a envolvê-lo com aquele olhar cinzento. Brenauder tinha o pressentimento de que Sian não gostava dele. Malthus acenou com a cabeça e entrou no jardim.

Brenauder sempre achou seu mestre, Arctos, um monstro sem caráter, mas mesmo sem nunca ter presenciado um movimento de Malthus, ele pressentia que o mestre do seu mestre era um monstro mil vezes pior. Se fosse verdade o que Arctos dissera de que os vampiros ficavam mais poderosos com a idade, Sian devia ser muito poderoso. Afinal, se Arctos com noventa anos já dera uma surra com facilidade naqueles homens na taberna, não queria nem imaginar o poder de Malthus que tinha mais de duzentos e cinquenta anos.

– O que vamos fazer? – perguntou William.

– Cumprir minha promessa, camponês. Minha mão já está boa. Vamos visitar a tua família, depois iremos para a cidade.

– Mas o mestre Malthus não nos proibiu de ir lá?

– Fala baixo! Ele não nos proibiu, só disse que não queria que nos avistassem no burgo. Entendeste? – perguntou Arctos sorrindo maroto.

– Para dizer a verdade, não.

— Então fica sem entender! — exclamou Arctos, perdendo a paciência.

William suspirou baixo. Seu mestre era assim mesmo. Durante os dias em que ensinava a William, a maior parte do tempo era preenchida por sua total falta de paciência, como era de se esperar de alguém como ele. Berrava com o jovem aprendiz quando tinha que repetir o que havia acabado de dizer ou então era irônico, rindo das perguntas do rapaz. Mas, para a surpresa de William, algumas vezes não. Em alguns raros momentos Arctos tinha paciência para falar e mostrar como tinha que ser feito. Eram momentos raríssimos, mas suficientes para levar William a crer que Arctos, algum dia, já havia sido realmente bom.

Desceram ao estábulo, onde pegaram os cavalos e partiram. Cada um com a sua própria montaria. William ganhou um corcel caramelo. Eles foram para as terras de Truman, e o jovem vampiro não podia conter a ansiedade. Finalmente veria sua família. Arctos notou a felicidade do pupilo e sorriu.

— Se eu fosse tu, tirava esse sorriso do rosto — disse ele naquele tom de voz malicioso.

— Por que deveria? — respondeu William, afiado como navalha.

Arctos parou de sorrir, fechando a cara. Detestava quando William falava com ele naquele tom.

— O que vais dizer à tua família? Hein? Deixa-me adivinhar... *Oi, papai. Oi, mamãe. Como vosmecês estão? Tenho novidades. Eu sou um vampiro agora. Virei um servo do demônio.* Então é isso? — perguntou Arctos gargalhando. — Achas mesmo que eles vão te aceitar? Ou tu vais mentir para os teus pais? Que coisa feia!

William não respondeu. Esqueceu de tudo o que acabara de pensar de bom a respeito de Arctos. Como odiava aquele ser maldito! Esporou mais forte o cavalo, fazendo-o andar mais rápido. Quem sabe assim evitava de ouvir as provocações de Arctos?

Em poucos minutos chegaram à fronteira entre as terras do baronete e as terras de Malthus. William reconheceu de imediato aquelas terras. Arctos havia comentado que, em pouco tempo, Malthus arrendaria aquelas terras para outro baronete. A vida seguia em frente.

William puxou as rédeas, parando o cavalo por um instante, e ficou admirando a paisagem. Tinha a sensação de que ficara fora por anos. Um filho pródigo que à casa retornava. Olhou para o castelo, uma fortaleza bem menor que a do barão, erigida sobre uma pequena colina. A maior parte fora destruída pelo fogo. As ruínas recobertas de neve. Os corpos já tinham sido removidos, mas o sangue da batalha ainda estava lá, oculto sob um tapete de neve. Podia ver inúmeras flechas cravejadas nas árvores. William começava a ver os flashes da batalha. As cenas passavam rápido demais, mas ele ia associando aos poucos. Lembrou que o baronete tinha aumentado e muito o tributo sobre a utilização do forno, do celeiro e das pontes, o que causou a revolta dos camponeses. Três camponeses foram conversar com o nobre, mas deles só voltaram suas cabeças. A revolta estourou com todos pegando suas afiadas ferramentas de trabalho. Foices grandes e pequenas, tridentes e picaretas, além de tochas, pedaços de pau e pedras e se dirigindo para a fortaleza do nobre. Os cavaleiros entrando em polvorosa, mas depois... tudo continuava em branco.

Avançavam devagar. William avistou o celeiro, ou melhor, o que restou dele. Fora completamente destruído pelo fogo. Um outro estava sendo construído bem ao lado. Sabia que estava mais perto de casa. Seu lar. Quanto mais se aproximavam, mais William temia pela vida dos seus familiares. Atravessaram uma ponte se dirigindo para o manso servil, onde ficavam as terras arrendadas pelos servos. William viu algumas pessoas ao longe se protegendo do frio. A vida estava difícil. Sem o estoque do celeiro, eles estavam passando fome. Eles pararam de andar, apreensivos, esperando a passagem dos dois nobres. Ninguém reconheceu William vestido em tão finas roupas. Ainda bem, não queria mesmo ser identificado, mas ficou com pena dos seus semelhantes e largou dois pequenos sacos de moedas no chão.

Avançaram mais um pouco. Finalmente William avistou sua casa. Um casebre camponês como outro qualquer, feito de madeira e adobe – um tijolo rudimentar de terra misturada com palha, secado ao sol. Ele parou o cavalo e desceu, amarrando seu animal numa árvore próxima. O corcel ficou satisfeito com o descanso e começou a comer a pouca relva fresca que ali sobreviveu.

William entrou na casa pela única entrada que tinha. A porta estava escancarada, assim como a única janela. Era estranho. No inverno, sua família sempre fechava a porta e a janela e dormia em volta da fogueira acesa no meio da casa. Mas ele não estava vendo nenhum sinal de claridade e nem sinal de fumaça, que tomava conta da casa. Entrou em casa, correndo eufórico.

– PAI! MÃE! Sou eu... William. Voltei! – disse ele esperançoso com um sorriso de felicidade estampado no rosto.

O sorriso morreu, desapareceu tão rápido quanto surgiu. Uma nuvem de moscas levantou voo, assustadas com o barulho feito por William. Eram tantas que ele mal conseguia ver um palmo à frente do nariz. O que essas moscas dos infernos estavam fazendo ali?

Aos poucos o enxame foi se dissipando, ganhando o ar da noite e permitindo que o camponês pudesse ver o interior de sua casa. Um casebre típico de camponês com apenas um cômodo servindo de cozinha e quarto. Tudo estava revirado e os poucos pertences da família quebrados. Os corpos dos porcos, ovelhas e galinhas, que dormiam sempre dentro de casa, estavam estraçalhados. Arctos ia entrar, mas mudou de ideia quando viu o enxame de insetos saindo da casa. William, por outro lado, ignorava as moscas, que cismavam em querer entrar na sua boca. Ele não acreditava no que acabara de ver. Jogado no canto estavam os corpos de sua mãe e de seus quatro irmãos mais novos. Todos em avançado processo de decomposição. Estavam quase que completamente irreconhecíveis, havia um círculo de sangue seco ao redor deles. William não suportou olhar aquela cena por nem mais um segundo.

– E então, camponês? – perguntou Arctos, finalmente entrando na casa. – Por que está tão calado?

William deu um esbarrão nele, saindo da casa. Arctos ficou um tempo lá dentro. Alguma coisa naquele lugar lhe era familiar. Talvez fosse o cheiro da carne apodrecida. Arctos ignorou os corpos, já estava acostumado a ver cenas como aquela. Embaixo da mesa rudimentar quebrada, estava uma espada. Não uma espada qualquer, pois era uma arma muito bem trabalhada e ornamentada. Estava toda suja de sangue. Sangue da família camponesa. Havia sinais de luta por toda a casa. Arctos compreendeu tudo. Detalhes que os olhos inexperientes de William não haviam percebido. Depois de algum tempo, Arctos guardou a espada num baú e saiu da casa. Tinha o rosto sereno, como se nada tivesse acontecido. O jovem estava sentado em uma pedra, completamente arrasado. Todas as suas esperanças viraram pó.

– Vamos, camponês! – disse Arctos indiferente ao sofrimento do pupilo. – Já cumpri minha promessa.

Mas William não parecia escutar. Ele se levantou da pedra e, cabisbaixo, entrou em casa. Saiu de lá com uma pá nos ombros. Começou a cavar o chão na parte de trás. Arctos encolheu os ombros e pulou para cima de uma árvore, onde se sentou. Ficou ali esperando o camponês acabar o que tinha de ser feito, embora ele achasse uma total perda de tempo. Ele recostou a cabeça no tronco e ficou admirando a paisagem.

William abriu cinco covas e lá pôs cuidadosamente sua mãe e seus quatro irmãos. O corpo de seu pai não estava lá, nem o do seu outro irmão. Lembrava que eles três foram para a batalha contra o baronete. Será que os dois haviam morrido em combate? Provavelmente sim. William não conseguia se lembrar. Mas onde estava o corpo de sua irmã mais nova? Onde estava a pequena Sarah?

William terminou o serviço de sepultamento. Ficou ali parado em frente aos túmulos, rezando pela passagem tranquila de suas almas pelo julgamento de Deus. Que descansassem em paz, pois aqui neste mundo, o único sobrevivente da família Stout se encarregaria de encontrar o assassino e o faria pagar caro por isso. Era um juramento.

O camponês olhou desolado para o seu lar. Sabia que seria a última vez. Pensou por alguns instantes e virou para Arctos. Um olhar decidido.

– Vosmecê vai me ajudar a achar o assassino!

Arctos sorriu de desprezo.

– Isso é uma afirmação, camponês?! Tua língua está ficando muito afiada. Talvez seja melhor cortá-la...

– Não estou brincando! Eu me lembrei onde estão as ruínas da casa da família Dansh. Eu te levo lá hoje mesmo se vosmecê quiser!

– Mas... – disse Arctos desconfiado, como se adivinhasse pensamentos. O sorriso sumira.

– Mas quero que prometa que vai me ajudar a achar o assassino da minha família. Não importa quanto tempo leve.

– Está bem. Mas quero ver o lugar antes – disse Arctos escorregadio.

— Prometa!

— Está bem, está bem, camponês. Devo estar mesmo com o coração mole – disse Arctos num suspiro. – Eu prometo ajudar-te a achar o assassino.

William sorriu. Arctos virou de costas e desamarrou o cavalo.

— Vamos logo, camponês. Quero ver esta casa. Ai de ti se estiveres mentindo... – sibilou o vampiro.

Partiram em direção ao bosque a alguns poucos quilômetros de distância. William conduzia o cavalo devagar, tentando relembrar o caminho feito somente uma única vez. Fazia anos que não entrava naquela parte da floresta. O baronete proibira os servos de entrar ali. As árvores estavam completamente nuas de folhas como sempre acontece neste período do ano.

— Dize-me, camponês! Como tu sabes onde é a casa?

— Desde aquela vez que vosmecê me mostrou aquele pergaminho, eu sabia que já tinha visto aquele brasão. Mas só há pouco consegui me lembrar. Há uns cinco anos, eu e meus amigos nos perdemos neste bosque. A lembrança da surra que levei do meu pai ainda dói no meu traseiro... Nós achamos uma antiga estrada abandonada que nos levou a uma fortaleza em ruínas.

O rumo da conversa estava ficando interessante para Arctos.

— Era uma casa enorme... Se bem que qualquer coisa parece enorme quando se é menor. Agora lembro que era feita de pedras e madeira. Devia ser bonita, mas estava completamente destruída. Todas as portas e janelas estavam lacradas. Grossas tábuas de madeira... Sim, era isso. Tentamos forçar, mas não conseguimos entrar. Lembro que algumas árvores tinham crescido e lacraram algumas entradas também. Devia estar abandonada há muito tempo.

Continuaram a viagem por mais algumas horas. Arctos começava a ficar impaciente com a demora. Ainda bem que durante o inverno as noites eram bem mais longas. Mas teriam que dormir na floresta durante a volta. Arctos detestava dormir fora de casa.

— Onde raios fica esse lugar, camponês?

— Falta só mais um pouco — respondeu William sereno.

Arctos olhou para a mata virgem. Árvores centenárias cujos troncos maciços apontavam para o céu em um tom claro de desafio e orgulho. Talvez seu pupilo estivesse certo. A família Dansh desaparecera há séculos. O povo não devia chegar perto daquelas paragens por acreditar nas lendas de maldição. Nenhum nobre deve ter adquirido as terras também. Então, se a casa de Dansh estava há tanto tempo abandonada, seria lógico que a floresta a tomasse para si, não custava nada dar uma olhada. Continuaram a seguir. As árvores eram espaçadas o bastante para permitir o caminhar tranquilo dos cavalos. Arctos deu uma boa analisada no terreno. Ouvia atento qualquer ruído estranho. Ele nunca se sentia à vontade quando andava pela mata...

Os vampiros entravam cada vez mais fundo na floresta. Arctos deixava-se guiar por William. Andaram mais um bom pedaço. Pontis começava a desconfiar seriamente das palavras do camponês. O tempo avançava e o vampiro sabia que não podiam se dar ao luxo de ficarem expostos durante o dia, mas Arctos já estava conformado. Teriam mesmo que dormir na floresta.

— Camponês, tu não estás perdido, como penso... estás? — perguntou ele, sibilando como uma serpente pronta a dar o bote.

William negou com a cabeça, sem dar muita atenção. Estava concentrado, tentando não se perder. Era difícil refazer um caminho feito somente uma única vez há anos. Ainda mais com o terreno coberto de neve. Passaram por uma formação rochosa que parecia um grande ovo. No alto da rocha oval, uma árvore nascera cobrindo seu topo com as raízes na tentativa de alcançar o rico solo.

– Vê? Nós chamávamos de ovo aprisionado. Falta pouco agora – disse William com a voz triste. Ele não conseguia esquecer a cena dos corpos de seus entes queridos amontoados num canto da casa. A tristeza só não era maior do que o seu ódio.

E Brenauder tinha razão. Mais alguns poucos minutos e eles alcançaram um pequeno monte erguendo-se no meio da mata fechada. Arctos saltou do cavalo e o amarrou num galho grosso o suficiente para impedir uma eventual fuga. William repetiu o gesto.

Em cima do monte, se encontrava uma construção em ruínas, a maior parte recoberta por um tapete verde de heras que ainda resistia ao frio. Uma velhíssima casa de dois andares. Em volta, uma pequena murada de pedras, ou pelo menos o que restava dela. Arctos ficou parado, analisando cada detalhe. Não restava dúvidas de que era uma casa de antigos nobres. Era uma fortaleza feita, na maior parte, de madeira. Esse tipo de construção já não era mais utilizado. Frágil demais e pegava fogo com facilidade. O modelo havia deixado de ser construído uns cem anos antes. Continuou olhando e abriu um sorriso. Finalmente ele se aproximou da casa e afastou a vegetação. Ali estava, encravado na madeira podre da parede desnuda, um brasão de prata da família Dansh. Excelente.

Arctos andava em volta da fortaleza com a curiosidade de uma criança. A casa estava tão velha que parecia que ia ruir a qualquer momento. De vez em quando ouvia o rangido das madeiras velhas reclamando do tempo. Só havia uma única porta, mas uma árvore crescera ali, lacrando a entrada. Não havia nenhuma janela, a não ser a do segundo andar, mas mesmo aquela estava lacrada. Ainda assim Arctos sorria. Ele não queria entrar na casa. Na verdade, a casa pouco importava para ele. Tudo o que precisava era achar um membro da família vivo ou morto. Vivo, ali é que não encontraria. Morto... Talvez. Ele finalmente avistou um cemitério nas proximidades da casa. O lugar de repouso eterno da família Dansh.

    William, por outro lado, estava andando distraído. Ele avistara, lá longe, as ruínas de uma igreja. Era normal cada feudo ter sua própria igreja. Estava rezando mais uma vez pelas almas de sua família, quando sentiu seu corpo ser levantado e arremessado contra uma árvore a vários metros de distância. O choque foi violento e doloroso. Seu estômago bateu com força no tronco maciço. Caiu de cara no chão, não sem antes levar todos os galhos no caminho, uma altura de mais de dez metros. Chegou a afundar na neve. A dor era tamanha que parecia imobilizá-lo. Ouviu passos atrás de si e um galho sendo levantado. Aterrorizado, o camponês tentou se erguer para pedir ajuda a Arctos, mas não conseguiu. Sentia um pé prendendo-o no chão frio. Sentiu uma pontada no lado esquerdo das costas, era seu coração perfurado por um grosso galho. Dor invadindo seus músculos, explodindo, enlouquecedora. Era tão devastadora que William pensou que fosse ficar inconsciente. Ele se concentrou, tentando ignorar a dor latejante. Queria se defender, mas seu corpo não respondia com a rapidez que ele queria. Parecia estar ficando lento. Um minuto se passou, ele sentia os membros formigando cada vez mais até que William simplesmente parou de senti-los. Estava completamente paralisado. Pânico. Sentiu calafrios percorrerem o corpo morto, o pavor da morte iminente. Mas, afinal, o que estava acontecendo? Seu corpo foi virado com um chute. E então ele viu. Arctos o havia atacado. Fora traído. Atacado pelas costas por seu mentor.

    Arctos se acocorou do lado de William. Os olhos cabisbaixos, escondidos na penumbra. O rosto sereno, inexpressivo. Mesmo não podendo ver os olhos, William sabia que estava sendo fitado. Tentou falar, mas os músculos de sua boca também estavam paralisados.

– Ah, camponês, não era para ter sido assim. Não era... – lamentou Arctos, virando o rosto para olhar o céu. – Sabe, no fim das contas, eu não te ensinei praticamente nada. Uma pena, não é mesmo? Fica então mais uma lição de suma importância: estaca no coração é um ponto fraco dos vampiros. Quanto mais velho, mais rápido é a paralisação. Não te preocupes, tu não vais morrer só porque estás empalado. Agora, se eu te deixasse aqui, com certeza morrerias torrado pelo sol.

William olhou para Arctos com ódio profundo. Seus olhos adquiriam a tonalidade âmbar avermelhada, um brilho intenso. A transformação completa. Despreocupado, Arctos encarou o olhar do camponês em silêncio, depois voltou a admirar o céu, pensando na conversa que teve com Sian Malthus dias antes, durante a recuperação de sua mão amputada.

༺❦༻

– Mandou me chamar, mestre? – perguntou Arctos, entrando na biblioteca.

Malthus estava lá como sempre, sentado em sua poltrona de frente para a lareira ardente. A imensa e rica biblioteca era o maior tesouro de Sian. Estantes e mais estantes abarrotadas de livros, por vezes raros e únicos, como o que o barão estava lendo agora. Ele levantou os olhos para fitar seu pupilo. Aquele mesmo olhar cinza e frio. Mas dessa vez havia algo diferente. Apreensão, talvez.

– Arctos, tu deves se livrar daquele bastardo a quem chamas de pupilo o mais rápido possível – disse ele, frio. – Achei que ele poderia ser útil, mas talvez eu esteja enganado.

– Por quê? O que ele fez? – perguntou Arctos surpreso.
– Ele está quase no ponto, eu sinto isso. Mais um pouco de paciência.

— Ele não fez nada. Tu és o culpado, e tempo é algo que não possuo neste momento. Paciência muito menos.

— Não entendo...

— É claro que não, Arctos. Tu nunca entendes, não é mesmo?

Arctos calou-se. Aquele ser era o único que conseguia rebaixá-lo.

— Pois bem, Arctos, eu sempre te avisei que todo ato tem uma consequência, não avisei? Naquele dia que tiveste o pulso mutilado, aquele homem e seu bando que aqui apareceram eram vampiros do burgo. Sahur era o nome do líder, um vampiro antigo, mais velho do que eu. O idiota se intitula o rei de Amyville e não gostou nada, nada, de terem assassinado um dos cidadãos. Ele foi despido, decapitado e marcado com símbolos pagãos. Isso atraiu a atenção da Igreja, como tu mesmo ouviste da boca do arcebispo. *Uma brincadeirinha.* Depois um prostíbulo queimado. Não preciso dizer que o líder daquele bando está furioso, não é mesmo? E nas duas cenas do crime tu foste avistado — disse Malthus seco.

Arctos continuava calado. Sabia aonde aquele papo chegaria, e não seria um desfecho nada feliz.

— Não te preocupes com a tua integridade física. Ele sabe que tu és o culpado, mas me deu a opção da escolha. Tenho um mês para escolher *um dos meus pupilos* e entregar para ele. Acho que tu já sabes quem vai para o abatedouro. O camponês é perfeito para o papel de bode expiatório. Ninguém sabe quem o abraçou, e ele de nada se lembra. É um bastardo, um pária no nosso meio.

— Aquele pirralho, seja ele quem for, não pode conosco, mestre. Sahur não pode invadir nosso território. Com que exército ele vai fazer isso?

— Estás enganado como sempre, Arctos. Ele pode, sim, se tornar uma tremenda dor de cabeça. Naquele burgo, sob seu jugo, vivem mais de vinte vampiros. Se eles se juntarem... Melhor não arriscar ainda. Tenho que conhecer melhor esses vampiros, e eu não quero atrair a inimizade dele. Pelo menos por enquanto...

– Mas...

– Nada de "mas"! – disse Malthus. A voz levemente alterada. Um olhar de indagação recaindo sobre Arctos. – Tu estás ficando *diferente*, Arctos de Pontis. O que está acontecendo? – o aprendiz não respondeu. Sian continuou indiferente. – Quer bancar o mestre? Tudo bem. Divirta-se com teu brinquedo novo. Mas lembra-te sempre que ele é somente um *brinquedo*. Tens menos de um mês para entregá-lo. Termine a busca de que eu vos encarreguei e livra-te dele. E não quero que vós sejais avistados nos arredores do burgo – finalizou o barão, voltando à sua habitual leitura.

Estava há meses ocupado com aquele estranho livro de capa verde. Um diário. O brasão da família Dansh, em contornos dourados estampado na grossa capa de couro.

⁂

Arctos se levantou silencioso, ficando de costas para William. O olhar ainda fixo no céu negro com suas milhares de estrelas brilhantes. Nuvens cinzentas e pesadas começavam a chegar do Norte, trazidas pelos ventos marítimos, cobrindo ao longe a visão da cadeia de montanhas. Teriam outra tempestade de neve em breve.

– Sinto muito, camponês. É preciso. Vês como eu mudei? Estou até pedindo desculpas – disse Arctos, cerrando os punhos fortemente, cheio de ódio. – E isso é inadmissível, completamente impensável. Eu, Arctos de Pontis, sou um demônio com rosto de anjo e gosto... amo esta minha condição, pois foi o caminho que escolhi trilhar. Quando te encontrei, William...

quando te acolhi como meu pupilo, queria te transformar num assassino perfeito. Impiedoso como um demônio, implacável como uma besta, invencível como uma tempestade. Seríamos uma dupla perfeita. Tu serias meu companheiro eterno nesta solitária caminhada. A simples menção de nossos nomes dissiparia a coragem do coração do mais valente dos homens. Mas então o que acontece? – perguntou Arctos, virando-se para encarar o camponês.

O silêncio reinou por breves instantes. William fitava o mestre com um olhar de puro ódio insano. Por um instante o brilho de seus olhos amedrontou Arctos. Ele suspirou.

– Em vez de conseguir endurecer teu coração, tu conseguiste me amolecer. Tua inocência, ingenuidade... Sentimentos que há muito eu havia esquecido, tu me fizeste lembrar. Eu odeio esses sentimentos, camponês! EU ODEIO! – disse Arctos raivoso com a voz muito alterada. Mas ele se controlou. – Neste mundo insano somente os mais fortes sobrevivem. Aprende essa última lição. Se quiseres sobreviver, esquece esses sentimentos patéticos. Tu estás sempre apático. Numa luta nunca dá tudo de ti, sempre travando como se tivesses medo, remoendo-te de culpa cada vez que matas alguém. Infelizmente tu és um fraco, não creio que tu vais sobreviver por muito tempo – ficou em silêncio novamente. – Tinha que ser assim... – finalizou ele, lançando um último olhar para William.

Desferiu mais seis socos no rosto de William, tão poderosos como uma marreta, fazendo-o mergulhar na inconsciência. Pegou o corpo sobre os ombros e o acomodou no outro cavalo. Em seguida, desamarrou o seu esplêndido corcel negro e montou, conduzindo devagar os dois cavalos pelo bosque. Seria uma longa viagem de volta.

CAPÍTULO CINCO

William foi aos poucos readquirindo a consciência. Tentou se mexer, mas ainda estava paralisado devido à estaca fincada no seu coração. Ironia do destino, ele sempre ouvira falar que bastava empalar um vampiro para ele morrer. Sorte que não. Se é que se pode chamar de sorte estar imobilizado em um lugar desconhecido. Não adiantava chorar o leite derramado. Tentou se lembrar do que Arctos dissera sobre a traição, mas não conseguia se lembrar direito. Estranho esta perda de memória. O que estaria acontecendo com ele nestas últimas semanas?

Deixou essas questões para depois, o importante agora era saber onde estava. William começou a varrer o lugar com os olhos. Sem dúvida, estava novamente em uma masmorra, mas não na prisão da fortaleza do barão. Era diferente. Ele estava num cômodo enorme escavado em rocha sólida. Correntes enferrujadas pendiam do teto. Algumas gaiolas de ferro também penduradas, e todas tinham o tamanho de um baú grande. Um esqueleto humano coberto de teia de aranha deitado numa delas. Seus ossos lisos e marrons, contrastando com as barras escuras e enferrujadas da jaula. À sua frente havia três vãos de pedra, fechados por grossas grades de ferro. Na grade do vão central havia uma porta, trancada com um cadeado de ferro do tamanho de uma laranja. Quatro tochas, cujos fogos tênues lutavam para sobreviver, eram responsáveis pela pouca iluminação do outro lado das grades.

O vampiro se viu jogado no chão arenoso. Apreensão. Onde afinal estaria? O que Arctos fizera com ele? Ouviu o tilintar de uma chave sendo grosseiramente enfiada numa tranca. O ranger de uma pesada porta de ferro maciça se abrindo. Passos descendo uma escada de pedra. Um homem alto e robusto de pesadas roupas azul-escuro apareceu. Por cima dos ombros uma capa negra, presa na altura do peito e se estendendo até quase o chão, encobrindo a maior parte do corpo. O rosto escondido por dentro das sombras de um capuz, onde a chama da tocha não podia iluminar, mas que não podia se esconder dos olhos aguçados de William. Aproximou-se. Os passos da bota de couro levantando uma fina nuvem de poeira, que cobriu o rosto do prisioneiro. Segurou o galho e o arrancou bruscamente do peito do vampiro. Um pouco de sangue espirrou do ferimento aberto, manchando as vestes já sujas de William.

– Levante-se! E me acompanhe – disse o homem seco, virando as costas. A voz retumbante como um trovão.

William levantou devagar. O rosto cabisbaixo, o olhar fixo nas botas empoeiradas. A fome começava a apertar. Não gostava da ideia de assassinar aquele mortal, mas era preciso. E, afinal de contas, quem se importava com aquele humano? Era somente mais uma fonte preciosa de sangue. William não conseguia mais evitar este tipo de pensamento. Dois caninos brancos e afiados brotavam da gengiva, afoitos por sangue.

O homem virou-se rápido, sacando uma espada de dentro das vestes e apontando para William. Rápido demais para um mortal. Sem tempo de reação, o prisioneiro se viu encurralado na parede com uma incômoda lâmina pressionando seu pescoço. William não avistara antes a arma por causa da capa negra. O homem meneou a cabeça negativamente com os olhos brilhando por detrás da cortina de escuridão. O aviso fora dado. William entendeu que se encontrava frente a frente com outro da sua espécie. O outro vampiro gesticulou para que o jovem caminhasse à frente.

Subiram uma escada e saíram da masmorra. A espada encostada no pescoço de William, que foi guiado por inúmeros corredores, sempre no subterrâneo. Fosse onde estivesse, aquele lugar era enorme; mais parecia um labirinto. Estavam dentro de uma cripta subterrânea com dezenas de metros de extensão. Um lugar remanescente do antigo Império Romano. Vez ou outra uma tocha pendia da parede iluminando com sua fraca labareda o caminho de pedras. Como se William precisasse da luz para enxergar. Era um vampiro, um ser da escuridão e a ela se adaptara.

– Mas, afinal, quem é vosmecê? – perguntou William, espiando o vampiro pelo rabo dos olhos.

– Meu nome é Bruce Poshen – respondeu o vampiro tão surpreso quanto grosso.

– E o que estou fazendo aqui?

O silêncio foi a única resposta que obteve. Poshen pressionou um pouco mais a espada contra o pescoço de William, fazendo-o andar mais rápido. O jovem vampiro ainda pensou em atacar Poshen, mas se lembrou de que ter a cabeça decepada era uma forma eficiente de acabar com um vampiro novato. Arctos não parava de falar nisso. William suspirou conformado. Caminharam por aquele longo corredor por mais algum tempo. Aproximavam-se de uma grande porta, tão grande que se ele fosse um gigante de três metros de altura ainda passaria com facilidade. Ouvia burburinhos vindo detrás da porta semiaberta. Uma luz forte atravessava o espaço livre, vencendo as trevas para formar um halo amarelado em volta da porta e ofuscando a vista de Brenauder. Entraram.

Era um imenso salão oval. As paredes de rochas sólidas indicavam que ainda estavam no subterrâneo. A luz das tochas ainda incomodando os olhos de William, limitando a sua visão. Pelo menos estava explicado o halo de luz. Pares de hastes de madeira carregando tochas em brasas ardentes formavam um caminho. Uma única cadeira de madeira jazia no centro do salão, rodeada por um círculo de hastes. Dois brutamontes estavam em pé, um de cada lado da cadeira, vestidos como Poshen, exceto que não vestiam o capuz. Cada um deles carregava uma maça – um porrete de madeira cuja ponta prendia uma bola de ferro cheia de espinhos grossos e pontiagudos. Um deles era um mouro alto e careca, com sua pele cor de álamo e olhos negros como as trevas; sua pele tinha uma palidez mórbida quase imperceptível. O outro era robusto e tinha um rosto quadrado onde um nariz grande se destacava; tinha cabelos castanho-claros, lisos e um olhar mais severo do que o do mouro. William não simpatizou com nenhum dos dois.

Ao redor do salão, três andares piramidais, parecia uma arquibancada com belas muradas de madeira. Os dois primeiros andares preenchidos por quinze cadeiras cada. Quanto mais alto o andar, mais luxuosa a cadeira, e a maioria estava ocupada. Pessoas que o camponês nunca vira antes, exceto uma: Arctos de Pontis, que estava sentado no andar mais baixo. Aquele traidor sorria para William e esboçou um rápido aceno com sua mão, deixando à vista os dedos longos e finos de unhas pontiagudas.

– Nosso mestre está viajando e mandou lembranças – disse Arctos.

Nosso mestre! Isso enfureceu William profundamente. Estava em altura suficiente para alcançar seu pescoço. Como se adivinhasse pensamentos, Poshen pressionou a espada no pescoço do camponês, lembrando-o de quem estava no controle. O vampiro se viu obrigado a sentar na cadeira e ter seus pulsos e suas canelas acorrentados por grossas correntes de ferro. Os guardas seguravam a outra ponta da corrente. Uma vez sentado, o rapaz passou a observar a plateia, que o olhava curiosa de cima, fazendo-o sentir-se como uma atração de circo, e eles se vestiam do mais variado tipo. Tinha desde roupas refinadas e caras até farrapos de mendigo. A aparência pálida não deixava dúvida: eram cadáveres ambulantes, mortos-vivos. Vampiros. Contou vinte e seis. A maioria esmagadora dos vampiros era de homens. Vampiras, ele só viu duas. Uma bela loira no andar mais alto e uma branca de cabelos bem negros ao lado de um ruivo.

Um vampiro baixo e magro adentrou no último andar, sentando-se ao lado da loira. Todos se calaram. Ele olhou diretamente para William. Aquele olhar... o mesmo daquele encapuzado com quem William e Arctos esbarraram na fortaleza de Malthus dias antes. Um adolescente de aparência ainda mais jovial do que Brenauder.

Lam Sahur.

Estava vestindo luxuosas roupas verde-escuro. O rosto sereno e jovial, cabelo liso partido ao meio, escorrido, tampando parte da visão. Olhos negros como carvão, tão temidos que transmitiam respeito. Queixo sempre erguido, pose de autoridade suprema que julgava ser. Parecia mais um adolescente mimado, embora o olhar transmitisse todo o pesar dos séculos de existência deste orgulhoso vampiro. Ele sorria cordialmente.

– Hoje, estamos aqui reunidos, como há muitos anos não ocorria. Cento e dois exatos anos. Durante décadas lutei para manter a paz neste burgo. Impus a ordem e a paz. Fiz e faço de tudo para nos manter ocultos, longe dos olhares mortais. Algozes e vítimas convivendo pacificamente. Um equilíbrio sensato onde todos nós ganhamos. Mas então o que acontece? Alguém ousa quebrar esse pacto de silêncio. E tu és o acusado, William Brenauder – acusou Sahur, apontando o dedo diretamente para ele. – Acuso-te de expor o corpo do jovem Nathan com símbolos demoníacos marcados no peito, trazendo a atenção indesejável da Igreja para o nosso território. Acuso-te também de incendiar o prostíbulo, matando dezenas de mortais no processo. O povo já fala da presença de demônios rondando o burgo. Um caçador está vindo para cá. Não um caçador qualquer, mas *ele* em pessoa.

William ficou em silêncio, encarando o vampiro secular.

– És um pária no nosso meio, William Brenauder! Onde está aquele que te deu o dom da imortalidade? Ahn?! Por que não está aqui para te defender? – questionou Sahur. – Se ele está aqui, por que não fala em teu favor?

William não sabia para onde olhar. Queria acreditar que ele não era o centro das atenções. Sahur sorriu desdenhoso.

– Tu não sabes, não é mesmo? Acho que foste criado por engano. Teu mestre deve ter visto o problema que tu representarias e te abandonou à própria sorte. Ao que me parece tu foste adotado. Mas nem teu mestre adotivo ousa defender-te – fez uma pausa. – Isto não significa que podias criar problemas em meu burgo! Pirralho maldito!

Risadinhas se espalharam rapidamente como fogo em palha, deixando William furioso. Ele queria responder, mas as palavras faltavam na sua boca. Parecia estar paralisado. Fingia que o homem que estava sendo humilhado não era ele. Mas era. As mãos de William tremiam. Um ódio crescente pulsando em seu coração. Não podia mais se conter... Sentiu seu coração bater uma vez, espalhando sangue por suas veias e alimentando sua força sobrenatural.

– MALDITO, EU NÃO ACEITO SEU JULGAMENTO! – respondeu William num berro espontâneo para surpresa geral, enquanto se levantava, tentando se livrar das correntes. Tamanha era a força empregada que mesmo os dois brutamontes tinham dificuldades em contê-lo. – SOU INOCENTE DO QUE ME ACUSA! NÃO MATEI NINGUÉM! NÃO SEI DE SÍMBOLO DIABÓLICO NENHUM! QUEM VOSMECÊ PENSA QUE É PARA PODER ME JULGAR? QUEM TE NOMEOU UM REI? O ÚNICO PIRRALHO QUE VEJO AQUI É VOSMECÊ! NÃO PEDI PARA SER UM DE VOSMECÊS! ASSASSINOS SEM CORAÇÃO, SUGADORES DE VIDAS INOCENTES! EU SOU INOCENTE! INOCENTE! ESTÃO ESCUTANDO BEM?!

Espanto. Admiração. Ninguém nunca contestara a autoridade de Lam Sahur antes, exceto um antigo rebelde que agora era dado como desaparecido. Os brutamontes puxaram a corrente, forçando William a ir de encontro a suas adagas; lâminas afiadas e pontiagudas. Ele gemeu de dor quando as lâminas perfuraram sua carne, perdendo a súbita vontade de lutar e sendo forçado a se sentar novamente.

– Tens coragem, inseto. Mas essas tuas palavras carregadas de emoção me enojam profundamente. Um vampiro piedoso – gargalhou Sahur irônico, acompanhado de todo o saguão.

A risada daquele vampiro era verdadeiramente diabólica, deixando à mostra a verdadeira natureza de Lam. Com um sorriso na face, ele continuou:

– Eu poderia descer até aí e te mostrar a verdadeira face do terror, mas não vou me rebaixar a tal nível. Não. Vossas palavras soam como um zunido incômodo de uma mosca – disse ele, estalando os ossos da mão. – Tu és uma besta mesmo, ainda não percebeste? Tua opinião pouco me importa, isto não é um julgamento. Estás aqui apenas para ouvir tua sentença.

– SEU MERDA! EU REJEITO SEU JULGAMENTO, REJEITO SUA SENTENÇA, REJEITO SUA *EXISTÊNCIA*! – gritou William, calando novamente a seleta plateia.

O ódio subira de vez à cabeça de William. Seu monstro interior aflorando. O coração bateu mais duas vezes. Dentes à mostra, olhos adquirindo o brilho sobrenatural. Um brilho que causou ainda mais espanto entre os vampiros. Eles nunca tinham visto aquela cor antes. Âmbar sangue. William levantou da cadeira em um impulso e novamente foi puxado pelos guardas. Mas, desta vez, o jovem não estava disposto a se entregar tão fácil. Se quisessem matá-lo, teriam que se esforçar mais. Tensão. A corrente esticada no limite da resistência.

– Mas o que...? – perguntou surpreso o mouro no momento que a corrente arrebentava.

Os elos não aguentaram tamanha tensão, lançando ao chão os dois brutamontes que o seguravam. William sorria de satisfação. Estava diferente. Aquela criatura não parecia ser mais um humilde camponês. Era um demônio. Ele aproveitou o momento de surpresa geral para saltar na direção de Arctos, o único a continuar impassível. Mas um vulto desceu à frente dele e impediu seu intento.

– Vais a algum lugar? – perguntou Sahur, pondo-se na frente de William e golpeando-o no olho direito.

O punho parecia feito de pedra. Golpe suficientemente forte para lançar William ao outro lado do salão, se Sahur não tivesse segurado o camponês pelas vestes.

– Ainda não terminamos, inseto – continuou Sahur desdenhoso. – Hora de aprender por que sou o líder deste burgo.

O outro olho foi golpeado, e não parou por aí. Uma sequência esmagadora de murros. Rosto, peito, barriga, costas, braços e pernas. Tão rápido que William nem conseguia enxergar os golpes. O jovem camponês tombou quase a ponto de desmaiar. Estava em frangalhos. O menor movimento era suficiente para desencadear dor. Cada osso parecia estar pulverizado. E o rosto? Os olhos de William afundaram nas órbitas do crânio. Não conseguia enxergar. O nariz fora quebrado. A cara estava desfigurada. O ódio passara e com ele o demônio também se foi.

— Calma, inseto. Tu não vais morrer assim tão fácil. Se vais morrer, tens de sofrer lentamente, refletindo sobre a besteira que acabaste de fazer... Ah, novato, achaste mesmo que poderias me enfrentar? Um vampiro poderoso como eu? Nem com um exército. Por tua ignorância e língua solta, condeno-te a uma temporada na floresta de Haye. Se sobreviveres por lá durante quatro meses, nem um dia a menos, estarás perdoado — ditou Sahur gargalhando.

William não entendeu nada. Era essa a terrível sentença? Uma temporada na floresta? Devia ser uma piada. O que o jovem não sabia era que nenhum vampiro condenado antes conseguira ficar vivo por mais de dois meses na mata.

— Alguém se opõe? — perguntou Lam, sorrindo desafiante para as arquibancadas. Fitou cada um deles nos olhos.

Silêncio constrangedor. Quem seria louco o bastante de desafiar o vampiro mais poderoso das redondezas? Depois da demonstração de força bruta, era óbvio que ninguém se atreveria.

— Ótimo, ótimo.

Ele se agachou, aproximando o rosto do ouvido de William, imóvel e de cara no chão.

— E nem penses em trapacear, novato. Eu saberia no ato. Meus espiões estarão de olho em ti a todo momento — avisou Sahur levantando. — Levem o inseto daqui — disse aos três brutamontes. — Quero que finquem uma estaca nele como prevenção, e marquem o braço esquerdo dele para que nunca mais se esqueça deste dia.

CAPÍTULO SEIS

Algumas horas se passaram desde que os três cães leais de Sahur largaram William na floresta. Retiraram a estaca e se foram em cima de uma carroça. E ele ficara ali, deitado no chão frio, cego, esperando a completa regeneração de seu corpo. Ouvia atento os sons da floresta. O vento farfalhando as folhas das copas, o voo das aves de rapina à procura de suas presas, guinchos de roedores e outros pequenos mamíferos silvestres; o incalável som de centenas, milhares de insetos diferentes. Grilos, vespas, abelhas, besouros. Um córrego. Tinha certeza que ouvia o som das águas ziguezagueando, cortando incansáveis a paisagem da floresta.

William só ousou se levantar quando se sentiu mais recuperado. Abriu os olhos lentamente. Receava ter perdido a visão. Alívio. Ele voltara a enxergar. A escuridão que o cercava não o amedrontava, podia enxergar muito bem. Passou a mão no rosto, sentindo cada detalhe. Nada, nenhum machucado. O rosto voltara ao normal, embora levemente dolorido, onde os ossos haviam sido quebrados. Ninguém nunca diria que aquele jovem tinha tomado uma surra horas antes. Olhou para o braço direito. Os filhos da mãe tinham mesmo tatuado seu braço. A palavra "Besta" em latim estampada em letras góticas. William encheu-se de ódio; não merecia tal castigo. Tocou na marca. Como ardia! Ele cerrou os dentes para suportar a dor. Aquele não devia ser um ferimento comum...

O primeiro pensamento que lhe veio à cabeça foi se estaria na Floresta das Trevas. Mas constatou aliviado que aparentemente não. Segundo diziam, os troncos das árvores daquela parte da mata eram negros e que sangue corria dentro deles. Aproximou-se de uma árvore. O tronco era uma mescla de vários tons de marrom, como toda árvore. Estava completamente nua, por isso William resolveu quebrar a ponta de um galho em vez de uma folha, só para ter certeza. Alívio. Nenhuma gota de sangue, somente seiva vertia da parte quebrada.

Não ficou aliviado por muito tempo. A fome aumentava cada vez mais. Depois das duas surras seguidas que tomou, seu corpo começava a clamar por sangue. William olhou em volta. Nenhuma estrada ou qualquer outra indicação de presença humana. Lembrou-se do que Arctos falara sobre sangue animal. Podia ser ralo, mas teria que servir. William parou para pensar. E se fosse só mais uma mentira de Arctos? Se o sangue de animais fosse bom, ele não teria mais que matar seres humanos. Sorriu esperançoso.

Estava feliz, até que se lembrou de que fora poucas as vezes em que saíra para caçar com o pai e o irmão um pouco mais novo. De vez em quando o baronete Truman concedia uma folga e alguns camponeses se organizavam para sair e caçar na floresta, longe dos bosques do senhor. Traziam carne de cervos fresquinha, sendo que a maior parte era vendida no burgo de Amyville. William nunca foi chegado na arte de caçar. Mas sua pouca experiência teria que servir. Lembrou que sempre havia animais perto de córregos. Seria o primeiro local que visitaria.

As águas estavam cristalinas. O suave som do córrego acalmava o espírito atormentado do camponês. Ouvia atento a tudo. O bater de asas frenético dos morcegos ao longe caçando insetos, por exemplo. Mas nenhum som de um animal maior que pudesse fornecer sangue fresco para o vampiro.

Subiu quinze metros numa árvore. Já não ficava mais surpreso com a facilidade com que executava tal ação. Lá do alto, percorreu o rio com seus olhos vampíricos. Avistou o que queria: o vulto de alguns animais se movendo mais ao sul. Saltou, pousando graciosamente no chão. Nenhum barulho ao tocar o solo. Seguiu o córrego algumas centenas de metros até chegar perto de uma formação rochosa. Uma caverna tão profunda que seu interior estava envolto em escuridão. Perfeito. Olhou para o chão da entrada. Marcas na terra. Pegadas. Farejou o interior da caverna. Sentiu o cheiro fétido de urina e carne podre. Odor característico de predadores. Ouviu o rosnado parecido com cães raivosos. Cães não. Lobos. Já matara um antes para evitar que as ovelhas do seu senhor Truman fossem devoradas. William sorriu confiante, não seria problema.

E não podia estar mais enganado!

Eram, ao todo, vinte lobos adultos, e não ficaram nada felizes com a invasão de seu território. Os pelos cinzentos mesclados com branco ouriçados, em alerta. Dentes amarelados à mostra. Grunhidos e latidos ecoando pela caverna. Os maiores animais à frente, protegendo as fêmeas e os filhotes. Faltava pouco para amanhecer. Logo o sol nasceria por detrás das montanhas e banharia a floresta com sua luz majestosa, vencendo a cortina de nuvens que fechava o céu. Não havia tempo a perder. William cerrou os punhos, expulsando de sua mente todo remorso e bondade, somente a sobrevivência era importante. Os caninos brotaram novamente. O vampiro mergulhou dentro da alcateia. Não foi fácil. Embora a força física e a velocidade de William fossem sobre-humanas, ainda assim não eram suficientes. Enquanto ele jogava, aos socos e pontapés, os lobos mais próximos, alguns vinham por trás e o atacavam sem piedade, cravando firme os dentes pontiagudos e afiados na carne morta do vampiro, que suprimia gritos de dor. Não demorou muito para ser derrubado. Os lobos, que ainda tinham condições de lutar, pularam ferozes em cima do invasor. Mordidas, patadas, unhadas. O corpo de William estava coberto de feridas de novo. Algumas mais profundas que outras, mas somente dos machucados mais profundos na altura do abdômen saíam filetes de sangue. Aquilo já estava ficando desesperador. O vampiro acabou sendo derrubado. Três animais avançaram em cima dele. Um deles atacava diretamente o pescoço do invasor.

O instinto de sobrevivência de William começava a falar mais alto. E o vampiro pela primeira vez se deu conta do outro ser obscuro que habitava seu coração. Uma parte de seu inconsciente reclamava, chiava. Seu coração bombeou o pouco sangue que restava para todo o corpo. Os olhos do rapaz brilharam, adquirindo a cor de âmbar sangue, a transformação se completara. Aquela pessoa já não era mais William. Sua outra natureza se apossava de seu corpo e mente para garantir-lhe a sobrevivência. Um grito demoníaco que parecia ter saído dos reinos infernais ecoou pela caverna, calando os lobos por um momento.

A criatura atacou. Os três lobos voaram, arremessados como se não fossem nada, em direção ao teto. Os outros recuaram assustados, latindo raivosamente. O monstro levantou rápido, sorrindo. Um sorriso insano e puramente mau. E em pouco tempo todos os lobos jaziam mortos. O ambiente foi completamente tomado pelo cheiro da carnificina. As paredes foram pintadas de sangue. William, ensandecido e animalesco, arrancava violentamente o couro dos cadáveres, rasgava a carne com as unhas e, sedento, derramava na boca o abundante sangue fresco que jorrava das veias e artérias arrebentadas. Suas entranhas ficaram cheias rapidamente, mas ele ainda sugava sangue, na vã esperança de que aqueles cadáveres lhe fornecessem a sensação quente da vida. Nada.

O sangue caía da boca, sujando o rosto e as vestes rasgadas e amarrotadas do camponês.

    William Brenauder perdido em algum lugar do seu subconsciente sabia que sofreria por ter deixado seu demônio interior dominá-lo novamente. Sabia que estava perdendo sua humanidade pouco a pouco, que o remorso corroeria sua aflita alma. Sabia que cada vez que se importasse menos com a vida alheia, sua alma daria mais um passo em direção ao abismo infernal. Sabia de tudo isso, mas no momento, absolutamente nada disso importava. Somente o gosto do sangue fresco daqueles cadáveres empilhados... E, no final das contas, Arctos tinha razão.

    O sangue de animais era horrível.

CAPÍTULO SETE

Era uma taberna de baixo nível encravada no meio do labirinto de ruelas da zona mais pobre de Amyville. Dois andares, como qualquer outro estabelecimento da cidade. O andar de baixo era onde funcionava o comércio, enquanto o andar de cima era a casa do dono.

Um lugar onde dificilmente os guardas da cidade iriam incomodar. O refúgio ideal da escória da sociedade. O chão estava imundo, coberto por uma mistura de poeira, restos de comida e vômitos de bêbados. Ratos e baratas faziam a festa entre aqueles homens, que não pareciam se importar. A música rolava solta. Uma lareira quente no canto fornecia calor para suportar aquela noite gelada, onde nevava do lado de fora. Mulheres alegres e bem-vestidas serviam bebida aos clientes, passando pelas mesas redondas e sujas espalhadas pela taberna.

Um homem parecia alheio a tudo isso. Encontrava-se sentado sozinho no canto mais obscuro do lugar, evitando chamar atenção desnecessária. Era muito magro e franzino. Ombros caídos, dando-lhe uma estatura menor do que realmente era. Cabelos ralos e ensebados cobrindo a frente. Os olhos esbugalhados, desconfiados, fiscalizavam o lugar atentamente a cada movimento. Um olhar mais cauteloso sobre aquele homem mostraria que sua mão tremia. Apreensão. Tomou todo o caneco de cerveja de uma só vez e deu um sorriso. Finalmente avistou quem queria.

Um homem acabara de entrar na taberna. Bateu dos ombros um punhado de neve e repeliu de imediato duas moças que se ofereciam para ele. A roupa suja e amarrotada encoberta, na maior parte, por uma capa preta com um capuz grosso, escondendo seu rosto nas sombras. Somente sua boca era visível sob a fraca iluminação do ambiente. Uma cicatriz no canto direito, perto da boca. Um cavanhaque bem aparado. As botas enlameadas deixando marcas no chão por onde passava. Passos firmes e decididos. O estranho também avistara o homem esguio de olhos esbugalhados sentado no canto obscuro.

– Boa noite – cumprimentou o homem sentado com uma voz esganiçada, parecia mais um rato, se esforçando para sorrir.

– E o que tem de boa nela, meu caro Wilson? – respondeu o estranho com a voz seca e áspera. Puxou uma cadeira e sentou. – Quero mais informações!

– Que tal a última que eu dei? Encontrou os suspeitos? – perguntou Wilson num sussurro.

– Realmente tu não mentiste. Para tua sorte, devo acrescentar... Aqueles três homens reservados de quem me falaste eram realmente vampiros. Agora são três demônios sugadores de sangue a menos para atormentar este burgo. Minha vinda a este lugar não foi em vão. O arcebispo ficará satisfeito. Aqui está teu pagamento – disse o encapuzado, atirando um saquinho de moedas de prata discretamente sobre a mesa. – Vinte moedas de prata como combinado.

Wilson esbugalhou os olhos mais ainda.

– Mas eram mesmo *vampiros*? – perguntou ele sem levar fé. Aqueles olhos desconfiados. – Quer dizer, vosmecê os matou?

O estranho confirmou com a cabeça, balançando-a lentamente. Wilson, assustado, engoliu em seco, arrastando rapidamente o saco para seu colo. Olhou para os lados com aqueles olhos saltados, se certificando de que ninguém o vira.

— Eram estranhos, mas nunca imaginei que seriam vampiros. Nosso vilarejo sempre foi tão pacato...

Ele pegou uma moeda e se deliciou com a visão de seu brilho. Discretamente enfiou o dinheiro por dentro da veste e voltou a fitar o seu cliente. Deu um sorriso o qual mostrava todos os seus dentes. A maioria já enegrecida pelas cáries.

— Se me permite a intromissão, senhor... Quem é vosmecê? Fazemos negócio há três dias e eu ainda não sei nem seu nome, nem de onde vem.

O estranho fechou mais ainda a cara. Se é que isso era possível.

— Não, não permito que te intrometas onde não és chamado. Fazes apenas teu trabalho que já está de bom tamanho. Fatos relacionados à minha pessoa não são para o teu bico. Fui claro?

Wilson meneou a cabeça, concordando sem-graça.

— Vamos, preciso que me contes o que mais tem ocorrido de estranho nesta cidade — pediu o encapuzado.

— Isso custa um pouco mais...

— Posso oferecer mais dinheiro — disse o estranho de mau humor.

Ele retirou de dentro da capa um saco um pouco maior e mais pesado de moedas, segurando-o de modo que Wilson pudesse deleitar-se apenas com os olhos.

O informante parecia hipnotizado com o tilintar das moedas. Não desgrudava os olhos do saco. Os dedos tremiam de nervoso.

— Não tenho outros suspeitos. Pelo menos não com as descrições que vosmecê me passou.

— Que pena, não? — disse o estranho, recolocando o saco dentro das vestes.

— Ei, ei! Vamos com calma, amigo — pediu Wilson, pondo a mão amigavelmente no ombro do estranho.

– Não somos amigos, Wilson. E tira tua mão de mim, antes que a perca.

– Desculpe – disse o informante, recolhendo rapidamente a mão.

– Vejamos que informações interessantes tens a me dar.

– Bem... Há uns doze dias presenciei algo sem igual. Vi um cara sendo arrastado para a floresta por três brutamontes.

– E daí?

– Eles carregavam o homem numa carroça. Tinha um pano por cima do corpo. Quando a carroça passou por um buraco, o pano escorregou e eu vi – ele deixou o silêncio intervir por alguns instantes para aumentar o mistério. Quando percebeu que o estranho continuava indiferente, resolveu continuar falando – O homem tinha uma baita estaca fincada no peito. Bem no coração. Sinistro. E os olhos... Sabe há poucos dias um jovem morreu decapitado. O corpo dele foi achado perto da igreja com uns símbolos estranhos feitos na carne – parou de falar para fazer um rápido sinal da cruz. – Deus nos proteja.

– Interessante. Já acharam o assassino?

Wilson meneou a cabeça negativamente.

– A que horas o jovem foi assassinado?

– Foi de madrugada, sem testemunhas.

A resposta deixou o estranho pensativo. Isso poderia ser uma informação interessante, mas deixaria para mais tarde.

– Reconheceste o corpo da carroça?

– Naturalmente. Foi de relance, mas eu vi que era William Brenauder.

– Fiquei na mesma. Quem é William Brenauder?

– É um perigoso assassino. Dizem que servia a ordens satânicas. Era uma lenda no nosso pacato burgo. Dizem que foi ele quem matou o jovem e fez com o corpo um ritual satânico. Ninguém nunca via seu rosto.

– Se ninguém nunca viu o rosto dele, como tu o reconheceste naquela carroça? – perguntou o estranho desconfiado.

– Ahn... Bem, é que uma das vítimas... sobreviveu. Ela contou como era o rosto do homem. E por causa de uma tatuagem no braço direito.

– E tu reconheceste?

– Sim. Por causa dessa marcação. A marca da *Besta* – balbuciou Wilson temeroso, como se a qualquer momento um buraco fosse se abrir no chão e tragá-lo para o inferno só porque disse o nome do coisa-ruim. – Acho que pode ser um vampiro. Aquele cara era muito suspeito.

De repente, sem o menor aviso, o estranho levantou da cadeira. Wilson levou o maior susto.

– Ei, amigo! Aonde vai?

– Capturar um vampiro. Se tudo o que me disseste for verdade... Se eu capturá-lo na floresta onde somente os vampiros mais burros vão, eu terei um ótimo informante. Dize, onde viste a carroça?

– Eles saíram pelo portão sul. Eu os ouvi comentar que iam largar o corpo perto do rio da Serpente.

– Ótimo – disse o estranho satisfeito. Ele pegou uma moeda do saco e tacou para o informante.

Já ia se virando, quando foi interrompido por Wilson:

– Ei, ei! Que brincadeira é essa? *Só uma moeda?!*

O estranho aproximou o rosto para perto dele.

– Pagarei o resto quando eu voltar. Ou por acaso tudo o que disseste era *mentira*? – perguntou ele irônico.

– Eu não minto, senhor.

– Então terás teu pagamento. E *estamos acertados*.

Wilson observou o encapuzado sair da taberna. Sorrindo, pediu que uma mulher lhe trouxesse um caneco de cerveja. Tinha muito que comemorar. Vampiros na cidade... era só o que faltava. Só se fosse muito burro para acreditar nisso.

CAPÍTULO OITO

William ainda estava tentando se acostumar à dura vida na floresta, embora não estivesse se esforçando em nada para sobreviver. Não sabia há quanto tempo estava lá. Quinze, vinte, trinta dias... talvez mais. Os animais sempre pareciam sentir sua aura maligna. Quando não fugiam, atacavam. Suas roupas, antes tão finas e caras, não passavam agora de trapos. Estavam tão sujas e amarrotadas que nem mesmo o mais desgraçado dos mendigos aceitaria usá-las.

O vampiro não estava nem aí para a sua aparência. Em depressão profunda, ele não parava de pensar que fora amaldiçoado por Deus. Tentava lembrar que diabos aconteceu nestes últimos dias. Por que não conseguia recordar?

Sua família brutalmente assassinada. Ele transformado numa criatura amaldiçoada. Um morto-vivo. Seu instinto obrigando-o a se tornar um monstro assassino. Ceifador de vidas inocentes. Traído por aquele que deveria acolhê-lo. Desperto para o mundo traiçoeiro dos vampiros. Vítima de uma disputa por poder. E tudo isso num curto espaço de tempo. O rapaz sentia que estava enlouquecendo. Muito abalado, ele dificilmente saía da caverna, e só o fazia para caçar, como agora.

Ele caminhava sem rumo pela floresta, caçando sua próxima presa. Tinha certeza de que vira um javali por ali. Animal selvagem de corpo coberto por pelos duros e espinhentos, que lembrava um porco. Um bicho bruto que podia matar um homem se quisesse. Mas onde raios estaria ele? Toda vez que pensava estar alcançando-o, ele parecia correr mais rápido. Não era possível. Já estava utilizando sua velocidade vampírica e nada de alcançar sua refeição. Não conseguia nem ver direito o bicho.

    O javali começou a desacelerar. Ou será que era William que ia mais rápido? Não importava. Viu, de relance, o animal entrar numa moita. Era o momento perfeito. Saltou por sobre o arbusto, esperando agarrar sua presa. Surpreso, viu que acabara de pular em direção a um barranco. Saiu rolando ladeira abaixo. Acabou por cair de cara no chão. Cuspiu a terra que entrou em sua boca. De repente, ouviu um soluço. Uma criança chorava desesperada, pedindo por ajuda. William levantou rápido, virando a cabeça para os lados à procura do paradeiro da criança. Por um instante esqueceu-se do javali, que desaparecera sem deixar vestígios. Não importava. A criança era mais importante no momento. Aquele choro tão puro, tão desesperado, tão humano mexera profundamente com ele. Parecia tê-lo despertado de um transe. Aquele choro devolvera seu resquício de sanidade. Onde estava a criança?

    O choro vinha de uma clareira bem à frente. William se dirigiu para lá. Nenhuma árvore, nenhum arbusto ou erva rasteira. Nada. Onde estava a criança? Uma névoa densa recobria o chão e escondia a neve, envolvendo suas pernas até a altura do joelho. Parecia que estava imerso em um mar de algodão. O choro continuava. Cada vez que dava um passo, a névoa ao redor de sua perna se dissipava por poucos instantes, antes de engolfá-la novamente.

    Forçando a vista, ele finalmente avistou um pequeno vulto na escuridão. Encolhida perto de uma árvore, na borda da clareira, lá estava a criança. Tão indefesa, tão inocente... O corpinho encolhido de medo e frio. Era uma menina. O rosto escondido pelos pequeninos braços. Os cachos castanhos sujos, caídos por sobre os ombros. Chorava copiosamente. William se compadeceu. Ele se aproximava devagar, afinal, não queria assustar ainda mais aquela pequena criança. Ela ouviu os passos do vampiro. Parou de chorar e levantou a cabeça bem devagar. Os olhos azuis, vermelhos e inchados de tanto lacrimejar, fitando desconfiados para aquele homem estranho e esfarrapado. William levou um susto. Aquela que estava à sua frente era sua irmã! Sua querida irmãzinha caçula. Ela pôs-se de pé em um pulo. Começou a chorar de novo quando reconheceu William.

– Meu irmão... Will, onde vosmecê estava? Eu fiquei com tanto medo...

– Eu estou aqui, Sarah – disse William sorrindo. Um sorriso de felicidade que há dias, semanas não se via em seu rosto. – Eu estou aqui, maninha. Finalmente eu te encontrei... Estava tão preocupado... Mas estamos juntos agora!

Ele agachou, abrindo os braços, pronto para um abraço amoroso. Para a sua surpresa, a menina recuou assustada. Um olhar de ódio tomando conta de suas feições tão angelicais. William não entendia.

– VOSMECÊ É UM MONSTRO! VOSMECÊ ME ABANDONOU NAS MÃOS DOS HOMENS MAUS! POR SUA CULPA PAPAI E MAMÃE NOS DEIXARAM... – berrava ela, chorando de ódio. – POR SUA CAUSA *ELE* VEIO! VEIO E MATOU TODOS OS NOSSOS IRMÃOS!

Ele se apressou em abraçá-la. Tentaria acalmá-la, afinal, era seu irmão mais querido. O único membro vivo da família ali presente. Afagou os cabelos despenteados. Finalmente saberia o que aconteceu com sua família naquele fatídico dia.

– Vosmecê... nos abandonou, Will... – soluçava ela. – Foi vosmecê... que trouxe aquele monstro... Ele... Ele nos atacou.

– Calma, irmãzinha. Eu estou aqui, e vou te proteger de todo o mal – dizia ele sorrindo, tentando confortá-la.

Ela fungou, limpando o nariz com as mãos e tentando parar de fungar. As bochechas estavam coradas anormalmente. Olhou sério para o irmão.

– Mentira! Vosmecê é o mal – disse ela, desaparecendo dos braços dele. As lágrimas escorrendo pelo rosto. – Vosmecê é o mal! Por mais que vosmecê tente lutar... é um monstro agora. É inevitável.

Sumiu. As últimas palavras proferidas por ela ecoavam-lhe na mente, acertando em cheio sua consciência; mais forte do que todas as surras que levou nos últimos dias. Será que vira um fantasma? Sua irmã morrera e veio assombrá-lo? Por que o acusava de ser mau, se tudo o que ele fazia era justamente tentar ser o oposto?

Uma risada sarcástica, alta e estridente. Vinha de trás. William levantou-se e virou. Viu um estranho sair de trás das árvores e entrar na clareira. Tinha a maior parte do corpo encoberta por uma manta grossa, encardida e esburacada. A roupa dele estava em um estado muito pior do que a do vampiro. Os rasgos expondo uma pele igualmente suja. Um enxame de moscas rodeava o sujeito. Tinha o corpo um pouco encurvado, os ombros caídos e as costas arqueadas. O modo de andar era peculiar, lembrava vagamente um animal. Os braços sempre soltos, moles; parecia não ter forças para levantá-los. Ele se aproximava devagar, abrindo espaço naquela névoa densa. William não conseguia ver seu rosto, mas pôde notar as unhas de sua mão. Sujas, compridas e pontiagudas. Pareciam garras, lembrando as unhas de Arctos, aquele traidor de merda!

– Ah, William, William... – a voz era arrastada, rouca. Parecia mais um grunhido animalesco do que a voz de um homem.

Não era nem de longe parecido com seu ex-mentor, mas aquele ser também não parecia ser um humano comum.

– Que triste, não é mesmo? Ver a querida irmãzinha só para perdê-la de novo. Eu quase cheguei a chorar – o estranho gargalhou, até a gargalhada parecia um grunhido selvagem.

– Quem é vosmecê?

Ele não respondeu, continuando a rir. William já estava perdendo a paciência. O que, afinal, estaria acontecendo?

– Onde está minha irmã? – perguntou William ríspido. De repente calou-se por um instante. – Já sei. Vosmecê é o monstro que a estava perseguindo, não é?

Novamente nenhuma resposta, mas desta vez a risada cessou.

– Sim, eu sou o monstro que ela disse. Mas também sou muito mais que isso, e vosmecê não passa de um tolo, Will. Incrível que não esteja me reconhecendo – revelou o estranho com sarcasmo.

– CHEGA DE GRACINHAS! PARE DE ME CHAMAR DE WILL! – berrou o vampiro, partindo para cima dele. – O QUE FEZ COM MINHA IRMÃ?!

William não teria piedade, já estava farto daquele maldito estranho. Utilizando toda a sua força vampírica, o camponês tentou socar o estranho, que agilmente desviou. Raiva. Mais uma sequência de socos velozes. Todos esquivados facilmente.

O estranho, ao desviar de um soco, aproveitou a chance e golpeou William direto na cara, jogando-o violentamente para trás. O vampiro deu uma cambalhota no ar, flexionou as pernas e, aproveitando a cinética do golpe levado, deu impulso no tronco de uma árvore. Com os braços esticados, acertou em cheio o rosto do estranho, que tombou. William rolou no chão e se levantou rapidamente. Observou o estranho caído, inanimado no chão. Estaria morto?

Não, não estava. Ele se levantou como se nada tivesse acontecido.

– Nada mau, Will. Nada mau mesmo – disse o estranho, passando a mão na boca. – Tenho muito orgulho de ti. Mas ao mesmo tempo vosmecê me desaponta. Quanto potencial desperdiçado. Vosmecê quando luta paralisa que nem uma mocinha, só está se mexendo agora porque eu estou deixando.

– Vosmecê é... é o vampiro que me abraçou?! VOSMECÊ É O DESGRAÇADO QUE ME CONDENOU A ESTA VIDA AMALDIÇOADA! – gritou William, explodindo de ódio.

De novo partiu para cima do estranho, mas desta vez o seu oponente não ficou só na defensiva. Partiu para o ataque também. Nenhum dos dois se preocupava em desviar dos ataques recebidos. Tudo o que importava era quem batia mais, quem infligia mais dano e permanecia de pé. Foi uma briga espetacular. Eles se moviam tão rápido que um humano comum jamais poderia acompanhar; veria em alguns momentos um borrão apenas. Socos, chutes, pulos, rasteiras. Tudo acontecendo em questão de poucos segundos. Mas William não demorou a perceber que o estranho era muito mais forte e veloz do que ele. Só conseguia atingi-lo porque ele assim o permitia. O estranho era mais resistente também. O camponês tinha a sensação de que socava uma rocha sólida. Inesperadamente recebeu um chute na cabeça, que o deixou tonto. Recebeu um forte murro no estômago. Um chute na coxa quase o derrubou.

– Por quê? – perguntou William.

– Não sabe, Brenauder? – foi a resposta que ouviu, tomando uma joelhada forte no estômago. – *Eu vou explicar bem... devagar...*

O jovem bem que tentou esboçar uma reação, mas estava atordoado demais. Levou um tapa no rosto que de tão forte estalou.

– Eu... – outro tapa na cara de William – faço... – as garras rasgaram seu peito – porque... – um soco direto no queixo – eu... – um murro no lado, duas costelas trincadas – posso!

O vampiro levou mais três socos no rosto antes de tombar. Todo o seu corpo estava dolorido. Até pensar doía.

– Tsc, tsc. Não há dúvidas, vosmecê é um imbecil, mesmo – disse o estranho animalesco, agachando ao seu lado. – Não, eu não sou o seu criador nojento. Sou muito mais do que isso, *William Brenauder*!

Ele deixou a manta cair e revelou seu rosto. Estava imundo de terra. Sangue seco ao redor da boca e ao longo do pescoço. O cabelo castanho-claro longo, ensebado e completamente embaraçado.

– Ainda não me reconhece? – grunhiu o estranho.

William, surpreso, arregalou os olhos. Finalmente percebera. Aquele estranho, aquele homem que mais parecia um animal, na verdade, era...

༺❧༻

Wilson, montado em seu jumento, chegou rápido aos domínios do barão Sian Malthus. Não gostava muito do nobre, mas o que se podia fazer? E desta vez não tinha do que reclamar. O trato era simples: devia conduzir, com suas informações, qualquer curioso ao paradeiro desse homem a quem chamavam de William Brenauder. Não entendeu a parte da estaca no peito, mas ordens eram ordens. Antes, porém, para ganhar a confiança do curioso, deveria fornecer o endereço de três jovens. Endereço fornecido pelo próprio barão Malthus. Wilson se recusava a acreditar que eram vampiros. Mesmo assim a dúvida persistia. Seria possível?

Um calafrio arrepiou os pelos do corpo. Ele queria acreditar que o culpado era o vento frio e cortante da noite de inverno, mas sabia que não era verdade. Aquele homem encapuzado confirmara que matou três pessoas a sangue-frio. E se não fossem vampiros? Tinha condenado três inocentes à morte. Sabia que haveria falatório na cidade. Rezava para não ser envolvido, pois a forca não seria uma opção feliz. Engoliu em seco. Tinha pavor da morte. Sabia que em vida cometera muitos pecados e que sua alma já estava encomendada ao inferno. Mas nunca matou ninguém. Felizmente ele sabia o que fazer, pegaria o dinheiro e sumiria. Não gostava de viajar. Nessa era tenebrosa, as estradas eram repletas de perigos. Já ouvira muitas histórias sobre viajantes solitários que nunca mais retornaram. Lendas sobre demônios errantes e lobos monstruosos que andavam sobre duas patas não eram raras. Era um covarde, mas era melhor arriscar o corpo na estrada do que o pescoço numa corda.

Atravessou as terras do latifúndio. Passou pelos casebres dos camponeses, todos ao redor da fortaleza do barão para uma eventual fuga caso o feudo fosse invadido. Feixes de luz tentavam escapar pelas frestas das casas, desafiando a escuridão reinante. Avistou ao longe a fortaleza de Malthus no alto da pequena colina. Cruzou a ponte sobre o fosso sem problemas. Os guardas não chegaram a incomodar; assim que o reconheceram, abriram os pesados portões. Wilson deixou seu jumento aos cuidados de um criado que veio para recebê-lo. Curioso, notou uma movimentação anormal dos demais empregados. Baús e mais baús eram amarrados em carruagens. Eram ao todo onze, todas com pelo menos quatro cavalos atrelados. O administrador geral cuidava pessoalmente das coisas do barão.

Um criado já aguardava Wilson na porta de entrada.

– Boa noite – cumprimentou o empregado. – Infelizmente o mestre não se encontra, mas ele deixou que o senhor de Pontis, seu irmão, cuidasse da negociação.

– Por mim tudo bem – respondeu Wilson com um sorriso.

O criado conduziu em silêncio Wilson até Arctos, que se encontrava andando a esmo pelo jardim. Pensativo, nem notou a presença dos dois. Olhava sem interesse para o céu nublado.

– Senhor – disse o criado, tirando Arctos do torpor mental. – O mestre Malthus pediu para o senhor dar a este homem o pagamento que lhe é devido.

Arctos aquiesceu, sem desviar o olhar do céu. O criado retornou para a fortaleza. Passado alguns segundos de absoluto silêncio, Arctos voltou sua atenção para Wilson sorrindo. Um sorriso enigmático. Wilson considerou isso um gesto amigável, o primeiro da noite, e sorriu também.

– Vamos ao que interessa, Wilson. Esse é o teu nome, certo?

– Isso mesmo. Sou John Wilson.

O humano estava visivelmente ansioso. Queria receber logo o seu pagamento e cair fora dali. Esse tal de Arctos... Podia até ser gentil, mas olhando melhor, sentia calafrios. Aquele olhar sedento e vivo. A cor da pele era cadavérica, um branco incomum. Os pelos do corpo se arrepiaram. Ele até se encaixava na descrição dada por seu cliente.

– Bem, Wilson... gostei muito de ti. Posso ver que és um grande covarde, mas tu tens bastante conhecimento sobre o burgo, não é mesmo?

– Isso mesmo, senhor. Não há nada que aconteça em Amyville que eu não saiba.

– Nada mesmo?

Wilson aquiesceu, sorrindo orgulhoso.

– Sabe o que aquele estranho da taberna disse? Que aquelas três pessoas eram vampiros. Vampiros?! – disse ele, puxando conversa. – Vê se pode. Aquele homem devia de ser louco.

– É mesmo? – disse Arctos, sorrindo e deixando à mostra dois caninos brancos e pontiagudos. Os olhos esmeralda já brilhando. – Mas quer dizer então que tu não acreditas em vampiros? Muito interessante.

O homem ficou pasmo de pavor. Quando Malthus pediu que informasse sobre os três supostos vampiros em troca de dinheiro, não imaginou quão profunda era essa verdade. Era óbvio que ele acreditava em vampiros, só não supunha que existiam tais criaturas vivendo na região. Agora estava cara a cara com um deles. E o único que sabia como eliminá-lo estava embrenhado na floresta a quilômetros de distância. Droga! Onde estavam os heróis quando se precisava de um?

Wilson já ouvira falar de muitas histórias sobre esses monstruosos seres da escuridão, mas não esperava encontrar um. Recuou dois passos. As pernas trêmulas. Malditas, não queriam obedecer, estavam paralisadas. Medo. O vampiro gargalhou, uma risada infernal, gélida e maldosa. O prelúdio da morte. O mortal não ficaria ali para ver o que aconteceria. As pernas que se danassem. Iria correr, gritar por socorro. Ficou só na intenção. As pernas se recusavam mesmo a seguir ordens. Wilson desabou no chão. O desespero era tão grande que mesmo caído ele se arrastava, tentando se afastar o máximo possível do demônio das trevas.

Uma vez ouvira falar que os vampiros cozinhavam suas vítimas vivas, se deliciando com seus gritos de desespero e dor. Depois bebiam seu sangue, enquanto a carne da vítima era disputada por demônios do inferno. Não queria esse destino. Desesperado, ouvia os passos do vampiro se aproximando. Passos lentos – Arctos não tinha pressa de terminar.

– O que foi, meu caro Wilson? Até parece que viste uma assombração...

– Ai, Senhor, meu Pai Celeste, por favor, me proteja. Sei que não fui um bom cristão, mas, por favor, livrai-me deste ser das trevas...

Levou um minuto rezando em silêncio com Arctos de pé ao seu lado, esperando pacientemente.

– *Já acabaste?* Não sei o porquê do desespero. A morte é inevitável. Ela vem para todos mais cedo ou mais tarde... – ele abriu um sorriso malicioso. – Exceto para seres como eu, é claro.

Wilson começou a chorar feito um bebê, não queria morrer. Era ainda jovem demais.

— Piedade, senhor. Não me cozinhe.

Arctos, surpreso, riu sarcasticamente. *Cozinhar?!* Os mortais tinham cada uma...

— Sabes que não é má ideia. Será que a nossa cozinheira tem uma panela do teu tamanho? Talvez eu te esfole antes. Bem devagar...

— Piedade... — balbuciava a vítima soluçando, tremendo da cabeça aos pés e chorando copiosamente.

— Vou te mandar para junto da companhia dos anjos. Vais conhecer o Paraíso... Não é maravilhoso? E ainda tem algumas pessoas que me chamam de monstro. Vê se pode! "Não julgues, para não seres julgado", disse uma vez o Filho do Homem. Aquele falava bonito... Humm... Desculpa, Wilson, estou começando a divagar, não é mesmo? Já vou te mandar para o Paraíso, não precisas te preocupar. A não ser, é claro, que tu não tenhas sido um bom sujeito no passado. Tens ido à missa? Pagou à Igreja direitinho, *não foi*? Tu tens cara de caloteiro, Wilson.

Wilson não estava prestando atenção à fala do vampiro, pois acabara de se lembrar. Tinha ainda uma arma a seu dispor. Uma última esperança. Tirou de dentro da camisa seu crucifixo. E o empunhou, hesitante, contra a cria do inferno. Lembrou-se de que uma vez o padre falara que a simples visão de uma cruz, símbolo do sacrifício máximo do Cordeiro pela humanidade, era suficiente para que um ser das trevas se dissipasse, amedrontado diante do poder divino.

— Volte para o inferno, maldito demônio! — berrou Wilson, desesperado, rezando para que seu estratagema desse certo. Sua mão tremia incontrolável.

— Não, não... Desgraçado, como ousas?! — dizia Arctos atordoado, escondendo o rosto com as mãos e recuando.

Wilson, agora mais confiante, levantou-se do chão. A cruz sempre empunhada à frente. Aquele maldito deveria sofrer em suas mãos. Sofreria por tê-lo humilhado. Por pouco ele não borrou as calças de tanto pavor.

– E agora, vampiro? Onde está sua confiança? – perguntava John Wilson, arrogante. – Hein? QUEM VAI MORRER AGORA? – berrou ele, chutando o vampiro na barriga.

Arctos rolou no chão. Encolheu-se. As mãos sobre os olhos, evitando olhar para a cruz.

– Não, não, por favor, não... – pedia o vampiro desesperado, tentando se apoiar para levantar. – Tu podes ir embora... Eu não te incomodarei mais.

– Sua palavra e nada são a mesma coisa, demônio. Acha mesmo que vou acreditar? As palavras vindas de um maldito? É claro que não – respondeu Wilson, desferindo outro chute nas costelas da criatura.

Arctos caiu de lado, gemendo de dor. Wilson ria do sofrimento imposto ao demônio.

– E então? Onde está sua arrogância agora? Não ia me matar? Quero ver! Vem, maldito, vem! – desafiava Wilson, rodeando o vampiro.

Arctos retirou as mãos da frente dos olhos. Uma risada baixa que aos poucos explodiu numa sonora gargalhada. O vampiro ia levantando do chão rapidamente. Wilson, ainda sem entender, tentou socá-lo. Arctos desviou fácil, fácil. Quando de pé, estalou o pescoço calmamente. O mortal recuou assustado. Por que...? O que aconteceu de errado?

– O que foi, Wilson? Adoro quando vós, mortais, fazeis esta cara. Desesperança. Pavor... – disse Arctos sorrindo malicioso.

– Mas... mas...

– Estás te perguntando o que deu errado? Vou te contar um segredo. *Que fique só entre nós...* – dizia o vampiro,

voltando ao tom sarcástico. Divertia-se muito com a situação.
– Objetos religiosos funcionam, sim. Mas só se tu fores um iluminado. O que, infelizmente para ti, não é o caso. Tu não tens fé suficiente para me fazer mal algum, Wilson. Que pena.
– ...?
– Eu fingi, tolo mortal – respondeu Arctos, explodindo de tanto rir. Sua risada maldosa de sempre. Parou de rir, fitando Wilson nos olhos. – Falando sério agora... Se eu estivesse no teu lugar, começaria a me preocupar com a minha segurança.

Wilson tremia todo, tanto que derrubou o crucifixo. Ele se ajoelhou aos pés do vampiro.

– Por favor, por favor, eu não quero morrer – implorava o homem em prantos. – Piedade, senhor. O que devo fazer para que poupe minha vida?

O vampiro sorriu novamente. Havia algo de estranho no seu olhar. Contemplação. Arctos estava feliz, ele seria perfeito.
– Pede!
– ...?
– Pede de novo! Implora pela tua vida insignificante! – ameaçou o vampiro, lançando um olhar de puro ódio sobre a vítima.

Wilson não sabia o que fazer, tamanho era o seu desespero. Arctos perdeu a paciência.

– VAMOS, SEU IGNÓBIL! – berrou o vampiro.
– ...Por... favor, por favor, eu... eu te suplico... eu não quero morrer – pediu Wilson em prantos novamente.
– Então que assim seja – finalizou Arctos, sorrindo maldoso, enquanto suspendia sua vítima no ar com apenas uma das mãos.

A criatura cravou seus caninos no pescoço de Wilson, que berrou de dor a plenos pulmões. Sugou calmamente o doce sangue quente extraído das artérias. Sangue da vida. A sensação de prazer tomando conta do vampiro, fazendo-o se sentir vivo por alguns instantes. Mas teria que se controlar desta vez. Fazendo um esforço descomunal, largou o moribundo no chão. Wilson estava à beira da morte, respirando com dificuldades. A pele pálida. Espasmos musculares. A vítima dizia coisas sem sentido. Olhar distante; desaparecera o brilho dos olhos. O coração pulsando cada vez mais lento, em direção à morte certa. Era hora de o vampiro agir.

Arctos arregaçou as mangas. Com os caninos afiados perfurou o próprio pulso. Não saía sangue do profundo ferimento. O que não era problema. Era estranho fazer fluir sangue em veias que há décadas não eram usadas. Sensação de formigamento. Arctos sorria, enquanto o sangue amarronzado vertia devagar pelo ferimento, caindo diretamente na boca da vítima. O fluxo aumentou gradativamente, escorrendo, abundante, garganta abaixo sem que o moribundo tivesse qualquer chance de escolha. Pronto, estava feito. O sangue parou de verter pelo ferimento. Novamente suas veias mortas voltaram à inatividade. Agora era só esperar pelo despertar da nova cria das trevas. Um pupilo criado a partir de seu sangue. Era excitante. Pôs o novo vampiro sobre os ombros. Mandaria um criado preparar um quarto. O novato despertaria com fome. Seria bom arranjar alimento fresco. Quem sabe uma virgem inocente? Sairia para caçar mais tarde. Ou talvez fosse melhor no dia seguinte. Arctos estava esgotado. Sentia-se tonto. Parecia estar perdendo as forças. Criar um vampiro novo era muito dispendioso. Levaria algum tempo para se recuperar totalmente.

༺❦༻

William não conseguia acreditar no que seus olhos teimavam em querer mostrar. Impossível. Ele estava cara a cara... *Com ele mesmo!*

Era como se estivesse olhando para um espelho com a imagem distorcida. Mas sem dúvida era ele. Sensação estranha, desconfortável.

– Surpreso, Will? – perguntou o estranho, levantando a cabeça devagar, enquanto se aproximava. Ficaram frente a frente, muito próximos.

O olhar daquele estranho animalesco... era insano, carregado de ódio, olhos vermelhos como brasas em um fundo completamente negro. Um demônio. William recuou boquiaberto.

– Quem é vosmecê?

– Perguntinha imbecil, não acha? – perguntou o estranho sorrindo malicioso. – Eu sou o seu futuro. Por isso a nossa irmãzinha tem medo. Ela me viu em vosmecê. Viu o que vosmecê vai se tornar. Eu me chamo William das Trevas.

– Eu sou *vosmecê*?!

– Ainda não. Mas por enquanto vosmecê é quem está no comando. Apenas uma questão de tempo. Mais cedo ou mais tarde eu vou assumir o controle. Espero sinceramente que mais cedo, é claro.

– Eu sempre controlei meu corpo – rebateu William se levantando do chão. O corpo ainda em frangalhos. – Que história é essa?! Eu não sei quem é vosmecê! Nunca te vi antes. Devo estar enlouquecendo...

O lado negro gargalhou mais desdenhoso ainda. Os enormes caninos afiados à mostra, imponentes.

– Quem sabe o que se passa na sua cabeça? Eu sempre estive aqui. Só que ficava quietinho no meu canto. Até que vosmecê me libertou e depois aprisionou com medinho. Eu te odeio tanto, camponês medroso – sibilou ele com raiva. – Mas não tenho pressa, Will. Não tenho a mínima pressa. Vosmecê, cedo ou tarde, vai perceber que é inútil lutar contra o seu próprio destino.

– Que destino?

– O dia em que vosmecê vai perder o que resta de sua humanidade. Quando olhar para um mortal e ver nele somente um alimento, um saco de sangue... Quando deixar fluir seu lado instintivo, seu lado negro, sua verdadeira natureza... Quando vosmecê se libertar das correntes da moralidade e consciência, eu serei vosmecê e vosmecê será eu. No momento que William Brenauder deixar de existir, eu assumirei este corpo!

– NUNCA! – berrou William, perdendo a paciência. – Eu não sei de onde vosmecê surgiu, mas não vai conseguir nada de mim!

– Alto lá, seu imbecil. Ainda não entendeu a situação? Eu sou o responsável pela sua sobrevivência, frangote. Quem vosmecê acha que salvou sua linda pele daqueles lobos naquele dia? Acha que se salvou sozinho? Não! Sua atuação foi patética. Estaria morto se não fosse por mim. Sempre que faz cagadas, a quem recorre, hein? A MIM, É CLARO! – berrou William das Trevas. – Eu sou a sua força, agilidade e resistência. Quem tomou a frente enquanto vosmecê estava sendo humilhado naquele julgamento ridículo? Eu. Eu. EU! *Eu sou o verdadeiro William*. Vosmecê não passa de uma casca vazia, medrosa e inútil.

– ...

– Vou explicar melhor – disse William das Trevas recobrando a calma. – Pense em nós dois como vosmecê sendo uma fruta madura que caiu do pé. Eu sou a semente que germinará desta fruta. Crescerei como uma árvore de galhos fortes e vigorosos. E vosmecê... sua polpa, embora bela agora, apodrecerá para poder libertar a semente. É inevitável, meu caro. Vosmecê serve para me alimentar, enquanto cresço e fico mais forte a cada dia. Aproveite bem o tempo que te resta.

– Por que está me contando tudo isso?

— Queria te ver cara a cara — respondeu William das Trevas, fazendo cara de desprezo. — Vosmecê é um covarde inútil. Esqueceu da sua promessa feita diante do túmulo de nossa mãe? Disse que ia vingar a morte de nossa família! E o que fez até agora? NADA! Pare de choramingar, seu bebezão! Ficar se fazendo de coitadinho não vai te levar a lugar nenhum. Chega! Levanta este rabo e vai achar o assassino!

— Vosmecê sabe quem ele é? — perguntou William surpreso.

— É óbvio que sim! Sei tudo o que aconteceu naquele dia. Eu estava lá para presenciar, vosmecê também. Mas covarde como é, nada fez a não ser assistir com o rabinho entre as pernas.

— Não consigo me lembrar... — choramingou Brenauder.

— É claro que não! Vosmecê tem medo da verdade! E a enterrou bem no fundo da sua mente, mas eu sei de tudo. Sei das suas fraquezas e medos, e posso dizer que não existe ninguém mais tolo e imbecil do que vosmecê.

— Vosmecê vai me contar! NEM QUE SEJA NA MARRA!

Tudo o que William das Trevas precisou fazer foi acertar um murro no peito do camponês para fazê-lo ir ao chão novamente.

— Vosmecê não escutou nada do que eu disse aqui, mas entenderá com o tempo. Não pode me derrotar — disse o lado sombrio, sorrindo triunfante. — E eu não irei te contar nada. Vosmecê quer saber? Então trate de se lembrar por si só, frangote! Toma coragem e olha dentro do abismo. Lá vosmecê encontrará as respostas — ele pôs o pé no peito de Brenauder. — Sou o seu pior pesadelo! Acha que pode voltar a ser um mortal novamente? Cresça, William. *As coisas não vão mais ser como antes.* Eu sempre estarei aqui para te lembrar o quanto vosmecê é fraco.

— Quem vosmecê pensa que é? — disse Brenauder num misto de raiva e medo.

– Eu sou aquele que conhece vosmecê como a palma da minha mão. Sei o que pensa, sonha, teme. Pode não gostar, pode me odiar, pode me temer, mas precisa de mim, e eu estarei sempre aqui.

William não sabia o que dizer, não sabia o que pensar diante de palavras tão duras e, ao mesmo tempo, tão verdadeiras.

– Bom, chega de falatório – finalizou o lado negro, andando na direção de William. – Com o passar do tempo eu me fortalecerei, enquanto vosmecê definhará. Isso é fato. Até breve, frangote. Lembre-se de mim quando ficar paralisado de medo diante dos perigos! – Esbofeteou o rosto de William mais uma vez. – Levante e vá atrás do assassino. Não me faça vir até aqui novamente.

William das Trevas estendeu a mão e atravessou o peito do camponês como se fosse um fantasma. Onde a mão entrou, surgiu uma fenda emitindo uma luz negra que sugou o lado sombrio para dentro de Brenauder. Desesperado, o camponês via seu corpo sendo despedaçado. Ele berrou de pavor.

Neste momento, William despertou. Ficou um tempo sentado, se recuperando do susto. Aliviado, ele viu que tudo não passara de um pesadelo. Olhou para o teto rochoso da caverna, acompanhando o voo barulhento dos morcegos que saíam para explorar a noite. Podia pensar com mais clareza agora. Talvez ele devesse sair e dar uma volta. A depressão estava corroendo aos poucos sua sanidade e ele nem percebia. Devia estar naquela floresta há uns trinta ou quarenta dias, já perdera a conta fazia muito tempo. Sentia falta das pessoas. Queria conversar. E, do jeito que as coisas estavam, daqui a pouco estaria conversando com uma pedra.

A pilha de lobos mortos ainda estava lá, amontoada num canto. Foi o chamariz ideal para atrair uma horda de insetos.

Tomaram conta dos corpos, utilizando-os como fonte de alimentação e procriação. Formigas, moscas, besouros, baratas. O cheiro nauseante dos cadáveres em decomposição se alastrou por toda a caverna e também fora dela. Como William não respirava, não precisava se preocupar com o cheiro.

William saiu da caverna e se sentou numa pedra à margem do rio. Distraído, não percebeu a luz de uma tocha vindo de dentro da floresta do outro lado. Se tivesse prestado atenção à luz, veria um vulto que se aproximava sorrateiro com seu corcel branco. Um vulto encapuzado. Um caçador. Sua enorme sede de vingança pronta a ser saciada.

Não foi muito difícil para ele achar o vampiro, bastava seguir o rastro dos animais mortos que o sanguessuga deixara espalhados pela área. Mesmo assim era uma grande área para procurar sua presa. O caçador desceu do cavalo e o amarrou em uma árvore próxima. Apagou a tocha também, o elemento surpresa era essencial em alguns casos. A luz da lua cheia seria suficiente para iluminar o ambiente. Deu sorte de o tempo estar mais limpo naquela noite, já tinha alguns dias que tentava localizar a toca do vampiro. Finalmente achara. O cheiro nauseabundo o guiou até a caverna. Poderia deixar o vampiro dormir e atacá-lo de dia, mas o caçador estava confiante.

O caçador fez o sinal da cruz e recitou um salmo baixinho, num tom quase inaudível. Ele pegou sua espada, sua inseparável arma. Dezenas de vampiros tombaram ante aquela lâmina. Apertou firme o cabo, procurando se tranquilizar. Sabia que um vampiro era muito mais poderoso que um mortal... Sabia, que toda vez que caçava, podia não voltar com vida para o seu lar... Sabia que estava mais velho e seus poderes já não eram mais os mesmos, mas não se importava nem um pouco. Aquele era o destino de sua dinastia. Guardou a arma sob as vestes.

Não era uma espada comum, aquela era a lendária Heland, também conhecida como a Espada da Justiça Divina.

Reza a lenda que a ponta da lança que transpassou Cristo na cruz foi derretida e, agora, fazia parte dessa espada grafite. Uma lâmina que continha o sangue do Filho de Deus.

 William não percebeu o perigo até ser tarde demais. Ele via a própria imagem refletida no espelho d'água. A cabeça perdida em pensamentos de angústia. Súbito, ouviu o estalo de um galho. O zunido de uma lâmina cortando o ar. Por pouco não o acertou. Para surpresa do caçador, o vampiro pulou no momento do ataque e pousou suavemente do outro lado da margem, a dez metros de distância. Por instinto e muita sorte, o vampiro saiu ileso. Mais uma vez seu lado instintivo salvara sua vida. Ironia do destino.

 – Quem é vosmecê?! E por que me atacou?! – indagou William, furioso, fitando o estranho encapuzado.

 Somente a boca do estranho era possível de se ver sob aquele capuz. Ele sorria. Abaixou a longa espada grafite, fincando-a no chão. Com as mãos livres, ele puxou o capuz para trás e revelou seu rosto. Tinha o cabelo castanho-escuro e liso. Um cavanhaque circundando a boca fina, um nariz torto de tanto ser quebrado. Uma cicatriz longa indo debaixo do olho direito até perto da boca. Os olhos castanhos; uma sombra de ódio cobrindo seu olhar.

 – William Brenauder, eu suponho.

 – Eu te conheço? – perguntou o vampiro desconfiado.

 – Não. Mas eu sei quem tu és, monstro. Meu nome é Lazarus. É bom que saiba quem sou antes de morrer. Sou um caçador de vampiros, sou aquele que vai te matar, maldito!

 William amarrou a cara. Não estava com humor para aturar um mortal suicida.

 – Quanta arrogância, homenzinho. Se vosmecê sabe que sou um vampiro, por que veio atrás? Quer que eu te sugue o sangue? É isso? – perguntou William sombrio. Nem ele mesmo acreditava que estava dizendo tais palavras.

Fazia muito tempo que Brenauder não provava o delicioso sangue humano. Suas mãos tremiam, porque ele não queria matar. Pelo menos era isso o que seu coração dizia, mas seu corpo não parecia querer escutar. Sem pensar duas vezes, William saltou novamente para o outro lado da margem. Somente um pensamento: tomar o sangue humano e ter a sensação de estar vivo por mais um instante, um ínfimo instante. Maldito vício!

Pousou suavemente em frente ao caçador. Os caninos afiados brotando em sua boca. Ainda tentou se controlar, mas era inevitável. Os instintos falavam mais alto do que a razão. Os olhos castanhos adquirindo um brilho sobrenatural, dando lugar aos olhos do seu demônio interior. Brenauder fora vencido. William das Trevas sorria maliciosamente, brincaria com sua presa antes de matá-la. Era a primeira vez que Lazarus via um vampiro com os olhos âmbar sangue. Ficou intrigado.

– Camponês idiota... E então, Lazarus? Vai me atacar assim? Eu não tenho nenhuma arma para me defender – ironizou William das Trevas.

– E daí? Seres da tua laia não merecem compaixão. Merecem a morte – proclamou Lazarus sem medo, pegando uma besta de repetição, capaz de atirar várias pequenas flechas sem recarregar.

William se surpreendeu com a coragem do caçador, e não era um blefe. O olhar do humano refletia a coragem do seu espírito. Mas não importava, pois bravura não era tudo num combate. O vampiro tinha a vantagem. Sabia que com sua velocidade sobrenatural conseguiria desviar.

O caçador atirou sem remorso. Simples flechas não seriam suficientes para matar o vampiro. Não era esse o objetivo.

Mesmo com sua velocidade sobrenatural, William não conseguiu desviar das flechas. Aprenderia da forma mais dura a não subestimar um caçador experiente. As setas atingiram em cheio a barriga e as pernas do vampiro, que, surpreso, caiu no chão. Lazarus continuou a atirar até descarregar completamente a besta.

William levantou e olhou para as pernas. Cinco flechas cravadas em cada coxa. Ele tentou se levantar. Dor. Arrancou algumas flechas com violência, o que lhe causou mais dor. As pontas metálicas das flechas foram feitas para arrancar pedaços da carne se fossem tiradas. A barriga tinha seis setas. Nenhum sangue saía das feridas. William só sentiu uma leve fisgada. Essas flechas não atrapalhariam. Seu corpo começava a regenerar os ferimentos. Mas ao mexer as pernas William sentiu uma onda de dor arranhando seus ossos. Droga! Aquele caçador tinha ido longe demais.

Lazarus jogou a besta longe, não teria mais serventia. Agora, com as pernas machucadas, o vampiro não poderia dispor de sua preciosa velocidade. Lutariam de igual para igual. William ainda tinha sua força e resistência sobre-humanas a seu favor, mas estava desarmado. Lazarus ergueu a espada e começou a andar em direção ao monstro sugador de vidas antes que ele pudesse arrancar todas as setas.

Ficaram frente a frente. Olho no olho. Nenhum movimento. Esperavam para ver quem daria o primeiro golpe. O caçador chutou uma pedra na direção de William, que instintivamente a repeliu, abrindo a guarda. Lazarus avançou, cortando o ar com a lâmina afiada de Heland, tentando atingir o pescoço do vampiro. William das Trevas se esquivou por pouco, dando uma cambalhota para trás e saindo do alcance da espada. Nova onda de dor percorrendo as pernas. Ficou surpreso com a destreza do mortal na arte da esgrima.

Lazarus avançava, tentando acertar o vampiro que, ágil, sempre conseguia esquivar. E cada vez que William das Trevas fazia isso, suas pernas eram tomadas por dor. Entretanto a criatura da escuridão não se deixaria vencer assim tão fácil. Não subestimaria mais o caçador, lutaria com seriedade. Como só se alimentara do fraco sangue dos animais, suas feridas se fechavam lentamente. O vampiro também sentia que esse sangue não era suficiente para ativar com plenitude seus dons vampíricos. Neste caso o melhor estratagema seria ficar fora do alcance daquela lâmina até o mortal se descuidar e abrir uma brecha. Sem muita saída, o vampiro foi recuando até ficar prensado num tronco maciço de uma árvore frondosa.

– Parece que acaba aqui – disse o caçador satisfeito. – Adeus, monstro. Que Deus tenha piedade de tua alma maculada com tanto sangue inocente derramado.

Lazarus girou a espada rapidamente e cravou a lâmina na barriga do vampiro para pregá-lo no tronco. Pelo menos era essa a intenção. William conseguiu escapar a tempo. Embora suas pernas não fossem de grande ajuda, seus braços ainda estavam livres. Segurou um galho mais baixo e forte o suficiente para aguentá-lo, e se pendurou bem a tempo. O caçador, surpreso, agiu exatamente como ele previra. Aproveitando o impulso de seu peso, William acertou em cheio o rosto de Lazarus, que foi arremessado seis metros adiante. A espada ficou cravada na árvore. O vampiro pousou levemente no solo, suprimindo um gemido de dor por causa das pernas, enquanto o caçador se levantava. Lazarus limpou o sangue que escorria do canto de sua boca fina. Seu rosto sujo de terra, marcado com a ponta do pé de William na face direita. Mesmo com o orgulho ferido, ele sorria.

– Acabar contigo vai demorar mais um pouco – disse ele, cuspindo sangue no chão. – Podes vir.

– NÃÃÃÃOOOO! – berrou o vampiro.

Brenauder estava lutando para deter seu lado sombrio. William das Trevas não avançou. Suas mãos tremiam. O brilho dos olhos finalmente se apagou, voltando a ficar castanhos. O camponês vencera a batalha. Não aceitaria mais as imposições do seu lado negro. Não iria matar aquele homem, por mais que o caçador quisesse matá-lo. Estava se acostumando a ver um ser humano como apenas um alimento. Será que era assim que queria passar o resto de seus dias? Passar a eternidade matando as pessoas até sua vontade ser tomada completamente pelo seu lado negro? – um lado que ele próprio desconhecia ter? Não seria melhor morrer agora? Se o caçador o matasse tudo estaria terminado e ele finalmente poderia encontrar a paz. Talvez Deus tivesse mandado aquele homem para findar o sofrimento do camponês. William silenciou esses pensamentos de sua mente, não era hora de pensar nisso. Lutaria com todas as suas forças para se livrar da maldição que lhe foi imposta e vingaria sua família. Era hora de se livrar da depressão. Hora de terminar a luta. Fitou o caçador nos olhos e proclamou:

– Chega, caçador! Vou ser sincero com vosmecê... Chega desta luta inútil. Não quero ser forçado a te matar.

O caçador parou surpreso. Estava intrigado com o apagar do brilho dos olhos do vampiro. Era a primeira vez que presenciava algo assim. Uma meia transformação. Sem dúvida esse tal de Brenauder não era um vampiro comum. Mas não importava: *vampiro era vampiro*.

– *Chega?!* – repetiu incrédulo. Aos poucos começou a rir. – *Chega?!* Só vai parar... – disse ele, fechando a cara e avançando –... quando tu tombares.

– Isso é o que veremos – disse William seco. Retirou a espada da árvore e brandiu a arma na direção do oponente.
– Vai me atacar com o quê?

– Com a arma que tu estás segurando, é claro.

Lazarus avançou confiante, o vampiro riu baixinho. A fome novamente falando mais alto. O brilho âmbar avermelhado voltando. Aquele caçador era audacioso. E muito burro também.

– Desculpe as besteiras que o Brenauder disse a pouco. Ele é um covarde de merda – disse William das Trevas. – Ele pode não querer te matar, mas eu quero. E muito...

Lazarus se convenceu de que aquele vampiro era louco e continuou avançando. Não demoraria muito...

De repente o vampiro sentiu uma dor dilacerante na mão que segurava a espada. Parecia que mil agulhas tinham sido fincadas na sua mão. Por instinto ele largou a arma. *Maldita arma! O que ela fez com minha mão? O QUE ELA FEZ?!* – pensava William, olhando enraivecido para sua palma. O símbolo do peixe pascal, gravado no cabo da espada, estava marcado na sua carne. Parecia gravado a fogo. Suas veias, visíveis sob a pele, estavam negras. Lentamente as linhas sombrias foram se ramificando em direção ao pulso. William sentia estar sendo corroído. Era como se ácido corresse pelas suas veias mortas.

– Tu não podes tocar em tão santo artefato, vampiro – revelou Lazarus satisfeito. – *Está doendo muito?* Não precisas te preocupar... – disse ele sarcástico, se aproximando. – Esse sofrimento já vai passar...

O vampiro, em pânico, apertava o antebraço, tentando impedir o avanço do negrume. A dor era tamanha que ele, por um instante, se esqueceu da presença próxima e perigosa do caçador.

Lazarus calmamente pegou a Heland do chão. Aproveitou e deu um chute na barriga de William, quebrando uma flecha e fazendo uma outra entrar mais fundo na carne do vampiro. Um filete de sangue enegrecido vazou dessa ferida. William tropeçou e bateu na árvore. Mais uma série de chutes furiosos. O vampiro, tonto de tanta pancada, sentia dor pelo corpo inteiro. Ainda assim tentou levantar. Tudo o que conseguiu foi ficar de joelhos, apoiando uma das mãos no chão para não tombar.

    De frente para sua caça impotente, Lazarus levantou a espada acima das costas do monstro. Fincaria sua lâmina santa no coração daquele vampiro e a luta estaria finalizada. Com a captura de William, ele conseguiria localizar os outros vampiros do burgo. Estava satisfeito e, por um instante, se distraiu. Um ínfimo instante, mas suficiente para deixar a guarda aberta. Uma oportunidade que William das Trevas não desperdiçaria. A criatura acertou um soco com toda a sua força bem no estômago do caçador. Embora enfraquecido, o golpe do vampiro foi suficiente para fazer Lazarus recuar sem ar. O caçador largou a espada e apertou a barriga com as duas mãos, tentando amenizar a dor.

    – Maldito...

    Praticamente todo o antebraço de William estava percorrido pelo negrume. Dor dilacerante. Mas tinha que se concentrar, sua vida dependia disso. Olhou para o caçador ainda cambaleando de dor. Seus olhos âmbar sangue brilhavam intensamente de raiva, então ele se levantou e partiu para cima de Lazarus.

    Surpreso e indefeso, o mortal nada pôde fazer. O vampiro acertou um direto na sua face com a mão boa. Mais um, e mais um. Bufando de ódio, William das Trevas ergueu Lazarus do chão pela garganta, pronto para quebrar-lhe o pescoço. Sangue escorria do nariz torto do humano se juntando ao filete vermelho saído de sua boca. Sangue que atiçava ainda mais a fome de William das Trevas. Os caninos se aproximando da jugular. A pele quente, pulsando na altura da artéria. Foi quando aconteceu.

Mesmo sentindo a morte tão de perto, Lazarus não desistiu. Com as mãos trêmulas, pegou um objeto metálico de dentro da gola. Era um crucifixo de cobre, preso por uma corrente em volta do pescoço do caçador. A simples visão do objeto fez o camponês voltar a si. O brilho âmbar desaparecera. Rapidamente desviou o olhar do objeto e, recuando, largou Lazarus, que caiu de joelhos no chão, arfando desesperado por ar. Por um instante, uma aura branca e brilhante pareceu cobrir todo o corpo do caçador. Os veios negros arderam com uma intensidade quase insuportável. Parecia que o antebraço do vampiro estava sendo esmigalhado. William também não conseguia olhá-lo, parecia que, ao pôr os olhos sobre aura tão pura, agulhas perfuravam suas órbitas. O vampiro se viu obrigado a recuar.

O caçador permanecia de joelhos no chão. Olhos fechados, se apoiando na espada que ele pegara e cravara no chão. Murmurava algo muito baixo. Era latim. Lazarus orava fervorosamente, pedindo proteção divina. Tamanha era a fé, que o vampiro sentia uma força poderosa repelindo-o para longe do caçador. Era hora de uma retirada estratégica. Cambaleando e segurando sua mão junto ao peito, William foi se afastando do local da luta. Mas o caçador não desistiria com tanta facilidade. Aproveitando a vantagem momentânea, com um grito de determinação, ele avançou para cima do vampiro. A espada em punho pronta para retalhar a carne do maldito. Utilizando o pouco que restava de suas forças, William desviou da lâmina pela lateral e socou o caçador nas costas. Lazarus se desequilibrou e caiu no rio.

– DESGRAÇADO! – berrou ele enraivecido, enquanto lutava contra a forte correnteza. – Isso não vai ficar assim, maldito! Eu vou te caçar onde quer que te escondas! Eu prometo!

William caiu sentado na margem, observando o caçador se afastar ao longe até desaparecer de sua vista. A mão enegrecida parou de doer e as veias negras não avançaram além do antebraço. Estava exausto. Gemendo de dor, ele arrancou as flechas que ainda restavam de sua barriga e pernas. Seu corpo já começara a curar os ferimentos da luta. Sentia a fome aumentar cada vez mais. Deitou, olhando para o céu negro, limpo de nuvens e bastante estrelado. Uma brisa suave soprava, balançando os galhos das árvores, recobertos com uma fina camada de gelo. Alguns morcegos sobrevoavam a área em bando, animais misteriosos, temidos pelos homens. Diziam ser pequenos demônios voadores. William ficou fascinado pelo voo enigmático daqueles animais. Não pareciam demônios. Eram apenas predadores lutando pela sobrevivência assim como ele. O vampiro se levantou, estava na hora de pensar na sua sobrevivência. Melhor caçar logo, antes que William das Trevas assumisse o controle novamente.

CAPÍTULO NOVE

Wilson afinal recobrou a consciência. Não se dera conta que passara dias apagado. Acordou com muito frio. Suas mãos tremiam e ele abraçou seu peito de modo involuntário. Sentia fome também. Olhou para si. Ainda estava vestido, embora as roupas estivessem mais afrouxadas. Somente os seus sapatos haviam sido tirados. Olhou então para os lados, tentando se situar no lugar. Um forte cheiro de mofo impregnava o ambiente. Ele se viu num quarto, deitado numa cama grande e confortável, macia como uma pluma. Era um cômodo muito grande e ricamente mobiliado. Concluiu que estava na casa de um nobre muito rico, mas muito rico mesmo, uma vez que móveis na Era Medieval eram extremamente caros. Uma porta dupla de madeira maciça indicava a entrada. Observou que a maçaneta estava muito enferrujada e a porta tinha várias lascas de madeira soltas. Um armário ocupava toda a parede lateral. Belíssimas cortinas verdes cobriam toda a parede atrás dele. Do lado da cama um criado-mudo com diversos objetos em cima. Achou estranho poder enxergar, pois o quarto estava imerso na mais completa escuridão. Olhando para o teto notou várias infiltrações. Várias trepadeiras se aglutinavam numa das paredes e no chão. Parecia que um quarto velho e abandonado tinha sido recém-decorado sem que o próprio quarto tivesse passado por uma reforma.

E não estava sozinho. Com ele estava uma mulher deitada. Wilson não entendeu mais nada. Afinal, onde estaria? Tentava se lembrar. Será que bebera demais? Não, definitivamente não. Estava fazendo negócios?! Sim, era isso. Aos poucos as lembranças floresceram em sua mente confusa. Estava na casa do aristocrata Sian Malthus. Viera receber um pagamento pela implantação da informação falsa e acabou sendo atacado por um vampiro. *Um vampiro?!* Respirou fundo, tentando se acalmar e pensar.

Se foi atacado, por que ainda estava vivo? Seria um prisioneiro? Olhou mais uma vez em volta. Não parecia estar em um calabouço. Parou o olhar num quadro acima da cama. O retrato da morte. Um cavaleiro de ossos, montado no seu cavalo em estado de putrefação, fincando sua foice num camponês pelos campos de trigo. Aquilo não era um bom presságio. Começou a ouvir passos se aproximando. Correu para a porta, ia abrir e fugir para o mais longe possível. Estava trancada. Ele encostou-se à porta, amedrontado, tentando bolar um plano de fuga rapidamente. Olhou para os lados. As cortinas. Correu para elas. Procurou atrás alguma janela. Não havia nenhuma. A parede tinha várias rachaduras, mas nenhuma abertura. Só restava esperar. Procurou um objeto grande e forte o bastante para funcionar como arma. O castiçal sobre o criado-mudo era perfeito.

Os passos cessaram em frente à porta. Ouviu o tilintar metálico de um molho de chaves e a tranca da porta sendo aberta. Duas pessoas adentraram o cômodo. Wilson reconheceu imediatamente uma delas. Era Arctos, o maldito vampiro que o atacara. John Wilson partiu com tudo para cima dele. Tentou acertá-lo com sua arma improvisada, mas Arctos conseguiu aparar o golpe com apenas uma das mãos e sorriu.

– Ops! – exclamou Arctos, ainda sorrindo de triunfo, dando uma joelhada na barriga de Wilson, que recuou de dor.

Arctos aproveitou e arrancou rapidamente o castiçal das mãos de Wilson. Ele ria da cara desesperada do novo vampiro.

– Merda! Seu maldito! – ganiu Wilson furioso e amedrontado, ainda arqueado de dor.

– Ora, ora. Como estamos valentes hoje, não é mesmo? E ainda por cima expelindo essas palavras pouco educadas. Eu sabia que até mesmo um covarde tem uma semente de coragem plantada no fundo do coração. E no teu caso, diga-se de passagem, bem lá no fundo. Deixa que eu vou fazer essa coragem germinar daí por bem ou por mal. Por mal, eu espero – e gargalhou.

Do que raios este vampiro está falando? – pensou Wilson aturdido e desanimado. Deve ter feito uma expressão de espanto, pois o vampiro pareceu adivinhar-lhe o pensamento.

– O que foi, covarde? – perguntou ele em tom de ironia. – Queres fazer-me alguma pergunta? Aproveita que hoje eu estou com um excelente humor.

– Certo... – disse Wilson para si próprio, tentando se acalmar. Ele se sentou na cama e abaixou a cabeça. – Por que ainda estou vivo?

– Essa é muito fácil. Porque tu pediste. Ou já te esqueceste daquela noite em que tu me imploraste de joelhos como uma garotinha?

– *Daquela noite?!* Vosmecê fala como se isso fosse há dias!

– Para ser mais exato, se passaram oito noites.

– Eu não posso ter dormido tanto tempo...

– E não dormiste, imbecil. Tu encaraste a morte de frente e venceste. A passagem pela quase morte varia de pessoa para pessoa. Em geral duas ou três noites. Mas no teu caso demorou muito. Tu és lerdo até para isso.

– Passagem pela *quase morte*?! Do que vosmecê está falando?

– Que ganhastes um dom especial, Wilson. Eu te concedi o dom da imortalidade, e é bom que sejas muito grato por isso.

– O que fez comigo? – perguntou o informante. O desespero tomando conta de si. Temia muito ouvir a resposta.

– Tu agora és um vampiro, *é óbvio*.

Wilson calou-se. Sua cabeça... estava tonto. Era como se lhe dessem uma paulada no crânio. Arctos gargalhou.

– Monstro desgraçado! Por quê? POR QUÊ?! – berrou Wilson, levantando e partindo para cima do vampiro. Não queria mais saber de nada.

Ele acertou um soco no peito de Arctos, que voou de encontro com a porta aberta. A velha tábua de madeira carcomida não aguentou o tranco e se quebrou em duas. Wilson ficou surpreso com a própria força, pois mal conseguia carregar uma tora pesada. Olhando para o próprio punho, sentou-se novamente na borda da cama. Para sua surpresa, Arctos gargalhava.

– *Por quê?* Por causa disto, Wilson. Serás um ótimo pupilo. Sente... – os olhos de Arctos brilhavam – ...o poder que agora percorre teu corpo. Este poder te permitirá esmagar e humilhar teus inimigos. Ele aumentará com o passar dos anos, décadas e séculos vindouros, pois somos eternos e não há limite para a nossa força.

Era verdade, Wilson sentia-se diferente agora, estava mais forte. O medo, seu constante companheiro, parecia ter sumido. As palavras proferidas por Arctos eram doces e sedutoras. Poder. Mas isso o fez lembrar também de outras necessidades.

– Estou com frio... e com fome...

– É natural que esteja – ele estalou os dedos. – Ainda não lhe dei a refeição desta noite.

A mulher gorda que tinha entrado no quarto com Arctos se aproximou. Sempre calada. Pela primeira vez Wilson prestou atenção a ela. Ela vinha com os olhos sempre fitando o chão. Posição de total submissão. Uma criada. Ela arregaçou as mangas e esticou o pulso para o novo pupilo de Arctos. Wilson achou tal atitude estranha, mas ela estava tão quentinha...

Quando deu por si, estava sendo retirado de perto da mulher por Arctos. Ela desmaiara de fraqueza. Foi tudo muito rápido. O calor daquele corpo o enlouquecera momentaneamente. Sentiu um adocicado cheiro de ferro e um líquido escorrer-lhe pela garganta. Era delicioso, o néctar dos deuses. Seu corpo pareceu se aquecer e o frio foi embora. Arctos sorriu satisfeito. Ele apertou o pulso da mulher, tentando estancar o sangue que escorria de suas veias abertas. Sabia que o ferimento logo se fecharia. Foi então que Wilson entendeu. Ele passou as costas da mão na boca. Estava suja de sangue. Sangue humano. Foi isso o que ele tomara. O vampiro recém-desperto passou o dedo nos dois caninos, agora longos e afiados. Tomou um susto. Era mesmo verdade, era agora um vampiro.

– Ainda estou com fome – disse ele sorridente com os olhos esbugalhados brilhando.

Arctos tornou a sorrir de satisfação. Perfeito.

– Deixei uma suculenta presa no calabouço. Cacei ontem à noite, tomara que goste de loiras. A propósito, teus sapatos estão no armário. Põe para partirmos logo.

– Sim...

– ..."mestre"! – completou Arctos, agora falando bem sério – Pois é isso que sou para ti e é assim que vais me tratar. Entendeste?

Wilson assentiu. Levantou e abriu as portas do armário à procura dos seus sapatos. Achou num canto empoeirado, embaixo de alguns panos velhos. Ele sentou-se na ponta da cama para calçá-los. Foi então que sentiu um leve trepidar. A mulher se mexera, tão suaves eram seus movimentos. Wilson lançou sobre ela seu olhar esbugalhado e desconfiado.

– Quem é esta... – e não se deixou esquecer da hierarquia – ...mestre?

– Ela é uma de nós. Ainda não despertou para a sua nova condição, mas o fará em breve. É uma pagã, uma cria dos povos bárbaros que residem a oeste daqui. Lá as mulheres são tratadas como iguais – Wilson fez uma careta como se tivessem lhe proferido a pior das ofensas. Estamos em uma época essencialmente machista. – Pois é, Wilson, mas não a subestime, seu nome é Agatha Amurby. Ela é escolha pessoal de Malthus. Agora teu senhor também.

– Ele me dá arrepios... Aquele olhar... – balbuciava Wilson, tremendo de leve. – Por que tudo isso? Por que me escolheu?

– Pelo poder, Wilson. Malthus está se preparando para dias gloriosos. Ele finalmente conseguiu o que queria. Quem estiver com ele terá poder e glória. Quem não... Não pensemos mais nisso, pelo menos por enquanto. No teu caso o conhecimento que tens sobre o burgo é de suma importância. Acabaste com as perguntas? Ótimo. Vamos ao calabouço fazer uma boquinha.

Já iam saindo do aposento quando aos seus ouvidos chegou um murmurinho, doce como mel.

– Onde estou? – perguntou Agatha sonolenta, sentando-se na cama e esfregando os olhos.

Arctos abriu um sorriso para seu novo pupilo.

– É, Wilson, parece que vamos ter que esperar mais um pouco. Vai para fora e carrega esse estrupício. Nem te atrevas a tomar mais sangue dela – avisou Arctos, dando as costas para Wilson e caminhando em direção à cama.

– Nem um pouquinho? – perguntou Wilson sedento, sem desgrudar os olhos do gordo pescoço da criada.

– Não – respondeu Arctos indiferente.

— Mas... – insistiu Wilson. Não terminou, pois nesse momento Arctos parou de andar e se virou. O sorriso desaparecera. O olhar intimidante.

— Se me contrariares mais *uma única vez*, cortarei tua língua para não mais ouvir tua voz irritante – ganiu o vampiro entre os dentes.

Wilson não se atreveu a dizer mais nada, pegou a criada no colo e saiu do quarto, deixando Arctos a sós com Agatha. Assim que Wilson se retirou, o vampiro voltou sua atenção para a recém-desperta. Ele sorria cordial como se a fúria que o apossara a pouco nunca tivesse existido. A mulher olhava atenta para ele com seus belos olhos mel. Um olhar enigmático e envolvente. Era bela como poucas, seu mestre realmente sabia escolher. Ela passou as mãos novamente sobre o rosto, tentando afastar a sonolência. Como eram pequenas e graciosas... A sua palidez mórbida não assustava, mas, ao contrário, dava-lhe um ar misterioso e sensual, completado pelos longos e lisos cabelos negros.

— Bem, minha querida... – dizia Arctos atencioso, afastando alguns lençóis para sentar – ...por onde começamos?

CAPÍTULO DEZ

Mais algumas semanas se passaram. A temperatura caíra bastante, por vezes abaixo de zero. Os dias ficaram mais curtos, às vezes com menos de três horas de sol. Um tempo cinzento e mal-humorado. Melhor para o vampiro, que podia ficar mais tempo acordado nessa época do ano. Muitos animais já não eram mais encontrados, estavam hibernando, dormindo seguros em seus abrigos. A vida de William – que já era difícil – ficou ainda pior. Pelo menos sua mão voltara ao normal. Depois de dois dias os veios negros desapareceram por completo. Passado isso, ele resolveu sair da caverna para tentar encontrar outro lugar para viver. Não queria encontrar tão cedo aquele caçador. Andou a esmo rio acima. Iria dificultar ao máximo sua localização, e isso incluía varrer os rastros que porventura deixasse para trás. Passou a enterrar os corpos das caças ou então simplesmente os jogava no rio, onde a correnteza se encarregaria de levá-los para bem longe.

Logo após a luta contra Lazarus, ele se mudou de abrigo. Depois de uma semana de andança, encontrou outra caverna no sopé de uma pequena colina, fruto da erosão de um rio que mudou de curso séculos antes. Agora, as águas passavam logo atrás da colina, raspando a parede rochosa. Esta noite iria caçar em seu cume. Gostaria de saber quantos dias tinham se passado desde que chegou àquela floreta. Subiu a colina com muita facilidade, embora muitos trechos fossem bastante íngremes e impossíveis de ser escalados por reles humanos. De resto, a maior parte do caminho era de terra e com um aclive mais suave. As árvores davam um excelente apoio quando era preciso. Um vento frio varria o ar, por vezes em rajadas violentas; sinal da tempestade de neve que estava por vir. A noite estava sombria com nuvens carregadas encobrindo todo o céu com seu manto negro. Muitas vezes William escutava o uivo dos lobos ao longe, trazidos pelos ventos repentinos. Nenhuma ave rondava o céu, confirmando os temores do vampiro. Uma tempestade estava por vir e seria uma das "brabas". Um ruído chamou-lhe a atenção. Aguçou os ouvidos. Um animal se movimentava rápido por entre as pedras. William calculou a distância e saltou, pousando silenciosamente sobre uma pedra. Avistou o animal. Ou melhor, os animais. Uma raposa seguida por sua ninhada de três filhotes. Eles não viram o vampiro, mas sentiam a presença sinistra da criatura imersa na escuridão. Por um instante ficaram inquietos, agitados. Mas, quando finalmente perceberam onde estava o perigo, já era tarde demais para fugir. Apenas um filhote escapou. Mas não importava. A refeição da noite estava por ora garantida. Estava realmente farto de sangue de animais. Um sanguezinho ralo de dar dó... O sangue de um humano viria bem a calhar. Ainda se lembrava do sangue do caçador. Tão vermelho, tão... tão... Melhor parar. O pesadelo vivido com seu lado negro ainda assombrava-lhe a mente.

 Na volta, ele aproveitou para catar alguns galhos secos pelo caminho. Quando a quantidade de madeira ficou excessiva demais para ser carregada, ele rasgou o que restava da camisa e amarrou os pedaços de pau. Levou pouco tempo para chegar à nova moradia. Assim que entrou, os flocos de neve começaram a cair. O vento ficava mais e mais forte à medida que a noite avançava. Entre uma rajada e outra, William podia ouvir claramente uma risada fria e diabólica, que o fez sentir calafrios. O vampiro balançou a cabeça. Que ótimo! Agora começara a ouvir coisas.

A tempestade não tardou a chegar. Estava tão violenta que, para quem se atrevesse a sair, não era possível ver um palmo à frente do nariz.

Essa nova caverna era muito mais profunda que a anterior. Muitas colunas formadas de calcita espalhavam-se pelo lugar; uma arte milenar da natureza. E William se viu com sorte pela primeira vez, não havia nenhum animal de grande porte utilizando a caverna como moradia. Somente, é claro, alguns morcegos e pequenos roedores silvestres. Mas não tinha problema, pois esses inquilinos não chegavam a incomodar. Lembrou-se do seu velho pai, Jeremy Stout. Não era exatamente um pai amoroso e eram raras as vezes em que demonstrava carinho pelos filhos, mas era um homem honesto e trabalhador.

William sentia-se mais lento com o frio. Os ossos pareciam quebradiços; cada movimento, uma dor. Em pouco tempo ele acendeu uma pequena chama, que logo passou a ser uma bela fogueira alimentada com a madeira recolhida. Sem sangue humano para aquecer-lhe as entranhas mortas, o frio que tomava conta do seu cerne piorava a cada dia. O vampiro se acocorou perto do fogo, estendendo as mãos na esperança de que as chamas pudessem aquecê-lo. Ficou lá parado por horas e o calor da madeira em brasa de nada adiantou para aquecer-lhe a alma.

A noite avançava. Os ventos pareciam gritar furiosos quando entravam na caverna, ecoando pelas paredes de rocha sólida. As estalactites tremiam sob a fúria da tempestade. Uma espessa camada de neve se acumulou pela floresta outrora verde, estendendo seu macio e traiçoeiro tapete branco de gelo por toda a região até onde o horizonte alcançava. E assim também se passou o dia. O sol veio e se foi, cumprindo seu ciclo eterno. E com sua ida, o vampiro, uma vez mais, despertou para as trevas frias e envolventes da noite.

O frio intenso o fizera gastar muito de sua energia para se manter aquecido. O fogo se provou inútil. Nem mesmo a pele grossa do javali que ele caçou, se alimentou e arrancou o couro, duas noites antes, era suficiente para aquecê-lo. Na verdade aquela roupa e nada eram a mesma coisa. Seu corpo morto não produzia calor para ser retido pelo casaco de peles.

A noite lá fora estava mais calma, a tempestade se fora havia um bom tempo. O céu apresentava poucas nuvens, permitindo que o vampiro pudesse apreciar o brilho das estrelas. Não haveria outra tempestade, pelo menos por enquanto. Como era muito chato ficar naquele lugar, William saiu para explorar o ambiente. Subiu novamente a colina, pois queria apreciar a vista. Quem sabe não conseguiria ver as terras cultiváveis ao sul?

Saiu da mata fechada para uma pequena clareira, cuja borda era um profundo precipício. Começou a procurar pela sua terra natal. Como sentia saudade de sua amada família... Lembrou-se dos Stouts que se sentavam juntos no chão para jantar. Só tinha quatro tocos de árvore que serviam de banco e assim, de acordo com a hierarquia, sentavam-se o pai e a mãe, William e o seu irmão mais novo, Julian. Eram noites divertidas. Apesar de uma vida sofrida, a família tinha raros momentos de descontração.

Lá longe estava a outra colina, onde quase no topo encontrava-se Amyville. Passou a olhar mais para o Sul até avistar o latifúndio do falecido baronete Truman. William lembrou que nas noites frias de inverno a família inteira dormia abraçada, deitada na palha seca, a fim de se manter aquecida. Como não tinham dinheiro para roupas mais quentes, o jeito era acender uma fogueira no centro do casebre. Com o teto de palha entrelaçada, a fumaça saía sem problema, embora o cheiro fosse duro de aguentar e irritava os olhos. A porta sempre fechada, assim como a única janela da casa, para evitar a entrada do frio. A presença de animais no interior da casa também ajudava a mantê-la aquecida. E assim enfrentavam as frias noites de inverno. Tempos sempre ruins com a costumeira escassez de comida. Ainda bem que o baronete alugava parte do celeiro para os camponeses poderem estocar alimento para o inverno. Cobrava caro para cacete, é claro. A bondade dos nobres sempre azeitada pelo trabalho árduo dos servos. Parasitas desgraçados; eles, sim, eram os verdadeiros vampiros da vida humana. Mas, mesmo com tantas dificuldades, os camponeses conseguiam levar a vida adiante. Uma sombra de tristeza se apossava do coração de William. Rezava muito para que Deus não deixasse de olhar pelos seus entes queridos. Queria muito se lembrar daquele fatídico dia, mas de nada adiantava se esforçar. Algumas vezes, durante os sonhos, via *flashes* da revolta. Pessoas gritando desesperadas; uma batalha feroz, derramamento de sangue. Sua irmã... Lembrava-se de sua irmãzinha caída no chão, respirando com dificuldade. E depois, de mais nada... Ele começou a raciocinar. Estava em casa no dia da revolta, pois era lá que sua mãe e os irmãos mais novos estavam escondidos. Se ele estava em casa na hora dos assassinatos, por que só ele sobreviveu? Será que foi o vampiro que o abraçou que fez tudo aquilo? Matou toda a sua família e o transformou em um monstro? William ficou furioso, acirrando os punhos com força.

William acabou admitindo que não adiantava ficar nervoso à toa. Pensou em fugir da floresta. Mas do que adiantaria? O assassino de sua família ainda estava andando impune por aí. Brenauder descobriria quem ele era. E então...

Ele olhou para baixo. Era uma altura de mais de sessenta metros. Duvidou se até mesmo ele conseguiria sobreviver à tamanha queda. O rio volumoso e feroz atravessava tangenciando a borda de trás da colina. Parecia muito pequeno daquela distância. Ficou observando uma coruja, lá embaixo, caçando um ratinho, que tentava, em vão, fugir de suas garras. Uma alcateia passava ao longe. Belíssimos e selvagens lobos cinzentos e brancos se locomovendo sobre a neve atrás de alguma presa em potencial; um cervo, muito provavelmente. Um barulho de dentro da mata logo atrás lhe chamou a atenção. Galhos sendo quebrados ruidosamente. William aguçou os ouvidos, atento. Fosse lá o que fosse, era grande e não estava sozinho. O vampiro farejou o ar. Sentia um cheiro que nunca conhecera antes. Um fedor desgraçado. Não sabia explicar o porquê, mas pressentia o perigo iminente. Passos firmes e destemidos ecoando dentro da mata, vinham em sua direção. Ele ouvia o som de jovens árvores sendo derrubadas e quebradas como se fossem simples gravetos. Um uivo agudo e longo preencheu a noite. Não podiam ser lobos. Era tão horripilante que encheu o coração de William de pavor. Outro uivo estarrecedor vindo do lado oposto em resposta ao primeiro. A floresta inteira parecia calar-se em sinal de respeito e medo. Um terceiro uivo, mais alto e mais forte que os dois primeiros, vindo do meio, bem à sua frente. Estava sendo encurralado e nada podia fazer para evitar. Não havia escapatória, a não ser uma longa queda. Olhou para o precipício. Não seria uma boa opção.

Uma pedra do tamanho de um bezerro voou na direção de William. Ele conseguiu desviar a tempo, pulando e rolando para o lado. Rapidamente se levantou. Três feras horrendas saíram de trás das árvores, entrando na clareira. Pareciam lobos, mas eram muito maiores. Os corpos largos e robustos apoiados sobre quatro patas musculosas. Eram maiores do que um boi. Os pelos volumosos e negros como a escuridão. Os focinhos tinham quase quarenta centímetros de comprimento. As bocas suficientemente grandes para abocanhar-lhe uma boa parte do corpo. Os dentes amarelados, longos e afiados. Baba branca e viscosa escorria abundante de suas bocas, formando uma poça no chão. Eles pararam; olhavam fixo para o vampiro. Olhos cor de âmbar, cujas pupilas negras, de tão brilhantes, tornavam possível a William ver sua própria imagem. O olhar era pura fúria selvagem. E o vampiro teve medo; medo de morrer diante de tais demônios.

Para desespero maior de William, as feras, uma a uma, foram ficando de pé, apoiando-se sobre as duas patas traseiras e atingindo uma altura de aproximadamente dois metros e meio. Agora que estavam de pé, as patas dianteiras funcionavam como braços fortes. Cada um terminado em duas mãos dotadas de garras negras, poderosas e afiadas. Pareciam pequenas navalhas. Os dois monstros que estavam na ponta rangiam os dentes para o vampiro. Atacariam a qualquer momento, mas estavam se contendo. Abriam e fechavam as mãos lentamente, doidos para dilacerarem a carne de William. Mas o monstro do meio era o pior. Era maior do que os outros dois, com quase três metros de altura, e o seu olhar era o mais carregado de ódio. Ele rugiu. Um urro de petrificar o coração de pavor. William sentia as pernas tremerem e ficou com medo de estar paralisado de medo. Se fosse um mortal, William já teria desmaiado. Mas não era. Era agora um vampiro. Dotado de força, agilidade e resistência que nenhum humano poderia ter. Ao menos teria uma chance maior de sobreviver. Se aqueles lobos gigantes achavam que podiam intimidá-lo com o tamanho avantajado, estavam muito enganados; pelo menos era nisso que William queria acreditar.

O silêncio perdurou por poucos instantes. Nesse curto espaço de tempo somente era ouvido o som da pesada respiração dos lupinos. Subitamente as três feras avançaram, rápidas como um raio. O vampiro mal pôde acompanhar seus movimentos. Pareciam borrões negros. Ele recobrou o controle das pernas bem a tempo de se desviar das garras de um deles. Teria que pensar rápido. Um turbilhão de ideias passou pela mente de William. Só uma solução. Correria o risco de perder a vida, mas era exatamente o que aconteceria se permanecesse ali. De costas para o abismo, ele deu um salto para trás e caiu. Seria uma queda feia, no entanto teria maior chance de sobrevivência. Algo, porém, deteve a queda. William, atordoado, olhou para cima. Um dos lupinos segurava-lhe a perna. As garras cravadas, perfurando-lhe os músculos. Dor invadindo o corpo. Ele reprimiu um grito de dor. E num relance de olhar ele podia jurar que o monstro sorria. Porém, antes que a fera lhe puxasse para cima, o vampiro acertou um chute com toda a sua força na barriga dela. Sem efeito. Desespero. Ele estava certo: aqueles bichos eram fortes, muito mais do que ele.

Aqueles bichos podiam matá-lo facilmente.

A fera levantou e desceu o braço bem rápido, fazendo William bater violentamente contra as rochas. Mais dor. Algumas costelas trincaram; o ombro direito deslocado. Por pouco Brenauder não perdeu a consciência. Mesmo assim, o vampiro não desistiria de lutar. Afinal, era sua vida que estava em jogo. Esforçando-se muito para superar a dor, ele curvou o corpo e se agarrou, com a mão esquerda, no braço da fera. Numa fração de segundo, ele virou o corpo e acertou em cheio, com o pé livre, o focinho do seu algoz. Desta vez o lupino sentiu, chegando a recuar um pouco atordoado. A fera sacudiu a cabeça, abrindo e fechando a boca. William não perdeu tempo e desferiu outro chute. O lupino urrou de ódio e, nesse momento, afrouxou um pouco a mão. O vampiro não desperdiçou a chance. Com o pé livre, usou toda a sua força para dar impulso na barriga do bicho e se soltar. Deu certo. Alívio momentâneo, até se lembrar de que sua fuga era uma queda livre...

O desesperado plano de William dera certo afinal. Ele caiu no volumoso rio que corria às margens da colina e, com isso, conseguiu amortecer parcialmente a queda. Ainda assim o impacto foi violento; suficiente para arrebentar-lhe as costelas e rachar o fêmur da perna direita. Por pouco ele não ficou inconsciente, o que certamente teria acontecido se ele ainda fosse um mortal. Sorte que não. Mas infelizmente a sorte acabava ali. William, no ínfimo instante que bolou sua fuga estratégica, esquecera um detalhe vital: ele não sabia nadar.

Desesperado, Brenauder se debatia exacerbado, tentando lutar contra a força das correntezas. Não conseguia. O corpo dolorido impedia um movimento eficaz dos braços. Afundou como uma pedra. Sua força finalmente exauriu-se e ele se deixou levar pela vontade da natureza, desistindo de lutar. Perdeu o senso de direção; não sabia mais onde era a superfície, nem onde era o fundo. Para qualquer direção que olhasse, tudo parecia igual. A água era barrenta demais para permitir uma boa visão. A correnteza foi ficando mais e mais forte. Inúmeras vezes seu corpo bateu nas rochas do fundo. Um barulho quase ensurdecedor preencheu-lhe os ouvidos. Foi arremessado de uma queda-d'água. Nem olhou para baixo para saber a altura. Se olhasse veria que era uma queda de uns vinte metros.

Caiu de costas na água, rio abaixo. A sensação era a mesma de ter batido no chão. A dor era tamanha que teve vontade de xingar todos os palavrões que conhecia. Mas a água gélida estava paralisando seus músculos. Não conseguia sentir as pernas. A visão foi ficando turva até que tudo se apagou. Finalmente o cansaço e os ferimentos venceram o vampiro.

Então nosso William não pôde ver que um homem a cavalo saiu da mata e, que chegando às margens do rio, avistou o jovem camponês flutuando, de bruços na água. O corpo de William estava coberto de feridas, embora nenhum sangue vertesse delas. Algumas feridas eram superficiais, outras mais profundas. As roupas, se é que podia chamar aqueles trapos de roupas, estavam em frangalhos. Só não estava pior porque o rio lhe dera um banho forçado. A correnteza o arrastou até uma região mais tranquila, circundada por algumas pedras, perto da margem.

O homem saltou do seu corcel, um mesclado de cor de terra com branco neve. Um belíssimo exemplar de equino. Ele recolheu o vampiro desacordado e o ajeitou cuidadosamente no lombo do cavalo. E, feito isso, partiu.

Era um homem alto, um pouco mais baixo que William, mas, ao contrário do camponês, esse homem era bem robusto. Membros fortes para sustentar o corpo maciço. Ombros largos que sustentavam a bainha de sua inseparável espada. Os longos cabelos grisalhos levemente ondulados batiam bem abaixo do grosso pescoço. O rosto quadrado, sustentando um nariz grande. As grossas sobrancelhas transmitiam seriedade e sabedoria junto aos seus envolventes olhos castanhos. Olhos que não deixavam dúvidas quanto à idade avançada daquele homem. Humano não era, pois o sobrenatural tom pálido da pele revelava que aquele homem era também um vampiro. Seu nome era Reinald Galf, uma lenda viva entre os vampiros de Amyville. O único vampiro que ousara peitar o tirano Lam Sahur e desde então dado como desaparecido. Depois de décadas afastado, ele finalmente retornaria a Amyville para derrotar seu inimigo secular. Mas agora que encontrara esse vampiro, sua volta poderia atrasar mais um pouco.

Por ora, o melhor seria voltar ao acampamento improvisado que montara a poucos quilômetros dali. Não levou muito tempo até chegar à clareira onde deixara sua luxuosa carruagem de madeira finamente trabalhada aos cuidados de seu fiel servo, um senhor mirrado e de aspecto cansado, chamado Neil Hiker. A aparência de um homem na faixa dos cinquenta anos; os fios de cabelos quase todos brancos. Reinald o encontrou sentado numa pedra, de costas para ele, assando uma raposa que a guarda pessoal do vampiro caçara durante o dia claro. Sangue fresco ainda escorria da carne crua. A pequena fogueira era a única fonte de calor daquele ambiente. E o servo, muito precavido, catara, durante o dia, um bom estoque de galhos secos para servirem de lenha pela noite inteira. Reinald sorriu. Não um sorriso escancarado, mas um pequeno sorriso contido que tomou conta de um dos cantos de sua boca. Aquele era um bom lugar para passar a noite. A camada de neve não passava de um palmo de altura, e não parecia que iria nevar tão cedo. O céu estava límpido, sem um traço sequer de nuvens.

Pensando ser um animal selvagem, o subalterno se assustou momentaneamente com o som dos cascos do cavalo. Acalmou-se ao reconhecer que era apenas o seu senhor retornando do seu empreendimento noturno. E trazia um homem junto no lombo do cavalo. O homem desmaiado estava ensopado, ainda escorria água de seu corpo.

– Se me permite perguntar, senhor... Quem é este andarilho? – perguntou Neil curioso se aproximando.

– O nome dele é William Brenauder – respondeu Reinald. – Quero que cuides dele, Neil. Pega uma de minhas roupas e põe nele. Devem ficar um pouco largas, mas não importa. E faze o favor de jogar esses trapos que ele usa na fogueira, pois é somente para isso que servirão.

– Desculpe eu me intrometer novamente, mestre. Mas será que ele é confiável? Veja no braço dele – Reinald virou e olhou para William, depois voltou e mexeu os ombros indiferente. O servo, por achar que seu amo não vira a marcação, continuou a insistir. – Está escrito "besta", senhor...

– Eu já tinha reparado. Mas ele é uma boa pessoa, pode acreditar – finalizou Reinald seco.

O servo aquiesceu. Ele levantou-se e entrou na carruagem. Lá dentro abriu um baú e tirou uma muda de roupas limpas. Com dificuldade, desceu William do cavalo. "Desceu" talvez não seja a melhor palavra. Ele praticamente derrubou William no chão. Como não tinha forças para carregá-lo, o jeito foi arrastá-lo pelos pés para perto da fogueira, onde deveria se secar.

Reinald permanecia indiferente a tudo isso. Ele arrastou uma pedra para mais perto da fogueira de modo que pudesse se sentar perto da luz. Carregou a pesada rocha como se esta pesasse tanto quanto uma pequena tora. Puxou um livro de dentro das vestes e, acomodando-se melhor na pedra, começou a ler. Não precisava da luz para ler na escuridão, mas adorava sentir o calor das chamas.

Passados alguns minutos, o servo Neil, certificando-se de que William já estava mais seco, retirou-lhe os restos de roupa. Enfaixou o tórax do rapaz para ajudar a curar as costelas e fez uma tala improvisada na coxa. Por fim, vestiu nele a roupa escolhida. Vestir uma pessoa desacordada e ainda mais daquele tamanho não era tarefa fácil. Neil chegou a resmungar um pouco, mas nada que não estivesse acostumado a fazer. Ele logo percebeu que estava lidando com outro vampiro, pois o tom de pele daquele homem se assemelhava muito com a pele de seu amo. Além do quê, ou era um vampiro ou um morto, porque aquele homem não estava respirando, seu coração não batia e a sua pele estava gélida como a neve ao redor deles. Finalizou o trabalho, juntou os trapos do chão e jogou-os na fogueira. O fogo rapidamente lambeu os panos. Uma fumaça negra e malcheirosa exalada do meio das labaredas. Foi bom porque afastou os insetos. Ruim porque Neil se esqueceu de retirar a raposa que estava assando. Teve que comer carne semitostada com o gosto impregnado de fumaça. Não foi uma refeição das mais gostosas.

CAPÍTULO ONZE

William, por fim, acordou. O corpo ainda muito dolorido, apesar de as feridas já terem se fechado. A perna direita e as costelas doíam muito, mas o ombro deslocado estava de volta no lugar. Ele reparou que não estava mais no rio, lugar em que se lembrava de estar da última vez. Se não estava no rio, e pelo visto nem perto – pois não ouvia o barulho das águas –, onde então estaria? Sentia o calor agradável de uma fogueira nas costas, embora não fosse suficiente para aquecê-lo como gostaria. Com muita dificuldade, ele se sentou. Bateu a neve que estava impregnando suas roupas. Foi aí que reparou que estava vestindo roupas novas. Novas e caras. Teve um mau pressentimento.

– Boa noite, Brenauder. Espero que tenhas descansado bem – disse uma voz vinda de trás. – Os ossos quebrados vão demorar mais tempo para sarar, mas pelo menos o ombro já coloquei no lugar.

William virou-se e viu um homem grande e robusto sentado numa pedra lendo um livro. Vestia-se muito bem, logo, concluiu, deveria ser um nobre, mas, dos aristocratas, ele já estava ficando cheio. Mas o traço mais marcante daquele homem era sua palidez sobrenatural. Um vampiro. Mais um. O que será que esse aí queria?

– Que olhar desconfiado, rapaz! – exclamou Reinald, pondo o livro de lado e se levantando. – Não desejo fazer-te nenhum mal. Se eu quisesse te matar, já teria feito, não é verdade? Ao contrário, estás vivo e bem alimentado.

– Se não me matou, se é que isso é possível; e, ainda por cima, me deu sangue, é porque vosmecê quer alguma coisa – concluiu William amargo. – Então vamos parar com essa conversa fiada e ir direto ao ponto. O que quer? Aliás, onde estamos?

– Vou responder primeiro a segunda pergunta. Estamos em algum lugar ao norte da floresta – respondeu Reinald. – Para lá... – ele apontou o dedo numa direção atrás de William – ...fica Amyville e ali... – apontou para o Leste – ...fica a colina onde tu moravas.

O jovem olhou para a colina, estava muito distante. Resolveu reparar melhor no acampamento improvisado do nobre. Estavam em uma clareira. Havia uma carruagem estacionada ao fundo. No lugar onde se sentaria um cocheiro, um homem dormia a roncos altos. Era um mortal, pois William reparou que ele respirava.

– Vosmecê sabe meu nome, mas eu não te conheço – disse William, virando-se para encarar Reinald. – Vosmecê é a segunda pessoa que encontro na floresta e que diz me conhecer.

– Para falar a verdade eu não te conheço. Sei que teu nome é William porque assisti à tua luta contra aquele tal de Lazarus. Lazarus... este nome não me é estranho... Bem... – disse o vampiro, indiferente, remexendo os ombros – ...não importa. Meu nome é Reinald Galf, e aquele que está dormindo ali é Neil Hiker, meu criado.

– Sei... – respondeu William seco. – Se vosmecê me viu passando aquele sufoco todo com o caçador, por que não me ajudou?

– Tu não parecias precisar de ajuda. Minha interferência não se fez necessária.

– E quanto àqueles monstros? – perguntou William enfurecido.

– Que monstros? – perguntou Reinald, franzindo o cenho.

– Aquelas feras horrendas! Pareciam lobos gigantes, mas os olhos... eram puro ódio. Bastou um relance de olhar para saber suas intenções. Eles iam me matar, com certeza. Eu gelei de medo, e não tenho vergonha de confessar. Pareciam demônios saídos do inferno.

– E daí? Não sabes do perigo que corres andando pela floresta? Tu enfrentaste lobisomens. São mesmo muito mais fortes, mais velozes e mais resistentes que nós. Mas vejo que conseguiste escapar. Foi muita sorte tua ter sobrevivido com só alguns ossos quebrados. Muita sorte mesmo. Os lobisomens costumam seguir suas vítimas, não importa onde elas se escondam, mas o rio apagou teu rastro. Além do que se tivesses morrido, significaria que não servia para ser treinado por mim – revelou Reinald com certa frieza. – Neste mundo, tu tens de estar apto a sobreviver.

– *Treinado por vosmecê?!* – repetiu William. – Então é isso o que vosmecê quer? Não, muitíssimo obrigado. Meu último *mentor* me empalou pelas costas e me entregou para um tal de Sahur. Ô, sujeitinho prepotente. Detesto aquele filho da puta. Fui acusado e condenado por um crime que não cometi. Bem, está perdendo seu tempo. Não quero ser aprendiz de ninguém. Agradeço tudo que fez por mim, mas a resposta é "não".

– Compreendo... mas infelizmente eu não posso aceitar isso como resposta.

– Eu já disse que não. Se não aceitar o problema é só seu. E, se me dá licença, eu vou voltar para a minha caverna – finalizou William já cansado daquele papo. Ele levantou com dor e mancando, começou a caminhar em direção à colina. Como a tala limitava os movimentos, ele a arrancou.

– Infelizmente eu acho que não irás, não – avisou Reinald, sentando-se na pedra novamente.

– Por que não? Vai me impedir? – questionou William rebelde, sem diminuir o ritmo da caminhada e jogando os gravetos da tala longe.

– Eu até poderia... Mas não irei. Quanto tempo tu achas que vai levar para chegar até aquela colina, lá nos confins de Judas? A pé já levaria um bom tempo, agora mancando... Mas antes disso o sol já vai estar raiando. Não seria uma morte muito bonita.

William não queria, mas ouviu tudo e sabia que Reinald estava com a razão. Infelizmente seu orgulho não permitiria que ele pedisse abrigo para aquele estranho. Galf percebeu a indecisão do camponês e sorriu sem que William percebesse.

– Será uma honra ter tua companhia em minha carruagem. Tenho um bom estoque de sangue também. Já lhe dei um pouco enquanto dormias, mas creio que ainda estejas com um pouco de fome.

William parou. Sua perna machucada doía muito e as costelas também não ajudavam.

– Não vou mais perder tempo... – finalizou Reinald entrando na carruagem – ...o convite já está feito.

William ficou parado no mesmo lugar por alguns segundos. Olhou novamente para a colina e depois para o horizonte, onde o sol nasceria. Os raios matutinos já despontavam por detrás das montanhas, tingindo as nuvens do topo das montanhas de vermelho-alaranjado. Seria um belo espetáculo de se assistir, mas igualmente mortal. Olhou para a carruagem. Era um bom esconderijo, pois não havia janelas por onde pudesse penetrar a luz do sol. Era hora de deixar o orgulho de lado e aceitar o convite de Reinald. O que não significava que ele o aceitaria como seu novo mestre. Com essa convicção, entrou no carro.

Encontrou Reinald sentado na cama lateral com os braços cruzados e olhos fechados. Ótimo, já estava dormindo. Sem nada dizer, William deitou-se na cama oposta e, fechando os olhos, rapidamente dormiu. Seu corpo ainda precisava de muito descanso para se recuperar.

Reinald, ainda de olhos fechados, sorria de satisfação.

CAPÍTULO DOZE

A noite voltara a reinar e, com sua rotineira chegada, William despertou. Desconfiado, ele olhou para os pulsos para ter certeza de que não fora preso. O seguro morreu de velho. Alívio, ainda estava livre. Ele se viu sozinho na carruagem e resolveu sair. Estava bem melhor. Viu o criado dormindo perto da fogueira, reavivada por Reinald, que, de tempo em tempo, jogava lenha para alimentar o fogo. Encontrou Galf sentado na mesma pedra do dia anterior lendo seu livro. Reinald olhou para o jovem e sorriu, deixando o livro de lado e levantando-se.

– Acho que já podemos começar – disse Reinald.

– Começar o quê? – perguntou William ríspido.

– Teu treinamento, oras – respondeu Galf, aproximando-se e se pondo à frente do rapaz.

– ...

– Sei que não me queres como teu novo mestre, então proponho um pequeno teste. Não precisas te assustar, pois é muito simples. Tudo o que tens de fazer é me acertar um golpe. Somente um. Pode ser chute, soco ou tapa. Se conseguires, eu vou embora sem mais te importunar. Não te preocupe, pois sei que estás ainda machucado. Por isso resolvi que vou te dar uma vantagem. Não vou usar as mãos. Veja – disse Reinald, levantando as mãos e colocando-as atrás das costas. Os dentes brotaram. Um brilho azul intenso no olhar. – E prometo não revidar. Exceto, é claro, se demorares muito a me acertar.

Pronto... – pensou William perplexo – *...esse deve ser doido.*

Mas como queria ir embora logo, resolveu aceitar o desafio. Ia avançar para cima de Galf, aproveitando a vantagem, mas seus músculos não obedeceram. Seu corpo se recusava a lutar. As costelas não doíam mais e a perna estava um pouco melhor. Não havia nada de errado com ele. Fez seu coração bater, distribuindo sangue fresco por todo o corpo. Os caninos brotaram. Queria armar um soco. Nada. William continuava paralisado. Reinald ficou perplexo pelo fato de o vampiro não ter o brilho nos olhos.

– Pode vir quando quiser – disse Galf depois de alguns segundos.

William tinha que ser rápido. Com dificuldades conseguiu fazer seu corpo obedecer. Não pretendia pegar leve. Partiu para cima. Golpes e mais golpes com as mãos. De vez em quando tentava um chute. Nenhum deles sequer representando perigo para Reinald. Seus movimentos limitavam-se a desviar dos golpes, o que fazia com muita facilidade. Galf sorria desdenhoso entre um desvio e outro.

– E então, William. Posso te chamar pelo nome? Vais ou não me acertar? – zombou Reinald. – Não precisas de um mestre, não é?

– Vou fazer vosmecê engolir esse sorriso! – rosnou o jovem, aumentando sua velocidade. A perna e a costela latejavam de dor.

Neil acabou acordando com tanto barulho. Resmungava até ver o que estava acontecendo. Ficou boquiaberto com a luta que se seguia. Aquele desgraçado da marca da besta estava tentando bater em seu mestre. Isso era inadmissível.

– INGRATO DESGRAÇADO, MEU MESTRE TE ACOLHEU! VAI, MESTRE, DÁ UMA BOA SURRA NESSE CRIMINOSO! – berrou Neil exaltado vendo Reinald desviar de mais um chute.

– Cale a boca, serviçal! Está atrapalhando a minha concentração. E vosmecê... – disse para Reinald – ...pare de sorrir!

– Então tira este sorriso da minha face. Ou será que não consegues? Começo a achar que tu só estás vivo por pura sorte...

– CALE-SE! – berrou William enfurecido, tentando acertar um soco na altura do peito do adversário, que desviou facilmente de novo.

Por mais que se esforçasse, o jovem vampiro não conseguia encaixar nenhum golpe. Sua perna e as costelas estavam no limite. Por outro lado, Reinald franziu o cenho, mesmo em tão movimentada luta, sua mente continuava a funcionar a pleno vapor. Havia algo de errado.

– Tu deste mais na luta contra o caçador, William. Para de enrolar e mostra-me tua verdadeira força – ordenou Reinald, dando um chute repentino na barriga do rebelde William, que recuou de dor com os braços encobrindo o estômago. – E se saíste vivo do encontro dos lupinos, também deves ter te esforçado mais do que isso. Tenho certeza.

– Mentiroso... – ganiu William entre os dentes. As costelas não aguentariam outra porrada dessas. – Disse que não revidaria...

– Minha paciência está se esgotando. Além do mais, eu avisei que poderia atacar se tu demorasses. Nunca deixes tua defesa completamente aberta, por mais vantajosa que seja a situação. Todo cuidado é pouco, independentemente do inimigo que se está enfrentando. Entendeste?

– Não preciso dos seus conselhos, *vovô* – ironizou William, partindo de novo para cima. Transformou sua dor em ódio; era daí que arrancava forças para continuar lutando.

Mais uma sequência de socos. Mais rápido, mais forte. Por pouco não acertou desta vez.

– Melhorou – elogiou Reinald surpreso. – Mas ainda falta muito. Tu não estás lutando com todas as tuas forças. Por quê?

– As situações anteriores eram de vida ou morte, o que não acontece aqui. Então não há por que a intervenção *dele*.

– Dele?! – exclamou Reinald sem entender, desviando de mais um soco.

– Como vosmecê é escorregadio! Fique parado, merda! Quero devolver o chute que me deu – esbravejou William.

– Interessante. O ódio te faz mais forte...

– E daí?

– Daí que acabou tua vantagem – avisou Reinald, descruzando os braços das costas. – Esta luta está começando a me entediar... Espero que não te importes de eu aumentar a dificuldade.

Neil continuava a torcer fervorosamente pelo seu mestre. William notou que Reinald se movimentava mais rápido desta vez. Tinha que se esforçar bastante para acompanhar seus movimentos com os olhos. O nível da luta estava mais difícil agora, pois Galf não mais desviava dos golpes; ele simplesmente os aparava com uma das mãos. Brenauder não desistiu e pulou para cima de seu desafiante, tentando acertar-lhe um chute no rosto. Reinald se movimentou tão rápido que, quando deu por si, William estava com seu braço e perna agarrados. Galf girou. Girava cada vez mais rápido até arremessar o camponês, que sem nada poder fazer, se viu rolando violentamente no chão. Levantou rápido. Raiva. Virou a cabeça para um lado e para o outro. Onde estava o aristocrata? Sumira.

– Perdeste alguma coisa? – perguntou Reinald sarcasticamente, atrás de William, que arregalou os olhos de surpresa.

Como ele foi parar ali? – pensou o camponês.

Mas não importava. O jovem virou-se rápido, tentando acertar uma cotovelada em Reinald. Um esforço inútil. Galf absorveu o golpe com a palma da mão, sem esmorecer por um instante sequer. Nenhuma dor. Com a outra mão, golpeou as costas do jovem camponês, arremessando-o, de novo, de cara no chão. Desta vez várias costelas se partiram. William berrou de dor.

O novato engoliu em seco, tentando suprimir a dor latejante. Já estava ficando farto daquilo tudo. Cuspiu a neve que entrara em sua boca. A pele sendo queimada de leve pelo gelo; uma pequena irritação. Não importava. Ia partir de novo para cima de seu adversário, mas quando se levantou, Reinald estava de costas para ele, se afastando. William tentou andar, mas sua perna não permitiu. Perdeu apoio e foi ao chão.

– Já basta, William – disse Reinald sem diminuir o passo. – Enganei-me a teu respeito. Tsc... Tu não passas de um nada. *Descartável*. Mereceste sofrer nas mãos de Sahur. Pela primeira vez concordo com aquele tirano, só perdi meu tempo aqui. Vamos, Neil! Tenho negócios pendentes a tratar.

– ESPERE! – berrou William, ficando em pé com muita dificuldade. Reinald parou, mas sem se virar. – Então é assim?

– O que se pode fazer se tu és um fracote? – respondeu Reinald indiferente, voltando a caminhar.

O camponês ficou ali, perplexo, sem entender mais nada. Um misto de surpresa e raiva enchia-lhe o coração com a força de um furacão. Aquele nobre idiota estava gozando de sua cara. Sim, era isso. Tudo não passou de uma *brincadeirinha* para diverti-lo. Quem Reinald achava que era? Quem aquele arrogante de merda achava que era?! Seu coração parecia que ia explodir a qualquer segundo. Ele cerrou os punhos com força, suas unhas penetraram na carne, mas o vampiro não sentiu dor.

Reinald continuava a caminhada, impassível. Foi quando ouviu uma risada vinda de trás. Começou quase como um sussurro e foi aumentando de volume até explodir numa gargalhada sinistra. Neil se apavorou e encolheu no banco do cocheiro. Parecia a risada do demônio. Reinald parou e se virou. Encontrou William cabisbaixo, o cabelo encobrindo a fronte, rindo descontrolado. De repente ele levantou o rosto rapidamente, jogando o cabelo liso para trás e encarando Galf. Um sorriso de puro desdém no rosto. Reinald ficou intrigado. Os olhos de William tinham adquirido o brilho característico da espécie; a diferenciada tonalidade âmbar sangue.

– Todos até agora me trataram como lixo. Primeiro aquele merda do Truman, depois Arctos, Malthus e Sahur. E agora vosmecê. Não é engraçado? Todos me consideram lixo. Um objeto que se usa e joga fora – e começou a gargalhar.

Reinald somente ouvia. E continuava intrigado. Aquele tom de voz... era diferente. William estava agora mais confiante, mais arrogante. De algum modo aquele ser que estava à sua frente não parecia mais ser o jovem com quem lutara havia pouco. Quem seria, então?

Sempre sorrindo, William das Trevas foi se aproximando de Reinald, que o analisava em silêncio.

– Ainda não terminamos, *nobre*! – ironizou bem próximo. – Achou mesmo que fugiria assim tão fácil?

– Pensei que tua perna não te permitia andar direito...

– Silêncio! Frescura daquele *outro*. Esta perna está boa. O que é uma dorzinha de nada?

– *Outro?!* – deixou sair Reinald sem querer. – Quem é o outro?

– Vosmecê é burro? Estou falando do camponês que estava lutando com vosmecê.

– Bem, isso não me importa. Deixei claro que nós já termina...

Não concluiu a frase, pois William avançou. Tamanha era a velocidade dos golpes, que Reinald, surpreso, teve que recuar para desviar. O jovem persistente, continuava avançando.

– Cadê o seu sorriso de desdém, *nobre*? Deve ter fugido apavorado que nem o seu *querido servo* – disse o jovem gargalhando, se referindo a Neil, que se escondeu dentro da carruagem assim que ouviu a risada demoníaca de William das Trevas.

Reinald aproveitou esse momento de distração e acertou um murro na cara do novato, que virou o rosto para o lado, sem se mover um milímetro do chão.

– *Vosmecê não está lutando com todas as suas forças, nobre*. Porque se isso é tudo o que pode fazer, então quem não passa de um fracote aqui é vosmecê – disse William, sorrindo e desvirando o rosto, como se nada tivesse acontecido.

Reinald ficou abismado. Com a mesma força empregada antes, conseguira arremessar William a metros de distância, mas agora o rapaz nem esmoreceu.

E desta vez quem se distraiu foi o próprio Reinald. Pagaria caro por isso, pois William conseguiu acertar uma joelhada no seu estômago e chutou seu rosto com toda a sua força. O vampiro voou para trás, quase arrastando as costas no chão. Aproveitando a força do golpe, Reinald esticou os braços para trás e deu uma cambalhota, caindo de cócoras no chão, cinco metros distante de William, que continuava a sorrir.

– Estás lutando melhor, Brenauder. Muito melhor do que na luta contra o caçador. Ótimo. Já estou satisfeito.

William gargalhou.

– Acho que vosmecê não está entendendo... Ou pelo menos não está querendo entender. Eu não sou o Brenauder. Meu nome é William das Trevas, imbecil. E outra coisa: só acaba quando *eu* quiser.

– Achas mesmo?

William fechou a cara. Partiu para cima de Reinald. Mas todos os socos que tentou desferir, Galf conseguiu esquivar facilmente, fazendo uso de uma velocidade que o novato não vira antes. Reinald resolveu que já estava na hora de terminar aquela luta. Estava por demais satisfeito. Quanto potencial a ser explorado naquele jovem rapaz. Sim, a idade daquele fedelho não devia passar dos vinte anos. Um vampiro ainda novato.

Reinald se aproveitou das brechas e acertou três cacetadas no peito de William. Agarrou-o pela gola e o jogou com força no chão. O novato indefeso, sem saber de onde vinham os golpes, só podia se encolher, tentando se proteger instintivamente dos socos e chutes que recebia sem piedade. Sentiu o corpo mergulhar em dor e depois mergulhar na escuridão. Apagou.

Quando acordou, algumas horas depois, encontrou Reinald sentado na pedra de sempre, lendo o mesmo livro. William se sentou. O corpo ainda bem dolorido, ainda mais as costelas, que foram quebradas. Pelo menos a perna tinha melhorado bastante.

Neil soltou uma exclamação de susto ao ver William. Para o servo, aquele delinquente deveria ter sido morto. Ele era perigoso, muito perigoso. O movimento abrupto do servo acabou chamando a atenção de Reinald.

— Vejo que estás bem melhor, William. Agora entendi o medo que tu tens *dele*.

— Nunca mais me force a fazer isso. É horrível a sensação... Vosmecê não pode imaginar...

— Posso tentar, se tu me contares a tua história de vida. Por que não te abres um pouco? — disse Reinald com uma voz paternal.

William não sabia por quê. Talvez fosse todo esse tempo que ficou sozinho na floresta. Quem sabe? Mas ele se sentiu à vontade para falar. Contou toda a verdade, desde o momento em que despertou na masmorra de Malthus até o momento em que foi largado na floresta. Tudo o que ele podia lembrar foi falado. Só omitiu uma coisa: seu verdadeiro nome. Seria melhor assim. Jamais o nome da família Stout seria envergonhado mais uma vez. Reinald ouvia tudo, atento a cada detalhe, muito interessado no que o rapaz dizia. Até Neil passou a ter um pouco de pena do jovem.

E assim se passaram algumas horas. O criado, cansado do dia inteiro de vigília, já dormia fazia tempo em cima da carruagem, afinal, a noite era somente para os vampiros e outros seres das trevas. De bucho cheio, Neil roncava ao fundo, enquanto William estava para finalizar sua história. As labaredas da fogueira trepidavam ao sabor do vento, fazendo um jogo de luz e sombra instável, enchendo o ambiente de mistério. O camponês falava agora sobre o William das Trevas. Só faltava falar pelos cotovelos.

– É como estar preso e ser obrigado a ver tudo. Eu grito, tento fazê-lo parar, mas não consigo. Não consigo... – disse ele num sussurro. Os olhos apagados, carregados de culpa. – É um demônio que carrego dentro de mim. Um monstro que teima em tentar se apoderar do meu corpo. Às vezes até consigo controlá-lo, mas é muito difícil. Na maioria das vezes ele consegue obter o controle e o resultado é sempre desastroso. Sabe o que é pior? Quando ele vai embora, um vazio parece corroer minhas entranhas – ele baixou a cabeça. – Deus se esqueceu de mim. Nem pude encarar o santo e puro crucifixo que aquele caçador empunhou. Logo eu, que sempre fui tão religioso. Eu e a minha família íamos à igreja todo domingo. Guardávamos os dias santos. Pagávamos o dízimo sempre em dia. Por que essa desgraça paira sobre mim? Que pecado cometi para merecer isso? – choramingou William desconsolado. – Por que nós temos esses poderes demoníacos...?

– Nossa! Como tu falas! – exclamou Reinald, levantando as sobrancelhas e falando pela primeira vez, depois de horas em silêncio. – Vejo que tu não sabes nada sobre nós, vampiros. Primeiro de tudo: nós não somos demônios e nem filhos ou servos deles. Não temos demônios dentro de nós. E o diabo não é o responsável pelos nossos poderes, pode acreditar. E mesmo que fosse, ainda assim seríamos filhos de Deus.

– Os vampiros definitivamente não podem ser filhos do Altíssimo! – protestou o rapaz.

– Como não? Até mesmo Lúcifer, que é o mal supremo, não é um anjo caído? E como anjo, não é uma criação de Deus? Por que nós também não seríamos?

O ponto de vista era válido. William não tinha argumentos para contestar esta afirmação.

– Somos apenas o que somos – disse Reinald. – Isso é tudo o que sei. Não somos anjos nem demônios. Já ouvi falar da existência deles, mas, durante meus mais de duzentos anos de andança neste mundo, eu nunca encontrei qualquer um desses dois seres andando por aí.

– E as manifestações que vemos deles? As doenças, fome e as mortes que eles causam quando passam nas vilas?

– A morte é natural da vida, meu caro. Nossa espécie é a única que deturpa este fenômeno. Se o anjo da morte existe, ele com certeza nos odeia. As doenças também me parecem ser algo bastante natural. Já vi muitos animais silvestres doentes e acho que fazer mal a esses animais não interessa a anjos nem a demônios. Talvez as enfermidades tenham causas que ainda desconhecemos.

William ficou confuso com as palavras de Reinald. Ele fazia as coisas parecerem tão óbvias... Mas isso não importava no momento. Podia não ser uma cria do demônio, mas isso não impedia os vampiros de serem criaturas malignas. Todos que ele conhecera até o momento eram maus. Mas depois se preocuparia com isso. Tinha uma dúvida mais importante...

— E *ele*... Quem é? – perguntou William ávido.

— Quem? O outro William?

William assentiu com a cabeça. Os olhos brilhando, esperançosos, em busca de respostas. Quem sabe Reinald não lhe dissesse uma forma de controlá-lo?

— Tu mesmo. Ele é tu e tu o és. Não existe essa separação. Tu não tens um demônio dentro de si. Todos nós, mortais ou imortais, temos um lado obscuro, isso é absolutamente normal. Nos vampiros, esse lado se acentua com o tempo. Amargura, tédio, ganância, frieza e crueldade passam a fazer parte da nossa personalidade. Em geral, aceitamos isso, pois este outro lado, que tu chamas de William das Trevas, é o nosso instinto de sobrevivência. Ele passa a nos completar. E é dele que tiramos forças para prosseguir.

— Então eu rejeito a minha natureza! – disse William, levantando sobressaltado. – Eu olhei nos olhos dele... Eu me vi sendo ele e não gostei. NÃO GOSTEI!

— Por favor, te acalma. Estás dizendo coisas sem sentido. Como assim viste teu lado negro? – perguntou Reinald curioso.

— Tive um sonho...

— Um *sonho*?! Estás assustado por causa de um sonho? – perguntou Reinald surpreso.

— Foi tão real... – disse William contrariado. Detestava se sentir um idiota.

— Um sonho, William, é somente uma ilusão criada pela nossa mente enquanto dormimos. Tu disseste que te sentes preso e amordaçado quando William das Trevas toma o controle. Isso não é verdade. Quando o teu *outro eu* assume o controle, tu te sentes livre. Sabes por quê?

William baixou a cabeça negando.

– Porque tu gostas quando ele toma o controle. Gostas, mas sente remorso depois. Reprime tua verdadeira natureza na vã esperança de controlá-la. Tu não podes controlar tua nova natureza, William.

– Não... – murmurou Brenauder, arrasado, tampando os ouvidos. Tentava se convencer de que aquilo não era verdade. – Eu não quero ir para o inferno... Não serei um assassino frio e cruel.

– Para ir para o inferno tem de se estar morto, William. E tu não irás morrer tão cedo. Não queres te tornar um assassino frio e cruel, não é mesmo? E quantas pessoas tu mataste para sugar-lhes o sangue? Hein, William? Dize-me!

Mas William não respondia. Sabia que matara algumas pessoas na companhia de Arctos.

– Eu sabia – concluiu Reinald em vista ao silêncio do jovem.

Era verdade. William sentiu-se impotente diante da verdade nua e crua. O coração pesado, dolorido. Ele não aguentava mais. Será que não havia esperanças? Iria se tornar um monstro? Mataria por prazer? Não se pudesse evitar. E faria isso enquanto lhe restassem forças para resistir. Uma ideia surgindo na cabeça...

– Mas vosmecê parece ser uma pessoa boa...

– Não sou, não! – respondeu Reinald, sereno. – Não te enganes a meu respeito. Sou um vampiro, um monstro das trevas noturnas. Para sobreviver tenho que ceifar vidas humanas para tomar-lhes o sangue como qualquer um da nossa espécie faz. Apenas procuro ser menos cruel do que muitos outros. Eu só escolho a escória da humanidade como meu alimento. Além do mais, eu não tenho problemas com meu "lado negro". Em geral alguns novatos têm. Mas nunca vi uma separação tão nítida de personalidades. Talvez seja por isso que tu és tão diferente dos outros.

– Então como posso vencer meu lado negro?
– Não podes. Tu ainda não entendeste?! Não luta contra ele, mas aceita-o.
– Nunca!
– Se este é o caminho que vais escolher, só posso dizer que vais fracassar. Quanto mais tentares reprimi-lo, mais forte ele irá ficar. E é por rejeitar tua natureza que tu sentes este vazio que te consome. Um buraco na tua alma que só pode ser preenchido quando "ele" se solta... quando tu te soltas. É neste momento que todos os teus poderes vampíricos vêm à tona. Tenho certeza que este foi o potencial que o tal de Arctos viu em ti.
– NÃO ME IMPORTA! – berrou William enraivecido, pondo-se de pé.
– Acalma-te! A raiva não leva a lugar algum. Além do mais, ser um vampiro não é a pior das maldições. Nem sei se é uma maldição. Na Bíblia, Deus expulsou Adão e Eva do Paraíso e criou a morte para ser o flagelo da humanidade, não é? Pois bem, este flagelo não nos incomoda. Somos eternos. E mais: nunca vamos envelhecer ou adoecer.
– Sim, é verdade, admito... – disse William, sentando de novo. – Não digo que odeio ser um vampiro. Gosto de ser mais forte, mais ágil, mais resistente. Vejo cores que nunca tinha visto antes na vida. Vejo e ouço muito melhor. Posso sentir uma diversidade muito maior de cheiros. A sensação de liberdade. Tudo isso é incrível! Às vezes, quando salto muito alto, tenho a sensação de poder voar por alguns poucos instantes – disse William, sorrindo. – Mas...
– Mas...
– Mas o preço que tive que pagar foi insuportável para mim. Eu não escolhi esta vida maldita. Perdi tudo. Meus pais, meus irmãos, meu lar, minha vida e começo a duvidar da minha fé. Além do quê, estou condenado a tirar a vida do meu próximo para sobreviver. E ainda tem este maldito William

das Trevas para me atormentar a sanidade. Também não consigo me lembrar do que aconteceu no dia da revolta, por mais que me esforce. Não consigo me lembrar de como minha família morreu.

– Compreendo, William. E talvez seja melhor que não te lembres mesmo...

– Por quê?

– Porque deve ter sido um trauma terrível. Deus te fez um favor ao apagar essas lembranças de tua memória. E também não precisas te preocupar demais. O começo é sempre difícil de aceitar; tenho certeza de que vais te acostumar a esta nova condição. Mas é melhor parar de sentir pena de ti mesmo! Eu também perdi a minha família. Acontece com todos os vampiros. O tempo se encarregou de levar minha amada esposa. Saí deste burgo sem ninguém, tendo como companheira apenas a solidão eterna. É triste ver as pessoas virem e irem embora. Amigos, amantes, esposas, familiares. Todos estão mortos. O fato de mortais serem escolhidos por nós para ter a vida eterna muitas vezes é motivado pelo cansaço da solidão.

– E vosmecê? Já concedeu o dom da imortalidade a alguém? – perguntou William.

– Não. Dei a alguns mortais o que não deram a ti: uma escolha de aceitar ou negar uma vida eterna. Todos negaram.

– E Neil? Por que ele te acompanha, mesmo sabendo quem vosmecê é?

– Neil era um mendigo que eu encontrei durante as minhas andanças por este reino. Ele seria só mais uma das minhas presas, mas teve sorte. Ele acordou na hora do ataque. E algo no seu olhar me fez parar. Neil sabia que a morte estava ali, na sua frente, mas não se importava, pois também tinha perdido tudo. Ele fora um próspero comerciante e um hábil ferreiro. Bem... ele me contou sua história e, assim como tu, me cativou. Desde então ele me acompanha. Isso já deve ter uns trinta anos.

— Ele não parece tão velho assim — observou William, olhando para Neil.

— É verdade. E uma observação interessante. Meu sangue prolonga a vida de Neil — respondeu Reinald, mas vendo que William continuava com aquela expressão de "não entendi", resolveu explicar melhor. — O sangue de um vampiro pode transformar um mortal em um da nossa espécie, caso a pessoa tome do nosso sangue, mas para isso a vida tem que ter quase abandonado seu corpo. Mas se tu deres teu sangue para um mortal saudável, a vida dele será prolongada.

— Então um mortal pode ter a vida eterna sem ser um vampiro. Isto é fantástico!

— Não é bem assim. Nosso sangue dobra a vida do mortal, mas em compensação se o mortal não beber deste sangue de tempos em tempos, a morte virá quase que imediatamente. Além do mais esse humano ainda é um mortal. A velhice é apenas retardada, mas ainda assim vai ocorrer. Dizem que vampiros muito antigos podem até mesmo quadriplicar o tempo de vida de um mortal.

Fez-se um silêncio momentâneo.

— Isso soa como uma heresia para mim — disse William. — Prolongar a vida de um homem é como tentar se igualar a Deus. Não acho certo mexer na ordem natural da vida.

— Seu ponto de vista é válido. Mas se é este o caso então também não deveríamos cuidar dos doentes. Afinal a doença também é natural da vida e tentar curá-la com chás e uso de ervas é contra essa ordem. Mas chega de divagar sobre a moralidade da vida e nossos atos no mundo. Responda-me uma coisa, William. Por que não foste embora? Nada te impede de sair dessa floresta e ir viver em algum outro lugar bem distante daqui. Tu disseste que perdeu tudo. Nada te prende a este lugar.

– Não é verdade. Só uma questão me prende a este lugar. Ainda preciso achar o assassino da minha família. E na sequência acertar as contas com Arctos.

– Entendo. Acho que está certo, William. Eu vou te ajudar. Mas tens de me prometer que aceitarás ser meu aprendiz. Podes não erradicar este teu lado sombrio, mas posso te ensinar a controlá-lo e até mesmo a tirar forças dele.

– Acho que vosmecê não me deixaria em paz mesmo se eu disser não outra vez – respondeu William. – Permitirei que me ensine, mas me recuso a te chamar de mestre.

Reinald sorriu de satisfação.

– Feito. Então quero que tu aceites que este outro lado, o tal William das Trevas, faz parte de ti. E não há muito que se possa fazer.

William já ia negar novamente, mas diante do olhar de reprovação de Reinald resolveu pensar melhor.

– Vou tentar... – respondeu de mau humor. – Vou tentar...

– Só tentar não basta. Preste atenção, William, tu tens um grande potencial...

– Agora parece mais o Arctos falando – resmungou o rapaz. – Não sei que potencial é esse de que tanto falam...

– Não mesmo? – perguntou Reinald surpreso, levantando o cenho. – Arctos nunca te falou?

– Não – respondeu William, negando com a cabeça.

– Quanto mais o tempo passa, mais poderosos ficamos. Isso acredito que tu já sabes. Entretanto não importa a idade do vampiro, suas crias só despertarão os verdadeiros dons vampíricos quando tiverem em torno de cem anos de idade. Mas tu, William, és um vampiro diferente. Nunca presenciei uma meia transformação.

– Isso significa que sou fraco? – perguntou o jovem olhando torto para Galf.

– A primeira vista, sim. Mas teus olhos quando transformados são diferentes. Nunca vi tal tonalidade em toda a minha existência. Isso me assusta e me fascina também. Esse teu lado sombrio é bastante poderoso para um vampiro recém-criado. Isso é um mistério para mim e também o seu grande potencial. Talvez teu criador seja um vampiro realmente muito poderoso.

William ficou boquiaberto. Por essa ele não esperava. Ele, um reles camponês, era agora um poderoso vampiro. Poderoso... taí uma coisa que ele nunca sonhara em ser na vida.

– Ei, William, estás dormindo?! Estou falando contigo! – disse Reinald impaciente estalando os dedos.

– Desculpe...

– Tudo bem. Mas vou logo avisando que detesto falar sozinho; não tem coisa mais irritante – disse Reinald com olhar severo. Em seguida amainou a expressão do rosto, voltando ao habitual ar sereno. – Bem... como eu estava dizendo, não há como te separar em dois. O fato é que tu só liberas teu monstro interior quando estás com muito ódio. Vou te ensinar a não se descontrolar, ao mesmo tempo em que vou tentar potencializar ao máximo as tuas habilidades. Mas, na minha opinião, tu nunca poderás usar toda a tua verdadeira força, a não ser quando tua raiva explodir.

– E como vai me ensinar a controlar minha raiva? – perguntou William curioso.

– Arco e flecha. Será necessário aprender a ter concentração para acertar o alvo. Terás aulas de ferraria. Deves aprender também a manejar um cavalo tão bem quanto uma espada para não ficares devendo a nenhum cavaleiro. Mais alguma pergunta?

– Sim. Se não somos demônios, nem filhos deles, por que não podemos olhar para objetos santos?

– Quem te disse que não podemos olhar? Vê – disse Reinald, retirando um pequeno crucifixo de madeira do bolso. – Ele pertencia à minha falecida esposa.

Jogou o santo objeto na direção de William, que se encolheu de susto, tampando o rosto com as mãos. Julgava-se indigno de olhar. O objeto caiu no chão, afundando um pouco na neve.

– Para de besteiras, rapaz – zangou-se Reinald. – Se não me fez mal, por que faria a ti?

William, relutante, olhou para o crucifixo no chão. Surpreso, viu que nada aconteceu.

– Mas como...? O caçador... – gaguejava William confuso.

– Nós não somos demônios, mas nossa espécie é formada por seres impuros. A fé de seres iluminados pode nos repelir. Os objetos que eles carregam funcionam como um canalizador de sua fé, por isso tu não pudeste olhar para o crucifixo do tal caçador. Mas não te preocupes, é muito raro encontrar um ser iluminado – respondeu Reinald, juntando seu crucifixo do chão e guardando no bolso. – Muito raro mesmo.

– Quer dizer que eu posso entrar numa igreja?

– É lógico – respondeu Reinald. William sorriu. – Embora muitos de nós não gostem.

– Por quê?

– Assim como tu, eles julgam que Deus os amaldiçoou. Pensam que é uma provação. Quando percebem que não podem se livrar desse destino, seus corações se enchem de ódio e passam a destruir tudo aquilo que Ele representa. Como os homens são considerados os filhos verdadeiros de Deus, são os primeiros a sofrer.

– Quer dizer que não existe um modo de voltarmos a ser humanos?

Reinald meneou a cabeça negativamente.

Ninguém mais disse nada. Neste momento, ambos ouviram o som de cascos de cavalos se aproximando. William levantou-se depressa, pondo-se em posição de alerta.

– Sossega, rapaz! São apenas meus guardas pessoais chegando. Cuidado com o que dizes, pois eles não sabem da nossa verdadeira condição. Fora isso, não precisas te preocupar; eles ganham muito bem para não fazer perguntas comprometedoras.

William, ainda desconfiado, sentou-se novamente.

Não demorou muito até que sete homens adentrassem a clareira. Dois vinham sentados em uma pesada carroça puxada por quatro belos corcéis. Os outros cinco vinham montados em seus próprios cavalos. Todos estavam munidos com maças. Espadas novas e afiadas presas às costas, além de escudos redondos de madeira para proteção. Vestiam uma cota de malha feita de anéis de ferro trançado que protegia o tronco e os braços. A cabeça era protegida por um elmo em forma de cone baixo de ferro maciço com uma barra vertical comprida que cobria todo o nariz. Uma manta de anéis metálicos pendia do alto do elmo, cobrindo as orelhas e a parte de trás do pescoço. Eles sorriam. Traziam consigo suprimento extra. Os guerreiros cumprimentaram Reinald Galf e desceram de suas montarias, amarrando-as nas árvores próximas. Os cavalos relincharam de prazer quando seus donos lhes deram um pouco de feno para comer.

Os rapazes retiraram o elmo. Reinald aproveitou e lhes apresentou o jovem Brenauder. Depois dos cumprimentos, eles se aproximaram da fogueira e reavivaram o fogo para assar o javali que caçaram. Somente o líder deles ficou para falar com Reinald.

– E então, Sam, o que descobriste? – perguntou Reinald.

– Muito pouco. Mas soube que a guarda da cidade conseguiu prender há pouco tempo um assassino perigoso. Dizem que ele matou e decapitou mais de dez pessoas, inclusive um homem, que foi largado na porta da igreja. Também incendiou um prostíbulo com várias pessoas inocentes dentro. O suspeito foi posto à prova do ferro em brasas...

– Ferro em brasas?! – perguntou William curioso.

– Sim. É uma prova onde o suspeito segura, com uma das mãos, um bloco de ferro em brasas. A mão é coberta com uma faixa de linho limpo e depois de vários dias a palma é verificada pelo juiz. Se o acusado for inocente, Deus irá curar as queimaduras. Se não for... a forca o espera. Bem, Deus provou que o assassino preso era culpado e ele já foi enforcado.

Era estranho isso. Como podiam ter matado o culpado das mortes, se ele, William, fora o acusado e sua condenação foi o exílio? Os vampiros devem ter achado um meio de acusar um humano e afastar a suspeita sobre eles. Quem teria sido o pobre bode expiatório que os malditos noturnos incriminaram para sepultar as suspeitas sobre um deles?

– Quem era o assassino? – perguntou Brenauder.

– Engraçado. Ele tinha o mesmo nome que vosmecê.

– Certo – disse Reinald, interrompendo a conversa que estava tomando um rumo perigoso. – Assim que os homens tiverem acabado de jantar, vamos partir imediatamente.

– Eu não posso sair da floresta. Os espiões de Sahur...

– Sahur não vai se incomodar. Ele perdeu teu rastro quando tu caíste no rio. E além do mais, não vamos sair da floresta.

– Vosmecê viu os espiões?

– Só tem *um espião*, William. É um dos capachos de Sahur. Mas isso não importa no momento. Temos mais com o que nos preocupar.

– E nós vamos aonde?

– Resgatar um grande aliado – finalizou Reinald, guardando o livro e entrando em sua carruagem.

CAPÍTULO TREZE

Foram três noites de exaustiva viagem. Atravessaram perigosos rios em pontes, que pela aparência acabada, não aguentariam nem um cavalo. Desbravaram quilômetros e mais quilômetros da floresta secular que parecia não ter mais fim. O céu estava mais limpo, cheio de estrelas brilhantes, mas o frio ainda persistia. A paisagem era linda. As árvores completamente desfolhadas com os troncos recobertos por uma fina camada de gelo, tendo um tapete branco de neve por toda a sua extensão. As estradas de terra eram os únicos caminhos possíveis e, durante o inverno, elas eram muito lamacentas, o que dificultava e muito a viagem, pois as carruagens frequentemente atolavam. Quando era noite, Reinald se encarregava de desatolar junto com William e Neil, tentando ao máximo disfarçar a força para não chamar atenção. Já de dia, os homens tinham que se virar sozinhos, o que às vezes levava algumas horas. Além do mais, viajar por terra oferecia muitos perigos, como os bandos de saqueadores que ficavam à espreita de uma comitiva como aquela. Tudo previsto por Reinald, que munido de seus guarda-costas, podia descansar tranquilo durante o dia. Se o assalto fosse durante a noite... Coitados dos bandidos. Galf transformava os eventuais predadores em presas. Era assim que ele conseguia se alimentar. William sempre perguntava para onde estavam indo, mas seu novo mestre sempre desviava do assunto; às vezes educadamente, às vezes mais ríspido. Numa noite o nobre resolveu falar sobre o seu passado.

– Assim como tu, eu também já fui muito pobre, William. Eu nasci e cresci em um pequeno vilarejo muito distante daqui, chamado Frienshire. Meu pai era um excelente artesão, o melhor do feudo, e me ensinou desde cedo a profissão. Mas ninguém nunca deu o devido valor ao nosso trabalho. – disse Reinald. – Depois, quando fui transformado num vampiro, meu mestre, um antigo cavaleiro, me ensinou as artes da esgrima e da cavalaria. E Neil me ensinou as técnicas da ferraria.

– E onde...

– ...está meu mestre? – completou Reinald, frente a um William perplexo. – Eu não sei. Ele foi embora há muito tempo. Partiu em uma peregrinação à terra santa e nunca mais voltou. Ele desejava saber mais sobre a origem da nossa espécie e até ofereceu a mim a chance de acompanhá-lo. Ele tinha algumas teorias interessantes a esse respeito. Mas isso nunca me interessou. Gosto mais de observar a humanidade. Para mim, conhecer melhor a natureza humana é o passatempo que me agrada, gosto de ver a teia de interações sociais se formando e desmanchando com o passar do tempo. Talvez meu mestre tenha alcançado seu objetivo, talvez esteja morto... Estou divagando, desculpe. Deixemos isso para lá. Durante meio século de vida, viajei aos lugares mais distantes, cultivei redes sociais intensas, sempre juntando um bom dinheiro ao longo dos anos. Então um dia cheguei a Amyville. Na época, a cidade ainda era um pequeno vilarejo ao redor do castelo da família do conde. Era um verdadeiro fim de mundo. Tanto que nenhum vampiro morava aqui. Eu fui o primeiro dos nossos a chegar nesta cidade. Arrendei um bom pedaço de terra. Minha propriedade ficava um pouco distante do burgo de modo que eu pudesse caçar sem levantar suspeitas. É claro que o barão não ia me vender as terras, afinal, eu não era um nobre, mas bastou uma falsificação benfeita para convencê-lo. Virei o barão de Bluerocky. O antecessor de Neil cuidava de tudo.

Era um excelente serviçal. Eu o fiz se passar por meu filho e assim administrar a propriedade sem levantar suspeitas. Bons tempos aqueles. Era em Amyville que toda noite eu buscava meu alimento.

– E...

– ...por que eu sumi de lá? – completou Reinald novamente, deixando William ainda mais perplexo. – Com o tempo, a medida que o vilarejo crescia, mais e mais vampiros foram chegando. Nossa espécie é muito individualista. Logo começaram as brigas por territórios. Uma guerra aberta. Isso era um perigo, pois, a qualquer momento, os mortais podiam se dar conta da nossa existência em seu pacato burgo. Os vampiros eram arrogantes demais, e com a arrogância vem o descuido. A toda hora alguém aparecia assassinado. Foi então que Sahur chegou, mas conversaremos sobre isso mais tarde. Prepara-te... – pediu ele ao sentir que a carruagem começou a frear – ...estamos chegando ao nosso destino. E para de me olhar assim! É muito fácil saber o que tu vais perguntar.

– ...

– Eu sei ler pessoas – elucidou Reinald. – É um dos meus dons. Consigo notar mudanças sutis no tom de voz, assim como pequenas alterações em seus rostos ou na respiração. Eu consigo, assim, sentir o que a pessoa está sentindo e deduzo seus próximos movimentos – revelou ele, sorrindo. – Com o tempo tu vais aprender isso também. E vais te divertir. Elas fazem justamente esta cara de imbecil que tu estás fazendo agora.

– Então vosmecê consegue manipular pessoas se valendo...

– ...das suas emoções? Precisamente.

– Pare de...

– ...me completar? Está bem – assentiu Reinald, sorrindo.

– Ótimo – disse William mal-humorado. – Quero que responda uma coisa. Usando esse dom idiota, vosmecê me manipulou para eu ser seu aprendiz?

— Chegamos! — berrou Neil do lado de fora.

A carruagem parou bruscamente. Galf abriu a porta e saiu, sem responder a pergunta de Brenauder. William tentou insistir, mas Reinald prevendo isso, mudou de assunto, antes que o camponês abrisse a boca.

— É aqui, William. Sabe onde estamos?

O jovem meneou a cabeça negativamente.

— Décadas atrás, toda esta área era um grande feudo. Estamos onde antes era a terra do conde Carl Sahur, pai de Lam Sahur.

Aquela revelação deixou William surpreso. O camponês deu uma boa olhada no terreno. Estava todo tomado pela floresta. Os espíritos da natureza não perdiam tempo para purificar as mazelas deixadas pelos homens. Até a estrada já fora invadida pelo mato. Se não fossem as ruínas de uma igreja abandonada, William jamais acreditaria que aquela região já fora um dia habitada. As casas dos camponeses, que em geral ficavam ao redor da santa casa do Senhor, já tinham há muito desaparecido. Só era possível ver uns tocos de madeira, que serviam de estrutura para o casebre. Mais distante, logo depois de um rio, havia uma pequena colina. Estranhas formas se destacavam no topo, mas o jovem não conseguia distinguir muito bem, embora soubesse o que era.

— Ali é a casa de Sahur — disse Reinald. — Ou o que sobrou dela...

— Pensei que as fortalezas dos nobres fossem mais resistentes...

— E são. Pelo menos as novas. Esse castelo é um modelo mais antigo, por isso tu estás estranhando. A família Sahur, séculos atrás, ganhou estas terras do rei, que desejava expandir seus domínios. Aqui chegando, descobriram que um povo rústico e pagão já ocupava estas terras. O contato não foi muito amistoso. As tropas do conde invadiram as terras, matando os mais bravos guerreiros, as crianças e os velhos. Abusaram das mulheres e derrubaram as casas de barro. Os poucos sobreviventes foram obrigados a se refugiar nas montanhas. Os cristãos aqui se instalaram e a terra prosperou.

– E o que aconteceu por aqui?

– Ninguém sabe ao certo. Os boatos são confusos. O que sabemos é que agora é um lugar amaldiçoado. Por isso, não quero ficar por aqui mais tempo do que o necessário. Neil!

– Sim, mestre.

– Leva-nos até aquela colina – apontou Reinald, sentando ao lado do criado no banco de cocheiro.

Neil obedeceu. Assim que William também se sentou no banco do cocheiro, eles partiram. Os cavaleiros rodeando a carruagem. A estrada era tão esburacada que fazia a carruagem sacolejar muito, tornando ainda mais incômoda a viagem. O som da noite preenchia-lhes os ouvidos. O jovem vampiro já se acostumou e até mesmo começava a gostar, embora sentisse saudade de ouvir o belo canto de um passarinho anunciando a manhã. De noite ele somente ouvia os pios de corujas e outras aves noturnas; o que não era muito agradável, pois era um som de morte. Estava perdido nestes pensamentos, quando percebeu um ruído estridente vindo de algum lugar não muito distante, escondido atrás das árvores. Um choro de criança. Estranho. O que uma criança estaria fazendo sozinha por ali? William aguçou os ouvidos. Não era apenas uma, mas várias. Um coral sinistro e fantasmagórico de tristeza. As vozes pareciam vir de vários lugares ao mesmo tempo. Os meninos pediam para ver suas mães. Vozes lamuriosas carregadas de ódio. Neil se arrepiou todo e, fazendo um sinal da cruz, começou a rezar baixinho para São Cristóvão, o padroeiro dos viajantes.

– Está escutando, Galf? – perguntou William.

— Impossível não ouvir — respondeu Reinald. — Vamos, Neil, para de ficar falando consigo mesmo e apressa esses benditos cavalos! VAMOS, NEIL, ACORDA! — berrou o vampiro impaciente.

Neil deu um pulo de susto. O coração disparado de pavor. Chicoteou os cavalos com mais força do que o necessário. Os animais, com o lombo quente, apertaram o passo da corrida. Eles também pressentiam o perigo.

Os cavaleiros ao redor da carruagem também aceleraram o passo.

William não se conformava. *Puxa vida! Custava ajudar?*

— O que é isso? — perguntou o rapaz revoltado, sem aguentar. — Não vamos parar para ajudar esses pobrezinhos?

— Este lugar é amaldiçoado, já disse! Que merda! — disparou Reinald furioso. — Olha ali o que vai acontecer se pararmos para ajudar essas *pobres almas*!

William seguiu o olhar na direção do dedo de seu mentor. Logo ali atrás de algumas moitas que cresciam tomando conta da estrada de terra, um amontoado de esqueletos humanos. Os ossos limpos e amarelados. Escudos e espadas, enferrujados e quebrados, espalhados pela terra. A caixa torácica servindo de ninho para lagartos e ratos. Um cadáver era mais recente. Decapitado. O corpo em acelerada decomposição. William sentia-se enojado. Fechou os olhos e rezou pelas almas dos pobres infelizes. Mas o relincho de medo de um cavalo vindo de trás chamou-lhe a atenção, interrompendo a prece. Ele virou a cabeça e viu horrorizado um cavaleiro sendo derrubado do cavalo pelas crianças. Pareciam pequenos demônios. O homem caído debatia-se, mas em vão. Os monstrinhos o rodearam e começaram a bater nele com tudo o que tinham à mão. Paus, pedras, unhas e dentes. Quando o cavaleiro parou de se mexer, William sabia o que tinha acontecido. As criaturas esqueceram da carruagem e dos outros cavaleiros. Agacharam-se para comer a carne fresca. Uma das criaturas virou a cabeça e fitou o vampiro. A boca lambuzada de sangue. Parecia um menino como outro qualquer, mas quando ele sorriu, deixando os dentes afiados e ensanguentados à mostra, todas as dúvidas foram dissipadas do coração de William. Era um monstro. Rostinho inocente de anjo, mas era um demônio.

– O que eram aquelas coisas? – perguntou ele estarrecido para o seu novo mestre assim que se afastaram mais um pouco.

– Espíritos malignos da floresta. Sahur é prevenido, não queria intrusos nessas terras.

– E por que vosmecê não parou para ajudar aquele cavaleiro?

– Porque eu não poderia ajudá-lo – respondeu Reinald sem muita paciência.

William calou-se, pensativo e aborrecido. A viagem continuava. A carruagem atravessou uma ponte de pedra e se aproximava cada vez mais da colina. Faltava pouco agora. Passavam agora onde antes eram as terras comunais – terras de uso tanto do senhor quanto dos servos. Subiram a colina. Os restos da fortaleza já eram mais visíveis. Estavam praticamente todas tomadas por heras. A luz do luar sobre aquelas ruínas seculares dava um ar sombrio ao ambiente. Eles continuaram a seguir a estrada, atravessando a entrada principal. Do outrora maciço portão, só sobraram pedaços de madeira velha espalhados pelo pátio.

Uma vez lá dentro, a comitiva pôde respirar mais aliviada, embora estivesse alerta para o caso das criaturinhas aparecerem novamente. Destroços do antigo estábulo e casas menores estavam por lá. Reinald ordenou que amarrassem os cavalos para que os animais também pudessem descansar para a volta. O resto da empreitada seria a pé. Logo acima estava o segundo portão duplo. Bastava subir uma escadaria de pedra. Reinald deixou os cavaleiros de guarda e subiu, acompanhado de William e Neil. Chegaram ao topo. Desta vez, o portão era feito de ferro maciço. Preocupação desnecessária, pois o tempo se encarregou de ajudar. O portão estava todo enferrujado e empenado.

– William, quero que derrubes isto! – ordenou Reinald apontando para a porta.

O jovem aquiesceu e se posicionou na frente do portão. Cauteloso, deu antes uma boa olhada no material. Não sabia se, sozinho, conseguiria derrubá-lo. Olhou para Reinald, que, com a feição serena, meneou a cabeça, encorajando-o a prosseguir. O jovem vampiro se concentrou, sentindo o coração bater uma vez para reunir toda a força possível.

Eu posso, eu posso... – pensava William de olhos fechados – *...eu vou conseguir, sou um vampiro poderoso...*

Os ossos da mão quase foram quebrados com o impacto. A porta mesmo só ficou com um pequeno amassado. Reinald encobriu os olhos para não ver tamanha vergonha, meneando a cabeça negativamente. Neil rolava no chão de tanto rir. Se a mão não tivesse latejando de tanta dor, William teria dado uma boa surra naquele servo engraçadinho.

– Tsc, tsc! – exclamou Reinald se aproximando de seu aprendiz. – Vou ter que ensinar tudo? Para que ficar fechando os olhos? Estás se concentrando para o quê? Besteira. Tu te concentras quando precisas buscar forças fora de ti. Esta força está dentro de ti. Então deixa fluir – disse ele se posicionando na frente da entrada. – Olha e aprende!

Reinald acertou um soco no meio do portão duplo. O metal rangia como se estivesse furioso com a potência do golpe do vampiro. Mais um soco. E mais um. O portão não aguentou por muito tempo e foi cedendo a cada golpe. Por fim, a grossa e pesada tora, que trancava a entrada pelo outro lado, não aguentou e finalmente se partiu.

— Viu? — perguntou Reinald. — Como eu consegui derrubar o portão?

— Dando várias porradas poderosas nela.

— Sim, isso eu sei. Continue.

— Vosmecê é mais velho. Sua força deve ser bem maior que a minha.

— Mesmo tu poderias ter derrubado esse portão. Teria que dar mais socos do que eu, mas conseguiria. Tem duas coisas que deves aprender aqui. A primeira é controlar o fluxo sanguíneo. Já deves ter percebido que para se transformar seu coração bate uma ou duas vezes. Isso faz com que o sangue que roubamos dos mortais circule pelo corpo e ative nossa força e agilidade superiores. Tu deves ter percebido o efeito disso quando sente um calor se espalhar por todo o corpo. Mas isso não é tudo que podes fazer. É um pouco difícil no começo, mas tu podes direcionar o fluxo de sangue com outras batidas do seu coração depois da transformação. Se precisas usar os braços, direciona o sangue para lá. Se precisas correr, direciona para as pernas. Isso evita que gaste sangue à toa direcionando para órgãos ou membros que tu não precisas usar naquele momento. A segunda lição é ver onde mirei. Podes me dizer o que fiz?

— Vosmecê socou bem no meio da porta.

— Precisamente. Fiz isso porque o ponto forte deste portão era sua tranca de madeira, que estava logo aqui atrás, na altura do meio. Se quiseres derrubar um adversário, William, seja ele quem for, ataque sempre o seu ponto forte, pois é justamente ali também o seu ponto fraco. Agora, vamos entrar logo! Daqui a pouco aquelas criaturas estarão aqui.

Entraram. Logo à frente estavam os escombros do castelo. De fora parecia bem maior, mas vendo mais de perto...

Era um castelo pequeno de três andares, feito de pedra e madeira. Parte da parede à sua frente desabara. Neil, como era o único com uma tocha na mão, foi o primeiro a entrar. O lugar parecia ter sido abandonado às pressas, pois móveis e outros objetos de decoração estavam espalhados pelos aposentos, que não eram muitos por sinal. Andavam apressados pelos corredores à procura de uma escada que os conduzisse ao subterrâneo. Em pouco tempo acharam uma.

Naquela escuridão toda, o fogo da tocha era a única luz possível. Mas o castelo parecia se incomodar e envolvia-lhes cada vez mais em suas trevas. Não que a tocha fosse necessária. Pelo contrário, seus olhos, tão úteis na escuridão, eram sensíveis demais à luz daquela tocha. Infelizmente o criado Neil precisava dela para enxergar. Não que ele fosse necessário também. Mas Reinald fazia questão. Fazer o quê, não é?

Nuvens de poeira fina eram levantadas enquanto andavam. O som dos passos amplificados com o eco. William sentia calafrios, como se a qualquer momento fosse se deparar com aqueles monstrinhos novamente. Reinald e Neil também não estavam confortáveis.

O ambiente foi ficando mais úmido à medida que desciam as escadas. Chegaram o mais baixo possível. Um corredor. Passaram pelo que restou da porta corroída pelos cupins. Celas. Estavam no calabouço. Vazio. Nenhum esqueleto. No fim, a passagem lacrada com uma pesada pedra em forma de roda com meio metro de espessura. Reinald sorriu.

– É aqui – disse o nobre muito satisfeito. – Depois de anos de procura, finalmente eu te encontrei, Blane. William, eu preciso de tua ajuda. Põe a tua mão naquele vão, na lateral. Vamos derrubar esta pedra.

O jovem, mesmo cheio de dúvidas sobre se conseguiriam ou não derrubar a pesada pedra, obedeceu ao seu novo mentor e encaixou a mão.

– Estou pronto, Galf.

– Para de me chamar de Galf! Reinald já está bom. Bem, vamos nos concentrar. Décadas atrás eu não conseguiria mover esta rocha nem um milímetro sequer. Hoje sou diferente; estou muito mais forte, e acredito também na tua força. Acredite também. Não hesite! Tenta direcionar o fluxo para os seus braços.

William se sentiu mais confiante depois de ouvir estas palavras. Era hora de parar de se fazer de vítima. Era hora de provar seu valor. Não para os outros, mas para si mesmo. Firmou as mãos num pequeno vão. Deixou o sangue fluir pelo corpo e se transformou. Contraiu os músculos dos braços, tentando direcionar o fluxo, mas era realmente algo muito difícil. Começaram a forçar. Segundos que pareciam horas. Os dedos se ferindo com o atrito da parede áspera. Não importava. A pedra começava a ceder. Devagar, movendo lentamente no início e depois cada vez mais rápido até que finalmente tombou. Nuvens de poeira levantadas, impedindo a visão momentaneamente. O castelo inteiro estremeceu com o impacto. Sons estranhos vinham de todo lugar, ecoando pelos corredores; o castelo reclamava e parecia que iria ruir. Pó desprendia do teto. Neil tremia mais que vara verde, enquanto Reinald permanecia com o ar sereno. Ele esperou a nuvem de poeira baixar e então entrou no cômodo recém-aberto. William foi logo atrás. Estava curioso para conhecer esse tal de Blane.

O novo cômodo tinha um cheiro acentuado de podridão e mofo e foi escavado dentro da terra. Havia pateleiras de madeira velha pregadas na parede e alguns restos de papéis embolorados e cacos de vidro ao chão. Neil saiu correndo de lá de dentro assim que inalou o ar asqueroso. Quase vomitou de nojo. William ficou aliviado pelo fato de que vampiros não precisavam respirar.

E, mais à frente, lá estava ele. Não passava de um corpo completamente ressecado. Parecia mais uma múmia; era somente osso recoberto por uma pele amarelada, ressecada e rachada. Correntes pendiam do teto, prendiam e mantinham os braços afastados do prisioneiro e o seu corpo levantado no ar. Os ombros deslocados com o peso do corpo. Na altura do peito, uma estaca de madeira encravada. Não fora uma morte bonita. Das roupas só sobraram alguns poucos trapinhos, menores que um lenço. Mas o que mais chamou a atenção dos vampiros foi uma máscara de ferro posta na cabeça de Blane. Somente a boca e os olhos ficavam de fora. Se é que se podia chamar aquilo de boca; os lábios estavam tão repuxados e ressecados que nem mais existiam. Todos os dentes eram visíveis, inclusive os dois caninos superiores, pontiagudos e afiados. Em várias partes do corpo, a pele, de tanto ser esticada pelo tempo, rompeu-se, deixando os ossos visíveis. Os olhos nem se viam; apenas os dois buracos das órbitas.

As correntes estavam muito velhas, como tudo ali. Reinald não teve dificuldade em arrancá-las do teto, tomando o devido cuidado para não deixar o corpo cair e se esborrachar no chão. Parecia tão frágil que qualquer toque um pouco mais brusco seria suficiente para quebrá-lo. Galf retirou sua capa e a colocou no chão, onde acomodou o corpo. Em seguida ordenou que Neil entrasse; o que ele fez resmungando muito. O servo, de olhos fechados e respirando pela boca para não vomitar, esticou o braço sobre o corpo de Blane. Com uma faca, que ele sempre guardava dentro das vestes, fez um pequeno talho na palma da mão. Fez uma careta de dor. Derramou o sangue diretamente na boca de Blane, previamente aberta por Reinald, que aproveitou e arrancou a estaca do coração. Foi um puxão rápido, para que o pedaço de pau não despedaçasse dentro da caixa toráxica do vampiro, o que daria um tremendo trabalho para retirar depois.

O que aconteceu em seguida foi espantoso. William arregalou os olhos de espanto; não conseguia acreditar no que via. O corpo de Blane tremia compulsivamente. Parecia readquirir umidade numa velocidade espantosa. Minutos se passaram e nos lugares onde antes os ossos eram visíveis, a pele ia se regenerando aos poucos. E parecia readquirir carne a cada minuto que se passava. O corpo ganhava massa lentamente e parecia inflar. Os ossos estalavam com vontade à medida que voltavam para o lugar. As mãos feridas de Blane começaram a se mover, abrindo e fechando lentamente. Era possível ver o brilho sobrenatural dos olhos castanhos mel de Blane pelos buracos da máscara. E ele abriu a boca. Um terrível grito de dor, saindo lá do fundo alma, tomou conta do ambiente. Dor e ódio misturados. Apenas um nome era pronunciado.

Sahur.

De repente o corpo ficou imóvel. O silêncio tomou conta do ambiente. Ninguém ousava dizer nada, apenas observavam. Até mesmo Neil se esqueceu do cheiro nauseabundo do lugar. Uma hora se passou. O corpo estava quase que completamente regenerado. Até mesmo a pele já tinha adquirido a cor pálida mórbida, natural dos vampiros, embora em muitos lugares a carne continuasse à mostra.

Blane se levantou, vagaroso. Estava nu, mas não parecia se importar nem um pouco. Ele mais parecia uma criança descobrindo o próprio corpo. Olhava para as mãos e as mexia bem devagar, abrindo e fechando. Depois olhou para os braços e para as pernas. Passou a mão pela máscara; finalmente levantou os olhos e encarou seus libertadores. Calmamente encravou os dedos na abertura lateral da máscara e quebrou o trinco. A máscara de ferro caiu ruidosamente no chão, deixando revelar um rosto sereno e frio. Tinha olhos mel penetrantes e cabelos castanhos bem claros na altura do pescoço.

– Reinald – murmurou Blane desconfiado. – És mesmo tu?

– Sim, meu amigo, sou eu. Demorei a te achar, mas aqui estou.

– Em que ano estamos? – perguntou ele confuso. – Quanto tempo passei nesta prisão?

Reinald hesitou, mas achou melhor responder.

– Richard... Nós estamos em 1214.

– O QUÊ?! – berrou Blane com os olhos brilhando de ódio. – AQUELE FILHO DA PUTA DO SAHUR ME DEIXOU PRESO POR MAIS DE MEIO SÉCULO?!

– Sim.

– DESGRAÇADO! E VOSMECÊ, REINALD?! POR ONDE ANDASTE?! POR QUE ME DEIXASTE APODRECENDO NESTE LUGAR POR TANTO TEMPO?!

– Temos que sair daqui agora – disse Reinald estendendo sua capa para Richard. – Teremos muito tempo para conversar depois.

Ele encobriu o corpo nu com a capa. Olhou friamente para Neil, como se olhasse para um suculento pedaço de carne. O servo percebeu o perigo e grudou em Reinald. William assistia curioso, mas sem nada dizer.

Richard Blane ficou calado o tempo todo. Enquanto se deixava guiar pelo grupo, deu uma olhada para o chão empoeirado. Além das pegadas do grupo, ele também notou uma outra pegada; mais apagada que as demais. Mas não soube identificar de quem era. Assim que ele saiu do castelo e sentiu o frescor da noite na face, respirou profundamente e sorriu. Como era maravilhosa a liberdade! Como era bom estar vivo! Essa chama de felicidade sumiu rapidamente de sua face. Richard era um vampiro que vivia para a vingança. Vingança contra aquele que o aprisionou por mais de cinquenta anos. Vingança contra Lam Sahur.

Os homens ficaram surpresos ao verem o grupo descer com um quarto integrante. Não sabiam que alguém habitava aquelas ruínas. Mas o momento não era para perguntas.

– Sr. Galf, será que podemos ir? – perguntou Sam preocupado. Temia um ataque daqueles pequenos demônios.

– Reúna os homens, Sam. Partiremos dentro de poucos instantes – respondeu Reinald. – Seguiremos pelo Sul. Daremos uma volta maior, mas acho que assim evitaremos de nos encontrar com aqueles demônios.

Sam aquiesceu e se afastou para chamar os outros cavaleiros. Eles ficaram felizes ao saber que sairiam dali. Aquele lugar dava arrepios. Neil entrou na carruagem de Reinald, seguido por William. Ele queria arranjar tiras de pano para enfaixar a mão, que ainda latejava de dor por causa do soco na porta de ferro e o esforço para derrubar a pedra.

Richard ficou ali parado, observando a paisagem noturna. Como era realmente bom estar livre. Mas as lembranças de sua prisão ainda estavam frescas na sua mente. Lembrava-se do dia em que iriam expulsar Sahur de Amyville. Quinze vampiros sob o comando de Reinald Galf. Estava tudo acertado; nada poderia dar errado, mas deu. Um deles era um traidor a serviço de Sahur. A revolta fora massacrada antes mesmo de começar. Estavam todos nos fundos da propriedade de Reinald, quando Sahur e seus dois seguidores chegaram de surpresa. Galf foi atacado diretamente por Lam. Enquanto os demais vampiros fugiam, Richard partiu para defender seu mentor, mas acabou atacado por trás pelo traidor. Reinald, acuado por Sahur e seus dois filhos de sangue, conseguiu escapar ao cair no rio que cortava o bosque. Richard não teve essa sorte; cercado por quatro vampiros foi rapidamente derrotado e empalado no coração.

Sahur decidiu que Blane serviria como exemplo. Ele o condenou à prisão perpétua. Até aquele dia.

– Vamos, Richard – disse Reinald, pousando a mão no ombro de Blane.

Richard aquiesceu lentamente com a cabeça, olhando fixo para Reinald, que sorriu. Blane não retribuiu o sorriso; apenas entrou na carruagem e sentou na cama de William. O camponês ainda pensou em dizer alguma coisa, mas o olhar frio de Richard o fez mudar de ideia. Como só havia duas camas para três vampiros, o jeito foi William dormir no chão, e sem reclamar. Rezou para que não se deparassem de novo com aqueles monstrinhos.

CAPÍTULO CATORZE

Deus atendeu as preces de William e dos cavaleiros, pois, para felicidade geral, não encontraram mais nenhuma criatura da floresta. A viagem de volta foi bem tranquila. Mas, ao contrário do que todos esperavam, Reinald não seguiu para Amyville. Ele deu ordens para que montassem acampamento na floresta, numa região ao leste do burgo. A única justificativa que deu foi que ainda não estava pronto para voltar. Richard esperneou, mas acabou sendo convencido.

– Que dia é hoje? – perguntou Blane a Reinald.

– O dia exato eu não sei. Devemos estar no fim de março – respondeu Reinald.

– *Já?!* – exclamou William, surpreso, pois nunca esperou sobreviver por tanto tempo.

– Por que não voltamos logo para Amyville, para acertarmos as contas com Sahur? Sinto o meu poder aumentado. Tenho certeza de que posso derrotar aquele maldito arrogante! – bradou Richard.

– *É mesmo?* – perguntou Reinald irônico. – Acho que esqueceste que Sahur também deve estar ainda mais forte do que antes. Além do mais, meu intermediário ainda não conseguiu achar um bom lugar na cidade para nos estabelecermos. Tem paciência, meu amigo. Se Sahur nos descobrir por lá antes da hora, com certeza nos mandará para a mesma prisão que ficaste preso. Desta vez por toda a eternidade.

Richard ainda resmungou algo, mas acabou aceitando o pedido de Reinald.

Os dias que se seguiram foram mais calmos. Os cavaleiros foram pagos e dispensados, menos Sam, que agia como intermediário de Reinald. William descobriu que Sam também vivia do sangue de Galf. Numa das noites, o jovem camponês viu Neil e Sam abrindo um pote de vidro cheio de sanguessugas gordas. Cada um pegou uma e perfurou o verme com sua faca. Despejaram o sangue – que elas sugaram de Galf – num caneco e tomaram.

Mais alguns dias se passaram. A primavera ia dando os primeiros sinais de sua vinda. A temperatura começava a ficar mais agradável e a neve derretia. As noites encurtaram de novo. Folhas começavam a germinar dos troncos secos das árvores. Era a vida brotando mais uma vez. Um vasto tapete verde foi, pouco a pouco, tomando o lugar do branco nos campos e na mata. Neil e Sam estavam na cidade negociando a compra da nova casa de Reinald e mandaram chamar o futuro dono para assinar as escrituras. William e Richard ficaram sozinhos no acampamento. Silêncio. Tédio. O jovem não se sentia à vontade para conversar com Blane. Na verdade, achava aquele cara bastante estranho. Era reservado, distante e frio. Nunca se sabia o que passava pela sua cabeça. William não aguentava mais.

– Bem... vou dar uma volta na floresta para catar mais lenha – avisou o rapaz, levantando-se e pegando uma tocha.

– Tudo bem – respondeu Richard indiferente. – Toma cuidado, garoto.

William partiu. Andava a esmo pela mata, pensando na vida. Quem sabe não se lembrava de mais alguma coisa sobre o dia da revolta? Depois de algum tempo andando, percebeu que fora um idiota em levar a tocha. Não precisava dela para enxergar na escuridão. Ele largou a tocha no chão e prosseguiu. Ouviu o som das correntezas de um córrego mais à frente. Resolveu ir até lá.

O rio cortava a floresta novamente. A capa de gelo derretera e o fluxo voltou a correr livre. William andou até a margem e viu sua própria imagem refletida no espelho d'água. Olhou para o alto e viu uma belíssima lua cheia no horizonte. O rio era um dos únicos lugares da floresta onde os raios lunares podiam alcançar a superfície e iluminar William. Ele estava lá sentado numa pedra à margem com os pés descalços dentro d'água. Distraído, não viu um estranho encapuzado de negro da cabeça aos pés espreitando nas sombras.

William continuava olhando distraído para a paisagem, quando, de repente, ouviu o estalar de um graveto seco no chão. Rapidamente se levantou em posição de alerta. Bem na sua frente estava ninguém menos que o caçador de vampiros.

– Olá, William – cumprimentou ele seco com a Heland em punho numa das mãos e a besta carregada na outra. – Ninguém escapa de mim, maldito. *Ninguém*.

– "Olá" para vosmecê também – ironizou William. Sua serenidade era estarrecedora. – Admito que não tive muitas chances de vencer da última vez. E entendo por que caça seres como eu. Entendo mesmo. Mas naquela luta eu estava cansado e fraco. Sabia que cheguei a pensar em deixar vosmecê me matar? Mas agora, Lazarus... Agora será bem diferente – finalizou ele, tirando uma espada da bainha na cintura.

Uma espada que Reinald lhe dera de presente. Não era a oitava maravilha do mundo, mas teria de servir. Rezava para o corpo não paralisar como das outras vezes. Não gostava de lutar, pois em geral William das Trevas assumia o controle nesses momentos.

– Achas mesmo que este pedaço de metal pode me deter?! – bradou Lazarus confiante, atirando todas as flechas da besta.

William espertamente pulou com toda a sua força, mas mesmo assim acabou sendo atingido nas pernas. Merda! Não poderia usar a velocidade vampírica novamente.

– Sempre utilizando métodos traiçoeiros, não é mesmo? – perguntou William, procurando manter a calma. Os caninos brotando, afiados.

– Responderei a tua pergunta com outra, vampiro – disse o caçador com um sorriso que logo desapareceu. – Tuas vítimas tiveram chances iguais de luta? Elas tiveram alguma chance de se defender? Eu estou aqui para representar seus clamores por justiça! E a sede de vingança deles será alcançada pelas minhas mãos!

O caçador partiu para o ataque frontal. O corpo de William resolveu obedecer razoavelmente bem. Lazarus, por ser um experiente espadachim, estava levando vantagem. A luta prosseguia ruidosamente. Barulho de metal contra metal. Infelizmente os braços do vampiro pareciam travar em alguns momentos. William só conseguia se manter na defensiva. Não levou muito tempo para que Lazarus encaixasse um bom golpe. Primeiro atingiu o peito de William com o pé, que se distraiu momentaneamente. Distração quase fatal. Lazarus enganchou a Heland na espada do vampiro e, com um rápido movimento giratório, desarmou o seu odiado oponente.

William foi surpreendido com um golpe na barriga. O caçador fincara sua espada na carne morta do vampiro sem dificuldade. Arrancou a Heland com violência, deixando um rastro de sangue no chão. William arqueou de dor. Aquela dor desgraçada, que sentira quando tentou segurar a Heland, estava se espalhando pelo seu corpo rapidamente. O vampiro caiu de joelhos no chão, tampando o ferimento com as mãos.

— Teu sofrimento já vai acabar — disse o caçador, levantando sua espada para o golpe de misericórdia. — Que Deus tenha piedade de...

Um barulho metálico. O caçador foi jogado para trás, arrastando as costas no chão. William não se entregaria tão facilmente. Conseguira acertar um potente soco no peito do humano. Lazarus levantou prontamente como se nada tivesse acontecido. Prevenido, o caçador usava uma malha de anéis de aço entrelaçado, que absorveu a força do golpe.

O mesmo não se podia dizer do vampiro. A dor lacerante o fez cair de joelhos novamente. Não conseguia se concentrar. Olhou para as mãos. Estavam sujas de sangue enegrecido. Sua preciosa reserva de sangue. Procurou não se desesperar, afinal, o ferimento fecharia em pouco tempo. Mas os passos calmos e determinados do caçador o estavam enlouquecendo. Não, ele não desistiria. Não sem antes encontrar o assassino de sua família.

O caçador levantou a espada novamente; pronta para decapitar o vampiro. Era hora de a caçada chegar ao fim. Abaixou a lâmina com toda a sua força. Surpresa e admiração. William prensara a lâmina de Heland entre as mãos. Tudo o que o caçador fez foi sorrir.

— Ainda não aprendeste, não é mesmo? — perguntou Lazarus satisfeito ao ouvir William berrar de dor.

As mãos do vampiro estavam em carne viva. Os veios negros se espalhando pelos antebraços. Dor. Não havia mais esperança. William tombou derrotado no chão. Seus músculos paralisaram. De costas para o chão, viu Lazarus se preparar para cortar-lhe a cabeça. Os músculos não obedeciam. Fechou os olhos e esperou pelo pior. Mas tudo o que ouviu foi o barulho de algo cortando o ar rapidamente. Barulho de fogo movendo-se. Um clarão. Um grito.

William abriu os olhos. Ficou espantado com o que via. Lazarus corria desesperado, sem rumo, com o corpo envolto por um inferno de chamas. O jovem não sabia o que fazer nem mesmo o que pensar. O caçador fez a única coisa plausível; pulou no rio e a correnteza fez o trabalho de levá-lo para longe dali. Se ele iria sobreviver, William não tinha como saber.

O vampiro, lutando contra a dor, conseguiu afinal se levantar e se apoiou num tronco. O que acontecera? Viu no chão sua tocha. O fogo tinha se apagado, restando apenas uma pequena brasa avermelhada, que acabou por se extinguir. Ouviu um leve estalido. Rapidamente olhou para cima. No alto de uma das árvores viu um vulto. Assim que foi avistado, o vulto saltou velozmente por entre as árvores, desaparecendo na noite.

William ficou ali, parado. Agradeceu em pensamentos aos seus salvadores, fossem eles quem fossem. Voltou para o acampamento mancando, depois de ter retirado as flechas de suas pernas.

Reinald, que chegara havia pouco ao acampamento, ficou surpreso com o estado lastimável do seu aprendiz.

– O que aconteceu? – perguntou o mestre, preocupado, ao ver as mãos de William.

– Nada não! – desconversou o rapaz de mau humor. – Pode-se dizer que um encosto desgraçado não vai mais me incomodar.

※

Longe dali, o vulto continuava a pular rapidamente entre os galhos das árvores. Estava passando agora perto da colina onde se encontrava Amyville. Parou em uma clareira, onde outro vulto aguardava segurando a rédea de dois cavalos.

– Missão cumprida – disse o vulto com um grande sorriso de triunfo estampado no rosto. – Lazarus não será mais um problema para nós.

— Não entendo o porquê da nossa intromissão – disse o outro vulto com uma voz feminina.

— Com Lazarus fora do caminho será mais fácil para o mestre atingir seu objetivo.

— E o vampiro Brenauder? O caçador o eliminou?

— Permiti que ele continuasse vivo.

— Por quê?

O vulto abriu um sorriso mais largo.

— Por que não?

Depois de alguns minutos em silêncio, Richard não aguentava mais de curiosidade. Reinald chegara tinha um bom tempo, mas até então ele não abrira a boca para falar sobre sua ida ao burgo.

— Calma, Richard. Eu já vou contar – disse Reinald sereno antes que Blane falasse algo.

Richard nada disse. Só resmungou um pouco. Ficou ali focando o fogo, perdido em pensamentos. William viu o brilho das chamas refletindo nos olhos mel do vampiro.

— Bem, chegou a hora de voltarmos para Amyville – anunciou Reinald calmamente, depois de alguns minutos de reflexão.

— Até que enfim – opinou Richard ríspido. – E Sahur e seus guarda-costas? Como é que ficam?

— Não ficam – respondeu Reinald. – Vós não ireis acreditar. Charles Trevor veio me procurar pessoalmente...

— Ahn?! – exclamou Richard perplexo. Logo seu rosto se contorceu numa careta de ódio – O que aquele desgraçado queria?

William não entendeu nada. Afinal, quem era Charles Trevor?

— Sim, Richard, é isso mesmo que tu ouviste. Trevor veio me procurar pessoalmente. Ele disse que precisa de minha ajuda.

– E como ele sabia da tua ida? – perguntou Richard.

– Ao que parece ele conseguiu nos localizar na floresta. Achei que ele tivesse perdido o rastro de William, mas me enganei.

– Ou seja, este bastardinho representa um problema – respondeu Richard ríspido, olhando de esguelha para William. – Tu não acreditaste em Trevor, não é mesmo? E deste uma boa surra nele depois.

– Mais ou menos. Vamos, contarei o resto durante a volta.

E assim fizeram. Levantaram acampamento rapidamente. Por fim, jogaram areia na fogueira para apagar as chamas. Os restos de comida, deixaram para os carniceiros darem conta. Feito isso, partiram. Sam conduzia a primeira carruagem, enquanto os três vampiros ficaram sentados no banco de cocheiro da carruagem de Reinald para continuar a conversa. Reinald, sentado no meio, era quem conduzia os cavalos. Ele estava mais pensativo do que o normal, embora seu rosto continuasse sereno. Deu um suspiro e mais uma mexida enérgica na correia para fazer os animais irem mais rápido. Virou o rosto para fitar cada um dos seus acompanhantes. Primeiro Richard e depois William.

– Bem... voltando de onde parei. Não, Richard, eu não aceitei ajudá-lo. Mas algo em seu olhar transmitia desespero. Resolvi pelo menos ouvir o que ele tinha a dizer. É surpreendente! Sabe o que ele me disse? – perguntou Reinald brandamente, como se meditasse sobre cada palavra a ser pronunciada. – Me disse que Sahur enlouqueceu.

– Isso não é novidade – disse Richard. – Aquilo ali nunca bateu bem da cabeça.

– É mais sério do que isso. Eu também não acreditei no início, mas vi com meus próprios olhos que Sahur não está normal.

– E como tu fizeste essa façanha? – questionou Blane.

— Trevor permitiu que eu entrasse escondido na fortaleza de Sahur. Se aquilo fosse uma armadilha eu já estaria fora do jogo com certeza.

— E desde quando és descuidado assim?

— Alguma coisa no olhar de Trevor me convenceu de que era verdade o que ele dizia, Richard. Sahur está mais arrogante, embora eu não achasse que isso fosse possível. Mas agora ele se veste como um rei, com direito à coroa, cetro e capa vermelha. Seu olhar é vago e várias vezes ele entra em um estado de fúria extrema sem motivo algum. E aí... ai daquele que estiver por perto. Por causa disso o tirano vive isolado; ninguém tem coragem de se aproximar. Nem mesmo seus aliados.

— Ninguém tinha coragem de chegar perto dele há muito tempo... — alfinetou Richard. — Além do mais, se Sahur está possuído por demônios, o problema é dele. O que nós temos com isso?

— Concordo — opinou William. — Ele está sofrendo porque esta é a vontade de Deus. Já estava mais do que na hora de ele pagar pelos seus pecados.

— Tudo bem. Eu entendo os vossos sentimentos, pois compartilho deste mesmo ódio por Sahur. Mas este não é um evento natural.

— Como assim? — perguntou William.

— Desconfio que Sahur esteja sendo manipulado. É isso que está realmente me preocupando. Sahur é o vampiro mais poderoso das redondezas. Se ele está sendo controlado significa que seu controlador tem nas mãos uma arma muito perigosa.

— E por que estás desconfiado? — perguntou Richard. — Sabemos que alguns da nossa espécie podem enlouquecer com o tempo. Por que não seria diferente com o Sahur?

— Sahur arranjou um conselheiro — respondeu Reinald para a surpresa de Blane. — É um sujeito mirrado e misterioso.

Trevor me falou o nome dele... tenho que me lembrar... Ah! Victor Mastery. Ele é um vampiro como nós, mas ninguém nunca o tinha visto antes em Amyville.

– Um forasteiro. Estou começando a compreender... – disse Richard pensativo.

– Mastery é o único que consegue se aproximar de Sahur sem ser atacado. É o único que Sahur ouve atualmente. Por isso seus três cães de guarda estão preocupados.

– Poshen também foi te procurar? – perguntou Richard.

– É claro que não. Ele não seria louco o suficiente – ganiu Reinald entre os dentes.

– O que nós temos com isso? – bufou Richard. – Sahur está louco e isso não é problema nosso. Os aliados dele que se virem.

– Realmente nós não temos nada a ver com o problema – continuou Reinald serenamente, fitando Blane. Nem parecia que perdera a calma alguns segundos antes. – Entretanto...

– Ai, lá vem... – gemeu Richard, de cara amarrada e braços cruzados, como se adivinhasse o que estava por vir.

– Resolvi que vamos ajudá-los.

Richard revirou os olhos. William ouvia atento, mas toda vez que tentava falar, ele era cortado por Blane.

– E por que os três lambe-botas do Sahur não cuidam eles mesmos do problema? – sibilou Richard.

– Porque eles não têm inteligência para tanto. Eles tentaram matar Mastery assim que perceberam o que estava acontecendo, mas a reação veio tarde demais. Sahur deu uma surra neles e os expulsou de casa. Mastery agora não desgruda de Lam por nada. Só o fato de Trevor ter me procurado já me mostra o quanto eles estão desesperados.

– Sei... – disse Richard indiferente. Sua voz transmitia o mais profundo desprezo. – O que vamos ganhar com isso tudo?

– Bruce Poshen, o traidor. Também negociei que o exílio de William fosse retirado, assim como imunidade para nós três permanecermos no burgo sem sermos incomodados.

Richard se calou; a informação ainda estava sendo processada em seu cérebro.

– Estamos chegando – avisou Reinald ao avistar a colina que abrigava Amyville.

– Mas... – ia insistindo Blane.

– Depois conversamos – cortou Galf cordialmente, mas o tom de voz deixava claro o fim da conversa.

– Não entendi quase nada – resmungou William mal-humorado de braços cruzados. – Afinal, quem é esse tal de Trevor?

Mas novamente não obteve resposta, pois, naquele exato momento, ouviram o barulho de cascos se aproximando rapidamente. Os três se viraram para ver o que era.

Estavam numa encruzilhada da estrada. Um caminho levava à colina de Amyville, enquanto o outro levava aos latifúndios dos nobres. Uma caravana de cinco carruagens protegidas por mais de trinta cavaleiros, todos muito bem armados. Vinha tão rápida que nuvens de poeira eram levantadas ao longe. William reparou nos cavalos. Eram diferentes; menores e mais robustos. Todos de pelagem negra como carvão e com um ar de fúria selvagem e indomável. O jovem vampiro nunca tinha visto tal espécie antes.

Assim que as tochas dos cavaleiros iluminaram a modesta comitiva de Reinald, pararam imediatamente. Galf repetiu o gesto. Richard já olhava sedento para os cavaleiros, sem conseguir conter um sorriso de contentamento. Mas Reinald o olhou de esguelha e conteve seu ímpeto. William esperava. Com as mãos ainda em carne viva, seria difícil lutar caso fosse necessário.

— Quem são vosmecês? — perguntou o chefe da guarda arrogantemente.

— Ninguém que te interessa — respondeu Richard ríspido.

O desrespeito de Blane enfureceu e muito o chefe da guarda.

— O que está acontecendo, *Arthur*? — perguntou uma voz masculina e macia de dentro da carruagem mais luxuosa.

— Nada não, senhor — respondeu o chefe da guarda com a voz temerosa. Era visível o seu temor. — Pode ficar sossegado.

Mas aparentemente o seu senhor não seguiu o conselho dado. Ouviam-se alguns ruídos de dentro da carruagem. Todos os guardas se encolheram. Era possível sentir o cheiro de medo no ar. Até os animais ficaram inquietos.

Um homem vestido ricamente saiu de dentro da carruagem. O tom pálido da pele não deixava dúvidas. Tinha cabelos castanhos bem claros, lisos e curtos. Os olhos castanhos penetrantes. Vestia uma roupa folgada de cor verde. Os sapatos de couro de vaca, de melhor qualidade e mais caros. Eram abertos, semelhantes a uma sapatilha, e verdes, para combinar com a roupa. Era um vampiro alto e aparentava estar na faixa dos trinta anos, apesar de o olhar não poder esconder o pesar da idade avançada daquele ser. Um ar de imponência e orgulho o cercava. Olhou atentamente para o grupo de Reinald. William sentiu um certo desconforto quando seus olhos se encontraram com os dele.

— Quem sois vós? — perguntou ele, por fim.

— Meu nome é Reinald Galf — respondeu Reinald calmamente. — Este é Brenauder... — apontou para William. — Este é Blane — disse, apontando para Richard. — E aquele ali é Sam. E tu, quem és?

— Meu nome, caro Galf — disse ele cheio de orgulho —, é Aurion Clack.

CAPÍTULO QUINZE

William não conseguia acreditar no que acabara de ouvir. Então, este era Aurion Clack... Arctos uma vez falara sobre ele, o inimigo de seu mestre Sian Malthus. Blane e Galf continuaram indiferentes.
– Sei... – resmungou Richard.
– Nunca ouvi falar – respondeu Reinald serenamente.
– O que se pode fazer, não é mesmo? – disse Clack, mantendo o ar arrogante. O que se podia esperar desse pessoal dos confins do Judas? – Este... – continuou ele, apontando para um outro vampiro que saía da carruagem – é meu pupilo, Kalmir.
Kalmir aparentava ser um jovem de uns vinte e cinco anos. Tinha o mesmo ar arrogante de seu mestre. O cabelo era liso e curto; um loiro bem claro, quase branco, com um cabelo que chamava atenção. Os olhos azuis envolventes e misteriosos. Ele nada disse, limitou-se a observar o grupo de Reinald.
– Vosmecê é o inimigo de Malthus, não é? – perguntou William curioso a Aurion.
A simples menção do nome de Malthus fez os olhos de Clack brilharem perigosamente. Por sorte, uma fúria passageira. Aurion se controlou e sorriu para o jovem.
– E como tu sabes disso? – perguntou ele num tom mais cordial.
– Arctos me contou.

– Então conheces Arctos... – disse Clack pensativo, lançando um olhar desconfiado sobre William. – Bem que senti um cheiro familiar – murmurou ele para si mesmo.

– Tive o desprazer de conhecê-los – ganiu William com ódio. As lembranças da traição do seu ex-mentor ainda frescas na cabeça. – E daí?

Clack continuava a sorrir cordialmente.

– Quem te deu o dom da imortalidade, rapaz? – perguntou ele, muito interessado agora em William.

O jovem se calou. Já haviam se passado alguns meses e ele ainda não tinha a menor ideia de quem o transformara em um vampiro.

– Eu não sei! – respondeu William ríspido. Tocar naquele assunto era muito incômodo.

A resposta pegou Richard de surpresa. Ele achava que William era uma cria de Reinald, afinal, os dois eram idênticos. Sorriu de desdém. Como era idiota! Reinald jamais abraçaria alguém.

– Compreendo... – comentou Clack desapontado, mas fingindo desinteresse na resposta de William. – Quem sabe tu não poderias me dizer onde meus inimigos estão morando? – Seus olhos voltaram a brilhar ansiosos.

– No latifúndio do antigo barão, perto das terras do baronete Truman – respondeu William friamente. Arranjar uma dor de cabeça para Malthus o deixaria muito feliz. Ainda mais se a dor de cabeça fosse o inimigo secular de Sian.

– Oh, é mesmo? – perguntou Aurion satisfeito com a resposta.

– Nem adianta tentar procurar por lá – avisou Reinald serenamente.

– Por que não? – perguntou Aurion arrogante. – Acaso és aliado de meu inimigo?

– Nem de longe. Não conheço esse Malthus e sua cria, mas sei que eles já não estão mais lá. Segundo dizem nem ele nem o seu aprendiz Arctos são vistos há semanas.

Embora tentasse manter a frieza, era visível o desapontamento de Aurion. Por medida de segurança os nobres migravam entre os castelos de sua propriedade. Isso não era feitio de seu inimigo. Alguém muito poderoso deve ter acuado Malthus para que ele tomasse tamanha precaução.

– Bem... – disse ele, dando as costas ao grupo de Reinald e entrando na carruagem – então, até mais.

A comitiva de Aurion Clack partiu para dentro da floresta. Reinald estalou o chicote para que os animais continuassem o caminho para Amyville. Não demorou muito para que avistassem os muros altos da cidade. Guardas faziam a vigia em cima da muralha, munidos com tochas para verem naquela escuridão. Pagaram o pedágio aos guardiões do portão e puderam passar sem mais problemas.

Richard ficou fitando o aspecto da cidade. Não mudara muito nas últimas décadas. A praça central de frente para a igreja. Três pessoas enforcadas na grande árvore da praça. O antigo castelo do conde ao longe, onde agora morava o burguês mais rico de Amyville. As escuras e poeirentas ruelas da cidade. O rio que cortava Amyville; um esgoto a céu aberto. Olhou para as casas. Em geral tinham dois andares. O dono e sua família dormiam em cima, enquanto embaixo funcionava a oficina e a loja. As ruelas estavam cheias de lixo. Restos de comida, pedaços de couro, objetos quebrados. A grande maioria das casas era feita de madeira e não tinha quintal; nem mesmo um muro para separar uma das outras. As exceções eram as feitas de blocos de pedra. Essas moradias tinham muros também de blocos de pedra para delimitar suas propriedades. Essas eram as residências dos ricos burgueses, que podiam pagar pelos blocos de pedra, cortados e entalhados manualmente por hábeis pedreiros.

É... nada mudou – pensou Richard.

Em pouco tempo, chegaram à nova casa de Reinald. William a achou muito bonita, era toda de pedra e tijolo. Uma casa típica de mercador rico: luxuosa e espaçosa.

Dois criados vieram correndo quando as carruagens atravessaram o portão de entrada. William reconheceu um deles. Era Neil. O criado pessoal de Reinald estava com um aspecto melhor. Estava mais gordinho e corado. Devia estar feliz por ter saído da floresta. Enquanto andavam pelo pequeno caminho de pedra até a porta, o jovem pôde ver melhor o jardim que existia na frente da casa. Era bonito, embora estivesse praticamente abandonado. O chão tinha uma camada de folhas secas. Muitas plantas haviam secado e morrido. Grama alta predominava no jardim, sufocando outras plantas menores.

Eles entraram na casa, deixando os criados cuidarem das bagagens. Reinald não poupou dinheiro. A casa tinha muitos móveis bem trabalhados, e móveis naquela época custavam o olho da cara. Estavam numa grande sala de estar. Quadros enfeitavam o ambiente, assim como a escultura de um grande cisne de asas abertas, como se a qualquer momento fosse sair voando. Era feito todo de mármore e estava num dos cantos. Um grande tapete verde trançado do Oriente esticado no chão, enquanto grandes tapeçarias cobriam as paredes. Eram as chamadas "pinturas em fio" e não era à toa. As tapeçarias da sala eram um conjunto da mesma obra, que continham cenas de uma caçada na floresta. As plantas e os animais típicos da região apareciam também. Um sofá de carvalho maciço com almofadas de penas de ganso em frente a uma lareira quentinha e aconchegante no outro canto da sala. William ficou boquiaberto; ainda não estava acostumado com uma vida de rico.

Esta sala tinha mais duas portas. Uma porta dava para a sala de jantar; a outra levava a um corredor comprido e iluminado por tochas ao longo do caminho. Alguns quadros enfeitavam as paredes; quadros cujas telas eram do tamanho de um homem. Todos eles ficavam num canto da parede e representavam passagens bíblicas diferentes. O outro lado tinha somente portas.

Foram caminhando até que Neil parou em frente à primeira porta. Tirou uma chave de ferro do bolso. Estava bem enferrujada e tinha o tamanho de um antebraço. Enfiou a chave na fechadura e remexeu até que finalmente conseguiu abrir a tranca com um grande estalido metálico.

– Aqui será o teu quarto, William – disse Reinald, sorrindo e dando um tapinha no ombro do pupilo. – Acomoda-te como achares melhor.

E continuaram andando, deixando William ali, cada vez mais boquiaberto. Na fortaleza de Malthus, ele tinha que dormir no chão duro e frio do quarto de Arctos. Não que ele reclamasse, pois já estava acostumado a dormir no chão. Era assim que dormia no antigo casebre da família. Mas agora... agora ele tinha o seu próprio quarto, que era tão grande quanto o casebre da família.

Uma grande cama de solteiro no canto do quarto com um colchão macio. Lençóis de seda azul cobriam a cama. As paredes também eram cobertas por tapeçarias azuis e verdes importadas do Oriente. William andava lentamente pelo quarto, observando cada detalhe. Não conseguia suprimir a felicidade de ter um quarto só seu. Curioso, andou até o guarda-roupa e abriu a porta. Para a sua surpresa, Reinald mandara comprar um vestuário completo de roupas finas e caras para o seu pupilo. Roupas dos mais diversos tipos e materiais.

Esticou a mão devagar, cauteloso, como se um movimento mais brusco pudesse estraçalhar aquelas roupas. Afinal as pontas de seus dedos tocaram o macio e liso tecido de veludo. Que sensação boa! William sempre fora acostumado a usar as roupas velhas e remendadas do seu pai. Roupas feitas carinhosamente por sua mãe com fios de lã da única ovelha da família. O jovem William aprendera desde cedo a aceitar as adversidades da vida. "Uma prova de fé para Deus" – dizia o padre.

William sorria; uma felicidade como não sentia havia tempos. Jogou-se na cama à sua frente. Como era macia e aconchegante! Mas então lembrou-se... O que estava fazendo? Fechou a cara novamente. Ele prometera a si mesmo que não se permitiria um segundo sequer de alegria enquanto não encontrasse o assassino de sua amada família, o responsável por todo o sofrimento que William passava agora. E ainda tinha aquele traidor do Arctos... Aquele lá ia pagar... Ah, se ia... Para finalizar, Lam Sahur, que o acusara de um crime que não tinha cometido. Mas este tirano era melhor deixar para o Blane. Ele, sim, tinha melhores motivos para acabar com a raça de Sahur. Ficar meio século preso e paralisado... William se arrepiou.

<hr />

– E quando vamos agir? – perguntou Richard para Reinald, enquanto continuavam a caminhar pelo corredor. Pararam em frente ao quarto de Blane – vizinho ao quarto de William.

– Ainda não sei, vou esperar o momento certo. Quando Sahur realmente perder o controle – respondeu Reinald. – Meu espião dará o alarme quando isso acontecer.

– *Espião?!*

– Lembra-te do Mack Roberts? É ele, o meu espião.

– Tu estás falando daquele trapaceiro miserável?! Estás louco?! – perguntou Richard perplexo. – Aquele ali é capaz de vender a própria mãe se tiver uma oportunidade para isso.

– Oh, sim. Isso é uma verdade – disse Reinald calmamente.
– Mas estás se esquecendo de um detalhe, Richard. Eu salvei a vida dele uma vez. Mesmo raposas traiçoeiras como Mack têm um senso mínimo de honra. Ele vai cumprir sua missão.
– Eu ainda me lembro da última vez. Tu és louco em acreditar naquele ser – ganiu Richard. – E como ele vai vigiar o nosso alvo, se Sahur não sai de sua fortaleza?
– Quem disse que ele precisa sair?
– Então... como...?
– Já disse, Richard... Eu tenho tudo sob controle. Não precisas te preocupar com nada por enquanto. Vou aproveitar esse pequeno tempo de paz para me dedicar ao aprendizado de William. O garoto merece um descanso... Foram meses duros para ele... – disse Reinald, andando em direção ao seu quarto, que ficava no fim do corredor. – Descansa, Richard. Foi uma experiência difícil para ti também.

CAPÍTULO DEZESSEIS

E se passaram quatro meses de absoluta paz. Sahur aparentemente ainda não perdera o controle mental. Os vampiros do burgo se sentiam um pouco mais livres. E com a liberdade veio um pouco de descuido. Nada que colocasse a segurança deles em risco. Reinald, Richard e William se mantinham à parte dos acontecimentos. Para eles era melhor ninguém saber ainda que estavam no burgo.

Nesse meio tempo, William estava tendo aulas de esgrima a fim de melhorar seu desempenho em lutas com espadas. Reinald ficou surpreso com a rapidez com que o seu pupilo aprendia as coisas. Ficou ainda mais admirado com a habilidade inata de William para o manejo de arco e flecha. Descobriu mais tarde que o pai de William possuía um arco rústico, que usava para caçar. Mas o problema de paralisia ante uma luta ainda era constante em Brenauder. Era como se o seu corpo se recusasse a lutar.

Reinald percebeu, em pouco tempo, que o ódio e a sede de vingança eram os maiores motivadores do jovem. Isso podia ser perigoso, pois acabaria libertando o lado negro de William. O mestre decidiu que era tempo de o novato aprender a controlar suas emoções. Neil passou a ensinar tudo o que sabia sobre a arte de moldar o ferro em brasa para William. Reinald fechara um cômodo que ficava de frente para a sala de treino, e nele montara uma ferraria particular com todas as ferramentas necessárias. A entrada era pelo lado de fora.

O servo de Reinald não gostou muito da ideia de ter de ficar acordado a noite inteira para ensinar ferraria. Neil não confiava ainda em William. Ainda se lembrava daqueles olhos âmbar sangue frios e cruéis... A lembrança da risada o fazia se arrepiar. Mas, enfim, Reinald era muito persuasivo quando queria ser. E, mesmo resmungando muito, Neil começou a dar aulas para o jovem vampiro três vezes por semana.

Em outros três dias da semana, William tinha aulas de latim com o próprio Reinald. Ele achava que seria útil ao camponês aprender a ler e escrever. Isso manteria a mente de William ocupada demais para não se lembrar de vinganças. E, aos domingos, Galf se dedicava a ensinar-lhe luta corporal ou com alguma arma na sala de treinos. Se fosse do lado de fora poderia chamar atenção indevida.

Dois meses de estudo intensivo e o rapaz já conseguia ler e escrever razoavelmente bem. Tudo bem que a letra ainda era um garrancho quase ilegível e William tivesse que se concentrar bastante para conseguir entender as palavras quando lia. Mas, enfim, estava progredindo.

Até mesmo Neil ficara surpreso com a habilidade de William na ferraria. Depois de três meses de esforço, William finalmente parecia estar pegando o jeito. Já fazia com relativa facilidade pregos e ferraduras. Neil, no começo, pensou seriamente em desistir; ainda mais depois de o vampiro ter feito a façanha de segurar um pedaço de ferro em brasas com as mãos nuas.

Tudo corria bem, mas em tempos tão sombrios, a paz nunca vinha para durar...

∽∽∽∽∽

Nesta noite de verão, William estava tendo aulas básicas sobre matemática, quando Richard entrou abrupto no escritório onde pupilo e mestre estavam.

– Ele está aqui, Reinald... – avisou Blane, carrancudo.

– "Ele" quem? – perguntou William curioso. Afinal ninguém nunca vinha visitá-los.

– Mack Roberts – respondeu Blane ríspido, fazendo uma careta de desgosto. – Está na sala de estar te aguardando, Reinald.

– Então vamos – disse Galf, saindo do escritório. O cenho franzido de preocupação. Se Mack estava ali, era porque más notícias estavam à sua espera.

O escritório era o penúltimo cômodo do corredor, antes do quarto de Reinald. Entre o quarto de hóspede, vizinho do quarto de Richard, e o escritório havia um outro corredor, perpendicular a este, que levava à sala de treino. O grupo passou pelos três quartos e finalmente chegou à sala de estar. Mack estava lá, sentado no sofá. Olhava atento para alguns objetos da decoração, admirando seus detalhes. Neil o observava de longe, na porta da sala de jantar. Ele também não confiava em Roberts.

Mack era um vampiro mediano e esguio. William esperava encontrar um típico cafajeste de olhar inquieto, vestido muito mal e porcamente. Mas não. Mack era um belo vampiro, de cabelos castanho-claros e olhos verdes penetrantes. E vestia-se relativamente bem. Assim que viu o grupo, voltou sua atenção para eles e abriu um largo sorriso, mostrando dentes muito brancos, algo muito raro para a época.

– Olá, Mack – cumprimentou Reinald sorrindo. – Que bons ventos o trazem aqui esta noite?

– Boa noite, mestre Galf. Olá para todos – cumprimentou ele muito simpático, passando o olhar rapidamente pelo trio e fixando em Reinald. Em seguida o sorriso desapareceu e o cenho se franziu. – Vosmecê já deve saber... É sobre *ele* que vim falar.

– O que tem Sahur?

– O problema não é... bem... Sahur, mas aquele maldito conselheiro, Victor Mastery. Parece mais uma víbora. Se ele mordesse a própria língua seria capaz de morrer duro com o veneno. Nesse tempo que fiquei lá ele não falou muita coisa. Ficava sempre quieto, num canto, observando Sahur. Agora ele acha que os vampiros estão sendo descuidados demais. Sugeriu algumas novas maneiras de oprimir os vampiros da cidade. Se algum humano avistar um vampiro ou suspeitar de algo, o vampiro descuidado pagará com a vida. Agora cada um dos nossos é obrigado a fornecer duas vítimas para Sahur. Uma lista foi entregue para cada vampiro com os dias em que cada um deverá trazer sua oferenda.

– *Oferenda?!* – exclamou Richard.

Pela primeira vez, Mack olhou mais atentamente para os outros dois vampiros que estavam com Reinald. O que tinha a aparência mais jovem, ele reconheceu quase de imediato: era William Brenauder, o bode expiatório. Ou William, a besta como era mais conhecido entre os vampiros da cidade. Era bem alto visto de perto; Mack só o vira antes do segundo andar da arquibancada no dia do julgamento. Impressionante ele ter sobrevivido todo esse tempo na floresta. Diziam que ele tinha enfrentado até mesmo alguns lobisomens e escapara com vida. Já o outro vampiro, ele não estava conseguindo se lembrar direito, mas tinha certeza que já o havia visto antes.

– O que foi? – perguntou Richard mal-humorado. – Nunca viu, não?

– Vosmecê é...?

– Richard Blane, *é óbvio* – respondeu ríspido. – Quem mais poderia ser? Agora para de me olhar com esses olhos de peixe morto. O que quis dizer com Sahur querendo oferendas?

Mack ficou boquiaberto. Então o desaparecido Richard Blane ainda estava vivo. Isto significava que uma guerra estava para começar.

— Sahur pensa que é um deus — respondeu Mack. — Ele se veste com roupas douradas e carrega uma espada toda ornamentada de ouro e pedras preciosas. Todos os criados têm que reverenciá-lo se não quiserem morrer mais rápido. E agora Mastery sugeriu que todos os vampiros deveriam também reverenciar seu novo deus e oferecer um sacrifício para aplacar sua ira — fez uma pequena pausa. Todos estavam calados, analisando o impacto de mais estas revelações. — E isso não é tudo. Eu ouvi Mastery dizendo para Sahur que ele deveria matar todos os vampiros da cidade. *Matar!* Aquele desgraçado! Ah, se eu pudesse pôr minhas mãos nele...

— Preciso de mais detalhes, Roberts — pediu Reinald, sem se abalar com a notícia que acabara de ouvir.

Richard, ao contrário de Galf, fez uma careta, demonstrando claramente o que pensava daquela situação.

— Infelizmente não tenho muito a revelar — disse Mack, abaixando os olhos. — Ele não falou muita coisa, sabe? Um criado entrou na sala para dar um recado e Sahur teve um acesso de fúria. Vosmecês não têm ideia do que é Sahur. Ele é um monstro! — o vampiro parecia horrorizado. — Ele mandou Mastery sair da sala e, quando ficou a sós com o criado... Foi horrível, Reinald. Eu sou um monstro, mas nunca seria capaz de fazer aquilo. Os gritos de dor e desespero ainda ecoam nos meus ouvidos. Nesses quatro meses, ele matou metade dos criados. Sua diversão é aterrorizá-los. Se deleita dizendo que, se algum deles fugir, vai matar suas famílias bem lentamente. Eu confesso que sou um assassino... todo vampiro é, mas a crueldade de Sahur é incomparável.

— Tudo bem, Mack — disse Reinald, pondo a mão no ombro do espião. — Não tens mais nada a me dizer?

Roberts meneou a cabeça negativamente. Ninguém falava nada.

— Na verdade, só tem mais uma coisa.

— Dize logo, Mack! – disse Richard impaciente. – Detesto suspense.

— Certo, certo. Numa noite vi Mastery recebendo um pombo-correio. Ele leu a mensagem rapidamente, amassou-a e jogou no fogo. Ficou pensando por alguns segundos e começou aquele papo de que deveria matar a nós todos.

— E quando isso vai acontecer? – perguntou Reinald.

— Ainda não sei.

— Ótimo. Fizeste um excelente trabalho, Sr. Roberts. Neil, vá pegar o dinheiro dele! Está num saco de couro dentro do meu baú. Eu sabia que Mastery era só um instrumento. Há um outro vampiro por trás disso tudo. Ele quer que Sahur humilhe os outros vampiros até chegar ao ponto de saturação, quando todos eles irão se unir para matá-lo.

— E quem poderia ser? – perguntou Mack interessado com aquela teoria. – Algum dos seguidores dele? Erika, talvez... Aquela vampira é outra víbora venenosa.

— Eu não sei, mas, com certeza, nenhum dos três cães de Sahur está envolvido – respondeu Reinald com sua habitual serenidade. – Erika pode ser. Eu nem sabia que ela ainda estava com Lam.

— Está, sim – respondeu Mack. – É uma vampira muito ambiciosa. Não largaria o osso assim tão facilmente. Sahur expulsou seus três seguidores, mas ela ainda continua lá.

— Ainda não entendi bem uma coisa, Roberts – disse Richard ríspido. – Como foi que tu conseguiste entrar na casa de Sahur sem que ninguém te percebesse?

— Reinald me deu um mapa com todas as passagens secretas da casa de Sahur – respondeu Mack.

— *Ahn?!* – exclamou Blane surpreso. – Tu não me disseste que tinha esse mapa – reclamou ele aborrecido, sentindo-se traído.

O rosto de Reinald continuava inabalável.

– Quer dizer que não contei para vós? – perguntou ele com uma expressão cínica no rosto. – Como pude me esquecer?! Bem, agora já foi.

– E como foi que tu obtiveste este mapa? – perguntou Richard azedo. – Tu não o tinhas um século atrás.

– É verdade – respondeu Reinald. – Trevor me fez o favor de fornecê-lo de bom grado quando veio me pedir ajuda. Um sinal de boa vontade.

Neil trouxe o saco de moedas e o entregou para Mack. O vampiro abriu o saco e ficou a vislumbrar todas aquelas moedas de prata. Deveriam ter mais de quarenta moedas; uma riqueza como poucas.

– Adoraria continuar participando desta conversa *tão alegre*, mas tenho de ir – despediu-se ele sorrindo, se preparando para ir embora.

– Um momentinho, Roberts – disse Reinald. – Ainda não acabaste o serviço.

– Ainda tem mais? – perguntou Mack desanimado. – O que eu tenho que fazer desta vez?

– Nada muito difícil. Tu vais levar esses dois resmungões contigo da próxima vez. Seis olhos veem melhor do que dois. Quero ver se descobrem mais a respeito desse plano de matar os vampiros. Tomai cuidado.

– E vosmecê, não vem? – perguntou William a Reinald.

– Não. Vou cuidar de outros afazeres.

– Que tarefa vosmecê tem de tão importante para fazer que não pode nos acompanhar até a toca do leão? – perguntou William rebelde.

– Melhor tu não saberes de nada ainda, meu jovem.

– Detesto esses mistérios! Além do mais, não entendo por que tanta preocupação com Sahur. Ele nem sabe que estamos na cidade. Se ele vai matar os outros, quem se importa? – questionou William de mau humor. Ainda se lembrava das risadas maldosas de todos eles no dia do seu julgamento nas masmorras de Sahur.

– Eu me importo, William – respondeu Reinald decidido. – Acho que tu não entendeste direito o significado das revelações de Mack, não é mesmo?

William se encolheu de vergonha.

– Tudo bem, não precisas te envergonhar. Eu ainda me esqueço que tu és um novato no assunto. Nunca te perguntaste por que Sahur não matou Richard quando teve a chance? Teria sido muito mais fácil do que encarcerá-lo naquela masmorra abandonada.

William meneou a cabeça negativamente. Nunca tinha pensado nisso. Reinald sorriu cordialmente para ele. Aquele sorriso reconfortante, que fazia o jovem se sentir envergonhado e, ao mesmo tempo, protegido.

– Pelo mesmo motivo que ele não te matou também, William.

– Não é verdade – interrompeu William. – Ele preferiu uma morte lenta na floresta.

– Oh, sim. Mas teria sido mais fácil ter te matado naquele momento do que ter te exilado na floresta, onde tu terias uma chance de sobreviver. Uma pequena chance, mas ainda assim uma chance – William ficou pensativo. – Sahur não matou a ti ou a Richard porque tirar a vida de um igual é o único crime entre os vampiros. Uma lei tão antiga quanto os próprios vampiros.

– E quem vai punir Sahur se ele cometer tal crime? Que eu saiba ele é o vampiro mais poderoso das redondezas...

– A resposta é que ninguém sabe o que acontece com esses vampiros. Só há rumores a respeito. Vampiros poderosos, que se consideravam invencíveis e imunes a qualquer lei vampírica não escrita, desapareceram misteriosamente sem deixar vestígios... Ninguém sabe se existe algum tipo de grupo secreto que zela pelo cumprimento da lei. Uma espécie de Conselho dos Antigos. Mas quem vai se arriscar a cruzar a linha para tentar descobrir a verdade? Nós vivemos numa era onde o medo impera e a verdade nem sempre está ao nosso alcance. Até mesmo monstros como Sahur, com seus quatrocentos anos de idade, têm medo.

– Medo de quê?

– Medo de encontrar alguém mais poderoso que ele. Medo da verdade que pode estar por trás dessas lendas. Por isso ele não cruza a linha e mata outro vampiro, embora vontade para isso, eu tenho certeza que ele tem. Por essa razão vós ireis até a mansão de Sahur descobrir o que está acontecendo. Se bem conheço meu inimigo, ele não vai sair por aí matando os vampiros, um a um. Não... não é do seu feitio. Ele deve querer reunir todos num lugar só e daí, sim, agirá. Bem, estamos perdendo tempo.

Mack e William já tinham saído. Quando Richard estava na porta, ele ouviu Reinald:

– A propósito, Richard...

– Sim? – perguntou ele, encarando Reinald.

– Não faças nenhuma besteira. Controla tua raiva.

– Podes deixar – respondeu Blane num resmungo e saiu.

⁂

William não podia acreditar, depois de atravessar a cidade inteira a cavalo, ele estava em frente à casa de Sahur. Casa, não, mas uma enorme mansão isolada do resto da cidade na parte oeste. Estavam tão afastados que William poderia jurar que estava dentro da floresta, se não fosse o muro ao longe. Não podiam ver muito bem a mansão porque o alto muro que a rodeava impedia a visão. Só era visível uma torre alta numa das extremidades.

Eles pararam a uma certa distância do muro e Mack os fez descer dos seus cavalos. Amarraram os animais numa árvore próxima e continuaram a pé. De onde estavam conseguiam ver a entrada da casa, mas Roberts contornou os muros pelo lado oposto, indo para a parte de trás. Mesmo mantendo uma distância dos muros, William podia ouvir o latido de vários cachorros que tomavam conta da casa.

Quando chegaram à parte de trás da casa, Mack Roberts começou a se afastar do muro. William e Richard não entenderam nada, mas seguiram o vampiro, que se embrenhava na floresta.

– Ei, Roberts... – disse William. – Não acha que estamos indo para o lado errado?

Mas Mack nada respondeu. Continuou a caminhada, ignorando o jovem. O camponês olhou para Richard, que mexeu os ombros indiferente, embora Brenauder percebesse que ele estava bastante intrigado também.

E eles foram entrando cada vez mais fundo na floresta, que aos poucos foi ficando mais e mais densa. As copas das árvores centenárias se entrelaçavam e formavam um emaranhado que impedia a luz da lua de iluminar aquela parte. Agora William havia entendido por que não continuaram a viagem a cavalo. Algumas árvores tinham o tronco tão grosso que seriam necessários quatro homens para abraçá-lo. William agradeceu por ter uma boa visão agora; do contrário, já teria dado de cara num tronco desses. Continuaram a caminhar. Ele ouvia o som de um morcego ao longe tentando capturar algum inseto distraído naquela escuridão. Também conseguia ouvir o pio de algumas aves noturnas vez ou outra. Era desconfortante ficar andando por aquelas bandas. E olhando para Richard podia-se ver que ele pensava o mesmo.

— Ei, Roberts! – chamou Blane impaciente. – Posso saber para onde estás nos levando?

Desta vez Mack parou e se virou. A cara de poucos amigos.

— Alguém já disse que vosmecê é um pé no saco? – retrucou ele de mau humor e continuou a caminhar.

Não demorou muito e chegaram às margens de um riacho. Uma pequena clareira iluminada pelo luar. Mack virou-se para eles e sorriu. Um sorriso de triunfo. Contornou a clareira até chegar a um montinho de terra. Limpou a área com o pé até que uma tampa de madeira começou a aparecer. Mack segurou uma argola de ferro enferrujada e puxou, levantando a tampa do chão. Jogou ao lado, levantando uma nuvem de poeira. Via-se agora um buraco escuro e estreito. Um ar quente e úmido saía de lá. Roberts olhou para os outros dois e escorregou buraco abaixo. William entrou logo depois, seguido por Richard. O garoto tocou o solo suavemente e, ao fazê-lo, sentiu uma água fria banhar-lhe as canelas. *Que ótimo!* – pensou com ironia. Estava dentro de uma poça. Olhou em volta; seus olhos vampíricos se adaptando rapidamente à escuridão daquela caverna. Um corredor natural escavado nas rochas sedentárias a milhares de anos; uma trilha áspera e muito estreita. Eles foram andando. Saíram da poça d'água. Uma caminhada difícil, pois o atrito com as paredes esfolava a pele e rasgava as roupas. A caverna não era um caminho reto. Várias vezes eles se defrontavam com três, quatro ou cinco opções de túneis para continuar o caminho. Mack não parava por muito tempo ali, decidindo. Depois de fazer o trajeto milhares de vezes, ele nem mais precisava olhar o mapa fornecido por Reinald. Já conhecia o caminho de cor e salteado.

Mack Roberts se virou e notou a cara amarrada dos outros dois vampiros. Estavam cansados, molhados, ralados e suas roupas estavam um trapo. Richard nada falava, mas o olhar de poucos amigos deixava bem claro o que estava passando em sua cabeça. Boa coisa não era. Ainda mais depois que ele viu que Mack sofrera pouquíssimos arranhões. A roupa praticamente intacta.

– Paciência, rapazes – disse Mack amigavelmente. – Já estamos chegando...

E era verdade. Em poucos segundos, ao virar uma curva, eles se defrontaram com uma porta de madeira maciça. Era muito velha. As tábuas estavam todas lascadas e os pregos estavam enferrujados. Mack puxou a argola, abrindo a porta devagar e entrando.

Estavam agora em um novo corredor também escavado na rocha. Desta vez a largura era maior. Ainda bem, pois não precisariam mais esfolar a pele na rocha. Continuaram andando. Ninguém falava nada. Somente o som dos passos ecoando pela caverna era ouvido. Chegaram a uma escada, cujos degraus levavam para baixo. Desceram.

Lá embaixo, saíram num outro cubículo. À frente encontraram outra porta de madeira, mas esta estava pintada de preto. Mack estava mais apreensivo. Abriu a porta cuidadosamente para fazer o mínimo de barulho possível. Espiou o outro lado e finalmente entrou. William e Richard o acompanharam.

Mais uma vez estavam em um espaço apertado. De um lado uma parede de blocos de pedra; do outro, vários caixotes grandes empilhados. Uma fraca iluminação era providenciada por tochas do outro lado dos caixotes. Um canto muito bem escondido, como toda passagem secreta. Alguns ratos passeavam pelos pés dos vampiros, guinchando incomodados com aquela invasão de privacidade. William pensou ter escutado algo vindo de trás daquelas caixas. Não, não era sua imaginação. Estava ouvindo o som de uma respiração. Somente uma, não, várias. Alguns ofegavam, outros sussurravam, enquanto outros gemiam.

    Mack estava ainda mais apreensivo. Ele se virou para encarar William e Richard e levantou um dedo à frente da boca; um sinal claro de silêncio. Em seguida começou a escalar cuidadosamente os caixotes. Havia um espaço, lá em cima, não muito grande, mas que permitia a um homem deitar e rolar para o outro lado. E foi exatamente o que Mack fez ao chegar ao topo. William olhou para Richard, que em silêncio também começou a escalada.

    Quando William desceu, Mack e Richard já estavam quase alcançando o outro lado. Era um largo corredor iluminado parcamente por algumas tochas encaixadas na parede lateral. Estava bem abafado ali. As respirações estavam mais altas agora. O jovem vampiro se virou para saber a origem do som. Ele olhou para o lado e, finalmente, reconheceu o lugar. Estavam nas masmorras subterrâneas de Sahur. Os três arcos de pedra eram inesquecíveis. William ficou horrorizado com o que viu.

    Do outro lado das grades estavam inúmeros mortais. Alguns homens estavam presos nas gaiolas suspensas. Ficavam de cócoras, devido ao tamanho pequeno da gaiola. As pernas sofrendo com câimbras. Pareciam estar chorando sangue. O sofrimento estampado no rosto. Foi então que William percebeu. Estavam cegos. Não só os homens, mas todos os que estavam ali, incluindo mulheres e crianças. Seus olhos foram perfurados com agulhas quentes.

    Então essas pessoas eram as oferendas?! Monstro! Como pôde fazer isso?! Muitos tinham levado uma violenta surra. Estavam tão fracos que nem mais conseguiam se levantar. O cheiro de sangue atraía os ratos, e os pobres mortais cegos pouco podiam fazer além de agitar os braços na tentativa de afastar os roedores. William andou em direção à porta da cela sem se preocupar com o barulho. Os mortais, ao ouvirem o som de passos, se encheram de pavor e se encolheram no canto mais afastado possível da porta. Tropeçavam uns nos outros e várias vezes iam ao chão. Começaram a suplicar por suas vidas, mas muitos emitiam somente um grunhido. Tiveram as línguas cortadas. O coração de William encheu-se de ódio; suas mãos tremiam diante de tamanha barbaridade.

– É uma pena, não? – sussurrou Mack ao ouvido de William, enquanto continha-o. – Mas agora não podemos fazer muito por eles. Venha.

William orou a Deus pelas suas almas e, ainda cheio de ódio, continuou a caminhar atrás de Roberts e Blane. Subiram as escadas e, logo à frente, se depararam com uma pesada porta de ferro maciço. Forçaram. Trancada. Mack tirou uma chave do bolso e encaixou na tranca. Abriu.

– Roubei de um dos criados – revelou ele maroto, enquanto guardava a chave.

Chegaram aos corredores, onde William lembrava-se de ter sido conduzido por Poshen. Estava tudo às escuras como daquela vez. É claro que a escuridão não era empecilho algum para o grupo. Mack os guiava por um caminho diferente daquele percorrido por William meses atrás. Os corredores não tinham nenhuma decoração, nem mesmo suportes para tochas. Um intrincado labirinto de corredores, onde muitos (como Mack explicaria mais tarde) estavam cheios de armadilhas para cuidarem de eventuais aventureiros. Por sorte eles tinham Mack, que os conduziu habilmente por aquele emaranhado de caminhos. Por fim alcançaram uma porta feita de carvalho pintada de preto para se camuflar dos olhos desatentos dos mortais naquela escuridão.

– Estão vendo aquela faixa de pedras quadradas? – perguntou Mack num sussurro, apontando para o chão mais à frente. Os dois assentiram. – Não pisem ali.

– O que tem ali? – perguntou William curioso num sussurro também.

– Não sei – respondeu Mack. – Não pisei para descobrir. Se quiser tentar...

William entendeu o recado. Sem mais interrupções, Mack pulou a faixa. Pegou de outro bolso uma pequena ferramenta, que o jovem não pôde identificar, e enfiou na fechadura da porta. Em poucos segundos ouviu-se um estalido suave. Ele abrira a porta.

William e Richard pularam a faixa e entraram. Outro corredor. Este era mais curto. Logo à frente uma escada. Subiram. William reparou que os degraus eram escavados na rocha sólida, mas só até a metade. A outra metade era feita por blocos de pedra habilmente colocados. As paredes também passaram a ser de blocos de pedra unidos por cimento. Só podia significar uma coisa: haviam saído do subterrâneo.

A escada foi se estreitando cada vez mais até um ponto em que eles tinham que andar em fila indiana, tão apertado ficara o corredor. Ao fim dele, havia somente uma passagem onde uma pessoa só passaria se entrasse de lado. Foi o que os vampiros fizeram.

– É agora que devemos tomar o máximo de cuidado possível – avisou Mack apreensivo num sussurro quase inaudível.

Mack foi à frente, seguido por Richard e William nesta ordem. Estavam nas entranhas da fortaleza de Sahur. Era um espaço mínimo entre as paredes da fortaleza. O espaço era de trinta e cinco centímetros. Escuridão total e poeira se acumulavam naquele lugar. A pouca iluminação vinha dos pequenos buracos nas paredes. Várias vezes tiveram que desviar de pregos cujas pontas enferrujadas cismavam de apontar para eles. Mas com o devido cuidado era fácil passar por eles sem ter de rasgar as roupas. Ratos; havia dezenas deles e guinchavam furiosos quando os vampiros destruíam seus ninhos durante a passagem. Quando ficavam muito agressivos e tentavam morder, os vampiros davam uns bons chutes para aprenderem com quem estavam lidando. Ninguém falava nada.

Depois de andarem um bom pedaço por aquele corredor, começaram a ouvir vozes. Mack ficou ainda mais silencioso (se é que era possível). Por fim, ele parou em frente a dois buracos redondos na altura dos olhos e ali ficou. William e Richard se ajeitaram do jeito que deu. William também achou dois buraquinhos na parede, agachou-se um pouco e começou a observar o que se passava do outro lado. A visão não era das melhores, mas iria servir. Ele conseguia ver um grande salão. De um lado, uma grande mesa retangular de carvalho com mais de trinta cadeiras. A cadeira da ponta era a mais luxuosa; lugar que William supôs ser de Sahur. Um palco onde a orquestra devia se apresentar. As paredes eram cobertas por tapeçarias finas com o brasão da família Sahur estampado. Candelabros ricamente distribuídos pelo cômodo garantiam uma farta iluminação. Havia sofás acolchoados do outro lado do cômodo; devia ser onde os homens conversavam. Novamente uma cadeira se destacava das demais. Era a única encostada na parede e ficava de frente a todas as outras. Tinha o emblema da família Sahur. Acima dela dois grandes machados de guerra cruzados para decoração. E era daquele canto que William ouviu uma voz. Suave e paternal.

— Os preparativos estão quase no fim, Lam — dizia um cara magro e pálido, que William logo deduziu ser Victor Mastery.

Era um vampiro magro e baixo. Não parecia ser do tipo valentão. William esperava encontrar uma cobra venenosa, mas se enganou novamente. Mastery era uma pessoa carismática. Tinha um sorriso bonito e uma voz macia. Os cabelos castanhos curtos e picotados. Um olhar castanho envolvente e amigável. Um cavanhaque fino e bem aparado circundando a boca. Vestia roupas caras, provavelmente dadas por Sahur. Um conjunto lilás, assim como os sapatos. Ele estava de pé, andando de um lado a outro entre os sofás, enquanto falava.

Não havia mais ninguém na sala. Só, então, William percebeu Sahur. Não o Sahur imponente e monstruoso de antes. Não. Aquele não era o Sahur tirano, nem o Sahur orgulhoso. William ficou perplexo. O vampiro mais poderoso das redondezas estava sentado no chão sujo ao pé de sua cadeira, brincando distraidamente com dois dados como se fosse uma criança. Tinha um olhar apático e infantil. Até a voz mudara. Perdera a imponência. Ele dizia um número e lançava os dados. Quando acertava batia palmas para si mesmo, sorrindo feliz. Nem parecia notar a presença de Victor, que continuava a falar.

– Já sabes o que tem de fazer, não é mesmo, pequeno Lam? – perguntou Mastery com um leve tom de malícia.

Sahur parou de lançar dados e olhou fixamente para Mastery. William reparou nas roupas imundas daquela criança grande e nos cabelos desarrumados. Por um segundo se esqueceu do ódio que nutria por aquele monstro e teve pena dele.

– Mas... matar eles, titio?! Isso é feio – respondeu Sahur assustado. – Papai do céu não deixa.

Victor sorriu. Aquele bendito sorriso paternal e falso que quase tirou William do sério.

– Talvez tu queiras perguntar para o teu papai? – perguntou Mastery, suavemente.

Ele retirou um colar que tinha um pingente estranho de dentro da blusa e começou a acariciá-lo. Olhando melhor, William pôde ver que era um medalhão de ouro. Tinha a forma de uma estrela e no meio uma gema azul, que emitia uma luz pulsante. Os olhos de Mastery adquiriram um brilho frio como os olhos de uma cobra por um instante.

– Quer que eu chame seu pai aqui?
– Não... – respondeu Sahur de súbito. A voz chorosa.
– Papai, não... Papai, não. Não chama ele, não. Ele é mau. Tira o nosso sangue junto com os outros homens maus. Eu não quero voltar para o baú escuro... Não quero... Eu faço o que pedes, titio. Eu faço...
– Eu sei... – disse Mastery sorridente, acariciando os cabelos de Sahur e guardando a medalha dentro da blusa novamente.
– E os fantasmas, tio? – perguntou Sahur, olhando fixamente para Mastery de novo. – Quando eles vão embora?
– Se tu continuares a te comportar direitinho, eles irão embora logo, logo...
– Eles não me deixam dormir... Ficam me assustando a noite inteira... São horríveis... – choramingou Lam. – O fantasma de Hades disse que vai voltar para me buscar... Ele vai se libertar e vai querer se vingar de mim...
– Nada temas, criança... – disse Mastery amável, fingindo compaixão. – Enquanto usares a medalhinha que titio te deu os fantasmas não vão poder te machucar. Tu estás com ela aí?
Sahur sorriu maroto.
– É claro, titio – respondeu ele, tirando de dentro da blusa amarrotada um medalhão igual ao de Mastery. Só que este era de prata e tinha uma gema verde, que emitia uma luz pálida.
Mack, Richard e William se entreolharam. Acabaram de fazer uma importante descoberta. Era hora de sair dali. Brenauder não entendeu por que Mack tinha ficado tão apreensivo. Sahur era inofensivo e Mastery não parecia oferecer grandes perigos, ainda mais porque seriam três contra um. Não podia estar mais enganado.
Uma batida na porta. Mastery guardou rapidamente o medalhão.

– *É ela* – disse ele contrariado.

Os olhos de Sahur brilharam. E um pouco de sanidade voltou a clarear sua mente. Ele se levantou do chão e se sentou em sua cadeira.

– Pode entrar – ordenou.

Uma vampira loira e de aparência jovial entrou no salão. William ficou perplexo com tamanha beleza. Rosto angelical e inocente. Um cabelo levemente ondulado, cobrindo parte da bela face e escorrendo sobre os ombros. Um par de olhos azuis tão profundos que pareciam hipnotizar.

– Lam... – disse ela num tom preocupado.

E ainda assim havia uma melodia harmoniosa na sua voz. Impossível não se encantar com tal criatura. Era perfeita.

William nunca em toda a sua curta existência vira uma mulher tão bela. Parecia um anjo. Andava graciosamente e falava como um. Uma jovem de no máximo dezoito anos era a sua aparência. Por alguns segundos o rapaz se esqueceu quem era ou o que estava fazendo ali. Aquela beleza divina merecia toda a sua atenção.

Ela segurou as mãos de Sahur e as levantou até o seu rosto, pedindo por carinho.

– O que te preocupas, minha querida Erika? – perguntou Sahur afável com sua voz habitual.

– Tu, é claro! – disse ela impaciente. – Estás tão diferente.

Ela olhou para Mastery com desprezo. Este fingiu que nem era com ele.

– Victor, queira nos dar licença – ordenou Lam.

O conselheiro hesitou um pouco, mas acatou a ordem e se retirou.

– O que está acontecendo, Lam?

– Sei que estou um pouco mudado, minha querida, mas continuo sendo o mesmo Lam de antes. As coisas estão mais claras para mim agora.

— Quem é este vampiro? — questionou ela, apontando para a porta. — Quem, afinal de contas, é Victor Mastery?

Lam ficou em silêncio por um tempo, fixando seu olhar em lugar nenhum.

— Uma guerra está prestes a começar, meu amor — disse ele com sinceridade. — Estou preocupado com a tua segurança. Amyville não é mais um lugar seguro, meus súditos estão descontrolados. Algo precisa ser feito, e rápido! — seus olhos começaram a demonstrar insanidade.

— Calma, Lam — pediu Erika assustada. — Que negócio é esse de guerra?

— Meus inimigos estão tramando minha queda, meu amor — disse Sahur. — Acham que estou fraco — e começou a rir de nervoso. — Não podem estar mais enganados. Está na hora de Sahur mostrar seu verdadeiro poder!

Erika tremeu.

— Não, minha querida — disse Sahur carinhoso. — Nada de mau vai acontecer a ti. Eu prometo.

Ele se levantou para abraçá-la. Precisava proteger aquele anjo a qualquer custo. Erika era muito especial para ele. Uma cena inusitada. Erika era ainda um pouco mais alta do que Sahur.

— Tu vais sair do burgo, meu amor! — avisou Lam com tristeza na voz. — Ficar aqui é perigoso demais. Comprei uma casa no burgo vizinho. Deverás passar uma ou duas estações longe daqui. A carruagem já está a tua espera. Partirás ainda hoje.

— Não! — disse a vampira assustada, se afastando de Sahur. — Eu...

— É preciso! — interrompeu Sahur. — Sei que está sendo uma surpresa, mas o tempo é curto. Não posso dar explicações agora. Espere por mim. Quando tudo acabar, eu mesmo irei te buscar.

— ...

Ele correu para abraçá-la novamente.

– Nada irás te faltar, meu amor. Eu juro. Não há outros vampiros naquele burgo, de modo que tu serás como uma rainha naquele lugar. Tudo acabará bem, eu prometo. Lembra-te apenas de não chamar atenção e tudo ficará bem.

– Não se pode prometer algo que não estás nas tuas mãos, Lam. Não se promete o futuro.

– Eu vencerei esta guerra – disse Sahur com uma calma assustadora. – Ninguém pode contra mim. Ninguém.

– E a minha criança? – perguntou Erika preocupada.

– Sua cria é uma pária – disse Sahur indiferente. – Uma rebelde, tu sabes disso.

– Mas ainda assim é a minha criança. Promete-me que nenhum mal vai acontecer a ela.

Lam hesitou.

– Sem essa promessa, não saio daqui – insistiu ela.

O líder se viu vencido. Ele sorriu e meneou a cabeça.

– Eu prometo. Nada de mau acontecerá à tua criança, meu amor. Eu jamais faria algo que a fizesse sofrer.

Erika o abraçou forte, sorrindo como uma menina. Como era belo aquele sorriso. William estava enfeitiçado. Teve que tomar um cutucão de Blane para voltar a si. Quando olhou novamente, Erika já tinha se retirado. Uma pena! Queria ter admirado sua beleza angelical mais um pouco.

Victor entrou logo em seguida.

– Então afinal nos livramos dela – disse satisfeito.

– Foi melhor assim – respondeu Sahur com tristeza. – Eu a amo demais.

– Besteira, Lam. Deixemos ela para lá – disse Victor sorrindo malicioso, mostrando o medalhão. – Temos assuntos mais importantes a tratar.

O olhar de Sahur voltou a ficar confuso.

— Vamos dar uma grande festa, menino! — disse Mastery, paternalmente. — Não é ótimo? Já posso até sentir o cheiro das tortas de maçã.

— Eu também — disse Sahur com um sorriso de felicidade típico de criança e cheirando o ar. Fez uma careta. — Sinto cheiro de intrusos no ar... — revelou ele. A voz voltando a ser maligna e sombria. A cara fechada, o semblante franzido... um sorriso maligno. Os olhos negros brilhando sobrenatural.

William e Mack apertaram o passo e forçaram Richard a fazer o mesmo, pois parecia que ele queria ficar para lutar com Sahur. Sorte que Mack era bem mais forte do que aparentava ser. Sahur, ao que parecia, entrou num estado de fúria extrema. Os gritos de ódio, ecoando pelo salão, eram assustadores. Ouviram um barulho metálico cortando o ar velozmente. A parede do lugar, onde estavam segundos antes, foi estraçalhada com o impacto. William não se conformava.

Como pude sentir pena deste crápula? — pensou ele irritado. *Parece tão inocente quanto aqueles demônios de sua antiga fortaleza. Continua o mesmo monstro de sempre!*

Depois que Sahur atirou o segundo machado a distância e quase acertou o grupo, eles resolveram correr a toda a velocidade. Não estavam nem aí com o barulho que fariam. Só queriam sair dali o mais rápido possível. Até Richard perdeu a valentia e parecia não ter mais nenhuma intenção de ficar. Sorte que Sahur não resolveu segui-los.

Alcançaram rapidamente a escada e desceram de três em três degraus. Mack, já de posse da chave, abriu a porta rapidamente. Com a pressa, Richard pisou na faixa de pedras. As pedras afundaram repentinamente, levando Blane junto. William e Mack frearam bruscamente para não caírem também. Sorte que o vampiro se segurou na borda. O buraco era tão profundo que mesmo com sua visão vampírica não conseguia enxergar o fundo. Richard nem quis saber aonde aquilo iria dar. Saltou para fora da armadilha e continuou a correr.

No labirinto de corredores, Mack os guiava o mais rápido possível. Felizmente não ouviam nenhum ruído vindo de trás deles, mas, se tratando de Sahur, não seria bom arriscar. Chegaram às masmorras. William ainda pensou em ajudar os pobres coitados encarcerados por Sahur, mas os outros dois vampiros, já prevendo a reação dele, trataram de arrastá-lo dali o mais rápido possível.

– Não se preocupe – tentou reconfortar Mack. – Eles ficarão bem. Lembre-se de que a festa se dará dentro de poucos dias e aí, sim, poderemos ajudar esses coitados.

– Por que não podemos ajudá-los agora? – questionou William impaciente. Como aqueles dois podiam ser tão frios?

Os mortais ouviram essa conversa. A palavra "ajuda" reacendeu a pouca esperança que ainda mantinham. Começaram a chorar e pedir por misericórdia, tateando as paredes, vindo em direção às grades da cela. Um menino de uns sete anos pediu ao santo salvador que Deus enviara que, por favor, os tirasse dali... Ele estendeu suas mãos na direção de William.

O vampiro se compadeceu com aquelas palavras e se mostrou realmente disposto a ajudá-los. Arrebentaria aquelas grades na marra se fosse preciso.

– Como espera que guiemos todos esses cegos pela caverna? – perguntou Richard ríspido ao ver que William parara em frente à porta da cela.

O jovem vampiro hesitou. Richard tinha razão. Com amargura, ele soltou as grades. Um silêncio constrangedor. Os humanos ouviram a pergunta de Blane e pareciam ter adivinhado qual seria a reação de William.

– Por favor, não nos abandone – suplicava uma jovem aos prantos. E a ela todos os outros se juntavam num coro de súplica.

— Meu anjo da guarda... – disse uma menina aos soluços.
– Por favor, não abandona a gente aqui... Não abandona...

William afagou os cabelos longos, desarrumados e sujos da menina. As outras vozes sumindo; o vampiro não prestava mais atenção nelas. O coração apertado, pesado e culpado da decisão que teria de tomar. William nunca se sentiu mais impotente. E se odiou muito por isso.

– É preciso... Eu tenho que ir...

– ...NÃO! – berrou a menina desesperada. – Por favor... Não...

– Eu prometo voltar para salvar vosmecês – disse William convicto. Sua vontade era de chorar, mas suas lágrimas secaram há muito tempo.

Sem mais nada dizer, ele virou as costas. Era hora de ir. Perderam tempo demais; Sahur podia surgir a qualquer momento. Os três escalaram os caixotes e seguiram em direção à caverna.

Richard e Mack começaram a discutir como sempre. Desta vez a briga era sobre quem era o ser fedorento de quem Sahur sentira o cheiro. Um acusava o outro, mas William não estava nem aí para os dois. A voz deles parecia um zunido incômodo. Seguia em silêncio, pensativo. O coração mais cheio de ódio. William das Trevas perto de assumir, mas Brenauder o conteve.

Depois de um tempo, Mack e Richard cansaram de discutir e, agora, os três seguiam em silêncio. Tudo o que eles queriam era um bom e merecido descanso. Ficaram felizes quando Roberts anunciou a entrada da caverna. O guia foi o primeiro a subir. Depois foi a vez de Blane e, por fim, Brenauder. Quando o jovem vampiro subiu pela borda, encontrou um Richard perplexo. Ele logo descobriu o porquê. Onde estava Mack?

Mack Roberts simplesmente sumira diante dos seus olhos.

Um zunido cortando o ar rapidamente. Richard levantou as mãos, encobrindo o pescoço. Tarde demais. Uma flecha atravessara sua garganta. Um vampiro alto e robusto descendo num salto silencioso das árvores. Tinha cabelos castanhos e um rosto fino. Um semblante carrancudo. Vestia uma roupa verde-escuro encoberto por uma capa negra. Um arco à mão e flechas guardadas nas costas. Durante o salto, uma espada de lâmina longa na cintura se revelou, sendo encoberta novamente pela capa de veludo quando o vampiro tocou o chão. Mesmo nunca tendo visto aquele rosto diretamente – pois na época este vampiro usava um capuz –, William o reconheceu quase imediatamente. E agora sabia quem era.

Bruce Poshen, o traidor.

Richard o olhava com ódio. Queimação na garganta. Aquele *merda* ousara feri-lo de novo. Tentou falar, mas só conseguiu emitir alguns grunhidos, o que o encheu de mais ódio ainda. Ele arrancou a flecha violentamente da garganta, suprimindo um berro de dor.

Poshen calmamente largou o arco e tirou sua espada longa da bainha. A lâmina tinha um metro e dez de extensão; uma arma considerável. Poshen tinha uma senhora vantagem sobre eles, pois ambos estavam desarmados. Mas não se movia; parecia aguardar algo.

– *Olá, Richard* – cumprimentou Poshen, surpreso ao reconhecê-lo. – Há quanto tempo... Mais de cinquenta anos, não é mesmo? – E virou-se para encarar William nos olhos. – E tu és aquele tal de Brenauder, não? O que vós fazeis, aqui, nas terras de meu mestre?

– Não é da sua conta! – disse William ríspido. Enfrentar um dos cães fiéis de Sahur... Não faltava mais nada para completar a noite.

– Trevor estava certo quando disse que eu encontraria dois conspiradores na saída da caverna – revelou ele, sorrindo de satisfação. – Lam vai ficar satisfeito ao ver que capturei dois inimigos dele. Talvez até mesmo me aceite de volta... Não te preocupes, Richard. Tu vais voltar para tua antiga prisão junto com este bastardo. Viu? Não ficarás mais sozinho – riu ele, mas fechou a cara logo em seguida. – Desta vez vou lacrar os dois para sempre. Não conseguirão sair de lá pelos próximos mil anos. Depois eu e mais alguns companheiros iremos atrás de Galf. Trevor me contou que ele está no burgo. Vamos descobrir onde aquele rato se esconde e capturá-lo.

Richard não aguentava mais. Saber da traição de Trevor foi o estopim. Sabia que não podia confiar nas crias sarnentas de Sahur. Os olhos dele brilhavam intensamente; os caninos afiados à mostra. Partiu imediatamente para cima de Poshen utilizando sua velocidade sobrenatural. William assistia a tudo e sabia que podia acompanhar Richard num ataque conjunto, mas não o fez. Algo dentro de si o segurava e o paralisava de medo. Assistia a tudo como se fosse um mero espectador.

Mas não deu para Richard. Uma armadilha. Quando percorreu metade da distância que o separava de Poshen, um tronco maciço desceu como um pêndulo das árvores, amarrado por uma grossa corda, e bateu em cheio no vampiro. O impacto o lançou longe.

Richard mal caiu, se levantou rapidamente e partiu para cima de Poshen com uma das mãos às costas. Quando chegou perto o suficiente, atirou uma pedra na direção do inimigo com toda a força. Como Richard esperava, Poshen acabou surpreendido e, ao desviar da pedra, baixou a guarda. Blane acertou um soco no peito do vampiro, que voou para trás.

Poshen ficou visivelmente irritado. Ele voltou com tudo para cima de Blane e acertou uma espadada no peito do seu adversário. Um corte profundo, mas que não chegou a sangrar.

William ainda continuava passivo e isso começava a tirá-lo do sério. Por que ele era assim? Será que sempre fora um covarde? O ódio começava a aflorar. Uma raiva que sentia de si próprio. Chega! Sentiu uma explosão de emoções diferentes e as amarras da covardia finalmente se arrebentaram. Passou as mãos nos olhos; não era hora de fraquejar como sempre, mas sim de lutar. Deixou seus dentes à mostra. Já ia partir para cima de Poshen, a fim de ajudar Richard, quando três morcegos lhe chamaram a atenção. Eles voaram ao redor de William e foram para perto do alçapão de madeira, no meio de uma moita próxima... O jovem ficou bobo com o que viu. Não era possível. Duas espadas.

William rapidamente pegou as duas e partiu para cima de Poshen. Richard estava se virando como podia. Ele tentava acertar um tronco em Bruce, ao mesmo tempo que procurava se manter longe da espada afiada do adversário. Os dois se moviam tão rápido que William só podia enxergar dois vultos. Forçou a vista, lembrando dos ensinamentos de Reinald, e pôde ver com mais clareza os dois vampiros se movimentando. O jovem entrou na briga e quase acertou um golpe, mas Poshen aparou a espada de Brenauder no último segundo.

– Pegue! – disse William seco, jogando a outra espada para Blane.

Richard esticou a mão, mas Poshen foi mais rápido. Com um golpe preciso, ele atirou a espada de Blane no rio. E aproveitou o breve momento de distração de Richard, cravando a lâmina na carne macia da barriga de seu adversário.

O golpe inesperado deixou Richard sem ação. Sua reserva de sangue jorrou pela lâmina. Blane recuou, antes de ser jogado para longe com um potente chute de Poshen no meio da cara. A espada rasgou ainda mais as entranhas quando saiu. O nariz quebrara. Foi atirado violentamente para trás e bateu com violência numa elevação rochosa seis metros à frente. Blane ainda tentou se levantar, mas não conseguiu sequer se pôr de joelhos. Caiu novamente. Perdera muito de seu precioso sangue.

Bruce Poshen e William Brenauder se encaravam. Poshen sorriu.

– Brenauder... Pensas mesmo em me atacar? – perguntou ele desdenhoso. – Se um vampiro de mais de cem anos, como Blane, caiu em poucos minutos, o que um bastardo novato como tu podes fazer?

William não estava nem aí para a opinião de Poshen quanto à sua idade e poder. Estava cansado. Tudo o que ele queria era ir para casa. Então que fosse o que Deus quisesse. Cerrou ainda mais os punhos ao redor do cabo e partiu para cima do traidor. Bruce não esperava tanto de William, que se mostrava um excelente espadachim, graças novamente a Reinald Galf. A luta estava de igual para igual, mas William não entendia o porquê da expressão calma no rosto de Poshen.

– Acho que isso serve como aquecimento – disse Poshen. – É hora de começar a luta de verdade.

William não se deixou abater.

– Eu concordo – respondeu ele.

Poshen aumentou a velocidade, mas para sua surpresa William continuava acompanhando-o. A luta prosseguia com esquivas, golpes e contragolpes. Richard não conseguia acreditar no que via. Ele conseguiu se sentar. E, encostado na rocha, ele assistia. Era uma luta espetacular, mas o que mais impressionava era que William conseguia se igualar em velocidade com Poshen, um vampiro com mais de cem anos de idade. E ainda tinha o fato de que os olhos de Brenauder não estavam brilhando sobrenaturais, embora os caninos tivessem brotado. Uma meia transformação. Richard nunca tinha visto nada parecido. Como isso era possível?

Afinal, quem era William Brenauder?

Mas Richard estava errado. Existia uma diferença nas velocidades. Poshen continuava calmo, enquanto William encontrava cada vez mais dificuldades para encaixar os golpes. Parecia que Poshen adivinhava os seus movimentos. William sentiu uma pontada de dor na perna direita. Ficou surpreso com o corte que encontrou.

Ele não vira o movimento de Poshen.

Outra pontada. Desta vez no braço esquerdo. O desespero começava a tomar conta. Instintivamente, ele recuava. Defendeu um golpe na pura sorte.

– O que foi, Brenauder? Já estás cansando?

Não era possível. William forçou ainda mais a vista e conseguia, agora, acompanhar todos os movimentos de Poshen. Mas seus músculos não conseguiam seguir seus olhos e pronto. Mais um corte na barriga. E mais outro no peito. Os cortes não eram profundos; Poshen estava brincando com ele.

William não desistiria. Estava se esforçando ao máximo e seus reflexos conseguiam agora acompanhar melhor seus olhos. Mas ainda faltava muito. Em pouco tempo ganhara mais dez cortes pelo corpo todo.

– Pensei que tu serias um adversário melhor... Tsc! – disse Poshen aborrecido. – Vejo que me enganei. Mas também... o que se pode esperar de um novato? Estou ficando entediado... Hora de pôr um fim nesta luta.

– Pois quero ver – provocou William rebelde. – Eu acho que vosmecê fala demais e age de menos.

– E ainda por cima és um insolente – disse Poshen com uma pontada de raiva. – Mas eu te ensino a ter respeito pelos mais velhos.

Dito e feito. Poshen não estava mesmo de brincadeira. Aparou o golpe de William e acertou uma cabeçada em sua boca. Brenauder recuou com o impacto e, por muito pouco, não teve sua cabeça cortada. Ele desviou no último instante e a espada de Poshen entrou profundamente no ombro esquerdo do jovem vampiro, que berrou de dor. Bruce sorriu, sádico. Chutou com força o estômago de William, fazendo-o vomitar uma parte do sangue ingerido.

O garoto recuou e, no caminho, conseguiu segurar um outro golpe da espada de Poshen, mas acabou sendo empurrado por um chute. Perdeu o equilíbrio. Bruce aproveitou e golpeou a espada de William de baixo para cima. O jovem foi ao chão e sua espada voou, caindo cinco metros à frente, encravada no chão.

– Pronto – disse Poshen. Ele tirou de dentro da capa uma estaca de madeira pontiaguda. – Tua prisão te aguarda.

Mas William parecia não escutá-lo. O olhar perdido em algum ponto no céu estrelado. A cena do choro da garotinha, a mão do menino estendida para ele, o remorso de tê-los abandonado lá embaixo à própria sorte voltavam à sua mente e o massacravam.

Ele fracassara. Era a última esperança daquelas pessoas e fracassara vergonhosamente. Não, ele não aceitaria mais esta derrota. Ele fez uma promessa e iria cumprir. E ainda tinha que achar o assassino de sua família. Não, ainda era muito cedo para desistir. Iria vingar a morte de seus familiares. O assassino iria pagar pelo seu crime bem lenta e dolorosamente. As lembranças dos corpos em decomposição dos Stouts largados no meio da casa como se fossem mero lixo. O sonho com sua irmã chorando. A visão dos prisioneiros de Sahur. Raiva preenchendo seu coração. As imagens invadindo a mente de William como um turbilhão enlouquecedor. Pensamentos perigosos. As mãos tremiam. Não. Ele fizera duas promessas na vida e não morreria antes de cumpri-las.

Poshen desceu o braço com a estaca, mas William parou bruscamente o movimento ao segurar a madeira com apenas uma das mãos. Por um segundo os dois se entreolharam. O olhar de William era puro ódio. Com a outra mão ele acertou um soco na cara de Bruce, que recuou mais de surpresa do que de dor. William das Trevas berrava descontrolado dentro da mente de Brenauder, mas o jovem estava conseguindo contê-lo pela primeira vez. William Brenauder iria lutar por si só.

Bruce Poshen ficou possesso. Levantou lentamente do chão, olhando fixo para William. A roupa chique imunda de terra. Aquilo não ficaria assim. Como um vampiro de baixo escalão tinha a ousadia de humilhar o vampiro mais poderoso da região depois das crias de Sahur? Bruce Poshen pensou em pegar sua espada, mas acabou surpreendido pela velocidade de William, que lhe acertou mais um murro na cara. Poshen ficou desorientado por um segundo. Tempo suficiente para William continuar socando a barriga do traidor. Ele não pensava em nada, deixando-se levar somente pelo seu ódio.

– NINGUÉM... OUVIU BEM?! – berrava o jovem vampiro descontrolado, enquanto esmurrava Poshen sem piedade. – NINGUÉM VAI ME IMPEDIR DE CUMPRIR AS PROMESSAS QUE FIZ! EU VOU LIBERTÁ-LOS! ESTÁ ME OUVINDO?! – e deu um soco tão forte no rosto já desfigurado de Poshen, que este voou a metros de distância.

Quando achava que nada mais podia surpreendê-lo, Richard teve uma nova surpresa. William desta vez, sim, estava lutando de igual para igual com Bruce Poshen. Ou melhor, estava surrando bonito Poshen. Ele assistia à luta de queixo caído.

Poshen rolou no chão e deu com as costas numa árvore. Ele nunca fora tão humilhado em toda a sua existência. Era um discípulo de Sahur. Um dos três. Sua presença era suficiente para impor respeito a qualquer vampiro do burgo. Ninguém seria tolo o bastante para desafiá-lo. Mas ali estava um vampiro... um novato que cismava em surrá-lo como se ele fosse apenas um saco de pancadas. O vampiro sorriu.

Poshen sacou a espada e tentou acertar William no pescoço. O ódio era tamanho que ele se esquecia que estava tentando quebrar uma lei não escrita. Mas sua tentativa foi em vão. O jovem segurou a mão golpeante de Bruce e aplicou-lhe uma cabeçada. Poshen sentiu o mundo girar, enquanto o novato, ainda cego de ódio, golpeava-lhe sem dó. Bruce acabou por soltar a espada e teve plena consciência de que a derrota estava próxima. Mas não se daria por vencido assim tão fácil. Juntou suas últimas forças para o último golpe. Os dois se socaram na cara ao mesmo tempo. Poshen voou longe, bateu numa árvore e não levantou mais. William, embora não parecesse, estava esgotado. E ao receber o último golpe de Poshen também voou longe e só parou depois de rolar muito no chão. Também não se levantou mais. Sentia-se aliviado. A raiva passara e ele, pela primeira vez, conseguira se virar sozinho, sem a ajuda de William das Trevas. Foi seu último pensamento antes de apagar...

CAPÍTULO DEZESSETE

William aos poucos foi despertando. Abriu os olhos. Uma paz muito grande se apossava de seu coração. Sua vontade era de ficar deitado naquele lugar tão macio e aconchegante por toda a eternidade, mas a vida não permitiria isso. Não mesmo. Suspirou. Neste momento ele viu mais um *flash* da batalha. Algo novo para ele. Ele via seu pai, Jeremy Stout, empunhando o arco da família e mirando uma flecha na direção dos cavaleiros. Ele atirou e a flecha perfurou o coração de um dos cavaleiros. Ao cair no chão, o elmo rolou para fora e William viu a identidade do cavaleiro: o baronete Truman. William se levantou surpreso com a revelação. *Seu pai matara o baronete.* Estava na mansão de Reinald. Saiu da cama e abriu o guarda-roupa para vestir uma roupa mais decente (estava só com os trajes de baixo). Antes de sair, parou para se olhar no espelho, objeto de ricaço. Sempre ficava admirado quando podia ver sua própria imagem. Não era um rapaz bonitão, mas também não se achava feio.

Não tenho tempo para isso – pensou William, saindo do quarto. *A vaidade é um dos sete pecados capitais.*

Notou que a casa estava tomada pelo silêncio. Não ouvia nem mesmo o cochicho dos empregados. Não importava. Espiou o quarto de Richard. Vazio. No escritório de Reinald também não tinha ninguém. Ouviu algo vindo do quarto de Reinald. A porta estava entreaberta. William nunca tinha entrado antes no quarto de seu mestre. Mexeu os ombros, indiferente. Não havia por que não entrar. Andando furtivamente, entrou no quarto. Este era sem dúvida o mais luxuoso da casa. Tinha uma grande cama de casal forrada com finos lençóis de seda. Candelabros de prata pendiam da parede com algumas poucas velas acesas. Havia cinco quadros. Três deles relatavam alguma passagem da Bíblia. Noé em sua barca, Sansão derrubando as colunas sobre os pecadores e a célebre cena da expulsão de Adão e Eva do Paraíso. O outro quadro era o retrato de um unicórnio, um animal branco e resplandecente como a neve, parecido com um cavalo com um belo chifre de ouro na testa. Uma majestosa criatura que diziam habitar as florestas europeias e dos quais só as moças virgens poderiam se aproximar. Mas o quadro que mais se destacava era o retrato de uma distinta senhora com longos cabelos castanho-claros. Estava sorridente e vestia trajes alegres. Aquele retrato parecia oferecer paz e conforto a quem o olhasse.

William encontrou Reinald de costas para ele, sentado em uma cadeira de carvalho, escrevendo uma carta em cima da escrivaninha. Assim que ouviu William, virou-se de imediato e sorriu cordialmente.

– Olá, William – disse ele, enquanto enrolava rapidamente o pequeno pergaminho e o colocava num cilindro de couro. – Até que enfim acordaste.

– Quanto tempo dormi?

– Cinco noites – foi a resposta ouvida. – Richard ficou bastante impressionado com tua *performance*.

– E onde estão ele e os outros?

– Ah, eles foram ao festival da cidade. Hoje é a penúltima noite da festa. Dei uma folga aos empregados e Richard foi se alimentar. Creio eu que daqui a pouco ele já esteja de volta.

– Então vosmecê já soube da luta? – perguntou William, tentando esconder uma pontada de decepção. Queria ele mesmo ter contado a Reinald.

– Sim, eu soube – respondeu Reinald sereno.

– Queria muito te agradecer, senhor – confessou o jovem vampiro, abrindo um vasto sorriso.

– Já disse que não gosto dessas formalidades...

– Não me importa. Olha, eu te chamo do nome que o senhor... vosmecê quiser.

– Posso saber por que tanta felicidade?

– Graças ao seu treinamento, eu consegui, pela primeira vez, vencer uma luta sem precisar da ajuda de William das Trevas.

Reinald deu um pequeno sorriso. William continuou seu falatório.

– Teve uma hora em que senti o ódio possuir meu coração. Geralmente é nesse momento que a raiva me cega e *ele* toma o controle. Eu comecei a sentir aquela sensação de estar sendo acorrentado, mas desta vez não aceitei. Consegui redirecionar esse ódio e o transformei em força para prosseguir e venci.

– Excelente – elogiou Reinald sorrindo, embora seu cenho tivesse se franzido ligeiramente.

– Richard te falou da traição de Trevor? – perguntou William revoltado.

– Não houve traição. Trevor apenas cumpriu sua parte no trato – revelou Galf. – Nós pedimos a cabeça de Poshen e isso nos foi dado.

– William estava perplexo com a revelação.

– E o Mack?

– Ele sabia, por isso não queria vos acompanhar.

– Quer dizer que ele fugiu da luta?! Covarde de uma figa! E eu preocupado com ele. Ele podia ter nos avisado!

– Não podia. Eu pedi para que fosse assim. Mack não é um vampiro feito para lutas, por isso ele não ficou.

– Espere aí! – disse William ríspido, como se acabasse de entender a real da história. – Como Trevor sabia o dia e a hora da nossa invasão? – mas ele não esperou pela resposta, pois já sabia. Odiava ser manipulado. – Foi vosmecê quem contou! Por isso não quis nos acompanhar!

– Precisamente.

– O quê?! Mas é muita cara de pau! – disse William enfurecido. – Por que vosmecê não avisou sobre a emboscada que Poshen faria?

– Porque tu então estarias preparado para enfrentá-lo.

– Ahn?! – exclamou William confuso.

– É muito simples, William – continuou Reinald, falando calmamente. – Aprende esta lição. Teus inimigos sempre tentarão pegá-lo despreparado. É isto o que eu quis te mostrar. É hora de sair deste teu mundo de fantasia e vingança cega para crescer. Aprende a lidar com a vida e não te deixes manipular por ela. Esteja sempre muito bem preparado.

– Vosmecê e suas lições. Não acredito que eu e Richard quase morremos por causa dessa lição imbecil – reclamou o jovem vampiro. – Às vezes tenho sérias dúvidas se foi uma boa ideia te aceitar como mestre.

– Tu és ainda muito jovem para entender o valor dessas lições, mas um dia ainda irás me agradecer. Além do mais, eu não sou apenas um mestre para ti; sou um amigo. E como tal, jamais colocaria a ti ou Richard em situações de extremo risco.

– Enfrentar Poshen desarmado não é uma situação de extremo risco?! – exclamou William de mau humor. – Melhor nem imaginar o que vosmecê considera risco.

Reinald sorriu. Aquele sorriso reconfortante de pai.

– Havia duas espadas que eu pedi para Mack deixar para vós antes de ir. Além disso, eu confio plenamente no teu potencial – elogiou Reinald. – Como eu já disse, Richard ficou muito impressionado com tua *performance* na luta. Muito impressionado mesmo.

– Sei... Isso significa que sou mais forte que ele?

– Não. Richard e Poshen têm praticamente o mesmo nível de força, mas lutar contra um oponente armado desequilibra o jogo de forças. Podia não parecer, mas Poshen também estava um pouco esgotado quando começou a lutar. Ele tinha enfrentado um grupo de vampiros inconformados com as exigências de Sahur antes de confrontar a vós.

– E o que faremos agora que Sahur descobriu que está sendo espionado?

– Sahur não sabe. Trevor contou-lhe que Bruce Poshen era o culpado pela invasão. É chegada a hora de agir. Tu tens meia hora para tomar banho e te aprontar. Tu deste muita sorte em acordar na hora. Já pedi aos criados que deixassem a tina de banho preparada. E estou de olho na vela. Se ultrapassar o tempo, partiremos sem ti – disse Reinald se referindo a uma vela em cima de sua escrivaninha que era dividida em seções. Cada uma levava uma hora para queimar.

– Tudo bem. Mas tenho mesmo que tomar banho? Não faz nem quatro meses desde que tomei o último...

– Isso não está aberto a discussões, meu caro – disse Reinald. William entendeu de imediato o recado.

– Posso saber pelo menos para onde vamos? – perguntou William de mau humor pelo banho, já se dirigindo à porta.

– É claro. Sahur está dando uma festa e Trevor conseguiu três convites para nós.

– ...?

– Depois explico melhor! – disse Reinald. – Agora, para de me enrolar e vá logo para o banho.

– Está bem. Está bem... – resmungou William, dando as costas para Reinald e abrindo a porta. Parou. – Mas antes uma última pergunta.

– Certo. Sejas rápido.

– O que aconteceu com Poshen?

– Richard o empalou com um galho e jogou o corpo na caverna.

William sorriu, virou-se e saiu do quarto. Reinald suspirou e olhou para o quadro da mulher. Esticou a mão e acariciou o belo rosto pintado.

– Ah, querida. Dá-me forças. Estou fazendo o possível, mas esse rapaz ainda está cego e se recusa a enxergar. O ser das trevas que habita seu corpo ainda está lá e Brenauder nunca vai conseguir se livrar dele. Ele continua se iludindo de que pode controlá-lo. Enquanto houver ódio e rancor em seu coração, William das Trevas continuará reinando – olhou para as mãos da mulher e as cobriu com as suas. – Sinto uma tempestade se aproximando. O tempo de calmaria está acabando. Continua a olhar por mim, minha amada, pois sinto medo. O hálito da morte começa a me envolver – ele sorriu. – Mas não te preocupes; eu sabia que seria assim logo que pus os pés dentro deste burgo novamente.

※

Neil e Sam já estavam sentados no banco do cocheiro, a postos na carruagem de Reinald para levarem os três vampiros para a festa. O dono da casa e o ex-prisioneiro de Sahur já estavam prontos e aguardavam dentro do transporte. Era uma carruagem bem diferente daquela utilizada na viagem. Era menor e mais curta. E não tinha camas, mas assentos luxuosamente macios e confortáveis.

– Como está o festival, Richard? – perguntou Reinald.

– É um excelente lugar para se alimentar – respondeu o vampiro bem-humorado. – Como nos velhos tempos. Às vezes é bom sair para nos divertirmos. Uma pena que tu não quiseste vir.

– Vejo que foi bom mesmo. Estás até mais falante.

– Quem está mais falante? – perguntou William, entrando na carruagem.

– Finalmente chegaste. Já podemos partir – pediu Reinald para os dois criados.

A carruagem começou a se mover imediatamente, enquanto Sam estalava o chicote nas ancas dos cavalos.

William, apesar de contrário à ideia, tomou um banho. Os cabelos penteados e perfumados. Vestia uma roupa confortável e leve, afinal, estavam no verão. Um conjunto cor de grafite.

– Então Sahur vai dar mesmo uma festa? – perguntou William logo depois de se sentar.

– É a forma poética que ele encontrou para reunir todos os vampiros e matá-los – revelou Reinald sombrio.

– E os outros vampiros? Eles já sabem disso?

– Nem desconfiam. Devem achar que Sahur vai cobrar mais algum pedágio ou coisa parecida. Eles estão preocupados com outra coisa.

– E como tu sabes disso, Reinald? – perguntou Richard desconfiado.

– Mack me mantém bem informado. Alguns vampiros estão assustados, mas não com Sahur. Há rumores de que a Floresta das Trevas voltou a se expandir depois de mais de trezentos anos de calmaria. Até os habitantes do burgo estão comentando. Além do mais, têm a notícia do surgimento desse conselheiro misterioso, o enlouquecimento de Lam Sahur, a aparição de Aurion Clack e o desaparecimento repentino de Bruce Poshen. Tudo isso está gerando um clima de desconfiança. O medo está se instalando de novo, e isso não é bom. *Não é nada bom* – advertiu Reinald pensativo.

Silêncio constrangedor. William se lembrava das histórias escabrosas que já ouvira sobre aquele lugar amaldiçoado.

Espíritos descarnados, esqueletos ambulantes, árvores que tinham sangue correndo em seus troncos, seitas demoníacas, povos pagãos, seres das trevas nunca antes vistos. Tudo isso e muito mais ele tinha ouvido falar da floresta maldita que sempre povoava seus pesadelos. Toda vez que fazia besteira, o seu pai o ameaçava de deixá-lo por lá durante uma noite como castigo.

Não conversaram mais sobre nada relevante durante o resto do trajeto. William ficou calado o tempo todo, pensando na morte da bezerra. Já Richard enchia o saco de Reinald tentando descobrir qual era o seu plano, mas este sempre mudava de assunto.

– Mas como nós vamos conseguir entrar? – perguntou Richard. – Sahur nem sabe que estamos de volta à cidade. Se soubesse... Somos mesmo um trio maravilha – disse ele sorrindo. – Um arqui-inimigo secular, um prisioneiro que está livre depois de décadas e um pária que conseguiu sobreviver à floresta.

– É verdade – respondeu Reinald sorrindo. – Mas não precisas te preocupar; Trevor arranjou três convites para nós. Lembra-te que é de interesse de Mastery que todos os vampiros da cidade compareçam.

– Para quem será que esse Mastery trabalha, hein? – perguntou Richard pensativo.

– Não sei – respondeu Reinald. – A única certeza que tenho é de que quem está manipulando as cordinhas logo, logo vai se revelar.

– E como podes ter tanta certeza?

– Intuição.

A conversa não seria mais produtiva. Então ambos acompanharam William no seu silêncio. Ficaram prestando atenção aos ruídos que vinham de fora, pois a carruagem não tinha janelas. Mas o que era mais incômodo mesmo era o sacolejar do carro naquelas ruelas de terra cheias de pedras e buracos. Vez ou outra o impacto era tão violento que William batia com a cabeça na lateral de madeira. Logo depois, galhos de árvores começaram a arranhar o teto e a carruagem passou a ir mais devagar.

Em pouco tempo, chegaram à mansão de Sahur. O portão da frente estava aberto e os poucos sentinelas não impediram a entrada. Uma vez lá dentro, Neil estacionou a carruagem no lugar apropriado, perto de três outras carruagens de luxo. Havia também alguns cavalos amarrados. Variavam bastante; iam desde o pangaré até o puro-sangue.

Reinald deu ordens para que ambos os criados o esperassem ali. Eles consentiram, embora Neil tivesse resmungado um pouco sobre o tédio que sentiria. Os três vampiros contornaram a lateral e chegaram ao caminho de terra que levava à entrada da casa. Casa, não; uma imensa mansão. William ficou admirado. Só tinha conseguido ver a alta torre da moradia de Sahur por cima dos muros de pedra. A mansão era toda feita de blocos de pedra unidos por um cimento rústico – uma mistura de cal, água e areia. Uma estrutura bem comprida quase cobrindo toda a distância entre os muros. O jovem vampiro notou que o segundo andar não tinha janelas. Um extenso pomar tomava conta da parte de trás do terreno, assim como pequenas hortas de verduras e plantas utilizadas como tempero. Podiam ouvir os latidos insistentes e raivosos dos cachorros, presos em algum lugar lá atrás. O trio seguiu por um caminho de pequenas pedras até chegar a um outro caminho mais estreito; um caminho de placas de pedra, paralelo à frente da mansão, que levava à entrada da casa. Árvores centenárias foram mantidas e ornamentavam a frente do domicílio. Todo o percurso era iluminado por pequenos postes onde no topo havia lugar para o fogo – semelhantes aos vistos no julgamento de William.

Na entrada da casa estava Victor Mastery em pessoa. Reinald tirou três pergaminhos amarrados de dentro das vestes e entregou para ele. Mastery sorria cordialmente ao receber os convites e desenrolá-los para verificar a autenticidade.

– Sejam bem-vindos. Eu não vos reconheço.

– Somos novos por aqui – respondeu Reinald.

– Forasteiros, hein? Muito prazer. Meu nome é Victor Mastery – disse gentilmente, enquanto devolvia os convites para Reinald. Seu olhar era de completa surpresa. Julgava saber de todos os vampiros que habitavam a região. – Espero que vos tendais uma boa diversão – Richard quase pulou no pescoço dele.

– É claro – respondeu Reinald num sorriso cordial, enquanto arrastava Richard para dentro.

Richard, de repente, ficou perplexo. O cheiro de Mastery... Ele já sentira aquele cheiro antes. Mas onde? Ele remexeu os ombros indiferente. Talvez tenha sentido o cheiro quando invadiram a fortaleza de Sahur. Quem se importava?

Lá dentro, William ficou admirado com o luxo. Ele que, daquela casa, só conhecia o subterrâneo e as masmorras. A úmida, escura e malcheirosa prisão de Sahur guardando os pobres inocentes que não podiam sequer ser chamados de humanos, tal o estado de miséria daqueles em que se encontravam. Pensamento que abatia profundamente William, pois ele lembrava da opção que fizera ao abandoná-los.

As masmorras... – pensou William, lembrando-se da promessa. – *Passarei lá assim que surgir uma oportunidade. Me esperem.*

O corredor era forrado por palhas secas e empoeiradas. As paredes soltavam muito pó e do teto pendiam algumas teias de aranha, fora do alcance dos criados. Realmente a higiene não era o forte da Idade Média. Havia vários quadros a óleo ao longo do corredor – uma novidade para a época. O tamanho deles variava um bocado. A maioria retratava os antepassados de Sahur. Embaixo de cada quadro, uma placa de cobre onde o nome e os anos de nascimento e morte de cada membro estavam gravadas. Anos bem remotos. Se Sahur já era um vampiro antigo, seus antepassados então...

Mais à frente, quadros religiosos onde Sahur sempre era representado como parte do cenário, geralmente representando alguém importante. Havia um quadro do nascimento de Jesus com os reis magos entregando os presentes. Sahur era o rei que entregava a mirra. Aquilo chamou a atenção de William e encheu seu coração de descontentamento. Como podia haver tamanho sacrilégio?! Reinald notou a agitação de seu protegido e, sorrindo, tentou explicar:

– Não há motivos para tamanha revolta, William – disse ele. – Alguns burgueses prósperos financiam artistas, como pintores ou escultores. E em troca querem seus rostos imortalizados nas telas, nas estátuas. Está na moda encontrar nobres ou burgueses representando alguma figura bíblica. Mas, olhando bem, Sahur como um dos três Reis Magos é mesmo um desperdício de tinta – observou Reinald descontraído.

William e Richard também riram de deboche. Sahur ficava mesmo ridículo no papel de Rei Mago. Mas o melhor era ver Sahur na pele de São Jorge empunhando uma lança e fincando-a num dragão vermelho. E rindo muito continuaram a atravessar o corredor. Guiado pela música animada, o trio chegou a um grande salão de festas. William reconheceu de imediato: era onde Mastery e Sahur tramaram suas mortes. Ele se sentia como uma ovelha indo para o matadouro e nada podia fazer para evitar; a não ser confiar em Reinald.

– Espero que o seu plano seja muito bom... – sussurrou William para o mestre, que se limitou a sorrir.

O salão estava completamente diferente agora. Ele fora bem limpo. Até as tapeçarias pareciam mais brilhantes. A grande mesa retangular tinha uma toalha azul sobre ela, mas nenhuma comida ou bebida, afinal, tais coisas são irrelevantes para os mortos-vivos. Uma grande orquestra de serviçais animava a noite em cima do palco que William havia visto antes. Praticamente todos os vampiros do burgo já se encontravam presentes. A pele pálida cadavérica se destacava naquele ambiente de pouca iluminação. Nem todos os candelabros tinham velas acesas. A luz forte incomodaria os olhos sensíveis dos vampiros. Todos eles estavam de pé. Um ar de orgulho e imponência parecia cercar cada um deles. Que raça orgulhosa era a dos vampiros. Mesmo assim, eram perceptíveis suas ansiedades. William notou uma certa divisão entre os convidados. Pôde identificar pelo menos quatro grupos, embora não soubesse qual era o critério da divisão. Riqueza não era, pois vampiros não ligavam para coisa tão mundana e humana. As roupas variavam bastante, indicando quão rico era o vampiro. E era possível ver um ricaço e um pobretão conversando num mesmo grupo sem o menor sinal de constrangimento. As idades aparentes também variavam bastante (saber a idade verdadeira de um vampiro era realmente difícil). Mas William não viu nenhuma criança ou idoso. Ninguém que aparentasse ser mais jovem do que Sahur. Diga-se de passagem: o único que não estava presente.

William viu de esguelha as duas crias de Sahur conversando mais ao longe. Charles Trevor, o mouro, e Peter Hosch. Ambos estavam presentes no julgamento e eram os responsáveis pelas correntes que prendiam William. Teve a impressão de que os dois olharam de esguelha para ele também. E olharam mesmo; disfarçaram muito bem, pois nem deram bola para o trio. Foi então que William notou os burburinhos que tomavam conta do salão. Todos os olhares recaíam sobre eles. À medida que avançavam, os outros vampiros iam abrindo espaço e se afastando. William sentia-se incomodado por ser o centro das atenções, enquanto Reinald e Richard estavam pouco se importando com os comentários e os olhares.

"Será ele mesmo...?"

"Não é possível! Como pode estar vivo?!"

"Aquele é mesmo Richard Blane?"

"O Roberts falava mesmo a verdade."

"Não pode ser... Pensei que Sahur tinha acabado com a raça dos dois..."

"Como aquele besta do Brenauder conseguiu sair ileso da floresta?"

"Dizem que ele enfrentou mais de dez lobisomens de uma só vez e sobreviveu... E ainda tem aqueles olhos de demônio. Nunca vi nada parecido."

"Quem se importa com aquela besta?! Eu não acredito nesta lorota! Tenho certeza de que Galf está por trás desse enlouquecimento de Sahur."

"Fala baixo, teu imbecil! Eles podem escutar."

"Tem que ser muito doido para pôr os pés na casa de Sahur! Depois de tudo o que aconteceu... É suicídio na certa. Eu é que não vou ficar perto desses loucos."

"Nem eu."

"E eu muito menos."

William procurou ignorar tais comentários. Ele notou algo interessante. De todos os convidados havia somente uma mulher. Ele se lembrava dela durante seu julgamento. Era magra e estava usando um vestido todo preto, como se estivesse de luto. Os cabelos eram negros e brilhosos, assim como a cor dos olhos. Tinha o rosto fino e sobrancelhas benfeitas. Não chegava a ser bela, mas sua aura atraía os olhares. Tinha um belo decote, deixando parte dos seios brancos como leite à mostra. Ela estava isolada, sentada numa das poltronas, longe dos outros convidados.

⁂

Charles Trevor e Peter Hosch conversavam longe dos ouvidos dos outros vampiros. Ninguém se atrevia a chegar perto dos dois. Um misto de respeito e medo.

– Não é que aquela besta do Brenauder conseguiu sobreviver... – observou Hosch, surpreso.

– Aquele garoto tem potencial – respondeu Trevor. – Enquanto estive na floresta, não parava de me surpreender com ele. Ele não é de se jogar fora. Enfrentou três lupinos graúdos e o próprio Lazarus. E derrotou Bruce praticamente sozinho.

– Ainda não consegui engolir isso...

– Não foi nada muito difícil. Mandei-o dar jeito numa revolta dos nossos subalternos. Bruce estava cansado e com fome. Mas ainda estou intrigado com a Besta. Quem será que deu o dom da imortalidade para esse pária? Acha que Lam tem algo a ver?

– Não faço a mínima ideia – disse Peter indiferente. – E não tenho o menor interesse sobre isso. Mas tu me traíste, Trevor. Tu disseste para Lam que Brenauder tinha morrido.

– E tu querias que eu dissesse o quê? – perguntou Trevor levemente exaltado. – Que eu tinha perdido o rastro do bastardo na cachoeira? Tu estás maluco! Lam teria enfiado uma estaca no meu coração antes que eu conseguisse terminar a frase e inventar uma desculpa.

– Isso é verdade. Mas tu podias ter contado a mim... Bom, não importa agora. Quero saber se Galf vai conseguir – perguntou Hosch, observando o trio.

— Tenho certeza de que sim. Ele me deu a palavra dele e eu a minha. Temos um trato — respondeu Trevor. — E já lhes entreguei o inútil do Poshen.

— Ainda não entendo por que Galf está nos ajudando... Não seria melhor para ele que Lam enlouquecesse de vez?

— Ele também percebeu que não se trata de uma simples loucura. Alguém poderoso está manipulando Lam através daquele maldito Victor Mastery.

— Mas se o mestre voltar ao normal... Será que vai gostar de saber que foi ajudado pelo seu maior inimigo? — perguntou Hosch, receoso. — E pior, que suas crias foram pedir ajuda para ele?

Trevor sorriu malicioso como se o que disse Hosch fosse a coisa mais óbvia do mundo.

— É claro que ele não vai gostar, mas quem disse que ele precisa saber que nós pedimos a Reinald? Tudo o que me importa no momento é ter o nosso mestre de volta. E vou conseguir nem que tenha que vender minha alma.

∽⋙⋘∾

William se afastou de Reinald e Richard quando os dois começaram a conversar com Mack, que acabara de chegar. O jovem vampiro se sentiu entediado e excluído. Pensou que aquela mulher solitária pudesse ser uma pária também. Não custava tentar.

— Com licença — pediu William educadamente para a vampira, tentando se lembrar das aulas de etiqueta dadas por Reinald.

— Toda — respondeu a mulher indiferente, sem prestar a menor atenção nele.

William ficou sem-graça. Ele se sentou numa poltrona ao lado da dela.

— Está uma bela noite, não? – perguntou ele amigável, tentando puxar assunto.

Silêncio. William reparou que num dos bolsos do vestido havia um monte de pelos cinza. Aquilo lhe chamou a atenção. Descobriu que era um rato morto. O que aquele bicho estava fazendo no bolso dela? Olhava para o roedor quando foi surpreendido pela súbita virada do rosto dela. Ela o olhava intrigada nos olhos.

— Sim, está uma bela noite – respondeu ela, fria.

— Eu sou...

— Eu sei muito bem quem vosmecê é. *William Brenauder.* Graças a vosmecê a nossa vida ficou ainda pior – disse ela com a voz carregada de desprezo. – Principalmente a minha, porque sou mulher.

— Não foi minha intenção. Acredite. Sou completamente inocente – desculpou-se William. – Além do mais, o que tem o fato de vosmecê ser mulher? Eu acho isso até interessante...

— Humpf! *Muito engraçado, Brenauder.* Como sua mãe se sente?

— Minha mãe morreu – respondeu ele amargo. – Ela viveu para servir ao meu pai; como toda mulher deve fazer.

O comentário machista fez a mulher fechar a cara de vez.

— Vosmecê é um porco sujo igual aos outros homens – disse ela exaltada. Alguns poucos vampiros olharam para a dupla. – Veem a mulher como um simples objeto. Acham que podem nos usar e jogar fora?

William ia responder o que pensava, mas, visto a expressão de ódio da mulher, ele resolveu reconsiderar.

— Acho que devemos amar e respeitar nossas mulheres. Afinal, foram elas que nos puseram no mundo.

O comentário parecia ter surtido efeito positivo, pois a vampira o olhou intrigada.

– Posso saber a quem devo a honra de ter esta interessante conversa? – perguntou William.

Um breve momento de silêncio.

– Desculpe se fui rude. Detesto essa condição que os homens tentam nos impor. Mas tudo bem... Meu nome é Lisa Timbrook – disse ela estendendo a mão, no que foi beijada de leve por Brenauder.

– Desculpe interromper a conversa... – disse uma voz masculina cheia de si, vinda de trás da poltrona de William. – Vosmecê é mesmo o Brenauder, não é? Como conseguiu sobreviver à floresta?

– Antes, posso saber quem é vosmecê? – perguntou William surpreso e irritado.

– James Turner – respondeu o vampiro de olhar curioso e com idade aparente de uns vinte e sete anos. Vestia um conjunto cor de pele.

– Prazer em conhecê-lo, Turner – disse William num tom mais seco. – Por que esse interesse todo em mim agora? Pareço um bobo da corte? Meses atrás eu era motivo de piadas e deboche de todos. Eu me lembro de vosmecê no dia do julgamento. Lembro do rosto de cada um que estava lá.

– Eu... – disse James visivelmente sem-graça.

Ele calou-se por alguns instantes, quando ia abrir a boca para falar foi interrompido por um som metálico de faca batendo de leve num copo de vidro, que aos poucos foi tomando conta do ambiente. Era Victor Mastery quem tentava chamar a devida atenção de todos os presentes. Rapidamente os burburinhos cessaram e todos olhavam agora para o conselheiro. Até mesmo a orquestra parou de tocar.

– É com grande prazer que recebemos, hoje, todos vós – disse Mastery sorrindo e declamando um discurso decorado. – Nesses tempos sombrios onde cobra come cobra e é cada um por si e Deus contra todos, às vezes é bom nos reunirmos como velhos companheiros para trocar experiências. Talvez seja hora de deixarmos as diferenças de lado e juntarmos forças. Pois, unidos, quem poderá contra nós? Pensem nisso! É com esse intuito que nosso líder, o grande e justo Sahur, nos convocou esta noite. Vamos receber com uma calorosa salva de palmas, ele que sempre tentou manter a ordem neste pacato burgo desde que aqui pôs os pés pela primeira vez. Com todos nós, eis, Lam Sahur – apontou Mastery para a entrada do salão, onde se encontrava Sahur majestosamente vestido.

A orquestra tocou uma música de entrada. Todos os vampiros batiam palmas. Todos disfarçando, é claro, pois quem seria burro para acreditar na metade daquele discurso mentiroso de Mastery. Alguns achavam que Victor estava vendo a palavra "imbecil" escrita em suas testas. Mas Sahur não parecia estar ligando nem um pouco para a reação dos demais vampiros. Vestia uma roupa luxuosa em tons dourados e usava diversas joias raras, feitas com o mais puro ouro com brilhantes. Tinha uma espada ornamentada de prata e pedras preciosas presa à cintura. Agradeceu as palmas com uma falsa modéstia e se dirigiu para perto de Mastery.

William ficou intrigado. Sahur mudara de personalidade novamente. Não era mais uma criança e agora parecia mais com o velho Sahur, mas sem o ar de orgulho envolvendo-o. Estava vaidoso, era verdade, mas aquele ar de imponência desaparecera. William deu de ombros indiferente. Aquela palhaçada já tinha ido longe demais. Não havia melhor hora para cumprir sua promessa. Aproveitou que estavam todos distraídos com a presença chamativa de Sahur e esgueirou-se para fora dali.

CAPÍTULO DEZOITO

—Desejo uma boa noite a todos que vieram prestigiar nossa modesta confraternização – disse Sahur animado. Sua voz era doce e suave. – Quero aproveitar este momento tão agradável e pedir desculpa a todos por eventuais erros que eu possa ter cometido no passado.

Todos os vampiros, sem exceções, ficaram boquiabertos. Estava tão convincente que até mesmo Mack, Richard e Reinald por muito pouco não acreditaram. A loucura ainda estava ali, embora muito bem disfarçada. Os três não cairiam tão facilmente.

– Quero primeiramente dizer... – continuou Sahur sorridente e simpático, tendo agora toda a atenção que queria – ...que ninguém mais precisa trazer oferendas a mim. Foi um ato de loucura que me acometeu, eu confesso. Mas hoje estou curado. Sim, meus amigos, e graças a isso, tenho uma nova visão de mundo. Chega de arrogância e prepotência!

Todos os vampiros, puxados por Mastery, começaram a bater palmas e berrar histericamente o nome de Sahur. Reinald, Richard e Mack fizeram o mesmo para disfarçar. Continuavam isolados dos outros vampiros.

Sahur não demorou a notar que havia um espaço aberto no meio da plateia. Seus olhos negros brilharam ao reconhecer quem eram... Um silêncio caiu como uma bigorna sobre o salão quando os olhares de Galf, Blane e Sahur se encontraram pela primeira vez depois de décadas. Ninguém dizia nada. Quem ousaria? Somente a orquestra continuava a tocar, embora ela também tivesse percebido o clima tenso. Por fim, Lam Sahur começou a gargalhar. Uma risada jovial e feliz.

– É uma imensa surpresa. Neste dia tão especial, reencontro dois admiráveis seres que décadas atrás tentaram me mostrar o quanto eu estava errado. Gostaria de deixar nossos momentos desagradáveis para o passado. Quero, aqui... – disse Lam num tom de voz modesto e fazendo uma reverência – ...diante de todos, expressar as minhas mais sinceras desculpas.

Richard fechou a cara. Que mentiroso! Patife! Só se ele fosse o vampiro mais otário do mundo para acreditar naquele discurso canastrão. Era mais fácil acreditar que sapos voavam. Reinald, por outro lado, continuava impassível, prestando atenção em cada palavra pronunciada. Mack não sabia o que fazer. Só agora percebera a besteira que havia feito ao ser visto ao lado dos inimigos de Sahur. Aquilo não seria nada, nada bom para ele.

– É bom ver que estás mudado, Lam – disse Reinald para surpresa geral. – Aceito de bom grado as tuas desculpas. Quem diria, não? Fico realmente feliz com tua atitude.

– Fico grato por ter sido perdoado – respondeu Lam com humildade. – Quero compartilhar um sonho convosco. Com todos vós aqui presentes. Sonhei com um mundo melhor, livre de crimes, perseguições ou injustiças. Onde todos seriam tratados como iguais. As riquezas distribuídas e todos convertidos à santa religião de Deus. Parece um sonho difícil de conquistar, mas não é verdade. Para que um sonho se torne realidade, antes de tudo, é preciso acreditar nele. Acreditar de coração e vivenciá-lo de corpo e alma. E eu acredito.

Os convidados começaram a se entreolhar. Estavam estranhando o rumo daquele discurso. Os olhos de Sahur começaram a brilhar. Um brilho intenso de entusiasmo e insanidade.

– E, para isso, serão necessárias algumas mudanças – continuou ele. – A começar por nós mesmos. Olhai para nós! Assassinos frios e, muitas vezes, covardes. Quantas crianças nós já deixamos órfãs? Quantas famílias inteiras nós já dizimamos? Os vampiros são os avatares de dor e sofrimento. Mortos-vivos que matam suas presas para roubar-lhes a juventude. SOMOS MONSTROS INUMANOS E IMPUROS! – exaltou-se Sahur. Ele fez uma breve pausa, antes de continuar. – Mas para que um sonho se torne realidade não basta apenas acreditar. Temos de fazer. Isso nós podemos ver pela Igreja que fala, fala e fala sobre igualdade, justiça e compartilhamento, mas não pune quem não cumpre seus mandamentos. A Igreja é uma instituição fortíssima com grande influência em todos os reinados europeus, mas parece não se dar conta disso. Por isso o sonho de levar a palavra de Deus a todos os homens ainda não se concretizou. Mas meu sonho vai se concretizar. E, para isso, temos de agir. A primeira providência que vou tomar é livrar este mundo de *todos* os seres das trevas. A começar por aqui – e começou a gargalhar.

Os olhos adquirindo o brilho vampírico. Aquela gargalhada diabólica preenchendo o salão. Todos os convidados sentiram uma pontada de medo começando a se alojar em seus corações. Mas era tarde demais para perceber que não havia janelas no salão e que a única entrada estava repleta de guardas fiéis a Sahur.

Mastery sorria de satisfação. Tudo estava saindo conforme as ordens de seu mestre. Victor lembrava como tinha sido difícil convencer Sahur a matar os outros vampiros. Uma tarefa que levou meses. Como a tática infantil não estava surtindo o efeito desejado, ele apelou para os sonhos. Toda noite ele implantava ideias a respeito das maldades dos vampiros e como sua presença desagradava a Deus. Tudo ficou mais fácil depois de Victor descobrir que a falecida mãe de Lam era uma mulher muito católica e sempre lhe ensinara as virtudes de ser um bom cristão. Mastery descobriu também que Sahur perdera a mãe muito cedo e sempre a admirara. Esta era a chave para controlar Lam e o conselheiro soube utilizá-la muitíssimo bem. Ele abriu passagem entre os guardas e saiu antes que o desespero tomasse conta dos vampiros.

— Guardas! — ordenou ele. — Lacrai esta porta! E matai a todos que conseguirem sair, entendestes?

— Sim, senhor — responderam os guardas prontamente. Nunca puderam imaginar que Sahur fosse um vampiro. Mais que isso, estavam com mais de vinte vampiros reunidos num mesmo lugar. Bem que notaram que aqueles convidados eram estranhos demais. Era bom mesmo aquela porta aguentar.

— Ótimo — disse Victor vagamente, sorrindo de satisfação. — Não vos preocupeis. Eles provavelmente irão se matar lá dentro. Se isto não acontecer quando for de manhã colocaremos fogo neste salão.

Eu sou um gênio! — gabava-se para si próprio. *Só eu mesmo para pensar em tudo.*

Ele se referia ao fato de todos os guardas terem comido alho puro. Alho cru; uma das poucas armas a surtirem efeito contra os vampiros. O alho não mata, é verdade, mas o sangue de um mortal contaminado com o tempero é rejeitado imediatamente pelo corpo morto do vampiro. Não é um quadro bonito de se ver. Mas Mastery foi além. Mandou socar cinquenta dentes de alho e fez com que os guerreiros banhassem suas espadas no unguento pastoso e de cheiro forte. Agora, sim, as armas estavam prontas. Mastery não conseguia esconder um sorriso de felicidade. Ninguém sairia vivo daquela sala. *Ninguém...*

William sorriu satisfeito. Depois de muito andar por aquela casa imensa, ele farejou o cheiro dos prisioneiros. Vinha daquela torre na lateral da mansão. Todos os cômodos estavam imersos nas trevas e William não se deparou com nenhum criado. Mas nada disso o preocupava.

Brenauder imaginava os sorrisos de felicidade dos prisioneiros. Imaginava o sorriso daquela garotinha, chamando-o de anjo. É, isso seria realmente bom. Quem sabe assim não conseguisse um pouco de paz para seu tão atormentado espírito? E, com essa esperança, avançou.

Desceu as escadas e entrou na primeira porta que viu aberta. Era uma sacada. Só havia uma cadeira luxuosa feita com pele e ossos de urso pardo; a cadeira que acomodou Sahur no dia do seu julgamento. William se aproximou da sacada. Dali podia ver as cadeiras do segundo e terceiro escalão. Podia enxergar todo o salão. Doze metros de altura. Ele pulou. Se Sahur podia, então ele também. Pousou graciosamente no chão. Abriu a porta por onde o traidor Poshen o conduzira *gentilmente* com a espada. Abriu um tímido sorriso. O desgraçado teve o que merecia.

William parou e farejou o ar. Naquele labirinto de corredores, o cheiro das masmorras fétidas e mofadas seria o seu guia. Graças ao nariz apurado de vampiro foi fácil achar o caminho certo. Andou durante alguns minutos. A cada passo o jovem vampiro sentia a felicidade transbordar e abraçar mais e mais a sua alma. Faltava só mais aquela curva. E... pronto!

– Cheguei – anunciou William feliz. – É hora de sairmos deste lugar horrendo.

O que o esperava estava muito além do seu pior pesadelo. A visão o atingiu com uma força devastadora. William caiu de joelhos no chão. Sentia o vazio em sua alma aumentar e esta ser tragada para dentro de um buraco negro.

Todos estavam mortos.
Velhos, homens, senhoras, senhoritas e crianças. Mortos com requintes de crueldade. As paredes, o chão e o teto estavam cobertos de sangue seco. Alguns tiveram mais sorte e suas traqueias foram quebradas e arrancadas. Os rostos contorcidos numa expressão de medo e ódio de todos os que morreram desse jeito. Os cortes profundos e infeccionados cobrindo cada centímetro do corpo. Muitos prisioneiros foram submetidos à tortura lenta e dolorosa. Duas moças tiveram seus corpos crucificados em cruzes com grossos e longos espinhos de ferro. As estacas de ferro transpassaram seus corpos na altura do estômago, braços, mãos, coxas e pés. Lugares por onde o sangue escorria lentamente, sem risco de causar morte prematura. Foram três dias de angústia e sofrimento. Os velhos foram amarrados com tiras de couro em mesas de madeira e tiveram seus peitos abertos, ainda vivos e sem qualquer anestesia. Sahur brincou de tirar os órgãos, um a um, deixando o coração por último. Isso sem contar os queimados e os esfolados vivos. Os criados, reconhecidos somente graças aos uniformes, tiveram todos os dedos das mãos e dos pés arrancados. Os rostos estavam desfigurados, em alguns casos era possível ver os ossos faciais. As orelhas e o nariz também foram arrancados. As mulheres foram estupradas por Sahur e tiveram seus seios carinhosamente arrancados por ele. Mas William não avistou a garotinha que o comovera noites antes. Percorreu os olhos pela masmorra inteira até que avistou uma pilha de cadáveres amontoados num canto. Correu para lá, apesar de a pilha estar praticamente irreconhecível, tamanho era o grau do esfolamento, William conseguiu achar um corpinho miúdo e nu, coberto de feridas profundas e inflamadas. Era a menina que tanto o cativara. Ele abraçou o corpo e ficou ali imóvel, sentindo seus traços de esperança e felicidade se

quebrarem em mil pedaços. A culpa voltando feroz para lhe cobrar:

Por que não os ajudou antes, quando teve a chance? POR QUÊ? – perguntava uma voz em seus pensamentos.

Eu não pude – respondia William para si mesmo.

É claro que vosmecê podia – respondeu a voz interior ríspida e maldosa. – *Fracassado! Se eles morreram, a culpa é toda sua. Está ouvindo? A culpa é sua. Monstro!*

– NÃO! A CULPA NÃO FOI MINHA! – berrou William enraivecido. – SAHUR. Ele vai pagar! É a única coisa que posso fazer por vosmecês – disse ele com amargura para os mortos. – Sinto muito por ter chegado tarde demais. *Sinto muito mesmo.*

⁂

Sahur era mesmo um monstro quando se tratava de um combate. Sozinho contra vinte vampiros e ainda assim poucos eram os que conseguiam tocar nele. Alguns vampiros puxaram pequenas facas das suas botas ou cintos. Mas Lam não parecia estar sentindo o efeito das porradas ou das facadas; continuava avançando, surrando e cortando os convidados com sua espada. Os poucos ferimentos que conseguiam lhe causar eram rapidamente fechados. Reinald e Mack resolveram não interferir por enquanto. Lisa também não se envolveu na briga. O mesmo não se podia dizer de Richard. Ele não conseguiu se conter e partiu para cima de Sahur. O ódio à flor da pele transbordando; após anos enclausurado, tudo o que ele mais queria era acertar as contas com Sahur.

– SAHUR, SEU DESGRAÇADO! É HORA DE FINALMENTE PAGARES PELO QUE ME FIZESTE! – berrou Blane enfurecido.

O vampiro de aparência jovial se limitou a sorrir. Richard pulou e pegou um dos machados decorativos, pendurado na parede. Girou rapidamente a arma sobre a cabeça para pegar velocidade e golpeou o ar de baixo para cima na direção de Sahur, sem se importar com quem estava no caminho. Um vampiro teve as pernas cortadas como se fossem manteiga, tal foi a força empregada por Blane. Sahur segurou a lâmina do machado com a mão canhota. Ele sorria desdenhoso.

– *Estou tremendo de medo, Blane*! Isso é tudo o que tu tens a me mostrar depois de tanto tempo? – os olhos de Sahur emitiam um brilho de sadismo e loucura.

Blane, por um segundo, hesitou. E Sahur abriu um sorriso de prazer, se deliciando com o doce sabor do pavor de seu inimigo. Lam fincou a espada na barriga de Richard, arrancou o machado das mãos dele e acertou um chute em seu rosto. Blane voou para trás, derrubando seis vampiros no caminho. Sahur passou a língua no sangue que Blane deixara na espada de prata.

– Quem vai ser o próximo? – provocou Sahur.

Os vampiros começaram a perceber, tarde demais, que Sahur era muito mais poderoso do que se imaginava. Ele se movia a uma velocidade incrível até mesmo para os olhos vampíricos conseguirem acompanhar. A rapidez era tamanha que ele sumia, deixando todos os adversários perplexos e sem ação. Era nesse momento de tensão que vinha o ataque certeiro e brutal, quase sempre por trás.

Lisa estava recuada num canto. Não sabia o que fazer. Precisava sair dali. Que chances tinha ela contra Sahur? Tudo o que via era um borrão se movendo. E quando deu conta, Lam surgiu na sua frente. O punho armado para um soco certeiro.

Ele parou e sorriu.

– Não bato em mulheres – disse ele cortês. – Não por enquanto.

O medo começava a se instalar nos corações dos vampiros, a adrenalina sendo substituída pelo mais puro cagaço.

Eles começaram a recuar. A esperança de saírem dali vivos começava a ruir. Sahur não matara ninguém ainda; estava simplesmente cortando braços e pernas para impedir que os vampiros fugissem. Ninguém escaparia dali. *Ninguém!* Quando todos estivessem tombados, cortaria as cabeças uma a uma.

Foi neste momento que todos puderam ouvir um silvo rasgando o ar e calando a risada ensandecida de Sahur. O garoto foi literalmente encravado na parede. O som metálico da espada de prata e o machado, que o vampiro de quatro séculos de idade segurava, agora batendo no chão. Todos ficaram perplexos, até mesmo Sahur, que tinha agora um machado no meio das tripas, pregando-o firme à parede. Seu precioso sangue escorrendo do ferimento aberto. Sangue podre e enegrecido. Um corte que quase o partiu ao meio. Sentia a fome aumentar vertiginosamente. Uma veia saltou do pescoço do garoto. Imperdoável! Quem ousara derramar o sangue do vampiro mais temido e poderoso de toda aquela região? Quem?! O ódio foi substituído pela surpresa. Reinald Galf se encontrava à sua frente.

Reinald pôs a mão na testa de Sahur e bateu a cabeça dele brutalmente contra a parede três vezes. Lam ficou tonto com as pancadas, mas seu ódio o manteve lúcido. Nunca fora tão humilhado em toda a sua não-vida.

– Basta! – exclamou Sahur furioso, dando um soco na cara de Reinald, antes que ele pudesse alcançar o colar. – Pensas mesmo que podes comigo, Galf? Tu vais ser o primeiro a morrer pelas minhas mãos. És um maldito como todo vampiro. NINGUÉM VAI ME IMPEDIR DE COMPLETAR MINHA SANTA E SAGRADA MISSÃO!

O olhar era puro ódio assassino. Sahur arrancou o machado com violência. Mais sangue jorrou, mas ele não parecia se importar. Atirou a arma contra seu inimigo. E errou por pouco. Os outros vampiros não tinham coragem para se mexer.

– Agora! – ordenou Reinald, sentindo a cabeça latejar.

Charles Trevor e Peter Hosch, utilizando suas velocidades sobrenaturais, seguraram os braços de Sahur, cada um de um lado, e bateram o corpo ferido do mestre contra a parede. Sahur novamente foi surpreendido, mas suas duas crias não conseguiriam detê-lo por muito tempo. Felizmente houve tempo suficiente para que Mack conseguisse arrancar o colar de prata com a gema verde do pescoço de Sahur.

– NÃO! – berrou Sahur desesperado, agitando os braços e jogando suas crias contra a parede. – DEVOLVE-ME IMEDIATAMENTE, SEU INSETO MISERÁVEL!

Sahur caiu de joelhos. As mãos na cabeça. Uma dor fulminante atingiu-lhe em cheio. Seu cérebro parecia que ia explodir. Mack sabia o que tinha que fazer; jogou o colar no chão e pisou no pingente, que se despedaçou em mil pedaços.

Sahur arregalou os olhos.

– Não! NÃO! – berrou, rolando no chão; o corpo tomado pela dor. Suas mãos tremiam.

Ele gritava de dor e desespero. Ninguém se movia. Estavam petrificados de pavor. Sahur se contorcia e cerrava os punhos. De repente começou a socar o chão de ódio. Sentia uma ardência no peito insuportável. Tão intolerável que ele rasgou a camisa, onde uma queimadura com o formato do medalhão estava estampada. Por fim caiu no chão exausto. Silêncio. E então começou a se levantar lentamente. Os cabelos escorridos e desarrumados encobrindo o rosto jovem; os olhos fitando o chão. Sahur arfava esgotado. Ele levantou os olhos, fitando frio a plateia. Uma veia saltou do pescoço. Lá vinha bomba...

– O QUE VÓS ESTAIS ESPERANDO, SEUS IMBECIS?! – berrou Sahur com extremo ódio. – EU ORDENO QUE CAPTUREIS MASTERY! AGOOOORA!

A maioria dos vampiros estava no chão. Desmaiados ou incapazes de se mover devido às porradas que tomaram do tirano. A espada do garoto decepara muitas mãos e pernas. Os vampiros que ainda restavam ficaram estáticos por um segundo. Então começaram a correr em direção à porta. Uma porta dupla feita de madeira maciça e com cinco metros de altura. Estava lacrada pelo outro lado por duas toras bem espessas que a transpassavam.

Todos que ainda podiam se levantar, com exceção de Reinald, Richard e Lisa, estavam esmurrando a porta. As crias de Sahur também não se envolveram, assim como o próprio Sahur. Seu ferimento ardia voraz; um ferimento que quase o partira em dois.

Maldito Reinald! Como pôde ter a petulância de me salvar? – perguntou-se Sahur com o orgulho ferido.

O esforço dos poucos vampiros estava sendo em vão. O salão virou um calabouço; suas janelas foram lacradas com blocos de pedra e cimento tempos antes por ordem do próprio Sahur. Os guardas não estavam nem aí. Ouviam a manifestação contrária do outro lado como se fossem reles mosquinhas. Não havia com o que se preocupar. Mastery mandara reforçar aquela porta semanas antes. Não que fosse preciso, é claro. Homens comuns nunca conseguiriam passar por aquela porta. Todos morreriam ali de fome.

Sahur... – pensou um dos guardas. *Ele, sim, pagava bem. Bons tempos aqueles... Pena que enlouqueceu. Esse Mastery é um muquirana desgraçado. Mas fazer o quê...?*

Mas Mastery não compartilhava da tranquilidade dos guardas. De jeito nenhum. Seu sangue gelara de pavor. Algo dera terrivelmente errado. Maldição! O mestre ia comer-lhe o fígado, e isso só para começar. O que veio em seguida não foi surpresa para Victor.

CABRAM!

A porta tremeu violentamente. Pó e teias de aranha despencavam do teto em cima deles. As toras de madeira racharam. Assustados, alguns guardas chegaram a pular para trás.

CABRAM!

As rachaduras aumentaram de tamanho, assim como o medo dos guardas. Pelos gritos e barulho do outro lado, eles julgaram que os vampiros estavam sendo massacrados. Os que sobraram deveriam estar esgotados; não representariam grande ameaça. A ignorância, nessa Era das Trevas, podia significar sua sentença de morte.

CABRAM!

As trancas se partiam como se fossem simples gravetos. Não aguentariam mais por muito tempo. A madeira parecia gritar de dor, enquanto sucumbia ante a força inigualável do vampiro mais poderoso da região. Um som que fez os corações dos guardas petrificarem. Eles podiam sentir o fluxo de adrenalina percorrendo suas veias. Suas mãos tremiam, embora eles estivessem a todo custo tentando não parecer tão amedrontados. Muitos rezavam em silêncio.

CABRAM!

As toras deram seu último suspiro, enquanto as portas escancararam, batendo com violência na parede. Três guardas largaram as espadas e saíram correndo. Não era vergonha fugir para sobreviver. E todos tinham uma família a sustentar.

Alguns vampiros passaram correndo pelos guardas sem encontrar a menor resistência. Não eram eles os alvos. Os homens estavam com tanto pavor que abriram passagem para os mortos-vivos. A figura majestosa de Sahur saindo do salão logo atrás... Todo o seu orgulho e imponência voltaram a reinar absolutos. Seus olhos fitaram os guardas e ele pôde sentir o cheiro do medo. Um cheiro doce, mas insignificante. Quem ele procurava não estava ali. Mastery fugira.

– Onde está Mastery? – perguntou ele sombrio.

Os humanos não sabiam o que fazer ou o que dizer. Nunca em todos esses anos Sahur lhes havia dirigido a palavra. Quem fazia isso eram seus criados. Criados que agora estavam mortos. Olharam para trás à procura de orientação, mas Mastery simplesmente sumira. Estavam sozinhos. O filho da puta do Mastery fugira...

– E então?

Um a um os guardas foram largando suas espadas. Talvez, se cooperassem, Sahur fosse piedoso. Afinal, foram anos de lealdade, servindo àquele homem. Homem, não. Mas quem se importava com isso no momento?

– Senhor... eu... eu... Estamos felizes com sua volta... senhor – balbuciou um deles.

– Cala-te, inseto – bufou Peter, levantando o guarda no ar. – Nós não temos tempo para ouvir tuas lamúrias. Se prezas a tua vida, responde logo a pergunta: *Onde está Mastery?*

– Eu... não sei.

– Resposta errada – disse Peter, quebrando a traqueia do homem e largando o moribundo agonizante no chão. – Alguém mais tem algo a dizer?

– Cala-te, Peter – disse Sahur ainda mais sombrio. Sua voz era gélida. Ele voltou sua atenção para os guardas. – Vós não sabeis o que quero, mas ainda assim sabeis demais. Matai todos!

Em menos de três minutos, todos os guardas foram eliminados. Alguns ainda tentaram pegar suas espadas ou fugir, mas não conseguiram. Peter e Charles mataram todos rapidamente, antes que os outros vampiros pudessem se mexer. Não fizeram isso para agradar Sahur, mas para mostrar sua superioridade em poder... Mostrar quem dava as cartas naquele jogo.

– Ótimo, rapazes. Prestais todos bastante atenção ao que irei vos dizer. Quero Mastery vivo aqui na minha frente em uma semana. Pensai nisso como uma competição, uma prova. O vencedor levará dois baús recheados de moedas de prata. Quem trouxer Mastery até aqui passará a me ver como *um grande aliado*. Agora vos retirai da minha presença. *Peter e Charles, nós temos muito o que conversar.*

CAPÍTULO DEZENOVE

—Me explica de novo, Richard. Acho que eu ainda não entendi. O que nós estamos fazendo aqui? – perguntou William de mau humor, olhando distraidamente para a paisagem do lado de fora.

– Estamos caçando Mastery. Ou tu já te esqueceste? – respondeu Richard.

– Isso eu sei. Mas o que isso nos interessa? Mastery é problema de Sahur. Foi vosmecê mesmo quem disse.

– É verdade. Eu disse...

– Então... – disse William sorrindo de triunfo.

– Devo isso ao Reinald. Ele quer saber quem está controlando as cordinhas... Quer saber quem poderia tirar vantagens com a morte de todos os vampiros da cidade. Por mim, quero que Mastery, Sahur e companhia vão para o inferno.

– E por que vosmecê deve tanto ao Reinald? – perguntou William curioso.

– Fora o fato de ele ter me libertado das masmorras esquecidas de Sahur? Ele salvou minha vida – disse Richard incomodado, desviando o olhar e virando-se para admirar a lua. – E não foi a primeira vez...

Silêncio. Somente o som das rodas batendo no chão esburacado preenchia o interior da carruagem. William sentiu que tocara num ponto sensível.

– Ahn... Mas não deveríamos procurar por Mastery em Amyville? – perguntou William, mudando de assunto para acabar com o mal-estar.

– Pela lógica seria o certo a fazer. Mas Mastery não está mais no burgo. Deve ter saído na mesma noite em que Sahur voltou ao normal.

– E como vosmecê sabe disso? – perguntou William admirado.

Mas Richard não respondeu. Se limitou apenas a sorrir. Um sorriso enigmático.

– E vosmecê acredita que ele está na floresta... Tudo bem. Mas como vamos encontrá-lo? Seria mais fácil os ricos doarem todas as suas riquezas para os miseráveis do que achar Mastery...

Novamente Richard sorriu. Então William achou melhor desistir.

– E tu? – indagou Richard, olhando-o fixamente. – Por onde andaste nestes últimos dias?

– Eu estava tentando silenciar a voz da minha consciência. Nos meus sonhos... eu ainda ouço... os gritos dos prisioneiros implorando pela minha ajuda. Os gritos de dor... E eu não fiz nada. Absolutamente nada para ajudá-los – lamentou William, abaixando a cabeça desconsolado e escondendo-a entre os braços. – Por que demorei tanto para ajudá-los?

– Tudo bem, garoto – disse Richard amigavelmente, embora ainda mantivesse uma certa frieza na voz e no olhar. – Tu não podias fazer nada mesmo para ajudá-los...

– Podia, sim – teimou William, levantando o olhar para encarar Richard. – Faltou vontade. Faltou atitude. Não devia ter dado ouvidos a vosmecê naquela maldita noite. Deveria ter tirado eles de lá quando eu pude. Eu deveria...

– Tu falaste com Reinald?

– É claro. Ele também disse que eu não podia fazer nada.

– Então para de ter pena de ti mesmo! Para de te martirizar! Tu és muito irritante com essa ladainha de pobre coitado. Será que ainda não percebeste que a morte foi o melhor remédio para o sofrimento deles?

William não respondeu de imediato. Fitou Richard com um olhar de profundo desprezo. Blane continuou impassível.

– Então é assim que os vampiros pensam? Vosmecês não têm respeito à vida? Hein, Richard?

– Quando tu ceifares a vida de dezenas de mortais para manter a tua própria vida amaldiçoada, irás entender o que digo... Vidas vêm e vão todo ano, todo mês, todo dia num ciclo sem fim. Os mortais morrem – disse Richard friamente. – Se não por nós, por outras causas, como as doenças trazidas pelo miasma do ar e da terra, por lobos e outros animais das trevas, a velhice ou as guerras que eles próprios criam... A humanidade é podre, garoto. Eles se agarram à esperança de um salvador que irá lhes tirar da lama na qual eles próprios afundaram de livre vontade e não conseguem sair.

– Como pode dizer essas coisas, Richard? – perguntou William perplexo. – *Vosmecê nunca foi um mortal?* Hein?! Esqueceu como era ser fraco e estar à mercê da morte? Não acredito que vosmecê sempre teve esse coração de gelo! O que aconteceu com vosmecê para mudar tanto de opinião?

Silêncio pesado recaindo novamente dentro da carruagem. Por um instante William jurou ter visto uma sombra no olhar de Richard. Como se por um ínfimo instante pudesse ter acesso à sua alma. No que ainda restava dela. Mas foi somente isto, um instante.

– Sim, William, *eu já fui um mortal*. Num tempo muito distante... Num tempo em que tu ainda nem pensavas em existir! A vida é que se prontificou em secar e petrificar meu coração... Mas por que estou te dizendo isto? Não foste tu que ficaste enclausurado numa masmorra por décadas, garoto. Tu não sabes o que é estar suspenso no ar pelos pulsos sentindo a dor do peso do teu próprio corpo te puxando para baixo, sem poder fazer nada contra. Não sabes o que é estar com uma estaca no coração te paralisando; te impedindo de lutar ou até mesmo de falar... A sede te consumindo noite após noite, clamando pelo sangue da vida, te enlouquecendo a cada instante. Tu perdes a noção do tempo... Cada instante era uma eternidade. Imaginas como foi passar meio século nessa condição? Não, tu não podes imaginar. Sabes como é sentir teu corpo se degenerar pouco a pouco, dia após dia durante uma eternidade? A dor de sentir tua pele sendo repuxada aos poucos e dos teus olhos se desfazendo? Eu era um cadáver, mas estava muito vivo e *lúcido*. Ali não teve um instante sequer em que eu não desejasse a morte. Desejava-a mais do que tudo. Queria acabar com aquele martírio, aquela dor infernal. Mas não podia, pois infelizmente eu estava à mercê da *imortalidade*. Não teve um dia sequer em que eu não suplicasse a Deus pela minha morte. E cada vez que eu rezava, uma parte da minha alma apodrecia. Sim, garoto, eu matei muitos. E vou continuar matando – respondeu Richard incomodado. – Mas quem és tu para me julgar? Que eu saiba, tu participaste de uma revolta meses atrás. *Vais dizer que não mataste ninguém naquele dia?* Tu não és o santo que afirmas ser. Então para de me julgar! – finalizou Richard, voltando sua atenção para a janela.

Ficaram em silêncio pelo resto do percurso. William continuava sentindo o peso da consciência, mas as palavras de Richard lhe deixaram pensativo. Durante seu exílio imposto, descobriu mais um fato terrível: não foi só o tempo entre a revolta até seu resgate por Arctos que ele esquecera. Não, era mais do que isso. Ele não conseguia se lembrar de alguns detalhes do passado. Podia se lembrar de sua família, da sua antiga casa, como preparar o arado, como cuidar da plantação, do seu primeiro beijo, da sua primeira vez com uma mulher, as brincadeiras de criança; todo o seu passado. Mas não conseguia se lembrar do que sentiu nesses momentos. Não lembrava se era uma pessoa tímida ou falante, se tinha uma boa ou má índole. Não conseguia se lembrar de como pensava ou qual era sua opinião sobre a vida. Era mesmo tão devoto a Deus? Ele mataria se fosse necessário? Teria sido sempre tão passivo? Um covarde? Nenhuma resposta; branco total. E isso o atormentava. O vazio que sentia parecia ter aumentado mais um pouco.

Richard, por sua vez, escutava a pergunta de William ecoar em sua mente incansavelmente:

Vosmecê nunca foi um mortal?

E ele se lembrava de um passado do qual gostaria de esquecer para todo o sempre. Ninguém falou mais nada.

༺☙୨୧❧༻

As labaredas de fogo dançavam ao sabor do vento fresco de verão que soprava naquela noite tão calma e serena. Os homens resolveram parar as carruagens para descansar um pouco. Afinal, estavam viajando por dias e noites sem quase nenhuma pausa para um bom e merecido repouso. Ainda bem que o mestre Neil concedeu esta parada. Com ele viajavam mais cinco pessoas que quase nunca saíam de suas carruagens, fosse dia ou fosse noite. Tinham ordens explícitas para não incomodá-los de modo algum.

Era uma expedição de mais de trinta homens muito bem armados; cada um com seu cavalo. Mercenários contratados para escoltar Neil e seus acompanhantes com máxima segurança até o local combinado. Uma viagem de duas semanas e meia, só parando a cada seis horas para comer e dormir um pouco. Banho e outros cuidados pessoais, como se barbear, nem pensar.

Alguns traziam pequenos animais que haviam acabado de caçar. Cataram algumas ervas para temperar a carne. A água dentro de um grande caldeirão de ferro borbulhava, enquanto um homem, que dava uma de cozinheiro, reunia os ingredientes e mexia a mistura com uma grande colher de cobre. Um outro até mesmo achou algumas cenouras selvagens para colocar na sopa junto com os feijões secos que eles trouxeram. Havia cinco carruagens. Três transportavam os vampiros e duas carregavam o estoque de alimentos, incluindo barris de cerveja rala para a felicidade dos mercenários.

Richard e William estavam sentados na grama, num canto mais obscuro, observando a movimentação dos homens em silêncio. A lua estava escondida atrás das nuvens, mas isso não impedia seus raios de iluminarem a campina. Os homens estavam falantes hoje. Não que isso importasse.

– Pelo visto vosmecê não vai mesmo me contar para onde vamos... – resmungou William.

A resposta foi o silêncio de sempre.

– Foi o que pensei – disse William conformado. – Mas o que esses três fazem aqui? – perguntou ele, apontando para um trio mais afastado.

O trio era formado por dois homens e uma mulher. William reconheceu a mulher imediatamente... Era Lisa Timbrook. Um dos homens era James Turner. Mas o outro era um completo desconhecido. Brenauder não se lembrava dele estar na festa.

– Ah! Eles estão aqui para nos ajudar. Creio que já conheces Lisa e James. O outro se chama Vince Locke. Ele é o criado de Lisa, um vampiro também.

– Criado?!

– Sim. Essa Lisa é um tanto rebelde quanto às tradições de nossa sociedade. Ela acha que as mulheres têm que ter um papel mais ativo – Richard não pôde conter uma risada de sarcasmo. – Tolinha. Bem... isso, acho eu, tu já sabias. Acontece que esse tal Locke também acredita nisso.

William e Richard se entreolharam por um segundo e começaram a rir. Um vampiro que servia aos caprichos de uma fêmea. Só podia ser um fracote; um homem digno de chacota.

⁕

– Do que será que aqueles dois estão rindo? – perguntou James, tentando puxar conversa. Aquele casal mais parecia dois zumbis.

– Não imagino – respondeu Lisa seca.

Ela continuava usando um vestido todo preto. A expressão sempre fria e morta de seu rosto. Os mercenários sentiam calafrios na presença daquela mulher tão mórbida. James também não se sentia muito à vontade. Aquele seguidor dela também era calado e inexpressivo, nunca desgrudava de sua *senhora*. Um tremendo chato na opinião de Turner. Ele preferia estar na companhia de Richard e William, duas lendas vivas, mas não queria se intrometer demais.

– Lisa, por que vosmecê sempre anda de preto?

A vampira virou o rosto para encará-lo nos olhos.

– Porque é assim que eu vejo a vida. Ou vosmecê acha que devo vestir roupas mais alegres, usar maquiagem ou arrumar o cabelo por pura vaidade só para arrumar um marido? – perguntou ela.

– Ora! E por que não? Vosmecê é jovem. Podia arrumar um dinheiro muit...

Não terminou a frase, pois foi derrubado de cara no chão. Mal se virou e, antes que pudesse pensar em reagir, uma espada bem afiada pressionava sua jugular. Vince prendia o corpo de Turner ao chão com o pé na altura do peito. Seu olhar brilhava de ódio.

– Se ousar incomodar novamente minha ama com estas baboseiras, juro que vosmecê não verá a próxima noite – sibilou Vince num sussurro.

Turner levantou as mãos em sinal de rendição.

– Eu já entendi o recado...

Lisa meneou a cabeça negativamente e se afastou. Vince abaixou a espada, guardando-a na bainha, e seguiu sua senhora.

⁂

– É... parece que Vince não é tão mole como pensávamos – observou Richard ao fim da cena.

– Não entendo por que trouxe estes três... Vejo que trarão problemas – comentou William com o olhar fixo no trio.

– Vosmecê já os conhecia?

– Nunca tinha visto a cara deles antes.

– Então...? Como...?

– Eles estavam atrás de ti, garoto. Mas tu estavas sumido, por isso não sabes de nada. Desapareceste por uma semana. Eu achei que tinhas morrido, mas Reinald sempre soube que não. Quer que eu te conte o que aconteceu neste tempo?

William aquiesceu e Richard começou a relatar o ocorrido...

⁂

Duas noites haviam se passado desde o fim da festa de Sahur. Uma caçada acontecia por toda a cidade, mas Richard não se importava nem um pouco com isso. Mastery não era problema seu. Uma criada acabara de sair de seu quarto e ele estava muito cansado. Só queria descansar um pouco para recuperar as energias. Mas quem disse que conseguiu? Assim que deitou na cama, Reinald entrou.

– Espero não estar incomodando – disse Reinald.

– *Que é isso!* – respondeu Richard cinicamente. – Fica à vontade – mas nem precisava dizer. Reinald já puxara uma cadeira para perto da cama para se sentar. – O... o que te traz aqui, tão perto da hora de amanhecer?

– Não vou demorar muito. Quero saber se tu vais fazer-me o favor de capturar Mastery antes dos outros vampiros?

– Por que eu faria isso? – perguntou Richard de mau humor. Reinald suspirou. Como era difícil tratar com cabeças-duras.

– Por mim, Richard. Alguém está nos manipulando; tentando nos jogar uns contra os outros. E Mastery tem a resposta para essa charada. A maioria dos vampiros ainda está se recuperando da luta contra Sahur. Vai ser difícil achar Mastery nestas condições. Ele já pode ter escapado, mas tu tens capacidade para achá-lo.

– Sei... – resmungou Richard desinteressado.

– Eu sei que nada disso importa para ti... Mas há uma outra questão. Tu já imaginaste quantos segredos Mastery sabe a respeito de Sahur?

Os olhos de Blane brilharam desta vez. Não havia pensado por esse ângulo.

– Segredos, medos, sonhos... Tudo isso Mastery deve saber. Afinal, ele dominava a mente enlouquecida de Sahur. Tu não precisas entregar Victor para Sahur; basta tu fazeres as perguntas certas...

Reinald se levantou da cadeira e virou para ir embora. Ele sabia que já plantara a semente da curiosidade. Agora era só esperar.

Naquele dia, Richard teve bons sonhos, onde ele fazia chantagens para um Sahur humilhado, raivoso e com o orgulho em frangalhos. Acordou bem-humorado. Não demorou muito a se aprontar e saiu. Cada minuto contava numa caçada. Mas por onde começar? Vasculhou as tabernas à procura de alguma pista decente, mas não encontrou nenhuma. Aqueles malditos beberrões não sabiam de nada. O assunto do dia era os estranhos assassinatos que tinham voltado a ocorrer no burgo.

Richard andava a esmo, tentando pensar em algo. Foi quando teve a nítida impressão de estar sendo seguido. Virou num beco e pulou para o telhado, onde ficou esperando. Quando um vulto encapuzado entrou no beco, Richard saltou silenciosamente e acertou suas costas. O estranho caiu de cara no chão.

– Quem és tu? E por que estás me seguindo? – perguntou Richard.

O estranho se levantou rapidamente e retirou o capuz. A pele pálida não deixava dúvidas. Era um vampiro. Tinha também cheiro de sangue de morto. Richard já vira aquele vampiro antes. Era um loiro mediano e esbelto, de rosto fino e com uma barba benfeita, onde se destacavam dois belos olhos azuis safira.

– Sou James Turner – apresentou-se o estranho. – Vosmecê e Reinald são aqueles que andam com William. Eu estava à procura dele. Por isso estava seguindo vosmecê.

– E o que queres com William? – perguntou Richard indiferente, enquanto James limpava as roupas com as mãos.

– Queria me unir a vosmecês – disse James determinado.

– Ahn?!

– Sim. Sozinho, eu não posso capturar Mastery. Mas, unidos, teremos uma chance maior.

– Quer dizer que ainda não encontraram o conselheiro? – perguntou Richard, demonstrando mais interesse na resposta do que gostaria.

– Não, ainda não – respondeu James.

Richard abriu um sorriso de satisfação.

– Ótimo – disse ele, virando-se para ir embora. Não precisava daquele vampiro fracote.

— Espera aí! — exclamou James. — Não vai querer minha ajuda?

— Não — respondeu Richard seco.

— Vosmecê vai precisar da minha ajuda! — afirmou Turner.

— *É mesmo?* — perguntou Richard sem diminuir o passo. Já ia sair do beco.

— Sim. Não adianta procurar em tabernas ou qualquer outro lugar do tipo. Mastery é uma pessoa muito reservada. Ninguém sabe nada sobre ele — revelou James.

Richard parou. Virou-se para encarar Turner, que sorria de triunfo.

— É bom que tu saibas de algo muito útil — sibilou Blane ameaçadoramente.

O sorriso sumiu imediatamente da face de James.

— Tenho certeza de que poderei lhe ser útil, senhor.

— Fala logo, infeliz! — disse Richard ríspido.

— Ninguém conhece Victor Mastery. Nunca ouviram sequer falar deste sobrenome. O que é bastante estranho num burgo pequeno como o nosso, onde todos se conhecem.

— Para de enrolar e dize logo o que sabes! — rosnou Richard. A paciência no limite. Começava a se perguntar se James não estava caçoando da cara dele.

— Encontrar alguém que saiba quem é Mastery é como tentar encontrar agulha no palheiro. Então pensei no único lugar que poderia me fornecer esta informação. Invadi o fórum de impostos e descobri o endereço dele. A casa ficava nos confins de Amyville e estava abandonada há meses. Um vizinho disse que Victor morreu.

Richard sabia que não devia ter dado ouvidos para esse tolo. Só perdeu tempo ali.

— E daí? — perguntou Richard. — Tu achaste que Mastery fosse ficar dando sopa por aí. É óbvio que ele ia encobrir os rastros.

– Acho que ele não encobriu tão bem assim... – soltou James entusiasmado. – No quarto, achei um quadro que retratava Mastery quando criança numa casa de campo – disse ele. – Pela posição das montanhas podemos saber onde fica essa casa.

– Dize-me uma coisa, Turner – pediu Richard incrédulo. – Tu tens uma boa informação... se me disseste a verdade, é claro. Por que compartilhá-la comigo?

James parou e olhou sério para Richard. Parecia pensar sobre o assunto.

– Não pense que é pelo dinheiro. Isso não me interessa nem um pouco. É pelo desafio. Se eu conseguir pôr as mãos em Mastery provarei que sou o melhor. Ganharei respeito, e isso já me basta. Preciso de ajuda para atravessar a floresta. Sozinho pode ser que eu não consiga. Era aí que Brenauder entraria.

Richard sorriu.

– Ótimo – disse Richard satisfeito. – Acabas de conseguir toda a ajuda de que precisavas. Vamos! Temos uma expedição para organizar.

⁂

– Agora entendi! É para essa casa que estamos indo – concluiu William.

– É claro que não. Turner roubou a tela e demos uma passada naquela casa. Foram necessários cinco dias até conseguirmos achar a bendita casa, e um baú inteiro de moedas de prata para financiar toda a expedição. Agora para de me interromper! – disse Blane com seu habitual mau humor.

⁂

Depois de cinco dias exaustivos de procura, eles finalmente acharam a casa. Uma casa simples, porém muito bonita e elegante, feita inteiramente de madeira de boa qualidade. O telhado inclinado típico de regiões onde neva, onde o topo de uma chaminé de tijolos despontava. Nenhum sinal de movimento na casa. A escuridão imperava no interior. As janelas e as portas se encontravam fechadas. Pelo estado deplorável e selvagem do jardim, ninguém visitava aquele lugar havia um bom tempo. Ainda assim, Richard não queria arriscar. Mandou que os mercenários contratados (os mesmos que os acompanhavam nesta expedição) cercassem a casa e deu ordens para que atacassem a primeira coisa que tentasse escapar. E assim foi feito.

Richard e James entraram na casa. Ambos já tinham suas espadas prontas para o ataque, caso fosse preciso. Com um chute, Richard quebrou a velha porta, que caiu com um estalo. Ele farejou o ar. Nada. Só o cheiro de mofo e madeira velha. Mastery não estava por ali.

Reviraram a casa inteira em busca de alguma pista. Na cozinha, acharam esqueletos de animais silvestres espalhados. Os ossos diziam tudo; Mastery não passara por ali recentemente. James ficou desanimado. A esta hora alguém já devia ter localizado Mastery e ganho o desafio. Droga! Por que a vida tinha que ser tão injusta com ele?

– Vamos – pediu ele cabisbaixo.

– Ainda não – respondeu Richard.

– Ele não está aqui...

– *Eu sei* – cortou Richard ríspido. – Mas quero verificar mais algumas coisas antes de irmos. Quer ir para a carruagem, vai! Mas não me torra a paciência.

James resolveu se calar. Não falou mais nada enquanto acompanhava Richard revirar a casa de cabeça para baixo em busca de uma pista relevante. Procurou na cozinha, no pequeno escritório, na adega, nos dois quartos e não encontrou nada de útil. Já estava para desistir, quando se deparou com um livro grosso de capa vermelha dentro de uma gaveta, escondida numa velha escrivaninha no porão da casa. Não era um livro qualquer; era um livro-caixa. Richard folheou rapidamente. Todos os gastos de Mastery deveriam estar registrados ali.

James não entendeu o que aquilo tinha demais, mas achou melhor continuar calado. Além do mais, ele não sabia ler, como a maioria da população da Idade Média. Durante todo o tempo da volta, Richard aproveitou para ler aquele livro de cabo a rabo.

⁓⊙⊙⊙⁓

– E aí? – perguntou William curioso. – O que aquele livro tinha de tão interessante?

– Esses livros de contabilidade nunca dizem muito. Eu esperava que ali estivesse listada alguma outra propriedade de Mastery, mas não encontrei nada de muito interessante. Eu já ia desistir quando achei uma provável pista. Mastery, antes de se mudar para a casa de Sahur, fez uma grande reforma na cripta da família, na qual ele era o último membro. Muito conveniente ele ter forjado a própria morte.

– Não estou entendendo aonde vosmecê quer chegar...

– Já vais entender.

⁓⊙⊙⊙⁓

Passados cinco dias da volta a Amyville, Richard e James se encontraram novamente em frente à casa de Reinald. Ninguém tinha ainda conseguido pôr as mãos em Mastery; para a felicidade de James. Sahur estava ficando cada vez mais impaciente. Seus próprios cães fiéis também passaram a participar das buscas. Richard leu aquele livro inúmeras vezes até que percebeu o gasto extra na reforma da cripta. Mastery gastou uma verdadeira fortuna.

– Vamos – disse Richard. – É hora de encontrarmos Mastery.

– Vosmecê sabe onde ele está? – perguntou James admirado.

– Quem sabe...? – devolveu Blane cinicamente, montando no seu cavalo.

James fez o mesmo. Partiram.

– Para onde vamos?

– Tu verás.

Eles cavalgaram até o centro de Amyville. Logo à frente estava a praça central onde dois criminosos estavam pendurados pelo pescoço na árvore centenária. Aqueles ali nunca mais roubariam na vida. Uma jovem senhora enchia um jarro de água da fonte, local onde todos colhiam água fresca naquele burgo. Só fresca mesmo, pois saudável não era. Estamos numa época em que o termo "tratamento de água" nem sonhava em existir.

De frente para a praça estava a única igreja do burgo. A igreja de São Pedro; nome do santo protetor de Amyville. Um prédio majestoso feito de pedra e cimento em forma de uma cruz deitada. Era uma construção longa cuja frente dava para uma torre alta onde ficavam os sinos, que tocavam sempre na mesma hora. O som podia ser ouvido a quilômetros. Funcionavam como o rádio-relógio da época. No pátio, um pequeno cemitério, onde sepultavam os membros da paróquia. Atrás da igreja, ficava o mosteiro. Lá eles cultivavam um belíssimo jardim com pomar, legumes, hortaliças e ervas para cura. Tinha também uma fonte exclusiva para os membros do clero. As luzes fracas e amareladas das tochas podiam ser vistas dali, escapando pelas frestas das portas e janelas quase sempre fechadas do mosteiro. Os monges deviam estar estudando.

Contornaram os muros baixos da igreja, pois logo mais estariam se deparando com o lugar onde queriam chegar:

o cemitério do burgo. Mais alguns minutos de cavalgada e finalmente chegaram. James estava louco de ansiedade. A caçada estava perto de terminar. Amarraram os cavalos numa árvore próxima. Para alívio de Turner, ninguém poderia vê-los. O cemitério era um lugar mais isolado, afinal, tirando o coveiro, ninguém gosta de morar ao lado de um lugar que lembra a morte; um lugar maldito, cheio de demônios e almas penadas prontos para atormentarem e roubarem a alma. Não, ninguém iria incomodá-los. O muro era relativamente baixo, e de lá, graças à sua visão vampírica, podiam ver a casa do coveiro lá atrás. Tudo estava apagado. Ótimo. Pularam o muro e aterrissaram graciosamente.

– O que estamos fazendo aqui? – perguntou James curioso, olhando para todos os lados.

– És mais burro do que aparentas ser – respondeu Richard friamente. – Estamos aqui para pegar Mastery. Ele deve estar escondido numa dessas criptas.

– Ah!

– Agora, cala esta boca! Ou queres que ele nos escute?

James assentiu com a cabeça. Ficaram em silêncio, mas não por muito tempo. Turner não aguentou de curiosidade...

– Como vamos achar a cripta? – sussurrou ele. – Aqui têm tantas...

Richard olhou de esguelha para James, que entendeu o recado. Não perguntou mais nada. Mas ele tinha razão. Blane não tinha a menor ideia de como achar a cripta da família Mastery. Aquele cemitério era enorme. Uma busca detalhada poderia levar dias. Talvez o coveiro soubesse. Mas esta seria a última alternativa, porque depois teria de matar o cara e um assassinato chamaria atenção indesejada para o cemitério. Não. Tinha que haver outra alternativa.

Continuaram a caminhar. De repente, Blane virou-se como um raio, sacou a espada de sua cintura e apontou para o pescoço de um vulto encapuzado agachado; escondido atrás de uma lápide. Assim que fez isso, um outro vulto, mais alto e corpulento, apareceu atrás dele e apontou uma espada para o seu pescoço. James ficou sem ação.

Os estranhos vestiam roupas de cor marrom, largas e pesadas que cobriam todo o corpo. A roupa lembrava a vestimenta de um druida. Até mesmo as mangas eram largas e compridas escondendo completamente suas mãos. Na cintura, uma corda branca amarrada.

– Acho que ainda não nos apresentamos – disse Blane para o vulto refém, sem ligar para a espada que estava apontada para o seu pescoço.

– Já, sim – respondeu uma voz feminina fria como gelo. Ela retirou o capuz, revelando aquele rosto sem vida rodeado por uma aura que prendia a atenção. – Sou Lisa Timbrook. Este é meu aprendiz, Vince Locke. Vince, querido, abaixe a espada; eles não são inimigos.

– Sim, senhora.

O vulto corpulento abaixou a espada lentamente. Como se ponderasse se isso era mesmo o certo a fazer. Richard também guardou sua espada. Afinal aqueles dois não apresentavam perigo algum.

– Estamos seguindo vosmecê desde...

– ...que cheguei ao cemitério, eu sei – completou Richard, para surpresa de Lisa. – Apenas esperava o momento certo para vos encurralar. O que vós quereis?

Lisa não respondeu de imediato. Olhou fixo para Richard com seus atraentes e misteriosos olhos negros.

– Quero provar que as mulheres também podem fazer o mesmo trabalho dos homens. Se eu conseguir pegar Mastery, os vampiros machistas terão que engolir muitos sapos.

Richard teve que se segurar para não rir. Mulher fazendo trabalho de homem... Onde o mundo iria parar? E quem era este idiota que seguia as ordens de uma mulher? Uma inferior, segundo os pensamentos da época, a qual foi feita por Deus para servir unicamente ao homem. Um pensamento hediondo e covarde. Mas que só mudaria séculos depois...

– E o que eu tenho com isso? – perguntou Richard secamente.

– Unidos nós teremos maiores chances. Sei que vosmecê não está atrás de Mastery por dinheiro. Um vampiro com seu passado de desavenças com Sahur está sedento por vingança. Talvez Victor saiba de algo útil que possa ser usado contra aquele que te aprisionou.

– Boa análise – respondeu Richard seco. Já ouvira todos esses argumentos. – Mas ainda não me respondeste... Por que eu precisaria de ti?

Vince não pareceu gostar muito da resposta. Ele se mexia inquieto; doido para dar um murro no insolente Blane. Lisa acariciou discretamente o braço de seu capataz e ele se acalmou um pouco.

– Vosmecê não precisa de mim. Eu reconheço – disse ela humilde. – Na verdade, eu não queria procurar por vosmecê e, sim, por Brenauder, mas não tenho visto ele. Sabe onde está?

– Brenauder desapareceu. Não o vejo desde o dia da festa – disse Richard, virando as costas, pronto para continuar sua busca. – Mas acredito que ele esteja bem. Aquele não morre tão fácil.

Vince queria partir para cima de Richard, mas Lisa apertou seu braço com um pouco mais de força e ele segurou seu ímpeto.

– Tudo bem – ela disse indiferente, também virando as costas e andando para o lado oposto. – Vamos, Vince. *Vamos dar uma olhada nos túmulos dos Mastery.*

Richard parou de súbito. Lisa sorria sem que Blane pudesse ver.

– Sabe onde está a cripta? – perguntou ele, virando-se interessado.

– Talvez eu saiba – virou-se Lisa vagarosamente, fingindo desdém. O sorriso sumira. – Mas vosmecê não precisa da minha ajuda, não é mesmo?

– Quem sabe eu não mude de ideia? – desafiou Blane.

– Quem sabe eu não te leve até lá? – rebateu Lisa.

O silêncio dizia tudo. Um pacto foi firmado. Lisa escondeu novamente seu rosto por debaixo do capuz e os conduziu corretamente por aquele labirinto de túmulos. O cemitério era um lugar silencioso. Até mesmo os animais noturnos pareciam respeitar o lugar de descanso dos mortos. O ambiente era calmo e, de certa forma, transmitia paz. De vez em quando a brisa soprava suave balançando as folhas das árvores e brincando com os cabelos dos vampiros. Lisa não mentiu; ela realmente conhecia aquele lugar. Em pouco tempo, chegaram a uma cripta de tijolos enegrecidos pelo tempo.

– É aqui – anunciou Lisa.

Dois anjos de mármore guardavam a entrada com suas espadas da justiça divina. Acima da porta de ferro enferrujado, uma velha placa de bronze carregava o sobrenome da família "M.A.S.T.E.R.Y." em baixo-relevo. Não havia outra entrada, então Richard acertou um golpe seco no cadeado com sua espada. Para um lugar tão antigo, o cadeado estava novo em folha; não tinha nenhum pontinho de ferrugem. Mais três golpes com o cabo da espada foram suficientes para convencê-lo a soltar as correntes da porta, que se abriu com um resmungo metálico. Entraram. Seus olhos brilhavam naquela escuridão à procura de alguma pista. Havia lugares para se encaixar tochas, mas, óbvio, isso não era necessário para eles. O lugar estava com bastante pó espalhado. Duas estátuas de leões deitados em tamanho real, recentemente colocadas, guardavam a entrada para uma escada em espiral que levava aos subterrâneos.

Uma vez lá embaixo, o grupo se deparou com um longo corredor. Esse cômodo era muito maior do que o anterior. Poeira e mofo se acumulavam nas paredes. Não era um lugar agradável de se ficar. Parecia que o teto cairia a qualquer momento em cima de suas cabeças. Lisa e Vince começaram a ler as placas de ferro espalhadas pelas paredes. Atrás de cada uma, havia o corpo de um membro da família Mastery. A placa indicava o nome da pessoa, sua data de nascimento e a data de sua morte. Blane se interessou pelos caixões de pedra que ficavam espalhados pelo centro do cômodo. Eram quinze ao todo. James e Richard leram cada uma das placas.

James achou o túmulo de Victor na terceira tentativa. O vampiro usou sua força para empurrar a tampa de pedra, fazendo um barulho ensurdecedor. O pó do teto recaiu sobre eles, sujando cabelos e roupas.

– O que estais fazendo, imbecil?! – brigou Richard.

– O imbecil aqui achou o túmulo certo – se vangloriou James.

Enquanto os outros se aproximavam, James aproveitou para olhar o interior do túmulo. Um esqueleto. Mastery realmente simulou a própria morte. Encontrou um fundo de madeira, embaixo do esqueleto do suposto morto. Era estranho. Um fundo de madeira, enquanto os outros caixões tinham fundos de pedra. Estranho era também o fato de o esqueleto estar todo espalhado dentro do túmulo, ao contrário dos outros, onde a ossada permanecia intacta. James pulou dentro do caixão e jogou a ossada fora, pois ela atrapalhava a sua visão. Depois de retirar o último osso, Turner notou a presença de uma argola de ferro deitada no fundo do caixão. Ele puxou a argola e abriu um alçapão.

– Encontrei uma passagem.

— Nós percebemos — cortou Richard.

Todos se juntaram em volta do túmulo. O alçapão dava acesso a uma escada escavada na terra. A passagem era estreita e o lugar não era confiável. James foi o primeiro a descer, seguido logo atrás pelo resto do grupo. Andavam em fila indiana e, depois de alguns instantes, chegaram a um pequeno cômodo. Na verdade, um buraco grande na terra, sustentado muito mal e porcamente por colunas de madeira maciça. Nesse lugar havia uma modesta cama e alguns baús. Tinha também vários corpos de humanos amontoados num canto, o que provava a passagem de Mastery por ali. Mas, para decepção geral, Victor não estava naquele lugar. E pelo jeito saíra às pressas, pois deixou para trás três pequenos baús repletos de moedas de prata e algumas roupas de tecido valioso, como, por exemplo, uma blusa de veludo verde, uma cor de difícil obtenção e, por isso, muito cara. James estava começando a perder a paciência. Como era possível que Mastery fosse tão escorregadio? Frustrado, deu um soco na parede, fazendo uma nuvem de poeira descer do teto. Vince e Lisa reviraram o cômodo, mas nada encontraram. Nenhum documento; nada que servisse como pista para a localização do conselheiro. Blane se mantinha impassível. Encontraria Victor e arrancaria as respostas que desejava, nem que fosse na base da porrada. Mas não era hora de pensar nisso. Farejou o ar longa e profundamente. O cheiro de Mastery estava bem forte ali. Aquele cheiro; ele já sentira antes. Desde que se viram na mansão de Sahur, Blane achava que havia sentido o cheiro de Mastery antes... Mas onde? De repente, um sorriso de triunfo iluminou o rosto sisudo de Blane. Mas era claro. Como ele podia ter esquecido?

— Vamos embora — anunciou Blane satisfeito. — Nos encontraremos daqui a duas noites na casa de Reinald. Preparai as malas; ficaremos fora por alguns dias.

E assim foi feito...

— E aqui estamos... – disse Richard sentado na carruagem. A viagem já havia recomeçado. – Indo ao encontro com a nossa presa. Mas e tu? Onde estiveste nestes dias? Tu só apareceste um dia depois de voltarmos do cemitério quando eu estava no meio dos preparativos de nossa jornada.

William ficou fitando o céu estrelado pela sua janela, onde uma lua crescente saíra de trás das nuvens para iluminar tênue o caminho.

— Estava em casa – respondeu ele finalmente. Sua voz era pura amargura e angústia.

— Na casa de Reinald?!

— Não, na minha casa... – confessou William num suspiro, se virando para fitar Richard. – Nas antigas terras de Truman. Passei por lá. Queria ficar sozinho para pensar sobre a minha vida. Tudo tem acontecido tão rapidamente. É como se eu tivesse sido tragado por um turbilhão e só agora eu pudesse respirar um pouco. Tantas perguntas; nenhuma resposta...

— Quem sabe nós não encontramos alguma agora? – perguntou Richard de bom humor.

— Ahn?!

— Ali – apontou Blane. – É ali que o desgraçado está escondido.

William olhou pela janela e se surpreendeu. Algumas centenas de metros à frente, logo depois de um rio, estava a colina que abrigava as ruínas da antiga fortaleza de Sahur.

CAPÍTULO VINTE

O lugar era inesquecível. O feudo abandonado do todo-poderoso Lam Sahur. William não trazia boas recordações daquele lugar maldito. Passavam agora pelas ruínas da igreja. Mal se lembrava da última vez, quando começou a ouvir os choros e soluços de crianças. Com a voz carregada de tristeza, elas pediam para ver suas mães. Aquele coral sinistro se tornava mais e mais forte e vinha de toda parte ao redor deles. William ainda tinha arrepios na espinha ao se lembrar daqueles pequenos monstrinhos comedores de gente. James, Lisa e Vince estavam abismados, mas já tinham sido alertados por Richard sobre tais criaturas.

– Acho melhor acelerarmos – avisou William.

– Não te preocupes; está tudo sob controle – tranquilizou Richard. – Reinald me falou a respeito desses diabinhos com rosto de anjo. São fadas; conhecidas como Crianças da Noite.

– Fadas?!

– Esqueci que tu ainda és apenas um novato no ramo sobrenatural. Nós costumamos chamar de fadas todos os seres que vivem na floresta, tirando, é claro, os lobisomens, dragões, fantasmas, gigantes, magos e nós, vampiros. Alguns chamam de espíritos da floresta, mas, como podes ver, eles de espírito não têm nada. Essas crianças costumam aparecer em locais onde houve muita morte e lá se estabelecem. Adoram carne fresca, principalmente a humana, mas não dispensariam a nossa, se tivessem oportunidade de nos pegar.

– ...

– Não te preocupes; já disse que está tudo sob controle.

Os homens, por outro lado, não estavam tão calmos. Logo eles, que estavam tão acostumados a situações difíceis, como enfrentar uma alcateia de lobos ou bandos de ladrões, ficaram desorientados e com medo. Mas eles foram avisados sobre qual destino teriam se parassem. Neil sabia o que estava por vir e se preparara para a ocasião.

– Vamos, homens – berrou Neil no comando. – Não se deixem levar por esses pequenos demônios.

Mas as palavras foram em vão. As crianças saíram de trás dos arbustos e choravam copiosamente; eram mais de trinta no total. Vestiam roupas sujas, amarrotadas e rasgadas. Os belos rostos inocentes que cativam qualquer um. Mas quando viram que aquela caravana não ia parar com pena deles, ficaram possessos de raiva. O grunhido de ódio deles era fino e irritante aos ouvidos. Já não pareciam tão angelicais. Eles dispararam contra a expedição a toda a velocidade. Os dentinhos afiados à mostra, prontos para rasgar a carne de suas presas. Neil deu ordens para apressarem o passo. O lombo dos cavalos ficou mais quente. Em vão, pois as crianças eram muito rápidas e, pouco a pouco, estavam alcançando o pessoal. O desespero começava a despontar. Mas, como Richard disse, estava tudo sob controle. Ele abriu um baú e, lá de dentro, tirou um embrulho sangrento e malcheiroso. Era carne fresca de porco selvagem que os mercenários haviam caçado na noite anterior. Richard jogou a carne no meio do bando de crianças. A maioria parou de correr e atacou o embrulho de imediato. Richard atirou outro embrulho e o mesmo efeito se deu. Pronto. Todos respiraram aliviados; estavam livres daquelas pestinhas endiabradas.

Depois disso, a viagem foi mais tranquila. Atravessaram a ponte de pedra sem nenhum problema. Subiram a colina, onde já podiam ver claramente no topo o antigo castelo da família Sahur tomado por heras.

— Como sabe que Mastery está escondido aqui? — perguntou William curioso. — Vosmecê disse que não encontrou nenhuma pista na cripta...

— É aí que tu te enganas — revelou Blane. — A visita ao cemitério foi essencial. Já na festa de Sahur eu me lembrava de que já tinha sentido o cheiro de Mastery antes. Senti o mesmo cheiro na casa de campo dele, mas estava muito fraco, quase imperceptível ao nosso nariz. E na cripta eu pude farejar o ar com mais cuidado, e então me lembrei. Quando vós me soltastes eu senti o mesmo cheiro no castelo, embora muito tênue. Só agora me lembrei. O desgraçado esteve por lá quando eu ainda estava preso. Devia estar colhendo pistas sobre o passado de Sahur. E que lugar melhor para se esconder do que nas fuças do inimigo? Ninguém sabe desta casa, somente, é claro, Sahur e, para o azar dele, nós.

Em pouco tempo atravessaram o portão principal, agora somente uma ruína. William ainda se lembrava muito bem do ambiente; identificou o estábulo e os restos de casas menores, onde ficavam os cavaleiros prontos para defender a primeira barreira do castelo. Os vampiros saíram da carruagem, que ficou neste pátio. Nem mesmo Neil iria acompanhá-los mais. Ele ficaria ali junto com os outros mercenários, atento a uma possível tentativa de fuga da caça. Se Victor fosse fugir, o único lugar por onde ele poderia sair era por ali. A parte de trás do castelo dava para um penhasco íngreme.

Os cinco vampiros subiram a imensa escadaria de pedra até o topo e atravessaram o portão duplo de ferro, que guardava a entrada e que havia sido quebrado por Reinald. Lá estava o castelo de três andares feito de blocos de pedra e madeira maciça. A frente da fortaleza estava tomada por grandes árvores e arbustos, que antes faziam parte de um belo jardim.

Algumas videiras estavam carregadas de uvas, amadurecidas sob o sol do outono. As heras tomaram conta da parede frontal da casa. Lisa e Vince ficaram encarregados de tomar conta da frente da casa. Se Mastery escapasse, eles teriam que interceptá-lo.

Blane, Brenauder e Turner entraram no castelo. Seus olhos se acostumaram rapidamente à escuridão que tomava conta do lugar. Richard farejou o ar e, satisfeito, constatou que o cheiro de Victor estava forte naquele lugar. A caçada estava próxima do fim. Ainda bem, porque aquele lugar trazia desagradáveis lembranças a Richard. Sua prisão; seu martírio por décadas. Quanto mais cedo saíssem dali, melhor.

– Sabemos que estás aqui, conselheiro Mastery – anunciou Richard. Sua voz ecoando pelos corredores. – Por que não facilitas as coisas e te entregas?

Nenhuma resposta. Tudo o que ouviu foi o guincho dos ratos, inquietos com a presença de intrusos. O piso de madeira também reclamava bastante. Poeira era levantada quando eles andavam. William observou pegadas no chão indo em várias direções. James ficara tomando conta do corredor, enquanto os outros dois vasculhavam cada cômodo, um a um, cuidadosamente.

– Não vamos te machucar, Mastery – mentiu Richard. – Só queremos algumas respostas. E vamos consegui-las, por bem ou por mal, podes acreditar.

Nenhuma resposta. De repente, o grito de James ecoou pelo castelo. William e Richard saíram apressados do quarto.

– O desgraçado correu para lá – apontou James com uma expressão de dor e ódio na face. A mão apoiada no peito, onde uma flecha acabara de ser encravada. Por pouco não acertara o seu coração e o paralisara.

Era possível ouvir os passos apressados de Mastery ecoando pelos corredores. Ele largou a besta no chão; não teria tempo para recarregá-la. Richard e William correram atrás do alvo. Victor era escorregadio e em pouco tempo sumiu de novo naquele labirinto de corredores. Seria difícil pegá-lo. Ele tinha a vantagem de conhecer o castelo de cabo a rabo.

William e Richard pararam de correr numa encruzilhada de corredores. Apuraram os ouvidos para tentar ouvir qualquer ruído que pudesse lhes indicar a localização de Victor.

— Estou perdendo a paciência, *conselheiro* — ganiu Richard. — James está guardando a entrada. Um grupo de vampiros te aguarda na frente do castelo. E dezenas de mercenários estão te esperando lá embaixo. NÃO TENS ESCAPATÓRIA!

Novamente a única resposta que obteve foi o silêncio. Richard rangia os dentes de ódio. Ah, quando pusesse as mãos em Mastery... Um ruído. O som de um cálice de metal batendo contra o chão. Instintivamente os dois vampiros correram em direção à origem do som. Se deram mal. Uma poça de óleo os fez levar um belo tombo — o mesmo material que embebia as tochas. Bateram a cabeça no chão, o que os deixou tontos por um segundo. Richard pressentiu o que viria a seguir e puxou William para trás.

— O que...? — exclamou o jovem, surpreso, ao ser puxado.

Bem a tempo. Um muro de fogo quente e mortal. O fogo tão alto que quase alcançava o teto. Poderia queimar por horas. Os seus olhos sensíveis ardiam muito com aquela forte luz amarelada das chamas, obrigando os dois vampiros a apertarem as pálpebras até se acostumar com aquela luminosidade excessiva. Atrás deles outro muro de fogo se acendeu. Estavam presos. Um vulto baixo e magro surgindo por detrás das chamas rubras. O cabelo curto e picotado. Era *ele*.

— Olá — cumprimentou Mastery com sua voz macia e paternal. Seus olhos também estavam fechados. — Ufa, está quente aqui, não é mesmo? Espero que não se incomodem; não tinha que ser assim...

– Maldito – ganiu Richard rangendo os dentes de raiva.
– Vós gostais da minha jaula de fogo? – perguntou Victor sorridente. – Ficareis aí por algumas horas. Isso é tempo de sobra para eu estar bem longe daqui quando vós escapardes. Tu és um idiota, Blane. Todo castelo tem uma rota de fuga para garantir a sobrevivência dos nobres, para o caso de seus bravos cavaleiros perderem a batalha. Por isso não estou nem um pouco preocupado com o teu grupo de caça. Vós tendes de vos preocupar mais com esse fogo do que comigo; acho que este castelo tem fundamentos de *madeira*. Pode ser que o fogo escape do controle e aí...
– Vosmecê não vai conseguir escapar – garantiu William com os olhos semiabertos.
– *É mesmo?* – ironizou Victor ainda sorrindo e alisando o cavanhaque. – Desculpa se não acredito nas tuas tolas palavras. O que podeis fazer? Pular no fogo?
Richard sorriu.
– Isso mesmo – disse ele, atravessando o fogo num salto e batendo no corpo de Mastery.
Victor foi pego de surpresa. Com os olhos semicerrados, ele não pôde desvencilhar do ataque suicida e surpresa de Richard. Os dois rolaram pelo chão. Parte da roupa de Richard sendo consumida rapidamente pelo fogo, mas ele não parecia estar nem aí para isso. Os dois se engalfinhavam ferozmente. Nenhum deles tinha espaço e tempo para sacar suas espadas. O rolamento de um lado a outro apagou o fogo da roupa de Blane. Mas, por fim, Mastery conseguiu rolar o corpo para cima dele e sacou um punhal da manga. Por instinto – já que a claridade ainda incomodava seus olhos – Richard conseguiu segurar o pulso do adversário e conteve o golpe.
Victor não desistiu e jogou todo o peso de seu corpo em cima da mão para forçar o punhal em direção ao seu adversário, que se encontrava em desvantagem. Ledo engano. Richard

aproveitou que estavam perto das chamas e pôs a mão do conselheiro no fogo. Ele berrou de dor e largou o punhal imediatamente. Richard usou as pernas e o derrubou para trás.

Os dois de levantaram num salto e Mastery, num movimento rápido, acertou a perna de Blane, que foi derrubado novamente no chão. Victor ia continuar atacando, mas resolveu bater em retirada quando William também atravessou as chamas.

Depois de retirar sua camisa que estava em chamas, William e Richard correram atrás do fugitivo. Parte da pele de ambos estava em carne viva e ardia muito. Fazia tempo que William não sentia tamanha dor. Mas ele não queria parecer fraco e aguentou calado; Richard também continuava impassível.

Correram muito atrás de Victor até que Richard finalmente o alcançou. O vampiro deu um empurrão em seu adversário com o ombro e os dois atravessaram uma porta velha e carcomida pelos cupins. Rolaram novamente um sobre o outro. William entrou na sala, mas resolveu não interferir na luta. Talvez por achar que Richard daria conta do recado; talvez porque aquela paralisia tomasse conta novamente de seu corpo quando ele se via frente a uma luta.

– Tu de novo – reclamou Victor com raiva se levantando rapidamente do chão. – Deixa-me em paz!

– Infelizmente para ti, eu não posso – ironizou Richard, levantando e acertando um gancho no queixo de Victor, que recuou.

Richard deu mais três socos na cara do conselheiro. E em cada golpe sentia uma grande satisfação por finalmente ter encurralado o desgraçado.

– Não estou ouvindo tua voz calma e macia, Victor – ganiu Richard, acertando uma joelhada na barriga dele.

E o espancamento continuava. Victor ainda tentou reagir e acertou um soco na cara de Richard. De nada adiantou. Só serviu para deixar Richard com mais raiva.

— É só isso que podes fazer? — sacaneou Richard.

— Na verdade, não — rebateu Victor, dando um belo soco no peito de Blane, que voou longe e bateu na parede.

Richard caiu no chão e recebeu uma boa quantidade de pó, que desprendia da parede velha, na cabeça. Os olhos de Victor brilhavam de ódio; seus caninos afiados à mostra.

— Não gosto de lutar, Blane — revelou Mastery. — Mas tu estás forçando. Não deves me subestimar.

— Peço desculpas pela minha falha. Vou lutar com todas as minhas forças — disse Richard sereno, deixando sua força fluir, enquanto seu rosto se transformava. — Até porque tu não és nada. Achaste mesmo que eu não perceberia que és um novato?

Victor arregalou os olhos com a revelação. Virou-se rapidamente para tentar fugir, mas Richard foi mais rápido e deu uma banda em Mastery, que, surpreso, bateu de costas no chão. Blane não perderia mais tempo. Deu um bico no rosto de Victor, abrindo o supercílio. Levantou o vampiro caído e acertou uma sequência de potentes socos na sua cara. O nariz quebrara. Um olho não abriria tão cedo. Para completar o atirou contra a janela. A madeira gemeu alto antes de se partir em mil lascas. Victor atravessou a janela e caiu no pátio do castelo, rolando pelo mato do jardim. Estava tonto e amedrontado. Não era para ser assim. Por que tudo dera tão errado?

Richard saltou pela janela quebrada e pousou silenciosamente no chão. Os cabelos castanho-claros desarrumado. Os pequenos cortes do seu rosto sarando rapidamente. Ele voltou à forma humana; a luta acabara. Encontrou Mastery se rastejando pelo mato. O fugitivo ofegava bastante. Sentou-se no pé de uma árvore e encostou a cabeça no tronco. Sua cabeça latejava bastante. Seu cansaço não permitia que ele se movesse nem mais um centímetro. Ele também havia voltado à forma humana.

William desceu pela janela. Graças à audição apurada, Lisa e Vince ouviram o barulho e vieram ver o que estava acontecendo. James chegou logo depois. O ferimento em seu peito já estava curado.

— Tu não precisas morrer, Mastery — disse Richard no controle da situação. Seus olhos mel brilhavam de contentamento. Tinha Victor exatamente na condição que queria. — Só quero que me respondas algumas perguntas...

Mastery assentiu vagarosamente com a cabeça. Só lhe restava cooperar.

— Eu tenho algumas curiosidades a respeito de Sahur... Mas infelizmente o trabalho vem em primeiro lugar. Por que matar todos os vampiros da cidade?

Victor hesitou por alguns instantes, mas enfim a resposta saiu.

— A... morte dos... vampiros seria uma consequência. O alvo era... S... Sahur — balbuciava ele. O medo estampado em sua voz trêmula e falha. — Uma... vingança. *Ele*... foi humilhado por Sahur e... resolveu dar o troco. Ele... é a reencarnação do orgulho.

— Quem está por trás disso? — perguntou Richard incisivo. — Quem é *ele*?

Mastery tremeu ao ouvir a pergunta. Ele escondeu a cabeça entre os braços. Sua voz ficou ainda mais trêmula e fraca.

— E... e...ele vai me... m... matar se eu... ousar tocar... em seu n... nome.

— Eu mesmo vou te matar se não abrires esta matraca imediatamente! — sibilou Richard, sem mais nenhum pingo de paciência. Faíscas saíam de seu olhar, que voltou a brilhar sobrenaturalmente.

Uma revoada de morcegos saiu de uma árvore alta, guinchando muito alto e desviando a atenção do grupo por um segundo. Mastery se encolheu ainda mais. Não sabia o que pensar, muito menos o que dizer. Ele retirou as mãos da frente da cabeça e encarou Richard. Havia muito medo em seus olhos. Mas qualquer resistência sua, física ou mental, se esgotara completamente. Ele engoliu em seco. Seus lábios tremiam quando abriu a boca para revelar.

– ... E... e... le... é... é... S... S... Si... – ele arregalou os olhos. – Não... por favor, NÃO!!

Um zunido incômodo. Uma grande bola de fogo desceu velozmente do céu e atingiu Victor Mastery em cheio. O vampiro gritava de dor e desespero, enquanto corria sem direção envolto em chamas ardentes e mortais. Seus berros de aflição preenchiam a noite. Perplexos, William, Richard, James, Lisa e Vince se viraram para o alto e mais perplexos ficaram.

Lá em cima, flutuando em pleno ar, estava ninguém menos do que Sian Malthus.

CAPÍTULO VINTE E UM

Malthus estava parado no ar; apontava um cajado de metal para onde segundos antes Mastery estava sentado. Saía fumaça da ponta do cajado. Era um objeto metálico longo, cuja extremidade terminava na forma de uma gota. Uma grande gema vermelho sangue se destacava na ponta. Seu brilho era envolvente e sobrenatural.

Onde Malthus arranjara este objeto de tamanho poder?

Sian Malthus fitou o grupo com aquele seu olhar cinza, vazio e inexpressivo. Seus longos cabelos loiros voavam ao sabor do vento. E ele resolveu descer. Durante a descida, o comprimento da haste foi diminuindo magicamente, até que o vampiro pôde guardá-lo nas costas. Pousou como uma pluma no chão. Vestia-se todo de negro; talvez para se camuflar nas trevas noturnas.

– Malthus... – sussurrou William para si mesmo.

Richard encarou Malthus com indiferença.

– Então tu és o famoso Sian Malthus... – observou Richard ao escutar William, fitando o vampiro loiro de alto a baixo. – Finalmente a cobra resolveu dar as caras. Não me pareces ser grande coisa...

– Não sabia que meu nome estava passeando na boca dos vermes – rebateu Malthus com sua voz fria e seca, envolvendo Richard em seu olhar. – Contra todos vós não preciso do poder do cajado. Não preciso nem mesmo *me transformar*.

James, Lisa e Vince pressentiam o perigo iminente. Malthus tinha uma aura maligna e poderosa ao seu redor. E essa aura parecia se expandir a cada instante. Richard estava mexendo em ninho de vespas.

William sentia o ódio aflorar. Seu lado negro estava louco para assumir o controle. Mas sentia algo errado acontecendo com ele. Seus músculos enrijeceram e ele paralisou. Entretanto não era como das outras vezes; desta vez era muito pior. Seu corpo travara por completo. Era como se o chão tivesse afundado em volta de seus pés e correntes estivessem envolvendo todo o seu corpo. Nunca a sensação de paralisação fora tão forte. Ele só podia observar. Viu Mastery finalmente parar de se contorcer. Tudo o que restou do conselheiro foram os ossos enegrecidos com uma fina camada de carne queimada. Mas ele ainda estava vivo. William podia perceber os fracos movimentos dos dedos dele. Quanta crueldade... Nem mesmo Victor merecia um final tão trágico.

– Para mim tu falas demais. Na hora do trabalho pesado mandaste um fracote como Mastery para fazê-lo no teu lugar – provocou Richard.

– Neste mundo só há lugar para os mais fortes – respondeu Malthus com frieza. – E forte é quem detém poder ou conhecimento, ou uma combinação dos dois. Os fracos existem apenas para nos servir. São como peões de xadrez. Era essa a função de Victor neste mundo: meu peão contra Sahur. E ele falhou.

– Só por curiosidade, o que ele ganharia trabalhando para ti? – perguntou James.

Malthus o analisou de alto a baixo, como se realmente se encontrasse na frente de um verme asqueroso e insignificante.

– Victor era cria de meu servo Arctos. Sua obrigação era me obedecer e cumprir minhas ordens. Enquanto conseguiu, teve poder... Teve poder sobre aquele burgo e em cima de todos vós.

– E o que pensas em fazer agora? – perguntou Richard. – Tu estás cercado. E nós somos cinco.

– Vou lhes ensinar uma lição sobre a hierarquia da vida – revelou Malthus, pondo um pé na frente do outro em posição de ataque. Os braços afastados levemente do corpo. – Preparai-vos.

– Tu achas mesmo que podes contra nós cinco?! – exclamou Richard com um sorriso de desdém estampado no rosto. – Não me faças rir.

Malthus não respondeu. Na verdade respondeu, sim, mas com ação. Sumiu da vista de todos e apareceu de repente na frente de Vince. Acertou um soco no peito dele, que foi suficiente para lançar o criado de Lisa vinte e cinco metros para trás em direção à parede do castelo. Um estrondo. A parede desabara parcialmente em cima do vampiro. Quando a poeira baixou, Lisa observou o corpo inerte de seu criado. Vince não se levantava; estava inconsciente. E fora apenas um único golpe. A vampira correu na direção de seu servo na tentativa de ajudá-lo.

Por um segundo a apatia tomou conta do grupo. James foi o primeiro a se recompor. Ele apontou a besta que Mastery largara no chão – e que ele havia pacientemente recarregado – e atirou uma flecha na direção daquele vampiro prepotente. Mas Malthus se desviou facilmente da seta e, no instante seguinte, estava na frente de Turner, que ficou pasmo. Não sabia o que fazer; seus olhos não conseguiram acompanhar aquela velocidade toda. Sian segurou o rosto de James com apenas uma das mãos e o arrastou em direção a uma árvore. O impacto foi tão violento que Turner afundou no tronco maciço. Malthus largou o rosto dele. A coluna de James parecia ter se partido em vários pedaços. Suas pernas estavam bambas e sua cabeça não parava de girar.

Richard não se conteve mais. Não atacara antes porque estava avaliando o adversário. E ele ficou muito satisfeito por saber que seus olhos conseguiam captar perfeitamente a velocidade de Malthus. Seu oponente estava agora de costas para ele; distraído e com a guarda aberta. Era agora. Resolveu atacar com tudo de uma vez só; seu rosto assumiu novamente as feições vampíricas. Saltou na direção de Malthus; os punhos cerrados prontos para socar. Na hora H, Sian desviou, dando um passo para o lado, e Richard, sem poder frear, atingiu James na cara, fazendo-o afundar ainda mais no tronco da árvore. Turner também agora estava fora de combate.

Desta vez quem estava com a guarda aberta era Richard, e Malthus aproveitou para golpear-lhe as costelas com os dedos. Blane só pôde enxergar traços do movimento. O golpe foi tão violento que os dedos de Malthus chegaram a perfurar o corpo de Richard, que recuou arqueado para o lado, pondo instintivamente as mãos sobre o ferimento.

Desgraçado! – pensou Blane enfurecido. *O maldito não estava fazendo uso de toda a sua velocidade.*

– Tua prisão era neste castelo, não é mesmo? – perguntou Malthus friamente, surgindo atrás de Richard. – Talvez seja melhor tu seres aprisionado novamente. Mas desta vez tu não ficarás sozinho.

Malthus tocara num ponto sensível. Lembrar de seu martírio era uma coisa, mas ver uma real possibilidade de voltar para aquele calabouço deixou Richard enlouquecido de ódio.

– NÃO! – berrou ele, sacando a espada da cintura. – EU NUNCA MAIS VOU VOLTAR PARA LÁ! ESTÁS ME OUVINDO?! NUNCA!

Blane tentava acertar sua espada em Malthus, mas tudo o que conseguia era cortar o ar vazio. William na sua passividade viu o erro cometido por Richard: ele perdera completamente o controle.

Malthus se esquivava facilmente dos golpes. Aquilo estava ficando muito entediante. Este verme não passava mesmo de um fracote. Sian segurou o pulso de Richard, antes que este pudesse tentar um novo golpe de espada.

Richard viu surpreso seu pulso ser esmigalhado facilmente. Malthus finalizou o serviço forçando o osso para trás. Fratura exposta. Blane berrou de dor. Instintivamente largou a espada para abraçar o pulso. Erro fatal. Malthus desferiu uma rajada rápida e esmagadora de socos. Blane tombou inconsciente com a cara completamente deformada.

Sian Malthus virou-se e olhou diretamente para William.

– Parece que só sobraste tu para defender o grupo – observou Malthus. – Deves ter muito ódio de mim agora. Vem, verme! Mostra o que sabes fazer!

William tremia levemente, ainda paralisado. Se fosse um mortal, seu corpo estaria coberto de suor. O jovem sentia o ódio aflorar cada vez mais e, com ele, sentia William das Trevas se debatendo em seu interior, rasgando sua alma, lutando para assumir o controle. Nunca essa sensação foi tão forte. Agora Brenauder compreendia por que seu mestre se preocupava em vê-lo trilhar o caminho do ódio.

– Não vais me atacar? – perguntou Malthus intrigado.

William não se mexia. Juntava forças para vencer seu inimigo interior. O treinamento de Galf ajudava muito nestas horas.

– Então esta mulher assumirá a tua função – disse Malthus, desaparecendo e aparecendo na frente de Lisa, que ainda tentava reanimar Vince.

Ela recuou assustada. O que podia fazer contra um monstro daqueles? Malthus a observava. Aqueles olhos davam calafrios. Lisa estava paralisada de medo.

– Deixe Lisa em paz, Malthus! – exigiu William. – Ela não tem nada a ver com isso.

– Como não? – retrucou Malthus. – Ela está contigo.

Lisa resolveu que, se iria morrer, ela morreria lutando. Sacou uma faca da manga e atacou seu oponente. Malthus foi mais ágil e deu um tapa na mão de Lisa, fazendo-a largar a faca. Deu um soco na boca de seu estômago e, com um golpe seco com a palma das mãos, arremessou a vampira longe. Ela caiu rolando no chão e só parou doze metros à frente. Mesmo estando tonta, se levantou prontamente e, sacando uma outra faca da manga, atirou em Malthus. O orgulhoso vampiro aparou a lâmina entre os dedos da mão e arremessou de volta. A faca penetrou fundo na perna de Lisa, que abafou um grito de dor. Malthus locomoveu-se rapidamente e apareceu de novo na frente da vampira, antes mesmo de ela conseguir retirar a lâmina. Malthus segurou a cabeça da vampira e deu uma joelhada no rosto, fazendo-a cair no chão e fraturar o nariz. Ele a ergueu pela túnica, que ficava sobre o vestido preto, com uma das mãos e deu três tapas no rosto de Lisa, que berrou de dor e desespero. A vampira tentava reagir, mas seus socos, tapas e chutes nem causavam cócegas nele. O monstro perfurou o olho de Lisa com um dedo, cegando-a. Lisa berrou de novo. Os gritos dela ecoavam com força na cabeça de William como uma marreta e ele se odiava muito por deixar isso tudo acontecer. Se odiava por não conseguir se mexer. Se odiava por ser um covarde asqueroso.

Enquanto isso o massacre parecia não ter fim. Lisa foi arremessada no chão e Malthus pisava com força sobre sua cabeça. A vampira estava tão abatida que nem mais se movia.

Sabia que aquele monstro estava maneirando na força para prolongar seu sofrimento. Ela fungava e soluçava completamente sem esperança de sair viva dali.

Um zunido cortando o ar rapidamente. Malthus, surpreso pela primeira vez, se desviou de uma espada que foi atirada em sua direção. Por pouco não o acertou; somente uma parte de sua roupa foi cortada.

– Já falei para deixá-la em paz – sibilou William.

Malthus virou-se em direção a William e se afastou de Lisa. Ele ficou frente a frente com Brenauder, que finalmente domara seu lado negro. O ódio se dissipou e uma calmaria se apossou de seu coração. Com isso, sua paralisia passara e o jovem vampiro finalmente pôde lutar. O treinamento de Reinald dera certo afinal.

– Vem, Brenauder! – desafiou Malthus. – Vou permitir que ataques primeiro.

– Por que todo esse interesse em mim? – questionou William.

– Arctos me confidenciou que tu não és um vampiro comum. Tua transformação é incompleta e, quando teus olhos assumem um estranho brilho de cor incomum, apresentas uma força fora de série. É o primeiro vampiro que tenho conhecimento de que não consegue se transformar completamente; a não ser em casos de sobrevivência ou quando acuado, como no julgamento.

– E o que vosmecê tem com isso?

– Busco conhecimento, seu verme ignorante. E tu me intrigaste, o que é bastante difícil de acontecer. Eu nunca vi um caso assim antes. Então mostra-me o que consegues fazer. Tu já viste o quão poderoso eu sou, então luta a sério.

William deixou seus caninos brotarem e partiu para cima de Malthus, mas não conseguiu acertar. Mais duas tentativas. Malthus desviou facilmente dos socos. Mas William era osso duro de roer e enquanto tentava acertar os socos, direcionou instintivamente uma parte da sua reserva de sangue para a perna direita. Acabou surpreendendo aquele arrogante traidor com um rápido e potente chute. Sian Malthus foi atingido no estômago e voou para trás.

Ele caiu agachado no chão. Levantou-se rapidamente. Havia traços de ódio em seu olhar de cenho levemente franzido. William sabia que seu adversário deveria estar possesso por ter sido atingido, embora sua expressão pouco dissesse. Não era hora para brincar, então William atacou novamente. Desta vez uma voadora. Nada. Ele pousou no chão e girou a cabeça para todos os lados.

Malthus sumira.

Droga! pensou William perplexo e receoso. *Onde esse maldito se meteu?*

Quando se virou de novo, Malthus apareceu na sua frente e acertou um senhor soco na sua cara. William travou as pernas e absorveu o impacto. O jovem vampiro virou o corpo e, fechando a mão, tentou socar Malthus, mas ele sumira de novo. Apareceu quando William menos esperava e acertou um outro soco. De novo, o jovem absorveu o golpe sem esmorecer.

– Vês, Brenauder? – perguntou Malthus correndo em alta velocidade, invisível aos olhos de William. – Nós pertencemos a estirpes diferentes. Tu és um pária e andas somente com párias; vampiros inferiores e reles peões. Não importa quanto mudes, tu sempre serás um camponês.

Malthus aumentou ainda mais a velocidade e agora se tornara invisível aos olhos do novato. William somente sentia os golpes. Outro soco. E mais outro. O aprendiz ainda assim resistia. As palavras de Malthus o feriam mais que os golpes. Ele estava resistindo por teimosia.

– Um servo ignorante que servia aos caprichos de um nobre. Nasceste preso à terra e morrerias prisioneiro dela, se não tivesses sido transformado num vampiro. Um peão que sempre aceitará ser manipulado pela vida. Eu nunca aceitei isso quando em vida mortal, verme. Nunca. Superei as adversidades porque sou tão podre quanto a vida. Hoje estou além do alcance da morte. Tenho o poder sobre a vida e a morte! Vossas vidas estão nas minhas mãos.

– Só Deus tem o poder de decidir sobre a vida e a morte! – retrucou William farto daquela arrogância. – Quem vosmecê pensa que é?

William foi acertado mais três vezes e não conseguiu resistir, sendo arremessado longe. Pouco a pouco, Malthus fora aumentando a força do ataque para testar a resistência do jovem. Brenauder se levantou cambaleando mais do que um bêbado.

– Estás errado de novo, verme. Quem tem poder e conhecimento pode decidir também. Os mais fortes ditam a justiça deste mundo – disse Malthus com sua voz gélida. – Nós somos os seres escolhidos para isso. O ser humano é fraco, é sujo. Não passa de alimento fresco. Trabalha dia e noite só para envelhecer e morrer. Nunca quis para mim essa vida de miséria e sofrimento. Por isso me tornei o que sou hoje.

– Um monstro solitário e amargurado – provocou William pondo-se de pé. – Seu destino é frio e triste como os campos secos cobertos de neve.

Malthus apareceu na frente de William.

– Achas mesmo? – disse ele com um sorriso irônico no rosto. Era a primeira vez que se via Malthus sorrir. E era assustador.

Impiedoso, Sian o golpeou dezenas de vezes. Um ataque rápido e pesado. William só via traços do movimento dos braços de seu inimigo, tamanha era a velocidade. Poucos segundos foram necessários para que Brenauder fosse arremessado vinte metros para trás. Girava sem controle até que parou, estendido, de costas para o chão. Seu corpo estava esgotado e uma dor lacerante o impedia de se mexer. Seus músculos foram amaciados pelos golpes e não lhe obedeciam de jeito maneira. Malthus estava certo afinal... Suas vidas estavam nas suas mãos. Virou a cabeça para ver Lisa, que ainda estava caída no chão, soluçando muito. Sua visão estava turva e somente um olho abria e mesmo assim, pela metade. Silenciosamente William pediu perdão a todos ali por ter falhado. Talvez se tivesse deixado William das Trevas assumir, as coisas não tivessem seguido para este caminho de morte. Ele suspirou; era tarde demais para se arrepender. Não lhe restava mais nenhuma força para resistir. Seu corpo clamava desesperado por sangue. Mas nesse estado o que William das Trevas poderia fazer? Sua cabeça girava e sua visão ficava cada vez mais turva. A esperança de sair vivo dali era remota.

Perdão, pai! Perdão, mãe! Perdão, minha família! Não pude nem vingar suas mortes como prometi...

Uma pontada de dor na mão. Malthus estava esmagando sua mão com o pé.

– Uma pena... Acho que não tens controle sobre tua transformação, verme. Esperava um pouco mais de ti – disse Malthus indiferente. – Estou desapontado. Cheguei a pensar que me cansaria um pouco com esta luta, mas nem isso. Vós não sois, nem de longe, um desafio. Sois tão fraco e digno de pena que não sinto a menor vontade de matá-lo.

Malthus começou a flutuar lentamente. Ele olhava fixo para William, estirado no chão lá embaixo. Uma brisa suave batia em seu rosto inexpressivo. Olhou para a fortaleza abandonada, onde o fogo, agora fora de controle, destruía o antigo lar da família Sahur. Parte da casa estava prestes a desabar.

– A batalha final se aproxima, verme. – disse ele com os olhos fixos no fogo. – Dize a Sahur para vir acertar as contas comigo. Estarei esperando na Floresta das Trevas. Se quiseres morrer, vem também. Lembra-te, Brenauder, deste conselho precioso: muitas vezes para se obter a vitória, certos sacrifícios são necessários. Cabe a ti o peso desta decisão. Eu fiz a minha. E tu? Até quando vais se comportar como uma mosca morta? – Fez uma pausa e sorriu. – A propósito, *muito obrigado*.

E, dito isso, virou-se e partiu, sumindo na calada da noite. William suspirou mais uma vez e virou a cabeça para o lado. E, aliviado por ver um rosto amigo se aproximando, apagou.

CAPÍTULO VINTE E DOIS

William acordou já bem próximo do burgo. A carruagem passava perto de um rio; ele podia ouvir o barulho da água correndo incansavelmente. Aquele sacolejar incômodo da carruagem. Ele se despreguiçou lentamente. O corpo parecia triturado; cada músculo gemia de dor. Seu estômago berrava de fome. Como era bom estar vivo...

Blane também estava ali, sentado em sua cama. Seu pulso quebrado estava porcamente enfaixado com umas tiras nada higiênicas com folhas de plantas curandeiras. As roupas estavam sujas e rasgadas; eram as mesmas usadas no dia da captura do conselheiro. O olhar perdido no nada, pensativo.

– Olá – cumprimentou William.

Richard fitou o jovem, mas nada disse. Ele apontou para uma jaula no pé da cama. Fazendo um esforço desgraçado, William levantou a caixa de grades metálicas e viu cinco lebres. Bebeu o sangue de todas. Era um sangue ralo demais, mas daria para o gasto.

– E os outros? – perguntou William, limpando a boca suja de sangue.

– Estão todos bem, na medida do possível – respondeu Richard. – Nosso orgulho é que está bem ferido. Vince e James estão inconscientes. Lisa ainda não se recuperou por completo. Ela não emite nenhuma palavra, e fica o tempo todo cuidando de Vince e James. Eu acordei há três noites.

– Mas estamos vivos, isso é o importante. E devemos tudo a Neil. Eu o vi antes de desmaiar.

– Quem diria, não é mesmo? – murmurou Richard, desinteressado no rumo daquela conversa.

– Os outros eu já desconfiava, mas não sabia que vosmecê era um pária também – comentou William.

Richard olhou novamente nos olhos daquele jovem e inexperiente vampiro. Por fim abaixou a cabeça e sorriu.

– Muitos vampiros dão o dom para suas vítimas e as abandonam. Por isso a maioria de nós é um pária, garoto. Ou órfão, como gostamos de nos chamar. Talvez esses vampiros errantes achem que isso seja uma forma de perpetuar o mal neste mundo ou, quem sabe, uma brincadeira cruel com a vítima, acreditando que ela morrerá com o nascer do sol. Pode ser qualquer outro... Mas nós nunca saberemos o verdadeiro motivo, uma vez que é improvável que venhamos a conhecer nossos *criadores*.

– Entendo o que sente...

– Não me importa saber quem seja meu criador, William! Sinceramente quero que ele vá para a puta que o pariu. Sei lá... Talvez o que eu mais deseje é reencontrar meu lugar neste mundo e um pouco de sossego. Infelizmente sempre teremos de encontrar um Sahur ou Malthus ao longo do caminho...

~~~

Finalmente, depois de uma cansativa viagem, eles retornaram ao lar: o belo, sombrio e sujo burgo de Amyville. Pagaram um pedágio aos guardas para poderem entrar e deixaram James, Lisa e Vince perto de suas casas. Lisa usava um tapa-olho; seu olho perfurado já estava bem melhor.

Foram para a casa de Reinald. O descanso seria merecido. Deixaram os criados cuidarem das malas e do pagamento dos mercenários. Entraram na casa e duas criadas vieram perguntar-lhes se desejavam tomar um banho. Richard concordou, já William... Banho para quê?

– Onde está Reinald? – perguntou William. Sentia saudade daquele ancião e dos seus conselhos.

– O nosso senhor não se encontra – respondeu uma criada com a voz submissa. – Ele tem saído muito e às vezes dorme fora de casa.

William e Richard se entreolharam ligeiramente. Blane mexeu os ombros, indiferente, indo para o seu quarto, enquanto esperava pelo seu merecido banho. William também foi para o seu aposento e se atirou na cama macia. Essa vida de rico era realmente boa e ele já estava ficando mal-acostumado. Pensava no que Malthus e Richard tinham dito. Por que Malthus lhe agradeceu? E o vazio que o consumia parecia aumentar. Mas lembrava como domara seu lado negro e sorria. Talvez as coisas começassem a melhorar. Em pouco tempo adormeceu...

Na noite seguinte, William foi acordado por Richard. Ele queria sair e caçar alguns mortais para se alimentar. William ainda não aceitava muito bem a ideia de assassinar mortais, mas o vício no sangue humano era mais forte. O cheiro do sangue, o gosto, isso aguçava a sede do jovem vampiro. Os dois saíram para explorar a noite.

Passadas três horas de espreita pelas ruelas e becos de Amyville, eles conseguiram avistar três pessoas andando ao longe. Uma cambaleava completamente bêbada, sendo guiada pelas outras. Com sua visão adaptada à escuridão, William logo percebeu o que passava. Dois ladrões encontraram a vítima perfeita, e os vampiros encontraram as vítimas perfeitas. Foi um ataque rápido, furtivo e mortal. Os dois ladrões morreram no ato. O bêbado caiu sentado no chão sem nada entender. Ele ainda tentou puxar uma conversa amigável, sem entender o que realmente se passava. William já havia puxado o pulso do bandido e sugava agora o delicioso sangue humano. Richard fitou o bêbado seriamente. O seu olhar sobrenatural fez o homem mudar de ideia. Ele ficou sóbrio por um segundo e fugiu apavorado. Blane se virou para sua vítima e sugou-lhe o néctar da vida.

Saciados, os dois vampiros voltaram para casa.

– Obrigado – agradeceu William ao atravessarem o portão.

– Por quê? – perguntou Richard surpreso.

– Por ter matado os malfeitores em vez de um inocente – continuou William satisfeito, abrindo a porta de casa e ouvindo vozes discutindo na sala de estar.

– Estás falando do bêbado? – perguntou Richard sorrindo. – Não te iludas. Só não matei aquela criatura deprimente porque sangue de bêbado me deixa enjoado. Tem um gosto terrível de alcool azedo! E além do...

Blane parou de falar quando entrou na casa. Na sala de estar estava Reinald sentado numa poltrona e na outra estava... *Lam Sahur!*

– Olá – cumprimentou Sahur naquele seu jeito arrogante e desdenhoso.

– TU?! – exclamou Richard em alto e bom som se aproximando ameaçadoramente de Sahur. – O que fazes aqui?!!

– O que isso te importa, inseto? – perguntou Sahur carrancudo se levantando da poltrona.

– IMPORTA MUITO! QUERO QUE SAIAS DAQUI AGORA MESMO, ANTES QUE EU PERCA A PACIÊNCIA, SEU MOLEQUE! – berrou Blane, desembainhando a espada.

Peter Hosch apareceu atrás de Blane, apontando-lhe uma espada na altura do pescoço.

– Mais um passo, Blane, e será teu último.

— Calma, rapazes — disse Reinald serenamente. — Não queremos iniciar um banho de sangue, não é mesmo? Ainda mais agora, que estamos começando a nos entender.

Sahur suspirou.

— É verdade; infelizmente sou obrigado a concordar — disse ele contrariado. — Abaixa a espada, Peter.

Peter obedeceu. Richard já não entendia mais nada. O que Sahur estava fazendo na sua casa? Reinald o tinha convidado de livre e espontânea vontade? William estava igualmente perplexo.

Reinald indicou o sofá para que os dois se sentassem. Logo depois, Lisa e seu fiel servo chegaram. Era a primeira vez que viam o rosto de Vince claramente. Era um ruivo de cabelos longos com rosto liso e carrancudo. James também chegou. Sahur não parecia contente com a chegada desses párias, que julgava serem inferiores.

— O que estamos esperando? — perguntou Peter, impaciente.

— A chegada de um outro aliado — respondeu Galf. — Mas creio que possamos começar sem ele.

— Ótimo — disse Lam. — Quanto mais rápido começarmos, mais rápido irei embora.

— Quero saber o que está acontecendo aqui! O que este sujeitinho está fazendo na minha casa? — questionou Richard, apontando o dedo para Sahur, que fechou a cara. Sua tolerância estava chegando ao fim.

— O que vamos tratar aqui, Richard, está acima das nossas inimizades — explicou Reinald. — Vamos falar sobre o conspirador que está tentando destruir a nós todos.

— Sim, por mais que eu odeie concordar, é verdade.

— Ele não quer destruir a nós todos — observou William, atraindo todos os olhares para si. — Somente a vosmecê, *Lam Sahur* — e apontou o dedo para Sahur, que não gostou nada, nada, do gesto. – Vosmecê é o responsável por essa confusão toda.

– Conta-nos sobre a viagem primeiro, Richard – interveio Reinald, antes que os ânimos se exaltassem novamente. William se retraiu no sofá. – Tu que organizaste toda a expedição. Conta-nos os mínimos detalhes, por favor...

Blane assentiu e olhou de esguelha para Sahur. O relato prosseguia, mas ninguém falava, ninguém questionava... Apenas ouviam. Ele contou como conhecera James, Lisa e Vince e as pistas que eles forneceram. Contou sobre como descobrira o rastro de Mastery pelo cheiro que sentira na antiga fortaleza, ponto em que ele teve uma grande vontade de pular no pescoço de Sahur e encher-lhe de porrada. Mas com muito custo ele conseguiu se conter.

– Mastery não era um vampiro muito forte. Um recém--criado – continuou Richard quase no fim. – Tentou escapar de todas as maneiras, sempre evitando um confronto físico direto. Encurralamos o *conselheiro* – a menção do título era para provocar Sahur. – ...e amaciamos o sujeito um pouquinho; ele estava muito relutante em falar.

– O que ele revelou? – deixou escapar Sahur ansioso.

– Ele morreu antes de revelar – anunciou Richard.

– O quê?! – exclamou Sahur. – Inseto incompetente! Como podes matar o indivíduo antes de extrair as respostas?!

– Cuidado com as palavras, fedelho prepotente! – explodiu Richard. – Estou cansado desse teu jeito arrogante de tratar os outros!

– E como queres que eu trate os párias? – perguntou Sahur desdenhoso, mas com o olhar carregado de ódio.

– Ora, seu... – disse Richard, partindo para cima de Sahur, que se levantou da cadeira, pronto para a luta.

Mas Richard não pôde concluir o ataque. Uma onda de dor. Sentiu o estômago quase sair pela boca. Arqueando, recuou. Reinald estava na sua frente. O punho cerrado na altura do seu estômago.

— Rei... nald... Tu...? Por... quê? — gaguejou Richard sem nada entender.

— Eu disse chega! — disse Reinald, severo. Seu olhar era duro como poucas vezes William ou qualquer outro naquela sala já vira antes. — Temos de esquecer nossas diferenças. Não é hora para brigas tolas.

— Devias ouvir o que ele diz — provocou Sahur sorridente. — É o melhor para tua segurança. Agora vamos ao que interessa! Quem afinal está por trás disso tudo?

Uma revoada de morcegos escancarou a janela e entrou na sala de estar. Alguns vampiros cobriram os rostos com as mãos, tentando impedir que aqueles mamíferos alados os atingissem. Os morcegos começaram a se fundir rapidamente num aglomerado disforme e negro que deu lugar a um vampiro. Charles Trevor.

— Boa noite — cumprimentou ele.

— Meu espião favorito — elogiou Sahur.

Agora as coisas começavam a se encaixar para William. Devia ser Trevor quem o espionava na floresta, por isso ele sempre avistava bandos de morcegos por onde passava. O tempo todo fora seguido. Só se livrou dele quando pulou do penhasco para escapar dos lobisomens; os morcegos deviam ter perdido seu rastro. Os três morcegos na luta contra Poshen... Era ele também. A revoada de morcegos segundos antes de Malthus lançar a bola de fogo em Mastery...

— E os segui como me ordenaste, mestre — revelou Trevor. — Tudo o que Blane falou até agora é verdade.

— Então Mastery morreu antes de revelar o nome do desgraçado que está por trás de tudo?

— É verdade... — revelou Trevor, vendo o descontentamento estampado no rosto de Sahur — ...mas não foi Blane quem o matou, e, sim, o próprio vampiro que está por trás de tudo: Sian Malthus.

– O QUÊ?! – exclamou Sahur possuído por uma súbita cólera. – Como aquele desgraçado ousou?!

– Nosso aliado estava certo afinal – comentou Reinald. Sahur concordou.

– É claro que eu estava certo – disse uma voz macia vinda da entrada.

Aurion Clack e sua cria Kalmir adentraram a sala. Estavam vestindo roupas de luxo, como só poucos poderiam comprar. Mas o que mais chamava a atenção naqueles dois eram suas auras prepotentes e orgulhosas que eram comparáveis à de Sahur. Como era possível que esses seres pudessem esquecer diferenças para se unirem contra um inimigo comum?

– Malthus não é grande coisa – disse Sahur satisfeito. – Esperava um adversário melhor. Sozinho eu posso derrotá-lo. Não preciso formar aliança alguma convosco – disse sorridente, levantando-se da poltrona.

– É justamente isso que Malthus quer que tu penses, Sahur – disse Aurion. – Ele gosta que o subestimem. Ele nos quer separados, por isso bolou o assassinato de todos os vampiros da região. Assim, os que sobrevivessem se uniriam contra ti. Quando a poeira da guerra baixasse e todos estivessem debilitados, ele surgiria para dar o golpe de misericórdia. Separados, com certeza, nós seremos derrotados. Por isso temos de fazer o que ele não espera: nos unirmos. E para isso uma trégua é necessária.

– Não me faças rir, forasteiro. Não se trata de subestimar, mas de pura lógica. Tu me disseste que Malthus tem pouco mais de dois séculos e meio de idade. Pois bem, eu tenho quase o dobro disso, logo sou muito mais poderoso do que ele. Além do mais, a besta do Brenauder mesmo disse que sou o responsável por esta confusão. Isto é pessoal, entre Malthus e eu. Não preciso de vós para nada. Vamos embora, Peter e Charles! Nossa presença aqui não se faz mais necessária.

Ninguém achou um contra-argumento para convencer a permanência de Sahur. Houve silêncio no recinto. Lam seria um grande aliado e todos entendiam a sua importância nessa guerra. E Sahur, se vendo vitorioso, começou a andar em direção à saída, seguido por suas crias.

– Espere, Sahur! – exclamou William de súbito. – Vosmecê está muito enganado se pensa que vai ser assim tão fácil vencê-lo!

– O que disseste, inseto? – sibilou Sahur, voltando-se para o grupo. – Tua sorte é que estou com um excelente humor. Explica melhor... E é bom que seja uma ótima explicação, senão...

– O Malthus que vosmecê conheceu realmente era mais fraco, mas hoje a coisa mudou. Ele está incrivelmente mais forte; derrotou nós cinco e saiu sem nenhum arranhão...

Sahur sorriu.

– E daí? Não esperava menos de um vampiro com dois séculos de idade – disse ele. – Eu poderia derrotar todos vós com a mão nas costas.

– É... todos nós vimos sua *performance* no dia da festa... Pelo que vi, tu quase foste partido em dois, não é? – provocou Blane.

– Ora, teu...

– VOSMECÊS QUEREM PARAR DE BRIGAR, PORRA?! – berrou William. Ele respirou fundo. Fez uma pequena pausa para se controlar. – A situação é séria! Mas séria do que vosmecês podem sequer imaginar...

– E por que estás dizendo isso, William? – perguntou Reinald encafifado. – O que sabes que nós não sabemos?

– Malthus têm um poder muito além da nossa imaginação – contou William, e virou-se para Sahur. – Acho que nem mesmo vosmecê, Sahur, pode derrotá-lo agora, mas se as lendas forem verdadeiras... Diga-me, vosmecê que é o vampiro mais antigo das redondezas... Como o mago Gymberlim Dansh conseguia controlar a Floresta das Trevas?

– Eu não sei – respondeu Sahur pensativo. – Só ouvi os rumores; nunca vi o dito cujo.

– Ouviu dizer que ele usava algum objeto?

– Deixa-me ver se lembro... – e ficou alguns segundos pensando. – Um cajado. Sim, é isso. Diziam que Dansh usava um cajado místico. Mas o que isso tem a ver com Malthus?

– Malthus tem um cajado – raciocinou James.

Richard, Lisa e Vince perceberam o que William queria dizer.

– Meu Deus! – exclamou Lisa.

– Caramba! – disse Trevor, percebendo a gravidade da situação. – Isso é terrível.

– Isso significa que...

– ...que Malthus tem a Floresta das Trevas sob o seu poder – completou William, cabisbaixo, num sussurro.

Uma corrente de desesperança amarrou a todos. Foi uma terrível revelação.

– O poder maligno da Floresta das Trevas...

– E agora?

Sahur voltou e sentou em sua poltrona.

– Agora, devemos nos unir e discutir o que fazer – disse ele estendendo a mão para Reinald. – Uma trégua.

Reinald apertou a mão de seu arquirrival. Havia um leve ar de desconforto de ambas as partes, mas o acordo era necessário.

– Uma trégua, então – anunciou Reinald.

Sahur assentiu com a cabeça.

Nas horas seguintes, o grupo ficou debatendo sobre qual seria o melhor plano. A hierarquia se mantinha na reunião.

Lisa e Vince ficaram calados a maior parte do tempo. William não se sentia à vontade para expressar qualquer opinião; entendia de roçado, não de guerra. Richard se mantinha reservado, assim como Kalmir.

– Invadir a Floresta das Trevas e bater de frente com Malthus me parece ser a melhor opção – disse Aurion. – Mesmo estando mais poderoso, não acredito que ele tenha um grande exército.

– Sim, mas mesmo assim nós temos dois problemas. Primeiro precisamos de um exército. Um grande exército. E depois a floresta é muito extensa e está aumentando seus domínios um pouco mais a cada dia que passa. Como vamos encontrar Malthus? – perguntou Reinald.

– No meu feudo tenho em torno de vinte cavaleiros, vinte e cinco guerreiros e quinze arqueiros bem treinados para o combate.

– É pouco – disse Sahur.

– Sim. Teremos que recorrer aos nobres – sugeriu Aurion. – Se conseguirmos o apoio do conde Henry de Bohum, todos os nobres do condado cederão seus exércitos particulares. Serão uns novecentos homens à nossa disposição. Um número bom para uma invasão. Ficarei encarregado de convencer o conde e os demais nobres.

– Posso tentar influenciar o conselho da cidade para fazê-los ceder pelo menos uma parte do contingente da guarda para a batalha. Talvez consiga uns cem a cento e cinquenta homens. Ficarei responsável também pelos outros de nossa espécie. Fora vós, temos mais dezessete vampiros neste burgo.

– Ótimo – disse Reinald. – Para localizar Malthus, financiarei uma equipe de reconhecimento na Floresta das Trevas.

– Mas os mortais são frágeis demais. Podem não sobreviver para nos contar – lembrou Sahur.

— Sim, é verdade, por isso pensei em enviar um grupo de vampiros para coordenar a viagem — sugeriu Reinald. — Acho que os vampiros aqui presentes poderão dar conta do recado. Vós concordais? — perguntou ele a todos os presentes.

De imediato ninguém se prontificou a ir. Todos ali já tinham ouvido falar das histórias tenebrosas a respeito daquela floresta amaldiçoada. Ninguém se sentiria muito à vontade entrando naquele lugar. Imagine ficar dias ali...

— Eu vou — ofereceu-se Richard.

— Eu também — disse Kalmir. Era a primeira vez que ouviam a cria de Aurion falar. Uma voz grave e madura.

— Se é assim... também podem contar comigo — falou William confiante.

— Ótimo! — exclamou Reinald. — Acredito que tudo estará pronto em, no máximo, três semanas.

— Também terás de encontrar um cartógrafo, Galf — lembrou Sahur. — Um artista que saiba desenhar mapas.

— Eu posso tentar — disse Lisa, tímida.

— Não me faças rir, mulher tola — esbravejou James. — Esse é um trabalho muito importante para estar nas mãos de uma simples fêmea.

Lisa se enfureceu. Sua vontade era voar no pescoço daquele prepotente.

— Perdão, James — interferiu Reinald. — Acho que Lisa será perfeitamente capaz de realizar este trabalho. Ela já provou ser uma aliada de peso e ajudou bastante na captura de Mastery. Posso contar contigo? — perguntou ele a Lisa, piscando o olho.

— É... claro que pode — respondeu ela sem-graça.

Seu coração transbordava de alegria por finalmente ter uma chance de provar que era capaz. Era um desafio e ela iria vencer. Pela primeira vez William viu Lisa sorrir, até que era um belo sorriso. Aquela aura que a rodeava parecia estar ainda mais radiante.

– Então estamos todos acertados – disse Sahur levantando-se. – Marquemos um encontro para daqui a vinte dias para sabermos os resultados.

Reinald e Aurion concordaram. Assim, terminada a reunião inicial, todos se retiraram. Cada um tinha em mente seu papel nesta guerra que estava para se iniciar.

CAPÍTULO VINTE E TRÊS

Dois dias se passaram. Na primeira noite, Reinald encarregou Mack Roberts e seus criados Neil e Sam dos preparativos para a viagem. Deu-lhes todas as instruções vitais; forneceu dinheiro e carta branca para contratarem trinta homens fortes e bem-dispostos para a excursão.

Reinald queria o resto do tempo livre para se dedicar ao ensino do seu protegido William. E assim o fez. Nesta noite, William resolveu desabafar com seu mestre. Alguém que ele considerava próximo de um verdadeiro pai. Ele descobrira por que Malthus o agradecera. Contou como se sentia culpado por ter mostrado a Arctos a antiga casa dos Dansh e assim ter permitido que Sian Malthus tivesse acesso a tamanho poder.

— Tu não tinhas como saber, Will — disse Reinald serenamente.

— Isso não serve como desculpa — respondeu William amargurado.

— Eu sei. Às vezes cometemos erros, faz parte da vida. Infelizmente, não temos poder para voltar no tempo e impedir o que foi feito. Se há um problema, temos que resolvê-lo, encará-lo de frente. Estou orgulhoso de ti.

— Rei, a culpa é toda minha por trazer um tremendo risco para todos nós, e vosmecê diz que tem orgulho de mim... Não entendo...

— Tu estás encarando o problema. Podias simplesmente ter ficado calado. Mas não. Isso é amadurecer, William.

Tu estás finalmente entendendo o que é ser um homem de verdade. Bem... mas chega de conversa mole. Tu precisas treinar. Treinar muito para enfrentar a Floresta das Trevas. A filosofia fica para depois.

– Eu sei...

– Não precisas de latim, nem matemática. Isto já aprendeste o suficiente. Creio que também já consegues controlar tua raiva e assim podes evitar a interferência de William das Trevas.

– Sim, é verdade. Mas... ainda continuo sendo um covarde – disse William envergonhado. – Toda vez que quero lutar, meu corpo paralisa, meus músculos travam. Me sinto um inútil. Tenho raiva de mim mesmo quando isto acontece.

– Neste caso só tu podes te ajudar. Tentarei mostrar o caminho. O único conselho que posso te dar é que enfrentes teu medo com bravura. Um homem corajoso não é aquele que não tem medo de nada, mas o que enfrenta seu medo quando chega a hora. Agora vamos treinar!

Saíram do escritório e foram para a sala de treino, um cômodo enorme e bem espaçoso. As paredes eram decoradas com diversos tipos de armas. Espadas de vários tamanhos, machados, escudos, punhais, tridentes, maças, lanças. Num canto, se destacavam alvos circulares para a prática de tiro ao alvo com arcos e flecha. No centro, linhas demarcavam o lugar de lutas de esgrima.

– O que vai me ensinar? – perguntou William.

– A lutar!

– Isso eu já sei...

– Lutarás pela sobrevivência, Will. Isso não será como os outros treinamentos – avisou Reinald, pegando duas espadas da parede e atirando uma para William. – Será uma luta de vida ou morte.

— O que está querendo dizer...?

— É muito simples, meu jovem. Tu queres consertar a burrada que fizeste... e para isso terás de derrotar Malthus. Pois bem, tu disseste que não conseguira acompanhar a velocidade dele. Esta é a questão. Se quiseres sair vivo daqui terás de me vencer. Terás de conseguir enxergar meus movimentos. Não devo ser páreo para Malthus, uma vez que ele é mais velho do que eu, mas se quiseres ter alguma esperança de derrotá-lo, terás de me vencer primeiro. Fui claro? Potencial não falta a ti; falta é disciplina e amadurecimento!

William aquiesceu e se preparou para a luta empunhando a espada na direção de seu mestre. A paralisia começava a tomar conta do seu corpo. Reinald ergueu a sua espada.

— Tenta me acompanhar — ordenou Reinald, avançando e golpeando com a espada.

Reinald cravou a espada no ombro de William, que nem se moveu. Apático. Brenauder deu um urro de dor, quando Reinald girou a lâmina dentro do seu ombro machucado.

— Se não te defenderes, vais morrer — avisou o mestre, arrancando a espada com violência.

Reinald avançou de novo.

— Calma aí, Rei — pediu William assustado.

— Neste momento não sou Rei. Não sou teu amigo, mas teu mestre — avisou Reinald duro. — Defende-te ou morre.

William percebeu que iria morrer mesmo, se nada fizesse. Sua paralisia cessou. Ele conseguiu se defender e esboçar um contra-ataque. A luta prosseguia. Até o momento estava tudo certo; conseguia acompanhar com muita facilidade os movimentos de Galf. Foi então que sentiu uma fisgada na perna direita. Havia um corte profundo ali. Ele olhou perplexo para Reinald.

— O que foi? — perguntou ele sombrio. — Eu disse para me acompanhares!

E avançou novamente. William estava estranhando seu mestre. Aquele olhar... estava frio e assassino. Uma expressão dura que o jovem vampiro não estava acostumado a ver em Reinald.

O combate continuava e, depois de algum tempo, a roupa de William já estava em frangalhos e seu corpo tinha vários cortes profundos na altura dos braços e pernas.

– Vamos, pirralho! Mostra-me o que sabes fazer! – ganiu Reinald atacando sem piedade. – É assim que vais derrotar Malthus? Não vais durar nem cinco segundos.

William sentia um grande desconforto com o tratamento dado por Reinald. Não conseguia nem mais atacar tamanha era a velocidade do seu mestre. Se mantinha somente na defensiva (e muito mal, por sinal). A espada de Reinald atravessou os intestinos de um William pasmo. Filetes de sangue enegrecido escorriam pela lâmina. Galf socou o rosto de Brenauder, que voou de encontro à parede do lado oposto. Sua espada caiu no meio do caminho. William, cambaleando, se levantou do chão.

– Tua espada está ali – apontou Reinald. – Pega!

William começou a sentir as entranhas queimarem como se tivesse bebido ácido. Estômago pesado. Garganta seca. Engasgou. Ele levou as mãos à boca numa tentativa de deter o vômito que subia rápido pela garganta. Não conseguiu. Uma golfada de sangue sujando o chão. William passou as costas da mão na boca para limpar o sangue. O estômago ainda dolorido.

– Passei alho na lâmina da espada – revelou Reinald calmamente.

O jovem estava desconcertado com a atitude de Reinald, mas obedeceu. William das Trevas começava a assombrar seus pensamentos e ficava mais forte com o sabor de seu medo. Reinald sentiu a insegurança do novato.

– Tu podes sobrepujá-lo, William! – afirmou ele severo. – Vamos! Concentra-te!

Passado alguns instantes de concentração, William finalmente pôde conter o afloramento do seu lado negro. Não foi fácil. O jovem sentia William das Trevas se debatendo, gritando, lutando para assumir o poder. Mas não venceria desta vez. Aos poucos, Brenauder reassumiu o controle. Sentiu-se livre para atacar Reinald e, gritando, partiu para cima dele. Reinald nem precisava da espada. Esquivava facilmente com um mínimo de movimentação.

– Enxerga meus movimentos! – ordenou Reinald.

– NÃO CONSIGO! – berrou William.

– Gritar não vai te fazer vencer esta luta. Age! – disse Reinald, fazendo um talho mais profundo na coxa esquerda de William.

O jovem berrou de dor e se ajoelhou sem querer.

– Deves aguentar a dor! E nunca deixar a guarda aberta – avisou Reinald, dando com o pé no rosto de William. – Não fica aí parado! Ergue-te!

William via o mundo girar lentamente. Sua cabeça latejava. Ouviu o som de uma lâmina cortando o ar. Instintivamente rolou no chão. A espada de Reinald acertou o chão onde um décimo de segundo antes estava o seu pescoço. O susto fez a tontura ir embora e William, assustado com a violência do ataque, se levantou rapidamente.

– ESTÁ MALUCO?! – berrou abismado. – POR POUCO VOSMECÊ NÃO ME MATA!

– "Vosmecê"?! O certo é *Tu*! Tu, entendeste? – disse Reinald friamente. – Pareces pobre falando.

– Ora, seu... – ganiu William, levantando a espada com as duas mãos e partindo para o ataque.

Reinald esquivou fácil de novo, e decepou a mão de William com um golpe rápido. Um grito agonizante. Uma dor lacerante. O som metálico de uma espada ao chão. Um tombo.

– O ódio, assim como o amor, pode nos cegar, William. Nunca deixe isso acontecer por mais desesperadora que seja a situação. Além do mais, o ódio fortalece William das Trevas. Reflete sobre isto. Faremos um intervalo de cinco minutos – anunciou Reinald, retirando uma pequena ampulheta do bolso e virando a areia. – E se pensas que vou ter pena, estás enganado. Cresce, Brenauder!

E assim se passaram mais quinze dias. Reinald continuava aplicando seu treinamento duro e implacável. William passou por provas de resistência à dor, fome e privação de sono (pela qual aprendeu que podia ficar acordado por até três dias sem dormir, embora isso aumentasse e muito a sua sede por sangue). Uma das piores provas era o teste de resistência prolongada em que William tinha que se segurar numa barra de ferro com as mãos, tendo presas aos pés duas rochas pesadíssimas. Se soltasse a barra, seu corpo iria de encontro a lanças de ferro afiadas fincadas no chão logo abaixo. Desse modo aprendera a controlar o bombeamento do sangue para qualquer parte do corpo. O jovem vampiro já estava ali por dez horas ininterruptas.

– Eu... não... aguento... mais... – gemia William com as mãos doloridas.

– Besteira! – rebateu Reinald, sentando numa cadeira e olhando fixo para o seu discípulo. – O nosso corpo é muito preguiçoso. Nós só conhecemos nossa verdadeira força em situações de risco... Melhor ainda quando em risco de morte.

William já estava farto daquela situação. Parecia que suas pernas seriam arrancadas a qualquer momento. Não sentia nem mais os braços.

– JÁ DISSE QUE NÃO AGUENTO MAIS! – berrou ele, juntando forças para balançar as pedras como se estivesse num balanço. No momento certo, soltou a barra e pousou em segurança, longe das lanças.

– Então tu ainda tinhas força – observou Reinald sereno. – Significa que não estás se esforçando ao máximo... Não estás levando o meu treinamento a sério!

– Eu não sou tua marionete, Reinald – ganiu William, cambaleando, depois de desamarrar as pedras. Suas mãos ardiam e seus braços formigavam bastante. Sua mente exigia um pouco de descanso e seu corpo desejava sangue fresco. Mesmo assim ele mantinha a rebeldia. – PUTA QUE PARIU! PARE DE ME TRATAR COMO SE EU FOSSE UMA CRIANÇA! SOU UM HOMEM FEITO E NÃO PRECISO DE VOSMECÊ PARA ME DIZER O QUE FAZER! VOSMECÊ NÃO É O MEU PAI! ESTÁ OUVINDO?! NÃO É!

– Está certo – respondeu Reinald, se levantando e indo em sua direção vagarosamente. – Mas lembra-te de que tu pediste assim. Para provar que te vejo como um homem, irei lutar com todas as minhas forças.

E uma luta corporal de vida e morte teve início. Reinald disse a verdade, não teria mais piedade. Usou toda a sua velocidade e força. Era mais lento que Malthus, mas ainda assim William só enxergava um borrão se movendo. Recebeu uma saraivada de socos no peito, mas resistiu firme. Desta vez William resolveu que não ficaria só na defesa; cerrou os punhos e tentou um golpe. Reinald recuou, surpreso. O aprendiz partiu para a ofensiva, mas o mestre se defendia de todos os golpes com apenas uma das mãos.

– É injusto. Estou cansado demais para lutar – reclamou William.

– Para de choramingar. Não pediste isso? Aprende! A vida não é justa. Se não vires meus movimentos, vais morrer... – avisou Reinald.

Galf, vendo que Brenauder não passaria daquele nível, recomeçou o ataque. Ele acertou um chute lateral nas costelas de William, que tombou feio. Dor beirando o insuportável. Esgotado, o jovem se levantou com muita dificuldade. Ainda assim estava calmo. Não sabia explicar como, mas sentia, pela primeira vez nesses dias todos, que tinha o controle da luta nas mãos. Concentrou-se nos movimentos de seu adversário. E de repente começou a enxergar Reinald se movendo em câmera lenta. Seu mestre vinha em sua direção preparando o punho para socá-lo. William sabia da sua condição precária, por isso resolveu esperar o momento certo para atacar. Teria que dar tudo de si neste último soco... Reinald armou o soco e, com isso, abriu a guarda. Chegou a hora! William atacou com tudo!

William foi atingido no peito e atirado contra as lanças de ferro. Seu corpo foi violentamente perfurado em vários pontos. A dor foi tamanha que o corpo de William não aguentou... Desmaiou na hora.

Reinald fitou seu discípulo. Em seguida olhou para si, na altura do peito, onde pôs a mão com cautela. Um gemido de dor.

– Muito bom – disse Reinald, sorrindo de orgulho ao olhar para as costelas quebradas com o soco de William. – Muito bom mesmo.

Os dias passaram rapidamente até chegar a próxima reunião. William acordara e seu corpo ainda se recuperava do treinamento. Sua mão esquerda, cortada por três vezes, doía um pouco e seus movimentos eram limitados. Os ferimentos mais graves e profundos já não doíam tanto. Talvez o pior ferimento fosse o psicológico. Sentia raiva e desprezo por seu mestre, pela forma como fora tratado. William procurava evitar a todo custo ficar na presença de Reinald. Desde então eles não trocaram uma palavra sequer. Ajudava o fato de Reinald passar a maior parte do tempo fora de casa (só chegava perto do sol raiar, para dormir), ocupado com os preparativos finais da expedição. E o dia da viagem finalmente chegou...

CAPÍTULO VINTE E QUATRO

—Pensei que teríamos uma reunião antes da viagem – comentou Richard aborrecido por se sentir excluído.
– E teríamos... – respondeu Reinald. – Mas Sahur e Clack acharam melhor vós não saberdes de nada. Existe sempre a possibilidade de vós cairdes nas mãos do inimigo. Caso sejam torturados, morrerão sem revelar nada.
– Puxa! – disse James, assustado com a possibilidade da tortura. – Obrigado por confiarem em nós.
– É só uma medida de prevenção – amenizou Reinald. – Nada de mau lhes acontecerá, não precisas te preocupar. Surpresas muito boas estão a caminho.

James se afastou para checar as armas. Não estava muito convencido desse "nada de mau lhes acontecerá". Olhou para cima de uma mesa onde havia um belo arsenal. Facas, adagas, espadas de diversos tipos, tridentes, lanças, maças, machados, bestas, arcos e vários tipos de flechas. Uma infinidade de proteções para o tronco, como corseletes, armaduras de anéis de ferro, armaduras de couro reforçado, coletes e cotas de malha, mantos de ferro, além de diversos tipos de elmos, luvas das mais variadas, botas, cintos e outros apetrechos para lutas. Richard checou o interior das carruagens; queria escolher a melhor. Foram compradas seis carruagens só para esta expedição. Os cavalos eram de raça e bastante resistentes. Reinald não economizou. A comida era muito boa; tinha grãos variados, como aveia, arroz e cevada, pães e até mesmo carne salgada (para não estragar) e toucinho defumado. Queijo e manteiga, produtos de luxo, também estavam presentes no cardápio. Vinho e cerveja rala para acompanhar.

Reinald avistou William encostado numa árvore conversando com Neil e começou a andar em sua direção. Neil se afastou imediatamente ao avistar seu senhor, deixando William sem entender nada. Até que ele mesmo avistou Reinald. Virou o rosto para olhar o vazio, mas não se afastou. O mestre se recostou numa árvore próxima e nada disse. Um silêncio incômodo pairava no ar. William lançou uma pedrinha para longe e, algum tempinho depois, voltou-se para Reinald.

– Vosmecê teria me matado mesmo? – perguntou ele, sério.

– Sim – respondeu Reinald.

– Por quê? – perguntou William, indignado. – Estou ficando cansado de todos quererem *a minha morte*!

– Se tu não fosses capaz... Seria melhor ter morrido nas minhas mãos do que tombar vergonhosamente ante o inimigo, Will – respondeu Reinald com a voz carregada. – Esse treinamento de morte era a minha última alternativa. Infelizmente a escassez de tempo me obrigou a optar por este treinamento radical...

– ...

– Will, quero que entendas uma coisa... – disse Reinald serenamente, fitando o céu, encoberto por algumas nuvens ralas. – Tu tens potencial, mas... também carregas o peso da morte de tua família nas costas. É um fardo pesado, é verdade; não te invejo. Mas para que continuasses o teu caminho era necessário perder esta paralisia que te acomete ante uma luta – Reinald armou um soco e William segurou sua mão com reflexos felinos. – Este problema não existe mais – disse o mestre sorrindo. – Tu não tens mais medo de lutar. Na verdade, nunca tiveste medo. Eu desconfiava que teu verdadeiro medo era de que William das Trevas assumisse. E estava certo.

– ...

– O meu treinamento te fez perceber, afinal, que podes lutar sem precisar do teu lado negro! Fez-te perceber também que não precisas trilhar o caminho do ódio para extraíres forças. Tu já tens tudo o que precisas sendo apenas William Brenauder. Tu desconhecias a própria força. Fiz despertar, afinal, o guerreiro de ouro que dormia em teu coração. Tenho pena dos teus inimigos.

William soltou a mão de Reinald. Olhava fixo para o mestre, mas permaneceu em silêncio por um longo tempo.

– Poderei vencer Malthus agora? – perguntou William sem esperança na resposta.

– Não numa luta justa – respondeu Reinald sincero. – Malthus é um pouco mais antigo do que eu e tem agora o poder do cajado nas mãos. Mas tu poderás dar um pouco de trabalho para ele. Para derrotar Malthus não basta só a força dos músculos. Usa a cabeça e pensa numa estratégia. É assim que vencemos quem nos é mais forte.

– Entendo...

– Sei que estás chateado, mas... Toma! – falou Galf dando um embrulho comprido de veludo azul para William.

– O que é isso? – perguntou o jovem.

– Abre e vê!

William desamarrou a corda e desenrolou o tecido. Na sua mão estava uma adaga muito bem trabalhada e com um fio de lâmina bastante afiado. O cabo de prata, na qual na ponta se destacava o brasão da família Galf. Os contornos do escudo eram feitos com fios de prata e as cores verde e azul representadas por pedras lapidadas de esmeralda e safira. Ao longo da lâmina foi escrito em baixo relevo o nome "*William Brenauder*".

– Eu... eu... – gaguejava sem-graça.

— Tudo bem, Will – disse Reinald, pondo a mão no ombro dele. – Sei que não sou teu pai, mas te considero como a um filho. Um filho que eu nunca pude ter...

A consciência de William parecia pesar uma tonelada.

— Desculpe-me – disse ele cheio de remorso. – Eu não pretendia ofendê-lo. Falei aquilo porque estava morrendo de raiva do treinamento e pela maneira como me tratava. Quando se pensa que vai morrer, acho que é permitido falar algumas besteiras, não é mesmo?

— Como eu já disse, está tudo bem. Eu não fiquei nem um pouco aborrecido. Eu te entendo, garoto. Agora vai! – disse Reinald se afastando em direção a casa. – Desejo-te sorte! Escolhe uma boa armadura e uma boa espada. A Floresta das Trevas é mortal para quem subestima seus perigos.

William ainda ficou um tempo olhando para o seu presente. Com um pequeno sorriso, guardou a adaga no cinto. Sabia que podia sempre contar com aquele vampiro metido a sabido. Seguiu até a mesa das armas e pegou uma boa espada com sua bainha de couro. Uma Claymore – espada escocesa cuja lâmina tinha um metro e vinte de comprimento. Encaixou a bainha nas costas. Pegou uma faca e escondeu na bota. Escolheu um manto de ferro para cobrir o corpo até a altura das coxas – uma vestimenta de couro que tinha peças quadradas de ferro do tamanho de uma mão cobrindo toda a parte externa. Uma abertura no meio do manto agilizava colocar e retirar o manto como uma blusa de botões, só que com fivelas de ferro e tiras de couro no lugar dos botões. Escolheu um par de grossas luvas de couro reforçadas e acolchoadas com algodão por dentro que lhe cobririam até o antebraço. Vestiu-as e apertou bem as tiras de couro. Por fim, um par de botas de couro curtido com amarras até a canela, chamadas coturno, para levar de reserva. Guardou o manto num baú. Pronto, já estava preparado para partir.

Os outros vampiros estavam escolhendo suas carruagens. William achou que Lisa estava feliz. Era incrível, mas era a primeira vez que ele a via de bom humor. Parecia estar indo a uma grande festa de luxo, e não para um lugar mortal. Vince estava caladão (como sempre) e seguindo Lisa para todo lado. Richard, James e Vince já tinham escolhido as armas e as proteções. Aguardavam apenas a partida. Kalmir foi o último a chegar. Vinha sozinho; Aurion Clack não deu o ar de sua graça. Seu pupilo chegou numa carruagem própria. De todas, a mais luxuosa.

Como não havia tempo a perder, o grupo resolveu viajar naquela mesma noite. Reinald entregou a liderança para Neil. Sam seria seu ajudante e segundo em comando.

A expedição partiu logo depois que todos os mantimentos e acessórios foram guardados nas demais carruagens. Atravessaram o burgo. William abriu sua janela para observar a paisagem. Iria dividir o lugar com Richard, que estava ali no canto, quieto. Deveriam encontrar os homens contratados do lado de fora do burgo.

A noite estava tomada por uma névoa fina e gélida. O clima parecia estar refletindo o sentimento de seus corações. A lua estava bela e imponente no alto do céu, embora algumas nuvens tentassem encobrir seu brilho. Em pouco tempo chegaram aos muros que guardavam o burgo dos perigos de fora. Atravessaram os portões maciços e seguiram pela estrada de terra. Lá embaixo, avistaram os homens contratados nos seus devidos cavalos.

Eram cavaleiros errantes que vendiam seus serviços a quem pudesse pagar. Jovens ambiciosos e alguns mercenários também integravam o grupo. Alguns tinham apenas dezesseis anos, mas não havia adolescentes na idade média, pois todos se tornavam adultos depois dos quinze. A maioria tinha a barba malfeita e não tomava banho há um bom tempo. Os cabelos longos, maltratados e ensebados. Os mais velhos tinham os corpos carregados de cicatrizes de batalha. Cada uma contava uma história única. As roupas estavam cheias de poeira da estrada e carregavam muitos insetos parasitas, o que era normal naquela época. Pulgas, carrapatos e piolhos eram comuns de se achar nas roupas. O estilo da vestimenta, armadura, armas e cavalo diferenciavam os mais antigos e ricos dos novatos inexperientes.

Mas a imponência daquele grupo era impressionante. Esses homens não fugiriam da batalha. Tinha de ser muito corajoso para encarar a Floresta das Trevas, e os cavaleiros deveriam proteger o grupo a qualquer custo. Não incomodar os viajantes das carruagens também era uma obrigação. Perguntas não seriam permitidas. Todos sabiam para onde iriam, e sabiam que podiam não voltar vivos de lá. Mas o dinheiro valia o risco. Pobres homens. Míseros mortais. Se algum deles tivesse uma vaga ideia do que o destino lhes guardava, jamais teriam aceitado entrar nesta expedição. Infelizmente, quando seus olhos fossem finalmente enxergar a verdade seria tarde demais...

⁂

Dez dias e dez noites se passaram e o grupo já estava quase alcançando seu destino. Atravessaram rios de correntezas violentas, cortaram planícies repletas de lobos. Não se intimidaram com os perigos da floresta úmida cujas árvores, cheias de musgos verdes e brancos, iam perdendo as folhas. Um presságio de que o inverno estava chegando. Desafiaram um pântano ardiloso e mortal. Os vampiros fizeram uma pequena e discreta boquinha quando um grupo de salteadores tentou assaltar a expedição na estrada que conduzia pela colina da Mão Pelada. Batizada assim por causa das pedras escorregadias ao longo do difícil caminho, onde muitos comerciantes e cavaleiros descuidados morreram.

Estavam agora no alto de uma pequena elevação no meio de uma planície coberta por capim alto e cortante. Lá de cima avistaram o lugar maldito. Nuvens carregadas e negras despontavam ao sul, encobrindo o céu estrelado algumas poucas milhas à frente. A lua parecia se esconder atrás daquelas nuvens. Não era um bom sinal. Era como se as trevas tivessem engolido as estrelas. William sentiu um frio na espinha e não só ele. Já ouvira histórias escabrosas que falavam sobre a Floresta das Trevas. Espíritos malignos, esqueletos ambulantes, criaturas das trevas, demônios comedores de gente, dragões, fadas ladras de almas, zumbis. E ainda tinha o relato do velhote, um ano antes, o qual disse que, dos trezentos homens que entraram, só um sobreviveu. O que dizer desta expedição que só tinha um pouco mais de trinta humanos? E o inverno estava chegando. Mas fazer o quê? Não era mais um humano, era um vampiro. Não morreria tão facilmente. Pelo menos era o que se esperava.

Os cavaleiros olhavam assustados para todos os lados, prontos para um eventual ataque-surpresa. Quanto mais perto chegavam da floresta, mais seus cabelos sujos se arrepiavam. E alguns já pensavam na possibilidade de desistir. As árvores se espaçavam cada vez mais. Neil sentia cada batida acelerada do coração. À sua frente despontavam grandes e maciços troncos negros. Parecia uma fronteira; a tênue linha entre a vida e a morte. A entrada da Floresta das Trevas. Seus galhos pareciam garras prontas para abraçar a expedição.

Um rio largo os separava da entrada da floresta. Perderam algum tempo derrubando uma árvore larga e alta o suficiente para servir de ponte. Comeram algo antes de atravessar a ponte improvisada. Em fila indiana e tomando o máximo de cuidado possível, eles finalmente atravessaram o tronco que os separava da Floresta das Trevas. Uma brisa gélida e arrepiante soprava daquelas árvores e parecia atingir o coração em cheio. Um presságio do que os aguardava. Eles não se intimidaram e entraram naquela parte sombria.

Saiam – dizia um coro de vozes mórbidas trazidas pela brisa. Cada voz carregava uma emoção diferente. Homens, mulheres, crianças, velhos. O coro misturava ódio, medo, frieza, sede de vingança, desesperança. *Saiam...*

Todos procuravam não demonstrar medo e continuaram avançando. A escuridão aos poucos foi engolfando o grupo. William olhou para o céu. Nuvens pesadas e negras pairavam sobre a floresta impedindo que a luz da lua e das estrelas alcançasse o grupo. Trovões retumbavam ao longe, no centro daquela Floresta. Então era verdade o que diziam: a noite na Floresta das Trevas era eterna. Os cavaleiros acenderam as tochas para poderem continuar a jornada. Passados alguns minutos o breu era total. Somente os vampiros conseguiam ver claramente o que se passava. Lisa, empolgada, começara a desenhar o mapa.

– *Saiam enquanto têm tempo...* – continuava o coral sinistro.

E não adiantava taparem os ouvidos, pois o som repercutia diretamente no cérebro. Os troncos de todas as árvores eram negros como fuligem e lisos; nenhum musgo crescera neles. O cheiro era de morte e podridão. Estavam no fim do outono, uma época onde todas as folhas já deveriam ter caído. Mas as folhas da Floresta das Trevas se mantinham intactas.

※

Algumas horas se passaram. Como os homens estavam cansados da longa viagem, Neil resolveu levantar acampamento. As vozes fantasmagóricas finalmente cessaram o coro. Os cavaleiros juntaram gravetos e toras. Um deles, chamado Joseph, pegou um machado para derrubar uma árvore e assim conseguir uma boa quantidade de madeira para queimar. Duas machadadas no tronco e seu corpo ficou encharcado de sangue. Ele cuspia o líquido vermelho que entrara na sua boca e limpou o rosto enojado. Do tronco negro vertiam grandes quantidades de sangue. De repente, ele ouviu um grito demoníaco e caiu assustado no chão.

– Vosmecês... ouviram? – perguntou desesperado ele para os demais. Seus olhos refletiam todo o seu pavor. O grito martelando nos ouvidos.

– Ouvimos o quê, Joseph? – perguntou um deles, ajudando o amigo a se levantar, enquanto mantinha os olhos fixos no tronco. Seu nome era Baptista e sua honra em lutas era conhecida por todos. Ele estava perturbado com a árvore que sangrava. Sem contar com o coro das vozes sinistras. Isso só podia ser obra do demônio. Esta floresta era mesmo maldita. – Não ouvi nada – disse ele perplexo.

– O grito...! O grito desta árvore! ELA GRITOU! – berrou Joseph enlouquecido. Sua expressão era de medo profundo. Ele se soltou de Baptista e ficou apontando para a árvore. Com a outra mão, ele agitava perigosamente o machado. – ELA GRITOU! EU NÃO ESTOU LOUCO! Vosmecês ouviram, não ouviram?

– Eu acredito em ti, Joseph – mentiu Baptista e pediu, com um olhar, compreensão para os outros companheiros. Muitos deles concordaram com Joseph, que então se acalmou um pouco. Baptista tomou gentilmente o machado das mãos do companheiro. – Vamos, vem te limpar.

Joseph se deixou guiar por Baptista, que entregou a ele um pano para limpar o sangue do corpo. Ele ainda parecia bastante perturbado, mas estava mais calmo. Deram-lhe um pouco d'água.

William ficou intrigado com o ocorrido. O restante dos vampiros também ficou perturbado. O único indiferente era

Kalmir. Era o único que ficava o tempo todo dentro da sua carruagem.

Neil se afastou do grupo para falar com Richard, que se encontrava sentado num tronco, apreciando a vista noturna da floresta. Um fato o intrigava bastante. Aquele lugar era muito silencioso. Silencioso demais na opinião de Blane. Por mais que apurasse os ouvidos, não ouvia nenhum pio, nem mesmo o barulho dos insetos. Nada. Seria o lugar tão amaldiçoado que nem os animais ousavam entrar?

– Com licença, senhor. Sam e eu precisamos muito da sua orientação. O que faremos, mestre Blane? – perguntou Neil preocupado. – Estamos perdidos. Os homens mal conseguem enxergar o caminho. O fogo só ilumina alguns metros à nossa frente. E não temos mapas deste lugar dos infernos...

– Não há com o que se preocupar, Neil. Seguiremos em frente. Daqui posso enxergar uma colina, e lá de cima poderei ter uma boa visão deste lugar. Deve ser uns dois dias de viagem. É para lá que iremos.

– Sim, senhor – respondeu Neil, se afastando para dar ordens aos cavaleiros para prosseguirem a viagem. A hora do descanso terminara.

~~~

Horas se passaram. E quanto mais tempo permaneciam ali, mais ficavam abalados. Perderam completamente a noção do tempo. Não sabiam mais se era dia ou noite. Estava sempre escuro. A Floresta não se permitia ser iluminada pela luz quente e reconfortante do sol. As copas das árvores altas se entrelaçavam e impediam a entrada da luz. As vozes pareciam ter parado de vez. Pelo menos parecia ser assim com Michael, um valoroso e honrado cavaleiro como poucos ali. Seus feitos e coragem eram lendários. Muitos olhavam com inveja para a sua bela armadura e sua mortífera espada. Diziam que ele já conseguira derrotar um lobisomem. Mesmo assim aquele lugar não deixava de ser assustador para ele. Michael tinha a nítida impressão de estar sendo vigiado. Podia ver vultos se movendo rapidamente, pulando pelas árvores pelo canto dos olhos, mas quando olhava na direção do vulto nada via. Isso o estava assustando muito; estava com medo de estar enlouquecendo, tinha medo de ser possuído por demônios invisíveis. O episódio de Joseph deixou todos com uma sensação pesada de mal-estar e desconforto. E Michael não era a exceção. Discretamente ele segurou o crucifixo de prata, herança de família, para rezar por proteção divina.

Mas Michael não era o único a enxergar tais vultos. Outros cavaleiros também continuavam a ouvir o coro de vozes sinistras. Achavam que era uma tentação do demônio e, por isso, nada comentavam entre si. Muitos começavam a pensar seriamente em abandonar a expedição, mas o orgulho não deixava. Quem iria ser o primeiro a admitir a covardia diante do desconhecido?

Sam, vendo o abatimento no rosto dos homens, resolveu pedir a Neil para acamparem por ali. Todos mereciam descansar um pouco.

– *Eu sei o que fizeste, Michael...* – dizia uma voz sarcástica no seu ouvido esquerdo.

– Quem disse isso?! – perguntou Michael, virando-se rapidamente para ver quem falara.

Susto. Os cabelos da nuca se arrepiando.

Não havia ninguém perto dele.

– O que foi, Sir Michael? – perguntou um mercenário curioso lá atrás.

– Nada – respondeu Michael ríspido, mas sem conseguir esconder o temor que sentia.

– *Nada?!* – perguntou a voz irônica novamente, agora no seu ouvido direito. – *Huh! Huh! Huh! Huh! Sabemos que não é bem assim, não é mesmo, Sir Michael?*

O cavaleiro tapou os ouvidos. De nada adiantou. Começou a ouvir um soluçar desesperado. Um choro de uma mulher com medo. Medo e dor. Um choro de impotência. O choro de uma criança ao fundo. *Flashes* do passado preenchiam-lhe a mente.

– Não... – gemeu Michael. – Por favor... isso não.

– *Não, Michael?* Huh! Huh! Huh! *Ela quer que tu ouças, honrado cavaleiro!*

– CALA-TE! – gritou Michael descontrolado, deixando alguns homens temerosos.

Dois deles se aproximaram, preocupados com Sir Michael. Será que ele estava sendo possuído por demônios?

– Está tudo bem, Sir Michael? – perguntou um deles.

Michael se virou rapidamente para ele. Os olhos esbugalhados de pavor.

– Sim – mentiu ele, forçando um sorriso e respirando fundo.

– Venha tomar um gole de vinho. Mestre Neil liberou dois barris para o pessoal. Vamos aproveitar antes que acabe. Os outros estão até cantando uma música.

Michael assentiu e se deixou levar pelos dois companheiros de viagem.

A festa estava animada. Os vampiros resolveram socializar um pouco. Até mesmo Kalmir saiu de sua carruagem. Um quinteto improvisou alguns instrumentos musicais e tocava uma música alegre para espantar o clima pesado do lugar. Os homens acenderam uma grande fogueira na qual um panelão cheio de sopa bem temperada fumegava gostoso. Já estava quase na hora de servir. Os cavaleiros estavam famintos. Os cavalos disputavam o pouco feno que lhes deram para comer. O estoque de feno também não duraria muito. A festa durou duas horas. Depois disso os homens se arranjaram como puderam para dormir um pouco. Os vampiros aproveitaram também para descansar.

Cinco horas depois, Neil tocou uma corneta. Era hora de levantar e seguir em frente. Mais algumas horas e estariam na colina indicada por Blane. Uma fina e tênue névoa se dissipava com a brisa fria.

– Vamos, homens! – disse Neil energicamente, tentando animar os cavaleiros. – Quanto mais cedo chegarmos lá, mais cedo tomaremos desse vinho maravilhoso. Vamos gastar as solas dessas botas.

Os homens resmungaram um pouco, mas, pensando no vinho, se animaram para prosseguir. Bateram as camisas para tirar um pouco da poeira e verificaram as espadas e os escudos. Quem tinha uma besta, tratou de armá-la. Nesta floresta era bom ficar de olhos bem abertos. Os homens estavam mais sujos e as roupas bastante amarrotadas. Os cabelos estavam cada vez mais desgrenhados e ensebados. O desgaste começava a se tornar visível. Os rostos cansados e abatidos precisando urgente de uma boa lâmina. Olheiras profundas apareciam naqueles que não conseguiam dormir direito por causa das vozes sinistras ou dos pesadelos horrendos. Muitos rezavam e até discretamente choravam de saudade da família. Montaram nos cavalos. Já iam partir...

– Ei! Alguém viu o Joseph? – perguntou um baixinho desdentado.

– Ontem ele estava com Baptista – respondeu um outro cavaleiro barbudão.

– Sim – respondeu Baptista. – Mas ele foi dormir encostado numa dessas árvores. Eu não fico vigiando marmanjo dormindo.

– Não é possível! Ele não pode ter sumido sem ninguém ter visto! – exclamou um gordo barbudo.

– Joseph! – berrou outro cavaleiro. – Será que ele foi mijar e se perdeu? JOSEPH, TU ESTÁS A ME OUVIR?!

– Algum problema, rapazes? – perguntou Neil ao perceber o balburdio entre os homens. – O que aconteceu?

– O Joseph sumiu, mestre Hiker!

– Foi o demônio! O demônio vai levar a todos nós! – disse um deles desesperado.

– Calma – disse Neil. – Não é hora para pânico!

Mas já era tarde demais. A coragem faltava. Um medo contido no coração começava a aflorar.

– Deus, por favor, nos proteja!

– Eu tenho família para cuidar!

– Por que aceitei vir para este lugar dos infernos?!

– EI! VENHAM AQUI! – berrou Michael montado no seu cavalo lá longe, apontando para o alto de uma árvore. – EU O ACHEI!

– Graças a Deus – disse Baptista, aliviado, trotando para onde Michael estava.

A expressão no rosto do cavaleiro não era de felicidade, nem de alívio, mas de horror. Ele estava realmente abatido; o grito e o choro de uma mulher ecoando em sua cabeça não deixavam ele dormir.

– Deus não tem nada a ver com isso, meu caro Baptista. Não tem... – e Michael se afastou dali cabisbaixo.

Os outros cavaleiros e mercenários começaram a se aproximar da árvore. Baptista estava em choque. Ninguém entendeu nada. Quando olharam para cima, alguns jovens vomitaram de nojo. Outros simplesmente paralisaram. Embora já estivessem acostumados a ver sangue e mortos em campos de batalha, eles nunca haviam presenciado algo assim.

No alto da árvore estava o corpo sem vida de Joseph. Ele fora perfurado pelos galhos em várias partes do corpo de uma maneira horrenda. Suas mãos, braços e pernas estavam transpassados por diversos galhos afiados. A roupa estava um trapo e ensopada de sangue, que ainda pingava. A boca tinha um galho dentro, cheio de folhas. Um galho mais grosso perfurara o estômago de Joseph e saíra pelas costas. O corpo estava coberto de profundos arranhões e esfolamentos. Ninguém conseguia achar uma explicação lógica para aquela cena. Era como se a árvore tivesse adquirido movimento e perfurado de propósito o corpo do pobre infeliz, enquanto ele dormia. O sangue dos ferimentos de Joseph ainda escorria pelo tronco, mas não alcançava o chão, entrava numa fenda que o tronco tinha. O morto estava com os olhos esbugalhados; uma expressão de insanidade, desespero e dor. Deveria ter levado horas até morrer. William notou que as folhas daquela árvore estavam avermelhadas. E então entendeu...

A árvore capturou e matou o pobre Joseph para beber-lhe o sangue.

CAPÍTULO VINTE E CINCO

Blane estava satisfeito. Finalmente chegaram ao pé da colina. A expedição estava agora em uma clareira, olhando para cima. Levariam umas três horas para alcançar o topo. Ficou acertado que somente Richard, William, James, Lisa e Vince subiriam. O restante dos homens ficaria ali, acampado, esperando por eles. Kalmir não se dispôs a subir. Achava que não era necessária a sua presença. Lisa era a mais animada de todas; estava trabalhando com afinco no mapa pedido por Reinald. Tão prestativa que já começava a deixar Vince emburrado. Mais do que o habitual.

A floresta parecia não exercer tanta influência sobre os vampiros, mas seus efeitos começavam aos poucos a afetá-los. William viu nos sonhos a choupana destruída onde encontrou sua família morta. Os mortos se levantavam e o culpavam pela morte. O pai lamentava o fato de o filho ter se tornado um monstro assassino sugador de sangue. Richard sonhou que ainda estava empalado na esquecida masmorra de Sahur. Os outros vampiros também começavam a ter sonhos estranhos. Em seus sonhos, James se via capturado por Malthus e submetido a uma extensa e dolorosa tortura. Lisa sonhou com seu casamento e como seu marido a espancava violentamente. Os sonhos eram todos muito reais.

Todos os vampiros já estavam montados em seus cavalos, prontos para subir. Faltava somente Richard acabar de dar as ordens para Neil e Sam.

– Não deixa que ninguém saia daqui de perto, Neil – avisou Richard. Neil aquiesceu. – Este lugar é mais perigoso do que parece. Ninguém deve andar sozinho. Estás ouvindo? *Ninguém*. Sempre em duplas ou trios. Libera dois ou três barris para eles, pois devemos demorar algumas horas.

– E se demorarem muito? – perguntou Neil. – Posso deixá-los dormir um pouco?

– Sim. Se for o caso, podes deixá-los descansar um pouco, mas deixa *cinco ou seis homens de alerta*. Troca de turno a cada duas horas – exigiu Richard, entregando uma ampulheta a Sam. – E o mais importante: aconteça o que acontecer, vós não podeis dispersar. Não quero que movam um palmo daqui. Nada de aventuras na floresta. Não deixa que eles formem pequenos grupos para explorar este lugar. Quero todos aqui quando eu retornar. Fui claro?

– Sim, mestre – responderam Neil e Sam obedientes. Eles receberam ordens explícitas de Reinald para seguir todas as instruções dadas por Richard. E sem pestanejar, por mais descabida que fosse a ordem.

No intervalo de tempo entre o fim do treinamento de William e a saída da expedição, Reinald aproveitou para instruir Richard a respeito da conduta da expedição. Neil e Sam seriam somente testas de ferro. Reinald achava William imaturo e inexperiente demais para ter em suas mãos a vida de trinta homens e cinco vampiros. Kalmir era independente demais para se importar com o que ele considerava uma futilidade. James Turner não levava o menor jeito para liderar. Lisa Timbrook nem passou pela cabeça de Reinald por três razões: Neil não aceitaria receber ordens de uma mulher, Lisa poderia ter alguma ideia muito liberal para a época e os outros vampiros, tirando Vince, se sentiriam desconfortáveis com uma mulher no comando. Quando se tratava de machismo, mortais e vampiros eram idênticos. Além disso, Reinald não conhecia direito Lisa, James, Vince e Kalmir. Richard foi a escolha mais acertada. Ele mudara muito com o aprisionamento, mas Reinald confiava nele. Além do mais, Richard fora um cavaleiro quando em vida mortal, e sua experiência poderia ajudar bastante nas horas difíceis.

⁓⁂⁓

Neil olhava distraído para as trevas. Desconforto. Não gostava da ideia de quatro dos cinco vampiros terem subido a colina. E se houvesse um ataque? Vampiros eram seres poderosos numa luta. E agora estavam ausentes. O servo de Reinald se sentia inseguro. Ainda restava Kalmir, mas ele não era nem um pouco confiável. Neil ficou resmungando, vendo os rapazes encherem a cara de bebida. Ele sorriu. Não culpava os homens. Beber para aliviar a tensão... Beber para esquecer onde estavam. Suspirou fundo e se sentou numa pedra. O que ele estava fazendo ali, naquele maldito lugar? Sam se aproximou com dois canecos de vinho para prosearem um pouco.

Os homens derrubaram algumas árvores secas. Destas não jorrava sangue. Uma grande fogueira foi acesa. O fogo aquecia seus corações e o medo parecia se dissipar. As vozes cessaram. Os vultos e os olhares fantasmagóricos cheios de ódio desapareceram das proximidades iluminadas pelo fogo ardente e vivo. Os cavaleiros cansados e abatidos sentaram ao redor da fogueira para esquentar a carne salgada e o toucinho defumado na ponta de suas facas para comer junto com pão de cevada duro e arenoso e vinho.

Michael, por sua vez, estava indo de mau a pior. Ele se afastou para se sentar num tronco caído longe do fogo. Não mais se alimentava direito, nem conseguia dormir. Seu sono era recheado de pesadelos horrendos com imagens do passado. Antes um homem vigoroso, agora um trapo humano. Olheiras profundas e negras, barba por fazer. Logo ele que teve sempre o rosto liso. Abatimento. Um peso enorme no coração. Consciência. Um crime hediondo cometido por ele vários meses antes voltando à tona por aquela voz infernal.

– *Sozinho com teus pensamentos, Sir Michael?* – recomeçou a voz fantasmagórica num sussurro no seu ouvido esquerdo.

– Por favor, deixa-me em paz! – suplicou Michael.

– *Paz?!* – sibilou a voz maldosamente. – *Huh! Huh! Huh! Acho que não!* – disse a voz tão ríspida e de súbito que fez Michael cair para trás. – *Seu cavaleirinho de merda! Tua alma já está condenada ao inferno!*

– Chega! – choramingou Michael deitado e encolhido no chão. Ele chorava copiosamente. – Por favor... chega... Eu não... aguento mais...

– *Estas lágrimas não vão purificar tua alma, Michael* – disse uma segunda voz, tão fria e sinistra quanto a primeira para desespero de Michael. – *Rasteja neste chão fétido e imundo como um verme que és. Nesta terra maldita que bebe do sangue puro e inocente.*

– O que quereis de mim? – choramingou Michael novamente. O rosto sujo de terra. As mãos apertando a areia do chão. Humilhado e indefeso. Queria que tudo acabasse.

– *Queremos que tua carcaça apodreça neste solo impuro e esquecido por Deus. Queremos tua condenação, mortal pecador!*

Michael começou a juntar forças para se levantar e correr. Junto dos amigos a voz cessava. Infelizmente teria sido melhor ter ficado no chão. O cavaleiro olhou para a frente, buscando apoio numa pedra e viu, horrorizado, milhares de pares de olhos vermelhos e fantasmagóricos flutuando por toda a parte, contrastando com as trevas da floresta. Os olhos de Michael se esbugalharam, ele ficou boquiaberto. E, por alguns instantes, ficou sem ação. O coração disparava, parecendo que ia saltar pela boca a qualquer momento. O cavaleiro ofegava de medo. Sentiu um suor frio brotar da testa. Subitamente, Michael se levantou num salto e girou o corpo à procura de uma brecha para fugir. Mas não havia possibilidade de escapar. Estava cercado. Vultos correndo atrás das árvores. Vultos saltando pelas árvores. Vultos de olhos flamejantes se aproximando. Michael não pôde conter um grito de desespero. Sua visão começava a escurecer. Seus pés não mais sentiam o chão. Tontura. O cavaleiro desabou no chão.

※

William montado em seu corcel remexeu o corpo incomodado. Aquele manto de ferro era muito desconfortável. Atrapalhava muito os movimentos dos braços. Acariciou a adaga que Reinald lhe dera. A arma lhe transmitia uma sensação de segurança. O cavalo subia devagar pela floresta que tomava conta de toda a colina.

– Pareces preocupado, garoto... – observou Richard, mantendo o olhar em frente.

Richard vestia apenas uma armadura de couro reforçado. Além do tronco, protegia também os antebraços e parte das coxas. Um rasgo entre as pernas permitia uma melhor movimentação. Linhas de costura serviam de guia para alocar homogeneamente os rebites metálicos. Uma corda prendia a armadura melhor na cintura. A gola era metálica para permitir o encaixe do elmo.

– Não sou um garoto! – rebateu William. – E não gosto de ser tratado como um!

– É claro que não – respondeu Richard sem dar muita importância. – És um jovem adulto, embora muitas vezes imaturo para a idade. Mas ainda assim pareces preocupado.

– Este lugar me dá arrepios – confessou William, deixando a rebeldia de lado. – Não gosto de ficar aqui.

– Eu sei. A mim também. E fico feliz de não ser o único. Às vezes é bom falarmos o que se passa em nossos pensamentos.

– Fiquei pensando numa coisa...

– Fala – pediu Richard mais atento agora.

– Por que será que aquele homem – Joseph, se não me engano – não gritou?

– Talvez ele tenha gritado... – respondeu Richard depois de alguns instantes pensando – *Talvez nós não tenhamos escutado...* Este lugar é amaldiçoado. Quem sabe que forças estão agindo contra nós? Vês o que este lugar está fazendo aos homens? Desse jeito nossas presas não vão durar muito.

William aquiesceu em silêncio. Deu uma esporada mais forte no cavalo, se distanciando um pouco dos demais vampiros. Detestava quando Richard se referia aos homens como simples alimentos.

– Quanto tempo será que falta até chegarmos ao topo? – perguntou James, tentando entrar na conversa.

– Acredito que falte pouco agora – respondeu Richard distraído.

– Estou ficando com sede – disse James com um sorriso maldoso. – Se é que vosmecês me entendem, é claro!

– Pois trata de controlá-la muito bem, senhor Turner – disse Richard ríspido. – Só mataremos esses mortais se for extremamente necessário. Por isso nada de usar nossos dons. Estás ouvindo? Se sentires muita sede, podes tentar cravar os caninos numa destas árvores – disse ele, batendo num tronco negro.

– HA! HA! HA! – debochou James contrariado.

Lisa gargalhava de dar gosto lá atrás, deixando James furioso.

– Ora, sua... – resmungou ele baixinho. – Vosmecê e o seu lambe-botas ainda vão se ver comigo...

Não demorou muito e os vampiros chegaram ao topo. Uma brisa gélida e úmida batia em seus rostos. Amarraram os cavalos em algumas árvores isoladas que havia lá no alto. As pesadas nuvens se encarregavam de obstruir a luz solar. Vince ficou responsável por tomar conta dos cavalos. Ninguém confiava naquelas árvores.

Lisa se aproximou da borda para observar. A Floresta das Trevas era imensa, com quilômetros de extensão como um tapete negro e desigual. Um rio volumoso cortava a floresta mais adiante. Mesmo o olhar vampírico não conseguia enxergar o limite do outro lado da floresta. Ela se sentou numa pedra e começou a rabiscar com um carvão num pedaço de papel.

– Quanto tempo achas que vai demorar? – perguntou Richard.

– Não sei – respondeu Lisa sem tirar os olhos do papel. – Um bom tempo.

William andava a esmo pelas bordas. Forçava a visão à caça de alguma pista sobre a fortaleza de Malthus. Sentiu um arrepio na espinha só de pensar naquele ser desprezível e orgulhoso. O vazio que o consumia por dentro parecia aumentar de tamanho. Ele inspirou profundamente, fazendo seus pulmões se encherem novamente de ar depois de meses. O esforço custava-lhe energia e doía bastante mover músculos há meses imóveis. Nenhuma pista. Mas ele não desistiria tão fácil. Tentou mais algumas vezes, sempre mudando de lugar. Por fim, uma brisa gélida e cortante soprou em seu rosto, fazendo seu cabelo esvoaçar.

Algumas horas se passaram. Lisa estava demorando muito. Richard começava a ficar impaciente. Não gostava da ideia de deixar os mortais sozinhos por muito tempo. Ainda bem que Kalmir não subira. Bem ou mal, sua presença lá embaixo garantiria alguma vantagem caso os homens fossem atacados.

Michael deu um pulo. O corpo coberto de suor. Os pesadelos cada vez mais nítidos. E todo o horror do seu passado voltava à tona, arrasador como um terremoto. Seu pai adotivo o espancando quando era criança por ele não ser seu filho legítimo, mas fruto da união de sua mãe com seu primeiro marido. O duro treinamento que teve para se tornar um cavaleiro. As batalhas das quais participou. As vezes em que fora obrigado a matar inocentes em nome da ordem. As cenas da última batalha contra os camponeses. Horror. As mãos de Michael tremiam. Ele as pôs na cabeça, apertando-a com força. Lágrimas escorriam abundantes pelo seu rosto. Queria esquecer aquelas imagens, estava enlouquecendo. O ar começava a faltar nos pulmões, mesmo ele tentando aspirar fortemente. Era como se mãos invisíveis estivessem apertando, esmagando sua traqueia. Um par de olhos rubros fitando com satisfação seu sofrimento. Um olhar doentio de ódio.

Michael não percebeu, mas dois companheiros o viram cair no chão e o carregaram para perto da fogueira, enquanto estava desacordado. Sam forçou Michael a tomar um elixir curandeiro. Uma mistura de ervas, sementes e muito álcool. O cavaleiro ficou quatro horas desacordado. Os vampiros ainda não haviam retornado. Pelo menos, o fogo parecia afastar os maus espíritos. Alguns dormiam, aproveitando o momento oportuno. Outros continuavam conversando e assando carne e toucinho. Um grito de pavor. Muitos levantaram num salto com as armas em prontidão. Michael estava completamente fora de si, gritando coisas sem o menor sentido. Um cavaleiro troncudo, chamado Raven, correu em sua direção para tentar acalmá-lo.

– NÃO TE APROXIMES DE MIM, DEMÔNIO! – berrou Michael, recuando com os punhos levantados.

– Calma, senhor. Sou eu...

Michael afundou o punho no nariz grande e quadrado de Raven. O pobre homem caiu desacordado no chão com o nariz ensanguentado e quebrado. Mais dois cavaleiros se aproximaram com o intuito de imobilizá-lo para o seu próprio bem. Michael deu um salto assustado para trás. O homem parecia à beira de um colapso nervoso.

– AFASTAI-VOS DE MIM, CÃES DO INFERNO! MINHA ALMA NÃO SERÁ LEVADA POR VÓS!

– Acalme-se, por favor... – pediu um deles mais cauteloso. Seu nome era Edward. – Não vou fazer nenhum mal a vosmecê. Vê? Nem vou mais me mexer.

– SAI DAQUI! – berrou Michael com lágrimas nos olhos.

O outro aproveitou a oportunidade para arrastar Raven dali. O homem felizmente estava bem. Machucado, mas bem. A essa altura todos os homens presentes estavam se aproximando de Michael. Neil deu ordens para amarrar o distinto cavaleiro.

– Já avisei, cão maldito... Não te aproximes mais! – ganiu Michael acuado.

– Sinto muito, Sir... Sinto muito mesmo... – disse Edward, pulando em cima de Michael. Iria tentar imobilizá-lo até que os outros viessem para ajudar.

Mas deter o cavaleiro Michael não era uma tarefa fácil. O homem era alto, forte e robusto como um touro. Sua força e determinação em combate eram temíveis. Sua honra e piedade também eram reconhecidas. Mas o cavaleiro era agora imprevisível. Olhava assustado para todos os lados como se a qualquer momento as árvores fossem atacá-lo. A Floresta deturpara sua mente até restarem frangalhos. Michael mal sabia quem era.

Pelos seus olhos, demônios grotescos com um par de chifres e patas de bode estavam ali na sua frente zombando dele e ameaçando levar sua alma culpada e atormentada para o inferno. Michael conseguiu derrubar um deles com um bom murro na cara, mas agora os outros estavam avançando. O som das risadas estava deixando o cavaleiro ainda mais assustado. Um deles correu em sua direção para agarrá-lo, mas ele foi mais rápido. Sacou sua Morningstar, uma temida maça cuja cabeça de ferro maciço continha espinhos pontiagudos que causavam grande estrago na carne e armadura do inimigo. Edward foi golpeado na altura do estômago e jogado para trás sem chance alguma de defesa. Ele ficou gemendo de dor no chão, encolhido. As mãos ensanguentadas tapando um ferimento profundo.

Os cavaleiros e mercenários, surpresos, pararam por um segundo. Michael balançava sua maça perigosamente. Não permitiria que nenhum demônio se aproximasse dele. Mas sabia que não conseguiria enfrentar a todos. Eram mais de vinte. Os demônios sacaram seus tridentes e avançavam decididos. Aquela risada era irritante. Michael largou sua arma e fugiu, penetrando nas trevas da Floresta.

– NÃO! – berrou Neil desesperado. – NÃO AUSENTAI-VOS DAQUI! É UMA ORDEM!

Mas alguns homens não pareciam ouvir. Cinco deles se embrenharam na floresta atrás de Michael. Sam se pôs na frente dos outros homens para impedir que mais alguém fizesse alguma besteira. Os mercenários não estavam nem aí para Michael. Mas o mesmo não acontecia com os cavaleiros.

– Pelo amor de Deus – suplicou ele.

– Temos que ajudar Sir Michael – disse um moreno com voz grave e retumbante como um trovão. – Os cavaleiros têm obrigação de se ajudar.

– É isso mesmo – confirmou um jovem magricelo de mau humor. – Temos um código de honra a seguir.

— Apoiado — disse um terceiro. A voz com um leve tom de raiva. — Nada vai nos impedir. Com Deus ao nosso lado, quem vai ser contra nós?

Uma revolta estava prestes a começar. A tensão no ar estava forte. Os cavaleiros não estavam contentes de serem segurados ali contra a sua vontade. Era como se um barril de pólvora estivesse prestes a estourar.

— Escutai todos — pediu Neil. — Pensai em vossas famílias...

— Sir Michael perdeu a sua família há um ano — rebateu o moreno. — Ele não tem mais nada. É assim que a gente se mostra solidário?

— Eu compreendo, rapazes — disse Neil desesperado, vendo que os homens avançavam. Nem ele, nem Sam poderiam contê-los se eles decidissem entrar na floresta. — Mas parai para pensar, por favor! Cinco cavaleiros já entraram aí. Eles vão ser capazes de pegar Sir Michael que agora está desarmado. Pensem em sua mulheres e filhos se vós morrerdes!

Os cavaleiros pareciam ter considerado o argumento. Muitos já hesitavam. A Floresta das Trevas não era lugar para bravatas e irresponsabilidades. Qualquer deslize já havia se provado ser fatal.

— Tudo bem — bufou o moreno. — Vamos esperá-los aqui no acampamento.

— Mas...

— Nada de "mas"! — ganiu ele com sua voz grave como o urro de um urso. — Ninguém vai sair daqui! Ninguém!

Seu olhar decidido e rústico foi suficiente para aplacar a ansiedade dos cavaleiros mais afoitos. Ninguém iria desafiar aquele homem gordo como um urso. O braço tinha a largura de uma tora. Ninguém derrotava o homem numa queda de braço. Era conhecido como John Urso.

Os cavaleiros voltaram para perto do fogo. Resmungavam muito, mas, ao mesmo tempo, estavam aliviados por não terem de entrar na mata de árvores sinistras. Não queriam morrer, não ainda. Pensamento mesquinho. Sentiam pena de Sir Michael, era verdade. Bem, melhor o Sir do que eles. No final das contas, lá atrás só restou John Urso, Sam e Neil.

– Obrigado, John – agradeceu Neil aliviado.

– Não tem nada para ser agradecido – respondeu John rude. – Apenas pensei nas famílias desses homens. Além do mais, aqueles cinco já tinham mesmo se embrenhado na floresta. Vosmecês nos atrasaram demais. Mesmo se entrássemos, não saberíamos para onde eles foram.

– Mesmo assim, obrigado – disse Neil.

– Já disse que não foi por vosmecês... Venham logo. Vamos rezar por eles. E NINGUÉM VAI BEBER NADA ATÉ ELES VOLTAREM! – berrou John Urso furioso, atirando sua maça num barril, onde alguns mercenários estavam enchendo seus copos e continuando a festa como se nada tivesse acontecido. Voou vinho para tudo quanto foi lado.

Obviamente os mercenários que tomaram banho não gostaram nem um pouco daquilo.

– Ei, seu idiota grandalhão! Por que fez isso? – reclamou um mercenário mais jovem.

– Ninguém vai beber nada até eles voltarem com o Sir Michael – disse John Urso com ódio no olhar, andando em direção aos mercenários fanfarrões. – Vamos rezar por eles.

– E quem vosmecê pensa que é para dizer o que nós devemos ou não fazer?! – reclamou outro mercenário.

– Eu sou aquele que vai te enfiar a mão na fuça! – bradou John.

– É mesmo?

Os outros cavaleiros começavam a se aproximar. O clima não era o mais cordial. Cenhos franzidos, punhos cerrados. A tensão começava de novo. Alguns homens não estavam gostando nada, nada da prepotência daquele John Urso. O que eles tinham com Sir Michael? Nada. Por outro lado, os cavaleiros não gostaram da falta de respeito de alguns homens, que continuavam a se divertir mesmo depois de Sir Michael ter fugido e ferido Edward. Um ferimento que podia ser mortal.

– O que foi, grandão? Sir Michael era teu macho? Por isso vosmecê quer rezar por ele? – debochou um jovem arrogante de dezessete anos que estava bebendo junto com os mercenários, que começaram a rir.

Foi o estopim. John Urso de cara amarrada deu um murro na cabeça do debochado, que caiu inconsciente no chão. Uma briga teve início. Todos partiram para dentro. Gritos de ódio, xingamentos, ofensas. O pau comeu. E comeu bonito.

⁂

– O que está acontecendo aqui? – perguntou Kalmir, abrindo a porta de sua carruagem e vendo a briga que se seguia, para um jovem que saíra da luta para tomar fôlego.

– Estes cavaleiros idiotas estavam enchendo o saco! São muito marrentos para o meu gosto. Meus colegas estão dando uma boa surra neles – contou o jovem eufórico e pronto para entrar de novo na luta, mesmo com os hematomas nos braços, o peito vermelho e tendo um filete de sangue escorrendo pelo canto da boca.

Sangue este que atiçava a sede de Kalmir. Ele podia sentir o calor da vida emanando daquele mortal. O cheiro do sangue, a lembrança do gosto. Havia dias que não bebia do sangue humano. Ele mal conseguia se conter. Adorava essa sensação. O prazer de tomar a vida alheia. Seus olhos começavam a brilhar. Foi apenas por um breve momento, mas suficiente para assustar o rapaz.

– O que foi, meu jovem? – perguntou Kalmir sorrindo cordialmente. – Pareces assustado...

— Acho que bebi demais — disse ele retribuindo o sorriso, vendo que os olhos de Kalmir voltaram ao normal. Deu umas batidinhas na cabeça. Estava começando a ver coisas.

— Acontece — respondeu Kalmir, balançando os ombros. — Também já bebi muito quando era mais jovem.

— Como assim "era"? — perguntou o rapaz. — Vosmecê deve ter mais ou menos a minha idade.

— Eu? Oh, não! Como te chamas mesmo?

— Eu não me apresentei. Meu nome é Francis.

— Francis?! Bem, Francis, eu acho que devo ter oitenta e poucos anos. Não costumo contar a passagem dos anos, até perdi a conta. Nem sei em que ano nasci — disse Kalmir como se fosse a coisa mais natural do mundo.

— HA! HA! HA! HA! HA! HA! — riu Francis até quase perder a respiração. Ele chorava de tanto rir. — Essa foi boa. Vosmecê tem mais de oitenta anos?! Deve ser o velhinho mais bem conservado da Europa. É por isso que vosmecê tem esse cabelo branco como a neve? Como faz para manter essa forma tão jovem? — perguntou ele enxugando as lágrimas.

— Tomo da vida de jovens como tu — respondeu Kalmir, sorrindo para Francis. E ao sorrir, deixou dois caninos afiados à mostra para desespero do rapaz.

— ...

— Perdeste a fala? Não vais mais brincar com a cor do meu cabelo? — perguntou Kalmir frio, sumindo com o sorriso. Calmamente o vampiro saltou da carruagem.

Francis virou para correr, quase tropeçou e caiu. Ele rapidamente pegou um pedaço de galho seco do chão e, girou o corpo, acertando Kalmir em cheio com toda a sua força. O galho se partiu em dois, mas o vampiro nem se abalara, continuou a andar em direção a Francis. Era cada vez mais difícil se controlar.

Sem seu machado de guerra, Francis não sabia o que fazer. Lutar não adiantaria, pois o monstro aguentou uma paulada sem pestanejar. Só restava gritar e correr. Gritar também se mostrou ser inútil. O som da pancadaria abafava os pedidos de socorro incessantes.

– Não vai adiantar – avisou Kalmir, aparecendo de repente na frente de Francis e suspendendo-o pelo pescoço. – Teu destino já está selado. – Sua mão sentia o calor da vida e a desejava cada vez mais para si. Kalmir se esforçava muito para não matar rapidamente sua presa.

– Por favor... – suplicou Francis com lágrimas nos olhos. Aquela mão gélida apertava aos poucos seu pescoço. – Eu faço... qualquer coisa...

– Não há nada que possas fazer por mim, a não ser me fornecer teu precioso sangue – disse Kalmir friamente, limpando o sangue ainda quente que escorria da boca de Francis com um dedo e provando. – Ah, delicioso... Desculpa, eu não me apresentei. Meu nome é Kalmir. Às suas ordens...

– Não... por favor... não... NÃÃÃÃO...

<hr>

Alguns poucos cavaleiros e mercenários tentavam apartar a briga. Mas o máximo que conseguiram foi tomar uns socos e chutes de graça. O estrago da briga só não foi maior porque Neil resolveu interferir. Ele tocou a trombeta com todo o ar de seus pulmões. O barulho fez com que os homens parassem a briga por um breve momento e olhassem para ele.

– *Eu quero que vós pareis agora!* – disse Neil. Estava começando a ficar de saco cheio daquilo tudo. – Olhai para vós! Eu não estou aqui para cuidar de um bando de bebês chorões.

– Foram eles que começaram! – acusou um mercenário alto e cheio de cicatrizes.

– É mentira! – rebateu um cavaleiro careca.

– Está me chamando de mentiroso, seu frangote?!
– Algum proble...?
– PARAI DE BRIGAR, EU JÁ DISSE! – berrou Neil, perdendo o que ainda lhe restava de paciência.
– PARE VOSMECÊ DE FALAR! – berrou um cavaleiro de volta no meio do grupo. – Estou cansado desta merda de expedição. Eu fui enganado... Não vale a pena morrer por isso.
– Enganado?! – perguntou Neil surpreso. – Acho que deixamos bem claro que a missão era perigosa. Tão perigosa que talvez não voltássemos vivos. Nada disso foi omitido. Pelo contrário, e tu estás sendo muito bem pago pelo serviço. Um dinheiro como poucos aqui já viram. Todos nós estamos cansados, não está sendo fácil para ninguém. Mas quem quiser pode pegar suas coisas e partir.

Todos os homens estremeceram na base. Olharam para as trevas ao seu redor. Quem iria se arriscar a sair da segurança do acampamento? Um a um os homens foram se dispersando. Não valia a pena, a floresta era perigosa por demais. Neil liberou mais um barril de vinho e queijo para ver se apaziguava o espírito daqueles homens. Os cavaleiros se recusaram a comer para rezar pela segurança dos companheiros que entraram heroicamente na floresta. Alguns mercenários e jovens se juntaram a eles na oração. *Será que voltariam com vida?* A pergunta martelava em seus corações, mas eles não queriam ouvir a provável resposta.

Os cinco cavaleiros continuavam a correr atrás de Sir Michael, ignorantes do destino que lhes aguardava. Apenas um deles se lembrou de levar uma tocha, a única fonte de iluminação. Mesmo assim, somente alguns metros ao redor eram visíveis. O resto estava envolto em escuridão. Infelizmente, Michael não estava ao alcance da luz. Eles seguiam o barulho da corrida do cavaleiro. Como aquele homem corria! Estavam correndo havia mais de dez minutos e nada de alcançá-lo. Vez ou outra, algum deles via um vulto atravessando as árvores. O lugar era silencioso demais. Os homens sentiram um calafrio percorrer a espinha e os pelos do corpo se arrepiaram.

Sir Michael parou de correr.

O cavaleiro, por fim, cansou. Os demônios tinham ficado para trás. Estava seguro agora. Ele repousou a mão num tronco para descansar. Mesmo ofegando muito, ele sorriu. Nenhum monstro o pegaria. Não com sua *morningstar* à disposição. Michael estava realmente cansado. Sentou no chão, encostando as costas num tronco. Por alguns segundos fechou os olhos e tudo parecia em paz. Ele tirou sua pesada cota de malha – uma blusa de couro revestida de anéis de aço – e a jogou no chão. Agora, sim.

Como a noite está fria – pensou Michael, abraçando o próprio corpo para se aquecer. Sentiu as pálpebras pesarem. Fechou os olhos e adormeceu. Ele não sentiu que seu braço começava a ficar dormente.

Flashes do passado vindo à tona com força total em seus sonhos. Michael se lembrava do fatídico dia onde os camponeses das terras de Truman se rebelaram. Proprietário de um bom pedaço de terra em troca de seus serviços de luta para o baronete, era sua obrigação como vassalo obedecer às ordens do baronete. Apesar do rígido código de honra, eram poucos os cavaleiros que o seguiam à risca. Em geral eram brutamontes selvagens e rústicos que maltratavam os seus servos. Sir Michael era uma exceção. Ele se orgulhava de sua honra e de seu juramento como cavaleiro. Como poucos, Sir Michael buscava ser um nobre cavaleiro. Um verdadeiro cavalheiro. Todo ano partia em peregrinação por ter violado o sexto pecado: "Não matarás", além de pagar gordos dízimos para a Igreja; seu irmão era um monge. Tudo ia bem até o estouro da revolta. Podia se lembrar como se estivesse ocorrendo tudo agora.

O sol se punha no horizonte tingindo o céu de vermelho. Um bando de trinta homens armados e quarenta arqueiros contra cem camponeses armados e furiosos. Uma luta injusta. *Contra os camponeses*. Desorganizados e com a desvantagem em relação a armas e vestimentas de guerra, os camponeses fugiram em pouco tempo. *A justiça do mais forte* prevalecendo. As ordens eram para não deixar ninguém escapar vivo. Os revoltosos tinham conseguido atear fogo ao moinho e no forno do feudo, matando os responsáveis pela cobrança de tributos nesses locais. O capataz também não escapou da morte. Ele que sempre fora um puxa-saco do baronete. Tinha poder para resolver pequenas desavenças locais, como roubo de galinhas do vizinho, falta de respeito com as donzelas, maus-tratos dos cavaleiros (embora nenhum deles jamais tivesse sido punido). Tudo para não incomodar seu senhor, que vivia viajando.

Os cavaleiros confiantes na vitória galopavam atrás dos camponeses, acertando suas espadas, machados e maças naqueles que ficavam para trás. Gargalhando, eles apostavam quem mataria mais rebeldes. Os sorrisos sumiram logo depois de chegar às plantações. Uma emboscada. Os camponeses levaram a luta para longe das muralhas do castelo, saindo do alcance das flechas dos arqueiros. Os cavaleiros subestimaram a capacidade tática dos pobres. O núcleo da rebelião estava ali, esperando por eles. Mais de duzentos camponeses. Todo o ódio pelo desrespeito, humilhação e opressão ao longo dos anos aflorava no coração dos servos do campo. Berrando como se fossem apenas um, os camponeses avançaram com tudo o que tinham nas mãos contra os opressores. Paus, pedras, foices, machados, enxadas, ancinhos e outras ferramentas de arado serviam de arma. Ainda assim os cavaleiros levavam vantagem. Mas o ódio dos rebelados era forte e eles conseguiram derrubar e matar oito homens e deixar mais cinco fora de combate. John Stout, o irmão mais novo de William, lutou bravamente antes de ter seu estômago perfurado por Sir Michael. Ele morreria ali mesmo, pisoteado pelos cavalos dos outros cavaleiros.

Novamente os camponeses foram mais espertos. Um grupo de dezesseis jovens se esgueirou pela abertura do esgoto e entrou no castelo. Mataram os quatro guardas e abriram os portões. Um grupo de cinquenta camponeses, incluindo mulheres, entrou pelos portões abertos. Tocaram as trombetas para avisar aos companheiros que lutavam contra os cavaleiros que a fortaleza estava sendo tomada.

Os cavaleiros resolveram retornar imediatamente. Menos Sir Michael. Ele avistou fogo nas suas terras e ficou preocupado. Sua família corria perigo. O bem estar de sua esposa e filho estava acima de qualquer juramento. Sem pensar duas vezes, partiu em disparada, abandonando a batalha.

No caminho, encontrou um homem vindo a cavalo rapidamente. Ele se dirigia para a batalha. Vestia-se como um nobre e não portava nenhuma proteção. *Deve ser louco* – pensou Michael. O nobre carregava apenas uma espada longa nas costas. O cavaleiro sentiu um arrepio quando olhou para o rosto do fidalgo. Era um homem muito sinistro e indiferente. Nem parecia estar indo para uma batalha. Sua pele pálida chamou a atenção do cavaleiro. Mas Michael não precisava se preocupar com o destino daquele nobre, isso pouco importava. Ele apertou os passos do cavalo e disparou para sua casa.

Chegando lá, saltou do cavalo. Desesperado, ele via sua casa arrombada. A pequena horta destruída. A cerca arruinada. O estábulo estava em chamas. Seus dois cavalos de raça foram roubados. A porta foi quebrada a machadadas. No chão estava sua esposa morta com o filho de cinco anos nos braços, também morto. Michael largou a espada e se ajoelhou diante do corpo inerte da jovem esposa. Ele não conseguia acreditar. Segurou a mão dela na esperança de encontrar algum sinal de vida. Em vão. Lágrimas corriam pelo seu rosto sem que ele percebesse. Seu mundo desabara. A garganta cortada de seu filho não deixava dúvidas. Por que Deus fora tão cruel com ele? Ouviu passos no interior da casa. O maldito ainda estava lá. Sem pensar duas vezes Michael catou sua espada do chão e entrou na casa. Um camponês carregava uma das cadeiras de mogno. Ele estava sujo de sangue. Um sangue que não era dele. Sua mulher e filho morreram por causa de cadeiras de madeira. Cadeiras de madeira?! Irracional, ele fincou sua espada no estômago do ladrão. Toda a sua moral e consciência foram para o espaço. Michael ofegava muito. Ele chorava de dor e ódio. Somente a vingança aplacaria sua alma. E ele a teria. O camponês ferido largou a cadeira e arqueou para a frente. Michael impediu que ele caísse, segurando-o pelo ombro. Não era ainda a hora de morrer. O cavaleiro girou lentamente sua espada para retalhar os órgãos internos do assassino, que gemia de dor, sem forças para reagir. Michael empurrou seu ombro com toda a força contra a parede, arrancando a espada violentamente. O camponês cuspiu sangue e saliva.

– Teu safado ordinário! – ganiu Michael, olhando com desprezo para a cadeira que o camponês carregava. Ele fincou a espada na coxa do assassino. – Esta cadeira vale o preço de duas vidas?!

– Eu... nnn... não queria – balbuciou o camponês, chorando e apalpando sua perna. – Poupe... a minha... vida... Por favor... Eu... sou... inoc...

– Tu queres perdão?! – perguntou Michael friamente, cortando aquele papo medíocre e levantando a cadeira. – Vai pedir desculpa pessoalmente para a minha esposa no Vale dos Mortos, teu desgraçado! – respondeu ele, acertando a cadeira no rosto do camponês.

E continuou a bater com a cadeira até cansar os braços. Respingos de sangue sujavam sua malha de anéis de ferro, sua barba e seus longos cabelos. Mas ele não se importava. Olhou com desprezo para o corpo imóvel do camponês estirado no chão. Nada disso seria suficiente para aplacar sua dor, nem traria sua esposa de volta. *Mas... não importava.* Michael arrancou sua espada e a guardou. Ele queria que o camponês sofresse algo mais. Pensamentos distantes quando ouviu uma respiração assustada. Vinha do seu quarto. Ele entrou com a espada em punho. Será que o camponês tinha um cúmplice?

Tinha. Encontrou uma mulher se escondendo atrás do baú de roupas. Ela estava muito assustada, soluçando de tanto chorar, mas tentando abafar o choro de todo jeito. Seus olhos estavam arregalados e vermelhos. Seus finos lábios tremiam. Quando viu aquele estranho homem de corpo ensanguentado entrar, se encolheu o máximo que pôde. De nada adiantava. Ao perceber que foi descoberta a mulher saltou como um lobo para cima do cavaleiro, que lhe deu um tapa estalado no rosto.

– Desgraçado... – choramingou ela se levantando. Olhava com ódio para aquele estranho homem. – Matou meu pobre marido.

– Aquele traste era teu marido? – perguntou ele com um sorriso maldoso. – Teve muito menos do que merecia...

– Monstro! – exclamou ela se descontrolando e pulando para cima do cavaleiro. Acertou vários socos no peito dele. Só conseguiu esfolar as próprias mãos.

– Já basta! – disse Michael, acertando um murro no estômago da mulher. Ela caiu em cima da cama pobre do quarto. – Tu vais pagar pelos pecados do teu marido! Ah, se vai...

– O que quer dizer...? – Mas sua voz falhou. Ela compreendeu quando ele começou a tirar a malha de anéis. – Não...

– Isso não me agrada também – disse o cavaleiro de modo arrogante e completamente fora de si. – Tu estás mais para um bagaço do que para uma mulher. Mas vais pagar assim mesmo...

– Não... eu suplico... Eu não tive culpa...

– As mulheres sempre têm a culpa. São elas as responsáveis pelo pecado original. Hoje nós morremos por causa de Eva, aquela maldita que tentou Adão com o fruto proibido – falou Michael, se aproximando, só vestindo as roupas de baixo.

Michael violentou a camponesa, se deliciando com seus gritos de dor e ódio. Sentia-se mais forte e melhor vendo aquele lixo humano pedindo por perdão. Sentiu-se poderoso quando rasgou o vestido. Ele gargalhava toda vez que ela, aos prantos, pedia ajuda a Deus. Dava-lhe tapas no rosto com satisfação. E a penetrou uma, duas, três vezes... A mulher estava destruída tanto física quanto mentalmente. Michael a empurrou para o lado e levantou da cama. A camponesa choramingava encolhida, passando os dedos na genitália ferida. Quando se virou, viu o cavaleiro levantando a espada sobre sua barriga. Ela berrou de medo. O cavaleiro decadente fincou sua espada no estômago da camponesa, transpassando a cama. Michael ficou admirando o rosto da mulher, enquanto ela definhava lentamente. Ela balbuciou alguma coisa. Michael não conseguiu ouvir.

– O quê?! – perguntou Michael, aproximando seus ouvidos. Ela não estava falando com ele. Era como se estivesse rezando.

– Minha... coff... coff... filhinha. Deus... coff... cuide... dela – e o brilho de vida dos seus olhos se apagou.

Foi então que Sir Michael ouviu um choro abafado. Atento foi afinando os ouvidos à procura da origem do som. Um bebê. Abriu um baú. Embolado nas roupas, estava um bebê envolto por uma manta de algodão suja. A criança gritava a plenos pulmões. E Michael compreendeu. Ela queria sua mãe. Ele levou as mãos à boca. *Meu Deus! O que foi que eu fiz?* – pensou arrependido, voltando a si. Matara uma mãe.

Violentara uma mulher. Traíra sua esposa. Por sua culpa aquela criança estava órfã. Mais lágrimas caíram dos olhos do cavaleiro. Ele sentia nojo de si próprio. Sua cabeça girava e ele não conseguia colocar os pensamentos em ordem. E ele correu. Queria se afastar o máximo possível dali, lamentando seu monstruoso pecado. E desde então nunca mais foi o mesmo. Quase dois anos tendo esses horrendos pesadelos. Hoje ele finalmente teria paz de espírito...

Um vulto apertava seu pescoço. Seu corpo estava todo dormente. O abraço da morte o envolvia frio. Michael sorriu. A paz finalmente o havia alcançado.

⁓⁓⁓

Os cinco cavaleiros por fim enxergaram o vulto de Sir Michael deitado na árvore ao longe. Eles se aproximaram cautelosos, temendo o pior. Um vulto se mexeu ao lado do cavaleiro. Os cinco mantiveram as armas de prontidão. O vulto parecia um homem, e estava apertando o pescoço de Michael. O corpo do pobre estava imóvel. A tocha iluminava o lugar. Michael não estava respirando.

– Afaste-se dele! – berrou um cavaleiro.

O vulto, até então distraído com Michael, virou-se para olhá-los. Seus olhos brilharam quando avistou os homens. Ele largou o corpo morto do cavaleiro e se levantou. Andava lentamente na direção dos guerreiros. Parecia um zumbi andando desengonçado daquele jeito. Estava nu e sua pele era enegrecida com um tom de azul-escuro. Os cavaleiros deram um passo para trás, assustados com aquela criatura. A boca parecia costurada. Quando o vulto se aproximou eles viram que não era costura; a boca era transpassada por um emaranhado de finos músculos, que a mantinham fechada. A uma pequena distância deles, a criatura parou. Seus olhos foram ficando rubros. O fogo das chamas diminuiu de intensidade. De alguma forma eles pressentiam que o monstro estava feliz. Todos eles começaram a sentir que suas mãos estavam ficando dormentes. Os olhos rubros da criatura brilhavam cada vez mais. O fogo extinguiu-se. A pele dela parecia estar ficando um pouco mais azulada. Um deles tentou avançar sobre o demônio azul, mas suas pernas falharam e ele desabou no chão. Ele não sentia mais os membros. Os outros quatro também desabaram no chão logo em seguida. Desesperados, viram suas armas rolarem pelo chão para longe deles. Nenhum deles conseguia se mexer. Eles foram ficando mais e mais fracos a cada passo da aberração. Até mesmo respirar se tornou um tremendo esforço. Suas forças pareciam estar se esvaindo. Um deles entendeu o que se passava.

A criatura estava se alimentando de suas energias vitais.

Mais dois demônios entraram na clareira e se debruçaram sobre os homens, aproximando suas bocas costuradas da pele quente deles. Dor. Insuportável. Era como se mil agulhas perfurassem suas peles de uma vez só, mas eles não tinham mais forças para gritar. O tempo parecia correr bem mais devagar agora. E pouco a pouco, eles sentiram a visão embaçar. A escuridão tomando conta. Uma paz de espírito começava a reinar. Os pulmões não mais obedeciam. A morte era inevitável. Até que seus olhos se fecharam... para toda a eternidade.

CAPÍTULO VINTE E SEIS

Lisa estava quase finalizando o desenho do mapa. Olhou para trás para ver seus companheiros. Estavam todos descansando. Olhou com ternura para Vince, aquele vampiro resmungão que estava sempre ao seu lado. Depois repousou os olhos em William Brenauder. Ficou um tempo assim. Brenauder ainda era um inocente. Uma criança pura e ingênua dentro de um corpo adulto. Pelo menos era o que aparentava ser.

William estava tendo pesadelos. Parecia estar lutando contra si mesmo. Vez ou outra soltava o nome do pai ou da mãe no meio de frases, que ela não conseguia entender. Dois outros nomes também a interessaram: Malthus e alguma coisa das trevas. Havia um misto de ódio e medo em sua voz quando ele mencionava esses nomes. Lisa ficou intrigada. O que se passava dentro da cabeça daquele vampiro aparentemente tão pacífico?

Lisa levantou da pedra. Devia ter desperdiçado alguns bons minutos observando seus companheiros. Se é que ela podia pensar assim. Eram apenas vampiros unidos temporariamente em torno de um objetivo comum. A vampira não se deixava iludir. Amizade e amor não eram laços emocionais que os seres de sua raça cultivavam com frequência. Os vampiros eram seres solitários e egoístas. Alguns se juntavam em bandos para se proteger melhor de eventuais ataques de caçadores ou para aterrorizar vilarejos e matar seus habitantes. Lisa percebeu que estava divagando novamente. Ela sorria. Foi então que percebeu um fenômeno surpreendente quando deu uma última olhada na paisagem. Rapidamente acordou os outros.

– Blane, venha ver isto! – exclamou ela animada.

– O que queres, Lisa? – perguntou Richard despertando. – Já acabaste com o mapa?

– Melhor do que isso!

– O que é então? – perguntou William sonolento com a voz cansada. Os efeitos psicológicos da floresta sobre ele estavam mais visíveis agora.

– Olhem ali – apontou ela. – É simplesmente fantástico.

Todos os vampiros olharam para onde ela apontava. Ficaram espantados. Um facho de luz atravessava as nuvens negras da floresta e banhava o chão lá longe, perto do lago. Era um fenômeno lindo. A luz vinha do sol, o astro rei. Os vampiros ficaram boquiabertos. Havia tempos que não viam a luz do dia. William teve uma grande sensação de bem-estar fazendo o vazio que consumia sua alma desaparecer por alguns instantes. Ele desejou se banhar naquela luz quente e envolvente. A voz de Blane o fez despertar para a realidade.

– Vamos para lá – avisou Richard decidido.

– Por quê? – perguntou James. – Não me parece que a fortaleza de Malthus esteja lá.

– É verdade – apoiou Vince.

– Eu sei – rebateu Richard. – Mas aquele pequeno lugar me intrigou. Parece ser um oásis.

– Oásis?! – exclamou William.

– Sim. Oásis é o que dizemos de um lugar dentro de um árido deserto onde podemos encontrar água e sombra. Um pequeno paraíso que se mantém mesmo o deserto sendo um lugar de difícil sobrevivência. É um lugar de esperança, pode-se assim dizer.

— Entendo — disse William.

— A luz do sol consegue atravessar a noite eterna da Floresta naquele pequeno local perto do lago — continuou Richard. — Parece que a influência deste lugar maldito é mais fraca lá. E eu quero saber por quê. Pode ser uma vantagem para nós.

— Vamos para lá então — disse James mais animado.

— Lisa, tu desenhaste aquele lugar no mapa, não é mesmo? — perguntou Richard desconfiado.

— É claro que sim — respondeu lisa ofendida. — É uma pequena colina perto do lago. Deve dar uns dois dias de viagem.

— Ótimo. Não temos mais tempo a perder. Vamos embora — disse Richard montando em seu cavalo e descendo a colina. Deu uma última olhada na luz do sol. Talvez nunca mais pudesse ver o astro rei com tamanha segurança. — Já até perdi a noção do tempo — resmungou ele.

A descida foi mais rápida, levando apenas meia hora. Quase no pé da colina, Richard notou que o ambiente estava tomado por uma fina bruma. Daquela distância ele não conseguia enxergar o acampamento. Alguma coisa estava muito errada. Onde estava a luz da fogueira? Mesmo dali deveria ser possível ver a luminosidade dela. Os vampiros galoparam mais rápido, já prevendo o pior. Ao chegarem ao acampamento, ficaram perplexos. Todos os homens estavam caídos no chão sujo. Fracos e pálidos. Eram somente pele e osso, mais parecidos com múmias do que com os homens fortes e vigorosos de antes. Seus peitos se moviam com dificuldade. Muitos estavam mortos. Outros estavam a um fio. A fogueira se apagara. Os olhos dos vampiros varriam a noite eterna, brilhando intensamente. William avistou Neil e correu para lá. O servo de Reinald respirava com muita dificuldade, mas estava vivo. O mesmo não podia se dizer de Sam, imóvel e com o olhar perdido para o além. Richard e os demais avistaram três vultos se movendo, engolfados pela neblina. Uma luta feroz de dois contra um. Reconheceram prontamente um deles: Kalmir, que movimentava velozmente sua espada, cortando a neblina, mas incapaz de acertar os oponentes.

Dois oponentes estranhos – observou Richard, empunhando sua espada. Primeiro pensou que fosse somente uma impressão, mas quando chegou mais perto... não restou espaço para dúvidas: aquelas coisas não eram humanas, embora de longe parecessem. O jeito de se movimentar... James apontou para um homem caído no chão com a cabeça decepada. Não era um homem, mas uma criatura azul. Sua pele estava enegrecendo lentamente. O corpo tremia ligeiramente mesmo sem a cabeça. Vince chutou uma cabeça para perto do grupo, dissipando a cortina esfumaçada em torno dela. Uma cabeça azul onde a boca parecia costurada. Os olhos vermelhos abertos e sem vida. Os cabelos longos, negros e quebradiços. Era contra isso que a cria de Aurion estava lutando? Essas criaturas conseguiram matar toda uma expedição de valentes cavaleiros?

A velocidade de Kalmir estava diminuindo de ritmo muito rapidamente. Parecia que ele estava dando tudo de si nessa luta. Uma criatura estava cambaleando. O vampiro cortou-lhe o braço com um movimento rápido e inesperado. Ela nem gemeu. Foi o último golpe de Kalmir, que desabou no chão como um saco de batata. O zumbi arqueou o corpo sobre o vampiro tombado. Seus olhos pareciam em brasas. James se apressou em entrar na luta e acertou sua maça na cabeça da criatura maneta. Ela perdeu o equilíbrio, cambaleou, mas não caiu. Do ferimento aberto no topo do crânio, nenhum sangue vertia. Agora que estava olhando frente a frente, os vampiros puderam observar que ambas as criaturas estavam cobertas de feridas e cortes, mas nenhum sinal de sangramento, nem mesmo no braço decepado. James começou a sentir suas forças se esvaindo. Sentia-se mole e lento. A criatura movia-se elegantemente. Um sorriso torto e medonho. James tentou acertá-la novamente, mas ela segurou seu braço. Turner parou de senti-lo. Era uma sensação de vazio terrível. James chutou a barriga da criatura e puxou seu braço. O zumbi azulado, sem se abalar, agarrou o pescoço do vampiro e apertou forte. James sentia suas forças serem sugadas rapidamente. Sua pele parecia estar sendo rasgada por várias navalhas ao mesmo tempo, enquanto seus músculos eram mergulhados num mar de dormência. Vista embaçando. Tontura. Quando deu por si, estava caído no chão. Os demais vampiros haviam entrado na luta também, até mesmo Lisa, que junto com Vince, distraíram a criatura que dominava James. Richard ficou com a outra, enquanto William afastava Kalmir dali.

– Eu não... preciso... de ajuda, imbecil – resmungou Kalmir com a voz arrastada nos ombros de William.

– E não precisa agradecer – ironizou William.

– Es... Estou... falando sério! – insistiu Kalmir arrogante. – Larga-me! Agora!!

– É claro, vossa majestade! – disse William de mau humor, derrubando Kalmir de qualquer jeito no chão.

Kalmir gemeu e engasgou.

– Satisfeito, agora? – perguntou William, olhando-o com desprezo.

– Tu... me... pagas! – respondeu o vampiro de cabelos brancos sorrindo friamente. – V... vá... ajudá-los. A ca... A cabeça... Tem que... cortar a cabeça... Sugam... nossa... en... energia...! Me... pagas...! – e caiu em um sono profundo e involuntário.

William não precisava se preocupar com Kalmir; o verdadeiro perigo estava logo ali alguns metros à frente. James, Lisa e Vince estavam tendo dificuldades contra a criatura. A velocidade dela parecia estar aumentando, enquanto a deles diminuía rapidamente. Ele estava começando a entender aquele papo sobre "sugar nossa energia". A criatura estava incorporando os poderes vampíricos. Tinha que ser rápido. Lisa, Vince e James já estavam caídos. A criatura estava interessada em James no momento. O vampiro estava definhando rapidamente. A pele esticava parecendo que ia rasgar. William empunhou a espada e acertou a criatura por trás. Um golpe certeiro no pescoço, descolando com perfeição a cabeça do corpo. O golpe ainda foi suficiente para acertar a lâmina no rosto de James também.

– Vosmecê está bem? – perguntou William.

– Arf... Arf... Eu... Eu fiquei com mais medo da sua espada – disse James com raiva. – Queria me matar junto?

– Ora! Mas só tem mal-agradecidos por aqui! Devia ter deixado vosmecê nas mãos desses zumbis. Pare de resmungar e saia daqui. Leve Lisa e Vince junto.

– Mas podemos ajudar – observou Lisa.

– Não podem! – disse William. Havia pressa em sua voz. – Vosmecês só vão deixá-los mais fortes. Agora saiam daqui!

Os três obedeceram. Perceberam que a presença deles ali só atrapalharia mesmo. Cambaleando, eles voltaram para o acampamento. A fome estava explodindo. O sangue dos sobreviventes ajudaria a se recompor. William se virou para enfrentar o último zumbi. Richard estava lá dando um duro danado para continuar de pé. Essa terceira criatura parecia ser a mais forte e ágil. Segurou o soco de Richard e o lançou contra uma árvore, que se partiu em duas. Richard ficou ensopado de sangue. Partiu novamente para cima da criatura, que segurou seu pulso, evitando o golpe. Blane chutou a zona íntima da criatura. Sem efeito. Ela revidou, aplicando três socos na barriga do vampiro, que gemeu involuntariamente. Ele deu uma cabeçada na boca do zumbi, que o largou instintivamente. Richard estava tonto.

– Praga! – exclamou Richard agachado no chão. Suas forças estavam no limite. A fome apertava demais.

– Richard! – berrou William, atirando uma flecha na criatura para retardar seu avanço sobre Blane. – Esse bicho absorve suas forças! Afaste-se dele!

Richard tentou, mas estava fraco demais. Suas pernas simplesmente não obedeciam. Ele se apoiou numa árvore, fechando os olhos.

– Eu... não posso.

A criatura sedenta por mais energia se aproximava de Blane. William armou o arco e mirou na cabeça. O zumbi deu um salto para trás, esquivando-se da flecha. Ele olhou fixamente para William. Seus olhos brilhavam de prazer. Emitiu um grunhido rouco e começou a correr na direção do vampiro, que largou o arco e sacou sua espada. No caminho, a criatura catou a espada de Vince. *Melhor não subestimar sua inteligência* – pensou Brenauder em posição de combate. Não era hora para brincar. Ele deixou seu poder fluir livremente. Daria seu máximo nesta luta. Sentiu o coração bater uma vez fazendo sua força fluir por todo o corpo. Os caninos alongaram. Os olhos inalterados.

Quando se aproximou o bastante, o zumbi azul saltou com a espada por cima da cabeça. Movido pelo instinto, o vampiro aparou o golpe. O treino intensivo de Reinald valera a pena. Ele lutava muito melhor do que antes, mas a criatura o superava em velocidade. Pouco a pouco a diferença se tornava maior. A luta foi ferrenha e brutal. Em poucos segundos, ambos estavam cobertos de cortes. Embora o corpo de William curasse os ferimentos rapidamente, novos cortes surgiam numa velocidade espantosa. O vampiro sentia suas forças serem sugadas e tentava definir logo a luta. Seus músculos começavam a definhar. A sensação da pele sendo arrancada, enlouquecendo-o de dor. Sabia que perderia. Ainda tentou reunir forças para um salto de fuga, mas a criatura agarrou seu ombro e o jogou contra o chão. Estava imobilizado. Aquelas mãos tão gélidas quanto as mãos mortas de um vampiro tocando seu peito. Visão escurecendo. Derrotado. Fracassado. Não podia perder. Não, ele não morreria sem vingar a morte de sua família. Não, Deus não permitiria. William sentia seu lado negro pulsando dentro de si, mas William das Trevas não seria despertado. Nunca mais, se dependesse de Brenauder.

– *Me liberte*! – berrou William das Trevas dentro da sua mente.

– Nunca! – ele respondeu. – Eu não preciso de vosmecê! Desapareça, desgraçado!!

Ele ouviu seu lado negro gargalhar.

– É claro que vosmecê precisa de mim. Quem sempre te livra do sufoco? Hein? Vosmecê não é nada se comparado a mim! E sabe disso...

– Acha que me assusta? – perguntou Brenauder friamente. – Eu estou no comando, William das Trevas. Vosmecê nada pode fazer, a não ser praguejar e resmungar. Só isso. Desapareça da minha vida!

O lado negro se calou.

William abriu os olhos. Por um segundo esquecera da situação crítica em que se encontrava. Ele juntou todas as suas forças e acertou um murro em cheio no queixo do zumbi, que nem sequer esmoreceu. Não adiantava. O vampiro começava a se conformar com a derrota. Droga! Não era para ter sido assim! De repente, o monstro saiu de cima dele. Dois vultos o seguravam pelos braços. O zumbi se debatia muito.

– Rápido, Lisa! – berrou uma voz áspera e desesperada. Era Vince. – Não vamos conseguir segurá-lo por muito tempo.

Um terceiro vulto mais baixo, veio por trás e acertou com dificuldade uma maça na cabeça da criatura. Ela caiu. E o vulto continuou a bater com a maça até estourar o crânio do zumbi. William foi arrastado até os restos do acampamento junto com Richard e lhe deram sangue fresco para beber.

Passado um tempinho, todos os vampiros já estavam bem melhores. Da expedição, além de Neil, só sobraram quatro homens. E esses não estavam nada bem. O ataque dos zumbis somado com o devastador medo da Floresta fizeram um belo estrago naqueles mortais. Não estavam mais só pele e osso, mas ardiam em febre e deliravam.

— Vosmecês tiveram uma boa ideia — elogiou William. — Obrigado por me salvarem.

William notou que James ficou incomodado com o elogio.

— Falei algo que não devia, James?

— Oh, não. Não agradeça a mim. A ideia foi *dela* — respondeu James um pouco contrariado e olhando de esguelha para Lisa.

— É claro, meu querido — disse a vampira sorridente. — As mulheres são as melhores.

Todos os vampiros olharam feio para ela. Lisa não estava nem aí.

— Nós, vampiros, estamos acostumados a lutar sozinhos — confidenciou Lisa a William. — Mesmo quando lutamos juntos é cada um por si. Daquele jeito não venceríamos aquelas criaturas. Por isso sugeri uma ajuda mútua. Uma estratégia em conjunto para vencê-las. James relutou, mas apostamos. Eu ganhei.

Richard tentava pensar nos rumos da expedição. Praticamente todos os cavalos morreram, sobrando apenas seis dos quarenta que entraram na floresta. Richard colocou os quatro homens numa carruagem só. Decidiu abandonar dois terços dos mantimentos ali, assim como deixar as demais carruagens. Somente duas seguiriam com eles. Uma para os homens debilitados e outra para os vampiros.

— Eu não vou abandonar a minha carruagem — disse Kalmir seco.

— Podemos levar a sua e aí descansamos nela — sugeriu Lisa.

— Quem disse que vós ireis dormir na minha carruagem? — rebateu Kalmir friamente.

Vince fechou a cara. Kalmir virou-se para ele.

— O que foi? Ficou ofendido?

Vince partiu para cima de Kalmir, mas William interveio. Ele segurou os braços de Vince.

— ME LARGUE! VOU DAR UMA LIÇÃO NESSE ARROGANTE! — berrava o serviçal de Lisa possesso.

— Vosmecê não vai fazer nada — respondeu William. — Não escapamos da morte para vosmecês se matarem por um motivo tão besta.

— Deixe ele, Brenauder — falou Kalmir tranquilo. — Deixe ele vir. Um lixo como ele não vai me fazer nem cócegas.

— REPITA ISSO SE TIVER CORAGEM! — berrou Vince tomado pelo ódio e deixando sua forma vampírica aflorar.

— Vem que eu te ensino a ser um macho de verdade — provocou Kalmir.

— CHEGA! — disse William sério, atirando Vince no chão. — Ninguém vai brigar. Não é hora para isso. Chega de provocações, Kalmir! — disse ele, virando-se para Kalmir. — Temos uma missão para cumprir. Quero que vosmecês se danem, mas só depois de encontrar aquele desgraçado do Malthus. Essa é uma ordem direta do seu mestre Aurion Clack.

— Malthus não me interessa — resmungou Kalmir. — Ele não é problema meu.

A resposta causou estranheza a Richard, mas ele resolveu não interferir. A relação entre Clack e sua cria não era problema dele. William seria suficiente para controlar o ânimo acirrado dos dois brigões.

— Tudo bem — aceitou Vince, se levantando envergonhado sob o olhar de reprovação de Lisa.

— Está bem — disse Kalmir cordialmente como se absolutamente nada tivesse acontecido. — Podemos dividir a carruagem. Afinal, o que custa, não é mesmo? Lisa está certa quando diz que devemos ajudar um aos outros. Para onde vamos agora?

— Que bom que entramos num acordo — disse Richard satisfeito, embora novamente a atitude de Kalmir lhe causasse estranheza. — Não temos mais tempo a perder com isso. Lisa, tu serás nossa guia.

※

Não tinham mais tempo a perder, mas perderam. Já haviam se passado uns doze dias — quatro vezes mais do que o tempo estipulado por Lisa — e o grupo ainda não tinha alcançado o lago. Não houve mais nenhuma batalha e as árvores pareciam estar calmas; não atacaram mais ninguém. Mas a Floresta parecia estar dificultando a trajetória. Toda hora encontravam uma árvore caída no meio do caminho. A mata sempre estava mais fechada no caminho certo e eles eram obrigados a dar a volta. Os homens pioraram muito e somente William parecia se preocupar com eles. Brenauder ficou o tempo todo na carruagem dos humanos, cuidando deles. O vampiro fazia isso como uma forma de redenção, um jeito de purificar a alma. William rezava uma oração que sua mãe lhe ensinara. Rezava pelas almas daqueles homens e pela redenção de sua própria alma aflita. Vários córregos atravessavam as trilhas, dificultando o percurso. Algumas vezes eles podiam atravessar sem muitos problemas, embora fosse extremamente desconfortável, pois as carruagens não tinham molas para absorver o impacto com as pedras. Em outros, eles tinham que acompanhar pela margem até encontrar um trecho que fosse possível para os cavalos atravessarem. Esse desvio levava de alguns minutos a várias horas. Mais dois homens morreram. Um depois de vomitar sangue, outro envenenado. William lhe dera um pouco da água que corria nos córregos. Um erro fatal que o deixou profundamente abatido. Os vampiros se saciaram com o sangue dos mortais azarados, embora o sangue do envenenado tivesse um gosto terrível e lhes causou uma forte dor nos pulmões como efeito colateral. Sorte que não precisavam respirar. No momento a expedição estava parada por causa de um forte temporal que desabava. As trovoadas assustavam os cavalos e ficava difícil controlá-los. Se esconderam debaixo de um formação rochosa inclinada. Embora a copa das árvores fosse densa, as grossas gotas atravessavam a Floresta sem dificuldade alguma. Vince saiu na chuva e deu feno para os cavalos comerem. Os demais vampiros permaneceram dentro das carruagens. Kalmir encostou-se no banco e aproveitou para descansar um pouco. A chuva apertou.

– É como se alguma força oculta estivesse tentando nos impedir de avançar... – observou James.

– Essa força se chama Malthus – disse William sério. – Ou vosmecê se esqueceu que ele controla esta floresta?

– Será que ele sabe que nós estamos aqui? – perguntou Lisa preocupada.

– Acho que sim – respondeu Richard, abrindo um sorriso. – E deve saber também para onde estamos indo. Por isso está tentando nos deter.

– O que vamos fazer? – perguntou James.

– Continuar avançando, é claro – disse Blane com determinação. – Pensai. Por que só agora Malthus quer nos deter? É porque deve ter alguma coisa importante naquele oásis.

Algumas horas depois, a chuva afinal cessou. E mais um homem morreu. Richard queria dar cabo nos demais e aliviar o peso extra, mas William não permitiu. Blane não insistiu, pois achou que o aprendiz de Reinald estava muito abalado psicologicamente.

— Vamos! — ordenou Richard. — Lisa, falta muito ainda?

— Não. O oásis fica naquela pequena colina ali — apontou ela.

Richard ficou satisfeito ao poder ver o céu limpo no alto da colina ainda ao longe. A luz do luar cobrindo aquela pequena elevação trazia esperança para os vampiros. Mais dez minutos e estariam lá. Mas não seria tão fácil assim. Malthus era muito ardiloso. Ao redor da colina uma muralha de árvores altas e maciças se erguera. Espinheiros se enroscavam nos troncos até o último galho, bloqueando qualquer espaço. O tamanho e a quantidade de espinhos intimidava. Era impossível até para uma criança magra atravessar aquele obstáculo sem se ferir seriamente. Arbustos negros cobriam todo o interior da muralha viva. Richard notou um tênue gás azul saindo daquelas plantas. Não seria necessário ser nenhum gênio para perceber que era venenoso. Blane calculou que a muralha deveria se estender por uns cem metros. Droga! Aquilo não estava nos planos. Malthus maldito!

— Podemos dar a volta e ver se tem alguma abertura — sugeriu Lisa.

— Não, seria apenas mais um gasto desnecessário de tempo — resmungou Richard.

— Por cima, então — disse Kalmir.

Era uma boa possibilidade, avaliou Richard. Mas os espinhos seriam um problema sério. Não. Seria arriscado demais. Tinha que ter uma outra possibilidade. Mas não tinha.

— O que achas? — perguntou William a Richard depois de ficar meia hora pensando.

— A ideia de Kalmir não é de se jogar fora. Podemos conseguir. Mas sabes que ficaremos com fome — observou Richard.

– Nem todos precisam ir. O sangue de dois cavalos deve bastar – respondeu William sério.

– Eu não vou – avisou Lisa. – Vince também não.

– Eu quero ir – disse James animado.

– Eu não – avisou Kalmir seco. Ele achava aquilo tudo uma completa perda de tempo.

William, Richard e James colocaram suas luvas de couro reforçado e calçaram as botas de mesmo material. Os vampiros resolveram não colocar as pesadas roupas de batalha para evitar o peso excessivo. Partiram. A travessia não foi fácil. Os vampiros pulavam de árvore em árvore o mais longe que podiam, sempre tentando se manter no alto onde a malha de espinhos era mais aberta. Ainda assim os espinhos fizeram um belo estrago, perfurando com vontade a carne macia e desprotegida dos vampiros quando eles tentavam arrebatá-los na marra durante um salto. William também encarava aquela dor ferrenha como uma forma de redenção. Seus braços, mãos, pernas e pés estavam transpassados por espinhos e o resto do corpo tinha cortes profundos, inclusive na barriga, por onde seu precioso sangue vazava lentamente. Somente o rosto estava mais ileso porque ele o cobria com os braços durante o salto. Sofrer na carne como Cristo para se redimir dos seus pecados. Essa era a motivação de William. James suportava a dor para provar a si mesmo que era forte. Richard não estava nem aí para aqueles espinhos. Queria atravessar logo a muralha e ver afinal o que Malthus tanto temia naquela colina.

– Vamos, suas lesmas! – exclamou Richard, aumentando a velocidade.

E, quando menos esperavam, os três vampiros se viram do outro lado da colina. Suas roupas estavam rasgadas e as feridas ardiam, mas eles não se importavam. No momento eles olhavam pasmos para o céu. Um céu estrelado como havia muito tempo não viam, pois o céu da Floresta era coberto por um tapete de nuvens negras. Mas não estavam mais nos domínios da Floresta das Trevas. A sensação era muito boa, como se um peso de toneladas acabasse de sair de suas costas. As feridas pararam de arder, mas também não fechavam. Aquilo era muito estranho. Seus corpos não estavam regenerando. Eles se olhavam intrigados.

– Perceberam isso? A fome que eu estava sentindo... parou – disse James pasmo. – Há um segundo eu seria capaz de sugar dois mortais inteirinhos. Agora...

– Eu também me sinto assim – disse William. – Mas não sugaria humanos, se fosse possível.

– Bah, vosmecê é muito sentimental – desdenhou James. – Onde já se viu? Ter pena da comida... O sangue é a melhor bebida que já provei até hoje.

William mexeu os ombros, indiferente; já tinha desistido de argumentar com outros vampiros sobre seu ponto de vista. Ele sonhava um dia se livrar dessa maldição e – quem sabe? – desaparecer com o William das Trevas. Queria também entender o que se passara nos dias em que teve amnésia. Nesse pequeno intervalo de tempo toda uma desgraça se deu. E, por mais que se esforçasse, William não conseguia se lembrar de nada importante. Quando achava que estava perto, tudo ficava branco. Era como uma barreira que o impedia de olhar adiante. As respostas deviam estar nos confins de sua mente e William a acharia custasse o que custasse.

– Vamos! – apontou Richard, fazendo William despertar dos seus pensamentos. – Parece que tem uma casa lá no alto.

E para lá seguiram. Era um pequeno casebre velho e acabado no alto da pequena colina. Dali tinham uma boa visão da Floresta das Trevas. Ficaram admirados com o lago de águas negras de onde saíam os três rios que percorriam a Floresta. Um grande e largo rio alimentava as águas do lago.

Um pouco mais acima do casebre tinha um largo poço em ruínas. A porta de madeira da casa não resistiu ao tempo, assim como as janelas. Não havia telhados, e uma parte da parede ruíra. Não tinha nada de especial, era só uma casa velha, mas havia uma aura muito especial rondando aquele lugar. Os vampiros entraram. Tinha somente três cômodos, e todos os móveis estavam lá, intactos. Duas cadeiras e uma mesa de carvalho, além de uma cama larga, baús e armários de roupa.

– Como é possível que esses móveis ainda estejam intactos? – perguntou William curioso. – A casa está em ruínas, mas, aqui dentro... É como se os donos tivessem acabado de viajar. Não tem nem um único pingo de poeira.

– E até agora não achamos nada de útil – resmungou James.

– Tenha paciência – pediu Richard, apontando para o canto do quarto.

Lá havia uma lareira e dois esqueletos humanos. Era intrigante. Um morto estava com metade do corpo dentro da lareira. O outro estava ali perto. As roupas intactas, como se tivessem acabado de falecer. O detalhe era a adaga enfiada no peito.

– Quem serão estes? – perguntou James.

– Como é que vamos saber? – retrucou William.

– Basta falar com um deles – respondeu uma voz vinda de trás do grupo.

CAPÍTULO VINTE E SETE

Os vampiros deram um salto para trás, virando na direção da voz e sacando suas armas. O cômodo estava vazio. Nenhum movimento. A temperatura começava a cair drasticamente. Se ainda respirassem, vapor estaria saindo de suas bocas.

– Quem está aí? – perguntou James assustado.

– Quanto atrevimento em vir até aqui! Meu nome é Gymberlim Dansh, estranhos. O que vós fazeis na *minha casa*? – indagou a voz.

Os vampiros olhavam para todos os lados, mas nada encontravam.

– É mentira! – bradou William. – Dansh está morto há séculos. Os cavaleiros do rei deram um jeito nele.

– Mais respeito, vampiro! – ordenou a voz num tom mais sombrio e ofendido. – Aqueles cavaleiros nem me arranharam.

– Por que não apareces? – perguntou Richard. – Nós...

E antes que pudesse completar a frase, um homem alto apareceu na sua frente. O susto fez Richard acertá-lo com a sua espada. Ele tinha certeza de que acertara; daquela distância não tinha como errar, mas não sentiu nada. Era como se tivesse cortado apenas o ar. Richard, afinal, notou que aquele homem estava morto. Uma mancha de sangue cobria o peito dele na mesma posição da adaga fincada no corpo estirado no chão. As roupas eram idênticas. O vampiro arregalou os olhos.

Richard estava em frente ao fantasma do lendário mago Gymberlim Dansh.

– Não sou um inimigo – disse Dansh.

Dansh era um homem mediano de aparência cansada e cabelos bem grisalhos. Parecia mais alto porque estava flutuando. Um olhar profundo e envolvente. Uma barba benfeita e igualmente grisalha enfeitava o rosto quadrado de nariz robusto. Uma aura fantasmagórica envolvia aquele ser que já havia sido temido por muitos. Então era dele que vinha aquela estranha aura que contagiava a casa. A pele era muito branca, muito parecida com o tom mórbido dos vampiros. O fantasma era feito de um material levemente translúcido e brilhoso.

– É difícil me manter nesta forma – disse o fantasma. – Gasto muito da minha pouca energia, e esperei muito por este momento. Dize-me: viestes para derrotar o vampiro dito Malthus?

– Sim – respondeu James. – Pode nos ajudar?

– Viestes somente em três? – perguntou o mago desapontado.

– Não – respondeu James. – Temos mais três vampiros do outro lado da muralha, e um exército deve estar vindo para cá.

– Isso é ótimo – falou Dansh. – E quando eles vêm?

– Não sabemos – disse William. – Mas devem estar perto, pois estamos há semanas nesta Floresta.

– De qualquer maneira o exército vai ser suficiente. Malthus não está aqui há tanto tempo a ponto de ter reformado todo o castelo e se preparado para uma batalha dessa grandeza. Talvez tenha calculado que só os vampiros viriam. Vai ser seu maior erro – concluiu Richard satisfeito.

O fantasma começou a gargalhar.

– Não vejo motivos para rir – disse Richard.

– Então vós não sabeis... A Floresta é uma bolha de realidade separada do tempo – revelou Dansh ao parar de rir. – Uma vez dentro dela, a noção de espaço-tempo muda radicalmente. Aqui de dentro a Floresta é três vezes maior do que aparenta para quem está do lado de fora. E o tempo também passa três vezes mais devagar. Três dias lá fora equivale a apenas um aqui dentro.

— Há quanto tempo Malthus está aqui dentro? — perguntou James.

— Segundo Reinald contou a Aurion deve estar aqui há mais de um ano — respondeu William. — Isso significa que ele está se preparando há quase quatro anos.

— Meu Deus! — exclamou James. — E vosmecê sabe onde ele está?

— É claro — respondeu Dansh. — Ele está na minha antiga fortaleza. Posso lhes fornecer um mapa se assim desejais.

— Excelente! — exclamou Richard. — A propósito... Onde nós estamos?

— Estamos no centro da Floresta. No lugar onde tudo começou.

— Aqui?!

Dansh meneou a cabeça afirmativamente.

— Um mago muito mais poderoso do que eu criou esta floresta há muitos e muitos séculos atrás. Ele pertencia a uma classe muito especial de feiticeiros, mas isso não importa agora. Eu construí este casebre durante minha primeira excursão a este lugar. Sob esta colina está o templo do antigo mago. Era lá que estava o cajado.

— E por que este lugar não é afetado pela Floresta? — indagou Richard.

— Um pouco antes de morrer, utilizei toda a minha essência para criar uma outra bolha de realidade. Um pequeno oásis onde minha alma poderia se preservar. Senão meu espírito já teria sido absorvido pelo poder corrompido da Floresta.

Esta bolha é falha, há lugares onde o tempo praticamente parou e outros onde o tempo anda mais rápido.

– Como assim corrompido? – questionou Richard.

– Originalmente a Floresta era um lugar de vida e paz. Com a queda do mago, o poder do cajado passou a absorver as almas daqueles que morriam neste lugar. Esta Floresta já foi palco de inúmeras guerras. A terra que alimenta estas árvores foi regada com muito sangue, e a essência dessas almas atormentadas gerou o que hoje nós chamamos de Floresta das Trevas.

– E quem é aquele outro que está caído dentro da lareira? A alma dele também está vagando aqui? – perguntou James.

Um súbito acesso de ira se apossou do fantasma. Os cômodos começaram a tremer e logo passaram a voar. Seus olhos brilhavam em brasa viva.

– Este é um estúpido traidor – brandiu Dansh, cuspindo vespas e apontando feroz para o outro corpo. – Meu filho... – revelou ele profundamente desapontado com os olhos cerrados. A raiva passara. – Os cavaleiros enviados pelo rei morreram todos na batalha contra o meu exército. Mas, no fim, meu filho... que não tinha dons especiais... se vendeu para o rei. Ele me fez mostrar onde era o templo do antigo mago e depois me apunhalou – os olhos brilharam de ódio novamente. – Meu próprio sangue me traiu... Desgraçado! Teve o que merecia... Enquanto eu agonizava, ele levou o cajado para dentro do templo, mas, quando voltou, eu o castiguei com a merecida morte.

– Sei... – disse Richard cauteloso. Não queria outro acesso de fúria do fantasma – Tu mencionaste que este lugar era uma outra bolha de realidade... – falou ele, mudando de assunto. – Não entendi muito bem...

Dansh abriu um largo sorriso de sarcasmo.

– É claro que não. Um vampiro não tem capacidade para tanto. São seres brutos e selvagens; muito diferentes de nós. Esqueci de dizer que o tempo aqui corre dez vezes mais rápido do que o da Floresta. Não tentai entender, pois não ireis conseguir. Também devem saber que seus companheiros estão em perigo. Malthus mandou alguns Predadores de Almas para cuidarem deles – revelou o fantasma.

– Quem são esses Predadores de Almas? – perguntou William visivelmente preocupado.

– São antigos vampiros que vieram sedentos pelo poder do antigo mago. O cajado não pôde matá-los, mas em compensação os prendeu numa terrível maldição. O cajado só age sobre os mortos, e os vampiros são mortos-vivos; um meio termo. Portanto esses vampiros sofreram terríveis modificações. Eles são agora entes malignos dessa Floresta. Não possuem mais consciência; agem apenas por uma inteligência primitiva e bestial. Tudo o que eles querem é sugar a essência de todos os seres vivos que entram no seu raio de ação. São as mais perfeitas máquinas de matar que já conheci, superando com louvor seus antepassados vampiros – Dansh sorriu. Havia loucura no seu olhar. O discurso assumindo um tom de delírio. – O sangue lhes é negado, pois suas bocas foram costuradas com músculos e suas presas arrancadas. Eles agonizam eternamente porque a abstinência de sangue ainda lhes rasga a alma e os enlouquece. São seres sem vida criados para exterminar a vida. Eles absorvem a energia para conseguir se locomover. Não há limites. Quanto mais vida absorvem, mais fortes ficam. É lindo ver suas peles negras ficando num tom azul-escuro enquanto eles se fortalecem. O brilho dos seus olhos... o vermelho vivo... é algo fenomenal.

– Temos que ajudá-los – disse William preocupado para os outros vampiros. – Quantos são? – perguntou ao fantasma.

– Não posso dizer ao certo, pois a minha capacidade de ver o que acontece ao meu redor é muito limitada. Mas não te preocupes, vampiro. Os inimigos de meus inimigos são meus aliados. Neste momento, enquanto conversamos, estou criando um casulo de êxtase ao redor dos teus companheiros. Eles estarão protegidos lá dentro. Pronto! Não há mais com o que te preocupares – disse Dansh com a voz ainda mais cansada. Parecia estar ofegante, embora tentasse esconder. Seu corpo estava mais translúcido. – Não me resta muito tempo...

– Eles estão bem? – insistiu William.

– Sim. Um deles, o vampiro de cabelo branco, foi embora. Mas o restante do grupo está seguro. Eles nada sentirão e quando vós os libertardes a sensação será de que acabaram de ser enclausurados.

– Como podes nos ajudar? – perguntou Richard ansioso.

– O mapa está escondido atrás do armário – revelou Dansh, ficando mais translúcido pouco a pouco. – Mas não basta. Ouvirdes com atenção. O poço lá de fora é uma passagem para o interior da colina, onde vós podereis encontrar o templo antigo. Lá dentro se encontra um casulo de êxtase, e nele está aprisionado uma fada. É um ser muito antigo e poderoso. Foi aprisionada lá pelo próprio mago que criou esta floresta. Eu a soltei uma vez e não foi fácil lidar com ela, tive que aprisioná-la de novo quando a desgraçada tentou me matar. O importante é: ela adora barganhar. Sejam espertos. Os anos de aprisionamento devem tê-la enfraquecido e hoje ela não deve ser capaz de sobreviver nesta Floresta sozinha. Usem isso como moeda de troca. Mas tenham cuidado com as palavras, pois é uma fada muito ardilosa. Seu nome é Azi-ol – a voz de Dansh estava muito fraca.

– Obrigado – agradeceu William sério. – Mas por que está nos ajudando? Não acredito que não pedirá nada em troca, não é mesmo?

– Já deves ter percebido que não é por bondade, não é mesmo? – disse Dansh de modo insano. – Malthus esteve nesta Floresta por duas vezes. Na primeira, zombei dele dizendo que os objetos de um mago sempre tinham uma proteção mística que impedia outros seres de lhes tocarem. Ele não acreditou e quase perdeu a mão – e riu de contentamento. – Ambicioso arrogante! Teve o que merecia...

– Então como ele consegue segurar o cajado agora? – questionou William.

– Simples... – respondeu Dansh com ódio. Os vampiros tiveram uma terrível sensação de mal-estar. – Aquele desgraçado substituiu um osso do braço esquerdo por um osso do meu falecido pai. Que ódio! Como aquele traste teve a ousadia de tentar se passar por um Dansh?! – o fantasma se descontrolou novamente. – IMPERDOÁVEL! MALTHUS VAI PAGAR PELA INSOLÊNCIA!

A revelação caiu como uma pedra na consciência de William. Seus piores pensamentos se concretizaram. Afinal, fora ele quem mostrara para Arctos onde ficava a antiga casa dos Dansh, fora ele que permitira que Malthus se apossasse do poder da Floresta. Fora ele... Por isso Malthus agradeceu. Desgraçado!

O último acesso de raiva pareceu ter esgotado o que restava das forças de Dansh. O fantasma parou de bufar. Seu corpo estava quase desaparecendo do mundo físico. Ele olhou fixamente para os vampiros.

– Irdes! E libertai minha alma deste martírio. Sei que cometi atos imperdoáveis e tenho plena consciência de que irei para o inferno. Mas desejo paz... paz...

Richard foi para o quarto a fim de pegar o mapa. William também foi. Somente James permaneceu na sala. Ver um fantasma... Não era para qualquer um.

– Se me permite... – disse James tímido. – Qual o nome do antigo mago?

Dansh fixou o olhar em James, e sorriu.

– Esses magos estão além do alcance da morte, vampiro ambicioso. Por isso foram banidos deste mundo pelos agentes celestiais. Seus verdadeiros nomes são proibidos de serem pronunciados, pois é a única ligação que tais seres têm com este mundo. Não irias querer encontrar com um deles! Podes ter certeza! O poder é inimaginável até mesmo para mim – Dansh parou de falar para fixar o olhar em James, que sentiu os pelos da nuca se eriçarem. – Não tentes dar um passo maior do que podes. Será a tua sentença de morte, vampiro.

E foi gargalhando até desaparecer por completo, deixando James com uma sensação horrível de mal-estar. Quando deu por si, William e Richard vinham do quarto. Blane tinha nas mãos um grande rolo de papel amarelado, que James supôs ser o mapa.

– Vamos! – ordenou Richard. – É hora de visitar a tal fada.

Os três vampiros saíram do casebre e se dirigiram para o antigo poço. Era um poço bem largo. Uma carroça passava pela abertura com relativa facilidade. James se debruçou sobre a borda. Seus olhos de vampiro não conseguiam enxergar o fundo.

– Caramba! – exclamou James sem querer.

– Ali – apontou William. – Uma escada.

Sim. Uma escada circular feita de pedra rodeava a parede interna do poço até perder de vista. Não era muito larga, mas um homem conseguia descer em relativa segurança. O trecho inicial da escada desabara. Para alcançar o início, os vampiros teriam que descer uns oito metros. Um salto seria arriscado. Mas o que seria da vida sem os riscos?

Richard foi o primeiro. Um salto perfeito e silencioso. O vampiro pousou como uma pluma e acenou para os dois companheiros. William e James também conseguiram um bom salto. E assim desceram. De vez em quando um degrau desabava, mantendo os vampiros sempre alertas. Pouco a pouco, o clima foi ficando mais úmido e sombrio. O eco amplificava qualquer ruído mínimo. Nenhum deles falava. Estavam todos com os pensamentos voltados para as revelações de Dansh. Quando viram, estavam quase no fundo do poço. Já era possível ver o fundo. Mas eles se enganaram. Não era o fundo ainda. Estavam agora numa grande câmara escavada no interior do monte.

A escada terminava num grande platô no alto da caverna. Ali na frente eles viram uma grande porta dupla de madeira maciça. Era o templo do antigo mago. Uma grande construção. Tão alta que quase alcançava o teto da caverna, que tinha uns quinze metros de altura. Era uma belíssima obra de arquitetura. Quatro grandes estátuas de mármore enfeitavam a entrada e amparavam o teto. Todas as quatro tinham a forma de um homem alto e de rosto sereno. A roupa era muito bem detalhada, uma longa túnica esvoaçante. Mas a característica marcante era o cajado levantado pelo mago. James ficou admirando a estátua. Então era aquele o grande e lendário mago que criou a Floresta das Trevas.

– Vamos, Turner – chamou Richard. – Acorda para a vida!

Uma das portas estava escancarada. Era gigantesca e cheia de esculturas em baixo-relevo. Um amante da arte poderia ficar horas admirando cada detalhe daquele lugar. O interior era rico em belíssimas esculturas de animais e pessoas. O chão era feito de mármore colorido. Parecia uma igreja antiga. No centro do templo erguia-se uma enorme estátua do mago, que passava por uma cúpula aberta no teto. Os vampiros se aproximaram dessa estátua. Na base havia um altar de mármore, e bem no centro uma bola transparente estava encaixada.

Richard levantou a bola. Era toda feita de cristal. Uma esfera perfeita. Um clarão repentino.

Quando recobraram a visão, os vampiros se viram flutuando em pleno ar. Não estavam mais no templo do antigo mago, nem na caverna e muito menos na Floresta das Trevas. Todos os três tiveram vertigens. Se ainda fossem vivos estariam sentindo os corações saltando pela boca. As nuvens estavam sob seus pés.

– O que vosmecê fez, Richard? – questionou William. – Onde nós estamos?

Antes que Richard pudesse responder, os vampiros começaram a cair rapidamente. William ouviu um grito agoniado. Até que se deu conta de que era ele mesmo que estava berrando de medo. Em três segundos estavam próximos do chão vendo uma batalha de titãs. Dois magos se confrontavam diretamente. O lugar, um bosque, queimava em chamas ardentes. Criaturas horrendas se confrontavam diretamente. Dois exércitos em conflito. O céu estava coberto por fumaça. Os vampiros se entreolharam. Eles nada escutavam. Também não sentiam o calor das chamas e a fumaça não lhes incomodava a vista. Era muito estranho. Logo tudo começou a se mover rapidamente. Eles foram lançados dali e viram inúmeras cenas de chacina. Cidades devastadas por ciclopes. Dragões incendiando plantações. Medo e caos se alastrando pela população humana. Uma horda de mais de mil vampiros se aproximando de uma fortaleza, que em nada lembrava os castelos medievais. Um exército vinha para confrontá-los. *Meu Deus!* – pensou William perplexo. *Será que isto aconteceu de verdade?*.

– São esses os magos de quem Dansh falou? – indagou James.

As imagens respondiam por si só. De repente tudo se acalmou. Estavam agora numa bela floresta. Viram o templo do antigo mago no alto de uma colina. Era magnífica a construção resplandecente ao sol. Lá estava o mago em pessoa alimentando alguns unicórnios. O lugar transmitia muita paz. Então a Floresta das Trevas já fora mesmo um lugar de vida. William ficou admirando o sol. Há dois anos que ele vivia na escuridão sob a proteção da noite. James e Richard também pareciam estar admirando o dia. Por alguns segundos se esqueceram da vida e relaxaram. Até que viram uma mulher e duas crianças entrando na Floresta para colher flores. Assim que os humanos puseram os pés dentro da Floresta, seus corpos carbonizaram e viraram pó, sendo carregados pelo vento. O mago sorria de contentamento ao ver a cena através de uma bacia d'água. Depois voltou-se para alimentar os unicórnios como se nada tivesse acontecido. Apesar da aparência bondosa, aquele ser não era uma exceção dos magos.

Ele também odiava os homens.

William ficou intrigado. Sempre pensou que os magos fossem humanos, mas estava redondamente enganado. Afinal, que tipo de criaturas eram os magos? Estava absorto nesses pensamentos quando um raio cortou todo o céu até o horizonte. Ao contrário dos raios de chuva, esse permaneceu riscado lá no alto. Essa linha foi crescendo até virar uma grande fenda luminosa que partia todo o céu em dois. Os vampiros assistiam à cena, atônitos. Era deslumbrante. William não podia acreditar. Daquela fenda, milhares de vultos começavam a sair de forma organizada. Um exército. Mas não uma tropa qualquer. O exército de Deus... O jovem vampiro ficou boquiaberto. Reinald estava errado afinal. Os anjos realmente existiam. Ele ainda não conseguia acreditar. Anjos estavam descendo à Terra em legiões com suas espadas flamejantes e reluzentes armaduras prateadas. As asas exuberantes e graciosas conduzindo os belos seres celestiais num voo perfeito e sincronizado. Os rostos serenos transmitiam paz e esperança. O exército celestial foi se organizando. Eles pararam em formação de combate. Esperavam. Eram centenas de milhares. O mago também parecia não acreditar no que estava acontecendo.

De súbito os anjos avançaram rápidos como uma avalanche, se dividindo em pequenos batalhões e indo em todas as direções. Trinta deles vieram de encontro ao mago. Imediatamente o feiticeiro pegou o cajado. As plantas da Floresta começaram a murchar. As folhas das árvores secavam e os troncos apodreciam. Os animais caíam sem vida num chão agora arenoso. Seus corpos rapidamente definhavam, sobrando apenas um pálido esqueleto. Toda a vida parecia estar sendo sugada pelo cajado do mago. Raios azuis intensos rodeavam o corpo do mago. Assim que os anjos chegaram perto... Um clarão azul. Os vampiros levaram alguns segundos para recuperar a visão. Os trinta anjos viraram nada. Não havia nenhum vestígio deles, a não ser suas espadas caídas no chão, apagadas. A terra ao redor do mago estava negra num raio de vinte metros. Mais vinte anjos vieram ao encontro do mago. Não conseguiram nem arranhá-lo. Um campo de força invisível o protegia dos ataques. Então esse era o poder que Dansh mencionara?! Um poder capaz de desafiar até mesmo os anjos do Senhor.

Os vampiros podiam ver o mago gargalhar, enquanto lançava um raio do seu cajado em cada anjo. E fazia isso lentamente, saboreando a destruição de cada um. Dez já tinham virado pó, quando um anjo imponente e majestoso com mais de dois metros de altura desceu do céu rápido como uma flecha. Sua armadura emitia um forte brilho prateado. Um general celestial. Os demais abriram espaço para ele. O impacto da espada com o campo fez a terra tremer. O contato com a espada fazia o campo liberar vários raios azuis. O anjo-general continuava firme, forçando sua espada na direção do mago. O campo pouco a pouco cedia. Mais raios. Um clarão. O anjo morreu bravamente, mas conseguiu romper o campo e jogar o mago e seu cajado longe. Antes que o feiticeiro pudesse se recuperar, os anjos partiram com tudo para cima dele. Os agentes celestiais arrastaram o mago pelos braços para dentro do templo. Um clarão mais forte e tudo se apagou.

Quando abriram os olhos, os vampiros estavam de volta ao templo. A bola voltara para o seu devido lugar no centro da mesa. Eles ficaram algum tempo se recuperando.

– Ufa! – exclamou William. – Que coisa, não?

– Estou sem palavras... – respondeu James. – O que será que foi tudo isso?

– Não sei, mas talvez ela saiba – disse Richard, apontando para um casulo dourado e reluzente encostado numa parede. – Deixai que eu fale com ela. Qual é mesmo o nome?

– A... Azi-alguma coisa.

– Azi-ol – respondeu James.

Richard sacou a espada e com cuidado fez um corte no casulo. Imediatamente algo pulou direto no seu pescoço.

– Eu te mato, Dansh maldito! – ganiu a fada ensandecida com sotaque carregado.

– Eu não sou o Dansh – respondeu Richard, dando um chute na barriga dela.

A fada deu um salto para trás ao ver os três vampiros. Tinha longos e lisos cabelos prateados. Um rosto fino de feições angelicais com orelhas pontudas. Os olhos eram impressionantes: dois globos negros e brilhantes, sem íris ou pupila. Uma pele muito branca em tons esverdeados; lembrava um pouco a pele de uma cobra. Vestia uma roupa verde-musgo rudimentar. Uma corda branca enrolada na cintura prendendo vários saquinhos de couro. Duas espadas se destacavam nas costas.

— O que querem aqui, vampiros? – perguntou Azi-ol acuada, sacando as duas espadas. Uma bem maior do que a outra.

— Não viemos aqui à procura de briga, Azi-ol – respondeu Richard.

— Como sabe o meu nome, *vampiro*? – questionou a fada desconfiada.

— Apenas sei – mentiu Blane. – Meu nome é Richard Blane. Este é William Brenauder e este outro é James Turner.

— *Ainda não respondeu a minha pergunta, vampiro...* – ganiu Azi-ol. – Vosmecês não querem que eu acredite que me libertaram por bondade, não é mesmo? E onde está Dansh?

— Dansh está morto há mais de trezentos anos – respondeu Blane.

— Então a maldição da Floresta afinal acabou – disse Azi-ol com um pequeno sorriso maldoso, relaxando um pouco e olhando para a estátua. – Sua maldição enfim acabou. O cajado afinal foi quebrado.

— Estás falando com o morto?! – indagou James sem esconder a risada.

— *Vampiros...* – rebateu Azi-ol impaciente. – Estes seres estão além do alcance da morte. Durante a Segunda Guerra Celestial nem mesmo os anjos puderam com eles. A única solução foi bani-los deste mundo. Estão em algum lugar, inconscientes, mas ainda vivos. Pronunciar seus verdadeiros nomes é a única maneira de despertá-los.

— E por que alguém diria esses nomes?

A fada sorriu novamente.

— Porque esses nomes carregam grande poder. Ambiciosos e tolos sempre existirão. Por isso tais nomes foram esquecidos ou estão escritos em línguas que já não existem mais. Ainda assim restaram objetos neste mundo que podem fazer uma ligação com tais seres. O cajado que controlava esta floresta era um deles, mas agora espero que tenha sido destruído.

– Não. Outra pessoa está comandando esta Floresta – revelou Richard. – Um vampiro. Nosso inimigo – se apressou em dizer ao ver que a fada levantou as espadas de novo. – É por isso que te libertamos. Precisamos de tua ajuda.

– E por que eu ajudaria? – perguntou Azi-ol com uma expressão completamente maldosa no rosto.

– Porque tu precisas de nós – disse Richard. – O poder da Floresta hoje está muito maior. Mais de trezentos anos presa neste casulo devem ter te enfraquecido. Eu suponho que tu não conseguirás sair com vida daqui.

A fada ficou fitando Richard por um longo tempo. Por fim guardou as espadas.

– Vejo que pode estar falando a verdade. Mas antes uma pergunta. Serão só vosmecês contra este vampiro? Se for, minha ajuda de nada adiantará.

– Não. Um exército de homens está vindo para cá. Além disso, mais vinte vampiros estão a caminho – revelou Blane.

– Ótimo. Ótimo... – murmurou a fada para si mesma. – Vamos para fora! Não gosto deste lugar. Quero ver se vosmecê falou a verdade, vampiro.

Richard concordou.

– Então vamos – disse William, virando para a entrada.

– Por aí não – falou a fada, abrindo um dos saquinhos e tacando um pó branco sobre o grupo.

William sentiu vertigens e quando o pó abaixou, ele viu que o grupo estava de frente para a cabana de Dansh.

– Não precisam fazer essa cara de bobo. Foi apenas um teletransporte. Não perderei tempo explicando – disse Azi-ol desinteressada, fitando o horizonte. – Vamos ao que interessa. – Seus olhos começaram a emitir um estranho brilho branco. E assim ficou por alguns minutos. Ela se virou para Blane com os olhos negros novamente. – Vejo que disse a verdade. Agora podemos negociar – disse ela com um sorriso no rosto ao jogar um pó marrom sobre o grupo.

Tudo ficou escuro. Assustado, James sacou a maça. Mesmo seus olhos vampíricos não conseguiam enxergar um palmo à frente do nariz. O que aconteceu com os outros?

– Brenauder! – chamou ele. – Blane! Vosmecês estão bem?

Ah, se aquela fada tivesse traído o grupo...

– Não precisa se preocupar, vampiro... – murmurou Azi-ol atrás dele. – Aqui somos só eu e vosmecê.

– ONDE ELES ESTÃO? – berrou James, apontando a arma para a fada.

Azi-ol fez um círculo com os dedos no ar. Dentro do círculo James se viu ao lado dos amigos. Ele deu um passo à frente e sua imagem também.

– ...

– Não tente entender – avisou Azi-ol. – Fiz isso porque gosto de conversar em particular com os outros seres.

– Vosmecê é um ser realmente poderoso – observou James. – Como poderá nos ajudar?

– Nesse momento não deve pensar nos outros, mas em vosmecê – disse a fada maliciosamente. – Qual é o seu maior desejo?

– Quero ser respeitado! – exclamou James sem pensar duas vezes.

– O respeito pode vir por meio do medo.

– Então quero ser temido. Quero ter poder para derrotar o vampiro mais forte desta terra.

Azi-ol abriu um largo sorriso.

– E o que está disposto a pagar?

– O que for preciso!

– Excelente – disse Azi-ol satisfeita. – Posso te ajudar então.

– Mesmo?!

– Fique quieto! Preciso de muita concentração agora – disse Azi-ol seriamente, tirando dois pequenos pedaços de pau bem afiados.

– O que vos m...?

A fada fincou os pedaços no peito do vampiro, perfurando seu coração. Não demorou muito para que James ficasse completamente paralisado.

– Já disse para ficar quieto. Será um processo bem doloroso. Muito, muito doloroso... – disse Azi-ol, saboreando o medo nos olhos de James.

Uma operação a sangue-frio. Azi-ol abriu o peito do vampiro e removeu seu coração. James arregalava os olhos de pavor e dor. A fada espremeu todo o sangue do órgão no chão. Em seguida cortou a palma da mão e vazou um pouco do próprio sangue num saco de couro junto com ervas e mais pó. Cuspiu no saco e sacudiu.

– Está pronto – disse ela sadicamente, despejando o conteúdo gosmento amarelado do saco em cima do coração. – Hora de colocá-lo de volta.

Não demorou muito para finalizar a operação e arrancar os pedaços de pau. James berrou de raiva.

– O que fez comigo? – perguntou ele assustado quando Azi-ol removeu os pedaços de pau do seu coração.

– Eu te dei poder. Um poder que fará os outros tremerem nas bases. Huh! Huh! Huh! É muito simples. Basta misturar seu sangue com terra molhada e depois cuspir. Quanto mais sangue, mais forte a criatura será.

– Que criatura?

– O Servo da Terra. Mas há um "porém"... – disse a fada, tentando conter um sorriso.

– Que "porém"? – perguntou James receoso.

— Os detentores deste poder ganham uma maldição. Sua morte será horrível.

— A morte não me preocupa — disse James triunfante. O que a morte significava para um imortal?

Azi-ol gargalhou de prazer sádico, jogando um pó marrom em cima do vampiro.

⁂

Blane tentava enxergar alguma coisa naquela escuridão toda. Ficou preocupado em ver que sua visão vampírica não conseguia vencer aquela escuridão. James e William sumiram. Nem vestígios deles.

— Não precisa ficar assustado, Richard — acalmou Azi-ol. — Não vou lhe fazer mal algum.

— Onde estão os outros? — perguntou Blane desconfiado.

— Eu asseguro que eles estão bem. Tem a minha palavra.

— Quero saber o porquê dessa brincadeira de mau gosto — resmungou Blane mal-humorado.

— Em parte para me divertir. É assim que eu negocio. Uma conversa particular.

— O que queres?

— Essa pergunta é minha.

— Quero saber como podes me ajudar.

Azi-ol fitou Richard de alto a baixo por um tempo. Então sacou uma das espadas e entregou ao vampiro.

— É só uma espada velha — observou Richard ao notar o pequeno tamanho da arma e a simplicidade do seu cabo, cujo topo era uma lua crescente invertida em bronze. O nome da espada cravado em brasas na parte basal da lâmina. Uma pequena gema branca do tamanho de um feijão rachada e presa entre a lâmina e o cabo. — Não vejo em que ela pode me ajudar.

— Não a subestime, Richard — observou Azi-ol sorridente. — Vosmecê não faz ideia do tesouro que tem nas mãos. Esta é uma espada lendária, capaz de fazer um exército recuar quando empunhada em batalha!

— Deves estar achando que eu tenho cara de trouxa, não é mesmo? Esta merdinha enferrujada é capaz de amedrontar um exército?!

Azi-ol meneou a cabeça afirmativamente.

— Sim — disse a fada com um brilho no olhar. — Seu nome é Etrom Areves.

— Não vejo nada de mais nela.

— É porque ela está *morta*. Meu poder vai ressuscitá-la por alguns instantes, mas somente quando vosmecê estiver em grande perigo. Ela pode parecer uma espada velha, mas garanto que ela é muito mais afiada do que a sua espada. O que me daria em troca deste valioso tesouro?

— Nada — disse o vampiro com convicção. — Não te devo favor algum. Na verdade tu me deves. Fui eu quem te libertou, ou estás te esquecendo? — perguntou ele, apontando a espada para o pescoço da criatura.

Azi-ol começou a gargalhar.

— Formidável, vampiro. É muita ousadia da sua parte desafiar uma fada tão poderosa quanto eu. Coragem e ousadia! Eu gosto disso. Minha dívida com vosmecê está terminada. Agora vá! Seu exército já está a caminho. Eu pude vê-lo do alto da colina. Meu poder de teletransporte é limitado e por isso não posso sair dos domínios deste lugar amaldiçoado. Mas é suficiente para que vosmecê e seus aliados cheguem perto do exército. Vá — despediu-se Azi-ol, lançando o pó marrom sobre Richard.

※

William olhava de um lado a outro rapidamente, esperando um ataque-surpresa a qualquer instante. Incapaz de ver naquela escuridão, o vampiro estava ainda mais apreensivo.

– Buu! – exclamou Azi-ol atrás do vampiro, que se virou rapidamente e por pouco não corta a fada. Ela sorria. – Quanta violência...

William avançou com tudo para cima dela, que desapareceu.

– Onde vosmecê está, desgraçada?! O que fez com os outros?

– Já disse que não desejo lutar. Estou velha demais para gastar minhas forças em lutas inúteis. Os outros estão bem.

– E por que devo confiar em vosmecê?

– No momento não tem outra escolha.

William continuou a segurar forte a espada.

– Vosmecê me intriga, Brenauder – revelou Azi-ol.

– E por quê? – perguntou o jovem vampiro, varrendo a escuridão com seus olhos para tentar encontrar a fada.

– Não sei muito bem, William. Posso te chamar assim? É menos formal. Bem, não importa. Vosmecê tem uma aura marcante, algo que não vejo há muito tempo.

– Não tenho nada que possa te interessar – replicou William.

– Tem sim. Posso sentir seu lado negro clamando pela liberdade. Um desejo ardente de vingança, e é mais forte do que vosmecê. Sua energia maligna é grande e a maior parte ainda está dormente. Sinto amarras te envolvendo. Amarras que vosmecê mesmo se impôs mesmo sabendo o quanto isso te limitaria.

– E vai continuar assim. Não pretendo libertar William das Trevas – avisou Brenauder. – Não estou gostando do rumo desta conversa... Se não é um inimigo, por que não aparece?

– Mas estou aqui. Se quisesse teria arrancado tua cabeça com apenas um golpe desta espada. – disse Azi-ol atrás de William, segurando a outra espada que carregava nas costas.

– Então por que não arrancou?

– Esse é o ponto. Desejo apenas ajudar – disse a fada sorrindo amigável. – E, no seu caso, vejo que quer poder. Sua língua pode negar, mas consigo ver sua alma. Fique com esta espada, ela é a lendária Etrom Lanif.

Azi-ol jogou a espada para William.

– Apesar do tamanho dela me dar uma boa vantagem, esta espada não me parece ser nada de mais – observou William.

A espada tinha mais de um metro e meio de comprimento, mas era muito simples. Havia um carvalho em baixo-relevo gravado na lâmina. O mesmo tipo de cabo com a lua invertida como na espada de Blane. No tronco a inscrição que dava nome à espada: *Etrom Lanif*. Entre o cabo e a lâmina havia uma pequena gema branca rachada no meio.

– Não subestime a espada, William. O criador dela foi o mesmo que forjou a Excalibur.

– A espada do rei Arthur?! E qual é o poder desta espada? – perguntou William interessado, brandindo a espada.

– No momento nenhum. *Ela está morta*.

– Uma espada não morre, ela nem sequer vive.

– Estas espadas vivem pelo dono, mas não espero sua compreensão. Meu poder a fará reviver uma vez mais quando vosmecê estiver em grande perigo.

– E o que quer em troca?

– Nada. Esta espada não será suficiente para derrotar o controlador da Floresta.

– E como sabe?

– Se não eu não teria sido aprisionada naquele maldito casulo. E olha que eu tinha duas dessas.

– É só isso?

– Eu posso ensinar vosmecê a ter poder de verdade – ofereceu Azi-ol, sorrindo maldosamente. – Poder para derrotar seus inimigos. Um vampiro fica mais poderoso com o passar do tempo, mas vosmecê precisa de poder para agora. Eu sei de uma maneira de enganar o tempo. Para isso basta que mate um outro vampiro. Um vampiro mais forte. Arranque o coração, e quando vosmecê o fizer, basta me chamar.

– Eu não mato por prazer, Azi-ol. Eu não sou como os outros da minha espécie. Agradeço pela espada, mas ficaremos por aqui.

– Huh! Huh! Huh! Huh! Eu não estava falando contigo, *Brenauder*... – sibilou a fada. – Seu destino será triste, vampiro... Um longo caminho de solidão e sofrimento... Guarde as minhas palavras e a minha oferta. Vai para junto dos seus amigos! – despediu-se Azi-ol, jogando o pó marrom em Brenauder.

– Não sabia que as fadas podiam ver o futuro.

– Elas não veem. Mas eu não vejo o tempo de uma forma linear, vampiro – respondeu Azi-ol, enquanto William se desmaterializava. – Eu vivo no passado, presente e futuro.

CAPÍTULO VINTE E OITO

Os três vampiros se viram sentados no alto de outro pequeno monte em algum lugar que eles desconheciam. Um olhava para o outro sem nada dizer. William reparou na nova espada de Blane, que também notou a dele. As espadas tinham lá suas semelhanças. Velhas. Ele sorriu de leve e aquiesceu para o jovem vampiro. Não sabia se gostaria daquela coisa, mas não custava tentar. O presente de uma fada é sempre valioso e misterioso. Vai entender o que se passa na cabeça desses seres únicos...

James estava igualmente calado, pensativo com o novo poder que recebera. Queria mostrar o que podia fazer, testar o poder. Mas resolveu deixar para um momento mais dramático. Uma estreia triunfal. Ele saberia esperar.

A velha sensação de mal-estar indicava que estavam de volta à Floresta das Trevas. Mas era diferente. Tinham agora armas e um mapa. Uma pequena luz de esperança se acendia. Os ferimentos abertos pelos espinhos da muralha viva estavam se fechando. O tempo voltou a fluir livremente. E, com ele, a fome por sangue veio de carona. William olhou para o alto. As nuvens que cobriam a Floresta abriram brechas para a passagem da luz das estrelas. O brilho da lua banhava uma parte da floresta dando um ar fantasmagórico e místico ao ambiente. Eles não entenderam nada. Por que Malthus permitiria isso?

Os vampiros começaram a ouvir passos ao longe ecoando pelo bosque de árvores negras. Uma grande multidão se deslocava mais à frente. Os três olharam para o outro lado da colina. Um grande exército se deslocava para o coração da Floresta das Trevas. Dezenas de bandeiras condecoradas com brasões de diversas famílias. O brasão que se destacava era, sem dúvida, o brasão real. Centenas de cavalos. Mais de dois mil homens andando ao som de tambores tocados por crianças. Embora pareça um absurdo carregar crianças para a guerra, mas os homens medievais as levavam por acreditar que davam sorte. Elas eram sempre poupadas pelo código de honra dos cavaleiros.

– Vamos! – disse James animado, descendo a pequena elevação. – Vamos!

Lá embaixo eles encontraram três casulos de êxtase deitados sobre a terra escura. William deu um tapa na testa.

– Eita! Quase nos esquecemos dos outros – exclamou ele, sacando a nova espada e fazendo cortes nos casulos, ajudado pelos outros dois.

Lisa e Vince saíram lá de dentro desesperados. Tão tontos que sentaram no chão para evitar uma queda. Onde estavam os Predadores de Alma que os atacavam a um segundo atrás? William ajudou Neil a sair. Viu aliviado que ele ainda vivia. Estava ardendo em febre, mas ainda vivia. Deu um pouco de seu sangue para o servo de Rei. Nos últimos dias foi o que fizera com a esperança de que seu sangue amaldiçoado pudesse enfim ajudar.

– O que aconteceu? – perguntou Lisa ainda tonta.

– Depois, Lisa – disse William, ajudando a vampira a se levantar. – Temos que alcançá-los – apontou ele.

William carregou Neil no colo. Eles desceram correndo. Estariam seguros agora. James começou a berrar para chamar atenção. E chamou. Os cavaleiros que cobriam a retaguarda do exército apontaram prontamente suas lanças para aqueles estranhos e barulhentos seres da Floresta, pensando que eram demônios.

Os vampiros levantaram as mãos. Nem mesmo eles conseguiriam dar conta de tantos homens ao mesmo tempo. E, cansados e famintos do jeito que estavam, não dariam nem para o começo. Quarenta cavaleiros cercavam os vampiros. Eles aguardavam. Aos poucos o exército foi abrindo espaço para a passagem do cavalo do conde, que William reconheceu prontamente. conde Henry de Bohun. Junto dele, os outros nobres também vieram montados em seus cavalos de raça.

– Senhor, nós capturamos estes demônios – disse um cavaleiro eufórico. – O que faremos com eles?

– Vós podeis matá-los!

– Espera, meu senhor – interferiu Aurion Clack, surgindo em seu cavalo atrás dos outros nobres. – Essas pessoas não são inimigas. Como te avisei, esses são espiões que enviei para esta Floresta a fim de descobrir a localização do demônio que ousa desafiar até mesmo o poderoso Deus.

– Achei que tivesses enviado uma expedição com mais de quarenta homens – observou o conde.

– A Floresta ceifou a vida dos outros – respondeu Richard. – Somos tudo o que sobrou.

– Cavaleiros... – ordenou o conde com firmeza. Nem precisou completar a frase. Os cavaleiros baixaram as armas e abriram espaço para os vampiros.

– Este homem precisa de cuidados – pediu William, entregando Neil para um cavaleiro, que foi procurar o padre. Ele saberia as ervas certas para cuidar do doente.

Eles foram caminhando por dentro da cavalaria.

– Desculpai-me o mau jeito, rapazes... e senhorita. Este lugar acaba com qualquer um – desculpou-se Henry. – Conseguistes algo de útil?

Richard entregou o mapa de Dansh e o mapa feito por Lisa para o conde. O nobre ficou satisfeitíssimo, nem conseguiu esconder o largo sorriso de contentamento. Mapas do lugar maldito era tudo o que eles precisavam.

– Vou mostrar o mapa para os outros nobres e comandantes. Com vossa licença – disse ele afastando-se do grupo.

– Virdes – disse Aurion, virando o cavalo e trotando devagar. – Vou levá-los para onde os outros estão.

– Quantos temos aqui? – perguntou Richard interessado.

– Mais ou menos uns dois mil e quinhentos homens – disse Aurion sem conseguir conter um pequeno sorriso de orgulho. – O rei também providenciou dez catapultas, cinco torres móveis e outros acessórios de guerra.

– O rei?! – exclamou William. – Mas como?!

– Depois! – cortou Aurion seco. William estranhou o tom de voz.

– Sinto muito por Kalmir – anunciou Richard como se adivinhasse pensamentos.

– Não precisas te preocupar – tranquilizou Aurion conformado. – Ele sempre foi um rebelde incurável. Me preocuparei com ele depois... Pronto, aqui estamos.

Surpreso, William foi levantado como uma pluma por dois braços fortes.

– Ah, meu garoto! – exclamou Reinald muito feliz com um largo sorriso naquele rosto cansado. – Eu sabia que tu conseguirias.

E lhe deu um forte abraço e vários tapinhas nas costas. William sentiu uma ou duas costelas racharem.

– Tu também conseguiste, Richard, meu grande amigo! – disse ele para Blane. – Estava com saudade deste vampiro carrancudo e resmungão.

Richard ainda tentou estender a mão para evitar um aperto, mas não adiantou. Reinald também lhe deu um forte abraço.

– E vós? – perguntou para os outros três vampiros. – Vejo que vós estais muito bem.

– Desculpe... – disse Lisa sem-graça. – Eu não acho que consegui cumprir a missão com sucesso.

– Ora, senhorita Timbrook, faze-me o favor! – disse Reinald, beijando-lhe a mão afavelmente. – A intenção é o que vale. Tenho certeza de que tu fizeste de tudo para nos ajudar. Sobreviver nesta Floresta já foi uma grande façanha, e tu és a única mulher dentre mais de dois mil e quinhentos marmanjos. Não é pouca coisa.

– Ela está se fazendo de rogada, Rei – disse William sorrindo – Graças a ela é que nós ganhamos estas espadas. E descobrimos como Malthus conseguiu o cajado.

Lisa sorriu de leve. Como era belo o seu sorriso. William não conseguia entender por que ela o escondia sob aquela cara triste e fria de sempre. O jovem vampiro ouviu o soar das trombetas e o rufar dos tambores.

– Excelente! – disse Reinald. – Devemos fazer uma pausa. O conde é rígido. Quer que acabemos logo com o *demônio* que está ameaçando seu condado. Estamos viajando há dias.

– Como conseguistes se mover tão rápido nesta Floresta, Reinald? – indagou Richard. – Como os mortais conseguiram enxergar nesta escuridão absoluta?

Reinald levantou aqueles grossos cenhos em sinal de surpresa.

– Que escuridão absoluta? Desde que colocamos os pés aqui dentro, o tempo se manteve assim. Muito escuro e nublado mesmo de dia, mas permitindo uma boa visibilidade. E essas nuvens bloqueiam o sol, o que permite a nós, vampiros, andar durante o dia sem sermos incomodados pela luz mortal do dia. Excelente para nos misturarmos aos mortais.

Os vampiros que presenciaram a noite eterna não entenderam nada.

— Isso é estranho – disse Richard. – A Floresta não permitia que os humanos vissem um palmo à frente do nariz. Por que isso agora?

— Talvez Malthus esteja nos desafiando abertamente – disse William. – Quer mostrar que não teme um exército de dois mil homens.

Uma trombeta soou pela noite.

— É um sinal para descanso – disse Reinald. – Os cavaleiros vão armar as tendas. Os escudeiros já devem estar armando a nossa. Quero que vós me conteis os detalhes da expedição. Guardei sangue fresco nos jarros, vamos brindar a vossa volta. A propósito, onde estão Neil e Sam?

Silêncio. Reinald entendeu.

— Sinto muito – disse William cabisbaixo. – Sam não conseguiu. Neil está sendo tratado.

Tristeza no semblante de Rei. Gostava muito daqueles dois humanos, os quais eram companheiros e amigos de longa data. Reinald sentiu um pedaço de sua alma se perder no limbo. William passou o braço no ombro do mestre como um filho consolando seu pai.

O exército de homens se agrupou para descansar. No centro, tendas para os mais abastados foram erguidas. Reinald reconheceu a sua pela bandeira com o seu brasão no alto da barraca. Eram grandes tendas de lona branca e quadradas cujo interior era muito luxuoso – dependendo, é claro, da grana do nobre ou burguês. Já que os burgueses não podiam ter um exército próprio, aquela campanha era composta quase exclusivamente de nobres. Mas não importava. Os cinco vampiros se fartaram de tanto sangue. O gosto estava esquisito por causa das ervas que Reinald adicionara para impedir que o sangue coagulasse. James, Richard e Lisa se revezavam para contar a Reinald e aos demais vampiros sobre os desafios que enfrentaram na Floresta. A maioria dos vampiros do burgo estava na tenda ouvindo, admirados, a história. As crias de Sahur, Charles e Peter, também estavam presentes. Mas Lam mesmo estava junto de Aurion na reunião dos nobres. Vinte e seis vampiros sob o mesmo teto.

William não aguentou ficar nem quinze minutos naquela reunião. Bebeu uma boa dose de sangue e saiu para sentir o frescor da noite. Os cavalos pareciam gostar muito da presença do vampiro. Ele andava tão macio que os homens que ficaram de sentinela nem perceberam sua presença. O jovem se sentou numa pedra e ficou a olhar o vazio, sentindo a brisa fria da noite castigar seu rosto e bagunçar seus cabelos.

As vozes fantasmagóricas haviam se calado. William ficou pensativo, olhando as luzes da noite atravessando algumas nuvens negras. Perdeu a noção do tempo. A sensação de mal-estar também parou. *O que vosmecê estará tramando, Malthus?* – questionou William em pensamentos. Mas a resposta era clara. A calmaria antes da tempestade. E que tempestade... Na região onde estava a fortaleza de Malthus as nuvens estavam carregadíssimas. Os trovões retumbavam. William virou a cabeça para olhar os raios caindo e iluminando o céu ao longe.

– Pareces preocupado, Will... – disse uma voz masculina atrás dele, fazendo William despertar e olhar para trás. – Posso te chamar assim, não? – perguntou um Blane sorridente.

– É claro que pode. Não é nada, Richard – respondeu William, abrindo um sorriso educado.

– Ainda não tive a oportunidade de agradecer por ter salvado a minha vida, garoto. Muito obrigado por teres me ajudado com aquele zumbi azul – agradeceu Richard sem jeito.

– Não foi nada. Acho que vosmecê teria feito o mesmo por mim.

Richard fitou o céu em silêncio. O sorriso sumira, mas o semblante continuava sereno. Ele olhou para William com aqueles misteriosos olhos mel penetrantes e apoiou um pé na pedra.

– Não sei se teria feito o mesmo por ti. O meu coração virou uma pedra de gelo há muito tempo, Will. Mas aquela conversa que tivemos semanas atrás não me sai dos pensamentos. Tua pergunta: *vosmecê não foi mortal um dia?*... Tu me fizeste lembrar meu passado. Como eu era antes de ser aprisionado por Sahur. Acho que no fim das contas a desesperança é tudo o que resta em nossos corações...

– Não devia dizer isso, Richard – ralhou William sério. – Os tempos podem ser sombrios, mas sempre devemos manter a esperança de que dias melhores virão. Nós temos a vida eterna para esperar, temos a vida toda para lutar. Vosmecê me disse que procurava um lugar no mundo. *Vosmecê já tem um lugar no mundo!*

Richard sorriu novamente.

– Tu e Reinald são mesmo iguais. E ele se preocupa muito contigo. Ele sabe que tu és muito especial. És um vampiro diferente, e hoje entendo o porquê.

– Ai, de novo este papo – desabafou William. – Não aguento mais ser *o diferente*.

– Isso não é ruim, meu caro. Ainda resta bondade no teu coração. Tu ainda tens esperança e sonhos. E isso é muito difícil de se encontrar em um vampiro hoje em dia. Na verdade vampiros que pensam como tu, os "bonzinhos", nunca sobrevivem por muito tempo. E olha para ti! Estás vivo. Sobreviveu a perigos que dificilmente reles novatos superariam. Por isso, na minha opinião, tu és tão especial. E estás começando a ser respeitado em nosso círculo. Tu desafiaste Sahur abertamente e saíste ileso da floresta para onde foi mandado para morrer! Teu guardião é Reinald Galf! *Tens Richard Blane como amigo!* Além do mais Reinald me confidenciou que tua transformação completa é muito poderosa! Sabes por quê? – ele não esperou a resposta. – Porque os vampiros só começam a desenvolver grandes poderes depois de um século de existência, independentemente de quantos anos tenha o seu criador. Mas tu tens praticamente a minha força e tu só tens dois anos como vampiro! Entende o que digo? Tua transformação completa equivale a de um vampiro de cem anos! Tudo isso faz de ti um ser muito especial. Mas nada supera tua capacidade de sonhar e transmitir esperança ao seu redor.

– Não estou impressionado – disse William fitando o céu. – Rei já me disse tudo isso durante o treinamento. Ele também disse que se eu conseguisse vencer William das Trevas teria um poder ainda maior. Mas fiquei mais incomodado quando vosmecê disse que os "bonzinhos" morrem mais cedo. Está enganado, Richard. Rei é bom e continua vivo.

Richard começou a rir.

– Desculpa – disse ele. – Reinald não é tão bondoso assim. É no máximo justo. Há uma grande diferença entre bondade e justiça. Ele é um vampiro, Will, e como tal também mata. Tudo bem que suas presas são assassinos e ladrões... Mas não muda nada. Eles também não são humanos? Não merecem a chance do perdão?

– Chega!

– A diferença é que Reinald também já não sente mais remorso. Tu sim. Enquanto sentires remorso significa que ainda és humano. Um vampiro humano. É irônico.

– *Já pedi para parar.*

– Tudo bem, Will. Tudo bem. Tu conheces a história de Reinald?

– Um pouco. Mas ele quase nunca toca no passado. Só sei que sua esposa morreu e ele não teve filhos. Ele parecia amá-la muito.

— Acho que nenhum vampiro gosta de lembrar a vida mortal. Lembrar o passado nos traz remorso e certas lembranças que gostaríamos que caíssem no esquecimento. É melhor assim. Bem, não vou ficar falando muito do passado dele. Acho que ele é quem deve falar contigo. Tudo o que eu queria entender era por que...

— Por que o quê?

—Por que ele te escolheu. Tempos atrás, quando Reinald resolveu confrontar Sahur, eu fui o primeiro a apoiá-lo. Acho que isso chamou a atenção dele. Eu ainda era jovem em termos vampíricos, devia ter uns três anos como vampiro. Reinald foi o meu guardião, Will — revelou Richard. Aquela revelação era bombástica. Então era daí que vinha a ligação entre Richard e Rei. — Naquele tempo, minha determinação foi o diferencial. Reinald me ensinou muito do que sei hoje. E sou muito grato. Eu era rebelde e tinha a língua solta. Uma vez quase paguei muito caro por isso... Mas isso não importa agora. Hoje tudo o que sobrou do meu antigo "eu" foi a minha determinação. Determinação para fazer Sahur pagar caro pelo que fez!

— ...

— Vejo esta determinação também em ti, garoto. Tu queres descobrir quem matou tua família e fazê-lo pagar. Não só. A tua rebeldia e língua afiada também lembram muito o meu passado. O tempo se encarregou de mudar o meu modo de agir e pensar. A prisão enterrou todos eles de vez. Para melhor ou pior só o tempo dirá.

— Compreendo.

— Mas eu sabia que não era eu quem Reinald procurava. Não. Ele procurava um diamante bruto. Tu tens determinação, mas acima de tudo bondade e esperança, além de uma grande inocência. Perdi tudo isso logo após me transformar num vampiro e perder a mulher que eu amava. Tu salvaste a vida dele, Will. Deste uma nova esperança para o velho e cansado Galf...

– Richard... – cortou William. – ...agradeço a atenção, mas eu queria ficar um pouco sozinho.

– Está certo, garoto. Não vou mais atrapalhar teus pensamentos – disse Richard sério, tirando o pé da pedra. – Até mais, e pensa no que eu te disse.

William voltou a divagar. Só que agora as palavras de Blane não saíam de sua cabeça. "Os bonzinhos não sobrevivem por muito tempo...", "Vosmecê é especial...", "Remorso...". Era isso que estava corroendo seu coração. Às vezes não queria ser tão bom assim, ser mau devia ser muito mais fácil. Sahur e Malthus não se preocupavam com nada. Sempre conseguiam o que queriam sem se importar com quantas vidas tivessem que arruinar. Maldita consciência que o travava. Será que William das Trevas se daria melhor do que ele? William procurou tirar tais pensamentos da mente. Eram perigosos demais. Pensou nos seus pais e irmãos. Retirou um pequeno crucifixo de madeira do bolso e ficou fitando-o em silêncio. Rezou em pensamento.

Deus, perdoe este humilde pecador. Por favor, proteja meus pais e meus irmãos que devem estar junto do Senhor. Eram boas pessoas que não mereciam a morte que tiveram. Espero que o senhor possa me ouvir, pai. Não pude defender nossa família. Eu falhei. Mas vou fazer justiça – o olhar de William era de profundo ódio. *O assassino de nossa família irá sofrer, meu pai... Desejará nunca ter feito mal a nós... Eu prometo, meu pai! Eu prometo! Sei que já fiz esta promessa meses atrás. Quero apenas reforçar meu juramento, pois no momento não posso cumpri-lo. Tenho que reparar um grande mal que fiz. Sei que não tive culpa. Mas meu coração não se* sente assim. Permiti que Malthus tivesse acesso a um grande poder. Um poder que ameaça a todos nós agora. É por isso, meu pai e minha mãe, que vou me desviar do meu objetivo. Não se preocupem. Será por pouco tempo. Fiquem com Deus e não deixem de olhar por mim. Amém.

※

    Duas semanas se passaram e o exército se deslocava para o encontro de Malthus. Pouco a pouco, o tempo se fechava ao redor deles. Flocos de neve começaram a cair do céu. Os ventos foram ficando mais fortes, e uma tempestade obrigou a expedição a fazer uma parada forçada. Os homens cortaram árvores para armar grandes fogueiras. Por sorte, não ouviram nenhum grito demoníaco durante a tarefa. Sahur estava bastante animado com a proximidade da fortaleza. Sentia que faltava pouco. Aurion se mantinha reservado. Os demais vampiros estavam divididos entre a agitação de uma boa luta e o medo do poder imenso de Malthus. A batalha estava próxima. Os trovões retumbaram mais fortes.

    – Tu estás muito calado, Will – observou Reinald para um William quieto.

    – Estou apenas pensativo.

    – Isso é muito estranho – brincou Reinald. – Tão novo e já tão cheio de problemas... Não devias te preocupar tanto. Gostaria que me contasses o que tanto te aflige, mas não vou forçá-lo a nada.

    – Obrigado, Rei. Não quero deixá-lo preocupado. Quero resolver este problema sozinho, como um homem. É hora de criar responsabilidade sobre meus atos.

    – Fico feliz em ouvir isto – disse Reinald satisfeito.

    – É um exército impressionante – observou William, mudando de assunto.

– Devemos tudo isso ao Clack. Esse vampiro sabe lidar com os humanos. Sua influência com os nobres nos deu algo em torno de oitocentos homens. Mas ele fez mais. Meses atrás, Aurion escreveu uma carta ao rei João e ao conde de Hereford contando do problema desta Floresta e o rei enviou aos cuidados do conde um reforço de mil e setecentos homens bem treinados, além de cavalos, armas, armaduras, mantimentos, carruagens, catapultas e outras coisas mais. Sahur também conseguiu que uma boa parte da guarda de Amyville fosse enviada para cá. Ele e os outros ricos burgueses ofereceram uma boa recompensa para qualquer homem de boa saúde que quisesse se juntar a esta expedição. O resultado está aí.

– Fico feliz – disse William ainda desanimado.

– A propósito, Neil já está bem melhor. Pediu que eu te agradecesse pelo que fizeste por ele. Disse que nunca ficou tão contente por estar vivo, depois resmungou um pouco comigo sobre eu tê-lo feito entrar nessa roubada. Pelos resmungos, ele está realmente bem.

William sentiu-se melhor ao ouvir a boa notícia. Abriu um pequeno sorriso. Encostou a cabeça na almofada macia do assento da carruagem e fechou os olhos.

A tempestade de neve atrasara o andamento da expedição em algumas horas. Os cavalos ficaram assustados e rebeldes. A visibilidade ficou péssima. Ainda assim levantaram acampamento e partiram. Eles saíram da mata fechada e entraram numa grande e larga planície coberta por um fino tapete de neve. O temporal cessara repentinamente. As colinas ao norte se erguiam imponentes e desafiadoras. Eles evitaram passar por cima de um lago congelado no meio da planície. O caminho estava tranquilo demais. O exército contornava um morro. Mais planície à frente. Ao longe uma estrutura se destacava. Os humanos ainda não podiam ver nada além de um largo vulto, mas os vampiros enxergaram muito bem. Um muro fortificado dividia a planície em duas. Raios iluminaram melhor o ambiente, que a cada hora fechava mais. Os raios caíam a todo momento, anunciando uma outra tempestade que estava por vir. O tempo fechara de vez. Devia ser dia, mas a noite eterna regressava pouco a pouco. Todos tinham a nítida impressão de estarem sendo engolfados pelas trevas. Mais alguns minutos de caminhada e o exército estava de frente para a muralha.

O muro tinha seis metros de altura e era feito inteiramente de pedras polidas. Sua extensão cobria toda a planície. Terminava, de um lado, virado para um imenso lago e do outro para um paredão rochoso impossível de ser escalado. A parede era formada por triângulos brancos e negros, feitos de mármore e granito, e encaixados perfeitamente. Cada triângulo branco tinha um outro triângulo menor em alto relevo. Estacas negras e espinhentas cobriam toda a parte de cima do muro. As torres móveis seriam inúteis para uma investida por cima da muralha. A parte superior do muro não foi feita para abrigar arqueiros como nas muralhas convencionais.

Um raio atingiu as estacas com um estrondo ensurdecedor. Os cavalos relincharam de susto. Os homens mais medrosos se atiraram ao chão, temendo ser este um sinal dos demônios. O fogo se alastrou pelas estacas, uma chama azulada e sinistra. O conde não deixou os homens desanimarem. Aos berros, ele levou o exército até a porta de entrada, a algumas dezenas de metros do lugar onde estavam.

O portão duplo era tão alto quanto a muralha. Feito de madeira maciça e reforçado por grossas barras de aço. Espinhos metálicos pareciam brotar do portão para intimidar qualquer eventual inimigo. E estavam conseguindo. Todos se surpreenderam pelo fato de os portões estarem escancarados, permitindo a livre passagem do exército invasor. Tudo estava fácil demais. *O que Malthus estará tramando?* – William tornou a se perguntar em pensamento. A resposta estaria logo ali, metros à frente.

Henry de Bohun deu ordem para mais um descanso. Talvez o último. O clima extremamente frio desanimava os homens. Novas fogueiras foram acesas. O desconforto psicológico voltou com força total. Os homens começaram a ouvir o coral de vozes sinistras, principalmente o padre. A velha sensação de mal-estar envolvia a todos novamente com seu manto agonizante. Um mau pressentimento. Uma fina e fria névoa começava a se alastrar...

William aproveitou para dormir um pouco. Estava esgotado e queria estar de melhor humor para a batalha que viria. Talvez fosse melhor ter ficado acordado. Sem se dar conta, William foi arremessado de novo para o fatídico dia da batalha. Desta vez se lembrava de mais detalhes. Seu querido irmão mais novo tinha caído em combate. Vários amigos também tiveram as vidas ceifadas. O jovem assistia a tudo como espectador externo. Ele não conseguia lembrar o que de fato sentira durante a batalha. Medo? Remorso pelas mortes? Bravura? Ódio? Revolta? Todas essas emoções juntas? Foi quando se deu conta de que seu pai, Jeremy, foi levantado pelo pescoço por um homem encapuzado assim que o baronete Truman caía morto ao chão com o peito perfurado pela flecha de seu pai. O peito do pobre camponês foi perfurado lentamente na altura do coração e seu assassino sussurrou-lhe algo no ouvido. Jeremy foi largado agonizando ao chão. William viu seu pai lançando um último olhar de desespero para ele antes de morrer. O assassino vinha calmamente em sua direção. Não vestia nenhuma malha de proteção e tinha belas roupas caras cobertas por um manto negro. Uma das mãos estava coberta com uma luva de couro preta. Alguns camponeses vieram para cima dele. A força do homem era surpreendente. Esmagou a traqueia de um camponês com apenas uma das mãos. E utilizando uma velocidade fora do normal aparou o golpe de foices de dois revoltosos com sua espada. No segundo seguinte os camponeses estavam mortos. Um deles cortou o manto e a roupa do assassino, revelando uma barriga extremamente pálida e cheia de cicatrizes. Aquele cara não podia ser humano. E não era. William estava de frente para o maldito vampiro que matou a sua família e o transformou em quem era hoje: um amaldiçoado. Um *flash* e William se viu no seu antigo casebre. O restante de sua família estava estirada no chão. Mortos. Sangue escorrendo pelas paredes. Vísceras espalhadas pelo chão. Ossos quebrados. Braços e mãos arrancados. O jovem se viu deitado no chão. Ele se levantou com muito esforço, sem entender o porquê, e o assassino veio em sua direção. William podia sentir o ódio em seu olhar recaindo sobre ele. Não estava muito escuro, mas mesmo assim ele não conseguia ver o rosto do seu algoz. Ele se concentrou, mas tudo o que via era um borrão e dois brilhos sobrenaturais. Um brilho azulado e sinistro. Ele desviou o olhar e encontrou os olhos mortos e sem vida de sua mãe. Acordou com um grito.

Ele mesmo estava berrando de pavor.

– O que foi, William? – perguntou Reinald preocupado sentado à sua frente.

Levou um tempo para que William se lembrasse de onde estava. Ele ofegava muito. A carruagem passou por um buraco, dando um tranco desconfortável.

– Estou bem, Reinald – disse William mais recuperado. – Não precisa se preocupar – ele olhou pela janela. – Estamos andando? Quanto tempo dormi?

– Tu dormiste por umas três horas.

William deu um longo suspiro.

— Nossa...

— Está tudo bem mesmo? — perguntou Reinald, levantando o cenho naquela sua expressão característica de preocupação.

William aquiesceu. Ia dizer algo, mas a carruagem deu uma freada tão brusca que quase derrubou seus dois ocupantes. O jovem vampiro meteu a cabeça para fora da janela e o que viu o fez ficar de boca aberta. Todo o exército dos homens parou devido a uma massa de vultos à frente que bloqueava o caminho. Eles pararam num declive na planície. E lá na frente uma turba de cadáveres em diferentes estados de putrefação estava em pé. Imóveis como estátuas grotescas de guerreiros empunhando armas quebradas e enferrujadas. Eram mais de mil ao todo. Um raio cortou o ar, iluminando aquela massa de horror. Pela primeira vez, os humanos puderam ver o que os aguardava. Eles chegaram a recuar, mas o conde fez soar as trombetas e rufar os tambores. Ele partiu para a dianteira do batalhão e se virou para o seu exército.

— HOMENS DE BOM CORAÇÃO E GRANDE CORAGEM, ESCUTAI-ME COM ATENÇÃO! — bradou Henry determinado a plenos pulmões. — NÓS AVANÇAMOS POR ESTA FLORESTA AMALDIÇOADA COM O ÚNICO INTUITO DE DERROTAR ESTE MALDITO DEMÔNIO QUE NOS ENCHE DE PAVOR E PÕE EM RISCO A VIDA DE NOSSAS ESPOSAS E NOSSAS CRIANÇAS! POIS A DERROTA DESTE MALDITO SER É A VONTADE DE DEUS, NOSSO PAI CELESTE E SEU AMADO FILHO! O PRÓPRIO REI ESTÁ NOS CONFIANDO ESTA MISSÃO!

O padre seguia de cavalo, jogando água-benta nos cavaleiros e guerreiros e recitando um salmo de vitória para o exército dos homens. Os homens de cabeça inclinada faziam o sinal da Santa Cruz e rezavam baixinho, pedindo por proteção divina.

– QUERO QUE SEMPRE VOS LEMBREIS DE QUE DEUS ESTÁ DO NOSSO LADO! – continuou o conde. – COM A SUA PROTEÇÃO, QUEM SERÁ CONTRA NÓS? VAMOS MOSTRAR A ESTE SER DAS TREVAS QUEM É QUE MANDA! VÓS ESTAIS COMIGO, HOMENS?

Os homens empunharam suas armas para o alto e deram sua resposta num grito corajoso e determinado:

- SIIIIIIIIIM!

Um trovão caiu bem no meio da planície entre os dois exércitos. Uma resposta à ousadia dos humanos. Um grande vendaval passou pelo exército dos mortais, castigando seus rostos e levantando pequenos flocos de neve. Uma risada desprovida de emoção soou pela noite. William sabia que era *Sian Malthus*. A névoa se condensou e começou a rodopiar em volta do exército de Malthus. Eles ouviam claramente os gritos, lamentações, xingamentos e maldições das almas dos mortos enquanto eles entravam à força nos seus antigos corpos. Os olhos dos zumbis brilharam naquela escuridão. Os homens sentiram um frio de medo percorrer a espinha e arrepiar os cabelos da nuca. As nuvens tamparam o que restava de luz. Trevas. Malthus começava a se revelar. A guerra enfim teria início. O terror estava apenas começando...

CAPÍTULO VINTE E NOVE

O conde de Hereford também estava morrendo de medo, mas não podia deixar que seus homens percebessem. Ele sabia que uma guerra não podia ser ganha somente com a coragem, mas poderia perdê-la por causa da covardia. Henry fincou sua bandeira no chão e empunhou sua espada.

— Barão John, barão Termiton e barão Wesley, juntai suas tropas. Vós ireis primeiro.

Os nobres aquiesceram e seus cavaleiros tomaram a dianteira. Henry destacou uma parte do seu próprio exército e do exército concedido pelo rei. A primeira leva contaria com pouco mais de mil homens. Os cavaleiros iriam na frente, seguidos por guerreiros treinados da guarda de Amyville e dos aldeões voluntários para a campanha. O exército de Malthus permanecia estático como estátua. Eles aguardavam a ordem do seu senhor. Um trovão anunciou o início da batalha. Os zumbis começaram a avançar velozmente com suas armas em riste. Não havia nem medo, nem ódio em seus olhares. Apenas uma frieza assustadora.

— Arqueiros, preparar!

O conde se posicionou na parte de trás do exército, junto com os outros nobres e demais ricos burgueses. Uma bandeira de comando foi levantada. Os arqueiros formaram uma fileira dupla. Infelizmente não havia tempo para posicionar e armar as catapultas. A primeira fila armou o arco e esperou. Quando o exército inimigo cobriu metade da distância, o conde deu a ordem. Uma saraivada de flechas cortou a noite e atingiu em cheio os mortos-vivos. Eles nem esmoreceram; continuaram avançando como se nada tivesse acontecido. Uma nova ordem e outra saraivada de flechas. O mesmo resultado. A distância era curta demais para uma nova tentativa. O conde deu ordens para os cavaleiros avançarem. Eles abaixaram seus elmos, levantaram suas lanças e partiram.

Os cavaleiros montados em seus cavalos e empunhando suas lanças eram as mais poderosas e temíveis armas de um exército medieval. Uma vez que foi dada a ordem para avançar, os cavaleiros se tornavam incontroláveis. Era tudo ou nada. Tensão. O som do galope ecoando pela planície. O chão parecia tremer ante aquela poderosa cavalaria. Os exércitos se chocaram violentamente. Os cavalos perfuraram, derrubaram e pisotearam os zumbis das fileiras da frente. Eles largaram as lanças e sacaram suas espadas. Surpresa. Os zumbis eram mais rápidos do que eles supunham e tinham uma grande habilidade com as armas. Afinal a maioria era de soldados e guerreiros em vida que tiveram o azar de entrar naquela Floresta maldita. Os homens tentavam conter a todo custo o medo que cismava em brotar de seus corações.

Os zumbis eram ainda mais horrendos vistos de perto. O fedor era uma mistura de podridão, mofo e morte. A carne em decomposição. Ossos à mostra. Pele rachada e repuxada. Rostos deformados. O nariz e as orelhas corroídos. Muitos nem essas partes tinham. Tufos de cabelo caíam das criaturas enquanto elas andavam. Vísceras podres caindo para fora dos corpos. Isso quando praticamente toda a carne e pele do zumbi já não havia desaparecido, restando apenas um esqueleto recoberto por uma fina camada de músculos enegrecida.

Os zumbis acertavam os cavalos com o intuito de derrubar os homens. E quando conseguiam levar algum ao chão, vários deles se agrupavam em cima do humano e o atacavam impiedosamente com tudo o que tinham à mão.

A adrenalina corria solta. Corações saltando pela boca. Suor e sangue se misturavam. Os cavaleiros começaram a perceber que seus ataques eram inúteis. Por mais que golpeassem o corpo dos zumbis, eles continuavam avançando sem demonstrar qualquer reação de dor ou medo. Os gritos de dor e desespero dos azarados que caíam ao chão enchiam seus corações de temor. Temiam morrer ali. Embora alguns achassem que seria uma honra morrer lutando pelo bem.

⁂

Jack era um cavaleiro valoroso e experiente com seus trinta e cinco anos de vida. Já lutara em várias batalhas ardentes e esta prometia ser a melhor delas. Não temia a morte. Pelo contrário, desafiá-la abertamente era o seu jeito de valorizar a vida. Ele derrubou e pisoteou cinco zumbis com seu corcel caramelo, perfurou dois com sua lança afiada. Mas teve o azar de cair no chão quando um zumbi decepou uma das pernas do cavalo. Ele se desvencilhou do ataque dos mortos-vivos e se levantou rapidamente. Sua malha de anéis de ferro protegeu seu peito contra o ataque de seus inimigos. Ele empunhou a espada e cortou as mãos e braços daqueles malditos que se juntavam contra ele. Enfiou a lâmina na barriga de um e socou a cara disforme de outro. Com a outra mão pegou uma faca e arremessou nas costas de uma criatura de cuja barriga podre saíam enxames de moscas-varejeiras. Nada parecia adiantar. Um zumbi caído no chão agarrou sua perna e começou a mordê-la. Jack soltou um grito involuntário de dor, enquanto esmagava a cabeça da criatura com vários pisões. Outro zumbi acertou seu braço de raspão por trás, enquanto um terceiro acertou sua cabeça com uma maça. Por azar, o cavaleiro tombou ainda consciente no chão, sentindo o gosto amargo de sangue que descia de sua cabeça, escorria pela bochecha e entrava na boca. Três zumbis rastejaram para cima dele e começaram a comer sua carne. Tudo o que Jack podia fazer era rezar e pedir a Deus para que tudo terminasse logo. Não terminaria...

Henry de Bohun percebeu que suas tropas estavam em desvantagem. Um terço dos guerreiros foi derrotado e o restante não estava indo nada bem. Apenas duzentos zumbis tinham sido efetivamente derrotados. Nesse meio tempo, o conde mandou derramar piche na frente da fileira dos arqueiros e acendeu. Os arqueiros prepararam uma nova rodada de flechas. Esperavam agora pela ordem. As trombetas soaram. Era o sinal de retirada. Os cavaleiros em combate começaram a debandar. Muitos ficaram para trás e serviram de distração para a fuga. Uma bandeira com o símbolo das flechas foi erguida. Uma chuva de flechas caiu sobre o exército de Malthus, atingindo também alguns homens. Desta vez, flechas de fogo. Os zumbis pela primeira vez sentiram. Eles urraram de ódio. Um grito de gelar corações. Uma segunda rodada iluminou a noite como vaga-lumes reluzentes e açoitou uma vez mais o exército de Malthus. Apesar da súbita vantagem, os zumbis não estavam recuando. Muitos continuavam de pé. A maioria era somente esqueleto e o fogo de nada adiantava. Os mortos-vivos abriram um sorriso com o que restava de suas peles ressecadas e rachadas e começaram a dar gargalhadas. Muitos continuaram a comer carne humana. Ainda era possível ouvir os gemidos de dor e medo dos sobreviventes. Os que tinham forças podiam gritar. Os zumbis pareciam estar ganhando massa lentamente. Seus corpos regeneravam os músculos e depois a pele. Cada vez que comiam, mais encorpados ficavam.

Era mesmo uma visão do inferno. Os zumbis agora avançavam lentamente. Queriam mostrar que os humanos nada podiam fazer contra eles. Os homens feridos e cansados foram levados para as fileiras de trás, onde estariam seguros e poderiam ser atendidos pelos médicos e cirurgiões. Metade do primeiro batalhão foi deixado para trás. Entre os mortos estavam praticamente todos os aldeões de Amyville, alguns guardas do burgo e vários cavaleiros.

O conde resolveu que todo o exército deveria avançar. As trombetas tocaram, enquanto os cavaleiros se organizavam em uma grande fila. Os vampiros se dividiram e se misturaram com os humanos. Lisa, Aurion, Sahur e suas duas crias não iriam participar. Os demais se prepararam. Richard, William e Reinald permaneceram juntos. Galf empunhava um grande machado de batalha, enquanto seus dois pupilos carregavam as espadas Etrom. Os dois queriam muito testá-las em combate.

Mais duas saraivadas de flechas flamejantes sem efeito. O som das trombetas soando. Os cavaleiros avançaram. Novo choque entre os exércitos. Todos os zumbis da linha de frente foram pisoteados e esmagados pelos fortes cavalos. Os guerreiros a pé vindo logo atrás trataram de fatiar os zumbis antes que eles se levantassem. Os vampiros entraram com tudo no campo de batalha. Reinald sugeriu que cortassem as cabeças dos zumbis; tática que se mostrou ser a mais eficiente. William ficou satisfeitíssimo com o fio de sua nova espada, Etrom Lanif. Mesmo estando enferrujada em vários pontos, era muito eficiente em combate, cortando os zumbis como se fossem manteiga. Richard também aprovou o desempenho da nova espada. A fada realmente era de confiança. Os demais vampiros não estavam economizando na força. Cada machadada de Reinald destroçava de dois a três zumbis de uma só vez. James esmurrava a cabeça das criaturas com sua maça de cabeça recheada de espinhos. Mack Roberts girava uma corrente com uma grande bola de ferro na ponta e destroçava os inimigos que ficavam no caminho.

Os homens desta vez estavam em vantagem numérica. Eram duas mil cabeças contra oitocentos zumbis. O conde e os demais nobres ficaram satisfeitos. Estavam vencendo desta vez. A primeira impressão que tiveram era completamente falsa. O medo os cegou. Os zumbis tinham armas enferrujadas e quebradas e não carregavam nenhuma proteção no corpo. Embora não pudessem ser mortos, despedaçá-los se mostrava ser o melhor modo de derrotá-los. Mais meia hora de batalha e os homens tiveram sua primeira vitória. Desta vez só cem homens perderam a vida lutando e outros trinta ficaram gravemente feridos.

O conde deu ordens para os homens descansarem. Abriram barris de vinho e liberaram queijos e pães de boa qualidade para os homens comerem com carne de porco defumada. Os homens riam e comemoravam a difícil vitória contra o "exército do mal". Os vampiros também estavam eufóricos. Eles aproveitaram o calor da batalha para se alimentar com sangue fresco de homens agonizantes, caídos durante a luta. Muitos guerreiros aproveitaram para dormir no chão e descansar para prosseguir a jornada.

✿

TRAM! TRAM! TRAM!
Os homens levantaram assustados. Que barulho era esse? Não havia nada de anormal pelas redondezas. Nenhum movimento a não ser dos finos galhos de uma única árvore ao sabor do vento. Trovões recomeçaram a retumbar pelo céu.
TRAM! TRAM! TRAM!
Um barulho metálico e rítmico. O conde fez soar as trombetas. Os cavaleiros procuraram rapidamente se vestir para a batalha com a ajuda de seus fiéis escudeiros. Os nobres se esconderam atrás de suas guardas pessoais.

TRAM! TRAM! TRAM!

O barulho começava a dar nos nervos. O conde ordenou que dez homens subissem a pequena elevação onde encontraram o exército de zumbis para ver o que estava acontecendo. Os batedores montaram em seus cavalos e galoparam velozmente. Era lá de trás que vinha o barulho.

TRAM! TRAM! TRAM!

Fosse lá o que fosse que estivesse se aproximando, estava muito próximo agora. O barulho metálico ecoava pela noite eterna e inibia os homens. O medo começava a destruir a pouca esperança que se acendeu em seus corações.

TRAM! TRAM! TRAM!

Os batedores voltaram correndo para falar com o conde. Seus olhos estavam esbugalhados de pavor. Um mau sinal. Eles correram com os cavalos para contar o que viram se aproximar ao longe. Chegariam a qualquer momento.

TRAM! TRAM! TRAM!

O barulho era ensurdecedor. Os homens mal podiam ouvir o rufar dos tambores, avisando para começar a formação de combate. O terror estava logo ali atrás da colina, esperando por eles. Desafiando-os abertamente. Os cavaleiros formaram as três primeiras fileiras de combate. Os homens a pé se posicionaram logo atrás. Os arqueiros eram as últimas linhas. Henry permitiu que as tendas dos médicos continuassem armadas. Os cirurgiões trabalhariam em paz com seu arsenal de ferros para a cauterização de ferimentos e óleos quentes junto com os padres caso alguém precisasse da extrema-unção.

TRAM! TRAM! TRAM!

Os vampiros novamente iriam nas fileiras do meio. Lisa, Aurion, Sahur e suas duas crias ficariam uma vez mais de fora. Uma bandeira verde foi erguida. O exército começou a andar. Todos, humanos e vampiros, estavam apreensivos. O cheiro de carne podre infestava o ar. Procuravam manter a formação mesmo sob tanta pressão psicológica. Os trovões caíam com mais intensidade, abafando momentaneamente o coro metálico. Um vento gélido castigava seus corpos. Uma garoa fina começou a cair.

TRAM! TRAM! TRAM!

Uma subida nunca demorou tanto. William ao mesmo tempo apreensivo e curioso para ver a próxima cartada de Malthus. Alcançou o topo. E ele viu... Um exército três vezes maior do que o primeiro. Três mil zumbis estavam ali em formação de combate. Uma multidão sem fim, cobrindo o caminho em direção à fortaleza do controlador da floresta. Desta vez tinha até esqueletos de animais fazendo parte do aglomerado. Lobos, cachorros, raposas, corujas. Diversas bandeiras verdes com o brasão da família Malthus – um dragão vermelho de três cabeças, lutando contra o vento. Zumbis montados em cavalos mortos, preparando suas lanças para a luta. Armas novas e afiadas nas mãos dos zumbis guerreiros. Muitos, agora, munidos de escudos redondos de madeira forrados com aço por fora. Todos eles batiam ao mesmo tempo com as espadas nos escudos produzindo o coro metálico que inibia o ânimo dos homens.

TRAM! TRAM! TRAM!

A massa de zumbis bloqueava o caminho que levava até a fortaleza do novo senhor da Floresta das Trevas. Um imenso castelo de quatro andares protegido por muros colossais de blocos de pedra. Bandeiras com os mesmos brasões enfeitavam o castelo por fora. Arqueiros zumbis faziam a proteção pelo alto, nas duas torres frontais, nas torres dos fundos e na torre que dava acesso ao portão blindado do castelo. Trepadeiras recheadas de espinhos cobriam completamente os muros externos e as torres externas, impedindo até mesmo a visão do portão principal. Um grande fosso recoberto por água contornava toda a fortaleza. Uma comprida ponte de madeira ligava o castelo ao mundo externo. A parte final da ponte estava toda tomada pelas trepadeiras. Duas grandes torres do lado de dentro do castelo apontando para o céu eram o destaque. Eram as maiores estruturas da fortaleza e pareciam desafiar até mesmo os céus. A chuva começava a engrossar.

TRAM! TRAM! TRAM!

O exército de zumbis estava pronto para a luta. Batiam as espadas cada vez mais forte e mais rápido nos escudos. Os homens estavam a postos. Seriam dois mil contra três mil. Estavam em desvantagem numérica desta vez, mas não importava. Deus estaria do lado deles. O conde fez sinal para o soar das trombetas. Os cavaleiros apontaram suas lanças e avançaram. Um raio caiu atrás do exército dos zumbis, incendiando uma das poucas árvores. Os cavaleiros zumbis também avançaram, apontando suas longas lanças para o inimigo. O choque violento era inevitável. Cavalos tombavam, feridos no peito. Cavaleiros foram perfurados, derrubados e pisoteados. Um final terrível e sem glória para as suas vidas guerreiras. Espadas, maças, martelos, machados, manguais, correntes e escudos se chocavam violentamente. Guerreiros tombavam. A luta era terrível.

Enquanto isso, Henry e os demais nobres olhavam do alto da pequena elevação o desempenho de seus exércitos. Desta vez os zumbis estavam lutando bem melhor do que antes. Mais fortes e mais rápidos. Manejavam suas armas com uma precisão impressionante. Os animais mortos eram um outro fator de desequilíbrio. Eles atacavam os homens como podiam e era difícil lidar com eles. No momento era impossível dizer quem seria o vencedor. Os homens estavam determinados a ser os vitoriosos. A chuva começava a apertar ainda mais. Trovões caíam como bombas e os relâmpagos iluminavam a escuridão por breves instantes. O conde resolveu que já era hora de agir com mais rigor. As trombetas soaram. O exército dos homens tentava avançar e lentamente estava conseguindo. O conde deu ordens para trazerem as catapultas. Estava ansioso para ver aquelas belezinhas em ação.

Os vampiros estavam indo bem. Ferimentos não incomodavam. Seus corpos regeneravam em questão de segundos. Se a fome aumentava era só matar um humano e lhe sugar o sangue. A adrenalina dava um gosto todo especial ao líquido da vida. William lutava agora contra um esqueleto. Cortou suas patas ósseas com a Etrom Lanif, fazendo-o desabar no chão. Partiu o crânio do bicho ao meio com um potente golpe. Ele estava cada vez mais satisfeito com a sua espada. Viu de relance pesadas pedras passarem por sua cabeça e esmagarem os zumbis das últimas fileiras. Decepou a cabeça de mais três zumbis em decomposição. Mais pedras passaram por cima deles, caindo e esmagando mais zumbis.

Um trovão rugiu furioso no meio da batalha. Homens e zumbis tombaram. Contusões fortes e, por fim, a morte. Mais dois raios caíram no meio do campo de batalha. Trinta homens caíram, vítimas da eletricidade mortal. William se distraiu por um instante da batalha para olhar o castelo. Uma construção esplêndida e majestosa. Ele viu um raio cair no alto de uma das imensas torres internas da fortaleza. O relâmpago caiu, mas não fez barulho. Um brilho intenso vinha de lá. Brenauder cerrou os olhos, enquanto cortava um lobo-zumbi ao meio. Ele viu que aquela torre era semiaberta. Sua visão foi atrapalhada por novas pedras que voavam. Do alto daquela torre estava Malthus em pessoa. Ele segurava o cajado, enquanto o raio de eletricidade circundava seu corpo como uma cobra inquieta e incapaz de fazer mal ao dono. Ele mirou o cajado e atirou o raio que circulava em seu corpo.

O trovão ecoou pela noite. O raio atingiu em cheio uma catapulta como um tigre feroz que ataca sua presa. Todos os guerreiros morreram instantaneamente. Sian Malthus devia estar excitado com a batalha. E de fato estava.

※

O novo senhor da Floresta das Trevas olhava para a batalha que se seguia lá embaixo. Ele sairia vitorioso. Não existia outra possibilidade. Os tolos ousaram realmente desafiá-lo. Seu espião involuntário lhe fornecera meses antes todas as informações de que ele precisava para se prevenir e montar uma excelente defesa. O vampiro orgulhoso estava repleto de confiança. Aquele cajado era mesmo muito poderoso. Muito melhor do que ele pensava. Ele pensou erroneamente que o raio destruiria a catapulta feita quase completamente de madeira. Ficou furioso quando viu que outros homens substituíam os mortos e continuavam a colocar pedras nas catapultas. Ele apontou o cajado para os céus e apanhou mais um relâmpago. Apontou e atirou. Não adiantou. A arma de guerra continuava intacta.

Malthus, assim como todos os europeus medievais, nada conhecia sobre a eletricidade. Todos temiam e respeitavam os raios que Deus lançava sobre a Terra quando chovia. O soar de um trovão lembrava o quanto eles eram frágeis diante da natureza. A superstição – e não a razão – povoava a mente desses homens e vampiros.

Malthus sorriu de leve. Ele apontou o cajado para uma das catapultas. Uma imensa bola de fogo saiu do cajado e acertou em cheio. Os homens corriam desesperados em chamas. A fumaça negra e as chamas vivas tomavam conta do lugar onde antes existia uma mortal catapulta.

– Arctos – chamou ele com uma calma fria.

– Sim – respondeu Arctos, vindo com Wilson, Agatha e mais três vampiros.

— Podeis vos preparar. É chegada a hora.

Arctos sorriu, olhando admirado para a batalha que se seguia. O cheiro de sangue enchia o ar e ele adorava. Reverenciava a morte. Seu poder parecia ferver dentro de si. Ele mal podia esperar para sair e se divertir com os humanos. Virou sorridente para os outros vampiros, que nunca conseguiam encarar o olhar frio e cinzento de Malthus.

—Vamos! Vós já tendes as ordens. Cada um sabe o que fazer e o que vai acontecer com quem falhar — e começou a gargalhar.

Malthus lançou mais duas bolas de fogo contra as catapultas. Finalmente estava dando certo. Se aquela era a única cartada daquele exército, eles estavam perdidos.

※

O conde estava preocupado. Daquela torre saíam bolas de fogo que estavam destruindo suas melhores armas. Três catapultas já estavam perdidas. Ele não podia mais perder tempo. Sorte que seu exército estava conseguindo fazer a massa de zumbis recuar. O intuito de Henry era abrir passagem para as catapultas, o suficiente para lançar pedras diretamente no castelo.

As duas pontes móveis eram inúteis, já que a ponte da fortaleza não era levadiça e ficaria sempre ali. As cinco torres de madeira móveis também não teriam utilidade alguma. O lago artificial ao redor da fortaleza era muito mais largo do que eles esperavam. A torre móvel era, em geral, mais alta que as muralhas e serviria para os homens escalarem os muros do castelo com relativa segurança. A ponte do castelo também era estreita demais para permitir a passagem da torre móvel até o portão da fortaleza.

O conde mandou tombar as torres móveis na frente das catapultas restantes. Elas formariam uma espécie de barricada contra as bolas de fogo junto com as pontes móveis. Os cavalos começaram a puxar as torres de um lado só e com muito esforço elas foram ao chão com um forte estrondo. A estratégia funcionaria, pelo menos temporariamente. As barricadas impediam a visão de Malthus e teriam que ser destruídas antes de ele conseguir acertar as catapultas. As catapultas foram armadas. Mais pedras voaram. Desta vez uma das torres da muralha foi atingida em cheio. Alguns zumbis arqueiros foram esmagados. Malthus lançou mais bolas de fogo no meio do campo de batalha como retaliação. Duas bolas atingiram as pontes móveis. Grossas nuvens de fumaça alcançavam o céu, impedindo ainda mais a visão de Malthus.

No campo de batalha quinhentos homens já tinham tombado. Os vampiros continuavam a destruir o maior número possível de zumbis, mas até mesmo eles estavam começando a se cansar. Seus corpos ganhavam feridas mais rápido do que podiam curar. Dois vampiros caíram e foram imediatamente devorados por lobos-zumbis. As aves mortas eram as piores, pois eram alvos difíceis de acertar e um ataque em bando conseguia ferir gravemente um homem. Ainda mais quando elas bicavam os rostos dos mortais, perfurando-lhes os olhos e arrancando nacos de carne. Depois voavam graças à mágica do cajado e procuravam um novo alvo. Raios continuavam a ser lançados no meio da batalha, inutilizando tanto homens quanto zumbis. A chuva se transformou numa grande tempestade. A visibilidade era mínima.

Os olhos de Lam Sahur brilharam de contentamento quando viu algo interessante acontecer na fortaleza. As trepadeiras começaram a se mexer e abrir espaço, revelando o portão blindado da fortaleza, que começava a abrir. Malthus e seus seis seguidores estavam caminhando para a batalha, protegidos por cinco brutamontes. Quatro vampiros e duas vampiras acompanhavam o senhor da Floresta das Trevas.

CAPÍTULO TRINTA

Lam e Aurion se entreolharam. Com a pouca visibilidade por causa do temporal só os vampiros conseguiram enxergar o bando de vampiros inimigos que se aproximava do campo de batalha. Estava na hora de agir. Lam Sahur conferiu sua espada e sua lança e partiu para a guerra. Ele não vestia nenhuma armadura. Não precisava. Partiu em disparada com seu cavalo, seguido pelas suas duas fiéis crias.

Aurion Clack sabia das artimanhas do seu eterno rival, por isso se preparou devidamente. Duas espadas nas costas, um punhal guardado na bota e uma besta carregada presa na cela do cavalo. Ele vestia uma armadura de placas de bronze no peito, moldada especialmente para o seu corpo. As mãos eram protegidas por luvas de aço, de onde saíam espinhos de ferro na parte de cima dos nós dos dedos. Um soco com esta luva poderia causar um grave ferimento. Uma braçadeira de aço protegia os punhos. As pernas eram protegidas por uma espécie de saia de anéis de aço. Ainda assim, Aurion sabia que estava em desvantagem. Apesar de ser poucos anos mais velho do que Malthus, seu odiado inimigo era muito mais poderoso do que ele. O olhar de ódio de Clack era medonho. Ele esporou o cavalo e partiu em disparada atrás de Sahur e suas crias. Trevor tocou a trombeta cinco vezes. Era o sinal para que todos os vampiros de Amyville se unissem para lutar contra Malthus.

Mesmo com o som brutal das armas em choque, da água caindo ruidosamente e dos trovões ricocheteando, os vampiros ouviram o sinal. Richard viu o cavalo branco de Sahur atravessando rapidamente o campo de batalha e avisou a Reinald. Este, por sua vez, acertou mais dois zumbis e começou a abrir espaço para chegar ao outro lado do campo de batalha. William, Mack, James e Richard foram atrás. Nenhum deles sabia o que esperar. Eles não podiam ver por cima daquela massa de homens e zumbis. Não viam que Malthus e seus seguidores vinham atravessando a ponte calmamente, enquanto as trepadeiras da ponte abriam espaço.

Os outros catorze vampiros do burgo avançavam como podiam. Todos eles eram mais novos do que Reinald. E nenhum estava a fim de contrariar as ordens de Lam Sahur. Eram vampiros ambiciosos que agora queriam ocupar o lugar deixado por Poshen, desaparecido misteriosamente depois da volta de Reinald. Queriam, a todo custo, ser o quarto em comando do burgo e conquistar respeito.

Lam Sahur afinal atravessou o campo de batalha. Ele via agora nitidamente a fortaleza de Malthus. As três torres frontais da muralha foram duramente apedrejadas. Estavam praticamente destruídas e a maioria dos seus defensores zumbis, esmagados. Mas não era a fortaleza que interessava a Sahur. Malthus feriu seu orgulho ao humilhá-lo diante de todos os vampiros da cidade. Mas a maior humilhação foi ter a vida salva pelo seu maior inimigo: Reinald Galf. O garoto de quatrocentos anos esporou o cavalo para aumentar a velocidade. Aqueles guarda-costas não serviriam de nada. Aurion vinha logo atrás. Ele não estava tão confiante assim. Alguma coisa estava errada. Malthus nunca se expunha dessa maneira. Não era seu estilo.

Lam Sahur empunhou sua lança. Malthus e seus seguidores já tinham atravessado a ponte. O garoto queria rasgar a barriga daquele maldito só para dar início à sua vingança. Arrancaria cada membro de Malthus vagarosamente. Cortaria os olhos e o nariz fora. Uma tortura lenta até que aquele desgraçado desejasse a morte. Uma morte que não viria, pois Sahur empalaria seu coração com uma estaca e o trancaria numa masmorra para todo o sempre. Estava perto agora. Seis metros era a distância que o separava dos seus inimigos. Estranho... Sahur sentiu uma ligeira tontura. Balançou a cabeça para espantá-la. De repente, seu cavalo branco tombou, fazendo-o cair, rolando pelo chão. A lança quebrara com o impacto. O que havia acontecido?

Sahur levantou rapidamente. Suas crias também foram ao chão. Com Aurion não foi diferente. Malthus sorria de deboche para eles. Lam se enfureceu de vez. Ele partiu com tudo para cima daquele arrogante de merda. A vertigem aumentou. Por um instante todos os dez inimigos ficaram com a pele azul enegrecida. Uma piscada depois e eles voltaram ao normal. Sahur partiu o primeiro guarda-costas ao meio com sua longa espada. Sua arma nunca pareceu tão pesada. Suas crias e Aurion vieram ajudar. Todos eles sentiam suas forças diminuírem pouco a pouco. Um brutamontes afundou a mão no peito de Charles que, desprevenido, voou para longe, batendo a cabeça no chão. O pescoço estalou ao bater numa pedra. Fratura na coluna vertebral. A cria de Sahur não se levantou mais. Desesperado, ele não conseguia sentir nada do pescoço para baixo.

Aurion decepou o braço de um dos filhos de Malthus. Ele nem sentiu. A cria olhou fixo para o vampiro e tentou chutar sua barriga. Clack segurou a perna do atacante e o jogou para o alto, fazendo-o dar uma cambalhota no ar. A espada de Aurion atravessou a barriga do inimigo. A cria de Malthus deu um pulo para trás, tirando a espada das mãos de Aurion. Novamente ele nada sentiu, sorrindo de desdém para Clack.

A cria arrancou a espada e a brandiu na direção de Aurion. Seus olhos brilhavam intensamente num vermelho vivo. Aurion se transformou. Ele partiu para dentro com uma velocidade impressionante. Clack apareceu atrás do filho de Malthus e cravou com vontade suas garras metálicas no intestino daquele debochado. Arrancou suas vísceras e, surpreso, viu que não saiu nenhum sangue. Aquele vampiro estava seco. Como podia estar se mexendo? Aurion sentiu uma forte vertigem e, por muito pouco, não caiu no chão.

O filho de Malthus parecia estar aumentando sua velocidade. Quase que ele conseguia se esquivar de um golpe de espada desferido por Aurion. Foi um corte profundo no peito e novamente não surtiu nenhum efeito. O inimigo surpreendeu Aurion com um soco rápido e pesado na boca do estômago. Desta vez quem sentiu foi Clack. Outro soco na cara, fazendo o vampiro cair no chão vergonhosamente. O inimigo centenário de Malthus resolveu parar de brincar. Seu adversário saltou com a intenção de afundar os joelhos em seu peito. Aurion saltou para trás e cortou a cabeça do vampiro com um movimento rápido da espada. Quando pousou no chão, precisou se apoiar na espada para não cair. O que estava acontecendo?!

Uma reles cria estava lutando de igual para igual com um vampiro bicentenário.

Peter Hosch também estava confuso. Seu adversário estava coberto de cortes, mas parecia estar mais forte a cada segundo. Charles, por outro lado, ainda não tinha se recuperado. Agatha o levantou pela armadura com facilidade. Seus olhos brilhavam intensamente. A criatura apertava seus braços com força. Charles estava indefeso. Por instinto, ele se transformou em dezenas de morcegos, que alçaram voo pelo céu noturno.

Sahur cortou outro guarda-costas ao meio. Arctos avançou para cima dele, mas se esquivou por pouco de sua espada e saiu correndo para encarar o restante dos vampiros gargalhando sadicamente. Lam já estava sem paciência alguma. Com um movimento rápido arrancou a cabeça da cria número um de Sian Malthus por trás. Nada ficaria no seu caminho. O vampiro que ele queria estava ali. Frente a frente. Malthus sacou uma espada. Excelente. Sahur queria uma luta justa. Como se enfrentá-lo fosse justo... Ambos sorriam. Foi neste momento que Wilson agarrou Sahur por trás, abraçando-o fortemente. Lam se desvencilhou a tempo de não tomar uma espadada de Malthus. *Estranho* – pensou Sahur. Não estava se reconhecendo. Ele demorou mais tempo do que queria para se soltar. Outra pequena vertigem. Lam cortou as pernas de Wilson fora como uma lição. Não conseguia entender. Suas forças pareciam estar sendo drenadas. A fome estava aumentando rapidamente. Sahur ficou confuso. Sua fome só apertava quando ele fazia muito esforço, mas até agora ele não tinha empregado nem um décimo do seu poder máximo. Três guarda-costas vinham em sua direção. Seus olhos brilhavam intensamente em brasas, um vermelho vivo. Nenhum vampiro apresentava essa tonalidade. Aquilo não era normal. Suas mãos estavam ficando dormentes. Sahur estava ficando preocupado e acuado. Ele tropeçou e quase caiu. Como aquilo era possível?! Ele, o grande Sahur, sentindo medo de adversários lixos. Seu olhar era de puro ódio. Ele cortou a cabeça de um brutamontes. Lam não mais sentia seus braços. Ele largou a espada sem querer. Droga! Mil vezes droga! Um dos inimigos se aproximou demais e levou um belo chute no estômago. Sahur jogou os cabelos lisos para trás e olhou feio para a comitiva de Malthus. Pegou uma pedra no chão e arremessou contra outra vampira, filha de Sian. Acertou em cheio no rosto. Era como se nada tivesse sido feito. Ela continuava sorrindo. As pernas de Sahur não lhe obedeceram mais e ele caiu no chão. Malthus se aproximava triunfante. Ele fincou sua espada no peito do vampiro com cara de jovem e o agarrou pelo pescoço, levantando-o como se fosse uma pluma. Seus olhos brilhavam como chamas ardentes. Sahur sentia dor pelo corpo inteiro. Suas entranhas pareciam se remoer. A sensação de sua pele sendo arrancada de uma só vez. Seu orgulho estava destroçado. Como aquilo poderia estar acontecendo logo com ele?! Não. Ele esmurrou a cara desdenhosa de Malthus com todas as suas forças. Até uma criança bateria mais forte. Foram suas últimas forças. Sahur desabou no chão. Peter e Aurion também estavam caídos, inconscientes. Desesperado, ele não sabia mais o que fazer.

∽❦∽

 Os vampiros que estavam no meio do campo de batalha não entenderam nada. Os zumbis começaram a ignorá-los. Foi de repente. William ia se preparar para se esquivar de um golpe, quando o zumbi simplesmente lhe virou as costas para atacar um humano. E mais, a massa de mortos-vivos abriu espaço para a livre passagem dos vampiros. Reinald achou aquilo muito estranho. Os humanos continuavam a ser atacados impiedosamente, mas ele não. O vampiro abaixou o machado e correu para o fim do campo de batalha, sendo seguido por William, Richard, James e Mack. Todos eles queriam ver o que estava acontecendo lá do outro lado.

 William já podia ver bem mais de perto a fortaleza de Malthus. Era ali que estava o desgraçado que o manipulou para conseguir o cajado. O jovem vampiro olhou para a torre. Lá estava o novo Senhor da Floresta das Trevas jogando mais um raio no meio da batalha e dizimando alguns humanos e zumbis. William não viu seu inimigo, apenas o raio sendo disparado do alto da torre.

 Richard, por outro lado, estava vendo o que estava acontecendo bem na sua frente. Peter e Aurion estavam caídos no chão. Malthus e os outros vampiros estavam ao redor de

Sahur. Três crias de Sian Malthus e dois brutamontes foram decapitados. Outros dois brutamontes partidos ao meio se arrastavam pelo chão, querendo chegar mais perto de Lam.

Encontrar Sahur derrotado foi um tremendo choque para os outros vampiros. Por um segundo eles ficaram sem ação. Reinald foi o primeiro a se mover para atacar Malthus e seu bando. Ele berrou para os outros vampiros e todos atenderam. Richard estava sorrindo de satisfação por ver tamanha cena de humilhação. Mas mesmo ele sabia da grande importância de Sahur para esta guerra. A trégua teria que continuar. As diferenças seriam esquecidas. William se transformou e se pôs na frente dos demais, abrindo os braços.

– Esperem! – pediu ele ansioso.

– O que foi, garoto? – brigou Reinald. – Não é hora para rixas pessoais! Temos de ajudá-los AGORA!

– NÃO! – berrou William, tão determinado, que fez todos os outros pararem. – NÃO É MALTHUS QUE ESTÁ ALI! SÃO *PREDADORES DE ALMAS*! – Era apenas uma suposição, mas virou certeza quando William sentiu as pontas dos dedos começarem a formigar.

Novamente os vampiros ficaram sem ação. Richard e James tinham relatado o poder daquelas bestas. Se elas absorveram o poder de Sahur, seria praticamente impossível derrotá-las. A não ser que...

– Temos que trabalhar juntos – sugeriu James. – Três grupos de seis vampiros. Cada grupo ataca um único predador. Assim teremos maiores chances de vencer.

Reinald e os demais ficaram impressionados. O plano era simples e bom. Seria posto em prática. Ele, Mack e Richard ficaram em grupos separados e avançaram rapidamente para cima dos predadores de almas. William ficou no meio do caminho. Ele bolou uma outra estratégia e viu algo no chão que lhe chamou a atenção.

Richard não perdeu tempo e decepou a cabeça de Agatha, antes que ela pudesse reagir. E, por muito pouco, ela não conseguiu desviar do golpe. Com os brutamontes cortados ao meio foi fácil lidar. O problema foi os outros. Ainda restava um brutamontes, uma cria de Malthus e o próprio Malthus.

Malthus deu um salto para trás e continuou sugando as energias de Sahur. Reinald direcionou seu grupo para ele, mas não estava dando certo. Aquele predador de almas era o mais forte, pois foi quem mais sugou das energias de Lam. Ele jogou Sahur para longe, perto da ponte, e sacou sua espada. Aparava todos os golpes de seus múltiplos adversários com muita facilidade. Um movimento rápido e ele cortou o braço de um vampiro, que berrou de dor. Outro movimento e a cabeça de outro vampiro rolou.

Os outros dois grupos também estavam tendo trabalho. Mas estavam pouco a pouco conseguindo derrotar as criaturas. Elas não mais usavam o disfarce ilusionista. Apareceram nas suas verdadeiras formas, o que chocou os vampiros de Amyville por alguns breves instantes. A cor azul enegrecida, bocas costuradas, olhos rubros. Era horrendo.

Reinald tentava a todo custo acertar seu machado naquele zumbi azul, mas estava difícil. A cada segundo, suas forças diminuíam. Sentia-se cansado e aquele machado parecia bem mais pesado. Suas mãos já estavam formigando. Os olhos da criatura brilhavam de contentamento. Dois vampiros do seu grupo já tinham caído, sem controle sobre as pernas. Os outros dois estavam no limite. Somente Reinald podia deter aquela criatura. O zumbi cravou a espada profundamente na perna de Galf, que urrou de dor. Um golpe de mestre. Com a perna machucada, a velocidade de Reinald estava prejudicada. A derrota era certa. Mas o destino interveio. Uma flecha varou o ar e acertou a criatura em cheio. Um tiro certeiro no coração, paralisando-a. William sorria de triunfo com a besta de Aurion nas mãos. Sua teoria estava certa. As criaturas ainda tinham pontos fracos vampíricos. Ele decepou a cabeça do predador e o jogou no lago. Os outros grupos, enfim, derrotaram os outros dois predadores de almas. Os vampiros de Amyville estavam aliviados e contentes. Tinham vencido mais um desafio de Malthus. Muitos se sentaram, sentindo o formigamento passar e suas forças voltarem. Cinco deles tiveram membros amputados e precisariam de tempo para voltar a lutar. A fome estava apertada, mas a luta foi rápida e os predadores não sugaram nem metade das forças dos três grupos. Peter e Aurion estavam momentaneamente fora do páreo. Sahur incrivelmente se levantou rápido. Ele nada falava, mas o olhar de ódio dizia tudo. Humilhado mais uma vez.

Os vampiros nem puderam comemorar muito. Um uivo longo e agudo preencheu a noite, vindo da margem distante do lago e fazendo um arrepio percorrer suas espinhas. O chamado do inimigo mais mortal e temido dos vampiros. Um uivo de resposta vindo da margem oposta do lago. O cheiro forte não deixava dúvidas: lobisomens estavam vindo. Do alto da torre, Malthus não pôde conter um sorriso de triunfo. A vitória estava próxima.

―✦―

Os nobres estavam eufóricos. O exército humano estava vencendo. Era verdade que metade dos homens tinha tombado ou estava gravemente ferida, mas a vitória estava quase garantida. Os homens decepavam os últimos zumbis, que ainda teimavam em se mexer. O conde estava muito satisfeito. Enquanto os homens descansariam, as catapultas fariam o trabalho pesado. Com sorte, dentro de uma semana ou duas poderiam invadir o castelo.

Vince farejou o ar para sentir o cheiro da vitória, mas o que sentiu foi mais cheiro de carne em decomposição e sangue coagulado. Na primeira vez pensou que fosse dos zumbis à sua frente. Mas não era. O cheiro estava mais distante. *E vinha de trás.*

Vince chamou sua senhora, que estava descansando em sua tenda, e subiram a pequena elevação. Mais um exército de zumbis atravessava o campo em direção ao castelo. Estavam atravessando os portões da muralha da planície. O topo do muro ainda estava em chamas, mesmo com aquela tempestade toda. Os portões foram fechados. Não queriam que os humanos escapassem.

– Não devia se molhar assim, Srta. Timbrook – aconselhou um barão preocupado com a saúde da formosa dama.

Vince fechou a cara.

– Não se preocupe – disse Lisa, sorrindo por educação. – Já estou acostumada. Nesta ilha chove muito. No momento estou olhando para aquela muralha. Tem uma movimentação estranha ali. Está vendo? – apontou ela.

O barão cerrou os olhos para tentar ver o que estava acontecendo na muralha. Levou um certo tempo para a ficha cair. Seus olhos se arregalaram quando afinal viu o exército de zumbis que se aproximava. Eles já tinham percorrido metade da distância que os separava dos homens. Vinham devagar, silenciosos como um bando de leoas à espreita de antílopes, calculando o melhor momento para atacar. Desta vez seriam os antílopes quem prepararão o contra-ataque.

Mal a batalha acabou e os homens se viram novamente numa emboscada. Henry avaliou o exército inimigo. Deviam ser mais mil zumbis. Os quinhentos homens, que tombaram na primeira batalha, também se levantaram como mortos--vivos e estavam vindo para lutar por Malthus. O conde sabia que os homens estavam cansados. Lutar agora seria suicídio. Mas que escolha tinham? O desânimo tomava conta do ambiente. O medo era o seu fiel escudeiro. Quantos zumbis mais viriam para enfrentá-los?

 O conde de Hereford sacou a espada. Desta vez ele iria lutar. Os outros nobres também entraram na briga. Era uma questão de vida ou morte. Não havia para onde fugir. Henry deu ordens para virarem as catapultas. As pedras começaram a voar. Uma boa estratégia viria a calhar. Cavaleiros corajosos derramaram dez barris de óleo nas terras arenosas da planície entre os dois exércitos. O conde começou a recuar o exército dos homens bem devagar. Assim que os zumbis passaram sobre a terra encharcada, uma saraivada de flechas flamejantes caiu sobre eles. O campo começou a pegar fogo, formando uma muralha ardente e mortal. Vários zumbis foram pegos pelas chamas impiedosas. Enquanto o exército dos mortais recuava, outros cavaleiros derramavam óleo pelo caminho. E novamente uma outra barreira de fogo foi erguida. O óleo acabou. O conde apontou sua lança para a massa de mortos-vivos. Com um grito de bravura, avançou para cima dos zumbis. Os mil homens que ainda podiam lutar avançaram. Lágrimas escorriam pelos rostos sujos e abatidos de muitos dos guerreiros. Era vencer ou morrer. Suas vidas estavam nas mãos de Deus. Que Ele tivesse piedade de suas almas...

⁓⁕⁓

 O cheiro fétido dos lupinos beirava o insuportável. Pela primeira vez nesta batalha, os vampiros sentiram medo. Os lobisomens se alimentavam basicamente de carne de fadas, mas a carne de vampiro fresca era seu prato predileto. Os lupinos tinham um ódio supremo de vampiros e ninguém sabia o porquê. Mas no momento não importava. Os lobisomens estavam se aproximando com uma rapidez impressionante.

Os vampiros ainda se recuperavam do encontro com os predadores de alma. Muitos deles começavam a se perguntar o que estavam fazendo ali. Lutando por uma causa que não era a deles.

Já era possível ver os lobisomens chegando, correndo com as quatro patas no chão. Monstros de pelagem negra e dentes afiados. Uma espuma gosmenta saindo de suas bocas. Garras alongadas e perigosas. Dois metros e meio de altura quando de pé. Corpos troncudos e musculosos. Verdadeiras e temidas máquinas assassinas.

Os vampiros nunca saberiam de onde os monstros surgiram. Malthus usou seu poder sobre as plantas da Floresta das Trevas para aprisionar os dois invasores meses antes, quando eles ousaram vir tentar comer a carne de Sian e seus seguidores. Raízes fortes como aço aprisionaram os pés dos lobisomens e subiram pelos seus corpos. A planta, um arbusto, chamado por Malthus de Planta do Sono Eterno, liberava um gás azul que mantinha sua presa num estado de dormência. Os predadores eram somente para *amaciar* os vampiros. Quando Malthus viu que a derrota de seus zumbis azuis era iminente, libertou os lupinos.

Sahur se adiantou e, junto com Peter, avançou para cima do primeiro lupino. Charles Trevor até então não voltara. Aurion e dois vampiros foram ajudar contra a fera. O restante dos vampiros foi convencido a lutar contra a outra besta. Convencidos porque Sahur cortou as pernas de um vampiro que tentou fugir.

– Idiotas – disse ele com arrogância antes de partir. – Não há o que temer. *Eu estou aqui!* Ficais comigo e sobrevivereis. Tentais fugir e sofrereis as consequências. *Cabeças irão rolar...*

Foi um excelente método de persuasão. As bestas se aproximavam. Era difícil acompanhar os movimentos do lobisomem.

Impossível se defender. Os vampiros se transformaram. Os olhos cintilavam naquela escuridão. Os corações dando batidas curtas e fortes, fazendo o poder fluir como uma correnteza dentro de seus corpos. Um monstro sanguinário chegou, arrancando a dentadas a cabeça de um vampiro e abrindo a barriga de outro com suas garras. O bicho se pôs de pé e arranhou profundamente o rosto de outro vampiro. James acertou sua maça no braço da fera. Nada. Tudo que conseguiu foi enfurecer o lobisomem. Turner só não teve a cabeça cortada porque William pulou na sua barriga, jogando-o no chão bem no momento em que o lupino atacava.

– Obrigado... – agradeceu Turner em choque.

– Não há de quê – disse William, voltando sua atenção para o monstro.

Mack Roberts atirou sua bola com corrente bem no peito do lobisomem, que sentiu desta vez. Sangue grosso e vermelho-escuro vertia, abundante, da ferida. Os olhos âmbar da fera recaíram sobre Roberts. O vampiro paralisou de medo. Dois vampiros entraram na frente. Foram jogados longe, decapitados. O lobisomem era rápido e selvagem demais. Em um segundo abocanhou e arrancou o braço de Mack. E só não matou o vampiro porque William e um outro interferiram. William enfiou sua Etrom Lanif na coxa do animal, enquanto o outro acertou sua maça nas costas dele. A fera urrou de dor e largou o braço decepado de Roberts. E por instinto, virou, acertando suas garras na barriga de Brenauder, que voou longe. O jovem vampiro via tudo em câmera lenta. Sentia sua barriga latejar de dor, enquanto pedaços de seus intestinos voavam para longe. Gotas da sua preciosa reserva de sangue espalhadas para todo lado. A queda foi praticamente indolor, mas William não podia se mexer. Estava tonto demais. Ele não viu Reinald cravar seu machado profundamente na barriga do lobisomem com tamanho ódio como ninguém jamais viu.

Ele largou o machado e correu para ver como William estava. Mais três vampiros tiveram as cabeças decepadas ao tentarem dar o golpe final no lobo. O lobisomem estava muito ferido, era verdade. Mas ainda assim ele seria capaz de matar mais vampiros. James achou que já bastava. Ele puxou um pouco de sangue, armazenado no estômago, para a boca e cuspiu na terra molhada exatamente como Azi-ol disse. Enfiou dois dedos no pulso e deixou seu sangue escorrer sobre a terra.

A terra começou a se aglomerar rapidamente, tomando forma. Uma besta mais horrenda do que o lobisomem nascia da terra. A pele amarronzada e lisa. Lembrava um macaco de pedra. Só que muito mais feio. Dois braços robustos e mais longos do que as pernas. O rabo comprido e flexível, terminado em vários espinhos. Espinhos também encontrados nas costas e nos ombros. O Servo da Terra não tinha orelhas, apenas dois buracos auditivos, um de cada lado da cabeça. Os olhos verdes transmitiam pura maldade. O nariz era achatado e pequenino. Os caninos inferiores tão grandes e afiados que não cabiam na boca, ficando para fora. Ameaçadores. A altura também intimidava; tinha o mesmo tamanho do lobisomem.

James não podia acreditar. Era incrível. Finalmente ele tinha poder de verdade. Poder suficiente para ser respeitado e temido. Restava saber se o Servo da Terra era forte.

– Ataque, meu servo! E me mostre a sua força! – ordenou James, apontando para o lobisomem ferido.

E o Servo obedeceu prontamente ao seu senhor. O monstro de barro era muito melhor do que James podia esperar. O Servo avançou para cima do lobisomem com uma velocidade impressionante. Deu um murro no ombro do lupino, que se partiu com um estalo. O monstro urrou de dor e cortou a cria de James de baixo para cima, sem muito efeito. O Servo não tinha órgãos internos e nem fluidos corporais, como sangue. O lobisomem cortara apenas terra. James foi distraído por um clarão no lugar para onde William foi jogado, mas ele não podia prestar atenção no momento. Era uma verdadeira luta de titãs. Os vampiros feridos e caídos não podiam acreditar no que viam. O Servo levava uma grande vantagem. Ele surrava o lobisomem com um prazer sádico. Exaurido, o lobisomem tombou. Mas o Servo não parou, mesmo com as ordens de James. Ele continuou a surrar o lobisomem e a despedaçá-lo violentamente com as garras e os dentes. Quando terminou, a criatura estava coberta de sangue e pelos. Do lobisomem só sobrou uma massa de carne ensanguentada e disforme espalhada para todo lado. A criatura veio para junto de James e sentou quieta ao seu lado.

James olhou ao seu redor. Sete vampiros foram decapitados. Estavam mortos. Segundo as lendas, vampiros antigos podiam sobreviver a qualquer coisa, mesmo ao fogo ou ao corte de sua cabeça. Somente a luz do sol podia realmente detê-los. Infelizmente os vampiros de Amyville estavam longe desse nível de poder. Somente alguns tinham mais de cem anos de idade.

Os outros cinco vampiros, incluindo Mack Roberts, estavam muito debilitados para continuar no combate. Ele e Richard foram os únicos que sobraram com condições de prosseguir. Reinald tinha ido ajudar seu protegido momentos antes do fim da luta e ver se ele estava bem. James não conseguiu vê-los. Mas tinha certeza de que Galf e Brenauder saberiam se cuidar. Sahur, Aurion e Peter já tinham derrotado o outro lobisomem e estavam agora correndo sobre a ponte para entrar na fortaleza. Os dois vampiros que tentaram ajudá-los acabaram mortos. As trepadeiras tentavam lhes golpear como se fossem chicotes vivos. Alguns ramos tinham a grossura de um braço humano. Era preciso uma grande velocidade para desviar dos golpes e continuar em frente. Peter estava muito ferido com a luta contra o lupino e ainda não tinha se recuperado do encontro com os Predadores de Almas. Sua teimosia em querer continuar lhe custaria caro. Uma trepadeira lhe acertou pelas costas, fazendo-o tombar de cara nos espinhos. Um olho foi perfurado. As trepadeiras não tardaram a se enroscar nele como jiboias esmagando todos os ossos da presa. Peter urrou de dor à medida que os espinhos penetravam na sua carne. Quando Sahur percebeu já era tarde. Um ramo deu três chicotadas no pescoço da sua cria, cortando-lhe a cabeça. Por um segundo, Sahur se distraiu e tomou uma forte chicotada na coxa. Seu ódio era mais forte e bloqueou a dor. Malthus matara sua cria. Mais um crime imperdoável. Sahur cortou vários ramos com sua espada e continuou a invasão, sendo seguido, logo atrás, por Aurion. Eles escalaram os muros rapidamente e subiram na muralha, decepando as cabeças de alguns zumbis, que ainda mantinham a guarda.

Momentos antes do fim da luta com os lobisomens, Reinald viu seu pupilo bater com violência e rolar sobre a neve derretida pela forte chuva. Uma mistura de gelo e lama. William estava caído de barriga para o chão. Trovões continuavam a cair, rugindo como feras selvagens. Reinald sentiu uma súbita e sutil mudança de pressão no ar. Olhou para o alto. Uma grande bola de fogo vinha na sua direção. Ele pegou William e saltou. Bem a tempo. O aprendiz gemeu de dor. Seu corpo regenerava normalmente a ferida aberta pelo lupino. Aquilo ardia muito! Ainda em pleno ar, o jovem vampiro olhou para a torre de onde partiu o ataque. Malthus olhava diretamente para eles, e ao seu lado estava Arctos de Pontis, sorridente como sempre. Ele devia estar adorando aquela carnificina. Monstro. De repente os olhos de William se arregalaram. Não podia acreditar. Arctos estava segurando...

Era o arco de seu pai, Jeremy Stout.

Mas como? Quando Arctos levou William para visitar seu antigo casebre, o arco não estava lá. Aquela arma fora perdida... *durante a revolta*. Meu Deus! O véu nebuloso que encobria a verdade em sua mente caiu. As lembranças inundaram sua mente. Ele finalmente se lembrava de tudo. Seus olhos estavam arregalados.
Fitavam Sian Malthus: seu criador.
– Eu ia te contar... – disse Reinald envergonhado ao perceber o ocorrido.
– Vosmecê sabia?! VOSMECÊ SABIA? – bradou William enfurecido. Mais uma traição.
O jovem vampiro estava desorientado. Era informação demais. Ele viu Malthus e Arctos se recolherem para dentro da torre. Seu olhar ficou perdido na escuridão. Não sabia o que fazer ou o que pensar. A sensação era de que o chão se abrira e o engolira por inteiro, parecia estar caindo e caindo. Uma queda sem fim no vazio de sua alma.
– Você sabia... – murmurou Brenauder.
– Aurion me falou que sentiu o cheiro de Malthus desde a primeira vez em que ele pôs os olhos em ti – revelou Reinald com a voz carregada de culpa. – As crias em geral carregam um tênue cheiro do seu criador, mas só vampiros antigos podem detectar essa pequena nuância. Clack disse que tu não eras confiável, pois eras uma cria do inimigo. Querendo ou não tu servirias como um espião involuntário de Malthus. Por isso, ele exigiu que tu não participasses da reunião antes de partir para cá. Os outros também não, para garantir que tu de nada soubesses. Perdoa-me, Will. Eu sempre confiei em ti e continuo confiando. Não me importa de quem tu sejas cria. Não me importa mesmo. És como um filho para mim, o filho que sempre desejei.
Reinald abria e fechava a boca, mas suas palavras não alcançavam os ouvidos de William. A garganta de Brenauder estava insuportavelmente seca. O jovem vampiro estava num

estado de dar pena. Um estado de choque, quase catatônico. Sua cabeça girava sem parar. Seus sentidos falhavam. As gotas de chuva pareciam paradas em pleno ar. Ele via os clarões dos raios de relance, mas não ouvia o som dos trovões. O mundo ficou completamente silencioso. William nunca se sentiu tão só. Tudo ao seu redor se tornou cinza. Suas pernas tremiam e ele não pôde mais se aguentar de pé, caindo de joelhos numa poça de lama.

William foi arrastado pelas suas lembranças. Ele estava agora em outra batalha. A revolta nas terras do baronete Truman, seu antigo lar. Ele se lembrou do momento em que seu pai fora morto pelo vampiro mais frio que William já conhecera. Malthus largou o camponês moribundo no chão e avançou para ele sem pressa alguma. Matou alguns camponeses que se intrometeram em seu caminho. William estava sem ação. Sabia que aquele cara não era normal. As cicatrizes que tinha na barriga davam calafrios, eram horrendas. O camponês empunhou seu tridente, esperando de prontidão o seu adversário. Ele não podia fugir. A honra dizia que ele devia ficar e vingar a morte de seu pai – ou morrer tentando. William não sabia se sentira medo na hora. Ele não podia conter as lágrimas pela perda de seu pai. Levantou o tridente e avançou para cima do assassino. Sian Malthus parou o ataque, apenas segurando o cabo da arma com a mão nua. A outra estava coberta por uma luva de couro preta. Agora William sabia que era a mão ferida ao tentar segurar o cajado. O camponês tentava soltar sua arma. Um esforço inútil. Malthus arrancou o tridente de suas mãos e acertou a ponta do cabo em seu estômago, fazendo William arquear instintivamente. Sian largou o tridente e empurrou o garoto para o chão com o pé.

– Levanta, verme asqueroso! – ordenou Malthus, dando um chute na barriga de William, que tentava se levantar. – Tu és quem vai pagar!

Ele nada entendeu. O que aquele monstro estava querendo dizer?! Malthus acertou outro chute nas costelas de William, que gritou de dor, caindo de cara no chão. Chutou o garoto para virá-lo de barriga para cima e afundou seu calcanhar na barriga dele, que vomitou sangue e saliva. Hemorragia interna. William sangrava por dentro. Sian pisou em seu braço esquerdo, que estalou com força. Tinha acabado de fraturar o pulso. William berrou ainda mais alto de dor. O vampiro levantou-o pela camisa e socou novamente a sua barriga. Lágrimas escorriam pelo rosto jovem do camponês. Sabia que iria morrer e não lhe restava mais força para resistir. Será que Deus permitiria que este assassino saísse impune? Malthus socou o rosto do camponês, bem no olho esquerdo. William sentia o rosto latejar. Sian sacou a espada e encostou a ponta da lâmina na barriga do camponês.

– Onde ficam as antigas terras dos Dansh? – perguntou ele num sibilo frio com o rosto bem próximo da face de William.

A resposta de William foi um cuspe na cara de Malthus. O vampiro fincou o olhar em William e lentamente penetrou a espada no estômago da vítima. Sangue em abundância jorrava do ferimento aberto, manchando rapidamente a sua roupa pobre e rasgada. Escorria pela lâmina e caía sobre as botas dele. O vampiro de olhar cinzento puxou a espada, livrando sua lâmina daquele traste. Um baque seco. William caiu de costas no chão. Um fio de sangue escorria pela sua boca. Malthus se aproximou de novo e agachou do seu lado.

– Tua mente é forte – disse Malthus. – Mas não importa. Vais morrer aí como um verme que és. Tenho a tua família para visitar.

– N... nã... não...! – disse com dificuldades William. – Mal...dito!

Mas Malthus já estava caminhando na direção das terras concedidas para a família de William.

– ...N ...não! – exclamou o jovem com raiva, se pondo de pé com todas as suas forças.

Ele pressionava o ferimento com a mão boa, enquanto seus olhos varriam todo o campo de batalha em busca de algo que pudesse ajudar. Nada. Só via os cavaleiros massacrando os camponeses. Um pangaré de pelo cinzento estava vagando à solta pelo campo, assustado com a batalha. Seu dono, um camponês vizinho e amigo da família, estava pendurado nas rédeas. O corpo perfurado por cinco flechas. William segurou as rédeas. O cavalo não queria parar. O tranco fez as suas feridas doerem ainda mais, mas ele aguentou e, com dificuldades, acalmou o bicho, acariciando seu focinho peludo. Alazão era como o antigo dono o chamava, sendo o pangaré o xodó da família. Ele soltou o camponês morto, deixando-o cair no chão, pois não tinha tempo para cuidar dos mortos agora, era sua obrigação cuidar da família. William lutava para não desmaiar. Se perdesse a consciência, cairia com certeza no sono dos mortos. Ele deitou em cima do cavalo e, enrolando as rédeas no braço quebrado, partiu. As correias presas o mantinham sentado. Alazão não precisava de guia; ele sabia o caminho de casa. Várias vezes durante o percurso, ele sentiu seus olhos se fecharem. O olho esquerdo estava inchado e roxo. Seu corpo estava fraco. A morte era só uma questão de tempo. Ele avistou sua casa ao longe e desviou Alazão do caminho que ele estava acostumado a fazer. A porta de seu casebre estava arrombada, deixando sair a luz da fogueira, que eles acendiam no meio da casa para se aquecerem. Gritos histéricos preenchiam o ar. Uma mulher gritava de pavor.

Era sua mãe que estava gritando.

William quase caiu de Alazão. Suas pernas arquearam quando ele tocou o chão. O jovem camponês agonizando, lutava para se manter de pé e continuar a andar. Cada passo preenchido por uma onda de dor. Ele entrou em casa o mais rápido que pôde. Horror. As paredes estavam pintadas de sangue fresco. Os quatro irmãos mais novos caídos no chão. Mortos. Malthus fatiou também todos os animais da casa com sua espada. Pedaços de víscera estavam espalhados pelo chão. Dois irmãos estavam com as traqueias esmagadas. O pescoço dos outros dois estavam numa posição estranha. Quebrados. Todos tiveram os braços e as pernas arrancados antes de morrerem. Eram todos apenas crianças e jovens, e estavam mortos agora. Sua irmã estava no chão. Aparentemente ela ainda vivia, embora respirasse com dificuldade. Era a única que estava ilesa. Sua mãe estava nas mãos de Malthus. Sian estava sorvendo o sangue de sua vítima bem devagar. Olhava William com aqueles olhos sombrios, brilhando sobrenaturalmente cheios de um prazer sádico. Um azul-celeste como uma safira. Sian tirou os caninos do pescoço de sua mãe, que gemeu baixinho. Ainda olhando para William, Malthus enlaçou o pescoço da mulher ensanguentado com seus dedos gélidos e apertou. A camponesa estava fraca demais para resistir. Morreu em poucos segundos. Ela olhou nos olhos de o filho antes de seu pescoço estalar.

– Eu vi na sua mente que conheces o brasão da família Dansh. Vou perguntar mais uma vez: onde estão as terras?

William não escutava o que o vampiro dizia. Ele se esqueceu de toda a dor que o assolava. Seu espírito era somente ódio. Ele não sabia como reunira forças, mas partiu para cima de Malthus. O vampiro foi surpreendido com a investida furiosa de William. O camponês enfiou uma faca no ombro de Malthus, que largou a espada. A arma rolou para debaixo da mesa. O vampiro enfiou a mão enluvada no ferimento aberto de William, que sentiu suas forças irem embora de vez. Ele arqueou o corpo em cima de Malthus, que o segurou pelo ombro. Recebeu uma série de socos na barriga. Sangue e saliva escorrendo abundante de sua boca. O jovem caiu no chão coberto de palha de sua casa. Sangue começava a inundar seus pulmões, ficando cada vez mais difícil respirar. William abriu o olho direito e viu os olhos sem vida de sua mãe.

– Não vim de tão longe para perder meu tempo, verme – sibilou Malthus com raiva, segurando a testa de William. – Mostra-me onde estão as terras!

William sentiu várias pontadas perfurando seu crânio. Ele gritou de dor, mas nada disse.

– És resistente, verme inútil – observou Malthus, levantando William. – E me surpreendeste com aquele ataque suicida, não é sempre que isso acontece. Deves estar desejando a morte, não é mesmo? Não permitirei que isto acabe. Ainda não chegou tua hora – disse o vampiro friamente. – Não, ainda não. Mereces viver... Viver eternamente. Esta desgraça não é nada, teu insignificante. Se conseguires sobreviver eu prometo que vou tornar tua vida um inferno na Terra, tu vais implorar para morrer. Ah, vais... Mas não te preocupes. Não irás te lembrar de nada. Bloquearei estas lembranças de tua mente. Um presente para te lembrares melhor do que quero saber.

Malthus cravou os caninos afiados no pulso fraturado de William, mas o camponês já não sentia mais dor. Sua vida estava por um fio. Sentia o frio da morte enlaçando-o. Tudo estava ficando escuro. De repente, um calor infernal tomou conta das veias de William. Parecia que ácido corria por ali. Sentia o corpo ser corroído por dentro. Ouvia seu coração desacelerar. Batidas lentas. Ele não podia morrer. O camponês viu o rosto de Malthus. O vampiro gargalhava de prazer. Uma risada fria e sinistra ecoando nos ouvidos. Seu coração se preencheu de ódio. Raiva por ter sido torturado lentamente para o prazer do monstro. Raiva por ter assistido ao assassinato de seu pai, mãe e irmãos sem nada poder fazer para impedir.

Um ódio tão forte que quebrava todas as amarras da moral e da consciência de um homem. Um ódio assassino, um fortíssimo desejo de vingança. Uma fúria selvagem que o levaria a enfrentar o inferno se fosse preciso para ir atrás de Malthus. William arregalou os olhos. Que pensamentos eram aqueles? Como podia desejar cometer atrocidades para deter um maldito assassino? Ele se rebaixaria ao nível dele para se vingar?

Sim! – veio a resposta de algum lugar de sua mente com uma voz carregada de ódio.

Meu Deus! William voltou a si por um breve instante. Aquele não era ele. Sentiu muito medo do que podia se tornar. Esses pensamentos cheios de ódio deviam estar soterrados no lado mais obscuro do seu coração, de onde nunca deveriam ter saído. Um monstro. William temeu esses pensamentos pecaminosos. Assassinato premeditado. Tortura. Essas ideias não lhe saíam da cabeça.

Chega! – pensou o camponês encolhido. A voz do medo dominava desta vez e foi mais forte do que o ódio.

William lembrou de ter acordado deitado no chão de um casebre qualquer. Sentia um frio danado. Quanto tempo dormira? Moscas zumbiam ao seu ouvido. O cheiro de morte infestava o ar. Estava faminto. Uma fome como ele nunca sentira antes. Quando deu por si estava abrindo o caldeirão e abocanhando um grande pedaço de pão negro e arenoso. A comida desceu arranhando a garganta e voltou assim que bateu no estômago. William teimou e comeu mais um pedaço. Desta vez vomitou sangue. Ele levantou rapidamente e limpou o sangue da boca com as costas da mão, sem perceber que seu braço fraturado já estava bem melhor. O osso já estava quase curado. Só dava para ver um corte profundo e sem sangue. Ele saiu cambaleando do casebre. Ficou horrorizado ao ver o campo amontoado de cadáveres. O que tinha acontecido por ali? Ele gritou de horror.

Uma amiga da família, esposa do dono de Alazão, veio ver se estava tudo bem com os amigos. O berro de William a fez vir preocupada em sua direção.

Ao avistá-la, William sentiu seu corpo se aquecer. Seus caninos se alongaram e seus olhos assumiram a coloração âmbar sangue, brilhando sinistros.

– O que está acontecendo aqui, William? – perguntou ela assustada.

William virou-se para ela, que deu um berro de pavor ao ver no que o jovem camponês tinha se transformado. O corpo daquela mulher emanava tanto calor. O calor da vida.

– Mary?! – exclamou ele confuso. – O que está acontecendo?!

A mulher ia fugir, mas William apareceu na sua frente num piscar de olhos, bloqueando a porta. Mary sentiu sua voz sumir. Ela não conseguia gritar. O olhar de William sobre ela era amedrontador. William Brenauder só se lembrava de *flashes*. Ele cravou os caninos no pescoço da mulher naquela artéria quente e cheia de vida. William das Trevas assumira o controle e cuidou de sua sobrevivência naqueles dias. Ele não sabia quem era, nem por que vivia. Era apenas um animal selvagem e irracional. Mas seu lado humano impedia que William das Trevas se alimentasse novamente do sangue de pobres mortais. Uma crise de identidade avassaladora. Ele lembrava de ter se alimentado de sangue de animais, que embora saciassem sua fome, não eram suficientes para sustentar seu vício maldito. Lembrava de ter vagado por noites sem rumo, se escondendo do olhar do sol durante o dia. O choro de um bebê cortando a noite o fez se lembrar de quem era. O choro que lhe resgatou completamente de humanidade, soterrando William das Trevas na profundeza da mente. Quando despertou estava no chão. Ele se levantou devagar e na sua frente estava Arctos...

Um novo clarão e William se viu de joelhos no meio da Floresta das Trevas. Ele jogou os cabelos para trás. A chuva castigando seu corpo. Reinald ainda falava, mas o jovem não queria entender. Lágrimas de sangue vertiam de seus olhos, escorrendo pelo rosto e se misturando com a poça de lama onde se encontrava. Ele finalmente se lembrava de tudo e um grito mudo de horror e ódio saiu de suas entranhas.

Um homem alto estava à sua frente o tempo todo e só agora ele havia percebido. Levantou os olhos até encontrar os daquele ser. William das Trevas estava ali. Aqueles olhos vermelhos sobre um fundo completamente negro. Mas não havia nem ódio, nem piedade em seu olhar. Tinha apenas... compreensão. Não era o monstro com quem ele tinha sonhado meses antes na floresta. Era ele. Finalmente tudo se tornava claro. William das Trevas e William Brenauder eram um só. Um mesmo ideal: vingar a família. O bom e o mau se entreolhavam em silêncio. Os olhares diziam tudo o que tinha para se compreender. William das Trevas estendeu sua mão para ajudar Brenauder. Um pacto estava sendo proposto. O camponês sorriu. Era inevitável. Por mais que tivesse tentado fugir, seu destino o conduzira a esse desfecho. Ele estendeu a mão para William das Trevas, que sorriu amavelmente de volta para o seu *alter ego*. O lado negro assumiu um lugar no coração do camponês. Seria como das Trevas quisesse. Sentia toda a bondade abandonar o seu coração. Brenauder e das Trevas se mesclando em um novo ser. A luz da esperança se apagando à medida que o coração de William petrificava. Os caninos afiados brotaram; seus olhos assumiram a tonalidade âmbar sangue. Sua transformação estava finalmente completa. Não era nem William das Trevas, nem William Brenauder. Ele olhou para a tatuagem em seu braço. Sorriu. Ele era William, A Besta.

A chuva voltou a castigar seu rosto. William se levantou da poça de lama e neve. Estava encharcado. Olhou para a torre onde estava Malthus. Nada. Seu olhar era frio. O rosto não tinha expressão nenhuma, apenas uma serenidade inquietante. Reinald observava intrigado para seu pupilo. *A transformação estava completa.* Isso só acontecia quando William das Trevas assumia.

William, A Besta, começou a andar, olhando para a entrada da fortaleza. Era hora de acertar as contas. Ele evitava a todo custo olhar para Reinald. O mestre se pôs na sua frente.

– Sai da frente – pediu William com calma.

– Não! – respondeu Reinald de braços abertos. William ainda desviava o olhar.

– Sai da frente – tornou a pedir, desta vez com um pouco de raiva mesclado na voz. Seus punhos se fecharam com força.

Reinald meneou a cabeça negativamente. Ele não permitiria que seu protegido perdesse a razão.

– William, pense – implorou Reinald. – Tu terás tua vingança contra Malthus. Não trilha o caminho do ódio. O que foi que eu te ensinei? Este mal vai te corroer a alma!

William não queria escutar. Ele usou sua velocidade para se desviar de Galf, mas este o segurou pelo braço. Aquilo foi demais. Traidor. Galf sabia o tempo todo e não lhe contara. Como queria dar agora uma lição de moral? William cerrou os dentes e virou para Reinald com uma flecha da besta de Clack na mão, pronta para o golpe certeiro. Reinald, pego de surpresa, caiu no chão com o coração perfurado pela madeira.

– É tarde demais, traidor! – sibilou William raivoso. – Por que não me contou nada? Ahn?! Queria que eu fosse teu cãozinho fiel para sempre?! Idiota. Vosmecê não serve mais para mim – ele sacou a Etrom Lanif calmamente. – Na verdade serve, sim. Mas não vivo – disse William, sorrindo maldosamente e levantando a espada.

A espada desceu ligeira. O olhar mesclado de surpresa e medo de Reinald fitando seus olhos âmbar sangue. No último instante, William fechou os olhos. Seus lábios tremeram. Uma pequena chama de remorso, logo apagada. A cabeça de Reinald voou para longe. William guardou a espada e fitou o corpo morto de seu mestre com uma expressão séria. Um instante depois voltou a sorrir.

– AZI-OL! – berrou William, A Besta, cortando o peito de Reinald e arrancando seu coração com as mãos nuas. – Onde está o poder que me prometeu?

– Calma, Will! Aqui estou eu para cumprir o combinado – respondeu a fada, materializando-se na sua frente. – Sugue todo o sangue deste coração.

William cravou os caninos no órgão do seu ex-mestre e sugou o líquido vermelho. Era um sangue delicioso. O jovem vampiro apertou o coração como se fosse uma esponja até sugar a última gota.

– Coma o coração. É nele que está escondido o verdadeiro poder de um vampiro – revelou Azi-ol.

E William obedeceu. Aquela era a solução perfeita. Se a cria não podia derrotar seu criador, então esse obstáculo precisaria ser superado com um aumento súbito de força. Poder. William abocanhava grandes nacos de carne. Seu rosto estava completamente sujo de sangue. Comeu até lamber os dedos.

– Não sinto nada de mais – disse ele, olhando sério para Azi-ol.

– *Nada mesmo?* – perguntou ela com ironia.

– Estou dizen... – não pôde completar. Seu estômago parecia estar sendo corroído por dentro.

– Não vomite – avisou Azi-ol. – Se quer o poder, aguente firme.

William tapou a boca com as mãos para impedir o vômito iminente. Forçou tudo de volta para o estômago. Ele nunca sentiu tamanha dor. Toda a dor sofrida no passado era nada frente à essa. William preferia a companhia dos Predadores de Almas. Cada nervo sensitivo do corpo estava latejando de dor. William berrava, encolhido no chão como um bebê. Era como se tivesse sendo de novo transformado num vampiro, só que com um sofrimento quinze vezes maior. Sua cabeça parecia que ia explodir.

– O... que... es... tá... aaa... con... tecendo? – perguntou ele cerrando os dentes.

– É o poder começando a fluir. Não vai demorar, mas para vosmecê vai parecer uma eternidade. Pode ser que seu corpo não resista a tamanho poder e se desintegre. Terá que lutar para viver – disse ela, se deliciando com o sofrimento do vampiro.

William olhou com muito ódio para a fada.

– O que foi, Will? Não me olhe assim – pediu a fada, fazendo beicinho. – É o preço a se pagar. Sua vida depende só de vosmecê – disse ela se desmaterializando. – Se desistir, morre. Huh! Huh! Huh!

William ficou se contorcendo de dor por um tempo, para ele, infinito. Seu coração começou a bater acelerado, bombando todo o sangue de sua reserva por todo o seu corpo. As veias estouravam com toda aquela pressão, fazendo o sangue vazar pela pele. O vampiro cerrou os punhos e ficou de quatro no chão, tentando se levantar. A dor o fazia desejar a morte. Ele apertava os dentes com força para não gritar. Se lembrou do seu maior objetivo. Não morreria antes de cumpri-lo.

– SAIA DO MEU CORPO, DOR MALDITA! – berrou William impaciente, se levantando num salto só.

E como se por encanto, a dor cessara completamente. Vencera o desafio afinal. William sentia um grande poder percorrendo seu corpo. Um poder capaz de derrotar qualquer inimigo. Gargalhou de felicidade. Parou de rir ao olhar o corpo inerte de Reinald, que se desfazia em pó, sendo levado para o esquecimento pelo vento furioso da tempestade. Seu coração estava vazio de sentimentos, não havia lugar para arrependimentos. A vingança era o que importava. Hora do acerto final.

CAPÍTULO TRINTA E UM

Richard Blane e James Turner olharam para a fortaleza. James mandou seu Servo da Terra na frente para cuidar das trepadeiras chicoteadoras e arrebentar o portão principal. Os arqueiros zumbis ainda tentaram alvejar a fera com suas flechas para detê-la, mas o bicho continuava indiferente e prosseguia com sua missão. Seu corpo estava cheio de cortes profundos, mas e daí? Os dois vampiros aproveitaram a oportunidade: correram a toda a velocidade e passaram pelo portão arrombado.

Estavam no pátio da fortaleza. Por incrível que pareça, havia vida normal naquele lugar. Chiqueiros, currais para ovelhas e galinhas. Um belíssimo pomar cheio de amoreiras, macieiras, pereiras, morangueiros, meloeiros, olivas e vinhas. Tudo muito bem cuidado. Um apiário fornecia mel fresco. Grandes barris se amontoavam num canto, debaixo de uma tenda, perto de onde ficavam as carruagens de viagem. Ouviam ao longe um curral cheio de cavalos relinchando. Uma área coberta destinada à ferraria com o forno a lenha apagado e objetos de trabalho espalhados pela mesa. Mas não havia ninguém ali para defender o castelo. Alguns zumbis estavam despedaçados. A porta de entrada da fortaleza estava quebrada. Sahur e Aurion deviam estar muito adiantados. Nem sinal dos dois.

O castelo em si era muito luxuoso por dentro. Estavam em uma grande antessala. O Servo não saía do lado de James, olhando desconfiado para todos os lados. Estátuas de mármore enfeitavam o ambiente, assim como as coloridas tapeçarias que cobriam as paredes. Richard reparou que o castelo, apesar da aparência de novo, era muito, mas muito velho. Muitas colunas de sustentação eram de madeira maciça, como carvalho. Várias vigas no teto estavam tomadas por trepadeiras e finas raízes de plantas. Parecia que os vegetais estavam sustentando o teto.

Três longos caminhos a seguir. Ficaram olhando para os corredores, desorientados. Richard farejou o ar, captando o cheiro de Sahur.

– Para cá – avisou ele, seguindo pelo corredor da esquerda.

E para lá seguiram. Corriam com todas as forças, mas a fome estava apertando. Como seria bom um pouco de sangue agora... A fortaleza estava muito escura. Vez ou outra encontravam uma tocha acesa pendurada na parede. Mais trepadeiras e raízes tomando conta de parte da parede, chão e teto. Os dois vampiros ainda mantinham a transformação. Era mais fácil de se guiar na escuridão. Eles escutaram ruídos distantes. Passaram a ignorar os cômodos ao longo do caminho, se guiando pelo som. Uma bifurcação no caminho. Farejaram o ar e prosseguiram. Os corredores eram repletos de mais tapeçarias. Um carpete azul-escuro cobria a maior parte do chão. Estava velho, mas muito bem limpo. Alguns trechos estavam rasgados, revelando uma superfície recoberta de longas tábuas de madeira.

Virando uma curva, os vampiros deram de cara para uma escada que levava ao segundo andar. O lugar estava um pouco bagunçado. Suportes de madeira caídos no chão; alguns quebrados. Pedaços de estátuas de barro espalhadas pelo cômodo.

Um vampiro, cria de Malthus, estava jogado no chão com o rosto todo arrebentado de tanta porrada e um pedaço de madeira cravado no peito. A dupla pulou o vampiro imobilizado e prosseguiu. Continuaram seguindo o cheiro de Sahur. No meio do corredor, outra cria de Malthus empalada. Desta vez uma mulher, e havia apanhado igual ao outro. Fratura exposta nos dois braços e ombro direito deslocado. Continuaram a correr pelo corredor. Os ruídos vinham do andar de cima. Mais alguns minutos e chegaram à escada de acesso ao terceiro andar. Mais um vampiro empalado e desfigurado pelo meio dos degraus. Richard e James continuaram a correr. Ouviam o som abafado das quedas dos trovões lá fora. Não conseguiam ouvir mais os ruídos no terceiro andar. Nada. O cheiro de Sahur e Clack acabou levando os dois vampiros para uma biblioteca. Fileiras de estantes repletas de livros com capas de couro pretas, vermelhas e marrons. O lugar cheirava a mofo. Richard estranhou o cheiro. Não estavam sozinhos.

– Podeis sair – avisou Richard.

Dois vultos saíram calmamente de trás das estantes. Um homem e uma mulher. Wilson e Agatha. Mais crias de Malthus. Era muito estranho eles ainda estarem inteiros. Wilson vestia uma calça marrom e uma camisa de mangas compridas. Agatha vestia um longo e justo vestido verde-escuro com um decote bem generoso e botas de couro feitas especialmente para ela. Duas belíssimas luvas de couro negras cobriam suas delicadas mãos. Um homem comum ficaria hipnotizado com a beleza estonteante daquela criatura. Um verdadeiro contraste a Richard e James sujos de sangue e terra e com as roupas rasgadas de batalha.

– Olá – cumprimentou Agatha com um belo sorriso enfeitando o rosto.

– Onde estão Sahur e Aurion? – perguntou Richard seco.

— Eles já passaram por aqui – respondeu Wilson com sua voz esganiçada de rato. – A essa hora os nossos mestres já devem estar cuidando deles lá na torre.

— Ótimo – disse James. – Então estamos indo.

— É claro que não, meu querido – avisou Agatha. – Nossos mestres não querem ser incomodados. Moscas demais atrapalham a concentração.

— E como pretende nos impedir? – perguntou James ironicamente, dando uns tapinhas nas costas do seu Servo da Terra.

— Quanta injustiça... Três contra dois.

Richard sacou a espada e deu um passo à frente. Ele olhou severo para James.

— Não quero a interferência desta coisa na minha luta – avisou em seco. – Vou cuidar desta mulher.

— Não me subestimes – disse ela confiante e orgulhosa. – Sou filha do todo-poderoso Sian Malthus. Nem me comparo a Wilson, que é cria de Arctos de Pontis.

Wilson fez uma careta de desdém para ela. Não gostou nem um pouco do comentário. Richard não pôde deixar de conter um sorriso.

— Como és presunçosa, moça! Não importa quem seja teu mestre, todo vampiro novato é fraco – corrigiu ele.

— Acho que vos me... tu já viste meu irmão Brenauder lutando, não é mesmo? É claro, tu estavas lá tomando uma surra. O meu poder é praticamente o mesmo do meu irmão bastardo!

James ficou temeroso. Brenauder não era um adversário fácil de ser vencido. Richard ficou pensativo. A qual luta ela estava se referindo? Nunca a vira antes. Seria *aquela*? Mas ninguém viu.

— A luta contra Poshen – concluiu Richard afinal. – Tu estavas lá...

– Sim, eu estava – disse Agatha com um sorriso de uma criança que acabara de cumprir sua lição de casa. – Eu e Arctos seguimos todos os passos de William. Para garantir que só o mestre pudesse lhe tirar a vida. Nós até salvamos a vida dele das mãos daquele caçador da espada santa.

– Já disse que vou cuidar de ti, moça. E não terei pena só porque tu és uma mulher – avisou Blane, pondo a Etrom Areves em posição de ataque.

– É bom mesmo – disse ela desdenhosa, sacando sua espada e se transformando. – Não quero que fiques choramingando depois que perderes porque não quiseste usar todas as tuas forças.

Agatha não estava brincando quando se comparou a William. A vampira de olhos de mel lutava muito bem. As espadas se encontravam violentamente. Enquanto isso, James e Wilson se encaravam. Aquele vampiro nada lembrava o antigo Wilson quando a covardia lhe vestia como uma camisa de força. Ele olhava desconfiado para Turner.

– E então? – perguntou ele esbugalhando ainda mais os grandes olhos.

– Não se preocupe – disse James, fitando o seu fiel servo. – A minha criatura não vai interferir. Quero vencer lutando limpo.

Wilson deu uma pequena gargalhada insana e avançou para James com seu machado em punho. O filho de Arctos também queria muito se testar. Ele perdera completamente o medo da morte. Ao contrário, aprendeu até mesmo a apreciá-la como o seu respeitado mestre carniceiro. Um dia seu nome seria lembrado com respeito e temor. Wilson gargalhou novamente. A luta seguia sem definição para nenhum dos lados. Até que James abriu a guarda por um instante e levou um corte profundo na garganta com uma faca, que Wilson desonestamente sacou da manga. Turner ficou furioso. O ferimento ardia muito. Imóvel como uma porta estava seu Servo, olhando para a luta. James ordenou que ele atacasse seu inimigo, mas tudo o que saiu de sua boca foi um grunhido rouco e incompreensível. Suas cordas vocais foram cortadas. Maldito! Possesso de ódio, Turner voou para cima de Wilson. Iria decepar as mãos daquele trapaceiro. Mas não foi isso o que aconteceu. Wilson, apesar da pouca idade vampírica, era igual em força do que James, que tinha apenas cinquenta anos de existência – um novato praticamente. Richard olhava de rabo de olho, preocupado com o desempenho daquela luta. Ele sorriu para Agatha.

– Está muito divertido... Lutas melhor do que muito marmanjo por aí – ele suspirou. – Uma noite contigo seria inesquecível, tenho absoluta certeza. Mas vou te dizer por que vais perder esta luta...

– Tu és muito arrogante, Blane – respondeu Agatha séria. – E muito debochado também. Tu não me vencerás assim tão fácil.

– Vou, sim. Mas antes gostaria de saber teu nome, já que conheces o meu...

– Agatha Amurb. Guarda este nome, vampiro. Assim tu saberás a quem odiar no inferno.

Richard deu um pulo para trás, se afastando de Agatha. Os dois se entreolhavam em silêncio, cada um tentando prever o próximo movimento do adversário. Richard começou a rir de ironia. Aquilo foi o estopim. A vampira ficou furiosa e avançou. *Perfeito* – pensou Richard satisfeito. Agatha foi pega de surpresa num golpe de baixo para cima da espada de Blane, fazendo-a perder sua espada. Richard não perdeu tempo e chutou a barriga da vampira, que arqueou de dor. Um giro e ele acertou o cotovelo no rosto dela, lançando-a contra uma estante. As prateleiras se quebraram com o impacto. Vários livros choveram na cabeça de Agatha. Ela ainda estava tonta, caída no chão, quando sentiu um movimento estranho no ar. A pesada estante tombou em cima dela com um estrondo forte. Nem deu tempo de gritar.

– Minha espada é muito superior à tua – revelou Blane. – E luto há mais tempo do que tu. Alguém andou te ensinando errado, minha cara. Por mais que Malthus seja poderoso qualquer vampiro com menos de cem anos de idade têm o mesmo nível de poder. William realmente é uma exceção, mas não é o teu caso.

Richard virou para ver como estava se saindo James. Nada bem. Wilson estava levando grande vantagem. Turner estava com as tripas penduradas por causa de dois profundos cortes. A maça foi jogada longe. Ele estava desesperado por saber que sua derrota era certa e por não poder chamar pelo Servo da Terra. A criatura observava tudo imóvel, nutrindo um grande ódio pelo algoz do seu mestre, mas nada podia fazer sem as ordens. James estava sentindo a fome corroer suas entranhas. Precisava urgente de sangue. Suas forças estavam praticamente no fim. Exaurido, ele virou presa fácil para Wilson.

A cria de Arctos largou o machado. Ele se divertia, espancando o pobre vampiro. Mas, quando ouviu a estante cair, rapidamente se virou para Richard, que avançou para cima dele, aproveitando o momento de distração. Wilson pulou para a parede, onde ficou grudado como uma lagartixa. Ele subiu rapidamente para o teto, ficando longe do alcance da espada de Richard e se escondendo onde a vista do inimigo não enxergava.

Cansado demais, James caiu sentado no chão, apoiando as costas na parede. Richard ouviu um barulho estranho, e quando percebeu era um pouco tarde. A fileira de estantes à sua frente estava caindo como se fosse uma fileira de dominós alinhados. Blane mal teve tempo de pular para o lado e escapar, mas infelizmente James não conseguiu. Pobre coitado.

Blane se repreendeu por pensar assim. Não era hora de pensar em fracassos. James ainda estava vivo, assim como Agatha. Ele devia se preocupar com Wilson. O filho de Arctos continuava escondido.

 Um pesado bloco de pedra maciça caiu lá do alto, fazendo um estrago danado no chão de madeira, mas Richard conseguiu desviar a tempo, rolando para o lado. Assim que se levantou, ele viu um vulto caindo do teto com um machado acima da cabeça, seguro bem firme por duas mãos magras. Wilson estava apostando tudo nesse golpe. Utilizando toda a sua velocidade, Blane saltou com sua Etrom Areves. Wilson abriu um largo sorriso. Aquela espadinha velha e pequenina não seria capaz de suportar o corte afiado do seu machado de guerra. Um forte som metálico ecoou pela biblioteca, fazendo algumas traças saírem voando. Os dois vampiros pousaram suavemente no chão, um de costas para o outro. Wilson ainda sorria, enquanto Blane mantinha o semblante carrancudo. Um corte profundo no peito, trincando uma costela; por pouco não acertou o ombro de Richard.

 – Deu sorte, Blane – disse Wilson.

 Em silêncio, Blane se virou para o adversário, que o chamou para a luta. Ele começou a correr em direção a Wilson, que levantou o machado, pronto para o golpe de misericórdia. Desta vez conseguiria partir Richard em dois. Não conseguiu. Machado e espada se encontraram. Músculos retraídos. Alta pressão de ambos os lados. Ninguém cedia. Quem se mexesse perderia.

 – Desista, idiota! Esta porcaria de espada não vai aguentar a pressão – provocou Wilson confiante.

 – O único idiota que vejo aqui está na minha frente, convencido. Dei sorte na última vez porque acertei o teu machado, anulei teu golpe e trinquei tua arma. Nem em cem anos serias capaz de me superar.

– O quê?! – exclamou Wilson.

O sorriso desapareceu. Seu inimigo dissera a verdade. Ele percebeu uma rachadura no meio da lâmina, exatamente o ponto onde Richard pressionava sua Etrom Areves.

– Adeus – disse Richard, quebrando o machado e cortando o abdômen e os braços do seu adversário.

Wilson tombou. Blane cravou o cabo do machado no peito do seu indefeso oponente. Em seguida, ele juntou suas forças para virar uma estante. Estava certo: James iria sobreviver. Ele tentou balbuciar algumas palavras de agradecimento, mas sua garganta ainda estava debilitada. Richard, indiferente, socou a estante onde Agatha estava até abrir um buraco por onde sua mão pudesse passar. Ele puxou a vampira com violência, arrebentando o móvel no caminho. Ela gemeu. Sua roupa estava toda rasgada, deixando duas belas coxas à mostra e uma barriga de fazer inveja. Um ombro de Agatha estava deslocado. A estante caiu bem em cima de suas pernas na altura do joelho, reduzindo as patelas a pó. Richard levantou a vampira e a levou até James. O vampiro caído cravou seus caninos no pescoço de Agatha. Ela relutou, mas Richard a estava segurando firme. Demorou um pouco, mas logo o sangue correu por suas veias inativas e banhou a língua sedenta de James. Richard aproveitou e sugou também um pouco de sangue. Quebrou uma prateleira com o joelho e transpassou o belo seio esquerdo de Agatha. Só restavam agora Malthus e Arctos para a guerra acabar. Richard deixou James de lado. Logo, logo ele estaria bem. Qualquer perigo, ele tinha o Servo ao seu lado. Seguiria sozinho. Sentiu um arrepio percorrer o corpo. Foi por isso que ele ajudou James. Se tudo desse errado, o Servo poderia ser útil para encobrir a fuga. Richard pouco se importava com heroísmos.

Ele se apressou. A surra que tomou de Malthus ainda doía no orgulho. Rezava para que Sahur não tivesse destroçado o senhor da Floresta das Trevas.

Sem dificuldade alguma, Sahur empalou três crias de Malthus durante o percurso dentro da fortaleza. Ele e Aurion se apressaram em alcançar a torre onde o verdadeiro inimigo estava. Sahur também se guiava pelo cheiro e pelo som. Ele ignorou os dois vampiros que estavam escondidos na biblioteca. Perda de tempo parar para surrá-los. Se os dois saíram do caminho é porque sabiam o que os esperava se resolvessem enfrentá-lo. Espertos.

Sahur e Aurion seguiam a toda a velocidade. Passaram por mais corredores. O cheiro de Malthus se confundia naquele lugar, até que sentiram uma brisa fresca bater em seus rostos. Não tinha janelas abertas. Um vento encanado vindo da torre; só podia ser. Chegaram a uma porta reforçada. Um acesso a uma escada empoeirada em caracol. O lugar estreito cheirava a mofo. Limo verde se acumulava nos degraus de pedras e nas paredes úmidas. Algumas tochas cuidavam da parca iluminação. Era degrau que não acabava mais. Os trovões rugiam mais forte. Estavam perto agora. Aurion falou alguma coisa sobre montar uma estratégia para derrotar Malthus, mas Lam Sahur não estava nem aí. Estratégia para quê? O plano era muito simples para Lam: chegaria ao alto da torre e desceria a espada em Malthus. A melhor estratégia muitas vezes era a simplicidade. Sahur estava pouco se lixando para os planos de Malthus. O erro do senhor da Floresta foi ter provocado a ira de Sahur da pior maneira possível: ferindo seu grande orgulho.

Ao longe era possível ver os clarões dos raios rasgando a escuridão noturna. O sopro da tempestade entrava, trazendo a água gelada da chuva. Os dois vampiros ficaram com as roupas molhadas, mas não se importavam. Alcançaram o topo da escada. Saíram num pequeno pátio circular e estreito que dava para um muro de pedra onde os arqueiros podiam se apoiar em segurança para alvejar os inimigos do seu senhor. Mas não havia ninguém lá. Os dois tomaram o devido cuidado para não escorregar. A vista era fantástica, alcançando o distante horizonte. Podiam ver os humanos lutando contra os zumbis. Pareciam meras formigas amontoadas.

Os vampiros contornaram o pátio até achar a entrada da torre. Estavam encharcados dos pés à cabeça. As roupas colavam no corpo, gerando um incômodo e atrapalhando um pouco os movimentos. A armadura de Aurion também atrapalhava bastante.

Chamas trepidantes, vindas de tochas penduradas na parede circular de pedra, iluminavam o lugar. Um clima sombrio e frio pintado de amarelo pelas chamas. O som das gotas-d'água batendo no chão. Pilastras de madeira organizadas em fileiras sustentavam um forro de tábuas, que impedia a visão da parte de cima do teto em forma de cone. Malthus estava sentado numa luxuosa poltrona de osso de cervos coberta por peles cinza de lobos. O cajado estava recolhido, menor que um cetro, pendurado em suas costas. O vampiro vestia um belíssimo conjunto de cetim azul-escuro. Uma camisa longa de mangas compridas chegando ao meio da coxa. Ao seu lado estava Arctos de Pontis de pé, olhando para os invasores. Ele vestia um conjunto todo preto: uma camiseta deixando os braços pálidos à mostra com uma calça, ambos pretos como as trevas que se apossavam do seu coração. Visíveis apenas na altura da barriga, cinco fitas brancas de cetim embutidas por dentro da camiseta. Contornavam a cintura e mantinham a roupa colada ao corpo. Um trovão estourou bem próximo. O clarão deixou todo o ambiente branco por um momento, incomodando a vista fotossensível dos vampiros. Os inimigos se entreolharam. O clima ficou tenso. Era como uma bomba prestes a explodir.

– Olá – disse Arctos sorridente. – Estávamos esperando por vós.

— Não te intrometas, rapaz – sibilou Sahur. – Se não quiseres morrer, é bom não te meteres onde não és chamado.

— Não te preocupes, meu caro Sahur – disse Malthus com frieza, levantado-se da poltrona. – Ele só vai assistir. Não há necessidade do seu envolvimento nesta luta que só diz respeito a nós.

— Desta vez será diferente, Sian! – provocou Aurion. – Tu me deves muito, hoje não me escapas. Vingarei finalmente a morte do mestre.

— *Meus cumprimentos a ti também, Aurion* – disse Malthus indiferente, olhando pela primeira vez para o rosto do seu mais antigo inimigo. – Teatral e repetitivo como sempre. Tu és um peixe fora d'água aqui. A surra que te dei na última vez não adiantou nada, não é? Vá embora e sobreviva para lutar amanhã. Em nome do passado, ouça-me pelo menos uma vez.

— Desgraçado! – ganiu Aurion com ódio, partindo para o ataque.

Antes que Aurion pudesse se transformar para o ataque, Sahur deu-lhe um forte murro nas costas, lançando-o violentamente contra uma coluna de madeira, que se despedaçou com facilidade junto com mais outras duas. A estrutura daquele lugar era mesmo precária. Aurion só parou quando bateu de cabeça na parede. O impacto final quebrou o osso do braço. Fratura exposta. As colunas fizeram o favor de trincar vários ossos. Três costelas perfuraram carne e pele, ficando expostas também. O couro e o bronze da armadura incomodavam bastante agora. O osso raspava na proteção. Dor lacerante impedia Aurion de se movimentar. Ele ainda se esforçou para levantar. Caiu de cara no chão. O corpo reclamava de dor. Ele se apoiou na parede. Olhou surpreso para Sahur. Aquele idiota arrogante e traidor. Juntos teriam uma chance maior de derrotar Malthus. Mas agora... A contragosto teria que torcer por Sahur. Se este perdesse, Aurion sabia que não sairia vivo daquela torre.

— A aliança termina aqui — disse Sahur, jogando o cabelo molhado para trás. — Obrigado por tudo, Clack. Mas agora eu cuido do *resto*. Não preciso da ajuda de ninguém para cuidar deste inseto arrogante. Quando ele for para o inferno não quero que digas que foi por uma luta injusta.

Malthus sorriu de leve, se aproximando de Sahur. Lam ficou surpreso com a atitude.

— Tu és um idiota, Malthus. Pensas mesmo em me enfrentar sozinho? — perguntou Sahur cheio de arrogância. — Não vais pedir ajuda da tua cria?

— É claro que não. Já disse: o acerto de contas é só entre nós — disse Malthus calmamente, enquanto seus caninos alongavam e seus olhos cinza adquiriam o estranho brilho sobrenatural azul-celeste.

Sahur gargalhou.

— Achas mesmo que eu, um vampiro poderoso de mais de quatrocentos anos, poderei ser derrotado por um lixo, que tem apenas metade da minha idade? Vou ensinar-te uma lição que tu nunca mais esquecerás.

Malthus nada dizia. Encarava Lam com um olhar atravessado. Aquilo começava a irritar Sahur profundamente. Como era possível Malthus não demonstrar medo?

Sahur pegou sua montante e a jogou no chão.

— Já que não estás armado, não vejo razão para uma luta injusta, Malthus. Vou avisando que lutarei com todas as minhas forças. No final das contas ficará como um presente para ti. Quero que conheças de perto a força de um vampiro poderoso de verdade — disse Sahur, sorrindo triunfante, enquanto o negro dos seus olhos começava a brilhar e os caninos afiados saltavam.

— Ótimo — disse Malthus com frieza, avançando. — Eu também não pretendo medir esforços para derrotá-lo, Lam.

Lam resolveu primeiro testar a velocidade de Sian. Ainda era cedo para usar todo o poder. Os dois vampiros mais poderosos da região se esmurraram mutuamente. Sahur ficou surpreso com a força e resistência apresentada por Malthus. A velocidade dele também não ficava atrás. A briga continuou. Socos, chutes, saltos, bloqueios, viradas em pleno ar, rasteiras, contragolpes. Arctos ficou admirado com aquele nível de luta, mas ele sabia que seu senhor ainda estava se contendo. Os dois vampiros saltaram para trás, olhando-se de alto a baixo e baixando as guardas.

— Lutas bem — observou Sahur confiante.

— Tu também. Mas pensei que tu fosses me mostrar todo o teu poder...

Sahur começou a gargalhar.

— Teu desejo é uma ordem. Cuidado para não morrer! Seria uma pena acabar com essa luta tão rápido.

Sahur não estava brincando; ele foi com tudo. Arctos não enxergava nem a sombra de Lam dada a grande velocidade. Mas Malthus sim. Quando Sahur se aproximou demais, pronto para dar-lhe um belo murro na cara, tomou uma joelhada na barriga. Lam Sahur sentiu o impacto do golpe e ficou furioso, acertando um gancho no queixo de Malthus. Os dois se atracaram de novo. Mais golpes e contragolpes surpreendentes durante dez intermináveis minutos. Sahur não conseguia entender. Como esse merda podia ter tamanho poder?!

Estavam empatados.

Arctos tentava acompanhar a luta, mas era impossível para os seus olhos. Ele só conseguia ver dois borrões se movendo rapidamente e o barulho dos golpes.

No fim, Malthus estava levando uma pequena, mas importante vantagem. As roupas dos dois vampiros estavam sujas, amarrotadas e rasgadas. Cansado, Sahur se apoiou numa coluna para não cair no chão depois de tomar três sequências de socos no peito. Malthus parou a luta.

– O que foi, Sahur? – perguntou Sian indiferente. – Não estás mais tão falante...

– CALA-TE, MALDITO! – berrou Sahur furioso, perdendo a compostura e avançando.

Humilhado de novo. Como isso podia estar acontecendo com ele, o grande e temido Lam Sahur?! Ele não perderia para esse infeliz com cara de estátua. Sahur estava realmente descontrolado. A máscara ruiu. A etiqueta foi deixada de lado.

Malthus meneou a cabeça negativamente. Tinha gente que não aprendia mesmo a hora de parar. Ele segurou o pulso de Sahur e o arremessou contra a parede. Impacto violento. Sahur se levantou com dificuldade. Ele ria de nervoso. Nunca ficara tão acuado numa luta. O corpo podia estar coberto de feridas, mas a aura de arrogância continuava intacta.

– Maldito! – xingou ele com raiva. – Não sabia que o cajado te dava tanto poder...

– O cajado não me dá nenhum poder físico. Meu corpo é que guarda um imenso poder. Se eu usar meu poder máximo, ele não aguentaria – Malthus abriu um sorriso. – É irônico e frustrante ser tão poderoso e, ao mesmo tempo, incapaz de usar toda a sua força. Só por isso não te surrei enquanto tu me humilhou em minha própria casa. Este cajado funciona apenas como um catalisador. Assim tenho um pouco mais de liberdade para usar meu poder sem consequências desagradáveis, não é mesmo, Aurion?

Aurion desistiu de tentar levantar e olhou feio para Sian. Ficou quieto, esperando que seu corpo regenerasse os ferimentos. Tirou a pesada luva que cobria seu braço para ajeitar melhor o pulso quebrado. Ele inibiu um berro de dor quando endireitou o osso.

– Tu não sabes de nada mesmo, Malthus? Huh! Huh! Huh! Huh! Huh! – debochou Sahur mais calmo. Não havia razões para se descontrolar.

– Do que tu estás rindo? – perguntou Malthus sem entender o motivo da graça.

– Estou rindo da tua burrice, meu caro! *Catalisador*... Ha! Ha! Ha! Ha! Eu sei que vou me odiar por ter de usar meu verdadeiro poder contra um inseto insignificante como tu – ele parou de rir e fechou a cara. – Nunca fui tão humilhado em toda a minha longa existência. Podes levar esta façanha para o inferno.

Malthus ainda estava sem entender qual era o motivo da graça. Será que Sahur voltara a enlouquecer?

Não. Sahur gargalhou ainda mais alto, enquanto sentia o poder correr mais forte dentro das suas veias. As unhas do vampiro cresciam e enegreciam. Ele olhava fixo para Malthus, enquanto suas pupilas se acendiam como duas pequenas brasas vermelhas rodeadas por um manto negro. Sahur continuava a gargalhar. Seus músculos se retraíam e contorciam de dor. Ele arrancou a camisa, revelando um tronco magro e pálido. Seu corpo se alongou ligeiramente. Os músculos dos braços, pernas e peito se avolumaram e ficaram mais definidos. A pele de Lam foi enegrecendo rapidamente. Pelos negros que se espalhavam pelo corpo. O cabelo cresceu, ficando espetado e rebelde, jogado para trás. Seus lábios pareciam rasgar. Todos os dentes cresciam, ficando afiados como navalhas. Os caninos de cima pareciam dois pequenos canivetes. Os braços cresciam e se alongavam, assim como os dedos das mãos terminados agora em longas garras negras de dois centímetros e meio cada. Os pés também cresceram e afinaram apoiados basicamente sobre a ponta dos dedos, como as patas de um morcego. A calça de Sahur ficou na altura das canelas e não aguentou a pressão, rasgando na altura das coxas e caindo ao chão. Sahur arqueou o corpo. De suas costas peludas, duas grandes asas de couro preto emergiram. A coluna arqueou igual à de um animal.

Sahur levantou o rosto imponente como um rei diante do povo. O rosto estava irreconhecível. Duas grandes orelhas pontudas surgiram. O nariz se achatou na ponta de um longo focinho. Um morcego gigante. Um híbrido de morcego e vampiro. Malthus estava admirado; durante toda a sua existência tinha somente visto seu próprio mestre se transformar em um morcego gigante.

– Esta é a verdadeira forma de um vampiro – revelou Sahur com uma voz grave e animalesca. – Este é o meu *catalisador natural*. Nesta condição meu poder aumenta consideravelmente.

Sem sair do lugar, Sahur bateu as grandes asas de couro, levantando uma fina nuvem de poeira. O som do bater do couro ecoando pela torre. Ele soltou um grito agudo e fino. Malthus, Arctos e Aurion tamparam os ouvidos instintivamente. Era muito pior do que o som de unhas arranhando um quadro-negro. Atingia diretamente o cérebro e parecia que os tímpanos iam estourar. Agonia.

Quando menos esperava, Malthus viu o morcego gigante aparecer na sua frente. Garras afiadas despedaçaram facilmente tecido e carne do seu peito. Sian teve que firmar os pés para não cair. Levou um belíssimo e merecido murro na face esquerda. Sahur transpassou os intestinos do seu inimigo com uma das mãos. Sian Malthus não conseguiu segurar um berro de dor. Sahur puxou rapidamente a mão melada do sangue enegrecido de Malthus. Com a mesma mão deu um soco no peito de Sian, que voou com tudo contra a parede.

Aurion ficou surpreso e aliviado com a reviravolta. Por outro lado, Arctos pensou em interferir e ajudar seu mestre. Mas sabia que não era a hora ainda. Achou melhor não arriscar.

Sahur enlaçou seus longos dedos no pescoço de Malthus e o levantou. A besta deu mais quatro socos na ferida aberta de Malthus.

– E agora, Malthus? – gargalhou Sahur com uma voz animalesca. – Onde está teu grande poder?

O sinistro brilho sobrenatural azul emitido pelos olhos recém-abertos de Malthus adquiriu uma tonalidade esbranquiçada. Ele pegou uma tocha do suporte e queimou o braço de Sahur, que urrou de dor e ódio, largando Malthus por instinto. O fogo era uma das mais temidas armas a ser usada contra um vampiro. Um cheiro de carne e pelo queimados. Foi uma queimadura feia; onde o fogo tocou ficou em carne viva.

Assim que tocou o chão, Malthus acertou um soco no olho direito de Sahur. Aquele morcego vampiro tinha ido longe demais. Sian fora obrigado a ultrapassar o limite e usar um pouco mais do seu verdadeiro poder. Seu coração bateu enlouquecido por dez segundos, fazendo grande parte da sua reserva de sangue fluir por todos os seus músculos. Gastaria até a última gota de sangue se fosse preciso, mas derrotaria aquela besta. Um confronto de orgulhos. Novamente uma luta acirrada. As garras do morcego eram uma arma poderosa. As unhas pegaram de raspão no rosto e no pescoço de Sian. Já o braço direito de Mahtus não teve a mesma sorte, ganhando um corte que alcançava o osso. O senhor da Floresta das Trevas golpeou a barriga de Sahur com a tocha. Mais uma queimadura feia.

Irado, Sahur deu outro grito hipersônico e alçou voo. O forte bater de asas acabou por apagar o fogo. Sahur deu um rasante, sobrevoando e raspando o teto. Desceu rapidamente e se atracou com Malthus.

Richard Blane estava ensopado da cabeça aos pés. Ele seguira o cheiro de Sahur e Clack e descobriu a escada que levava à torre. A tempestade estava feia. Afastou os cabelos que teimavam em lhe cobrir os olhos, enquanto rodeava a torre. Olhou indiferente para a batalha que seguia lá embaixo entre os mortais e os mortos. O guinchar estridente de um morcego chamou a atenção dele. Um som alto demais para ser de um animal comum. Entrou na torre e se surpreendeu com a luta. Que bicho gigante era aquele em cima de Malthus? Viu Clack caído num canto e Arctos de pé ao lado de uma poltrona. A longa espada de Sahur estava jogada no chão, assim como as suas roupas rasgadas. Mas onde estava Sahur? Teria sido derrotado por Malthus? Demorou um pouco até ele entender que o morcego gigante, lutando ferozmente contra Malthus, era Lam Sahur.

Blane se distraiu com a luta das duas criaturas. Nem viu Arctos se aproximar.

– Então tu és Blane? – perguntou Arctos interessado.

Richard despertou e encarou a cria mais antiga de Malthus.

– Que te importa? – respondeu Blane seco.

– Ora, ora... Quanto mau humor! – disse Arctos com um sorriso largo e simpático. – Eu te vi lutando contra a minha cria. Fiquei impressionado. A luta contra Victor também não foi nada, nada má.

– Tu me viste lutar?! Como, se eu não te vi? Tu estavas na antiga mansão de Sahur?

– Vi através dos olhos da minha cria – revelou Arctos. – E fiquei com muita vontade de lutar também. É boa a sensação de observar um lugar, sem estar verdadeiramente presente. Ficar só vendo esta luta está me entediando. Tu me entendes, não? Ainda mais porque já sei qual vai ser o resultado... Gosto de ação, e ficar só vendo é um porre.

Richard empunhou sua Etrom Areves.

— Uma luta de espadas? Ótimo — disse Arctos animado, pegando sua espada também e se transformando. Um brilho verde emanando sobrenatural dos seus olhos. — Mas eu não acho que essa espada velha dure muito.

— Tu falas muita besteira — revidou Blane. — Esta espada vai te fazer calar a boca, podes ter certeza.

— Nossa! — observou Arctos, dando início à luta. — Tu és um herói muito maçante.

— Herói?! — exclamou Richard com um sorriso irônico contra-atacando. — Não luto pela justiça. Não mais, nunca mais.

— Até que somos parecidos — disse Arctos sério. — Num outro momento poderíamos até ser aliados. O mal é uma forma de expressão genuína e pura. Eu simplesmente detesto tudo o que transmite bondade, tenho ânsia de vômito só de pensar.

— Acho difícil nós sermos aliados — rebateu Blane, bloqueando um golpe por cima. — Mas por que tu detestas tanto o bem?

Arctos abriu um sorriso maldoso.

— Porque está é a minha verdadeira essência. Eu sou um monstro e aceito isso com prazer. Adoro a carnificina, a guerra pura e mortífera. O cheiro do medo me dá arrepios de prazer, e matar faz me sentir vivo. Sou o que sou e não posso negar.

— Tu me dás nojo! Mas não posso negar que somos parecidos — disse Richard, tentando se defender de uma série de golpes. — Tu e eu somos vampiros desiludidos. Mas eu, pelo menos, parei minha queda antes de chegar ao fundo do poço.

— Desiste, Malthus! — gargalhou o morcego em cima de Malthus, aplicando alguns socos corretivos na cara de estátua dele.

Mas num movimento inesperado com as pernas, Malthus empurrou a barriga de Sahur com força, se livrando da besta. Os pés pegaram na queimadura, inundando o corpo de Lam de uma dor insuportável. Sian sentia o cansaço começando a dominá-lo; um efeito colateral de ter ultrapassado o limite, mesmo que por pouco tempo. Teria que definir logo a luta. Acertou um soco na barriga machucada de Sahur. Chutou a coxa do morcego, quando ele mordeu seu punho. Malthus, com a mão livre, enfiou um dedo com vontade no olho de Sahur, forçando-o a largar sua mão. Sahur urrou de dor e, nesse momento, abriu completamente a guarda. Malthus, impiedoso, acertou uma sequência de socos no morcego, andando e golpeando até prensar Sahur contra a parede. Só parou quando Lam desabou no chão completamente exaurido, sem forças até mesmo para gemer de dor ou abrir os olhos. Com o vampiro mais poderoso da região derrotado, a guerra estava praticamente ganha. Malthus não pôde conter uma gargalhada de triunfo ao ver o garoto voltando à forma humana.

CAPÍTULO TRINTA E DOIS

A situação não estava nada boa para os pobres mortais. Os únicos poupados pelos zumbis eram as crianças que tocavam os tambores e os jovens escudeiros. Mas o resto era atacado sem piedade. O desânimo e a desesperança dominavam completamente seus corações e mentes. Estavam cansados, feridos, sujos de terra e sangue. Não tinham esperança de vitória. Vencer era impossível. Os cavaleiros mortos se levantavam imediatamente como guerreiros de Malthus. Os mortais lutavam para sobreviver. Somente um milagre os salvaria agora.

O experiente Henry de Bohun berrava a plenos pulmões, tentando fazer sua voz chegar ao coração dos homens e manter o exército unido. Nem parecia um homem de trinta e nove anos de idade – uma idade avançada para a Idade Média. O espírito guerreiro estava na faixa dos vinte. Sua voz competia com as trovoadas e com o forte barulho da água caindo e batendo na terra. Os nobres também lutavam pela sobrevivência. Enquanto eles estivessem presentes, seus exércitos continuariam a lutar, fiéis aos seus senhores. Não havia mais nenhuma tática sendo empregada. Era cada um por sim e Deus por todos. Todos rezavam por proteção divina.

A coisa ficou crítica quando o cavalo do conde foi rodeado por uma horda de zumbis putrefatos. Assustado, o cavalo empinou bruscamente, fazendo o amigo do rei vir ao chão. Alguns cavaleiros ainda tentaram salvá-lo, mas numerosos zumbis ao redor dele não deixavam os homens se aproximarem.

Era tarde demais. Impotentes, só conseguiram ouvir de longe os gritos desesperados do conde.

Sem o líder, a situação piorou de vez. O que não podia acontecer, aconteceu. Os homens debandaram. Desespero total. Os nobres tentavam manter seus exércitos unidos, mas eram poucos agora. Os cavaleiros fugiam para salvar suas vidas, mas a massa de zumbis impedia o acesso ao portão da muralha, que estava fechado. Mais zumbis se aglomerando do outro lado.

Os homens estavam muito aflitos. Afinal, quem gostava da ideia de morrer? Rezavam em silêncio, enquanto suas armas afiadas mantinham seus algozes longes. Mas por quanto tempo? O cansaço estava estampado em suas almas. Se nenhum milagre acontecesse agora, eles estariam perdidos. Mais da metade do exército morreu. Deviam ser uns quatrocentos homens agora. Os arqueiros nada podiam fazer para cobrir os guerreiros, e as catapultas restantes não estavam dando conta do recado.

Alguns guerreiros notaram que as catapultas pararam de lançar pedras. Olharam para trás. As hordas de zumbis que eles tinham derrotado estavam ali, de pé novamente. Mataram os homens que cuidavam das catapultas. A tênue chama da esperança se apagou de vez.

Malthus estava bem cansado. Prudente, ele voltou ao normal. Ficar muito tempo na forma vampírica sempre deixa o vampiro com mais fome. E ele estava começando a sentir o estômago exigindo sangue fresco. Seu corpo estava regenerando os ferimentos da luta. Não podia adivinhar que Sahur era capaz de se transformar num morcego gigante. Seria uma habilidade inata a todos os vampiros?

Observou Aurion caído, sem esperança. Derrotado. Sahur estava inconsciente, igualmente derrotado e humilhado. Arctos estava se divertindo, lutando contra aquele verme do Richard Blane. Aquele vampiro era fraco demais para merecer a sua atenção. Os homens já estavam perdidos. Tudo corria conforme o plano.

Um trovão caiu ali perto, iluminando o interior da torre por breves momentos e cegando os vampiros. Arctos estava começando a cansar daquela brincadeira. Richard era bom, mas não o bastante para continuar a entretê-lo. Com uma virada rápida, Arctos cortou o ombro de Blane. Outro movimento, um corte profundo na coxa. Os ferimentos estavam se fechando, e isso gastava as poucas energias de Richard.

– Acabou, Blane – disse Arctos triunfante. – Aurion e Lam estão derrotados. Eles não são os vampiros mais poderosos daqui? Tu já eras – gargalhou ele, cortando a barriga de Blane.

– Não. Ainda temos outros a caminho – mentiu Richard. Como ele queria que James e seu Servo estivessem ali.

Mas não estavam, e Richard nem sabia se eles viriam. Arctos continuava com aquele sorriso. Que ódio!

Um relâmpago caiu no alto da torre. O estrondo assustou os vampiros, deixando-os surdos momentaneamente. Um vulto alto e esguio entrou no recinto. Seu olhar, direcionado para Sian Malthus, era de puro ódio vingativo.

William, A Besta, afinal chegara para finalmente cumprir sua promessa.

Contendo a ansiedade, ele andou em direção ao seu criador e assassino de sua família. Não usaria ainda a Etrom Lanif, guardada em suas costas. Não. Suas mãos seriam suficientes. Ele olhou de esguelha para Arctos, o traidor maldito que lhe entregara para Sahur. Como sentia pena daquele pobre coitado... Agora ele havia entendido: *Arctos não passava de um reles peão*. William queria o rei daquele xadrez.

Malthus ficou surpreso com aquela intromissão. Notou que finalmente William estava com a transformação completa.

Sorriu satisfeito. Ele também nunca vira um vampiro com os olhos daquela cor: *âmbar sangue*. Era a primeira cria que o intrigava tanto. Por que William era tão diferente? Malthus queria testar a força dele. Sentia que este vampiro, vindo em sua direção, era diferente do William pacífico e covarde de antes. Não havia dúvida nem medo na expressão do seu rosto. Sian gostava desse tipo de olhar.

Arctos avistou William se aproximando para lutar com Sian Malthus. *Que camponês imbecil!* – pensou ele sorridente. William descobrira toda a verdade afinal. Já era hora. Arctos descobriu tudo desde que encontrou a espada de Malthus debaixo da mesa no casebre do camponês. Logo depois Malthus contara-lhe o que tinha feito à mente de William. Distraído, o vampiro levou um profundo corte no braço. Voltou sua atenção para Blane.

Sob um olhar frio e cinzento como um dia de inverno, William parou a um metro de distância de Malthus. O criador estava com muita vontade de conhecer o potencial de sua cria. O olhar de Malthus não mais intimidava William. Firme e determinado, ele também encarava Sian. O peito desnudo de Malthus mostrava todo o estrago que seu corpo sofrera no passado. Não só a barriga, mas também o peito, os ombros e a parte superior dos braços eram cobertos de cicatrizes profundas. Qualquer lugar onde a roupa rasgada permitia ver o tronco de Malthus tinha uma marca.

– Finalmente, depois de tantos meses, eu sei – disse William serenamente. – Infelizmente não posso trazê-los de volta, mas posso vingar suas mortes. É o que vou fazer agora.

– Não conseguiste antes, não conseguirás agora – respondeu Malthus. – Por que achas que será diferente agora?

William se limitou a sorrir de ironia. A luta começou. Malthus se moveu um pouco mais rápido do que na primeira luta entre ele e Brenauder. Entretanto, A Besta conseguia enxergar nitidamente os movimentos de Sian e segurou sua mão, quando ele tentou lhe socar o rosto. Surpresa estampada no rosto de Malthus. Fechando a cara e com ódio explodindo no olhar, William esmurrou o rosto orgulhoso de Malthus com todas as suas forças. Foi um belo soco.

– DESGRAÇADO! – berrou William, liberando toda a raiva acumulada.

William deu outro soco no rosto do seu inimigo. Malthus voou e bateu com o corpo na parede. O baque e os socos serviram para desorientá-lo. O jovem apareceu repentinamente na frente de Malthus, que levou um murro no estômago.

– VOSMECÊ OS MATOU! – ganiu William, cego de ódio, dando mais um soco na cara de Malthus. – VOSMECÊ... – acertou outro soco – ...MERECE... – uma joelhada na barriga – ...MORRER! – arrancou as entranhas de Malthus da ferida aberta por Sahur.

Malthus não conseguia sequer abrir os olhos, dada a sequência avassaladora de golpes que William lhe dava. Mais um chute na barriga e uma cotovelada no queixo. Malthus nunca sentira tanto ódio na sua vida. Encurralado e espancado por um molecote, uma cria insignificante. William foi interrompido por um murro na face esquerda. Ele firmou os pés no chão para não voar para o lado. Seu rosto formigava. Sian havia se transformado novamente. Seus olhos brilhavam perigosamente. Ignorando a dor, William desvirou o corpo e acertou Malthus novamente.

A luta estava séria. Era vencer ou morrer. Não havia espaço para desviar dos golpes do adversário. Quando muito, podiam tentar bloquear o ataque e arriscar um contragolpe. Difícil. Mesmo cansado, Malthus estava em vantagem. Uma pequena vantagem. Dava três socos e tomava dois. Estava ficando furioso com a demora da luta. Como um *verme* daquele podia estar dando tanto trabalho? Inacreditável. Como seria possível?! William jamais poderia ter superado Arctos, sua cria mais antiga.

Sian precisava definir logo a luta. Estava cansado e com muita fome. A briga com Sahur havia lhe dado mais trabalho do que ele poderia imaginar. Esse súbito aumento de força de William também foi um grande imprevisto.

Arctos, espantado, não conseguia acompanhar os movimentos do camponês. Que luta! Richard e Aurion não podiam acreditar que a mosca morta de Brenauder estava conseguindo levar uma luta com o poderoso Malthus. O ardor da esperança renasceu frente a uma guerra praticamente perdida. Richard só não entendia por que Reinald ainda não havia chegado. Ele seria uma ajuda de peso. Não havia muito tempo para pensar nisso, pois a luta contra Arctos estava difícil. Arctos, por outro lado, perdeu completamente o interesse em Blane. Queria acompanhar a luta do seu mestre contra o camponês.

— A morte vai te levar hoje, Blane — disse Arctos, cortando o peito de Richard.

— Eu já estou morto — rebateu ele azedo.

Malthus chutou William para longe. Mas o jovem vampiro se recuperou rápido e saltou para cima do assassino. Parou em pleno ar, completamente paralisado. Algo o impedia de se mover. Sian estava com o cajado nas mãos. A máscara de frieza se fragmentara. O olhar do vampiro era de puro ódio. Maligno e mortal. Ele abriu um grande sorriso maldoso. William era sua marionete, preso pelo poder do cajado. Um verme criado pela vingança para entretê-lo. Um jogo de gato e rato. Era hora de o ratinho rebelde aprender a lei natural da vida. Ele arremessou William violentamente contra a parede. A Besta soltou um gemido de dor ao bater com as costelas na parede de pedra. Ele tentava se soltar das amarras invisíveis, mas era impossível. Malthus apertou com força o cajado.

William berrou. Desesperado, ele sentia duas mãos gigantes esmagando seu corpo. Berrou ainda mais alto quando duas costelas se partiram.

— Sofre, verme maldito! — disse Malthus insano, apertando com mais força o cajado. — Achaste mesmo que sairias daqui vitorioso?

Mesmo com tamanho ódio, Malthus reassumiu a máscara da frieza assassina. Ele apontou o cajado para a sua cria. Xeque-mate. Uma pequena bola de fogo se formou na ponta do cajado metálico e aumentava vertiginosamente. William se lembrou de Victor Mastery. Ele não morreria assim. Não podia. Mas seu corpo não queria obedecê-lo de jeito nenhum.

Um berro de surpresa e dor ecoou pela torre. A bola de fogo foi lançada. Um eco metálico. William desabou intacto no chão. Suas costelas gritavam de dor. Estava tonto e desorientado, mas o desejo de vingança era mais forte. Caído no chão frio e úmido da torre, ele viu a bola de fogo atingir o forro de madeira lá no alto. O fogo começava a lamber o teto e se alastrar. Usando toda a sua vontade, ele procurava se levantar do chão, enquanto Malthus furioso arrancava uma adaga das costas. Olhou para Aurion, que sorria, de pé, apoiado na parede. A boca de Malthus tremia de ódio. Desapareceu e apareceu em um instante na frente de Clack e deu dois socões na fuça intrometida dele. Aurion num acesso de fúria deu uma banda em Malthus, mas infelizmente seu oponente nem chegou a cair e ainda lhe deu um chute no rosto. Mais uma sequência de golpes. Malthus continuaria a castigar seu rival, mas ele viu William lutando para se aproximar do seu cajado. Maldito! Quebrou o outro braço de Aurion, que urrou de dor.

— Cuido de ti mais tarde — sibilou Malthus, partindo para pegar o cajado.

Aurion escorregou lentamente, caindo sentado no chão. Não tinha mais forças, agora só podia mesmo assistir. Esperava ter ajudado William. O tempo era curto, pois o fogo se alastrava rápido pelo forro. Um terço das tábuas de madeira estava ardendo em chamas. Fogo iluminador de labaredas quentes e envolventes que começava a ofuscar a visão dos vampiros. A parte superior de algumas colunas de sustentação sendo consumida rapidamente pelas chamas. Fumaça negra tomava conta do ambiente incomodando bastante os olhos dos vampiros.

Malthus foi mais rápido e pegou o cajado antes de William. Sua intenção era aprisionar de novo sua cria, mas, antes que pudesse fazê-lo, A Besta também segurou o objeto místico. Um raio envolveu o cajado, queimando as mãos de William. Estava sendo rejeitado. Ele tinha se esquecido da proteção mágica.

– Larga o cajado, tolo! – disse Malthus satisfeito. – Senão vais perder as mãos!

– NUNCA! – berrou William, A Besta, com convicção.

O que veio a seguir foi completamente fora do esperado. A força empregada pelos dois vampiros era muito maior do que o cajado podia aguentar. O cabo de metal estava rachando, invertendo a situação. Malthus ficou desesperado, enquanto William gargalhava de prazer, esquecendo até mesmo da dor infligida pelo cajado. A joia vermelha na ponta do cajado se fragmentou em milhares de pedaços. Uma onda de energia emanou da gema quebrada, jogando longe os dois vampiros. Eles bateram contra a parede em lados opostos. Visão embaçando. Perda de equilíbrio. Lutavam para não desmaiar. A onda de choque rachou todas as colunas de sustentação. Permanecer ali estava ficando perigoso a cada segundo.

A quebra do cajado pegou a todos de surpresa, principalmente Arctos de Pontis e Richard Blane. Eles ainda estavam lutando quando foram atingidos pela onda de choque.

O chão da torre tremeu como gelatina, fazendo os dois quase caírem. Apreensão. Um desabamento daquela altura não seria mole de aguentar. Pedaços de madeira em brasas se desprendiam do teto, caindo sobre os vampiros. A luta continuava com Blane levando uma coça de Arctos. Seria uma questão de pouco tempo até ser derrotado. Mas o destino interveio. No momento em que as duas espadas se encontravam, Richard sentiu sua espada pulsar como se estivesse viva. A gema branca quebrada na base da Etrom Areves brilhou. Por um instante a lâmina emitiu um brilho vermelho. A espada de Arctos se quebrou em vários pedaços, enquanto o corpo do vampiro de rosto angelical foi coberto de profundos cortes como se garras gigantes e invisíveis o tivessem atingido em cheio. Nenhum dos dois entendeu o que acontecera. Outro tremor, obrigando Richard a se apoiar em uma coluna. Arctos, atingido pelo poder da Etrom Areves, foi jogado para trás. Filetes de sangue escapavam pelos ferimentos mais profundos. Pontis bateu com as costas na parede. Ele sentiu um tremor estranho vindo daquela parede. Olhou para cima. Uma parte do teto, ainda intocada pelo fogo, estava ruindo e trazendo parte da parede onde Arctos estava apoiado. Sem poder se esquivar, o chão abaixo dos pés do vampiro desabou, levando Arctos a uma queda de quinze metros de altura. Ao bater com as costas no chão, Arctos de Pontis acabou soterrado por dezenas de quilos de pedra e madeira.

– Não estou mais ouvindo tua risada de deboche, Arctos – disse Richard, guardando a espada.

A fortaleza toda reclamava da onda de impacto. Toda a estrutura tremeu por um segundo. De todas as partes, a velha madeira que sustentava o castelo emitia sons de cansaço. As duas torres frontais da muralha, massacradas pelas catapultas, ruíram de vez junto a uma boa parte dos muros com um estrondo assustador. As pedras caíram sobre o lago artificial, fazendo grandes ondas. Parte da ponte não aguentou o impacto dos destroços e se quebrou. O interior da fortaleza estava um verdadeiro caos. Estátuas caíram e se despedaçaram. Tapeçarias se soltaram das paredes. Portas racharam. Candelabros no chão; alguns acesos. Uma parte do chão do segundo andar, ainda não reformado, ruiu, destruindo completamente o escritório e a adega do castelo. Na biblioteca, os livros caíam no chão aos montes. Algumas estantes também. James estava juntando forças para se levantar. Seu corpo estava quase todo regenerado, incluindo as suas cordas vocais. O Servo da Terra continuava ali, impassível. Algumas tochas caíram sobre os livros. O fogo se alastrava rapidamente. Talvez fosse o momento perfeito para bater em retirada.

Os homens rezavam copiosamente pelas suas vidas. Restavam menos de trezentos agora. Mas, afinal, eles tiveram as suas preces atendidas. Um milagre. Eles não sabiam ao certo o que acontecera. Um forte vendaval surgiu na batalha no mesmo instante em que a tempestade cessava. O vento levantou lama e agitou as folhas negras das poucas árvores ali existentes, assustando os cavalos.

Os zumbis largaram suas armas e sorriram com aquelas bocas grotescas. Apreensão. Alívio. O ataque ao exército inimigo de Malthus cessou de súbito. Uma névoa branca saía dos corpos dos zumbis, enquanto o brilho de seus olhos apagava para sempre. As atormentadas almas da Floresta das Trevas finalmente teriam um descanso eterno. Algumas vagavam no plano terreno há centenas de anos. Escravas sem vontade do senhor da Floresta das Trevas; acorrentadas sob o jugo do poder da gema. Acabou. Estavam livres. Os homens podiam ver as almas sorrindo, alegres, se deslocando para o céu, abrindo passagem pelas nuvens agora cinzentas e tristes. Um tempo nublado tendo o sol se pondo lá no horizonte se abriu aos olhos dos mortais. Uma lua crescente reluzia no céu iluminando diretamente suas almas. A maldição acabara. Estavam salvos. Os corpos inertes dos zumbis caíam aos montes. Seus corpos se desfizeram em cinzas em questão de segundos.

– Louvado seja nosso Pai celestial! – exclamou um cavaleiro, fincando sua espada no chão e se ajoelhando para agradecer aos céus.

Os guerreiros esqueceram todo o cansaço. Davam urros de alegria para comemorar a vitória. Pareciam crianças. Muitos se abraçavam. Outros choravam de alegria. Os nobres, que ainda estavam de pé, ordenaram uma busca por sobreviventes pelo campo de batalha para levá-los às tendas médicas. Podiam ouvir os gritos e os gemidos desesperados dos sortudos que tinham escapado com vida. Quinhentos homens ainda estavam vivos, caídos no campo de batalha. Um verdadeiro milagre.

Lisa e Vince também estavam felizes. Eles ajudaram bastante na luta contra os zumbis. Discretamente, é claro. Lisa não gostava de se envolver nessas batalhas fúteis e mundanas. Sabia que os vampiros de Amyville tinham de alguma forma conseguido aquela proeza.

Cambaleante, Malthus levantou-se devagar. Sentia o corpo inteiro formigar. Seu cabelo loiro estava todo sujo e desarrumado. Mas ele não estava se importando com os cabelos na cara, encobrindo parcialmente a sua visão. Aquela figura decadente, suja, ferida, cansada, faminta e com as roupas em frangalhos em nada lembrava o outrora majestoso, orgulhoso e confiante senhor da Floresta das Trevas. Seu corpo formigava por inteiro. Olhou com ódio para a sua cria bastarda, caída no chão, inconsciente. William voltara ao normal. Quem poderia imaginar que aquele camponês chegaria tão longe? Malthus arrancaria sua cabeça com as próprias mãos para corrigir um erro. Nunca deveria ter dado a este insignificante o *dom da imortalidade*.

Estava bem perto de William, quando sentiu uma fisgada profunda nas costas. Uma espada afiada o cortou profundamente, por pouco não partindo a sua coluna. Só um pedaço de tira segurava o que restava de sua camisa de cetim azul. Parte do seu tronco esguio, cheio de cicatrizes e pálido estava à mostra.

– Ainda não, Malthus – disse Richard atrás dele. – Para fazer algum mal ao garoto, tu terás de passar por cima do meu cadáver.

– Não seja por isso – sibilou Malthus, virando-se para encarar o inconveniente. – Acho que tu já te esqueceste da surra que te dei na vez anterior.

Ainda que estivesse desarmado, Sian Malthus era um oponente perigoso. Richard errou um segundo golpe. Um golpe que não podia ter falhado. Malthus rapidamente deu um safanão na mão de Blane, jogando a Etrom Areves longe. Richard tentou socar e chutar seu adversário, mas Malthus bloqueava todos os seus golpes com apenas uma das mãos. O olhar de Malthus estava crispado de ódio. Ele apareceu atrás de Richard e, segurando seu ombro, o levou de encontro à parede mais próxima. O nariz de Blane quebrou no impacto. Alguns ossos faciais também. Sian virou o corpo de Richard e aplicou uma sequência de golpes. Sem reação, Richard ficou à mercê do vampiro decadente. Mesmo cansado, o ataque de Malthus era rápido e pesado. Richard sentiu o corpo ser golpeado por mãos tão duras quanto pedras. Como podia William lutar de igual com esse monstro?

– Ei, Malthus! – disse uma voz corajosa na entrada da torre. – É melhor deixá-lo em paz.

Malthus se virou para encarar o novo intruso. Um vampiro mediano de olhos azuis brilhando sobrenaturalmente com longos cabelos loiro-escuros e uma barba benfeita no rosto.

Um olhar sério e intimidante. *Será que esses vermes não aprendem nunca?* – pensou Malthus.

– Senão tu vais fazer o quê? – perguntou Sian.

Seus dedos envolviam o pescoço morto de Richard, massacrando-o. Ele bateu o rosto de Blane novamente contra a parede e o largou. Richard tombou, tossindo. Voltou à forma humana.

O Servo da Terra entrou na torre com um comando de Turner. Malthus ficou sem ação. Que criatura horrenda era aquela? Um golem de pedra. Tinha o tamanho de um lobisomem e uma cauda espinhenta que intimidava. O Servo abriu a boca monstruosa e urrou de ódio. Malthus podia ver seu reflexo nos olhos maldosos da criatura.

– Acabou, Malthus – disse James triunfante. – Ataque-o, meu Servo! Destrua este maldito até não sobrar nada!

A criatura obedeceu prontamente. Ela avançou rapidamente para cima de Malthus. A boca aberta pronta para liquidar com aquele vampiro. O golpe de misericórdia. Malthus estava cansado demais para resistir. Se a criatura tivesse a metade da força de um lupino tudo estaria perdido. Pela primeira vez, seu olhar demonstrava medo. Sian Malthus deu um passo para trás. A morte nunca esteve tão próxima. Fechou os olhos à espera do seu inevitável destino. Mas, no final, tudo o que sentiu foi um punhado de terra atingindo seu corpo. Abriu os olhos sem nada entender. O demônio desaparecera. Seu corpo estava coberto de terra. Uma ilusão?! Tudo não passou de uma simples ilusão?!

A cara de ódio que Malthus fez foi medonha. Humilhado. Demonstrou fraqueza e medo frente a um verme inútil e insignificante. Um vampiro que nem cem anos devia ter. Aquilo foi demais para o seu ego.

James ainda procurava entender o que havia acontecido. Seu Servo voltou a virar terra um instante antes de acertar

Malthus. Era muito azar. Ele olhou com temor para Malthus. A coisa estava séria. Com os olhos faiscantes de tanto ódio, Sian estava completamente fora de si. Ele levantou a mão direita na direção de Turner. Sian sentia sua mão formigar ainda mais forte. Uma bola de fogo surgiu de sua palma. E cresceu ao redor do antebraço até ficar do tamanho de um bezerro.

Quando James acordou para a vida já era tarde demais. Malthus lançou a bola em cima dele. Então, uma dor de cabeça avassaladora parecia fazer a cabeça de Sian explodir, surgiu de repente e com efeitos desnorteantes; Malthus caiu no chão. Tudo ficou em câmera lenta. De algum lugar, James conseguiu escutar nitidamente a risada maldosa de Azi-ol. A bola de fogo o atingiu em cheio, suas roupas e seu cabelo foram os primeiros a queimar. O vampiro se transformou numa tocha viva. Desesperado, James corria a esmo sem saber o que fazer. Não conseguia pensar em nada, pois a dor o dominava por completo. Não queria morrer, mas era inevitável. Sem forças, ele caiu no chão. Suas pernas estavam reduzidas a duas varetas de osso enegrecido envolvido por músculos queimados. O resto do corpo estava em carne viva. O rosto irreconhecível. A essa altura todas as suas terminações nervosas estavam destruídas. Ele não sentia mais dor; apenas um vazio. Ele ouviu a voz de Azi-ol: *Este poder carrega uma maldição. Tua morte será terrível.* Sorrindo amargamente com o que sobrou dos seus lábios, ele fechou os olhos e morreu.

Malthus voltou a si, se levantando devagar do chão. Todo o teto ardia em chamas agora. Um desabamento era iminente. Seu antebraço estava em carne viva e ardia muito. Mesmo assim, ele ficou admirado com o feito que acabara de realizar. A humilhação e a derrota não foram de todo ruim. Seu corpo de alguma forma absorvera parte do poder do cajado. Malthus sabia a hora de recuar. Sempre haveria o dia de amanhã para novos planejamentos. Tinha a vida eterna a seu favor.

Distraído, não viu William sorrateiro e muito esgotado vindo devagar por detrás dele com a Etrom Lanif em punho. As mãos e os pulsos de William estavam severamente queimados. Filetes de fumaça branca saíam do ferimento e se misturavam ao ambiente. Mas nada disso impediu que ele fincasse com vontade sua espada nas costas de Sian Malthus.

Pego de surpresa, Malthus tentou virar para acertar William. O descuido permitiu a Richard transpassar sua barriga com a Etrom Areves. Sian sentiu suas pernas fraquejarem. Estava esgotado demais. Lançar a bola de fogo consumira muito das suas poucas energias. O outrora orgulhoso vampiro sentiu as pálpebras pesarem. Seu corpo exigia um merecido descanso. A transformação acabara; Malthus caiu de joelhos no chão.

William e Richard se entreolharam. Finalmente acabara. Restava agora somente o golpe de misericórdia. A Besta arrancou sua espada das tripas de Malthus e a levantou sobre os ombros com as duas mãos. Um filete de sangue vertia do ferimento. Seria um golpe certeiro no pescoço. Seria... mas inesperadamente Malthus despertou e acertou uma cabeçada com força na barriga de William, que recuou, caindo no chão sem forças. Blane retirou sua espada também, mas antes que conseguisse acertar o golpe derradeiro, tomou mais dois socos no rosto.

Malthus estava em frangalhos, era verdade, mas seu ódio era tamanho, que dele o vampiro tirava forças para continuar a lutar. Ele havia desmaiado somente por alguns instantes. Estava bem lúcido agora.

O lugar estava um verdadeiro inferno, insuportavelmente quente. O fogo descera pelas colunas. Um estrondo. Outra parte do telhado desabara. A luz do luar penetrou fracamente no recinto, ofuscada pelas nuvens negras de fumaça que alcançavam o céu noturno.

Malthus deu mais um soco em Blane, jogando-o longe. Não podia mais continuar ali. Ele começou a andar arrastado em direção à saída. Mais pedaços de madeira em chamas se desprenderam do teto. Algumas colunas se quebraram. Faltava pouco agora; estava bem perto da saída.

– Vosmecê não vai a lugar algum! – disse William por trás de Malthus, decepando seu braço esquerdo, perto do ombro, com um movimento rápido da sua Etrom Lanif. Missão cumprida. A alma de Dansh podia descansar em paz. O osso do seu parente não pertencia mais a Malthus.

Malthus urrou de dor e surpresa. *Camponês maldito!* – pensou ele cheio de ódio, acertando a face de William com a outra mão com tamanha força que o camponês largou a espada. Mas era o ódio que também dava forças para William se manter de pé. O ódio o permitia ignorar a dor insuportável das queimaduras nas mãos. A Besta girou o corpo. Por instinto, pegou um pedaço de pau em chamas e acertou o peito do assassino. A roupa de Malthus começou a pegar fogo rapidamente. Seu cabelo foi atingido. Depois de matar dois vampiros queimados era hora de Sian sentir na pele o mal que causara. Uma dor enlouquecedora se apossava dele. Ele corria desesperado no pátio da torre. William caiu inconsciente na entrada. Malthus desabou no chão; não tinha mais forças para correr. Ele se arrastou e, com dificuldade, se apoiou na murada. Richard apareceu atrás dele com um pedaço de madeira em brasas e lhe acertou a face com as suas últimas forças. Malthus virou sobre a murada e caiu. Richard largou a tora. Não conseguia mais nem levantar uma pena. Ficou satisfeito em dar o troco. Sorrindo, ele se debruçou na murada para ver Malthus, que continuava a cair. Blane viu o vampiro em chamas bater nos altos muros duas vezes antes de cair para fora da fortaleza. A luta tinha finalmente acabado. O teto reclamou com ferocidade; o desabamento era iminente.

– Acorda, garoto! – disse Richard sério, esbofeteando o rosto de William, que acordou assustado.

– Onde... onde ele está?

– Acabou, William – contou Richard sorridente. – Ele caiu para os braços da morte.

William se permitiu sorrir. Sua família estava vingada. Sua honra restaurada com as promessas cumpridas. Devia estar feliz, mas não estava. O vazio que consumia sua alma continuava ali. Agora ainda maior e mais devastador. Com esforço, William se levantou e guardou a Etrom Lanif nas costas.

Blane entrou para ajudar Aurion Clack, que se arrastava pelo chão às cegas, correndo o risco de ser esmagado pelo teto. Ele retirou a placa de bronze do peito e jogou fora as pesadas luvas de aço. Depois de pegar a sua Etrom Areves do chão, Richard apoiou o braço de Clack em seu ombro. Aurion gemeu de dor, mas não ofereceu nenhuma resistência. Richard o escorou para a saída. No caminho passou pelo corpo queimado de James.

– Richard... – chamou uma voz suplicante e jovial lá atrás.

Blane, já na entrada, virou o rosto para ver quem o chamava. Era Lam Sahur. Caído, derrotado e humilhado, o vampiro de quatrocentos anos não tinha forças sequer para conseguir se mover. O calor estava insuportável, e destroços de madeira em chamas soterraram suas pernas. Um olho fora perfurado. O outro estava afundado na órbita por causa de um murro de Malthus. Lam estava cego. Blane podia sentir o doce sabor do seu medo.

– Por favor... por favor, eu suplico – implorava Sahur desesperado. Ele não queria morrer desta forma tão desonrosa. A aura de prepotência e orgulho se esvaiu. Parecia um adolescente desesperado. – Por... favor... Richard. Ajuda-me... a sair daqui... Salva-me...

— Lam... – disse Richard sério, virando as costas e andando novamente. – Dá lembranças nossas a Malthus lá no inferno.

Os três vampiros desciam as escadas correndo o mais rápido que suas pernas podiam. Tiravam forças do desespero para continuar. Nenhum deles queria ficar ali para ser soterrado e morrer. Nem mesmo eles podiam contra o fogo. Ouviam as pragas e os xingamentos que Sahur lhes dirigia cada vez mais distante. Lam era carta fora do baralho agora. Assustava menos que um coelho.

O fogo também tinha tomado conta da maior parte do terceiro andar. A biblioteca estava um verdadeiro inferno tomado por um mar de chamas ardentes. Agatha e Wilson foram reduzidos a dois cotocos negros. Paralisados, eles nada puderam fazer para evitar as suas mortes. A fortaleza tremeu novamente. Mais estantes caíram com um baque surdo. Um estrondo ensurdecedor. Ouviam o som dos pesados destroços despencando dentro do lago.

Uma das torres acabara de desabar.

A saída da biblioteca estava bloqueada por várias estantes caídas em chamas. Richard não se abalou. Foi até a janela de madeira lacrada. O primeiro chute a madeira nem sentiu. Mais dois chutes fazendo a madeira ceder um pouco. O quarto rachou a madeira de alto a baixo. No quinto, a madeira não ofereceu resistência e quebrou. Richard se apoiou na borda com Aurion. Seria uma longa queda, mas daria para sobreviver. Saltou. Pousou o mais suave possível no chão duro, perdendo o equilíbrio e rolando junto com Aurion. Estavam bem.

Sereno, William olhava para baixo. Seus braços ainda ardiam. E agora que o ardor da luta passara, a dor – antes mascarada pelo ódio – veio com força total. Seu corpo estava esgotado. Qualquer movimento era recompensado com dor. Mas William não pensava nisso. O vazio em seu peito continuava aumentando. Agora que derrotara Malthus, qual seria seu objetivo de vida? Precisava de um objetivo para preencher o vazio que o assolava. Pensaria nisso mais tarde. Já ia saltar quando ouviu um choro abafado vindo do andar de baixo. Um choro familiar. Uma criança tossia desesperada, pedindo socorro enquanto podia.

William, indiferente, deu de ombros. Era um monstro que não sentia mais remorso; William das Trevas havia apagado quase toda a bondade que tinha em seu coração. Fazia parte do acordo. O que lhe importava? Muito. Ele paralisou. Queria saltar, mas suas pernas não obedeciam. Olhou para trás. Naquele instante o acordo silencioso firmado entre William Brenauder e William das Trevas foi rompido. O seu lado humano despertara uma vez mais. Era o choro da mesma criança que lhe resgatou a humanidade meses antes. Uma nova crise de identidade. Qual lado escutar? O lado negro dominante que queria salvar a própria pele ou o lado humano, quase extinto, que tinha um débito com aquela mortal?

William, A Besta sorriu, virou as costas e saltou para o vazio.

EPÍLOGO

O dia amanheceu carregado. O céu nublado parecia prestar homenagem póstuma àqueles tempos de horror. A guerra acabou com a vitória dos mortais. Eles ainda ficaram lá por mais um tempo no lugar, cuidando dos feridos e vasculhando as redondezas à procura do demônio controlador da Floresta das Trevas. A maior parte da fortaleza desmoronou depois de meia hora. Ao que parece, as raízes e as trepadeiras, que os vampiros viram no teto e parede da fortaleza, eram essenciais em alguns pontos da sustentação. Com a quebra do cajado, as chamas acabaram com a resistência das plantas que sustentavam o lugar. O que não desabou foi destruído pelo fogo. Os vampiros preferiram ficar anônimos. Não queriam chamar atenção demais para si. A maldição realmente havia acabado.

Alguns homens improvisaram uma ponte e entraram no castelo. Nem todos quiseram entrar por achar que o lugar era amaldiçoado. Os corajosos que entraram nada encontraram. Nenhum vestígio de demônios ou de pessoas vivendo naquele lugar. No lugar dos corpos dos lobisomens, restaram apenas dois cadáveres humanos, em nada parecendo as duas feras monstruosas de antes. Alguns cavaleiros ainda conseguiram resgatar coisas de valor entre os destroços, como roupas finas, obras de arte, móveis, louças ainda intactas, prataria e joias. Saquear o inimigo derrotado era uma prática comum.

Henry de Bohun também conseguiu sobreviver. Sortudo. Estava debilitado e ferido gravemente, mas conseguiu sair vivo daquela batalha dos horrores. Depois dos saques, mandou destruir a ponte que dava acesso à fortaleza. As catapultas destruíram as ruínas da fortaleza que ainda estavam de pé.

E os vampiros? Os vampiros saíram muito antes disso. Na mesma noite do fim da batalha, eles partiram de volta para Amyville junto com alguns homens que não aguentavam mais ficar naquele lugar onde tantos morreram. Poucos foram os mortos-vivos sobreviventes. Dos vinte e sete vampiros que ajudaram o exército humano, quinze morreram em batalha.

Os vampiros restantes ficaram impressionados com a notícia da morte de Lam Sahur e Peter Hosch. Estavam livres do jugo tirano e arrogante de Sahur. Charles Trevor, a outra cria de Sahur, foi dado como morto uma vez que desapareceu sem deixar vestígios. James foi celebrado como herói, conseguindo, afinal, o respeito que tanto queria. Richard contou toda a luta, *aumentando um pouquinho*, a participação de James na luta final. Todos se lembrariam do vampiro que dominou uma besta com poder de derrotar um lobisomem. Um vampiro poderoso afinal.

Aurion Clack partiu um dia depois de chegar a Amyville. Ele preferiu não se despedir de ninguém, exceto de Richard e William, seus grandes aliados. Lamentou por Reinald e James. Mantendo a pose, ele se esqueceu de agradecer por terem salvado sua vida. Não foi embora antes de devolver a Richard os dois mapas da Floresta das Trevas.

A morte de Reinald Galf causou tristeza a todos, principalmente a Neil, seu fiel servo e amigo. Richard também lamentou muito a morte do grande amigo e mestre. Graças a Reinald estava livre das masmorras de Sahur. Ele nunca esqueceria o gesto nobre de Rei. O único indiferente era o seu assassino, a quem Galf considerou como um filho.

William permanecia calado quase todo o tempo. Todos perceberam a sua súbita mudança de comportamento. Ao que parecia, aquele William bom e ingênuo tinha desaparecido ao descobrir sobre o seu passado, que foi morto durante a passagem pela Floresta das Trevas. O olhar era diferente. Mais frio e sem esperança. Um pouco cruel de certa forma. Richard e Mack acharam que era a forma de o jovem vampiro expressar sua tristeza com a morte do seu protetor.

Quinze dias se passaram desde a chegada a Amyville. A vida continuava. A noite estava calma e levemente abafada para o clima local. O céu belamente estrelado em contraste com o burgo fedorento e sujo de Amyville. A casa de Reinald também continuava lá. Neil se recuperava muito bem. As ervas da bruxa que habitava um casebre rústico no meio da floresta fizeram milagres na sua recuperação. Indicação de Mack como forma de prestar uma homenagem a Reinald. A morte de Galf abalara profundamente o seu fiel servo. Ele andava cabisbaixo pela casa com os olhos inchados e vermelhos de tanto chorar. Sem Reinald o lugar parecia frio, cinza e sem vida.

William havia acabado de voltar de uma caçada onde se alimentou bem. Dois mortais. Os braços se recuperaram completamente. Neil o esperava sentado na sala com um pequeno baú de madeira no colo. Seus olhos brilharam de tristeza quando viu William.

— Eu estava a te esperar, mestre.

— Pare de me chamar assim — retrucou William incomodado. — Que baú é esse?

— Meu mestre queria que ficasse contigo caso algo acontecesse — disse Neil sem conseguir conter uma lágrima. — O maior tesouro dele.

William intrigado pegou o baú e o abriu. Havia vários papéis soltos e timbrados. Três grossos livros de contabilidade. Pergaminhos enrolados e bem guardados. Recibos. O diário pessoal de Galf com todos os detalhes de sua vida ali escritos. William folheou rapidamente este livro.

– Ele também deixou esta carta – disse Neil, tirando um papel pardo dobrado e amassado do bolso. – O meu senhor me entregou pessoalmente esta carta quando me visitou na tenda médica na Floresta. Era para teres esta carta nas mãos faz tempo, mas eu queria te entregar pessoalmente, sem mensageiros. Acho que o mestre gostaria que eu fizesse isso.

William concordou num gesto silecioso com a cabeça e estendeu a mão para pegar a carta. Passou rapidamente os olhos pelas palavras escritas por Reinald. Quando acabou de ler, mirou os olhos num espelho à sua frente. Amassou o papel e o jogou em cima da mesa. Neil achou estranho aquele gesto tão desrespeitoso por parte de William, mas nada falou. O jovem estava muito diferente do William de antes. Fechado, calado. Passou a tomar sangue humano sem remorso algum. O servo nunca pensou que teria medo de Will. Mas hoje ele não sabia se poderia se tornar a sua nova refeição.

– Neil! – chamou William, entregando o baú para o servo. – Não quero que se preocupe com nada. Vosmecê continuará nesta casa, que é o seu lar. Quero que continue a cuidar dos negócios de Reinald como sempre fez. Não entendo nada de dinheiro. Vou cuidar de vosmecê exatamente como Galf fazia. Será a minha forma de pagar por tudo que Reinald fez.

– Sim, senhor – disse Neil, sorrindo com humildade. Tinha medo de ser despejado por William. – Muito obriga...

– Agora não quero nunca mais ouvir o nome de Reinald Galf – ordenou o vampiro, virando as costas. – É passado... Enxugue as lágrimas. Temos muito trabalho a fazer. Quero que vosmecê dê um terço da fortuna para Richard. Ele merece.

– Sim – respondeu Neil triste com a proibição. Que jovem mais ingrato! Tratava do nome de Rei com tamanha indiferença.

William deu uma parada como se lesse pensamentos.

– A propósito, *ele* tinha uma casa de veraneio na floresta, não tinha? – perguntou de costas. – Mencionou algo do tipo na carta...

– Ele tinha uma casa, sim – respondeu Neil. – Gostava de ir lá quando se entediava com os problemas de Amyville. Era o seu canto secreto. Fica a apenas meio dia de viagem, mas está abandonada. Nós passamos por lá antes de te encontrar há dois anos.

– Ótimo – disse William satisfeito. – Quero que a casa seja limpa. Reforme-a se necessário, e contrate uma governanta de confiança. Preciso de uma para ontem.

Neil aquiesceu. William foi para o seu quarto dormir. O dia já estava raiando. Quando Neil ouviu a porta se fechar, largou o baú no sofá e pegou a carta amassada para ler. Seus olhos não puderam conter mais as lágrimas.

Estimado William,

Se tu estás lendo esta carta, é provável que algo de ruim tenha acontecido comigo. Posso ter desaparecido ou, pior, estar morto. Nunca foi segredo que eu fiz alguns inimigos durante minha longa existência por conta de minhas ideias pouco convencionais, inclusive tratar todos os vampiros de forma igual e justa. Não te culpes se não pudeste me proteger e não jures vingança pela minha morte. Eram meus inimigos e não teus.

A verdade, Will, é que minha vida sempre foi um verdadeiro caos, um eterno conflito. Quando aqui cheguei, depois de tantas décadas andando a esmo, estava pronto para lançar um ataque frontal e suicida contra Lam Sahur. É lógico que eu não sairia vivo deste confronto, mas nada me importava mais. Até que te conheci, Will. Ser teu mentor deu um novo rumo à minha vida. Tu salvaste a minha alma com seu coração bondoso e cheio de esperança e, portanto, serei eternamente grato. Não tenho vergonha em dizer que te considero um filho. Um filho que eu sempre desejei e que minha amada esposa nunca pôde me dar em vida. Espero que Richard não fique enciumado. Considero a ele como um filho também, embora um filho rebelde e perdido.

    Estou te deixando este baú. Nele estão as escrituras das minhas propriedades, além de uma pequena fortuna. Deixo uma parte para Richard recomeçar a vida dele depois de tantos anos confinados por minha culpa. Aproveita bem a casa de veraneio. Neil poderá lhe dar melhor as informações sobre ela. Tenho certeza de que Richard não vai querer chegar nem um passo perto dela. Ele é mal-humorado, amargo e pessimista, mas no fundo é um bom vampiro, mas um excelente e sábio estrategista.

    Se quiseres um bom conselho, nomeia Neil como teu gerente. Ele é um grande especialista na arte de fazer negócios. Verás que a maior parte das posses está no nome dele. É melhor assim para os olhos dos humanos. Nunca devemos nos envolver diretamente para não chamar atenção. Sam também é um serviçal muito útil na arte de conseguir informações. Tenho certeza de que eles não te trairão como nunca traíram a mim. Cuide bem de Neil e Sam no meu lugar. Deixo também a minha vasta coleção de livros aos teus cuidados. Lembra-te de que conhecimento é poder. Aprende a falar certo. Busca aprimorar outras línguas. Não parece, mas Neil é muito inteligente. Sabe tudo de etiqueta e é um exímio poliglota.

    Peço apenas que nunca te esqueças de mim.

    Do teu mentor, que muito te estima,

Reinald Galf

Amyville, 22 de agosto de 1215

INFORMAÇÕES SOBRE NOSSAS PUBLICAÇÕES
E ÚLTIMOS LANÇAMENTOS

Cadastre-se no site:

www.novoseculo.com.br

e receba mensalmente nosso boletim eletrônico.

novo século®